她像一只萤火虫，
在黑夜里飞，光虽微弱，
但毕竟是光。

贾平凹

陕西省丹凤县人，当代著名小说家、散文家。主要作品有《浮躁》《废都》《秦腔》《高兴》《古炉》《带灯》《老生》《极花》《山本》《暂坐》《秦岭记》等，作品翻译成英、法、德、瑞典、意大利、俄、日、韩、越等二十余种版本。曾获全国文学奖多次，及美国美孚飞马文学奖、法国费米那文学奖和法兰西文学艺术荣誉奖。2008 年《秦腔》获得第七届茅盾文学奖；2011 年《古炉》获得施耐庵长篇小说奖；2014 年《带灯》获评“2013 年度中国好书”；2016 年《老生》获得第六届中华优秀出版物图书奖。

带灯

贾平凹 著

人民文学出版社

图书在版编目(CIP)数据

带灯 / 贾平凹著. -- 北京 : 人民文学出版社,
2025. -- ISBN 978-7-02-018889-5

Ⅰ. I247.5

中国国家版本馆 CIP 数据核字第 2024L9F431 号

选题策划　孔令燕
责任编辑　陈　悦
装帧设计　李思安
责任印制　苏文强

出版发行　人民文学出版社
社　　址　北京市朝内大街 166 号
邮政编码　100705

印　　刷　北京中科印刷有限公司
经　　销　全国新华书店等

字　　数　354 千字
开　　本　890 毫米×1290 毫米　1/32
印　　张　13.75　插页 1
印　　数　1—5000
版　　次　2013 年 1 月北京第 1 版
印　　次　2025 年 3 月第 1 次印刷

书　　号　978-7-02-018889-5
定　　价　79.00 元

目　录

上　部

山　野

高速路修进秦岭

高速路没有修进秦岭，秦岭混沌着，云遮雾罩。高速路修进秦岭了，华阳坪那个小金窑就迅速地长，长成大矿区。大矿区现在热闹得很，有十万人，每日里仍还有劳力和资金往那里涌。这年代人都发了疯似地要富裕，这年代是开发的年代。

樱　镇

樱镇是秦岭里一个小盆地，和华阳坪隔着莽山，不是一个县，但樱镇一直有人在大矿区打工。

樱镇人都知道，大矿区曾经发生过有拿钱砸死人的案件。说：在大矿区走路，头低着，能拾到金戒指。

樱镇管辖几十个村寨，是个大镇。镇街也大。街面上除了公家的一些单位外，做什么行当的店铺都有。每天早上，家家店铺的人端水洒地，然后抱了笤帚打扫，就有三五伙的男女拿着红绸带子，由东往西并排走，狗也跟着走。狗已经习惯了这是要去松云寺的。

松云寺在莽山半坡上，其实早没了寺，只有一棵汉代的松。松是长到两米高后就枝干平行发展，盘旋扭转，往复回返，荫了二亩地。人们有所祈求了，都把松枝拉下来，缚上红绸子，再送了去，说：天呀！抬头仰望，松在空中像一片云。

从松云寺返回镇西街村的石桥上，要吃元老海凉粉。

元老海凉粉是镇西街村长元老海曾经喜欢吃的软枣叶凉粉，这都快成为一种名小吃了。元老海差不多死了二十年，如今人还念叨他，说他脸像驴脸，动不动骂人，但他越骂越亲，他要不骂你了，你就是他的仇人。

高速路原本要从莽山凿个隧道穿过樱镇的，元老海带领几百人阻止过。这是元老海一生干过的最大的事，他竟然就干成功了。

皮虱飞来

元老海带领几百人阻止开凿隧道时，皮虱飞到了樱镇。

虱子是没有翅膀的，但空瘪成一张皮，像是麦麸子，被风吹着了，就是飞。

这批皮虱是从华阳坪一带飞来的。要兴建大矿区，华阳坪的青川街、木瓜寨、裴家堡子都得拆迁，几百年的老屋旧墙一推倒，钻进墙缝已成了空皮的虱子随着尘埃腾空，久久不散，后来经风飘过了莽山。飘过莽山到了樱镇，落在房上，落在院里，也落在了莽山坡前的几百人身上。这些皮虱并没有死，一落在人身上粘附了皮肤，立即由白渐红，由小变大，钻进衣裤的皱褶里交媾了还生虮子。

元老海带领着人围攻施工队，老人和妇女全躺在挖掘机和推土机的轮子下，喊：碾呀，碾呀，有种的从身上碾过去呀?！其余的人就挤向那辆小卧车，挤了一层又一层，人都被挤瘦了，车也被挤得要破，外边的还在往里挤，再外边的还仍要往里挤。在这种混乱中，皮虱粘附在皮肤上吮血，人是不觉得痒的，即便痒了，也是顺手在怀里或裆里抓一下，又往里挤了。

紧挨着小卧车的是元黑眼，喊：尿泡挤打了，我要尿呀！没人理会，元黑眼就在裤裆里尿了，尿道子像蛇一样在人脚下乱窜。换布那时还小，能从人窝里钻出来，因为他摘下车窗里一个人架在额颅上的墨镜，说：我给你拿拿。就拿着跑了。

英雄宴

阻止了隧道开凿的第三天，元老海过七十大寿，镇西街村给他办了英雄宴。英雄宴除了有熊掌、有驴鞭外，还要上一盘活蝎子。活蝎子用酒泡了，直接夹起来蘸着面酱吃。谁都不敢吃，只有元黑眼吃。他筷子伸到盘子里拨拉，蝎子张牙舞爪地往筷子上爬，他说：我挑个大的！就夹起一只大的丢进嘴里嚼，嚼三下，睁着眼说：嗯，皮多肉少。一梗脖子就咽了。大家给元老海敬酒，一碗一碗苞谷酒端起来，说：你老能活一百二十岁，给咱一直当村长！元黑眼独自抱着盘子吃蝎子，这时候哼地冷笑了一声。大家问：你笑啥的？元黑眼说：这不可能么！大家都恨元黑眼不会说话，连元老海也恼了，脸吊得老长。元黑眼端了酒，说：我给我爷敬一杯！在元氏家族里，元老海是元黑眼的爷辈。元黑眼继续说：我爷咋能活到一百二十岁呢？只能活到一百一十九！大家愣了一下，这才笑了，元老海也笑了，骂道：你这狗日的！

但是，元老海在这天夜里，被投进了监狱。

松云寺的松开了金子般的花

阻止莽山隧道开凿，总共毁坏了十几辆挖掘机、推土车和卡车，还完全砸烂了一辆小卧车，致伤十三人。这是当年全县最大的聚众打砸事件，因此镇党委书记和镇长双双被调离樱镇，元老海当然也丢掉了村长一职，以罪拘留六个月。到了五个月零二十七天，樱镇已经有人收拾好了一辆蹦蹦车要去监狱接他，他却死了，突发脑溢血，提前三天运回来了尸体。

而高速路终究改变了线路，再没有穿过樱镇。

松云寺的那棵松在第二年的四月开满了花。樱镇人还从来没有见过这棵汉松开花，或许是开过，开得极小，没有留意，突然花开得这么繁，且颜色深黄，开一层落了一地；再开一层，再落一地，半个月里花开不退，树上地上，像撒了金子。

元氏家族很旺，元老海却没儿女，他一死就死绝了。大年三十的夜里，家家的先人坟上都要亮灯，没亮灯的就是绝户。樱镇人给元老海的坟头点了两盏红纸糊的灯笼。

樱镇废干部

保全了樱镇的风水，樱镇也从此以后给全县形成了一个概念：樱镇废干部。

镇政府的马水平十五岁当通讯员，一直干到副镇长，是个老樱镇，他说：樱镇的干部，尤其是书记和镇长，来时都英英武武要干一场事，最后却不是犯了错，就是灰不蹋蹋地被调离，从没开过欢送会。

马副镇长有个笔记本，记载着：

一九八二年赵国元书记调走时，半夜里自己用架子车拉的行李。走到镇东街村口了，镇党办主任撵上，从架子车上取回了一只马扎凳。

一九八九年李晃书记被开除了党籍和公职，五十岁的人了，号啕大哭。

一九九四年张发虎镇长上调到县政府任副县长，离开樱镇时曾有一批群众到镇政府欢送，拿着鸡蛋、木耳、核桃，还有老太太拿着扎着花花的鞋垫子往他怀里塞。他一调走，就有人告状这一切都是暗中组织的，凡是欢送的都发了五十元，送东西的付一百五十元。后来张发虎被调查，就降级了。

一九九八年李中庚书记办公室门上被抹了人粪。先是怀疑镇政府大院的人干的，调查了半个月，排除了，但到底是谁到镇政府大院来干的，最后不了了之。

二〇〇〇年刘二强镇长在任上，有一夜从祥峪村下乡回来，才到镇西街村石桥上，突然挨了一黑砖，住院半月。刘二强没让派出所破案，也没给人提说。

二〇〇五年黄千贵书记政绩不错，到处传说他要当县宣传部长呀，当上宣传部长就是县委常委，而随之十几封告状信寄到县委和市委，宣传部长候选人资格就取消了。三个月后他患病，查出是肝癌，七个月后眼睁着死在医院。

接替黄千贵的是孔宪仁。孔宪仁在任期间小心谨慎，平安无事。他是樱镇药铺坪村人，退休后把家迁到镇街。以前他在镇街上走，街两边的人吃饭都蹴在门口，敲着碗说：孔书记吃啦没？孔宪仁顺便到谁家，端了碗就能吃，还给燎一壶苞谷酒。退休后就没人招呼了。在街上碰上王后生，问：后生呀，忙啥哩？王后生说：正骂你呀！他说：我有啥让你骂的？王后生说：你在任期间谄上欺下，贪污腐败，都退休了凭啥还住在镇街上?！气得孔宪仁再不多出门，想吃肉了让老婆到元黑眼家的肉铺子去买。元黑眼的秤也是压得很低。

和孔宪仁搭班子的许亘镇长调离时,镇街上有人放鞭炮庆贺。许亘镇长是坐车离开的,到了樱镇东边的二道梁上,让车停下,回身冲着樱镇尿了一泡。

把人活成人物

外界说樱镇废干部,樱镇人不这样认为,王后生就说过:那是干部屁股底下有屎么,咱穷是穷,脑瓜子不笨么,受谁愚弄啊?! 王后生是镇街的老街道上人,这些年自己上访,也替别人写上访材料,已经属于樱镇的名人。卖米线砂锅的老板纳闷过:在樱镇,人们习惯把厕所称作后,上厕所不说上厕所说去后呀,那么,王后生,就是他妈把他在厕所里生下的? 这么不好听的名字怎么还显山露水了呢?! 王后生就得意了,你甭管我的人名,你要晓得我现在是名人。于是吃米线砂锅时不时让先挂上账,老板就在店里的墙壁上给他划道儿,欠一砂锅划一道,再欠一砂锅,再划一道,划上了九道。王后生又害了牙疼,到曹九九的牙科所去拔牙,说:把账记下噢! 曹九九给王后生拔牙,用的是大钳子,一边夹住牙了一边说:哈,王后生,你狗日的行,把人活成人物了! 哟,拔错了。曹九九把王后生的一颗好牙拔了,只好再拔那颗病牙,王后生从此少了两颗门牙,说话漏气。但曹九九的话是对的,人要把人活成人物。

樱镇上能称得上是人物的人太多了,除了这个王后生,还有的,比如镇西街村的元老海,元老海的族人元黑眼,石桥后村的张膏药,南河村的王随风,镇中街村的朱召财,包括孔宪仁,马副镇长,葛条寨的牛二,当然还有镇东街村的换布和拉布。同庆堂的中医大夫陈跛子就发感慨:樱镇有这么多的人物,积厚流光,樱镇可能还要出更大的人物哩! 陈跛子感慨后,人们先是看好孔宪仁,但孔宪仁不行,许亘镇长调走后,又都寄希望马水平,说他要由副镇长转正镇长,如果转正镇长了那就前途不可限量了,这说得马水平也心性高涨,醉后在镇政府大院里撒尿,说:瞧着吧,将来这里要长一株牡丹!而马水平一直还是副镇长,他撒尿的地方只生出一棵狗尿苔。直到镇西街村的元天亮在省政府当了副秘书长,樱镇人才惊呼:这才是大人物了!

元天亮

元天亮当上了省政府的副秘书长后,就成了樱镇的一张名片,到处流传着关于元天亮的传奇。

说元天亮是元老海的本族侄子,他家五世单传,辈分高,元黑眼他们还叫他是叔。说高速路没有穿过樱镇,多亏没有穿过樱镇啊,这才使元天亮得了山水清气,让他极了风云大观。说任何大的工程,比如修座大桥,筑道河堤,总是要伤亡人的,这叫做要以人头奠祭。那么元天亮要出来,元老海的坐牢和暴死也便是天意了。说元天亮是樱镇第一个大学生,他考学的那年,河滩里飞来了天鹅,夜夜声唳九天。说元天亮毕业后在省文史馆工作,因为能写文章又有组织能力,不久就当了馆长,当了馆长后文章写得更多了,出版的书有砖头厚,垒起来比他身子高。世上有能写书的但当不了官,有能当了官的却不会写书,元天亮是两全其美。说元天亮当上省政府副秘书长了,县上的领导但凡进省城必然要拜见他。到了省政府大门口,背枪的门卫不让进,说:我们是元秘书长老家的!门就开了,门卫还给敬个礼。

当然,让樱镇人感到温暖的是元天亮在省城那么多年了,学问弄得那么大,官做得那么高,说话还是樱镇的口音,最爱吃的还是老家饭,也热心为家乡办事。

为家乡办事的故事很多,其中最为说道的有三件。

一件是元天亮联系了香港一家慈善机构要为樱镇小学捐赠八十万元,让镇政府拍摄些学校照片寄他们先看看。镇政府派人却只拍漂亮的地方,还是仰拍。人家看了照片后说:这学校不错呀!便没有同意捐赠。樱镇人就骂镇政府不会办事,这是向人家要钱哩,不是向上级汇报工作显示政绩哩!元天亮只好又联系一个老板给了学校三十万元,学校盖了个教学楼,命名的时候,老板说不要以他的名字了,用他老婆名吧,就成现在“二妮楼”。

一件是元天亮通过省扶贫办拨了十万元加固镇前的河堤,但两年过了,镇政府却没有在河堤上增加一个石头,也没栽一棵树。县长知道了这事有些生气,可碍于元天亮的面子没有再追究,警告说:那你们就祈祷着今夏不发洪水,如果发了洪水冲堤毁坝,我就保不住你们了!那个夏天是下了大雨,却没发生洪灾,许亘镇长说他要谢天,趴在泥水里磕了个头。

一件是盘绕着莽山过来的国道改造,由二级公路建成一级公路,那也是元天亮通融了省公路厅的结果。所以,一级公路通车典礼时,元天亮被邀请了回来剪彩。

元天亮离开了樱镇一个月,樱镇人还在津津乐道元天亮,说元天亮瘦是瘦,鼻子下的两条法令特别长,这是当大官的相。说元天亮个头矮,不紧不慢地走内八字步,这是贵人气质,熊猫就走内八字,熊猫是国宝。说元天亮爱吃纸烟,手里啥时都冒烟缕,他属龙相呀,云从龙么,烟缕就是云。

虱子变了种

樱镇人这么说着,手就时不时地在怀里挠挠,或者顺手拿了烟袋杆子从后领往下戳,或者靠住了树身、门框和墙的棱角蹭一下背,因为他们身上总是有着虱子。虱子是最古老的一种虫，樱镇人司空见惯了，他们做这些动作常不经意，做过了也不多理会，犹如正做着活计顺口咳嗽了一下。所以，他们继续排说着元天亮，后又在不知不觉中转换了话题，说到天气说到收成说到镇政府的五马子长枪。虱子依然还在咬着，已经不满足了挠呀戳呀和磨蹭，就手伸在衣服里摸起虱子。

他们摸虱子的技巧都很精到，感觉到身子的某一部位发痒，而且酥酥的似乎有什么爬过，手指头就在口里蘸一下唾沫，悄悄地进到衣服里，极快地一按，果然就按住了一个肉肉的小疙瘩，揉揉，捏出来了是虱子，放到面前的石头上。你捏一个出来放在石头上，他也捏一个出来放在石头上。石头上已经有了许多虱子了，他们突然地发现虱子竟然有着不同的颜色，黑虱子、白虱子，还有一种灰虱子。

樱镇的虱子从来都是白色，即便是头发里的虱子，交裆里的虱子，都是白色的，而从华阳坪一带飞过来的虱子又都是黑颜色，见多了白虱子和黑虱子，怎么就又有了灰虱子？想想，他们就肯定了这灰色的虱子是白虱子和黑虱子杂交了出现的新的虱种！于是，他们觉得奇怪却并不害怕，还笑了说：马和驴交配了生下的是骡子，这灰色的虱子还算是虱子吗?！开杂货店的曹老八说：当然是虱子！大家也就觉得灰虱子蛮漂亮的。

带灯来到樱镇

有了灰色虱子的这个初夏，天热得特别快，池塘里青蛙刚刚开始产卵，屋后的檐水沟里早已聚蚊成雷。又过了十天，樱镇就下了一场冰雹。

镇街周围的冰雹有算盘珠大，咕哩咕咚地下了一小时，冷冰疙瘩在地上堆了一拃厚。街上的屋瓦差不多都烂了,树断了枝,地里的苞谷苗子原本两尺高的,全捣碎在泥里。人们立在地头上哭,后来听说南北二山的冰雹比鸡蛋还大,葛条寨被砸死了三头猪和一头牛,碾子沟村还死了一个老太太,他们才不哭了,回家去睡,要把自己睡去像死去一样。待到太阳出来,冰雹消化,地里一片狼藉,肮脏不堪,苞谷苗子一棵也没了,到处是枯枝败叶,还有着尸体不全的蚂蚱、蛤蟆、野兔、老鼠和蛇,又很快腐烂,镇街上的空气都是恶臭。

秋后要收获苞谷是没了指望,那就重新打算吧,人们把猪圈里牛棚里的粪挑出来,再一次撒在地里,套牛耕犁,种白菜,栽烟苗,播下各类豆子籽。其实土地是最能藏污纳垢的了,一经耕犁,就又显得那么平整和干净清新。

带灯就是那时来的樱镇。

带灯来了,耕犁过后的土地,表皮上却结了一层薄薄的壳,又长出了庄稼苗和各种野草野菜。带灯看到了猪耳朵草的叶子上绒毛发白,苦苣菜开了黄花,仁汉草通身深红,苜蓿碧绿而苞出的一串串花絮却蓝得晶亮,就不禁发了感慨:黑乎乎的土地里似乎有着各种各样的颜色,以花草的形式表现出来了么。

萤

带灯的原名叫萤。分配到樱镇政府,接待她的是办公室主任白仁宝。白仁宝一听说她的名字叫萤,就笑了:哦,萤火虫?!笑后又觉得不妥了,严肃起来,说:你怎么就要来镇政府?她说:不应该来吗?白仁宝说:当然应该。她说:我丈夫是樱镇人,他也在镇小学工作,市农校一毕业我就要求分配到这儿的,镇政府工资高,又有权势……白仁宝说:有权势?你觉得你能进步?!她说:我进步呀,在学校二年级入了党。白仁宝又在笑了,但这一次没有笑出声。他说:瞧你不懂,进步就是在仕途上当官。她说:我没想过当官。白仁宝说:你也当不了官。她说:为啥?白仁宝说:你太漂亮。太漂亮了谁敢提拔你,别人会说你是靠色,也会说提拔你的人好色。你看哪个女领导不是男人婆?她不爱听白仁宝说话,也就从那一天起发誓不做男人婆。在镇政府大院安顿住下后,偏收拾打扮了一番,还穿上高跟鞋,在院子的水泥地上噔噔噔地走。

从此,每个清晨高跟鞋的噔噔声一响,大院所有房间的窗帘就拉开一个角,有眼睛往院子里看。看到那两棵杨树上拉了一道铁丝,晾着鲜艳的上衣或裤子,看到萤端了脸盆在水管前接水,水龙头拧得太大了,水突然在盆子里开花,开了个大白牡丹花。以前大家刷牙都在房间里,现在却站在门口台阶上刷,但她端着接满水的盆子走了,脚底下像安了弹簧。他们就感慨:看来,许多传说都是真的!

萤的房间先安排在东排平房的南头第三个,大院的厕所又在东南墙角,所有的男职工去厕所经过她门口了就扭头往里看一眼,从厕所出来又经过她门口了就又扭头往里看一眼。会计刘秀珍就作践这些人:一上午成四次去厕所,是尿泡系子断了吗?!

一到傍晚,西排平房里老有酒场子,他们喝酒不用菜,吼着声划拳,有人就醉了,硬说他没醉,从院子里能看到窗口里马副镇长拿着酒瓶子倒酒倒不出来,拍了瓶子底嚷:这就是让人喝酒哩?这就是让人喝酒哩?!南排的平房里也响起了洗牌声,哐啷啷,哐啷啷,竟然也吵开了,门里扔出了什么东西。一只狗就卧在台阶下,立即跃身接了,但不是骨头,是一块牌。

萤已经和这条杂毛狗熟了,她一招手狗就过来,她要给狗洗澡。给狗洗澡的时候,许多人在看着,问:萤,你干啥哩?说:洗毛呀。问:杂毛能洗白吗?她就不回答了,把狗带到房间去洗。办公室的吴干事说:美人是不是都姓冷?农林办的翟干事就打赌:你请我吃一顿牛肉烩饼了,我可以让她笑。他就走去立在她的门口,狗却汪汪着不让进,翟干事说:你这狗,我都把你妈叫啥哩你还咬?萤靠在门上说:你把它妈叫啥哩?翟干事说:叫母狗么。萤果然就笑了。

这条狗的杂毛竟然一天天白起来,后来完全是白毛狗。大家都喜欢了白毛狗。

镇政府有集体伙房,萤吃了三天顿顿都是苞谷糁糊汤里煮土豆。做饭的刘婶照顾着新来的同志,给书记镇长递筷子时,筷子在胳肢窝夹着擦了几下,也给萤擦了几下。糊汤里的土豆没有切,全囫囵着,人人吃的时候眼睛都睁得很大。萤不会蹴在台阶沿儿上吃,她立着,翟干事也过来立着。会计刘秀珍和计生办的邢兰兰端了碗迎面走,邢兰兰在地上呸一口,刘秀珍也朝地上呸了一口。翟干事低声说:卖面的见不得卖石灰。萤听不懂。翟干事又说:你来了,她们还有啥争的!萤不愿听是非,就岔了话:咱长年吃土豆吗?翟干事说:起码每天吃一顿吧。萤说:把大家都吃成大眼睛,你眼睛咋这么小?书记和镇长在院子里放了一张小桌子吃饭,他们和大家吃一样的饭,特殊的只是要坐小桌子,小桌上摆一碟葱,一碟辣面,一碟碱韭花和一碟蒜瓣,书记爱喝几口,还有一壶酒,但他从来不让人。书记当下说:有了萤干事,翟干事眼睛会大的。翟干事说:或许会更小,人家太光彩不敢看么!正说笑着,伙房里起了骂声,是白仁宝和刘秀珍争执着什么,争执得红了脸就骂,气得刘秀珍把一碗饭摔出来。书记就火了,大声训斥,说:吃饭还占不住嘴吗?!把碗片子给我拾起来,拾起来!刘秀珍把碗片子拾了,大院里才安静下来。

萤在一个月里并没有被安排具体工作,书记说你再熟悉熟悉环境了,我带你下乡去。可萤还没有下乡,马副镇长就自杀,自杀又未遂,萤陪马副镇长在卫生院待了七天。

跟着马副镇长

那是个星期天的下午，镇政府大院里没有人，萤在铝盆里搓衣服，先是听到杨树叶子在风里响，啪啦啪啦，像是鬼拍手，后来又听到呻吟声，心里就觉得发潮。呻吟声似乎越来越大，是从马副镇长的房间里发出来的，走近去隔了窗缝往里一看，马副镇长是从床上跌到了地上，痛苦地在那里翻滚。萤赶紧叫人，只有门房的许老汉和伙房的刘婶，三人抬开门进去，桌子上有安眠片空瓶子，才知道马副镇长这是在自杀哩，立即就往镇卫生院背。

马副镇长是救活了，却被诊断患了抑郁症，终日要吃一大把药。待病慢慢好起来，马副镇长才开始给人讲他当时怎样的痛苦，觉得死才是解脱，所以就详细谋划着一套又一套死的方案：一定死在生日过后，这样阳寿是完整的，亲戚朋友都来了，也可以是最后一次看看亲戚朋友，也好让亲戚朋友最后集中看自己一面。上吊吧，不能用草绳，必须是布带子，布带子绵软，也只能在房间里不能在野外的树上，在野外鸟儿会啄吃眼睛的。但上吊舌头要吐出来，死相是十分难看，听说绳子挂得方位正确了舌头就不出来，而自己又哪里知道什么方位是正确的呢？这事无法请教。爬到房顶上往下跳？镇政府最高的房子只有两层，跳下去能不能死呢？如果不死，只是瘫着，那太丢人，而且想再死就无能为力了。从镇西街村的石桥往下跳，死是肯定能死的，可桥下满是石头，头先落地，脑浆或许四溅，或许脑袋壅进腔子，成殓时做个木头吗？棉花头吗？将给亲戚朋友留下多么不好的印象！那就吃安眠药，糊糊涂涂睡一觉，睡觉中就死了。于是他决定吃安眠药，吃了半瓶安眠药，穿了新袜子新裤子还有一双新鞋，上床蒙了被子就睡下了。他先还睡着在想谁谁欠了他二百元钱，他还借了谁的铜火盆没有还，他藏在家里北墙窑窝里的五百元钱还没给老婆交代，还得让老婆千万要纳详，和儿媳搞好关系。他这么想着，要爬起来写遗书，但还没有爬起来就什么都不知道了。一觉醒来，他以为已经死了，还在说：咋不见郭有才和李北建呢，狗日的也不来迎接？！这时候就肚子里翻江倒海地难受，想喝水，又没力气，从床上翻腾着跌下来。

萤问门房许老汉：郭有才是谁，李北建又是谁？许老汉说：郭有才是原办公室主任，因经济问题被审查的第三天半夜，在院子的银杏树上吊死的，他死后银杏树就伐了，卖给他家，他家给他做了棺材。李北建是以前的一个副镇长，元老海领人阻止隧道开凿后，书记镇长双双调离，他当上了镇长，可刚上任三个月就得肝癌死了。人都说李北建命薄，只能是副科级，给他个正科级他就托不起了。

萤从那以后，没事就在她的房间里读书。别人让她喝酒她不去；别人打牌的时候喊她去支个腿儿，她也不去。大家就说她还没脱学生皮，后来又议论她是小资产阶级情调，不该来镇政府工作。或许她来镇政府工作是临时的、过渡的，踏过跳板就要调到县城去了。可她竟然没有调走，还一直待在镇政府。待在镇政府里过了一年又过了一年，萤读了好多的书。读到一本古典诗词，诗词里有了描写萤火虫的话：萤虫生腐草。心里就不舒服，另一本书上说人的名字是重要的，别人叫你的名字那是如在念咒，自己写自己名字那是如在画符，怎么就叫个萤，是个虫子，还生于腐草？她便产生了改名的想法。但改个什么名为好，又一时想不出来。

马副镇长病好后，让萤到他主管的计生办里当干事。红堡子村有个妇女，已经生过两个女孩了还不结扎，一直潜逃在外。一天上午村长报来消息那妇女又回村了，马副镇长就带了她和另外三个人，还有卫生院的一个医生，赶去抓人。到了红堡子村天已黄昏，那户人家的门却锁着，再敲也没动静。村长说：难道全家又都跑了？马副镇长有经验，看见屋旁的地里还放着一把锄，门前的篱笆上夹着一撮葱，就大声说：人不在呀？人不在了把猪拉走！提了棍打得猪在圈里吱哇，果然窗子开了，扑出来了那家老汉。马副镇长说：你还给我耍花花招呀?！让人就从窗子进去。屋里那妇女的丈夫不在，只有她和婆婆。婆婆就磕头，头磕得咚咚响。进去的人不理会这些，将那妇女压倒在炕上就做手术。媳妇在屋子里杀猪一样地喊，公公就在猪圈里打猪，嫌猪叫唤了他才出来的。他又抽自己脸，说自己不应该出来管猪，拉猪就拉猪吧，一头猪能抵住孙子吗？媳妇还在屋叫，这公公就疯了，拿头来撞马副镇长，马副镇长一闪身，他头撞在墙上，额颅往下流血，喊：我有两个孙女我没有孙子啊，你们让我将来成绝死鬼呀?！就晕了过去。萤赶紧说：马镇长，他人死啦！马副镇长也慌了，说：你试试他鼻孔。萤试了鼻孔，鼻孔里还出气。马副镇长就说：人就恁容易死?！又朝屋里喊：完了没？屋里人说：完了！屋里人出来，医生抓把苞谷叶擦手上的血，马副镇长说：烧些棉花套子，给他头上的窟窿敷上，甭让流血。萤在檐下的背篓里寻着件破棉袄，掏出一把套子絮，交给了那个医生，说她要上厕所，就走到了屋后。

萤并没有进厕所，而在屋后的麦草垛下坐了。她是见过也动手拉过村里的妇女去镇卫生院做结扎手术，但从来没有经过到人家家来做结扎的，心里就特别慌，捂着心口坐了很长时间。马副镇长在门前的场子上喊：萤呢，萤干事呢？萤就站起来要到门前去，却看见麦草垛旁的草丛里飞过了一只萤火虫。不知怎么，萤讨厌了萤火虫，也怨恨这个时候飞什么呀飞！但萤火虫还在飞，忽高忽低，青白色的光一点一点地在草丛里、树枝中明灭不已。萤突然想：啊它这是夜行自带了一盏小灯吗？于是，第二天，她就宣布将萤改名为带灯。

带　灯

镇政府的人都认为“带灯”这个名字拗口，不像是人名。但带灯觉得好。从此,别人还叫她萤,小萤,她不应声,必须叫带灯。

鲜花插在牛粪上

带灯不习惯着镇政府的人,镇政府的人也不习惯着带灯。而镇政府的工作又像是赶一辆马拉车,已经破旧,车厢却大,什么都往里装,摇摇晃晃,咯咯吱吱,似乎就走不动了,但到底还在往前走,带灯也便被裹在了车帮上。带灯活得很累又焦虑,开始便秘,脸上也出了黄斑,她买了许多面霜在脸上搽,又认识了庆仁堂的陈跛子,抓中药熬汤喝。

丈夫说:带灯。带灯说:嗯。丈夫说:你这样下去也得抑郁病呀?带灯就烦起来,扭了头。带灯还披着一头长发,她的头发好,走路一闪一闪,像云在动。丈夫说:你不要留长发了,剪个短发,形象变了或许心情能改善。带灯说:我就不剪!趴在了后窗口。后窗外是镇政府大院通向镇街的长巷,巷子那边一户人家墙边长了一棵高大的椿树。他们在锯,锯声聒噪。丈夫说:如拉锯一样,声是烦人,你不能不让人家拉么,你不能忍受了就学着欣赏它。这可能是丈夫一生中说过的最有价值的话,带灯回过头来,先前听着锯好像在说:烦——死——我——啦!烦——死——我——啦!现在锯在说:这——样——也——好!这——样——也——好!树就被锯断了,枝干倒下来靠在房间后檐上,砸坏了四页瓦,还把屋顶上她晾的一件衣服挂扯了。镇政府的人都以为带灯要寻那户人家的不是了,但带灯新补了后檐瓦,什么话都没说。

带灯越来越要求着去下乡,天一亮就出门,晚上了才回来。她喜欢在山上跑,喜欢跑累了就在山坡上睡觉。她看见过盈川的烟草在风里满天飞絮,她看见过无数的小路在牵着群峦,乱云随着落日把众壑冶得一片通红。北山的锦布峪村有梅树大如数间屋,苍皮藓隆,繁花如簇。南沟的骆家坝村,曾经天降五色云于草木,云可手掬,以口吹之墙壁而粲然可观。发现了水在石槽河道上流过那真的是滚雪，能体会到堤坝下的潭里也正是静水深流。还有那树和树下的草，你看着它们，它们在那儿开花，你不看着它们，它们还在那儿开花，风怀其中，色彩摇曳。

镇街上有好多闲人，衣服斜披着，走路勾肩搭背，经常见着从大矿区打工回来的人了，就日弄着去吃酒打牌。遇到了年轻的女子，却要坐在街两边的台阶上吹口哨，这边喊：特色！那边喊：受活！带灯是他们见到的最漂亮的女人，但他们不敢对镇政府的干部流氓。带灯还是穿着高跟鞋，挺着胸往过走，头上的长发云一样地飘，他们就给带灯笑。带灯说：又害扰谁家店铺了？他们说：这没有。带灯说：那是酗酒了？他们说：没有，绝对没有。带灯说：没有？饭里没有茶里找，还寻不出你们的毛病?！带灯总是寻他们的岔，他们却也乐意着带灯能训斥，被训斥了还替带灯遗憾：你咋还在镇政府干呢？带灯说：我为啥就不在镇政府干？他们说：一枝花插在牛粪堆了！带灯说：敢说镇政府是牛粪堆?！轰着他们跑散了，跑散了，她说：牛粪堆上的花鲜艳么！自己给自己笑。

还是虱子

让带灯一直紧张的还是虱子。

南北二山的村寨里，也包括镇街上的人家，身上有虱子还可以理解，而镇政府的干部，甚至书记镇长的身上也有着虱子，这让带灯咋都想不通。大院里的树上拉上了好几道铁丝，大家都晒被褥，白仁宝把他的被褥紧挨了带灯的被褥，带灯就把自己的被褥收走了。白仁宝说：别人不给你惹上，你也会生的。带灯说：我就不生！白仁宝说：上天要我们能吃到羊，就给了膻味；世上让我们生虱子，各人都有了痒处。

建　议

带灯给书记和镇长汇报工作，汇报完了，谈了一个建议：能否在全镇搞一次灭虱子活动。书记说：你也痒啦？带灯说：我没虱子。书记说：其实虱子多了不痒。带灯说：都啥年代了，樱镇人还让虱子咬着？书记说：虱子能把人咬死？！书记和镇长都呵呵地笑，笑过了，书记说：只有带灯同志提这个建议啊！该不该灭虱子呢，当然该，我去县上开会，也担心别人发现咱身上有虱子。可樱镇是樱镇的特殊环境么，饥不择食，穷不择妻。樱镇现在是气囊上满到处的窟窿，十个指头按不住么，哪里还有精力财力去灭虱子？带灯当然已想好了她的措施，并不需要花多少精力财力，只要求各村寨村民注意环境卫生、个人卫生，勤洗澡勤换衣服，换下的衣服用滚水烫，再规定村委会买上些药粉、硫磺皂定期发给各家各户。在偏远的村寨里建洗澡堂或许不现实，可镇街三个村完全可以么。两个镇领导商量的结果，一是要支持保护带灯这种积极提建议的精神，同意和批准她的方案措施；二是就让带灯起草个文件发给各村寨，并由带灯负责督促镇街三村建洗澡堂吧。

带灯很积极，起草了文件，又亲自到各村寨发送。但文件发下去就泥牛入海，再没消息。她到南北二山的村寨去检查，几个村长从帽壳里取纸，撕成条儿卷了烟来吃，那纸就是她发下去的文件。带灯说：这件事很重要！他们说：政府每年发那么多文件，没有不说重要的。就问镇政府拨不拨款，如果不拨款村寨里烧屁吃哩，哪里有钱买药粉和硫磺皂？！带灯是没权力能拨款的，就到镇街三村催建洗澡堂，镇街三村比较富裕，人也应该文明。镇西街村的元黑眼那时还是新上任的村长，说：镇政府闲得没熊事干了，出这虚点子？！带灯说：这还不是为群众办好事！元黑眼说：苍蝇还嫌不卫生？带灯说：那你也是苍蝇？！

元黑眼领着带灯在村里走，路过一家，院墙坍了一半，院子里坐着个妇女在洗脚。元黑眼说：你男人后晌要回来啦？妇女说：要回来啦。这妇女的丈夫在大矿区打工。元黑眼说：钱拿回来啦，我给你留一个猪头？妇女说：他能挣几个钱呀，还吃猪头？走过了院墙，带灯说：看到了吧，这妇女还不是要洗脚？元黑眼说：洗的那脚干啥，男人回来了要日×哩又不是日脚呀！

灭虱子的事到底不了了之。

三个先进

带灯没有实现第一件她想干的事，她得出的经验是：既然改变不了那不能接受的，乃就接受那不能改变的。她再没有过任何建议，镇政府分配她干什么，她就去干什么，尽力干好。奖励部分干部的一级工资了，大家都争着，像鸡掐仗。而每年要评一次先进，没有钱，可以有张奖状，能去县城开会，大家就客气了，说：让带灯当！带灯就有了三个先进。

新形势

以前镇政府的主要工作是催粮催款和刮宫流产。后来，国家说，要减轻农民负担，就把农业税取消了。国家说，计划生育要人性化，没男孩的家庭可以生一个男孩了，也不再执行计生工作一票否决的规定。本以为镇政府的工作从此该轻省了，甚至传出职工要裁员，但不知怎么，樱镇的问题反倒越来越多。谁好像都有冤枉，动不动就来寻政府，大院里常常就出现戴个草帽的背个馍布袋的人，一问，说是要上访。上访者不是坐在书记镇长的办公室里整晌整晌地不走，就是在院子里拿头撞墙，刀片子划脸，弄得自己是个血头羊了，还呼天抢地地说要挂肉帘呀。门房许老汉的责任重大，只要一听到白毛狗咬，就往门外的巷里看，看见有人来了，赶紧关门。

有人打狗，曾经把狗的一条腿打跛了。带灯采了篦篦芽草，捣烂了给狗敷上，还用夹板子固定好。一个月后，狗腿能跑了，她再下乡就把狗也带上。

在接官亭村，村长给她发牢骚，她说：你村里几拨人到镇政府反映你的不是哩，你倒还有怨气？村长说：我咋能没怨气?！她说：你当村长的不就是催促个纳粮交税吗，现在粮不纳了，农业税取消了，你有啥子怨气？村长说：农业税原本就没几个钱么，有这个税了，我们和镇政府还有个契约关系吧，比如正浇地哩没电了，镇政府就会让电管所送电，现在就得我提上礼去寻电管所的人。电管所的人黑得很，给啥拿啥，不给啥要啥！带灯和村长话没说到一块，那天就没在接官亭村吃饭。不但村长没有留带灯吃饭的意思，还说：这狗挺肥的。带灯赶紧把狗拉走了。

镇政府大院里的银杏树上，头年的腊月有葫芦豹蜂在筑巢。有人要用竹竿捅掉，白仁宝不让捅，说：在咱院子里就是咱养的，它能镇宅哩。可巢越筑越大，已经像个泥葫芦吊在树桠上，蜂团结着那么一大堆，有一天不知何故蜂团炸了，成群的蜂在院子里飞，吓得职工全躲在房间闭门关窗。镇长也就火了，让翟干事和吴干事把蜂巢弄下来。翟干事和吴干事用衣服包了头，搭了梯子，拿火把去烧。烧是把蜂全烧死了，没蜇着人，但翟干事从梯子上跌下来，把尾巴骨跌裂了，自此腰圈着，伸不直。

镇工作重点转移了

根据形势的发展，镇政府的工作重点转移到了寻找经济新的增长点和维护社会稳定上。镇政府于是成立了社会综合治理办公室。

带灯差不多陪过了三任镇党委书记、两任镇长,已经是非常有着农村工作经验的镇政府干部了。综治办一成立,新的镇长就让带灯当主任。带灯说:呀,给我个官!回报我吗?

新镇长其实是樱镇政府的老人手,原来是副镇长,为了进步,常要去县上走动,每一走动,最起码就让带灯去乡下收些土鸡蛋,或者蜂蜜和木耳。带灯收这些土特产的钱是自己掏的,从没让副镇长付款。副镇长就亲热地叫她是姐。但副镇长去了外地小乡任了一届乡长后又回到了樱镇当镇长,带灯心里发笑过:这我还投资有效么。

镇长说:这是我力排众议,一定要让你当的!带灯说:你是拿鱼在火炉上烤么,谁想当谁当去。镇长说:越是想当的越不让他当!姐,兄弟才当镇长,你得帮哩!

带灯就当了综治办主任。办公室有三间平房,配备了一个姓侯的干事。第一天让侯干事到镇街的木器店去做牌子了,镇中街村的换布就来祝贺,噼里啪啦放了一串鞭炮。

换布仍戴着那副墨镜

换布现在是镇中街村的村长,还和他兄弟拉布合伙开了个钢材铺,已经是樱镇的英武人。

但换布仍还戴着那副墨镜。

樱镇上有许多他的笑话。一个笑话说他晚上睡觉都戴墨镜。有一回没有戴,睡到半夜就醒了,爬起来拉电灯绳。他媳妇说:干啥呀?他说:取墨镜呀,不戴睡不实么。他媳妇说:我戴着哩。

另一个笑话是换布买了个手机,也给媳妇买了个手机,但很少有人给他们打电话。晚上两口子睡下了,换布给他媳妇打,他媳妇接听了,问:谁呀? 换布说:我! 他媳妇说:啥事? 换布说:把腿取下去!

竹　子

侯干事去定做牌子,与木器店谈好价钱是八十元。当时没有付款,店主说:不能给我打白条子呀。中街村老王家的饭馆,上一届镇长老打白条子,他一调走,新镇长不认了,害得饭馆关了门。我可是靠这个店面养活七口人哩。侯干事有些生气,说:去,我们主任是带灯,带灯赖你钱?! 侯干事到带灯那儿报账,牌子钱是一百二十元。三天后,店主问侯干事要钱,侯干事却要人家请他吃顿牛肉烩饼,店主不愿意,给带灯打电话,带灯才知道侯干事多报了四十元,严肃地把四十元收了。

侯干事说:主任,这事你不要给书记镇长说。带灯说:不说。侯干事又说:也不要给外边人说。带灯说:我让外人笑话镇政府的人为了四十元去贪污,我不寒碜呀?!

带灯不再热惦了侯干事,侯干事也知道带灯冷淡他,没事就往计生办跑。计生办还是马副镇长兼着,他当副镇长当得实在太长了,身体又不好,脾气就越发大,把他的干事竹子常骂得哭。

竹子是从大学毕业后分配来的,马副镇长嫌她八点上班的九点才到办公室,还不扫地抹桌子,去伙房里提开水。竹子在花盆里种指甲花,把指甲花捣糊了敷在指甲上染颜色,马副镇长把他熬过的中药渣子倒在花盆里。他一骂竹子,竹子就哭,他再骂:你是刘备呀,哭着哭着害人哩?! 竹子又哭。

竹子一哭,侯干事肯定便去了计生办,给马副镇长倒茶水,让马副镇长消气。马副镇长喜欢侯干事的小殷勤,当然也能看出蹊跷,当着很多人的面给带灯说:啊哈,计生办没馋上综治办的腥,综治办倒要偷计生办的肉了!

说 日 子

一进腊月，樱镇多雾，雾沉沉的，远山近水都发虚。但有雾的天气里不显得冷。一旦太阳亮堂了，镇街上再没新鲜事，却扫溜地风，干冷干冷。大多的人没事就在家里坐炕，孩子们拿了小火盆轮圈儿，火没生旺，倒弄得一额颅鼻子的灰黑。镇政府大院里的人在村寨里都有自己的熟人，要么被叫去家里吃扁豆面，或者猎到果子狸了，和竹笋炖烂，泡了苞谷面饼子吃，要么有人就袖着手，怀里揣着一瓶烧酒，晃悠晃悠到大院来。来找白仁宝的是元斜眼。

元斜眼正面看你的时候，其实看的是综治办门前的那两棵樱树，树下带灯双腿夹着白毛狗和竹子说话。竹子去了一趟县城，回来给带灯带了一本老县志。竹子在给带灯讨好，说她是在一个同学家发现了这本老县志，立即就想到了带灯主任，她是偷着拿回来的，然后就笑，就说偷书不为贼么。元斜眼就说：漂亮女人咋都在镇政府？白仁宝收了那瓶烧酒，问肉铺里最近有没有不喂加工饲料的肉。元斜眼说：过几天就去深山里收购呀，到时候给各位领导都留着。这漂亮女人都好过谁了？白仁宝说：你这眼睛就是看漂亮女人斜了的，还看?！带灯和竹子没搭理，拿了老县志就进了带灯的房间。

元斜眼和白仁宝在院子里说话，好多人也跑出来，骂元斜眼不请他们喝酒，元斜眼说：请么，请么。就撕了烟盒子给大家发纸烟，然后说没盐没醋的事。后来什么地方噼里啪啦响了一阵鞭炮，说镇街拐子巷的刘得山今日成婚哩，找的是在大矿区塌死的王存金的婆娘。刘得山半辈子光棍，没想现在有了女人还有了娃，这三个娃都对刘得山好。林业办的黄丁事说：这就是你不×娃他妈，娃不叫你爹么。白仁宝就骂：你狗日的嘴呀！

带灯在房间里翻看老县志，寻找有没有关于樱镇的史料，就翻到了除了松云寺外竟然还有驿站的记载。樱镇曾是秦岭里三大驿站之一，接待过皇帝，也寄宿过历代的文人骚客，其中就有王维苏东坡。带灯吓了一跳，说：樱镇还有这份光荣呀，你听说过吗？竹子说：没听说过。带灯说：我也没听说过。院子里白仁宝他们又在感叹这日子过得快。元斜眼说：去年腊月还放天灯，天灯是飘过石桥上空时遇了风烧着了，好像是昨天的事，咋眨眼又腊月了？日子这般快，得抓紧活么，白主任还能吃不？白仁宝说：能吃。元斜眼说：还是如狼似虎？白仁宝说：还行。元斜眼拍手说：身体好，咱就活个好身体么！马副镇长在水管前冲洗老花镜，说：说啥哩？白仁宝就哈哈笑，说：老汉是好老汉，可惜有枪没子弹。马副镇长说：说谁哩？元斜眼说：就说你马镇长。马副镇长说：是副的！竹子看了看窗外，一只虫子飞来砰地撞在窗玻璃上，然后就掉在窗台上。竹子说：他们觉得日子快，我倒觉得每日天长得黑不了。带灯说：觉得日子快的都是日子过得好么。带灯还要继续翻老县志，竹子又从怀里掏出一本书来，是元天亮的散文选，问带灯读过没？带灯差不多读过元天亮的四本书，偏偏这一本没读过。竹子说这里也有一篇文章，写了元天亮看过一位文友写过一段话是世上擀面条最好的是他妈，元天亮就说这不可能，世上擀面条最好的应该是我妈。带灯听了，却也说：我妈擀面条才是世上最好的。两个人就咯咯咯地笑起来。

到黑鹰窝村

白仁宝和元斜眼说日子过得快，马副镇长就警告：人嘴里有毒，不敢说满话。果然各村寨的村委会选举工作就布置下来了。带灯在头一天还给竹子夸口今年没患过病哩，看了一夜元天亮的散文选，第二天就拉肚子。按照部署，各村寨村委会选举，镇政府的职工都得分配下去监督、联络。带灯病了，吃上药也得去，去的是黑鹰窝村。

带灯盼着去黑鹰窝村。

黑鹰窝村是丈夫的老家。丈夫的母亲去世早，父亲续了一房，后来父亲也去世了，丈夫就很少再回去。但带灯可怜后房婆婆孤单，但凡因工作到了黑鹰窝村或者黑鹰窝村附近的村寨，都要买一包红糖和一纸箱方便面去看望。这次黑鹰窝村的选举顺当，选完了去的后房婆婆家。婆婆正赶了牛往山上，见了喜欢得直叫她的名，把牛又拴了，开门就取了蒸炸的鸡给她吃。她说不吃了，有病了。婆婆说吃饱饱的就没病了。她说吃出病了。婆婆说，天话，还能吃出病？带灯只得捏出个鸡冠吃了，要帮婆婆放牛。婆婆坚持挡她说老张会帮放牛的。带灯说我锻炼锻炼么，就和婆婆赶牛上山，却问：哪个老张？婆婆说：秃子老张。带灯说：咋是个秃子？婆婆说：他人好。

其实带灯在明知故问，她收麦天来过黑鹰窝村，见过老张。老张是个鳏夫，有个儿子在大矿区听说当了工头，三年里都没回来。她也就听到了一些村里人说婆婆和老张的闲言碎语。就在选举时，村里的刘慧芹和她熟，她问过婆婆的事。刘慧芹说老张从外村包养了两只狗崽，自己留一个，一个给了婆婆，这两只狗交交不离，婆婆和老张也混搭在一起没黑没明。村里人给两只狗分别叫他们的名字，公狗叫海量，母狗叫玉枝。刘慧芹说这话的时候，有些抱打不平，说：现在年轻人都出去打工了，尽剩些老年人，人老了得有个伴么。

在山上，果然见到了那个老张。他手帕里包了一块狗肉等着给婆婆吃，当然也拧下一块要给带灯吃，说前大两只狗合伙咬死了一户人家的鸡，被人家骂得难听，他回去用镢头把他那只狗收拾了。带灯不想吃狗肉，也不想再和老张说话，正好见刘慧芹隔壁那个小伙也在山上砍柴，他砍着一蓬葛条蔓，葛条蔓错综复杂得拉不出个头，她便过去帮忙。小伙要感谢她，也从怀里掏出一包炒干的獾肉，说：你吃，吃渴了我到崖下边的家里弄水去。山里人常能捕猎到獾和果子狸，但带灯没吃过，想尝一口。谁知他不厌其烦地排夸他是在梁头上猎到獾的，他先看到獾屎，獾屎湿漉漉的，他就知道獾就在附近，果然獾就藏在一个土洞里。他说：别以为打猎看野狗的蹄印子哩，要看屎，屎即便不冒气，只要还湿漉漉的……带灯便有点反胃，不吃了獾肉干，也不再帮着拢柴，跑去撵那群锦鸡。

山上的锦鸡很多，但带灯一只也没抓着，只捡了一根花翎子。

王后生把书记堵在了办公室

也就在这一天的黄昏，王后生给白毛狗撂了一根骨头，趁势进了镇政府大院。镇政府的职工都还在乡下，没有人，等门房许老汉从厕所里出来，突然看见王后生已站在了镇党委办公室门口，赶紧跑出大门喊来人。

书记正批阅文件，觉得光线暗了一下，一抬头，王后生笑眯眯地说：书记！就坐在办公桌前的椅子上。他坐得很规矩。书记要躲没躲及，说：你来干啥？王后生说：我来反映群众的呼声。书记说：你咋恁多的呼声？！王后生说：不是我的呼声是群众的呼声。书记说：把舌头摆顺，不要给我说那样的话。书记往墙上看，墙上挂着一面锦旗，锦旗有些斜了。书记说：说那样的话我比你会说。站起来去把锦旗挂端了。王后生说：那就算我的呼声了，我反映的是……书记并没有揉手，又坐在了办公桌后批阅文件，说：镇政府是有各职能部门的，告状的事你找综治办吧，我正忙着。王后生擤了一下鼻子，说：这事我得找你。书记说：你不能找我。王后生说：这得找你！书记就看着王后生，王后生双手伸到了口袋里，口袋里竟出来了两条蛇，是白蛇。书记是惊了一下。王后生又擤了一下鼻子，用手玩着蛇头，说：这只能找你呀，书记！书记盯着蛇头，手里的笔在桌上轻轻地敲，说：我见过两头蛇，你那是双头蛇吗？王后生说:我这是单头蛇。书记说:哦,单头蛇,单头蛇毒不大性欲大,你没有在手帕上让猫尿了,让蛇爬上去排精液,那样手帕在女的口鼻前晃晃,女的就迷惑了会跟你走?!王后生说:书记你还懂得这些?书记说:泥里水里过来的人,我啥事没经过?!

带灯拿了那根花翎子刚回到镇政府大门外的巷里,许老汉急急往出跑,见了带灯就说:快,快,王后生要害书记哩!带灯说:王后生咋要害书记哩?许老汉说:他拿了蛇把书记堵在办公室!带灯就往书记办公室来。

王后生果然在玩着蛇头和书记说话,带灯一进去,抓了撑窗子的竹棍梆梆先敲了两下蛇头。蛇头缩进了口袋,连王后生的指头也敲疼了,哎哟地叫了一声。带灯说:王后生你要干啥?王后生说:我来给书记反映群众呼声。带灯说:反映呼声带着蛇,威胁书记吗,行凶吗?!王后生说:我玩我的蛇哩,该不是犯罪吧,他马副镇长不是也经常手里玩石球吗?书记有了带灯,书记一仰身子靠在了椅背上,说:好,好,你说你那呼声。王后生说:我要反映的是……带灯说:把口袋给我捂严!王后生就把口袋捂住了,给书记反映南河村选举的事。

王后生说南河村这次选举,是村委会和监委会同时选,而选民一千一百二十名,没被提名的候选人刘小白得了七百多票,被提名的候选人郭三洛得了四百多票。票一唱,镇政府派下去的联络员说选举无效,要求重选。这怎么能重选呢?泼出去的水能收回吗,种了萝卜籽能不让长萝卜吗?镇政府一直在强调选举要公开公平公正,群众以自己的意愿选出来了,重选这不是耍弄群众吗?到底是村民要选自己的带头人呢,还是镇政府要选自己的狗?!

王后生话没说完,书记脸色就变了。带灯看了书记一眼,立即站在了办公桌前,隔开了书记和王后生,说:王后生,嘴往干净些,谁是镇政府的狗?王后生说:这是南河村群众的话,我只是传达。带灯说:你是哪村人?王后生说:老街道呀。带灯说:南河村的事让你老街道人传达？王后生说：现在他们在和联络员僵着，你们不管就不管吧，如果打起来，有了流血事件，那县上、省上总会有人来管的。带灯说：你还要挟呀？书记说：让他说吧，给倒一杯水，他口舌干了，润润嗓子继续说。说完，书记倒从办公室往出走。王后生说：书记你不能走。书记说：我让你啥话都说，你不让我拉屎啊？

带灯以为书记趁机走脱，这样走脱了也好，由她来对付王后生。但带灯从水瓶里倒水时，水瓶里没了水，就提了水瓶到伙房去。一出办公室，书记却在院子里晾着的被褥后给她招手。书记是强势人，平日在镇政府大院里说一不二，对带灯也从来不苟言笑。带灯倒心里疑惑他怎么对王后生不拍桌子骂人了也不说一句硬话？她走过去说：书记，你怎么能让他把你堵在办公室？书记说：是得收拾门房了！我要不是书记，我打断他的腿，狗东西还带了蛇?！带灯说：他不敢放蛇咬死你。书记说：谅他也不敢！哎，他怎么就带了蛇，这大冬天的怎么会弄到蛇？带灯说：我听人说过，他以前到县东王镇上跟人学过玩蛇，回来后就抓了两条在他家地窖里养着。书记说：我一会儿进去了，你去派出所找王所长，收缴他的蛇，不允许他整天拿着蛇吓唬这个吓唬那个。带灯说：听说他采蛇胆汁治糖尿病的。书记说：治他妈的×！书记就往办公室去。带灯说：你不要进去了，我来支应他。书记进了办公室，嘴里说：屎！

带灯提了水瓶并没有去伙房打开水，而是去了紧邻的派出所。至于书记又是怎么和王后生说，她再不清楚。等她返回来，王后生已经离开了书记办公室，还笑笑的，对带灯说：阎王好见，小鬼难缠！

但是，王后生出了镇政府大院，正走在去镇街的巷子里，巷子里站着派出所的王所长。王后生谁都不怕，就怕王所长手里的那根电棒。王所长命令着把蛇掏出来，王后生就掏出蛇，王所长让王后生把蛇放在一块大石头上，然后用小石头去砸，王后生也只得去砸。砸了十八下，把蛇砸成了泥。

汇报各村寨选举情况

南河村的选举是出了问题，书记有些气恼，第二天召回了各村寨派去的联络员，让大家汇报选举情况。

联络老君河村的说：选举时一半的群众不到场，尤其东头第六组十二户人说选举个啥哩，镇政府让谁当谁就当去，不论谁当，我们都是吃不上水。因为前年山体崩塌，深埋了一口泉，镇政府曾给拨了些钱让淘泉，可村干部一直没淘。还有一些群众说，把上届的工作总结总结看都干了些啥事，把账目公开看卖村房的钱和接收三家户口的钱都花到哪儿去了。一半的群众不到场，选举就难以进行，最重的工作还是动员群众，但动员群众就得解决村里许多遗留问题。

联络纸坊村的说：国家优惠政策多了，低保面积大了，比如灾后重建补贴是三间房两万七千元，倒坍一间房补贴九千，温暖工程每户六千，土坯房改造每间房两千，还有大量的救急面粉和钱款衣物，村干部的权力就很大。这就出现了这种局面，只要给群众点滴好处就成了私人关系，干部叫咋就咋。少数有想法的人却力量不足，而且也不会集中选票，各自为战。所以纸坊村候选人是选出来了，一共五百人，票数刚刚是二百五十一票，这就担心正式选举时能不能选出来。

联络镇西街村的说：选举前几个村干部都在活动，有给选民送方便面的，有给送柿子醋的，一户一塑料桶。元家老四在镇街食堂里请吃了二百八十碗牛肉汤烩饼。其实群众心里清楚，现在国家给予的项目多，如修路架桥呀，整理水渠呀，村容建设呀，都平均化了，也不显示那个村寨的工作就好，村干部的能力就强，只是谁想当干部也是想成为村里自动的包工头弄点钱罢了。在选举中，宗族势力大的就有优势，有钱的就有优势。我们是联络员，但群众大骂的是我们，他们不敢惹事，自己写了选票后倒说是镇政府已经内控了，骂镇政府是狼，村干部是狼娃。我们作为镇干部不干啥时很舒服，优越生活，有头有脸，而为了选举在村寨里走动，就觉得尴尬、耻辱、不自在。或许是我们几个能力太差吧，建议镇西街村的村情复杂，能派些水平高的同志去。

联络陈家坝村的说：我们选完了。是从支部里提名作为村委会候选人，再各选一名陪选的。公示后就正式选出村委会。这样村支部和村委会是同样的四人，支部书记就是村长。

联络西沟岔村的说：很对不住镇领导的信任，我们的选举没有成功。原因是原则上定的是海选，西沟岔村的群众爱认死理，他们选了两位村长候选人和三位村委员候选人，都不是我们提名的支部委人员。以镇政府要求，支部委成员兼村长和委员，可以减少人员利于工作和团结，而两个支部委的各差二百八十票和三百票，就是加上他们两人，村委会候选人就成了七人。上级规定一千至一千五百口人的村最多发五个村干部的工资，现七个人当然不行，就得重选。可如何重选，怎样说服群众，我们还想不出好办法，需要领导定夺。

联络杜家岭寨的说：我们要求换个村子，因为杜家岭寨是三县交界处，建国以前这里就是土匪窝，这十多年村寨里积怨又深，有十多个尿咬腿的人，搅得选举无法进行，还发生了一次打架。我们三个都不是撵狼的狗，觉得很无奈。

联络南河村的说：我们是出了问题，而且让王后生趁机上访，我们愿意接受领导批评。但我们没有功劳有苦劳，三个人都有病在身，我是胃吐酸水，老陆是高血压，张会计跌了一跤，把骨头跌断了。说到这儿，有人说：张会计好好的呀，怎么骨头就断了？回答说：她把门牙掉了。有人说：门牙掉了就是骨头断了？回答说：门牙是不是骨头？接着继续说：我们只是在工作中出了一次疏忽，谁也没料到这就毁了选举。选举发票原本是之前成立的选举委员会来发，但我们想让郭三洛当，让他指定个他信任的人来代理，就把选票交给了那个刘三踅。郭三洛负责召集选民，每个到场的选民发五元一包洗衣粉。但发票的刘三踅发现监委选票上有郭三洛的名字，以为选了监委就不能选村长了，私自将监委选票扣下，结果使郭三洛票数不够。郭三洛也是认不清人，还说刘三踅是村里最聪明的人，屁，整个猪脑子！

汇报完后，书记发了火，严厉批评了西沟岔村、杜家岭寨、南河村、镇西街村、红堡子村、接官亭村的选举工作，调整了联络人员，重新提出了要求，部署了复选的举措。书记接着表彰了黑鹰窝村的选举工作，让黑鹰窝村的联络人介绍经验。联络黑鹰窝村的有四人，一个农机办的干事，一个是白仁宝，再就是带灯和侯干事。侯干事逞能先站起来说我们四个联络人团结一致，没有分歧意见，所以选举顺利，人也觉得不累。选举时我们就立在边上还说黄段子，我给白主任说，黑鹰窝村的那个麻子去一妇女家睡后那妇女要二十五元钱，掏出来五十元找不开，妇女说笨死了，明天再来就不用找了。黄段子还在说着，选举就结束了。白仁宝见侯干事胡说，就打断了侯干事的话，说黑鹰窝村比较分散，岭下三个组，岭上两个组，他们除了做过认真细致的选举前工作外，也给联络人员和选委会的人一人一碗牛肉汤烩饼和一盒五元钱的纸烟。岭上两个组路远，再加一包方便面和一瓶矿泉水。书记把白仁宝也制止了，让带灯说。带灯说主要是黑鹰窝村的老支书好，老支书能力强、威信高，镇政府曾照顾面粉给村里，他拒绝了，说是那样会制造矛盾，吃都有吃的。镇政府号召村干部年节里巴结在外工作的人弄项目资金，他说年节都会回来看我哩，人家在外也不容易，叫人家作难着弄啥哩。他会干工作，那年镇政府命令群众多种烟叶，我们去用拖拉机犁苞谷地，群众不愿意和我们闹，是他大声喝止住，私下里给镇干部说你把带头的哄到一边带走嘛，你去羊群里拉羊能拉走？事情果然就平息了，那年烟叶种植面积黑鹰窝村完成得最好。这次选举，上届的村长还想继续干，老支书苍苍嗓子说：安杰，你屁股上的屎擦不净，村里剩下的那些电线电缆哩？干了一届能安安妥妥下来就算烧了高香了，让文栓上嘛！想得通就想通想不通也往通里想和组织保持一致嘛。老杨还当副村长，书山还当委员，淑芹你还抓妇女工作，就这样噢。老支书这话一说，大家都不吭声了，事情就这么定了的。带灯说到这儿，问书记，还往下说吗？书记说：这个经验很重要，一个村寨里一定要有个有权威的人，我们选举村干部，就要选出这样的人。再说说，选举时用了啥办法保证了选民意见统一的？侯干事就又站起来说，老支书把人事一安排，留下白主任和带灯主任去他家吃饺子。带灯主任那天闹肚子吃不成，去看她的后房婆婆了，我和选委会的人拿了票箱到岭上组去，寻了个崖根在票上打钩，一个小时就回来了，一切按部就班，又平安无事。白仁宝就拉侯干事衣后襟，不让说了，侯干事便坐下来，不说了。

书记讲了塔山阻击战

书记最后讲话，讲的却是塔山阻击战。

大家都知道辽沈战役吧，也都知道塔山吧，塔山是辽沈战役中一个战略高地。凡事要成功，就是必须占据你所要干的事情的制高点。为了塔山，国民党参战的是十一个师，我东北军参战的是八个师，战斗异常激烈，你占领了我夺回来，我占领了你再夺了去，尸体遍地，血流成河。我军前线指挥员向林彪汇报，说部队损失惨重，已伤亡数千人。林彪只说了一句：我不管死多少人，我只要塔山！

书记说：我也只要选举工作成功。啥叫成功？没有上访就是成功！

带灯做了个奇怪的梦

樱镇各村寨的选举工作一结束，已经到了年根，镇政府的工作除了防火防盗检查安全隐患和组织秧歌、社火等群众娱乐活动外，就没事了。马副镇长在院子里说：只说这一年过得快，没想到腊月了却度日如年！仁宝仁宝，你不去打些野味？白仁宝说：元家兄弟会去弄的，到时候我让给你拿个黄羊腿。马副镇长说：我要果子狸！侯干事悄悄给带灯说：听出味儿了吧，今年春节咱得给领导拜年哩。带灯说：我谁都不拜！

春节里，带灯真的是没有走动各位领导家，也没有去丈夫的学校；她要求值班，就留在镇政府大院。带灯没有去丈夫的学校，是丈夫在年前辞掉工作去了省城。丈夫爱画画，也正是丈夫能画梅花兰草之类的画，带灯才喜欢上了他，可丈夫在学校教了几年书，一心想着要发财出名当画家，就辞职去省城闯荡。带灯反对过，没起作用，也便不再阻止。一年里，丈夫回来了两次，每次回来他们都争执，总是不欢而散。带灯伤了心，感情也慢慢淡下来。她决定留下来值班，去元黑眼的肉铺里买了肉，去曹九九家那儿弄了些菠菜、蒜苗和萝卜，陈跛子医生又给了二斤豆腐，就在伙房里自己做饭吃。

竹子见带灯留下来一人值班，也不想回县城的家了，说：我陪你。就陪着带灯。陪带灯的还有白毛狗。

第二天，带灯和竹子在镇街上买鞭炮，遇见了提了个大包袱的李存存。李存存是镇东街村的，和带灯熟，问带灯过春节呀咋还在镇上，带灯说她值班。李存存要带灯和竹子去她家吃饭，带灯不去。李存存说：你是镇政府的，巴结不上！可这个你得拿上。从大包袱里取出来的是两条红绸子内裤。带灯说：当街上你给这个?！李存存说：我刚买的，买得多，过年讲究穿这个，穿上了一年都平安哩！带灯见李存存实诚，也图个吉利，就把内裤接收了。

回到镇政府大院，两人穿上内裤在镜子前照，内裤上竟然还绣了朵玫瑰花。两人就咯咯地笑，穿上长裤了，摸摸屁股，还是笑个不止。竹子说：植物把花开在头上，咱却穿在底下。带灯说：其实也对着的。你知道花是植物的啥东西？竹子说：啥东西？带灯说：是生殖器。白毛狗汪地叫了一声，带灯觉得白毛狗能听懂人的话，就闭了嘴，不再说下去。

内裤穿了三天，觉得痒，脱下来洗，谁知道掉颜色呀，把盆子里的水都染红了。带灯说：玫瑰就这样谢啦?!

但就在这个晚上，带灯做了一个梦，梦见了元天亮。

元天亮那年回樱镇，带灯才到镇政府，元天亮被人拥簇着，她没资格能到跟前去，只是远远地看过。带灯想，我父母去世了五年，总希望能在梦中见到他们，却一次也没梦见过，竟然就梦到了元天亮，是樱镇人嘴上常提说元天亮，听多了受到影响，还是这些天太多地读了元天亮的书，心生崇拜所致？带灯觉得非常奇怪。

学会了吃纸烟

更奇怪的是梦见了一回元天亮，元天亮竟然三番五次地就来到梦里。带灯有些恍惚。有时在镇政府会议室开会，听着听着想到梦里的事，会都散了，她还坐着发瓷。有时和竹子在镇街上吃米皮子，竹子去把米皮子端了来。见带灯又坐在那里发瓷，竹子说：你咋啦？带灯赶紧搓搓脸，说：哦，没啥呀，白毛狗没跟咱们来吗？

带灯开始了吃纸烟。

樱镇上许多女人都会吃纸烟，这并不稀罕，但带灯一学会了吃纸烟，就吃得勤，吃上了瘾。

她告诉竹子，她已经体会到了人的神是常常就离开了身子外出的，吃纸烟才能把神收回来。竹子便常看到带灯能连吃两支纸烟，然后静静地坐了，还闭上眼。

燃烧的雨

初春里还有些冷,能看见嘴里鼻子里的出气,但天上一有了粉红色的云了,就要下雨。雨不是直着下,而且也下不到地上,好像在半空里就燃烧了,只落着一层粉末,脸上脖子上能感觉到湿湿的,衣服却淋不透。

这时候带灯爱到镇街北坡上去挖野小蒜。冬天一过,野小蒜是出来最早的菜,尤其炒了调饭,味道特别尖,打老远都能闻到香气。带灯在山坡上挖野小蒜,似乎不是她在寻着野小蒜,而是野小蒜争先恐后地全到她的身边来,很快就挖到了一大把。有人在坡沟里唱秦腔,扭头看了,是元家老五赶了一头猪走过。元老五隔三岔五要到北边山寨里去买猪,买了猪就吆回来。他吆猪是一手提了猪的尾巴,一手拿着树条子打猪的耳朵,猪不知道这是吆着去肉铺子杀它,而快乐地迈着碎步往前跑。带灯就在那里发笑。刚笑着,一层云从山道上像水一样地往过流,镇长竟然就走上来,喜欢地说:啊你咋在这,给我笑哩?

因为是同学,也因为年龄比自己还小,在镇政府大院里带灯是和镇长啥话都说的,她看着镇长满头大汗,脚上的皮鞋破旧得鞋头都翘了起来,也真给镇长笑了,说:是笑你哩,笑你又到碾子沟村看那个小寡妇了?镇长说:又听谁在嚼我舌根?带灯说:老实说,有没有那事?镇长说:在你眼里,我口就那么粗呀?!

带灯弯下腰再挖一棵野小蒜,说:你也换换你的鞋。又挖了一棵野小蒜。镇长不好意思地用草擦着鞋上的泥。樱镇上的女人弯下腰了屁股都是三角形,而带灯的屁股却是圆的。镇长禁不住手去摸了一下,声音就抖抖的,说了一句:带灯。带灯怔住,立即站直了身,她没有回头看镇长,说:我是你姐!镇长说:啊姐,我,我想抱抱你……的衣服。带灯靠住了一棵树上，树上一队蚂蚁整齐地往上爬。她说：今日咋就有这想法啦？镇长说：我其实一直有这想法。带灯说：瞧你那泥手，去洗洗。坡洼里有一眼泉，泉边落满了灰色的蝶，镇长一走近去，灰蝶就乱了。镇长洗手，水有些凉。带灯说：洗洗脸。

洗脸的时候，镇长打了个冷战。带灯就站在身后，说：你肯认我这个姐，姐给你说一句话，你如果年纪大了，仕途上没指望了，你想怎么胡来都行。你还年轻，好不容易是镇长了，若政治上还想进步，那你就管好你！

镇长在泉里洗了好久，甚至连头都洗了，起来嘿嘿地给带灯笑，然后看天上雨，说：雨咋是这样的雨？

两人从山坡往下走，镇长走在前边，跺着脚让枯草中的蚂蚱飞溅，并让露珠全湿在自己的裤管上了，然后才叫带灯再走。他告诉着带灯本来这几天镇政府要安排今年烟叶生产工作的，县上又来了文件，取消退耕还林补贴，再次实行坡地改修梯田，他就是到北边几个村寨查看那里的坡地去的。带灯觉得疑惑，八年前要求退耕还林，一亩地补贴一百元钱，各村寨都有指标，一些村干部常到镇上领树苗卖掉了钱自己花，才使樱镇有了许多这方面的上访，好不艰难地正规些了，却怎么政策又变了？带灯说：变来变去的，这不神经啊?！镇长说：改革么，就和睡觉一样，翻过来侧过去就是寻着怎么个能睡得妥。带灯说：那就把咱在基层的累死！镇长说：好的是每亩又要补一百七八十元。带灯说：镇政府又想套取些国家资金啦？镇长说：你这姐！有些事是能做不能说，有些事是能说不能做的么。

到了坡下石桥后村，满空里雨全在燃烧了，燃烧得白茫茫一片，一户人家的篱笆后，突然有鹅就跑出来，极快地啄了他们的裤管，赶紧走，鹅还穷追不舍，嘎嘎地叫。乔虎就站在门口。带灯说：乔虎乔虎，喊住你的鹅！乔虎说：那是在欢迎哩，不啄你皮肉的。带灯说：它把我裤子啄脏了！乔虎是换布的小妹夫，大脑袋却留着短寸发。他一定要他们进屋去喝酒。镇长说:那喝几盅?乔虎就朝着屋里给媳妇喊:有野小蒜哩,炒盘鸡蛋啊!带灯却不喝酒,她放下了野小蒜,独自回镇街去。

不知怎么,带灯萌生了要在手机上给元天亮发一条短信的想法。带灯很早就从镇长那儿知道了元天亮的手机号,但一直没敢打过电话,也没发过信息。现在一萌生了要发短信的想法,瞬时满心里都疯长了草,糊糊涂涂里发了短信,她一下子面红耳赤,胸口怦怦地跳,跑回镇政府大院,还在大院里又转了一圈。然后进房间坐了,吃起纸烟。

山棉和野芦开着絮花

带灯一夜没睡好,早晨起来脑子还糊着。她在办公室整理全镇的新一批低保材料,发现西川村的申报名单仍没有报上来。她喊叫侯干事,去西川村看看,问迟迟不报是什么原因?侯干事却说他感冒了,是严重的感冒,一晚上的发烧,觉得被窝里都起火,现在浑身的关节都疼。还说:你看么!让带灯看他的清涕流在嘴唇上。带灯说:一到关键时刻,你就掉链子!只好到车棚里开摩托,自己去。

镇政府有一辆小车,主要是书记坐,镇长偶尔也坐,一般职工都是骑自行车,但带灯有摩托。带灯的摩托是自己买的,下乡也没有报销过油费。书记曾经表扬过带灯,会计刘秀珍撇了嘴:人家没娃,男人又卖画挣大钱,我要是她呀,我开小车下乡!

带灯去车棚里开摩托,白毛狗却坐在摩托座位前的踏板上。带灯说:跟我去西川村?白毛狗咕噜了一下,好像在说:嗯。以前到平川道的几个村下乡,带灯用摩托带过狗,可今日是临时决定去西川村的,白毛狗怎么就知道了呢?这个世上实在是有着太多的神秘,现在是有了电话、电视人才了解了看不见的电波，那么，还有多少隐形的东西充斥在我们身边呀?！于是带灯疑惑，是什么原因竟然使自己就突然给元天亮发短信，今日心绪慌乱，是不是元天亮收到了短信，也产生了疑惑，这疑惑又影响到我吗?

带灯有些慌张，又点上了一支纸烟，吃得喉咙着了火，倒觉得自己荒唐，有些后悔给元天亮发信。他不会作理的，他那么大的人物每天可能有无数的电话和短信，他还在乎一个遥远的并不认识的她吗?

不理就不理会吧。带灯骑着摩托沿着镇前的河岸往西走，寒冷里有些硬气，崖坡上的山棉和野芦这儿一簇那儿一簇开着絮花。花色很白也很干，像是假的，白纸做的一样。但这花是真的，在樱镇整个冬季和初春，崖坡上就开放这样的花。带灯盼望着山棉和野芦的花絮能在风里飞起来。摩托骑到了西川村，花絮始终没有飞。

带灯说：白毛狗。白毛狗打了个喷嚏。带灯说：我的花只按我的时序开。白毛狗不明白带灯话的意思，村里却有人叫她代主任。那些老女人就站在村畔上，背着背篓，背篓上别着砍刀，却都是双手提在胸前，手腕子主动下垂，像是全站立了后腿张望的土拨鼠，喊：代主任，代主任！带灯说：我不姓代，带灯的带也不是代替的代。她们说：呀呀，那你就是真主任！主任咋不给我们低保呢？带灯说：你们村长一直没报上来么。她们说：他是想把他一个侄子和娃他舅报低保的，村里吵闹了几场，他是故意都不报吧。带灯说：这我去问问他。带灯安抚着这些老女人，问她们这是去干啥呀，她们说去砍枯蒿子呀，就抱怨灶口咋恁能吃柴禾，是老虎嘴么。

在村长家，带灯命令着村长要很快把低保名单和申请低保的家庭状况材料报上来，并严厉地指出如果报上来的名单和材料弄虚作假，一经查出，你这村长的帽子就撸了。村长说利害他明白，镇政府能不能再多拨两个名额？带灯说：多两个名额给你侄子和娃他舅吗？村长说：日他妈，有人给你翻是非？都由着他们了，那我当什么村长?！这时候，县精神文明办打来电话，带灯说：你想想你这村长这样办是不是公平？我接个电话。带灯接了电话，电话里反复在问你是樱镇吗，是带灯吗，带灯说是樱镇是带灯。电话里就要求带灯今天必须报上樱镇一户文明和谐家庭名单，半月后全县将召开社会主义新农村文明和谐家庭表彰大会。带灯说：今天就报，那怎么来得及，明天报吧。电话里说：你们樱镇工作就是疲沓！接完电话，带灯骂了一句：去你妈的！村长说：你骂我？带灯说：你明早就把名单、材料报到镇政府，十二点前不来，你们村这次的名额就取消了。

带灯匆匆又离开了西川村，白毛狗在树下乍了腿尿尿，她给侯干事打电话，让赶紧到南柳洼村找村长。南柳洼村长是女的，和带灯熟，带灯和侯干事多次都去她家吃饭。她家上有老下有少，家境不错，就报这村长是文明和谐家庭。侯干事却说他病得走不动呀。带灯说：那你打电话，让她把材料送给你。侯干事就问村长的手机号是多少。带灯说她哪有手机，连座机都没有，她家旁边是牛二家，牛二家的杂货店里有座机，号码是八八七〇七四五二，让牛二喊她。

带灯交代完了事情，心就不急了，才把白毛狗抱上摩托，手机却又响了一下。带灯以为又是县精神文明办的电话或者是侯干事还有不清楚的地方，正要发火，手机上竟出现了一条短信，短信是元天亮发来的。元天亮回短信了，这让带灯吓了一跳，眼睛一时黏得连看几遍都没看清。带灯给白毛狗说：不急。带灯就不急了，她点上了一支纸烟，再看，复信很简单，说他收到了带灯的来信，说他一直心系着家乡，能收到家乡镇政府一名干部的信，而且文笔如此精美，他非常高兴。还说，感谢着她为家乡建设而辛苦工作，并希望能常来信。

带灯嗷嗷地叫，骑了摩托就狂奔起来。她听见了白毛狗在大声叫，才知道把狗遗忘了，停下来等着，给狗笑。

元天亮成了倾诉的对象

从此，带灯不停地通过手机给元天亮发信。元天亮的回复依然简短，有时也没回复。带灯知道人家太忙，也一再在每次信后注明不必回复，而她只是继续发，把什么都说给他，越来越认作他是知己，是家人。

竹子到了综治办

带灯安排了侯干事让南柳洼村长报文明和谐家庭材料，当她回到镇政府大院，伙房的刘婶从镇街上提了一兜排骨，就说：哈刘婶你真好，今日就该吃排骨炖萝卜！刘婶说：你生日了？带灯没回答，却问：侯干事呢？刘婶说：在会计房间里打牌吧，听说又输了，他是贼娃子打官司，场场输！带灯说：他打麻将？！就在院子里呐喊：侯进科！侯进科！

侯干事出来了，低了头却说他上个厕所去，再从厕所里出来，嘴唇上又挂着两道鼻涕。带灯说：早上吊着鼻涕，你一上午都不擦？！侯干事说：这感冒重么。带灯说：打牌就不感冒了？侯干事说：我没打呀，材料交上来后他们在打牌，我只是站在旁边看了几眼。侯干事把报上来的材料交给了带灯，但材料并不是南柳洼村长的，是镇东街的拉布。

带灯说：咋回事？侯干事说：南柳洼村的电话打不通，打了五遍都打不通。我就给拉布打电话，让拉布报材料。反正是报一个名额，报谁还不是报？带灯说：拉布符合条件？侯干事说：他虽然只三口人，但咱不要说他和他哥及父母分了家，他哥换布是四口人，加上他父母，就九口人，符合条件啦。关键还有他们家开了钢材铺，日子富裕。说毕，从他房间里取了两个袋子，一袋子木耳，一袋子香菇，说拉布配合很积极，送材料时还带了些东西。他给了马副镇长一份,然后他和带灯每人一份,他挑了个小份。带灯说:这事马副镇长知道啦?侯干事说:拉布和马副镇长关系铁哩!带灯闷了半会,说:那就拉布吧。你加紧写上报材料,天黑前得寄县精神文明办。侯干事说:县上说风就是雨,把咱累死算了!

侯干事往出走的时候,带灯让把木耳香菇拿走。侯干事不理解,咱给他拉布多大的荣誉,还有奖品哩,一碗红烧肉都给他吃了,咱还不喝一口油汤?但带灯还是不要,硬让侯干事拿走了。

第二天,马副镇长又训斥竹子,竹子气得号啕大哭。

带灯看不过眼了,向书记反映,书记说:马副镇长有病哩,她和病致什么气?带灯说:马副镇长对竹子有了成见,这样下去会影响工作哩。书记说:把竹子调开?能把她安置到哪儿?带灯说:只要你同意,让她到综治办来。书记说:马副镇长给我说过你那干事和竹子谈恋爱,调到一块那咋行?带灯说:这胡说的,竹子看得上侯干事?!可以让他俩对换一下么。书记说:综治办是重中之重的部门,把一个男的调走来一个女的,遇到上访者胡搅蛮缠,你们能镇住?带灯说:靠打架呀?!

竹子就和侯干事对换了,竹子到了综治办。

综治办的主要职责

带灯要竹子明确综治办除了抓精神文明活动和办理低保、发放救济面粉、衣物外,更有着主要职责。

一、要扎实细致地做好全镇村寨的矛盾纠纷的排查和调处。

二、要及时掌握重点群众和重点人员。

三、要下大力气处置非正常上访。

四、要不断强化应急防范措施。

本年度的责任目标

带灯让竹子学习综治办本年度的责任目标。

一、认真履行维护社会稳定的政治责任。切实落实各种措施，做到人、财、物投入到位，治安防范、社会管理、打击犯罪工作到位，配合党政办公室、社会事务办公室、经济发展办公室、村镇建设发展中心、农林服务办公室、财税所、计生办公室、派出所、工商所、电信所、粮管所、农机服务站、电管所等部门，确保本镇公众安全指数达到百分之九十五以上。

二、全年不发生进京、赴省、到市的集体访，非正常访和重访事件。不发生在全县有影响的群体性事件。不发生在全县有影响的刑事治安案件、危害国家安全和政治稳定案件。不发生在全县有重大影响的邪教组织活动。不发生在全县有重大影响的党员干部和基层执法人员违法违纪案件。不发生在全县有重大影响的安全生产和消防安全责任事故。

三、认真按照规定进行决策事项的社会稳定风险评估，评估率达百分之百。信访案件按期办结率达百分之百。省市县交办的案件息诉率达百分之百。

四、加大防范、打击、整治力度，治安、乱点整治合格率达百分之百。各类违法犯罪活动得到有效遏制，两抢一盗犯罪案件较上一年下降百分之二十。破案数高于上年。不发生黑恶势力犯罪案件。

五、深入推进社会管理创新，形成党委领导，政府负责，社会协同，公众参与的社会管理新格局。实施社会矛盾化解，社会治安防控、重点群众服务管理、基层组织建设、公共服务管理五大工程。健全领导责任、齐抓共管、综合试点、工作保障考核、奖惩分明的五项机制。

六、深化和巩固平安、和谐、小康的“三村”、“三产”成果，进一步推进到机关、企业、校园、医院、景区、工程。树立典型、以点带面，确保稳定和谐。

樱镇需要化解稳控的矛盾纠纷问题

一、药铺山村陈保卫和陈二娃的林坡纠纷。

二、南河村代安文宅基被侵占问题。

三、接官亭村杜安仁退耕还林款欠款问题。

四、茨店村储金会存款兑付问题。

五、南柳洼村李那田和刘成海的柏树权属矛盾。

六、白桦岭寨林坡划分矛盾。

七、双轮磨村王永成土地承包纠纷。

八、老街道王后生承包村道修建的补偿问题。

九、锦布峪村石忠义架电线致残赔偿问题。

十、镇西街村苗二娃损毁核桃树问题。

十一、白土坡村贾有富反映夏粮补款未分给群众的问题。

十二、豹峪村孙光祖反映灾后生活困难要求补助问题。

十三、崛头坪寨赵清反映村账目移交不清问题。

十四、崛头坪寨田双仓反映村长多占宅基问题。

十五、石门村田治章反映村干部林权证发放问题。

十六、西沟岔村村长因生活作风而与施启道发生斗殴致残补偿纠纷。

十七、镇中街村李天河在大矿区打工致残生活困难问题。

丨八、镇中街村常念和刘秋海为铺面租金的纠纷。

十九、过风楼村吕秀平十一人反映村干部问题。

二十、青山村村长因多占耕地与村民的矛盾。

二十一、西川村贾四和冯天白责任田上核桃树纠纷。

二十二、镇西街代强反映与元家老四打架医药费问题。

二十三、营子村王石头修路拆房赔偿的矛盾。

二十四、南河村王随风租赁合同兑现的矛盾。

二十五、骆家坪寨耕牛被盗问题。

二十六、葛条寨王友民反映女儿被拐卖问题。

二十七、镇中街尚建安等人反映镇卫生院归还土地问题。

二十八、红堡子村马千民和烟办为兑付金的矛盾。

二十九、双轮磨王先林反映其兄大矿区致残其嫂被村长霸占问题。

三十、东涧村刘老二反映村干部廉价购买公房问题。

三十一、桃花寨杨虎娃和杨双全责任田转包纠纷。

三十二、东峁子村毁林问题。

三十三、义合村贺文正反映村救灾款发放不公问题。

三十四、柏树岔村因烟叶款被挪用引起的矛盾纠纷。

三十五、镇东街村刘天合和汪林的门前出路纠纷。

三十六、鹁鸽岘村十四户人家林坡划分纠纷。

三十七、镇中街村贾法娃反映村干部私分树木问题。

三十八、北鹞子岭村和屹岬寨的水渠纠纷。

竹子的头大了

樱镇一年里上访的案例就这么多,竹子的头大了。

她问带灯:咱不是法制社会吗?带灯说:真要是法制社会了哪还用得着个综治办?!竹子不明白带灯的意思,带灯倒给她讲了以前不讲法制的时候,老百姓过日子,村子里就有庙,有祠堂,有仁义礼智信,再往后,又有着马列主义毛泽东思想,还有以阶级斗争为纲的政治运动,老百姓是当不了家也做不了主,可倒也社会安宁。现在讲究起法制了,过去的那些东西全不要了,而真正的法制观念和法制体系又没完全建立,人人都知道了要维护自己利益,该维护的维护,不该维护的也就胡搅蛮缠着。这就如县城里一位喜欢根艺的同学就抱怨过,说以前在山村收集树根,值十元钱的东西村民只要一二元钱;如今知道了树根能卖钱,把啥都看得金贵,一二元钱的东西张口就要十元钱。就拿樱镇来说,也是地处偏远,经济落后,人贫困了容易凶残,使强用狠,铤而走险,村寨干部又多作风霸道,中饱私囊;再加上民间积怨深厚,调解处理不当或者不及时,上访自然就越来越多。既然社会问题就像陈年的蜘蛛网,动哪儿都往下落灰尘,政府又极力强调社会稳定,这才有了综治办。综治办就是国家法制建设中的一个缓冲带,其实也就是给干涩的社会涂抹点润滑剂吧。带灯给竹子讲着,竹子就叫起来,说:啊你还能做领导报告么?!带灯倒笑了,说:领导的报告是多排比句的,我说排比句了吗?竹子说:没来综治办还真不了解综治办,可综治办简直成了丑恶问题的集中营,咱整天和这些人打交道,那不烦死了?!带灯说:后悔到我这儿来了?竹子说:我冲着你来的么。带灯说:人都是吃五谷要生六病的,没有医院了不等于人就没病,有了医院,那么多人来看病,也不能说是医院导致了人病的。竹子给带灯点头,末了却又好奇地问带灯:钉鞋的老往人脚上瞅,马副镇长抓计划生育,他是看任何妇女都要看肚子大了没有,而你在综治办这么久了,倒没惯下些怪毛病?竹子的话竟然让带灯怔住了,她半天没有吭声,后来就自言自语起来,说:是吗?精神病院的医生干久了或许也就成精神病了吧。

这一天是三月初三。三月初三里白毛狗却被割掉了大尾巴。

白 毛 狗

已经是很久的日子里，樱镇上总会有一些母狗在镇政府的大门外叫，它们叫白毛狗。白毛狗那时还一身杂毛，但体格健壮，尤其那条尾巴又粗又长，乍起来就像棍一样竖在屁股上。一听见众母狗叫它，它就跑出去，然后要找那个叫木铃的人。

木铃是疯子，但这疯子从不打人，只是少瞌睡，白天黑夜地跑，说镇街上有鬼的，爬高上低，转弯抹角要寻鬼。镇街的人都不理疯子，白毛狗却喜欢跟他热闹，白毛狗一跟着疯子了，所有的母狗们也都跟着疯子热闹。

白毛狗当然显得嚣张，它只要一出去，肯定就有几个母狗随从，追鸡撵猫，到处狂吠，也时常和母狗连蛋。所有的母狗都要和白毛狗连蛋，那些公狗们便恨着白毛狗，公狗的主人们也恨着白毛狗，白毛狗便常常遭打。

三月初三这天，白毛狗一早就出去了，等它回来的时候，浑身是血，那条大尾巴没了。

南北二山的狗因为要在梢树林子里捕猎，猎人们就割掉了它们的尾巴，但白毛狗在镇街上，它不捕猎，它的大尾巴被割掉了，一定是什么人故意要惩罚它。是谁在惩罚着镇政府的白毛狗呢？白仁宝就很愤怒，叫骂着这是谁干的，敢向镇政府发泄不满和挑衅，一定要查一查。而同时倒气恼白毛狗，骂它流氓，活该受罪，又骂它窝囊，给镇政府丢了人，就把白毛狗吊起来打。

白仁宝把白毛狗打得半死了，带灯和竹子知道了这事，忙去救白毛狗。白毛狗就扔在院墙角。可是白毛狗在院墙角扔过了一个时辰，它竟然又活了，马副镇长说狗是土命，只要沾着土，在土气里就又能活的。

带灯和竹子把白毛狗抱回了综治办,用南瓜瓤子敷伤,伤口慢慢愈合,结了一块大疤。

从此,白毛狗不大疯张了,带灯和竹子出门时要带着它,它就跟着;带灯和竹子不带它了,它就待在镇政府大院里。别的母狗还在大门外叫它,连木铃也站到那里了,它还是不肯出去,但声粗起来,常常动着嘴龇龇牙。如果要吼叫,就吼叫如雷。

中　部

星　空

给元天亮的信

我觉得你是我的表哥或是我的邻居,因为我在家族里辈分较低,应称你叔。但你是有出息的男人,有灵性的男人,是我的爱戴我的梦想。我是那么渺小甚至不如小猫小狗可以碰到你的脚。我是怕你的也是恨我自己。当知道你要离开镇街走时,我也像更多人一样忧伤。想来想去我想一直在你要经过的路上走就能碰到你。终于见了远远的你,心中惊喜又无措。那天下雨。我怦怦的心跳比脚步声都大。到你身边我把伞严严地罩了自己,想你能看见我的羞涩。然而你走了甚至连正常的招呼都没有。我恼自己罩得太严了。从此我多了点受伤的感觉,走路总好低着头。这样也好,我捡到过小刀铅笔。我总盼望能捡个水笔,将来有一天给你写信。我能写信了,却知道了你在城市落下脚,有家有室,我也像春夏秋冬一样有了生活。但是在热烈之后又是无尽的寂寥,我从未间断地想念你如同呼吸。坐到你当年也曾犁过的凹地,屁股是实在和甜蜜,而眼睛里却一片空洞和茫然。我看着小鸟,想本来和你一起飞的,因了我的贪玩你飞走。我看着那穴地里的槐花开放,浓甜郁芳。蜜蜂发恨地吮吸想吞去一个春季,花卉显然忍受蜂刺的蜇噬,但蜂儿能带去到奢华的天地。我去离村较远的那块地里总会用手帕包个馍,我想你干活歇息时要吃的,而总是我吃。有一天我灵机一动想必那只鸟是你来吃馍的,我就留一小块儿用树叶垫着。

我觉得我原木应该经营好樱镇等你回来的。我在山坡上已绿成风,我把空气净成了水,然而你再没回来。在镇街寻找你当年的足迹,使我竟然迷失了巷道,吸了一肚子你的气息。又看你的书而你说历史上多少诗家骚客写下了无数的秦岭篇章却少提到樱镇,那么我也得怨你如何的墨水把家乡连底漂进你心里怎么就没有一投瞥爱你如我的女人?我把这连年的情思用一个石子包了投向你是泄愤的,但你看了看我了,还是生生的有情男人还是涩涩的邻家子弟还是实实爱着我们的亲人。

你赞誉我的短信,并说给你了许多启发和想象,这让我高兴,可也觉得不能再说了,好比吃苹果后脸光了是方方面面的因素,不能给脸叫苹果。苹果被能光脸的人吃是圆满,苹果不幸被猪吃了叫它光去?!

没有节奏的声音不是语言

平日的镇街还安宁着,一到三六九日,逢着赶集,南北二山通往镇街的路上就全是人,这些路大的有五条,属于乡道,而联系了这一个村和那一个村的,或者一个村的人家也散居着,从沟底到塄畔,更全是那些毛毛土路。土路似乎不是生自山上,是无数的绳索在牵着所有的山头。赶集的人要么掮着木头,要么背着装满各种山货的竹篓,全低着头,留意着路面上的石头、树根、荆棘,以及蜂蝶蚁虫和黄羊狐狸留下的蹄印。偶尔抬起头了,抬了头就要看天。天上还有着星,半夜里的风吹走了云并没有吹走星,星使他们知道天在头上。现在鹰在高飞,很瘦的身子和很长的翅膀,飞起来是一条直线,就疑心那起起落落的是些棍子。

差不多都看到盆地里的镇街了,所有的人都兴奋起来,站在这条土路上给那条土路上的人呼喊,但他们相互都看到了,也看到了在手舞足蹈地说话,传过来却是嗡嗡一团。什么是语言呢,有节奏的声音才是语言吧。风没有节奏,它是风;风吹乱了人的呼喊,呼喊没有了节奏也就不是语言。他们只好招一招手,从坡坡梁梁、沟沟岔岔的土路上进了镇街。风还在刮着,所有在风里的东西,比如树和草,比如烟囱和石碾,以及屋檐下的挂笼,伸出了院墙豁口的扫帚和晾在扫帚上的尿布片子,都在没节奏地响,他们听不懂。

集 市 上

其实,当集市热闹的时候,街面上人们都在说话,但说了些什么,坐在老王家饸饹店里了,带灯和竹子也是什么都听不懂,也听不清。这就是市声。带灯说:市声如潮,汹涌而至。竹子说:市声如尘,甚嚣尘上。周围人都侧目看着,觉得不可思议,这么个小店里,破桌子旧凳子,她们怎么能坐得住,还端了黑瓷粗碗吃饸饹呢?竹子说:姐,人都看哩!带灯说:哦,咱不说成语了。老王饸饹店里的饸饹不是泡的干饸饹,而在滚水锅上架了饸饹床子现压,现煮。她们每人要了一碗,带灯却又让竹子到斜对面樊家卤锅子再端一盘肉去。卤锅子肉算是樱镇上最好的吃货,而樊家的卤肉锅子又是做得最好。竹子把一盘肉端了过来,也招惹了一只游狗。曹老八的媳妇盆盆脸,却是两片薄嘴,在自家的杂货铺里说:瞧人家的生活,吃了饸饹还吃卤锅子!带灯和竹子先还是把卤肉片儿夹起来,闪活闪活的,张嘴放在舌根,怕弄浅了口红,后来大口吃喝,嘴唇往下流油,面前坐着的游狗一眼眼瞅着,说:没骨头!

吃毕了,掏出小镜子再补唇膏,镜子里能看到元家的肉铺子和薛家的肉铺子,都把架子支到门前。元黑眼在用刀分一头猪,哗啦剖开肚子了,先把一撮油条放到嘴里吸溜咽了,然后挖心取胃,摘肝掏肠。他的动作利索,围观的多,提货的少。而豆腐摊子前却拥挤不堪,当场要吃的,买上一块,放在盘里,刀子左一下右一下地划出方格,浇上辣子醋水。有筷子的拿了筷子夹着吃;没筷子了,立在那里嘴吞了吃。要买得多的,还要带回家去,大都是提了豆子来换,谁就被挤着了,豆子撒了一地。上街口停了几辆三轮车,也是被人围了,你不知道这些赶集人啥时来的,但永远能看到他们提东拿西地在车上占着座儿要回家。听说他们四点前就从小沟涌向大沟的路上,乘三轮车来镇街,然后回去又要走到天黑。三轮车主是等到车把手上都坐上了人,车后厢里一个插着一个连腿也伸出来了,这才回转。这种三轮车经常发生车翻事故,冬天里翻过一次,车后退十米才跳下两个人,别的人都是因为腿挤得抽不出来。三轮车已经开走了,还有人提着硬纸礼盒在撵,盒子上印着花好月圆的图案,这一定是让儿子去未来丈人家的。但他没有撵上,提了礼盒又到下街口搭另外的三轮车,经过饸饹店门口了,还在说:你是来拉人呀还是去逛山呀?!被从鞋摊子前过来的人挤了一下,挤了和被挤了都没发火,不满地看上一眼,又都笑笑。这些人都背个袋子或提个篮子,急忙运动,在卖苹果的那儿给小孩挑拣着苹果,挑拣了却并不买,转身买了换季的衣服,还买包盐。小孩仍要苹果,就买了一个青皮萝卜,他们说萝卜比苹果好吃。

集市在太阳端的时候,上下街人流夯实,带灯和竹子就乐此不疲地转悠。她们看着卖粉条人在虔诚地解说自己的粉条好,是坡地里的红薯做的,品种不同,颜色不同,她们看着架子车上卖大白菜的说上一集是一角五一斤被哄抢了,回去老婆说哄抢了好呀,所以这一集又来了还卖一角五,下一集还想来的但大白菜没有了。她们看见有人在偷着背走了还没有过秤付款的货,卖主就骂:太阳油盆子一样在头上照着你也敢偷?偷回去吃药呀!带灯嫌他粗口难听,就帮着给照看着。后来,集市要渐渐地散，柴禾市上那些还没卖成的人，说：便宜了，给一半价你拉走吧。她们说：我们是镇政府的，个人没开小灶。那人说：那大灶不也烧柴禾吗？三分之一的价给你们了，总不能再让我又背回去。她们看着那人的嘴唇干裂发白，只好掏钱买了，让自个背到镇政府去，说：去了讨口水喝！她们看见一个老汉又在叫卖自己的笤帚好，是苇茅绑的，结实耐用，卖得就剩下这六七把了。她们就问：一个笤帚几元钱？回答三元钱。她们说：才三元钱呀，划不来呀！回答不摊本么。她们说：工夫不是本吗？回答倒有些不耐烦了，说：山里人么，工夫算什么本?！到了天色将晚，镇街的各岔路口上有了许多女人扯着孩子来接外出打工搭车回来的丈夫，丈夫抱了孩子，女人背了被卷，高兴地跑往快要收场的铺摊上一起选衣服。她们当然也生气过，那些老婆子一直谎说是某个岭上的，原来从县城发的鸡蛋充本地的土鸡蛋赚了对半钱。有人在找老婆子们退鸡蛋钱，而带灯她们也在头一天里买了这些人的鸡蛋让镇长送了人。竹子说咱找老婆子争较去！带灯忍了，没有争较。那些外地来的也是卖衣服的小贩，看见了她们，以为是镇街上的住户，就硬塞一块小糕点或一个粽子。她们肯定不要，那些人也就不敢硬塞，说：樱镇上还有这么稀的女子！

小贩是县东南的下河人，下河人说稀是罕见，也就是漂亮。竹子知道了这个词，就对带灯说：你是稀女子！带灯说：弱女子！

萤火虫的新定义

带灯说她是弱女子，过了三天，竹子却给了带灯一个纸条，纸条上写着：萤火虫虽外表弱小无害，可它却是个食肉动物。它的猎物通常是蜗牛。它在吃蜗牛前，将细得像头发一样的小弯钩插入蜗牛身上，三番五次地给猎物按摩，既巧妙又恶毒。萤火虫雌的没有翅膀，不会飞，一直保持幼虫的卑俗形态,可它和雄萤一样,一直点着尾腹部那盏灯。

带灯说:这是你从字典上查的?竹子说:看到一本书,外国人说的。带灯说:你写给我啥意思,是说我恶毒呢还是说我卑俗?竹子嘿嘿地笑。带灯说:那你先跟我卑俗一次去。

王中茂家过事

带灯说卑俗一次,是让竹子跟她到王中茂家吃席去。

镇中街的王中茂和黑鹰窝村的海量是表亲,原本都不来往的,但王中茂知道了海量和带灯后房婆婆的关系后,老来和带灯套近乎。一次,换布见了她,说:主任,你亲戚的事我给办了。带灯说:我哪有亲戚?换布说:王中茂不是你家亲戚吗?他盖房买钢材,说是你让他来的,我给了成本价。带灯有些生气,但王中茂已经买了钢材,她也就说:哦,你是镇上的富户,能帮就帮么。王中茂有个女儿,和北流水沟的马高堂儿子订了婚,王中茂却要马家儿子入赘,而且还要人家改姓,姓没有改成,便立了合约,以后所生的孩子都必须姓王。他对马家儿子苛刻,但凡马家儿子一去,他就说:还是吃了饭来的?马家儿子肚子再饥也只能说吃过了。他又说:还是不吃纸烟?马家儿子就说不吃纸烟。他再说:还是放下礼就走?马家儿子也便放下礼起身走了。带灯烦这个王中茂,但王中茂经常为自己的事也为别人的事来找带灯,带灯还得接待他,给他面子,竹子却就躁了,一见到他就从大院里往出撵。带灯也劝过竹子不要这样,毕竟是个小人物么。竹子说:小人物也不该使这多的阴招呀!带灯说:你没看过电视里的《动物世界》吗,老虎之所以是老虎,它是气场大,不用小伎俩,走路扑沓扑沓的,连眼睛都眯着;而小动物没有不机灵的,要么会伪装,要么身上就有毒。当王中茂来到镇政府找带灯,竹子是没撵他,王中茂都说他要给女儿结婚呀,一定要请带灯去。带灯一再推托，王中茂说：这重要得很，你一定去，你坐席！带灯也就应承了。

结婚那天，带灯和竹子是一块去，还在镇街上，就见三个一群两个一伙的人都是去王中茂家的。或提了两瓶酒，或一包点心，说着王中茂的那个女婿：人是丑了点，但身体好，不知道将来咋样能伺候好王中茂呀！一老者拄了棍儿，拉着小孩，对着一家门口说话，一个说：顺子呀，还不起身？一个说：我收拾下礼，打发媳妇去。顺子在门口用麻线纳一瓶酒的纸盒，纸盒都快霉烂了。一个说：你咋不去？一个说：我不去！一个说：还记着上次欠账的仇？一个说：你也知道了他坑我的事?！巷道里过来了一个人，担着一对尿桶。顺子说：今日待几桌客？担尿桶的说：谁待客？顺子说：中茂不是给女儿结婚吗，你这当舅的不知道？担尿桶的说：没钱的舅算个屁！老者说：这就是中茂不对么，这么大的事不给当舅的说。担尿桶的突然流一股眼泪，把尿桶担走了，脏水淋淋，巷道里都是臭气。

带灯和竹子到了王中茂家，屋里屋外已经拥了好多人。这些人大多还在院外时就诉说着王中茂的不是，一进院子却都笑嘻嘻地打招呼，接受了王中茂委托的主事人递过的纸烟，能吃的就点火在吃，不能吃的就别在耳朵上。拿了礼的放下礼，没拿礼的要行份子钱，有人就远远往写份子钱的桌子这边看，立即也有人说：你咋还不来呢？那人却闷头走开了，和另外几个人叽叽咕咕说话，问：你行多少？答：十元。问：那我也十元？答：你咋能十元，你是本家呀。问：我出嫁女儿时他行的也是十元呀！那人就过去行了十元钱，掏出一把零票子，数了好久。吃饭时，带灯和竹子坐在了上房的高桌上，高桌上还有西街村的元黑眼和电管站的张发民，院子里的地方小，都是小桌子，摆得满满腾腾的。饭菜并不丰盛。萝卜土豆为主菜，不是炖块就是炒丝，也有红白两道肉，大家说：啊中茂能把肉切这么厚不容易！王中茂站在台阶上说：大家都吃饱，吃好啊！却过去低声指责主事人不该把纸烟散得那么勤。又看见了有人在怀里揣了半瓶没喝完的酒要走，就赶紧过去，说：哎呀他伯咋走呀,还有一道硬菜哩。那人说:我牙不好。他说:是牙不好,瞧吃饭洒一胸口的饭点子!用手去擦,趁势从怀里取出了酒瓶,却说:你让娃们家给你补补牙么,牙不好吃饭就不香啦!已经有好多的人不坐席了,端着碗在院子里转着吃。王中茂不能盯着这些人,他们吃着吃着就走出院子,人再没回来,碗也再没回来。

吃毕了饭,院子里突然起了哄,原来来客要耍弄王中茂了。他们把锅灰用辣子醋水调了,给王中茂的脸上抹,抹成个包公,又给他戴一个草帽,草帽插了鸡毛也插了葱,还吊着两条用草拧成的辫子,而他的媳妇头上也被扣上了一个铝盆儿,两个脸蛋上左涂一个红团儿,右涂一个红团儿。这是樱镇的风俗,给儿娃结婚就得作践爹娘,人们喊呀叫呀,轰轰隆隆地拉着他们去街上游行了。竹子拿着手机照了好几张相,等离开时,经过了院子旁的厕所,有人用长竿子笊篱在尿窑子里捞碗和碟子,一边捞一边说:这狗日的,就是对中茂再有意见,也不能给人家糟蹋东西啊!捞出来的竟有十个碗和七个碟子。竹子这才知道吃饭的时候,有人吃饱了,空碗并不放回桌上,而顺手就扔到了尿窑子里。就说:这镇街上的人咋啦,这么使坏着还来吃什么席呀?!带灯靠在厕所墙边的一棵核桃树上,树裸秃着还没长出叶子,她伸手要折下一枝条,却没折下,自己反倒笑了。

带灯说:竹子,瞧见了吗?竹子说:瞧见啥?带灯说:这些枝条子又黑又硬的,以为是枯的,可要折断又很难,你知道为啥吗?竹子说:为啥?带灯说:心里活着么。

看　天

镇政府大院里原先有一棵塔松,塔松本来就样子像塔,又因为也是它一棵,就长得特别随意,枝横股斜,把院子都快塞满了。职工们要晾衣晒被，就伐了这塔松，只在东边补栽了一棵银杏，西边补栽了一棵香椿，又在院墙角的厕所那儿栽了十几棵楸树、苦楝和樟木。这些树栽得密，相互限制着不发横枝，白日黑夜都争着往上长，长得特别高，像是一簇柱子。

带灯就觉得太阳和月亮是树的宗教。

她这么一发感慨，马副镇长要说：脑子想啥哩，又小资啦？

竹子偏要做小资，给马副镇长说话时，偏用成语，后来在一本书上读了关于星座的内容，又当着马副镇长的面给大家算日期，说你是水瓶座他是天蝎座。

夜里，带灯爱看电视，看完了新闻联播还要看天气预报，竹子又在院子里给白仁宝和翟干事算星座，带灯出来说：我是啥星座？竹子说：你是三月份生的，是双鱼座。带灯说：双鱼座是天上哪颗星？大家都抬头往天上看，繁星点点，竹子却说她不知道。竹子不知道，大家都不知道，白毛狗也看，它看见一片明。

从那以后，带灯每每看完天气预报，就走出来往天上看，天气预报上说明日多云转晴，她对应着看这个晚上云是什么样的云，瓦状的、带状的，还是像流水一样旋着窝儿，而且，风在如何吹，月是圆呢缺呢，颜色或暗或亮。

在带灯的影响下，大院里的职工也都喜欢看天，站在院子里仰着头。但院墙角的那群树越来越高，而人没有长个，脖子还是那么短。

送来的野雉又坚决不要了

县上和市上常有人来检查工作，镇政府当然要招呼了吃饭，先都在镇街的那些饭馆里，群众就议论是镇政府的人在大吃海喝，白仁宝的小舅子于是在松云寺下的公路边开了新饭店，饭店里设了大包间，不仅能炒各种荤素，还有野味，专门针对镇政府的招待消费。

这一天，带灯在镇街上碰上了两岔河村的杨二猫。杨二猫扁担上挑了十多只野雉，走得黑水汗流，说：主任，这是给白主任的小舅子那儿送的，你不要这。带灯说：野味我咋不要？要哩！杨二猫说：明天我给你弄用枪打的，这是药死的。带灯说：你就哄我吧！用枪打，你哪儿有枪？又违法呀？杨二猫说：派出所给弄的猎枪么！犯啥法?！带灯让杨二猫给自己弄野雉，其实也只是见了面搿搿话，谁知过了两天，杨二猫竟然提了五只野雉直接来到综治办。带灯和竹子都在马副镇长的办公室说事，杨二猫把野雉就一只一只挂在综治办门口。翟干事、吴干事还有经发办的主任都要买野雉，因为野雉在县城一只能卖到十二元，杨二猫只卖五元。但杨二猫说：我谁也不卖，只卖给带灯主任！带灯听到院子里的话，让竹子先去招呼杨二猫，竹子就出去了。马副镇长说：带灯你混得比我好么，还有人给你弄野味？带灯说：是我特意让他弄的。马副镇长说：你让他弄，他就给你弄了？带灯说：我在群众面前说话，私事从不食言的，他们都喜欢给我办事。马副镇长说：私事不食言，公事就胡对付啦？带灯说：咱哪一件公事不是胡对付的？综治办整天见人说人话见鬼说鬼话么。马副镇长说：这话在我这儿说了没事，别让他人听到！带灯嘿嘿笑了一下，正要说什么，侯干事端了个铝锅进来，说：带灯主任你也在？带灯说：给领导做了什么好吃的？侯干事说：卫生院送来的药，我在电炉子上给蒸了蒸。带灯说：啥药，用锅来蒸？伸手把锅揭了盖，一股子腥味扑出来，里边是一堆虚腾腾的肉，一时还没看清是什么肉，侯干事就把锅盖盖了，端到了里间卧屋去，说：领导，要趁热吃哩！马副镇长就给带灯说：吃药哩，就不让啦。去了卧屋，侯干事也就出来，撇了撇嘴，悄声说：难伺候哩。带灯说：这你还不特长?！哪儿弄来的娃娃鱼？侯干事说：不是鱼，是娃娃。带灯吓了一跳，说：娃娃?！想想刚才看到的肉的模样，好像是个娃娃趴在锅里的。侯干事说：这事领导不让给谁说的，你也做过我的领导，我就只给你一个人说，你得保密啊。

马副镇长身子不好,有医生说能吃几个三个月左右引产下来的胎儿可以大补,卫生院就定期送过来一个。以前只听说胎包是大补,没想到胎儿更是大补哩。卧屋虽然还闭着一道门,外间的办公室里已经弥漫了腥味。带灯说:吃了几个啦?侯干事说:这是第三个。带灯说:哦,你就这样帮着吃人啊!侯干事说:这咋能是吃人哩?!带灯说:我说马副镇长近来怎么眼睛发红,看人凶凶的,敢情是吃的来?侯干事说:可他脸色明显不青黑了么。就是腥得难吃,不能放佐料,他是每回吃着要呕几次,吃的时候不让人看。马副镇长在卧屋里吃着,似乎在说:你蒸过了么,小牛牛都化了。他还没有发呕,带灯却胃里翻腾,喉咙里咯儿咯儿地响。

竹子把杨二猫带到综治办里坐了,沏上茶,说:一定要漂亮的,带灯主任吃萝卜都讲究吃长得好看的萝卜!杨二猫说:这没问题,山林里就野雉漂亮!把挂在门口的野雉又取来放到办公桌上。

带灯从马副镇长办公室回来,还一直捂着嘴,杨二猫提了每一只野雉让带灯看野雉的头,看野雉的眼,再扑扇那细细的身子和长翎,长翎闪动着五颜六色,说:山林里除了狐狸,就数野雉灵光啦,它吃花果,喝的是露水,到草地上就跳舞。带灯说:我咋知道这不是药死的?杨二猫说:有枪眼么,你看这毛里的枪眼。给它们下药倒容易,肉就不鲜了,拿枪打却就难了,你刚一端了枪,它们就飞走了。我藏得严严的,但它们不知怎么就知道了。有时放了枪,明明是从半空里掉下来死在那里了,可你去捡,它却扑扑啦啦又飞了,它在欺骗我。你信不信,这五只野雉我在山林里忙活了两天,头一个晌午鞋都跑破了,没打到一只。带灯站起来拿茶杯,她的茶杯里还盛着早上的剩茶,去门口倒了剩茶,回转身了,却说:杨二猫。杨二猫说:在哩。带灯说:这些野雉我不要了。带灯突然这么说,杨二猫就愣住了,连竹子也愣住了。杨二猫说:你说笑哩吧?带灯说:我不要了。杨二猫说:我从镇街上过来,一路上都有人拦住要买哩。带灯说:我不要了。杨二猫就急起来,说:你是镇干部哩,你说话不算话?! 带灯还是坚决不要了,让竹子送杨二猫拿上野雉这就离开,并且要求:不许再卖给镇政府大院里的任何人。

竹子送走了杨二猫,到底不明白带灯是怎么啦。带灯没有给竹子说马副镇长吃胎儿的事,只说:我听他那样说着野雉,就后悔让他去猎杀了。野雉是山间的生灵,咱也整天在山里走村串寨的,灵魂应该是一样的啊。竹子看着带灯把话说完,竟然一声不吭了。带灯说:我是不是又小资了? 竹子说:你说得我身上起了鸡皮疙瘩! 带灯说:我以后是再不吃野雉了,啥野味都不吃啦。竹子说:你能忌口? 带灯说:你监督我。竹子说:那我也忌口呀!

陈小岔

没过几天,县交通局来人检查石桥后村的村道硬化进展情况,镇政府的人就陪着到白仁宝小舅子的新饭店去吃饭。白仁宝提名叫响地说能吃五六种野味哩,带灯就没去,竹子也没去。她们到镇街上吃饺子。吃了饺子,坐着说了半天话,又到醪糟摊子上喝醪糟。

书记镇长他们吃过了野味,一回到镇政府大院,房门许老汉就给书记说:书记,我又犯错误了,没看住门。书记说:啥事? 许老汉说:你看么,你看么! 他举了一条胳膊,袖子成了两片布吊着。书记说:我问你事,说事! 许老汉这才说上槽村的陈小岔又来捣乱了。他没留神这陈小岔进了大院,他就和陈小岔撕缠,但他撕缠不过陈小岔,陈小岔拿着被就睡在书记办公室门口要死狗了。大家到书记办公室门口一看,果真陈小岔睡在那里,竟然还寻了一页砖做了枕头。白仁宝和侯干事就叫喊着陈小岔你起来,陈小岔不起来。白仁宝踢了三脚,陈小岔翻了个身又趴在地上,侯干事便趁势拽出被子扔出了大门外,五六个人就来拉陈小岔。陈小岔趴在地上咋拉都拉不动,大家说:抬! 抬着出了大门,放在巷子里了还是那个蛤蟆状。

陈小岔来镇政府要死狗已经是几次了。他是因为上槽村修路时占了他的林坡，当时也赔偿了，但后来的路面宽了一尺，他嫌赔偿得少，和村长闹。村长不理，他十几天都拿了八磅锤去砸路沿，把那段路沿全砸坏了。村长去挡，他和村长撕着打，村长的本家人多，他吃了亏，就把鼻血抹得满脸是红，又把自己裤腿扯烂来派出所鸣冤叫屈。派出所当然得接这案子，经调查取证，本应拘留陈小岔十天，但派出所怕他寻死觅活，训了话让找镇政府。镇政府当然由综治办接待处理，带灯和竹子到上槽村调解，让各家都掏五元钱，一共五百元付给陈小岔。村长还埋怨镇政府是弱蛋，可陈小岔仍不同意，说要两千元。当然两千元是不能给的，陈小岔就隔七差八地来镇政府闹。书记和镇长给带灯的原则是：能坚持五百元就坚持，如果坚持不住，镇政府可以从救急款里拿些补上，尽快结束这件事。于是综治办同意付到八百元，陈小岔说不行，综治办又同意付到一千元，陈小岔还是不行。竹子就先躁了，说一分也不给增加了，耗着吧。陈小岔说：那咱就耗！耗过了一星期，又耗过十天，带灯和竹子偏不在办公室待，陈小岔再来就直接寻书记或镇长。门房许老汉一看见他就关门，他便坐在大门外，干吃两包方便面，一坐一天，这次竟然背了被子来睡啦。

带灯和竹子从镇街回来，陈小岔已经被撵走了。竹子说：书记肯定得怪罪咱了！带灯说：怪罪咱什么？门房许老汉又该倒霉了。竹子说：那咱们咋办？带灯说：逛山去！

两人没有再多休息，把高跟鞋换了，出来逛莽山坡。在坡上，顺着枯草裸树间的小路往上爬，说这是咱拽着绳子上来的，到了梁上，回头手一扬，说把绳子甩下去，就看着路弯弯曲曲直到了坡沟。天上的云很多，太阳从这片云里出来了又钻进那片云里，她们就躺在那里，感受着一层阴影呼呼呼地铺了过来，随之又呼呼呼地被揭了去。有麻雀在群飞。喜鹊飞起来是成双成对，飞过她们上空了，经常有粪便落下，粪便是不会落在她们身上的，果然没有落在身上。大口大口地吸那苦艾的气味吧。

但是，也就在这时候，带灯和镇长吵了一架。

镇长是突然间打来了电话，问带灯你在哪儿？带灯说：在山上。镇长说：在山上？带灯说：在山上拾云哩！你掏两元钱，给你也拾一朵？她给镇长说笑话，镇长却发了火，说：陈小岔又来镇政府闹哩，你不在，竹子不在，竟然跑去逛山?！带灯说：让他闹吧，我们这是故意耗着。镇长说：耗谁呀，我耗得住吗？你们赶快回来接待陈小岔，我已经答应他了一千五百元。带灯说：你怎么能答应他一千五百元，这不是把综治办卖了吗？镇长说：我担心再这么耗下去，陈小岔少不了要到县上闹到市上闹，他真出了樱镇上访，责任就是综治办的！带灯说：要算责任那也是派出所的，派出所为什么把难事推给我们？镇长说：事情是现在已端在了你们手里！我可告诉你，如果陈小岔真出了樱镇上访，维稳是一票否决制，季度奖你们就别想一分一厘了！带灯说：给一千五百元就一千五百元吧，我也要提醒你，陈小岔不是省油灯，给他一千五百元，或许得了利，以后还会再来闹，而且别的人也都看样。这些年上访的多，都是你们当领导的要么不处理要么就纵容！镇长说：以后他怎样再说以后的事，现在赶快回来给上一千五百元，写个再不上访闹事的保证书，让我和书记清静清静。带灯说：噢，让你们当领导的清静？镇长说：这不是领导的事，是社会的事，是国家的事！带灯说：国家？是国家头脑清晰、手足精干但腹腔里有病了，让我们装鳖打鼓地揉搓?！镇长嗒地把电话挂断了。

镇长请吃

和镇长吵了一架，带灯只说镇长反感了她，没想处理完了陈小岔的事，镇长却请带灯在镇街上吃牛肉汤烩饼，优质的，还多加了一份肉。

镇长说：我还担心你不吃请哩。带灯说：你们当领导的惯用恩威并施，可我小干部，贱呀。镇长就笑了，说：那天我挂断电话，你生气啦？带灯说：现在还气哩！镇长说：你真的不该说那样的话，说到我这儿是一股风，说到书记那儿就是事了。带灯说：我背着鼓寻捶呀?！镇长说：还是姐对我亲。带灯说：你以为我还真把自己当姐了？镇长说：就是姐！带灯说：那就再买一碗，给竹子带回去！镇长说：行呀。瞧我这镇长当的，部下不给我贿赂倒是我得贿赂部下了。

镇长真的又买了一碗牛肉汤烩饼。

给元天亮的信

我咋听不见你一点动静？牛在田野耕耘不忘欢叫一声，因为旁边有心痛它的眼睛，在肥美的草地上不忘呼啸尾巴，因为有人为它高兴。

我是不是苛刻了呢，这你要原谅。你已经是，是我牧羊路过的一棵大树，虽然我抵达的是低矮的草地，可我的心在大树上。我放牧着羔羊你放牧着我的幻想。

我在坡上拾地软了，晒干后给你寄。城里肯定吃不到这鲜物儿，你可以包包子，做馄饨，就回到你梦牵魂绕的故乡了。真是奇怪，它们好像都知道这是要给你的，草丛里常常聚那么一小堆，厚实得如同木耳，比木耳还乍楞着角。其实它们一直在聆听着我的脚步，只是没自告奋勇地叫出声。顺便拽些拳芽、岗岗苔、菟儿丝，再挖两棵酸枣树回来，栽到镇政府大院里，将来嫁接大枣。我很爱这些东西，像随着我来到世上的小亲戚，每年的春上都去看看，想的是它的气味。拳菜又叫拳头菜，这你知道，样子像拳头破地冲天，看似凶猛的，但又叫踢屁股菜，就是说你拆下后一定要在它跟前的土上踢一下，带点所谓的娘家土做个告别，否则它们伤心流泪老死。那岗岗苔是一年里最早的水果,新鲜馋人,吃后齿清舌爽直达脑门。地软是有时限的,显得太贵气了,清晨带了露水去拾,太阳一出来它就慢慢收缩着要消失。地软是土地开出的黑色的花朵,是土地在雨夜里成形的梦。有人拾起它了,它感谢,没人看见它了它也舒坦,自己躺在茅草里吃风屙沫。它不像拳头菜没人收采了恨得把自己长成鸡爪子,岗岗苔也一样,没人吃把自己长成一身的刺。我真的有些疑惑了,坚硬的土地,怎么这鲜物儿叫地软呢?土地其实是软的,人心也其实是软的!啊今天我是给你拾的,手千万不敢激动呀,把地软弄破了,也千万不让太阳那么早出来,那它会遁形的。

村村都有老伙计

带灯把牛肉汤烩饼给了竹子,也交给了竹子一张全樱镇各个村寨的名称和每一个村寨里都有一两个人名的表册。竹子还开玩笑说:我现在是《林海雪原》里的栾平,有了土匪联络图了!表册上的人名有的是支书或村长,更多的却是一些妇女。带灯说:这些妇女都是我的老伙计。老伙计是樱镇男人之间的称呼,带灯却把她觉得友好的村寨里的妇女也称老伙计。竹子说:听说咱们的书记镇长村村寨寨里都有丈母娘,你倒是有老伙计?带灯说:别糟践咱们领导,他们是一心想在仕途上进步的人,不会在生活作风上贪小事而乱大谋的。你把这表册装好,什么时候到任何村寨去,就找她们了解情况,也能管你吃喝。但不要过夜。竹子说:没有好铺盖?带灯说:有虱子哩!一说到虱子,竹子浑身就觉得不舒服,说她这几天老是脊背痒,让带灯撩了衣服看是有了虱子还是出了疹子。带灯看了,是有了一片疹子,说:没事,几时带你到陈大夫那儿买些药膏去。又说:脸黑黑的,身上倒这么白,你给我小心着,惹上虱子了我就不要你在综治办了!竹子却咯咯地笑。带灯说:你笑啥哩？竹子说：我想起《红楼梦》里的石狮子了。焦大说贾府只有门口的两个狮子是干净的，那樱镇就你和我没虱子！

带灯给竹子讲她的老伙计，特别讲了四个人，一个是东岔沟村的六斤，一个是红堡子村的刘慧芹，一个是南河村的陈艾娃，一个是镇西街村的李存存。她们是老伙计中的铁伙计。

东岔沟村的六斤又粗又黑，说话直，敢承头，以前还是生产队建制时当过几年妇女队长。但六斤不生育，村里人叫是男人婆。该村支书嘴能说，能讲一上午话不打绊子，但太贪，吃肉不吐骨头，把村里架电线收的钱自己花掉，把计生罚款花掉，带灯曾让他代领过村里三户特困户的救济面粉，他也放在自己家里吃了。他把村公章揣在怀里，谁要盖章先和他去地里帮着干活，再交十元八元。群众意见大。而镇政府经济发展办公室的陆主任却和他走得近，陆主任是镇街石桥后村人，家里的腊肉、熏肠、豆豉、卤笋，还有苞谷酒，都是他给拿的，所以村支书改选时还是让他当支书。选举那天，陆主任和带灯就坐了书记的车去主持，只有十几个党员参加，带灯在门口招呼着党员到齐了没有，自己没上主席台。也就在这时候，有人开拖拉机从门前经过，说镇政府的车挡道了，需要挪车，带灯就喊司机。司机正拿了选票要念，带灯让去挪车，她接替了念。谁知陆主任和司机私下里串通好了要把票多念给他们意中的人。而带灯不知道，她按原票念了，当然老支书没再选上，选上的就是六斤。陆主任遗憾选瞎了，但也没法，只是骂司机。司机又恨邻村那个开拖拉机的，和落选的支书去衅事泄愤，见人家八亩地里种了南瓜，便装了一包麝香绕地转了几圈，南瓜花就全落了。事后六斤也知道了这事，从此和带灯成了铁伙计。

红堡子村的刘慧芹曾是副村长，也是为选举出了事，但她选举不像六斤是得益者，一选举完自己在村里就没法子待了。选举时，一计生专干让刘慧芹在念票时多念他，偏有一村民出来上厕所，见到他们耳语，后来就在选民中求证据，果然是那计生专干只有一百九十八人选他，选票却成了二百三十一张，就上告。上告的事最害怕有人盯着告，那就像被鳖嘴咬住了，天上不打雷，鳖不松口。这次选举就作废了，重新选，原选举委员会的人全受处分。刘慧芹性情软，做姑娘的时候和邻村一男的处对象，怀了孕做掉要退婚，男方去她家，她藏到焙烟叶的土房里。她妈说不知她去了哪里，男方就在大门口哭他的孩子，她妈赶紧把她叫出来。结婚那天由于到女方家吃饭时要给五元开口钱，而帮厨人把五元钱换成了一毛钱。男方骂一路到家就换穿个烂袄，然后又给一群孩子发水果糖让喊新媳妇：一毛钱，一毛钱！被羞辱的刘慧芹喝过农药，被救活又上过吊，也没上吊成。生个女孩在十一月，她靠住床头把一桶冷水从头浇下，还是没死成。后来就是能吃苦，干活踏实，在村里当了副村长。选举出事后，她带儿子到镇街上学，自己办了个杂货店。办杂货店镇街上的闲人也欺负她，她独自在店里坐着，有人往她怀里扔一百元，她把一百元又扔回去，那人又扔一枚戒指，她把戒指也扔回去，那人就躁了，给店口门挂一双破鞋。挂破鞋的那天，正好被带灯撞见，问了情况，将那男的收拾了一顿，刘慧芹感激她，就成了铁伙计。红堡子村的情况全是刘慧芹给带灯讲，刘慧芹每次回红堡子村取米面柴禾或者收麦种苞谷，问带灯：去呀不？带灯说：去。带灯就跟了去。刘慧芹要让带灯做她孩子的干妈，带灯自己没孩子，没有应允，但红堡子村没人再欺负她，镇街上也没人再欺负她。她会做一种蒸饭，米里下绿豆，又煮土豆，吃着特别香，一做下蒸饭了就喊着带灯来吃。

南河村的陈艾娃人长得银盆大脸的，很体面，但男人酗酒，在外边一喝酒回来就打她，十天能打三次。她跑到山上寻葫芦豹蜂，想捅蜂窝让蜂蜇死，她姐满山喊声，救了她。从那日起她住到了她姐家，住到大年三十的晚上，操心家里的孩子，连夜回来给孩子蒸馍包饺子，蒸好包好又走了。丈夫有一年喝多了从崖上踏空了脚，窝在水沟里死了，她不再挨打，日子倒慢慢宽展起来。带灯是为了调解南河村的王随风而在村里认识了陈艾娃。王随风是老上访户，在村里没人缘，也让带灯吃尽了苦头。但陈艾娃肯和王随风交往,说王随风的不是,也说王随风的好话,带灯倒觉得陈艾娃心慈,每次到南河村就先到陈艾娃家,两人以后无话不谈,她总是说话要先张口半天了才说出来。

镇东街村的李存存能说许多元天亮小时候的事,因为她父亲和元天亮是姨表亲。李存存嫁给了乔天牛,乔天牛就是换布拉布的小妹夫乔虎的兄弟,常年都和乔虎跟着换布拉布厮混。乔天牛会拳脚,也会用鸡皮包裹了药丸子去炸狐狸。但乔天牛在家里老打李存存,嫌李存存不给他生男娃,怀上一个去检查是女娃就让打掉,再怀上一个检查了是女娃又让打掉。他拿拳头在李存存头上犁,说:你连个男娃都生不下来,给你吃毛栗子!李存存的头上满是疙瘩。那一年她男人再去放药丸炸狐狸,狐狸报复,把药丸轻轻叼了又放回到她家猪圈,结果把猪炸死。村里人说你没有男娃就是杀生太多的缘故,她男人就不再炸狐狸,去大矿区赌博。因为在赌场上做老千,被人挑了一条脚后筋,从此蔫下来,乔虎再去换布拉布家帮忙生意,也不领他了,日子就败落不堪。带灯给她家办过低保,又去送过几次救济面粉,李存存感激着镇政府,和带灯成了铁伙计。

蜘　蛛

综治办的房屋离院墙近,那里又有一棵杨树,杨树和院墙的瓦棱间长年都挂着一张蜘蛛网。只要一起风,杨树就响,那个会计老说:鬼拍手。带灯不这么认为,没事的时候就吃着一支纸烟,在杨树的响声中看那蜘蛛网如何地摇曳,但从来没破过。

这一天,因为元天亮复信谢绝了寄地软,这让带灯多少有些失落,点了一支纸烟吃着,又在那里看蜘蛛网,却突然看到网上有了一只蜘蛛。这蜘蛛不是以前那只黑蜘蛛,它身子有些褐红,背上还有白色的图案,图案竟然像是一张人脸。带灯先是吓了一跳,她从来没有见过这样的蜘蛛,蜘蛛背上怎么会有人脸的图案呢?她本来要叫唤竹子来看的,但她没有叫唤竹子,再仔细看那蜘蛛时就已经不害怕了,反倒觉得这是不是元天亮传来的信息呢?她将一支纸烟点着插在地上,她说:如果真是元天亮来看我,这纸烟的烟就端端往上长吧,而人面蜘蛛就爬到树上去吧。果然烟一条线抽到空中,蜘蛛也顺着树爬到枝叶里不见了。带灯好是激动,就总结着元天亮为什么会谢绝呢,这都是自己的错,寄东西就寄东西么,给人家事先说什么呢?!

她说:或许我认为的好东西并不算有价值的,他真的什么都不需要。

她说:而我需要呀,是我心意需要表达。

于是,带灯想到了茵陈,书记和镇长好多次提说过元天亮的身体一直不怎么好,寄点茵陈是最适宜的,茵陈即便寄去不熬汤药,也不揉到面粉里蒸馍擀面条,还可以泡着喝,再忙,像喝茶一样泡着喝,并不碍事么。

茵 陈

带灯守住了人面蜘蛛的秘密,把已经晾干的地软交给了伙房的刘婶后,她带竹子去了陈大夫的广仁堂。

镇街上除了镇卫生院和县药材公司办的药铺,还有两个私人诊所。一个是张膏药的膏药所,一个是陈大夫的广仁堂。膏药所其实在镇街上连一间门面都没有,电线杆上有贴的广告,寻到石桥后村,也只是在门口的土墙上用墨写着"专治烧伤"四个字。他头痛脑热都不会治,就会配烧伤膏药,烧伤膏药确实疗效不错。带灯曾向他请教,想学学,好在下乡时帮山里人治疗。张膏药说:咱俩换换,你让我当主任,吃香的喝辣的,我把方子授你。而广仁堂的陈大夫人就和善,但是个跛子,一直还单身着。据说他年轻时追求过一个女子,被那女子的相好打断了腿。这些带灯从来不问,陈大夫也就待带灯友好,一去他就沏茶,还从腰里取了钥匙开立柜,拿出点心让吃。带灯不吃,说:你告诉我些偏方。陈大夫就把一些偏方教了她,反复叮咛不得外传。带灯在下乡时试着给人看病,开了药方又拿不准的,常让陈大夫把关。把一次关,带灯会给他五元钱。

带灯带了竹子到了广仁堂,陈大夫正送客人,他是左腿跛,走路屁股得蹶着,送的客人也是个跛子,右脚跛,走路身子却往前戳。一个说:你走啊!一个说:走啊!一前一后蹶着戳着。带灯给陈大夫下达了一个任务:广仁堂每年要采集好多茵陈的,现在正是采集的时候,你给我弄上十斤,要快,要质量最好。陈大夫说:你就能命令我!却让给镇党委书记捎带三包中药去。带灯说:书记身体好好的捎什么药?陈大夫说:书记便秘的厉害哩。带灯说:这我不捎,领导最烦别人知道自己私事,尤其是病。陈大夫说:那为啥?带灯说:中央首长的身体是国家一级机密哩,知道不?陈大夫说:那马副镇长整天嚷嚷着他的病哩。带灯说:他上不去了,也不想再上了么。陈大夫说:你是说书记能上去?带灯说:肯定呀,今年不上也挨不过明年。陈大夫说:镇政府的人认识一个走了,认识一个走了,换得太快了么!带灯说:我一直在!陈大夫说:你解决不了隔壁的房子么。带灯说:你不给我说呀!陈大夫就说他一直想扩大广仁堂,隔壁郑二旦的两间门面要价高,如果能给郑二旦批个五间房的宅基,郑二旦就可以让出这两间门面,而两任镇领导都答应要批宅基的,可快要批呀人就调走了。陈大夫说:你能不能批?带灯说:这我不行。陈大夫说:你只会给我下命令哩,就是办不了事,十斤茵陈得用百十斤鲜茵陈晒的,这咋采呀,到哪采呀?!带灯说:反正我要十斤!从怀里掏了十元钱,不递在陈大夫手里,却扔在了地上,说:你就是爱个钱!

陈大夫拾了钱，去里屋压在了炕席下。竹子在问带灯：茵陈是做啥用的？带灯说：疏肝利尿，保脾温肾。竹子说：你给你弄呀？带灯说：到门口看看去！

竹子到门口，那个疯子刚从门前走过，蓬头垢面，步如雀跃，竹子说：哎，还撵鬼呀？！疯子没理她。广仁堂的门口只是那一对石雕，这石雕是石狮上各坐着石人，一个人捂着耳朵，一个人捂着嘴巴。樱镇的老户人家都有这种石雕，叫做"天聋地哑"。竹子说：噢，不该听的不要听，不该说的不要说！

带灯是从来没有话不能给竹子说的，但这次她偏不给竹子说。竹子也就不再问关于茵陈的事，却说：书记真的要上呀？！

书记是个政治家

这一届的镇党委书记，以前是县长的秘书，分配到樱镇工作后，樱镇明显有了变化，尤其是镇干部的工作作风。

每天早晨，白毛狗要在院子里叫两声。白毛狗是被书记踢了一脚叫的，后来，白毛狗一看见书记出现在了院子，它就叫。白毛狗一叫，肯定是书记已经在他的办公室里办公了，白仁宝就到各办公室查看谁到了谁没有到，搞得大家都很紧张，没有人再敢睡懒觉。

经发办的陆主任说：我跟过几任书记，这任书记是个工作狂！

但带灯发现，书记在下午就不在大院里了。她问过书记的司机，司机说每个下午书记便回县城，因为晚上都有应酬，但天不明肯定又赶回镇上的。带灯说：这辛苦的。司机说：他是一上车就睡，睡着了就放屁，但从不让开车窗。

后来大家知道了书记的生活规律，就有人说书记的家在县城，老婆长年有病，是回去照顾老婆的。马副镇长却说漏过嘴，说书记并不多在他家待，他是回县城或市里去见人呀，请客吃饭呀，为自己升迁谋门路哩。带灯以这话问过镇长，镇长说：走仕途么，谁不求进步?！带灯说：哦，那这话是真的？镇长说：咱这书记是有水平的书记，跟他搭班子这么久，我也是明白了什么是政治家。带灯说：乡镇干部还有政治家？镇长说：中国有多少大领导不是从乡镇干部一步步干上去的，咱樱镇既然有你这样的小资呀，怎么能没有政治家?！带灯就好奇了，她以前读报，常看到北京城里有对去世的大人物的评价，有的说是无产阶级革命家、政治家、军事家、社会活动家，有的却仅仅是无产阶级革命家、军事家，不明白怎么没有说是政治家。她说：啊，什么才是政治家呢？镇长说：政治家就是在大事上要谋划、要琢磨，会谋划、会琢磨，也能谋划成、琢磨成。书记跑动上边，自然他要考虑他个人的升迁，但个人的升迁也和政绩是紧紧连在一起的。修村水泥路就是他要来的钱，扩建咱镇烟叶收购站也是他要来的钱，镇政府的大门楼，卫生院那新盖的一排房，小学里的一批桌椅板凳，都是他以自己的关系要的钱。你知道不，他更有大的举动呀，借助元天亮的力量要给咱镇上拉些商家进来投资啊！带灯说：啊啊，他还打元天亮的牌?！镇长说：樱镇有这么个近水楼台么，以前的书记就是没得上个月，他们想不到，也没气派去做么。

带灯半信半疑。

樱镇真的要建大工厂

但是，樱镇不久就公开了有大工厂要落户的消息。而且已经算好了一笔账：大工厂建到了樱镇，一年光给镇上交纳税金一千多万，这一千多万多得怎么花呀？还有，大工厂需要大量的工人，樱镇人就用不着去大矿区打工了，用不着去市里省城讨生活了，还可以吸引别的地方的人都来樱镇，谁能说樱镇不就像大矿区一样繁华呢？白仁宝说：比大矿区繁华！他伸出大拇指说大工厂是大拇指，又伸出小拇指说大矿区是小拇指，就在小拇指上呸地唾一口。

当年元老海带着人阻止高速路修进樱镇，是为樱镇保全了风水，出了个元天亮，可也让樱镇沦落到了秦岭里第一穷镇。但樱镇要富裕引进大工厂，而大工厂的引进是镇党委书记找到了元天亮，元天亮动用了他的人脉和权力资源而促成的，元天亮又回报了樱镇。

铁匠铺的朱先文除了打铁外，地里的农活不敢耽搁。他在坡地上垄好了红薯窝子，就开始起那育成的红薯苗子要去栽。曹老八背着手从地边经过，朱先文说：八叔忙啥哩？曹老八说：不忙啥，等着呀！朱先文说：等着？曹老八说：等着大工厂建成么！听说大工厂建成后，镇街上每家都有一个工人名额，我还寻思是我去呢还是你婶去？一亩地的红薯能赚几个钱?!

镇西街村的党支部开会，会就在元黑眼家的厅屋里开，研究着镇西街村怎样在新形势下大有作为的事。村里十七个党员，元家人九个。元黑眼已经是八个年头的支书了，五年来再不发展党员，他说他只要想当支书，支书就能一直当下去。现在，党员们在厅屋里开会，他坐在炕上抽水烟。党员们热烈地谈论建大工厂时如果征地，镇西街村的地价应该是多少，如果拆迁房屋，趁早就应多建些，比如把柴草房盖成两屋，坍了的牛圈恢复起来，用水泥预制板棚顶。再还有，镇东街换布拉布他们早就嚷嚷他们是搞建筑材料的有优势承包一些工程，那么，咱们就得早早做准备抢活干。元黑眼把水烟袋在炕沿板上咚地一敲，说：他们凭什么就能多揽到活？元天亮是西街村的，没有元天亮哪有大工厂，他镇政府又不是瞎了眼?!

樱镇人正热火着大工厂，王后生却泼凉水。王后生叼着纸烟到镇中街的饺子店里来，问：饺子是啥馅？店主说：茴香馅。王后生问：多少钱一斤？店主说：十元钱。王后生没有说要买饺子吃，就出去。过了一会儿，王后生又进来，问：饺子是啥馅的？店主说：茴香馅。王后生问：

多少钱一斤？店主说：十元钱。王后生还是没有说要买饺子吃，又出去了。旁边人给店主说：你没看出王后生是想让你给他吃便宜饺子吗？店主说：我知道，我偏不给他吃！旁边人说：给他吃一碗吧，他新闻多，在店里给你招生意。王后生又来了，问：饺子是啥馅？店主说：你坐吧，来一碗吃了你就晓得了。给王后生盛了一碗饺子，王后生果然天上地下地说起来，说到了大工厂，他竟然说出了谁也没有想到的事。他说，樱镇交通这么不便，大工厂为什么能选择建在这里？是这个大工厂生产着蓄电池。蓄电池生产是污染环境的，污染得特别厉害，排出的废水到了地里，地里的庄稼不长，排到河里，河里的鱼就全死。大工厂是在别的地方都不肯接纳了才要落户到樱镇的。

王后生的话说得邪乎，从饺子店传出来后迅速散布。人们就恐慌了，他们自然联系到大矿区出现的那些灾害，比如尘灰终日弥漫，雨从天上下来都是泥点，白衬衣变成了花衬衣；比如许多山头被矿洞掏空，发生坍塌，相继有五个村寨沦陷；比如华阳坪原来辣椒有名，莲菜也有名，远近的人都去采购，现在附尘严重，质量改变，已无人问津了。那么，大矿区那儿还仅是残山剩水空气恶劣，而大工厂建成了，将来樱镇的水要被污染，吃什么，喝什么，吃了喝了会患什么怪病呢，女人还能生娃吗？

镇长当然也听到了这些议论，汇报给了书记，书记勃然大怒，说：这是谁要坏我的好事?！镇长说：最先说这话的是王后生。书记说：把他给我叫来！王后生一来，书记说：你还带着蛇？王后生说：我没蛇了，蛇让派出所剁成泥了。书记说：你没蛇了你还这么毒?！我问你，是不是你在造谣大工厂污染，别的地方没人要了才来的樱镇？王后生说：这我看到一本书，书上说蓄电池生产污染环境。书记说：你知道不知道循环经济？王后生说：我不知道。书记说：我告诉你，大型工厂现在都是循环经济，有什么污染可言？建大工厂是为樱镇造福，也是樱镇今后工作的重中之重，你要敢给我伸腿使绊子，我就要看看你是铁打的腿还是麻杆子?！王后生脸一下子煞白，双手在口袋里掏，掏出一颗水果糖塞在了嘴里。书记还在说：别以为我以前还给你笑脸，就把老虎认作猫了?！王后生说：我没使绊子呀，我只是说说。书记说：说说？说也不行，屙出来的你就得给我吃进去！当场就把翟干事和吴干事喊了来，让带了王后生回去写标语，写宣传大工厂造福于樱镇的横额挂在镇街上，整个镇街挂上六幅。王后生说写横额标语他能写，他字写得好，却问：这笔墨纸钱谁掏？书记说：你说谁掏?！王后生说：这我掏不起。翟干事吴干事说：我们会让你掏得起的！把王后生就带走了。

带灯知道了书记让王后生写横额标语，就给书记说：他家里穷得叮当响，肯定是掏不起笔墨纸钱的。书记说：这我知道，我偏让他掏，让他长记性的！你和竹子以综治办的名义去买上笔墨纸和横幅用布就去他家吧，但一定得让他写，让他亲自在镇街上挂！带灯和竹子就买了笔墨纸和横幅用布去了王后生家，翟干事和吴干事已经在王后生家搜腾了半天，没有搜腾出钱，正从柜子里装了一麻袋苞谷拿出去要卖。带灯给翟干事吴干事耳语后，翟干事和吴干事就是不给王后生说这笔墨纸和横幅用布是综治办掏的钱，让王后生写了，又亲自到镇街上挂了，说：这一共花了二百二十元，你掏钱吧！王后生说：我没钱，你们卖苞谷吧。翟干事吴干事说：我们给你卖苞谷？你自己去卖！王后生就是不卖，翟干事吴干事说：不卖也行，你在什么地方造的谣，你就到什么地方去辟谣！带了王后生就到了饺子店，店里进来一个人，就说大工厂是循环经济，循环经济是没有污染的。说得多了，口干舌燥，王后生不愿再说了，要求回家，然后就坐在那里发痴发呆，困得张嘴流眼泪。翟干事吴干事同意放他回去，但仍要求他回去的路上见人还得辟谣，王后生竟拿了墨笔在他的衣服后背上写了“大工厂没污染”六个字，笔一扔，说：这可以了吧?！才摇摇晃晃地回去了。

书记陪考察队去了省城

不久,从省城来了一批人在樱镇考察。又来了第二批人在樱镇考察。第二批人考察完,书记陪着去了省城,据说可能就要在省城签订建大工厂的有关合约。

樱花开了

樱镇之所以是樱镇,是樱镇的樱树多。清明是转眼间来到樱镇,枯了一个冬季的樱树枝股上,不先长绿叶却就爆了白花。那花一爆就拳头大一疙瘩,无数的拳头大的花疙瘩拥簇在一起,像是挂住了云。不可思议,整个镇街在阴天里粉着亮着天都黑得晚了。

明明是从樱树上往下飘起了花瓣,但你感觉那是从高高的天空里撒下来的,地上落得厚厚一层了,空中到处还是,而树上的花簇疙瘩并没减少,仍在爆绽。竹子就仰头伸舌去接那樱瓣,伙房的刘婶说:那是雪片吗?!在冬天里竹子会这样去接着雪片的,雪片一接到舌尖上就消了,而樱瓣不消,却有甜甜的味道。

一股细风在镇政府大院里盘旋,带灯是看不见那风的,风却旋着樱瓣像绳子一样竖起来,樱瓣显现了风形。带灯说:跟我来,哦,往我房间里来!风并没有旋进综治办的房间里,刚到门槛里就息了,樱瓣软下去铺了一片白色的斑点,像是万千鳞甲。

河 堤 上

没有逢集,店铺的门面只卸下两页门板,上年纪的人就坐在门口的石头上,家家门口都有着一块石头,已经被磨得明光锃亮,他们或者在怀里捉虱子,或者就一言不发,任凭着孩子们拉着长线放风筝。从东往西的主街其实也是公路,而且是先有了公路后才沿公路两边盖房搭舍形成的新街。于是,过往的车辆放慢了速度,司机连续地按喇叭,石头上的老人就喊:车!车!孩子们紧张躲避,风筝跌落在樱树上和檐前的电线上,使劲拽,拽断了线。有人一边骂着远去的汽车碾着了晒着粮食的席角,一边挑着木桶从中街的那条辘轱把巷往下走,走一个慢坡,去老街上的泉里挑水。老街早已衰败,但樱树更多。

书记陪同着考察队去了省城,而镇长也到县上参加全县第一季度工作总结会议了,主要的领导都不在了镇政府,大院里就清闲下来。一只喜鹊从空中飞过,白毛狗在叫,院墙上挂住了风吹来的一张塑料纸,白毛狗也在叫。

马副镇长把火盆搬到台阶上,用干苞谷信子笼火煮茶。他一年四季的早晨煮茶不误,一铁壶的老茶叶子煮出半杯稠汁了,闭着眼睛喝,说不喝一天头就疼么。白仁宝在门口刷牙,满嘴的白沫,还用脚踢狗,狗就不叫了。已经有几个人提了裤子跑厕所,出来后,说:白主任现在才刷牙呀,不检查上班情况啦?白仁宝说:你以为我是叫明鸡吗?是领导的指示呀!那些人说:那今日转几圈麻将?白仁宝看着马副镇长,说:这咋说呢,反正我不转。马副镇长却说:口寡得很么,狗日的元黑眼也不见送个鳖来!侯干事说:现在鳖不好逮。白仁宝说:别人不好逮,元黑眼能不好逮?前年冬里元老三和人打架,河里都结了冰,元黑眼还不是送来过三只鳖?!侯干事说:我找元黑眼去,吃不上他的猪肉了还吃不上他的鳖？竹子咱俩一块去。竹子没作理，见伙房的刘婶端了一盒酸菜从大门进来，问刘婶早上吃啥饭，刘婶说她到镇街老马家要了些酸菜，早上调了酸菜吃苞谷糁糊汤。竹子嫌老是糊汤，刘婶说：再煮些黄豆和红薯片。竹子说：饭熟了不要叫我，也不要叫带灯主任，她还睡着，我也去睡个回头觉呀！竹子还看了一眼带灯的房间，房间门没开，她就进自己屋里也关了门。

其实带灯早不在房间，已经到河堤上读书多时了。

河堤上当然也有樱树，而更多的是柳树和榆树。柳树和榆树都很粗，枝条远看全绿着，到跟前却并没叶子，一身白花的樱树夹杂其中，就像镇街集市上还都穿着黑棉袄棉裤的人群里有着已换了季的那些年轻女子。那两棵柳树一棵樱树齐簇簇长在一搭，下面是一块长石头，带灯就坐在长石上。左边放着那件蓝布兜，里边装着小镜子、梳子和唇膏，还有一卷卫生纸、清凉油。清凉油能驱走虫子，包括虱子、蟑螂、湿湿虫。右边放着一串三个粽子包，街上老范家常年都卖粽子。她在地上铺一张报纸，鞋脱了，一双脚放上去，读的是元天亮早年出版的一本散文书。

堤下不远处是一片一片菜地，因为都面积微小，又不规矩，像横七竖八地铺了无数张草席。这些地是镇街人各自新创出来的，谁也不指望这些地能长久，种上庄稼或瓜菜了，能收获就收获，一发水这草席地就冲了，也不心疼，水退了依然再创新地。

带灯读书读困了，或者读到深处，心里汪出水来，就趴在长石上远眺莽山，莽山上的云像移动的棉花垛，一会儿遮蔽了盘山路的一个绕儿，一会儿又遮蔽了三个绕儿。她又看到了松云寺的古木，从镇街上空飞去一群鸟，落上去就不见了，再飞去一群鸟，落上去还是不见了。

带灯想，树这么能包容鸟呀，鸟一定是知道吧。

后来，她就收了书，来到一张更小草席的地里，她认得在地里栽西红柿苗的是张膏药的儿媳。张膏药的儿子三年前在大矿区打工时死了，原本那天他感冒了没有下矿井，车工棚里睡觉，但工棚下边甚至附近的那个村子下面都是矿洞，矿洞就塌了，工棚和十几户人家全窝了下去。儿子一死，张膏药和儿媳为一万元的赔偿费闹得翻了脸，儿媳搬出来，借住在老街道的两间旧屋里过活。

带灯认得张膏药的儿媳，张膏药的儿媳也认得带灯，说：西红柿熟了你随便吃。带灯问这块地的西红柿能卖多少钱，那儿媳说卖啥钱哟，值不了二三十元。带灯就说我给你三十元，有空了我就来吃，吃剩下的还归你。那儿媳半信半疑收了钱，说这不好吧，才栽苗哩就收你钱？然后眼里满是羡慕，撩了带灯的衣服直夸好看，是县城买的吗，还摸了她的脸，说脸咋光得像玻璃片子，都是女人，你就这么拽嘛?!

说带灯日子过得拽的，也只是张膏药儿媳。而樱镇的更多人，都喜欢着带灯的漂亮和能干，也都习惯了带灯在河堤上、山坡上读书，读困了还会睡在河堤上的石头上或山坡的草丛里，但他们又都替带灯惋惜：多好的一个女人，哪里工作不了，怎么却到镇政府当个干部呢？

带灯对张膏药儿媳不做解释，对那些惋惜她的人也不做解释，心想：或许我该是个有故事的人，自从二十年前的那场皮虱飞来，这故事就注定了吧。

给元天亮的信

我在山上听林涛澎湃总是起伏和你情感的美妙，这美妙的一时一刻都是生命中独一无二的。看到山后闪来一牛，我突然觉得你是我远古时代土屋木门石灶家的牛郎呢。镇政府的生活常常像天心一泊的阴云时而像怪兽折腾我，时而像墨石压抑我，时而像深潭淹没我，我盼望能耐心地空空地看着它飘成白云或落成细雨。所以更是想念你而怜惜这生命的时刻。我知道我的头顶上有太阳，无论晴朗还是阴沉，而太阳总在。我也知道我能改变些东西,但我改变不了我的心,如同这山上草木四季变化而不变的是石头。你已经像是我上山时的背篓,下田时的镢锹,没有话语,却时刻不离我的手。

今天的上午,我突然地要在河滩里放风筝。镇街上买风筝的都是些孩子,唯独我是大人。卖风筝的说:给你娃子买的? 我说:给我买的。他睁着看我,说:你没一百哩?! 但我就是要放风筝,因为我又收到了你的信。华丽的风筝飞向尘灰的早春应和了我按捺不住的喜悦,风筝却飞不高就一头扎下。我恨恨地想,带尾巴的东西不离窝,真没出息。这次放出还没等它回头我就使劲往下拉,谁知它反而一蹿上去了。我就知道嘛,这混乱的枯草料峭的地气和如四周环山封闭谁都想探出头往外看看。风筝走着秧歌步优哉游哉地上去了,真的抬起一只腿像孙悟空一样上天了。我明白是我让风筝去给太阳送一个笑脸,顺便看看太阳的天颜,太阳也给了风筝通身的灿烂和温暖。

但是,我的心噌地响了一下,到底还是把风筝收了回来。风筝这时六神无主地飘飘落落,手中的线无奈地躺到地上。落下的风筝我没有捣烂,也没有送给那些孩子,我把它埋葬土里,我想,它会长成一地芳草。

元斜眼在追打着老伙计的儿子

带灯在午后放过了风筝,到了老街,老街上却有人在翻修旧房子。

屋檐上站着人,地上也站着人。地上的人把苍青的瓦五页并在一起往上撂,屋檐上的人伸手就接住,一点不费力,像在杂耍,嘴里还唱着歌子。后来又把泥浆包往上撂,多沉的泥浆包啊,屋檐上的人还是稳稳接住。但是撂泥浆包的可能身上虱子在咬,手在怀里抓了一下再撂泥浆包,节奏乱了,上边的人没接住,泥浆包掉下来砸得下边的人一头泥。

这些房子不是早不住人吗，怎么又翻修？带灯觉得奇怪，可想了一下就不想了，从辘轱把巷往新街上来。辘轱把巷里一头猪慢慢地走，肚子几乎蹭在地上，并不见有人拿了笊篱跟在后边，猪的尾巴一乍，一堆粪就拉下来。带灯很不满意镇街上的人养了猪让猪散跑，才要喊叫这是谁家的猪，却有一个人迎面跑过来，跑脱了一只鞋，停下来要捡鞋，又没有捡，跑过去了。好像是茨店村老伙计王采采的儿子？定睛再看，跑起来是八字步，真的是王采采的儿子。带灯喊：哎，哎哎！王采采的儿子没应声，连滚带爬翻过一堵院墙，又到了房顶，踏得瓦片一阵响地往东跑掉了。

王采采在做女儿的时候是独女，娘家人都指靠她，也就给她定亲到一梁之隔的石幢洼村。没结婚前，一到农忙，她爹就在梁头上吆喝未来的女婿过来犁地，等会儿还不见人来了，再吆喝：你还要人呀不要?！后来结婚了，丈夫老实也肯下力气，自家的和丈人家的脏活苦活都包了干，却五年后害了病，长年嘴角流涎水，拿个小缸子接着，再也干不了重活。后来她爹死在她的怀里没钱埋，村长仗义，自己亲自坐礼桌想能收二百元的礼钱就办事，谁知山里人都拿点烧纸或一瓶罐头。是带灯给了二百元把她爹草草入了土。王采采的儿子那时还小，待长大了也去了大矿区打工。十天前王采采来镇街赶集市，给带灯提了一罐酱豆，带灯又给她一条旧裤子。王采采当下把裤子往身上套，说裤子太窄又长穿不了，脱下来还给带灯，说：我哪有你的长腿！带灯的鞋都是高跟或半高跟的，带灯要给买一双平底鞋，王采采坚决不要了，说儿子能挣钱了，可能五月端午就回来。

五月端午还早着的，王采采的儿子却现在就已经在了镇街，带灯心里毛毛的，顿时像长出了一片乱草。

王采采的儿子刚刚跑掉，元斜眼也跑进了辘轱把巷，粗声吼：你跑你妈的×哩你跑！瞧见了王采采儿子遗下的那只鞋，日地踢了一脚，鞋落进一家厕所的尿窑子里。

元斜眼没去大矿区打工前名气比不上元黑眼，从大矿区打工回来了，一般人就害怕了他。和元斜眼一块去大矿区打工的是两岔口村的杨二猫，杨二猫给人讲，他们在一家公司打工，打了半年工，老板不发工资，讨了十多次讨不来，元斜眼就雇了一辆小车，约他一块要请老板吃饭。老板上了车，车就往山上开，老板问怎么到山上去，元斜眼不吭声。车开到山上僻背处，元斜眼把老板拉下来，老板说：干啥干啥？元斜眼还是不吭声，用绳子就捆了老板。老板还在说：干啥干啥？你们不敢胡来啊！元斜眼从车后箱取了镢头和锨，在地上挖坑，也让杨二猫挖。老板这下软了，爷长爷短地叫，说只要放他回去，立马付工钱，一个再多给五千。他们就把老板又拉下山取了钱，连夜回了樱镇。

元斜眼肯定是在撵打王采采的儿子，带灯问为什么要撵打那小伙，小伙瘦得像个蚂蚱，是能打得过你还是能挨得你打？元斜眼没有理会带灯，只顾骂：你能跑到哪儿去？钻到你妈×里了也得把你拉出来！带灯嫌他骂得脏，拧身就走，让元斜眼骂去，没人听见他骂，他骂得再脏也是一股风。

电视机又坏了

镇政府的大院里，白毛狗在啃一个骨头，骨头上早已没有丁点肉，它还在啃。会计洗过了床单，又在铝盆里泡着了一大堆脏衣服臭袜子，她在骂狗：啃了一下午了你还啃?！马副镇长又把火盆端出来笼火，笼火不是煮茶，要在砂锅里熬中药。说：狗舍不得那肉味么。伙房里传来叮叮咣咣的剁馅儿的声，会计说：中午喝了鳖汤晚上还有饺子？马副镇长说：是白主任自己割了半斤肉，要在电炉子上开小灶哩。会计和白仁宝多年不卯，说：有伙房哩自己还做饭呀？马副镇长说：你有钱你也可以买个电炉子么。会计说：哼，他肯定从元黑眼那儿白拿了肉！经发办的陆主任和派出所的刘副所长还在下棋，已经下了一个下午，脚下的烟蒂积了一堆，仍不分胜负地吵吵嚷嚷。竹子侍弄着那两盆指甲花，她把伙房里打过的鸡蛋壳扣着放在盆土上，增加养分，祈盼着早日开花，又嫌马副镇长熬药的气味吹过来，将花盆端到了院子的另一角。侯干事捏住了一只虱子在手掌上，用放大镜在观察，嚷道：人有漂亮人虱子也有漂亮虱子，这只虱子是双眼皮呀！后来就追着竹子，要把虱子放到竹子的脖领里。竹子像小鸡一样转圈跑，一边跑一边骂侯干事你恶心。

带灯从综治办房间旁边的水泥梯台上到了屋顶，她原本要调整一下安放在屋顶的电视信号接收器，因为昨晚看电视时，屏幕上满是雪花点。信号接收器就是樱镇人说的电视锅，带灯挪了一下方向没挪动，却注意了隔壁派出所的水泥楼顶上那一片搭架的丝瓜和葫芦。去年栽的丝瓜和葫芦一直没有清理，乱蓬蓬的枯藤蔓上，成群的麻雀自天而来，呼地在架中玩隐身又突然向空中哗然飞去。而就在那枝最高的杆顶上，站着了一对，一个头仰着，媚眼顾盼，尾巴划圆；另一个弯过头来在腋下挠痒了，翘翘地展现出一扇翅和一捋足来。带灯入神地看着，看成了天空中似乎有了两只悠古而神秘的眼睛，看出了她心中的一个人。就默默地说：你在看我吗？你不要地软又来信说不要寄茵陈，那我能给你寄些什么呢？你说你春天总是上火，那是体虚所致，我给你寄些中药吧。我能开药方，我丈夫的胃病就是我开的药方服好的，我为六个老伙计都开过药方治好了病。你要相信我。陈大夫是樱镇的陈神仙，他会给我把关的。带灯这么沉思着，两只鸟儿竟然飞过来，扑啦啦叶子落地，她吃了一惊，鸟儿又若无其事地向天上飞去了。这时候竹子在院子里看见了屋顶上的带灯。

竹子喜欢地喊：啊姐，姐，你回来了，几时回来的我怎么不晓得？

马副镇长搅着砂锅，说：竹子，革命队伍里可没有班辈啊！

带灯不爱听马副镇长阴阳怪气的话，她高声说：疯什么疯呀，去把电视打开看信号行不行？

竹子跑进房间打开了电视，指挥着把电视锅向左挪，再向右挪，再挪，一会儿叫嚷有了，一会叫嚷着又没了。后来说：坏了，全黑了！

天气就是天意

看电视是带灯雷打不动的习惯了，尤其在晚上。所以带灯下乡，即便到最远的磨子坪村，晚上都要赶回来。镇政府大院的人起先以为带灯嫌在乡下过夜不卫生，怕惹上虱子，后来知道她好读书，又有看电视的癖好。议论这也应该：一个女同志么，不喝酒，不爱串门闲谝，在乡下那么长的夜，怎么岔心慌呢？连马副镇长也说：深山里的人不看电视，也没电视，天一黑就上炕睡觉，所以计划生育工作难搞。马副镇长这么一说，侯干事就胡扯淡，说：你是说带灯主任结婚这么多年还不怀孕，是电视看得多了？竹子当然就骂侯干事。

竹子知道带灯爱看电视，并不喜欢那些武侠剧和言情剧，她除了看新闻节目外，最关心的倒是天气预报。

竹子曾陪着带灯看天气预报，觉得无聊，但带灯看得认真，她也就耐着性子看完了，说：你听没听说过元天亮的老爷曾经是樱镇的神仙？带灯看着电视，说：嗯。竹子说：听传说他夏天里麦子还没完全黄，他家就开始收割了，村人还都笑话哩，第二天就一场冰雹，把别人家的麦子全砸得窝在地里。后来村人出门都看他的样，大红日头的，他拿上伞了，大家都拿伞，果然不久就生泼大雨；河里平平静静的，他背上背篓要去河里捞南瓜，大家也背了背篓去河里，后半天河上游真的发了洪水，冲下来有南瓜、茄子和土豆。带灯说：嗯。竹子说：过去那神仙说穿了也就是能看天气，现在有天气预报了，人人都可以是神仙么。带灯说：嗯。竹子说：我说啥你咋都是嗯？带灯终于把天气预报看完了，回过头说：我在看天意哩。

竹子第一次听说天气可以看作是天意。

带灯告诉竹子，这当然是她这么认为的：我们整天说天意，天意是什么，天意就是天气呀。天意要你国泰民安，天气就风调雨顺；天意要你日子不好过了，天气就连年的大旱或大涝。你在校学过历史吧，每一个封建王朝灭亡时，你可以说是制度落后，朝廷腐败，外民族入侵，可自然灾害导致庄稼歉收，民不聊生，却是最重要的起因。明朝灭亡时是连续十三年大旱，千里赤地，盗贼四起，长安的政治经济文化中心东进北移是气候干燥，水源枯竭，风沙肆虐，而邓小平在农村之所以推行土地承包制那么顺利，取得成功，连续多年的大丰收也应该是很大的原因么。竹子觉得带灯说得有道理，而这些道理她是在大学里没有听历史老师讲过，也没有听地理老师讲过。她佩服着带灯和她一样都在樱镇，更都在镇政府的伙房里吃一样的饭，怎么带灯的脑子里有这样的想法？但是，竹子却看着带灯，说：或许天气就是天意吧，皇帝是要祭天的，可咱是镇政府的小干部，天气不好了，有个旱呀涝呀的，最多就是少睡些觉，往村寨里跑断腿罢了。带灯说：我也觉得，我琢磨这些事有些荒唐可笑，却说不来怎么啦，脑子里就钻进这些想法。樱镇是苦焦地方，人穷了志气就短，也同时做事使强用狠，现在强调社会稳定，可上访者反映那么多的土地问题、山林问题、救济物资分配问题，哪一样又不都牵涉到天气呢？咱虽然是镇上的小干部，但毕竟吃的是政府的饭，如果天气恶劣，灾害增多，农民生活困难了，社会能稳定吗？天下乱了，没有了玉皇大帝，土地爷土地婆还能有吗？咱们关注天气变化多了，有意识地去往天意上联系，许多事情就能引起警觉和预防吧。带灯说着却突然闭口不说了。竹子说：说得好，你说呀。带灯说：其实我只是这么感觉，我也说不清的。

县志里的祥异

竹子在那个晚上没有睡好，起来翻阅县志，想看看四九年建国以来的天气史料，从中寻出一些天气变化和社会发展的关系。但县志是旧县志，止于清朝的同治年。就后悔当时只图要看县志上关于樱镇的历史，而没有把新县志一块儿借了来。竹子只好在旧县志上找天气的章节，没有，仅仅是一些祥异。

德宗贞元元年，春大旱，天有红光如焰。至夏蝗虫白昼群飞，蔽天旬日不息，草木叶及畜毛皆尽。县东饥民冲进县衙杀五十人。

顺宗永贞四年秋，地震，莽山南崖崩塌，三村寨不复存在。十一月大风怒号，发屋拔木，流寇至，二百人随之。

太宗淳化四年，六月降雪，有黑兽似猴，而腰尾皆长，性猛迅，见人食之。国之易政。

仁宗康定年五月，县东南有冰雹，大如拳，禾麦无收。河川一带有十牛被砸死。盗贼吴有田居天竺山三年。

光宗绍熙二年，冬至夜震雷如炮，电光如火，须臾落地如弓曲状，移时没。来年大旱，粟价腾贵，绝粜罢市，木皮石面皆食尽，父子夫妇相割啖。至腊月，知府被革职，撤县并于山阴县。

圣宗乾亨年，天降黑霜，猪生子似象，有人生角。十月贼寇起，呼啸县城。

世宗大定十八年，八月群鼠结队，昼行街市，九月洪水暴溢。来年世宗亡。

武宗二年天忽黑，风沙走石，十余月未雨，大饥。

洪武二十一年，有星夜坠屹岬岭，光芒曜如白昼，翌日地大震有声，县西乡有裂缝五里，宽十丈，十村尽没。县衙被贼破，翌日知县头悬于城门口。

天聪七年有人牧马山中,雷电四起,云雾蔽谷,人于云雾中见龙与马交,踰年产马长喙短尾,拳毛如龙鳞。至三年,县北人马世昌聚众闹事,随之南方白启山揭竿而起,马世昌五千人投之,五年后白启山、马世昌被灭,而外族入,朝廷遂亡。

崇德七年地裂,水泉涌,南漆河逆流三日,鼠食于稼,人饥疫,死者相枕藉。

顺治十年,自夏逮秋大雨,伤稼,民饥。兵起。

康熙三十六年阴云四合,色绿,雹大如卵,味臭,自茶埠坪至樱镇禾苗俱毁。四十二年县西沟山洪暴发,山底十三村几成泽国。雷西甫之乱。

雍正十二年,大风月余不止,全县小麦害病,野草种子飞扬,草荒。边关紧张。

嘉庆八年陨霜杀禾,冻土三尺深,不能耕,盗贼四起。

咸丰十年三月天降陨石,七月大蛇累见。有长人见于熊耳山,身三丈余足三尺二寸,白帻黄衫,大呼今当太平。流寇过,天下乱,十一年朝廷改制。

马副镇长提供了重要情况

综治办的电视机彻底坏了,马副镇长却主动来喊带灯和竹子到计生办去看电视。马副镇长说:带灯,别人没事就到我那儿串门,你是从来不来的,我知道你对我有意见,可我这是真心请你,你还不肯去吗?带灯说:我哪敢对你有意见?能有什么意见呢?!只是我这小资情调的,怕你有看法。马副镇长说:这话可是镇长说的呀!他当领导咋能给部下下这结论?!带灯说:他也没说错。自己就笑了。

带灯和竹子就在计生办里看电视，带灯把她做好的酱豆拿了一瓶，还送了块硫磺皂。正好，办公室的吴干事进来，看见桌上有一包纸烟，抽出一支就吸起来。马副镇长说：我虽是副镇长可也算个领导吧，别人都是给领导行贿的，你倒是来了就吃我的纸烟，你也学学带灯呀！带灯说：我是要看你电视的，才拿了酱豆硫磺皂的。吴干事说：我吃领导的纸烟是为了体现领导和群众关系亲么，她带灯送硫磺皂你以为是对你好吗？她是嫌你有虱子哩！大家都笑，带灯就骂：你这嘴里啥时候能长象牙呀?！马副镇长也就说：我这儿是有虱子。就没让带灯和竹子坐到床沿上，而让吴干事取两把凳子来，说：凳子上不会有虱子的。

在看着电视里的新闻联播和天气预报过程中，马副镇长话说个不停，他在说书记去省城了，镇长也到县上开会去了，应该今天就回来却没有回来，是不是又忙他的事了？竹子说：他有什么事？马副镇长说：昨日元斜眼碰着我了问，如果书记引进大工厂了，那就是大政绩了，就该提拔到县上的，镇长也顺便当当书记了。竹子说：元斜眼的话能正经？前日他又和人打架，一个大男人家的手那么重，一拳就往金狗媳妇胸上打，打得人家昏在地上。马副镇长说：你知道为啥打金狗媳妇？竹子说：为啥？马副镇长说：金狗前年喂了三头猪，卖了手里攥有几个钱，元斜眼整天和金狗打麻将，他打麻将带手哩，结果卖猪钱输了多半，金狗媳妇就记了恨。近日茨店村有个小伙在大矿区打工回来挣了六七千元，还没回茨店村哩，在镇街上就被元斜眼拉去打麻将，又是钱全输了，元斜眼放债给他，再赌了三天，那小伙还是输了。还不了账，元斜眼就逼那小伙还去大矿区打工，并和大矿区的包工头说好，小伙挣了钱直接交给他抵账。元斜眼在逼那小伙时，金狗媳妇看见了，数说了几句，元斜眼就打金狗媳妇。带灯说：元斜眼在镇街上开赌场？马副镇长说：我只说你看电视哩，也一心二用？开没开赌场我不知道，但他专门找南北二山里在大矿区打工回来的人打麻将倒是真的。带灯说：这事你没给书记镇长说？马副镇长说：这事归综治办管么，我说了对你们不好么！

有了喝农药的

回到综治办,竹子说:咱这位领导总是阴阳怪气的。带灯说:他肚子里有气么。竹子说:他没升上官就觉得谁都在亏他,气大了身体不好那就越是难上去了。带灯说:你提醒着我呀,镇长一回来,就得汇报元斜眼的事。竹子仍还对马副镇长不满,埋怨去看看电视么,用不着送他酱豆和硫磺皂,给了他硫磺皂他也不用哩。就说:你瞧见他床头板吗,上边三个血点点,肯定是掐虱子留下的。带灯说:甭说了,你一说我身上就痒哩。咱洗个澡?竹子说:洗呀洗呀!就去找刘婶要伙房的钥匙,自己来烧热水。

后来就关了门,拉上窗帘,解衣脱鞋洗起来。带灯脸色白净,身上皮肤却黑,竹子恨自己不会长,身子白脸黑。突然门外咕哝一声,竹子隔门缝看了,白毛狗卧在那里,低声说:你是偷窥哩还是在守卫?狗咳嗽了一下,竹子拿单子把门缝也挡了。带灯说:它肯定是守卫咱哩。竹子说:狗是不是人变的?我一说它,它便咳嗽,只是它的话咱听不懂。带灯说:可不敢让狗说人话,它要说人话了,镇政府大院里的啥事它都知道。两人咯咯笑,低声议论着狗能知道大院里的什么呢,知道镇上谁给书记、镇长行贿了?知道马副镇长又发什么牢骚了?知道摆衣服摊的那个女的一到白仁宝房间,白仁宝就拉窗帘,在干啥吗?末了,带灯说:狗知道你多少事?竹子说:我有啥事,不就是我妈逼我快嫁么!那你呢,夜里梦话里喊我那姐夫?!带灯拧竹子,竹子哎哟哟叫,两人又一阵笑。

偏这时白仁宝在喊带灯,带灯说这么晚了喊啥哩,不理他。白仁宝又喊竹子:电话,县上电话!竹子说:说我妈,我妈就来电话了!穿了衣服出去。但很快又回来,说:是县信访局电话,白仁宝要你去接。这神经病，不让我接，他喊我?！带灯只好也穿了衣服出去。的确是县信访局的人打来的电话，说樱镇一上访户在县政府大门外喝农药了，现已被送去县医院，要求樱镇立马来人领走。带灯嗡地一下，脸色都变了，捂了话筒给白仁宝说：出事啦，咱的人在县上喝了农药，让去领哩。白仁宝说：这是综治办的事，所以我让你接的。带灯瞪了白仁宝一眼，对着话筒说：喝了农药？是不是姓朱，朱召财？县信访局的人说：我管他猪呀猫呀的，只要是樱镇的，你们都得来领人！带灯说：你是？那人说：我不是局长你就不听啦?！带灯说：我不是那意思。那人说：樱镇是怎么搞的，让你们守土有责、严加防范，竟然就让人跑到县上来，还喝农药！带灯说：朱召财是全县都有名的老上访户了，老两口七八年都在外边跑着上访，因为责任不在镇上，也不在县上，这多年里考核樱镇工作朱召财问题都是除外的。那人说：你的意思是你们不来接人？叫你们书记镇长接电话！带灯说：好好，我们接人。

带灯放下电话，骂一声：不是局长还口气这凶的，哈巴狗站在粪堆上了！进了综治办，竹子又脱了衣服还要洗，带灯说：出事啦，出事啦！自个先去院子里发动摩托，竹子就重新穿好衣服撵出来，问怎么回事。带灯说了喝农药领人的事，两人推了摩托便往大门外走。白仁宝说：我给个手电？带灯没理，竹子也没理。

朱召财

朱召财是镇街东八里地的月儿滩村人。十多年前月儿滩村出了个人命案，在土窖里发现了同村毛拴牛的尸体，县公安局人来了十几天，抓住了嫌疑人毛中保，毛中保承认人是他杀的，同时还供出一块儿杀人的有朱召财的儿子朱柱石，朱柱石就也被逮捕了。可是，就在把毛中保朱柱石往县上解押时，毛中保半路上要上厕所，从厕所蹲坑里钻下去到了尿窖子里逃跑了。朱柱石一直不承认他杀了人,但有毛中保的供词,朱柱石后来还是判了无期徒刑。从此,朱召财老两口就为儿子申冤,四处要寻找毛中保要他说出真相,却无法找到毛中保。三年前,大矿区通知樱镇,说月儿滩村马明明在大矿区杀了人,被枪毙了,让家人去搬尸。马明明一直在外打工,谁也说不清怎么又在大矿区犯了事,他家里只有一个独眼爹,又恨又嫌丢人,就没去搬尸。可过了八个月,马明明竟然回到了月儿滩村,问清原因后,才知道马明明和毛中保是姑表亲,两人年龄长相近似,毛中保在出事前就借了他的身份证。这样,就肯定了在大矿区被枪毙的是毛中保。毛中保一死,朱召财替儿子翻案的事更没了着落,但老两口仍心不甘,继续上访,其间多次被抓回,抓回来又跑出去,连续三年再没踪影。年前腊月二十三,老两口都年纪大了,又一身病,才回到月儿滩村。

带灯和竹子要到县医院去领人,又担心是不是朱召财,就先到月儿滩村寻到村长,和村长到朱召财家,朱召财家果然只有朱召财的老婆在,害腿疼,扶着炕沿和他们说话。问朱召财哪儿去了,说不知道,问几时出的门,说不知道,问出门时都拿了啥,说不知道。带灯非常严厉地训斥村长,嫌村长没有看管好朱召财,现在立即去县医院领人。村长就骂朱召财老婆,朱召财老婆还嘴,村长扇了个耳光,朱召财老婆再不吭声,趴在炕沿上哭。村长问这黑的夜,咋去县城呀,三十里路的,能不能明天去。带灯说:必须连夜把人领回来!我和竹子现在就去医院,两小时后你派人得到,我不管你走着去还是飞着去!

带灯和竹子赶到县医院,医院已经为喝农药的人洗了胃,被安置在一间杂物间里,门口守着县信访局的人。信访局的人劈头盖脸又在呵斥樱镇的工作是怎么做的,动不动就有上访人到县上寻死觅活。带灯没吭声,竹子上了火,说:是我们把他送来的,农药瓶子是我们递到他手里的!信访局的人说:你还躁哩,你叫啥名字?竹子说:我叫啥名字?我们乡镇干部的名字就叫鳖!带灯说:好了好了,上级批评咱就接受。

人交给我们了,你们早点回去睡觉吧。把竹子往一边拉,竹子一委屈,两股子眼泪流下来,又哭了。

王随风

但是,到杂物间领人时,竟然发现喝农药的并不是朱召财,而是南河村的王随风。气得带灯骂:怎么是你?你也学会喝农药啦?!靠住墙喘粗气。

带灯认识王随风很早。

才到镇政府那年,给镇政府盖南边那一排平房的泥水匠和王随风娘家是邻居,王随风在镇街上卖鱼时来看望泥水匠,带灯见过一面。泥水匠赞叹王随风,说她娘家门前有个鱼塘,她每天早上四点骑自行车到县城买猪杂肝回来喂鱼。二十岁时,嫁了婆家也在南河村,她开始拉个架子车在镇街上卖肉末胡辣汤。卖了一年,生意还行,就到县城的医药公司门口卖,还承包了医药公司的三间房卖起了药品,很赚钱的。她已经穿起了碎花子袄儿,还有皮鞋,皮鞋磨脚,在脚上贴创可贴了还穿皮鞋。后来医药公司职工下岗要求收回房子,而合同期未到,公司开了条件她不走,职工们就把她的东西扔外边,强行撵出。三年半前打官司,对方给予补偿,她不同意,走了上访路。县上曾想结诉给她七万元,她仍不行,要十二万。事情就这么拖下来。

县信访局的人还没走,月儿滩村的村长带了两个人,拉着一辆架子车到了医院。村长见不是朱召财,屁股一拧就走。带灯说:走啥走啥?村长说:不是朱召财,我给谁擦屎屁股呀?!带灯说:不是朱召财,就算我给你派活哩!村长说:给我派活行,你骂了我不说了,耽搁了瞌睡我也不说了,但我们三人跑这么远,总得有个路费钱吧?竹子说:你要路费钱,谁给我们路费钱了?!村长说:你们吃政府饭么,这是你们的工作。带灯说:我本来准备给你们每人补贴一百元的,你这么一说要钱,我就只给每人五十元。村长说:这我不拉!带灯说:老刘,刘大头,我可是知道你这个村长是怎么当上的,而且我还要给你说,综治办收到你们村三个人联名告你的信。村长说:是王来娃他们写的黑信吧?他为了宅基地和我结下仇的。王来娃,我✕你妈你诬陷我哩!带灯说:诬陷没诬陷这得等我调查落实了再说,可今日这王随风你拉也得拉,不拉也得拉!村长说:唉,给你们捣乱的你管不住,给你们干活的你倒管了个紧。带灯给竹子说:你身上装没装一百五十元?竹子刚掏出钱,村长一把攥了,转身就从床上把王随风拉了走,王随风却死死抱住床头,就是拉不起。

带灯给王随风做工作,说你的问题是老问题,镇政府一直在催督有关部门在解决,一定要相信政府,就是不相信政府,都是女同志,你要相信我,你就是不上访,我也会跑腿给你催督的。而你来县上喝农药不是办法,产生影响是能产生影响,可只能引起各方面的反感,你喝了救得不及时你就死了,死了就白死了,救得及时难受是你。三更半夜的,我们来领人,这是任务,你必须得回去,好说好劝了你就跟着刘村长走,架子车就在楼下,你可以坐在架子车上,你还要死犟,他们就得抱着你回去了。说了半天,王随风就是不吭声,抱住床头不松手。村长又开始拉,把被子拉脱了,又拉王随风的腿,把裤子也拉脱了。带灯忙给系裤子,村长说:把人都丢成啥了,还怕羞?!带灯说:好好说,只要能回去就好,她毕竟是女人么。村长说:这要劝说到啥时候呀,你要劝说那我就不管了,你要叫我拉,你就不要在这儿,我给你拉回去就是!带来的两个人就把带灯和竹子推到门外过道上。村长就对王随风说:我可认不得你,只认你是敌人,走不走?王随风说:不走!村长一脚踢在王随风的手上,手背上蹭开一块皮,手松了,几个人就抬猪一样,抓了胳膊腿出去。从过道里抬到楼梯口,王随风突然杀猪一样地叫,整个楼上都是叫声。

带灯看着那伙人下了楼梯，说：回去直接交给南河村的村长啊！说毕，腿软得靠墙溜下去，坐在地上。竹子说：姐，咱回。带灯说：心慌得很，让我歇歇。却说：你跟着下去，给村长交代，才洗了胃，人还虚着，别强拉硬扯的，也别半路上再让跑了。

吃　饭

带灯和竹子离开医院时，天麻麻亮。县城的街道上，各类小吃开始上摊。竹子要请带灯吃豆花，一摸口袋，再没了一分钱。带灯说：你是故意说要请我，其实要我请你。竹子说：你是姐么，工资比我高。带灯说：让你谈恋爱你不谈，谈恋爱了就有人管待你钱哩。竹子说：镇政府就那么大个单位，和谁谈呀？就是谈了，能再遇上像姐夫那样能挣钱的人肯让我花？带灯却冷了脸，说：甭说他！竹子觉得奇怪，但带灯不让说，她也就不说了。两人一时没了话，竹子就跟着带灯，带灯经过豆花店了，并没有进去，竹子也没敢过问，只说这顿饭是没指望了，带灯却进了一家水盆羊肉馆，说：要吃就吃顿硬饭！

正吃着，店外一阵吵闹，两个城管和一个推着三轮车卖油茶的小贩在争执。可能是小贩把油茶车停放在了马路上卖，城管过来要罚款，小贩不服，嘴里骂了什么，城管一脚踢了油茶车，油茶壶没倒，七八个碗稀里哗啦翻在地上碎了。店里很多吃饭人就往外跑看热闹，或许是也指责了城管几句，城管回过头来，又立即噤了口，回坐到座位上了，说：狼么！竹子也要出去看，带灯踩了她的脚，说：坐好。竹子坐好，两人低头只管吃。店外的小贩坐在地上骂，城管偏还要罚款，后来小贩就在地上打滚，别的小贩四处逃散，逃散时还顺手又拿走了油茶车把上吊着的一次性筷子的插筒，而更多的人聚了过来，两人趁机从旁边溜走。

带灯说：一个档次！竹子说：啥一个档次？带灯说：小贩素质差，不按规定地点支摊，又乱扔套碗的塑料袋儿，城管也是低素质，野蛮执法。真是啥人用啥人治。竹子说：那让咱俩整天和上访人打交道，是糟践咱了?！带灯说：咱也一样吧，在综治办干得久了，肯定有人看咱是坏蛋，咱也觉得自己肮脏了。竹子再没接话。

带灯却突然做出决定，既然来城里了，就多待半天，她的一个同学开了家宾馆：咱去洗个澡！

洗　澡

听说洗澡，竹子当然高兴，说在镇政府没洗成，又跑了一夜，身上快发酸了。两人赶到一家宾馆，经理正领员工擦洗门窗，立即朝楼上喊：开一间房子，把热水放开，土地婆又来泡澡了！

竹子说：姐你常来呀？带灯说：凡要进县城办事，都来洗的。经理说：又来抓上访的了？带灯说：没上访的我还泡不了澡。经理说：你这工作有意思，整天跑动，都有故事。哪像我弄个宾馆倒是给我弄了监狱。带灯说：烂工作，综治办是黑暗问题的集中营，我都恨死了。经理说：这你哄我，真是恨死了还穿这么鲜亮，肤色嫩白，瞧这头发一丝不苟?！带灯说：你的意思我就该皱纹纵横面如漆黑头发蓬乱衣衫不整？那你这宾馆，门卫都不让进了！经理说：我老成啥了，还讲究是老板哩，这腰里一抓一把赘赘肉，都快没人形了。带灯说：这叫形散神不散么。经理就笑，说：你这心态好！带灯说：工作就像嫁郎一样，嫁鸡随鸡，嫁狗随狗，我看我的昨天、今天和明天也就这样了。深山里也有棠棣花么，花只顾自己开放。经理说：我羡慕就羡慕你在乡镇这些年了还没磨下你那小资气。带灯说：就这品种么，麦子种到哪儿都是麦子，长不了苞谷棒子。说罢，再不和经理贫嘴，噔噔噔就往楼上跑。

带灯往楼上跑，心里却想：我怎么给她说像棠棣花一样只顾开放？

这话是我在手机上给另一个人写的,那话只写了一句,但要写完整,该是:我睁开眼就很喜悦地想起你。我像棠棣花一样只顾开放。我觉得我爱的人是天是地是宇宙是大自然,那么我就像草木一样为大自然绿着而天地给予阳光雨露清风明月。我把心收到一棵树上,慢慢长起来,因为有你在看着也看得清。别人一见花就折,你会说这花真漂亮,别人见一树果子会说这家人勤快呀而你会说这树能干。所以我想为自己活一回。

竹子洗得快,先出了浴室,等带灯泡好出来,她已躺在那里睡着了。带灯说:懒——,身子也倒下去,眼睛已闭上了,吁出个蛋字。

一身的樱花瓣都是眼珠子

一觉醒来后,带灯想在县城里见一下镇长,先用手机联系,镇长说他正在会场,出来上厕所了把电话打过来。镇长果然打来电话,带灯就汇报了王随风的事,要让他有个思想准备,以防会议上有人突然提出来了使他尴尬。但镇长说事情他已经知道了,有关领导点名批评了樱镇,他也在会上做了一次检讨。带灯原本是要向镇长表功的,没想给镇长带来了灾,她一下子口拙起来,并一再地道歉是综治办的工作没做好。镇长是没有训责她,却考虑到这事可能还有后遗症,要影响到樱镇的工作考核,他得见见一些领导,这就得带灯以最快的速度去村寨里收购几十斤土鸡蛋托人带来。带灯说能行,明日就把土鸡蛋捎去,而为了汲取教训,她就又反映元斜眼在镇街上专门找从大矿区打工回来的人打麻将骗钱的事。镇长说:哦,这确实是不安定因素的新动向,是得趁早打击。这事我回来后咱们研究研究,眼下你得尽快地收购鸡蛋,鸡蛋一定要保证是土鸡蛋啊!

要收土鸡蛋,当然得去南北二山的村寨里,去村寨当然还得找那些老伙计。带灯喊竹子起床,喊了几声竹子醒不来,揭开被子要打屁股,看见了一对白萝卜似的腿,忍不住摸了一下,竹子忽地坐了起来。

竹子说她正做梦哩,梦里有人给她献玫瑰,但献玫瑰的人似乎在不停地换,到底没看清一张具体的脸。

带灯说:梦是反的,都是你这梦做坏了,镇长才来了电话!竹子问:镇长表扬咱们啦?镇政府那么多人,只有咱在第一时间里把王随风领了回去。带灯说:镇长批评综治办没有及时防范。竹子不信,说:真批评啦?带灯说:真批评啦,还让现在就去下乡。竹子就生气了,骂了一句:尿!竹子骂了一句粗话,带灯就笑了,说:一听就是乡镇干部!竹子一仰身又倒在床上,说:领导不珍贵咱了咱珍贵自己,今日就不去下乡,睡,再睡!

睡是不能再睡了,带灯还是把竹子往起拉,说去下乡收购些土鸡蛋要给领导送的。竹子又坐起来,说:咱咋这么可怜呀,就像大人打孩子,把你打哭了,让你不哭你就不能哭,还得写个检讨。收土鸡蛋,巴结一下镇长?带灯说:不是咱巴结他,是他得巴结县上的领导。竹子说:他也巴结人呀?!带灯说:行政干部么,谁不被人巴结,谁又不巴结人?竹子说:咱镇长巴结领导不知道是个啥模样呢?她突然高兴了,觉得受的委屈都不算一回事了。

两人骑了摩托刚出了县城,镇长的电话又来了,他在提醒着带灯,收购土鸡蛋的时候要收购没被公鸡踏过的母鸡下的蛋,不能收购被公鸡踏过的母鸡下的蛋,一颗都不能收购。带灯有些疑惑,吃鸡蛋不要吃用激素饲料喂过的鸡的蛋而要吃放养的鸡的蛋,却怎么还分被公鸡踏过和没踏过的?镇长说:常务副县长是和丈母娘一块生活的,那老太太吃斋,肉不吃,葱蒜不吃,被公鸡踏过的母鸡生下的蛋也不吃。带灯说:这咋分得清哪颗蛋是被踏过的哪颗蛋是没被踏过的?镇长说:你连这点知识都不懂?买蛋的时候你拿手电照么,里边清亮的是没被踏过的。要一颗一颗照啊!带灯没好气地说:你真心细!放下电话,就琢磨这么收购土鸡蛋，只能去东岔沟村找六斤了，便扭转了摩托，沿城关一条近路直接去了东岔沟村。

六斤也算是带灯的老伙计。当初，六斤提了鸡蛋篮子来镇街集市上卖，每每到了镇街西头的石桥下，就把身上的破衣服脱了，换一件碎花衫子。卖完了鸡蛋回去，也是在石桥下再把碎花衫子脱了，又穿上破衣服。带灯注意了她，和她闲话，问有没有男娃，她很轻松地说：两个女的，给别人家养哩。十几年前她从崛头坪寨抱养个八岁男孩，这男孩上学时，周日总和他哥们回老家，收养关系也就名存实亡。十六岁和他哥去大矿区打工出了矿难，她火速到大矿区争取赔偿，拿到了两万元，但和男孩的亲父母起了争执。亲父母在老家安埋了男孩，她给了三千元，又经人劝说再给了五千元。带灯也批评她：你这做得不好。她说：谁不想要钱？带灯送给她几件过时的衣服，她每次卖鸡蛋见了带灯就要给带灯几颗，并说明这几颗绝对是土鸡蛋。带灯不肯收，她不行，当下把鸡蛋敲开，给带灯嘴里倒。

竹子说：咱今日去，你老伙计会不会给咱做饭？带灯说：肚子饥了就让她熬刀豆糊汤，她封干的蔓菁煮着好吃。竹子说：人干净不？我第一次和马副镇长去药铺山村吃饭，那家媳妇擀了长面，吃着可口，吃完了我才发现她手背上垢痂恁黑的，一出门就恶心得吐了。带灯说：人算不上干净。竹子说：那我不吃！带灯说：我以前下乡也不吃饭，后来发觉你不吃饭了人家就生分你。竹子说：你那些老伙计都是吃出来的？带灯说：你不吃就不吃吧，可你如果也想有些老伙计，我教你个办法，下乡时拿上照相机，只要给他们照相，关系就热火了。竹子说：这我不，要洗照片，我有多少钱？带灯说：我是给他们看病的，看不了大病就教些小偏方。竹子说：哦，那我也向陈大夫讨些偏方去。带灯说：你岔我的行呀？竹子说：哟哟，你要是六斤，我可能连颗生鸡蛋都吃不上！带灯就咯地笑了一下，这一笑，摩托头一拐，差点撞在路边的水泥墩上。

没到樱镇，沿途的樱树少见，一进了樱镇地界，樱树就多了，越来越多。经过几个村寨，所有的狗都惊动了，乱声呐喊，竟然两只三只撵着摩托跑，撵上了又在摩托前跑。狗的呐喊和追撵是别一种的鸣锣开道，带灯和竹子觉得很得意。村寨的人都从屋里出来，或在地里正干活就拄了镢头和锨，至她们一出现就盯着一直盯着她们身影消失。有人在村口的泉里用勺往桶里舀水，只顾看了带灯和竹子，桶里水已经满了还在舀，水就溢出来湿了鞋，他媳妇一手帕摔在他头上，说：看啥哩看啥哩？！他说：这不是镇政府的谁和谁吗？人家吃啥哩喝啥哩长得这好的！他媳妇骂：你去闻么，人家放屁都是香的哩！带灯和竹子当然是看到了也听到了，全都忘记了镇长的批评，经过每一个村寨，偏把摩托的速度放慢，还要鸣着喇叭。竹子说：姐，姐，又有人看哩！带灯说：就让看么，把脸扬起来！竹子说：咱是不是有些骚？带灯说：骚啊！竹子就后悔她没有穿那件红衫子。

满空中是忽悠的樱花瓣，不时地粘在她们的头发上、衣服上，甚至还有一瓣贴住了竹子的眼睛。竹子用手去抹，它又飘走了。到了东岔沟村，摩托停下来，两人抖着身子，花瓣就落了一地。竹子说：哎呀，这花瓣是咱开的？带灯说：那不是花瓣，是眼珠子！

美丽富饶

东岔沟村的人居住极其分散，两边的山根下或半坡上这儿几间茅屋，那儿一簇瓦房，而每一户人家的门前都有着一眼山泉，旁边是一片子青枫和栲树。石磨到处有着，上扇差不多磨损得只有下扇一半，上边压着一块石头，或者卧着一只猫。牛拉长了身子从篱笆前走过，摩托驶来，它也不理。樱树比在沟口更多了，花开得撕棉扯絮，偏还有山桃就在其中开了，细细的枝条，红火在塄畔上。

竹子大呼小叫着风光好：瞧那一根竹竿呀，一头接在山泉里，一头穿屋墙进去,是自来水管道吗,直接把水送到灶台?又指点着那檐下的土墙上钉满了木橛子,挂了一串一串辣椒、干豆角、豆腐干和土豆片,还有无花果呀,无花果一风干竟然像蜜浸一样。看那烘烟叶的土楼啊,土楼上挂着一原木,那不是原木,是被掏空了做成的蜂箱,蜂箱上贴了红纸条,写着什么呢?带灯说:写着蜂王在此。竹子就赞不绝口:写得好,怎么能写出这个词啊!但是,还有一家,门框上春联还保存完整,上面却没有字,是用墨笔画出的碗扣下的圆圈,不识字就不写字,用碗扣着画圆圈这创意蛮有趣哟。有人坐在石头上解开了裹腿捏虱子,一边骂着端了海碗吃饭的孩子不要筷子总在碗里搅,稠稠的饭被你搅成稀汤了,一边抬头又看到了斜对面梁上立着的一个人,就高声喊话:生了没?——生了!——生了个啥?——你猜!——男娃?——再猜!——女娃?——啊你狗日的灵,猜了两下就猜着了!

带灯说:这里的风光你能用个成语概括吗?竹子说:美丽富饶!带灯说:美丽富饶不应该是个成语吧?竹子说:是成语!带灯说:美丽和富饶其实从来都统一不了,大矿区那儿残山剩水了却富饶,东岔沟村是美丽却不富饶。竹子说:有了大工厂咱樱镇也就富饶了。带灯说:富饶了会不会也要不美丽了呢?

竹子愣住了,她明白带灯的话,说:书记说人家大工厂是循环经济,循环经济你清楚吗?带灯说:我不清楚。竹子说:连你也不清楚?!有人就尖锥锥地叫起来:哎哟,这不是带灯主任吗?带灯,带灯,你咋就来了?!竹子说:这是谁?带灯说:这就是六斤。六斤从塄畔上跑下来,一边跑一边在手心吐了唾沫在头上抹,脚下的一块土坷垃就先滚了下来。

给元天亮的信

总爱在枯黄的沙石坡上享受那蓝天和白云,呼吸中有酷霜的味道。

退着走想晒晒屁股又歇歇眼，太阳睁着光芒，它把我的目光顶撞回来。这意味深长暖香如玉的春阳，是暖炉吗我愿熔进你心里，是火灶吗我愿是一根耐实的干柴。如果是魔镜你吸了我去。太阳真的把人人物物占有但也属于人人物物。

蜜蜂嗡嗡嗡地响，小鸟在吵，沟涧上一位说话只是半语的老农在垒石畔不时地胡喝两声，像林子里偶然的怪鸟的直叫。塬坡上的绿自掩藏的一片儿一片儿的土地有人在弯腰栽着红薯苗儿。今天没有风，预报说明天有阵雨。这里的人就像一颗苞谷一株胡麻一样在地上吃天年。定时的飞机响声告知着外面存在的世界。我有些神经，如幻想中山中不安分的幽灵，惊觉着外面的风吹草动，总想着你现在是在干什么呢，调研、视察、开会，或是伏案写作。伏案写作还戴个眼镜吧，时而抬起头摸摸索索取根纸烟想吸吸？我就看看走了近去，抱抱你摸摸你的手便飘然离去。赚你一个会心的笑。你开始吸纸烟了，一口一口吸一口一口地吐，享受这个过程。人生有许多东西可以不进心而能过瘾，我，日出想你回去想你风中想静中想叶下想石上想，山上水边走着坐着想花开花落想，可我也像大口吸纸烟一样不伤心反而痛快。我这样说你高兴吗，你已经是我的神，我要把这种意念当作自己的信仰和真实的假设，不想着是真实的存在，和你没有关系，这样我能轻松一些，也能放开你一些，我在生活中也能坏一些野一些。

十三个妇女

六斤搭梯子就上房顶去取软柿，她说别人家的软柿都坏了，她家的还好，是专门给你们留的。但她却在房顶上大声骂乌鸦，乌鸦把软柿全吃了，便把被啄了一半的烂软柿一颗一颗扔下来，扔得满院地上都是。她又要给带灯和竹子烧滚水煮荷包蛋，灶火生起来，去鸡窝抓鸡，指头在鸡屁股里拭了拭，再骂：你没有蛋么，你给我装模作样地卧鸡窝?！她显得难堪，带灯和竹子更难堪，说：就喝滚水，喝滚水！六斤说：喝滚水就得放糖！滚水端出来，她捏着一撮糖，带灯不要，不要怎么行呢，硬给撒在碗里，撒过了指头还在滚水里蘸了一下。

后来，六斤帮忙去村里收鸡蛋了，反复问：是要土的？带灯说：必须是土的！六斤说：你们公家人，娶媳妇要洋火的，穿衣服要洋火的，吃鸡蛋却要土的！带灯说：还要是没被公鸡踏过的。六斤说：天呀，这谁要吃的，恁刁嘴的！扭着屁股出门去了。带灯和竹子在屋里喝白糖滚水。竹子说：瞧你这老伙计！带灯只是笑。这时候沟畔上边传来哭骂声，两人出来看，是一个坡坎上下紧邻的两户人家在吵架。旁边有劝解的，劝解根本不起作用，就都袖了手瞧热闹，见带灯和竹子来，说：啊政府来人了！

他们给带灯说缘由：两家为地畔子别扭了几年，五天前吵闹了一场，只说该歇十天半月了吧，没想又吵闹了。上面那家媳妇以前当过妇女组长，丈夫是个没星的秤，不管事，媳妇就霸着家，说话占地方。下面那家媳妇因为当年父母包办婚姻，而她和另一相好睡觉被人发现过，过门后一直在家受歧视，言语短，但能紧财。刚才吵闹起来，上面那家媳妇打了下面那家媳妇脸，下面那家媳妇的男人却没援手，下面那家媳妇就拿头撞墙，被人拉住了，额颅上只撞了个血包。带灯就到了上面那家去劝说，那媳妇说是下面那家多占了地畔，她当然要闹，她是骂那家男人，如果那家男人反抗，她就出来骂他偷过汉的媳妇。她说她有心脏病，一提起那家气就不够用：你看我这嘴！她的嘴乌青着。带灯一看这是难缠事，但自己是镇政府人，遇着事了又不能不管，就说：地畔纠纷我给村长说，让他公平处理。至于你，千万不要当着下面那家的儿子面打人家的妈，否则后果严重。那媳妇说：她儿子要打我呀？她有儿子我也有儿子，我儿子虽小，我三个侄儿却是墙一样高！带灯说：即便人家儿子不动手，也会出大事的，下面那媳妇太内向，你让她投崖上吊呀?！那媳妇说:你怕她死,就不怕我死?带灯就火了,说:我给你好说歹说你咋恁说不醒?我告诉你,我这是以镇政府名义警告你的,不能再闹,如果再闹猪屙的狗屙的都是你屙的!说完拉了竹子就返回了六斤家。

带灯一吓唬,那媳妇真的不再骂了。竹子对带灯说:你还能说粗话呀!带灯自己都笑了,说:把我气的!竹子说:这些妇女还真吃硬不吃软。带灯说:肯定还是要闹的,我也只能说到这儿就抽身么。

六斤怀襟里装了十颗土鸡蛋回来,问:咋听不见再吵了?竹子说:你没赶上去看热闹?!六斤说:我才懒得去呢,哪天没吵架的?不听吵了这耳朵里倒轰轰地响。带灯说:你就收购了这点鸡蛋呀?六斤说:一会儿有人来给送的。

果然陆续来了十三个妇女,都是一身的黑,上衣长裤子短,也都是怀襟里或手帕里揣着提着土鸡蛋。过罢秤,足足三十斤,付过钱了,在一个竹筐里一层麦草一层鸡蛋装好,带灯说:谢谢啊!她们就吃吃笑,说:还谢咱呀?收了钱谢咱干啥?!其中一个害着红眼,不停地看带灯,说:这政府面善!一个长着噘噘嘴的,一说话牙龈就露出来,说:人家是个主任呢。害红眼的就尴尬了半会儿,说:你是主任?竹子说:镇政府综治办的带主任。六斤说:我的老伙计!噘噘嘴说:代主任?六斤说:正主任!害红眼的说:还有这年轻的主任?身上没有煞气么。六斤说:你以为干部都是马王爷三只眼啊?我给你说了,我老伙计人好得很,你不是要给她说事吗,你说。害红眼的就眨了十几下眼,倒有些不好意思了,说:正代主任,听说你管低保?带灯说:我叫带灯,低保要村长报,符合条件了镇政府可以批。害红眼的却突然嘤嘤地哭了起来。六斤就说:你哭啥哩,哭啥哩,眼睛快瞎了你还哭!

害红眼的总算不哭了,这才给带灯说她的恓惶。她说得非常啰嗦,没有顺序,不断地重复,六斤和另外的十二个妇女就帮着她把事情往清白说,带灯总算听明白了。她家的男人在十年前去大矿区打工,去的时候人高马大的,一顿能吃五个浆粑馍,还喝两碗米汤,打一夜的胡基都不累。他是在大矿区挣了钱,回来就准备盖房的,可砖瓦都买了,人却得了病。得的是一种怪病,吸进去的气少,呼出来的气多。村后那面坡,先前放牛,人跑得比牛快;得了病,拽着牛尾巴走,走不到十多步,就得坐下来歇。是到过镇卫生院看过医生,也到过县医院看过,说是吸了矿粉末的肺病。在医院里住了一月院,治不好,花销太大,回来买了药自己给自己打针。她是半夜里要醒来几次,在男人鼻子上试,她害怕什么时候男人就没了气,过去了。几年下来把盖房的砖瓦全卖了,还卖了一半家当。现在她是想给男人早早备下棺材和拱墓,可就是没钱买棺材和拱墓,穷得老鼠都不上门。男人给她说:我死了就把我扔到后山梁上,喂狼去!

带灯心惊肉跳地听害红眼的给她哭诉苦情,她想,在大矿区打工的人,尤其是下矿井的,已经有很多得过这种病,别的村寨就有上访的,但她根本不知道东岔沟村也有这种病人!带灯说:你叫个啥?害红眼的说:叫王福娃。唉,名字叫着有福,有啥福,连豆腐都半年里没吃上一口了。带灯说:咋没见过你到镇政府来反映过?王福娃说:得了这瞎瞎病,往外说着丢人啊?!带灯说:据我了解,得了这病,大矿区是要赔偿的。

带灯这么一说,另外十二个妇女全围上来,说:你说会赔偿?能给我们赔偿?!带灯说:你们,你们家也有这种病人?她们说:我们的男人都是当时一块去大矿区打工的,回来全得了病,已经死了三个了,还躺倒着十个,谁都不知道这是咋回事么,心惶惶着,都害怕着下一个要死的轮到谁家。竹子说:这都是真的?她们说:说枉话让雷劈!你可以上门去看看病人么。前几天镇街上来了个,说这事要上告哩,不上告就没人管,他要帮我们上告,每家交二百元钱,他负责去告,将来告赢了,国家给了救济款每户抽给他两千元就是了。带灯说:他还抽钱?是镇政府人吗,叫什么名字?她们说:瘦高个子,叫什么来着?六斤说:姓王,是什么后生。竹子说:王后生呀?!拿眼睛看带灯。带灯说:王后生手伸到这里了！竹子说:那可是坏人,专门替别人上访赚钱的,你们千万别让他告,他告了根本不起作用,反倒把事情办砸。上边规定上访是以当地案件算数目的,大矿区的案件如果算到了樱镇,大矿区倒偷着笑哩,那镇领导生了气,谁还能给落实?！十三个妇女全愣了,面面相觑。噘噘嘴就埋怨那个麻点脸的,说:都是你把事情说给王后生的。麻点脸说:我咋知道他是坏人呀,我要知道我还能送给他一包木耳？你不是也给他做饭吗？噘噘嘴说:算我喂了猪。带灯就不让她们再争了,说:以后有困难找党员,有问题找支部,不要听信别人来搅和。六斤说:这话是写在村办公房门口的,东岔沟村就三个党员,出去打工了一个,一个是姑娘嫁了,村长就是支书,支书也就是村长,找过他,他说:谁屙的谁擦。竹子说:这是啥话,我找村长去！带灯摆摆手,说:这事我替你们反映,以樱镇名义与大矿区联系,绝不能让王后生插手。又说:以镇政府名义去解决或许还能解决,如果王后生去告,你们破了财,事情反倒办不成。你们听明白了没有？十三个妇女说:那我们寻你！又咋能寻到你？带灯说:看清这个姑娘了吧,她叫竹子,她会来为你们整理材料。低保的事,我觉得不光是王福娃,你们都够条件了,让村长往上报,竹子也会负责和村长联系的。再说,寻不到我了,就寻六斤,六斤能寻到。六斤就说:看到了吧,我老伙计人好得很！王福娃突然喉咙嘎地响了一下,说:天呀,遇上菩萨啦！十二个妇女全说:菩萨,菩萨！她们后悔土鸡蛋收了钱,甚至过秤时还嫌秤高秤低的,就要把钱退给带灯。带灯当然不同意,她们说:这使不得吧。带灯说:使得,使得。把她们送走了。

烟囱冒出的烟不会是白云

六斤好像是感冒了,不停地擦鼻涕,擦了鼻涕不是抹到树上墙上,就在襟上搓一下,她要留带灯和竹子吃饭,还揭了瓮盖说封干的蔓菁好吃，捏出一颗让带灯尝。带灯就问竹子吃不吃饭，竹子说：不吃啦不吃啦，限天黑咱就回镇街了么。六斤也就不再挽留，但一定要送她们一程路。

一路上，竹子还在感叹着那十三个妇女的可怜。六斤说东岔沟村的女人命都不好，嫁过来的没一家日子过得滋润，做姑娘的也十之八九出去打工，在外面把自己嫁了，有七个再没回来，听说三个已病死。村里更有可怜的，后沟脑那家的媳妇是后续的，男人整天喝酒，又喝不上好酒，到镇街上买了些酒精回来兑水喝，喝醉了老打她，她半个脸总是青的。前年男人喝多了又拿刀撵着砍她，她急了抄个镢头抡过去就把男人闷死了。她一逮捕，她哥嫂来看护孩子，而第一个被离婚的媳妇要了钥匙又赶走了他们。那前房媳妇也留了一个女儿。现在两家人一家女儿进狱，娘家还要养两个小女儿，一家女儿带着孩子住娘家。两家父母都是老实疙瘩，说不全一句话。

六斤的话说得带灯和竹子心里沉重，翻过一道梁时，不让六斤再送。带灯说：我腿有些软，咱坐一会儿吧。竹子说：坐会儿。

日近傍晚，东岔沟村的人家开始做晚饭，从梁上看去，上上下下的沟道里这儿冒烟，那儿冒烟。带灯说：竹子你看到那烟了吗？竹子说：顺着房和房门房后的树林子往上长哩。带灯却没再说话。竹子说：你咋问烟呢？带灯说：这村里的女人就像烟囱里冒烟，有的遇风雨就散了，有的幸运了能上得高些，可再高还是尘烟不是白云。

黑鹰窝村的老伙计不行了

换布的小妹夫乔虎在河里炸鱼，用瓶子灌满煤油，塞上导火索，点燃了扔到潭去，油瓶子就在潭中炸了，把鱼炸得漂上来。早晨扔了八个油瓶子，炸上来一条十二斤重的鲤鱼，还有六条一二斤重的鲈鱼。正好白仁宝经过，说：有这么大的鱼，预兆樱镇要大发展了，我给领导汇报汇报。就把鱼提回镇政府大院，连白毛狗都兴奋得叫了半天。但伙房的刘婶不会做鱼，带灯说：我露一手！剥羊一样，鱼骨剔出，剁肉如馅，熬了一大锅汤，每人都喝了一碗。带灯又把鲈鱼像做鸡翅似地炸了块用糖上色，炖了糖醋鱼。而大鲤鱼有二斤多的鱼籽，煮熟了不好吃，带灯就用萝卜丝兑和鸡蛋面粉，再把鱼籽搅进去要炸丸子。白仁宝说：咱把鱼当猪肉着吃哩！带灯说：乡镇干部还不是把女人当男人用，把男人当牛马用?！油还正在锅里热着，杂货铺的刘慧芹来说黑鹰窝村的范库荣恐怕出事呀！

范库荣也是带灯的老伙计。七年前黑鹰窝村遭泥石流，村支书在上报灾情要求救济时，将自家的三间早已塌了的柴棚统计了进去，却就是把她家被毁的两间灶房不算数。她认为她和村支书的媳妇吵过一架，村支书故意报复她，就上访到了镇政府。她上访不会说，只是哭，哭昏了被掐人中醒来还是哭。带灯跑了几趟黑鹰窝村了解实际情况，给她救济了五千元。范库荣感激带灯，每次到镇街赶集市，不是提一篮五味子，就是半袋子棠棣果，从不空手。有一年挖到一根特大的山药用衣服包了拿来，带灯把山药又送给了刘慧芹，刘慧芹后来说山药老得很，估计长了百十年，刀切下去，汁子黏得拔不出来。带灯也把范库荣介绍给刘慧芹，从此她们两个亲得像姊妹，来往倒还比带灯多。

刘慧芹说：范库荣恐怕出事呀！带灯说：出啥事，恁老实的人能出啥事？刘慧芹说：她不行啦！带灯说：干啥不行啦？刘慧芹说：就是她要死呀！带灯拿着笤帚扫综治办门口的尘土，当下就惊住，说：还是她那病？看了一眼蜘蛛网，蜘蛛网还在，没见那人面蜘蛛。带灯就扑沓在地上。因为年前黑鹰窝村选举，带灯还去看望范库荣，她那时是病着，问是啥病，范库荣说是下身老是干净不了，带灯说这得去镇卫生院检查检查，范库荣说女人么，谁不得这方面的病，过一段日子就好了。带灯要看看，范库荣扭捏了半天才让看，带灯就批评怎么能反复用这样肮脏的烂棉絮呢，就把自己包里带的卫生巾给了范库荣，并答应范库荣再来镇街了，她买一筐的卫生巾送范库荣的。现在，一筐的卫生巾还没送，范库荣咋说不行就不行了？

刘慧芹叹息人脆呀，范库荣是半个月前就睡倒了的，昨天她去看了一趟，人一阵昏迷一阵清醒，扶起来还喝了半碗米汤，今早人却再叫不醒，能喝米汤可能是回光返照。刘慧芹说：估计过不了今明两天了，咱们都老伙计了一场，你去看她一眼。带灯说：要看的，这就去看。

带灯不做丸子了，要走，正好竹子要到东岔沟村去收集整理患肺病人家的材料，就让带灯用摩托捎她到两岔口村，然后她步行到东岔沟村。带灯就叮咛竹子从救济款里取一千元，她去带给范库荣。发放救济衣物和面粉，综治办可以自作主张，但发放救济款却要镇长签字，镇长不在，竹子犯了难，说：这使得不？带灯说：范库荣是贫困户，人又快要死了，咋使不得？我这个主任就是以权谋私，我也谋一次！竹子说：那好！竟然取了一千五百元。

两岔口村其实就八里地，之所以叫两岔口，左边一条沟上去五里是黑鹰窝村，右边一条沟上去五里是东岔沟村。带灯用摩托直接把竹子先送到东岔沟村了，然后她再返回两岔口村去黑鹰窝村。分手时给竹子说五点钟准时到两岔口村等她。

到了黑鹰窝村，带灯当然要去后房婆婆家一趟，后房婆婆不在，海量老头在院子里劈柴禾。带灯本不想理海量，却又想村里人总是饶舌想看热闹，自己既然回来了，也要给后房婆婆顶起一片天，何况海量也是老人啊，就让海量领她去范库荣家。走到范库荣家院外，一个人在敲门，敲不开了喊：狗旦，狗旦！海量说：这是范库荣的小叔子，我就不去了。海量肯定和这小叔子有矛盾，带灯也不强求，就过去和小叔子打招呼。

小叔子当然也认识带灯，说：啊你也来看我嫂子！带灯问院门咋关着，那儿子儿媳呢？小叔子告诉说他哥去世后，这一家人日子就没宽展过。儿子人太老实,又没本事,好不容易在大矿区打工赚了钱回来,去年秋里媳妇却得了食道癌,现在还在县医院。他嫂子一睡倒,儿子两头顾不住,昨天媳妇又要第四次化疗,他让儿子去医院照顾媳妇了。嫂子毕竟是上了年纪,他在家里帮着照看着就是。带灯说:事情咋都聚到了一起?! 小叔子说:我已经六十的人了,还得伺候我嫂子么! 院门开了,开门的是范库荣的孙子,只有六七岁。小叔子说:你咋不开门? 孩子说:我趴在炕沿上瞌睡了。小叔子说:这是镇政府的主任,来看你婆了。孩子也没吭声,又回到厦子屋去了,带灯直脚就往上房走,她知道范库荣的卧屋是上房东头的那间。

一进去,屋里空空荡荡,土炕上躺着范库荣,一领被子盖着,面朝里,只看见一蓬花白头发,像是一窝茅草。小叔子俯下身,叫:嫂子! 嫂子! 叫不醒。小叔子说:你来了,她应该有反应的。又叫:嫂子! 嫂子! 带灯主任来看你了! 带灯也俯下身叫:老伙计! 老伙计! 范库荣仍一动不动,却突然眼皮睁了一下,又合上了。小叔子说:她睁了一下眼,她知道了。带灯就再叫,再也没了任何反应。带灯的眼泪就流下来,觉得老伙计凄凉,她是随时都可以咽气的,身边竟然连个照看的人都没有。带灯给范库荣掖被子,发现她的双膝竟然和头一样高,问人咋蜷成这样了? 小叔子说她一睡倒就这个姿势,将来一咽气还得拉展,要不入不成殓。带灯说:那再没人在这守呀! 小叔子说:这几天我是每晌过来看一下,我给孙子叮咛了,你婆一旦蹬腿喉咙里响赶紧来喊我。今晚怕要过不去了,我得在这里。带灯说:也不把窗子糊严些。小叔子说:这不冷,她睡倒后身上一直发烫,前几天能动弹,折腾得盖不住被子,从炕上掉下来几次,我用椅子挡了炕沿。带灯站在那里,再不知该说些什么,瓷着眼。屋里的摆设仍是她以前来过时的摆设,只是墙皮又脱了几块,那张年画上边的两个图钉掉了,下边的图钉还在,就翻着吊下来。独格柜盖上一指厚的尘土,仍摆着一副相框,相框里有全家照,有丈夫照,有孙子照,还有一张就是带灯和范库荣在刘慧芹杂货铺门前拍的,范库荣在笑着,牙显得很长。带灯把一千五百元交给了小叔子,说这是政府给救济的,人已经不能吃不能喝了,就多买些麻纸等倒头了烧。小叔子说:这么多钱买纸烧,我嫂子到阴间就过得囊哉了!带灯走出门眼泪又流下来。

孩子又来开院门,还是不说话。带灯突然说:你爹几时回来?孩子摇摇头。带灯说:你爹回来了,就说政府给了一千五百元让你小爷拿着。小叔子说:你放心,这钱一个子儿我都不敢动地给侄儿的。

旧　寺

从黑鹰窝村到两岔口村的路北坡上,有座快倒坍的旧寺,寺里还有一个和尚。寺的香火惨淡,和尚也懒,寺里寺外的枯蒿都半人高了,牛牤飞动,能隔着衣服咬人。六年前,山林有了护林员,一位姓张的老汉也住进了寺里。张护林员只说住到寺里了能有个说话的伴儿,但和尚老是枯坐,言语金贵,张护林员就从山上护林回来了务弄着吃喝。他一顿能吃六个馍,还有一锅南瓜绿豆汤,人却面黄肌瘦,皮包骨头。和尚就给别人说老张是饿死鬼。

和尚能看鬼,黑鹰窝村有人这么传说,两岔口村的人也这么说。说和尚天黑了要出门,走得飞快,能听见他在大声呵斥,那是他让小鬼抬着走的。但和尚认定张护林员是饿死鬼,人们有些疑惑:鬼都是夜里出现的,无影无形,张护林员明明是人么,怎么能是饿死鬼?和尚说:鬼有活鬼。

和尚常常坐在寺门口看山坡下路上来往的人,他能认得哪个是人哪个是鬼。

这一天,张护林员到后山拾十柴禾了,和尚又坐在寺前看山坡下的路。那时太阳西斜,山的阴影铺在路上,寒气也就十分重,路上有着许多活鬼,往东走的也有往西走的,都低眉耷眼,不说话,缩头鳖似的。也有骑自行车的单手掌把,另一手捂住口鼻,但捂不住口鼻里喷出的白雾。也还有蹬了三轮车的,像抗议一样咔咔地过去。竟然还有穿了红袄的,爬上了那些电线杆,是电工吗,骂骂咧咧,那德性真把一抹红色糟蹋了。就听到咔嚓咔嚓声,以为是啄木鸟,扭脖看时,原来一个老汉,当然也是鬼,在土里劈一大杨树疙瘩,把老棉袄都脱了,嘴里还没忘吸纸烟。

后来,一辆摩托就骑了下来,摩托上坐着的是人,路上所有的鬼就消失了,等摩托骑过了,又恢复起熙熙攘攘。

又见二猫

竹子提前到了两岔口村,站在村口外的河畔上等带灯。这里正是左右两条沟的小河交汇处,樱树多,落英缤纷,竹子就坐下来翻看取来的材料,想让带灯看见了能说一句:披花读经哩?!但带灯来了后并没有欣赏,而且脸色铁青。她汇报着取来的材料内容,带灯没有接材料,一屁股也坐在地上。竹子掏了手帕让带灯垫,带灯也不垫。竹子再骂王后生还去过东岔沟村,威胁着说让镇干部去办赔偿,那十年八辈子也办不成,只有上访,上访得鸡犬不宁了才可能有人管。带灯还是没吭声。竹子知道带灯一定是在为她的老伙计悲伤着,就不说工作的事了,没话寻话,要岔开带灯的情绪,说:哎呀,看那三棵樱树,从根到梢都是花,山里的樱花比镇街上的还白么!带灯也就往河对岸看,那里三间破房,门口果然三棵樱树开得奇特,也白得耀眼,树下坐着一人,在安镢头把。带灯突然叫:二猫,二猫!二猫肯定能听见,没回应,头往下弯,弯得要钻到裤裆去。竹子说:二猫是两岔口村的?带灯拾起块土疙瘩扔过去,土疙瘩在二猫的左肩开了花。二猫这才抬了头,说:叫我哩?带灯说:叫狗哩?！二猫说:你又不买野鸡,叫我做啥?带灯说:过来,我叫你过来!

二猫是提了镢头,下了门前坡坡路,从河里的列石上过来,还在问:啥事?带灯说:没事,你去吧。二猫说:我收拾镢头要上坟去呀,你把我叫过来了却说没事?带灯说:我以为叫不动你么!二猫返身又往回走,嘟囔着:政府人势大!带灯听了,却突然问竹子:他说啥的?竹子说:他说你以势欺人,戏耍他哩。带灯说:他还说了一句啥的?竹子说:说他要上坟呀,你把他叫过来却说没事。带灯就又叫:你过来,你再过来!二猫站在列石上已经不肯过来了。带灯又叫了一声:过来!二猫到底还是过来了。带灯说:到山上给我挖四窝兰花去!二猫这回硬着声说:这我不挖。

二猫没打野鸡前曾经在山上挖兰花卖,村人给带灯检举过,但二猫是个孤儿,生活困难,能卖几个钱就让去挖吧,带灯庇护着没追究。可二猫没眼色,卖给别人是每窝三元,县银行行长星期天进山玩,要买兰花,他却要收人家十元。行长问卖别人三元为啥卖他十元,二猫说你坐的小卧车你有钱么。行长发了火,回县举报樱镇有人挖兰花破坏山林植被。《山林保护法》确实有一条不能在山上乱挖兰花,结果来人调查,要罚二猫三百元。二猫没钱,说:你到屋里搜,搜出三百元了你拿去!这事又已立案,不能不了了之,就把二猫拘捕了,坐了三个月牢。

带灯说:是我让你挖的,去!

二猫还疑惑着不动。

带灯从怀里掏出二十元钱,包了个小石头,扔在了河边。二猫跳过列石,把钱拾了,也不绽开小石头,撩起袄襟装在衬衣口袋里,然后再把袄襟拉平。整个动作迅疾无比,竹子还没甚看清,他提了镢头到岸,就往坡上去。带灯却一把拉住,又问:你知道不知道王后生?二猫说:不知道。带灯说:最近一些日子有没有一个高个子人进了东岔沟村?二猫说:不知道。带灯说:你只知道个吃!二猫说:你没有说让我知道的话呀！带灯瞪着二猫，咽了一口唾沫，说：今年想给你办低保，算啦！弯下腰擦摩托上的泥，二猫就进了山林。

一条狗顺着河道跑下来，站在大青石上喝水，喝呛口了，打了个喷嚏。

竹子好奇让二猫挖兰花干啥？带灯才说刚才听二猫说上坟呀，她猛地想起明日是正清明了，元天亮不能回来，镇政府应该替人家去祭祭祖坟。竹子说：哦，是镇长安排的？镇政府啥事都找元天亮，也得为人家办些事么。带灯说：镇长那猪脑子能想到这?！说到猪脑子，竹子就说镇政府的人都是猪脑子，整天忙的就是补窟窿，窟窿却越补越多，稍有闲空了，不是喝酒便下棋，满身的虱子还爱高喉咙大嗓子地骂娘！带灯就看着竹子笑。竹子说：我可没骂粗话。带灯说：你往天上唾。竹子往天上唾了一口，唾沫星子又落在脸上，竹子哦了一下，说：你是说我也是骂自己哩?！

两人还在说着，一扭头，二猫却像贼一样藏在一棵树后，朝这边一透一透的。带灯问：挖好了？二猫说：我想给你说低保的事。带灯说：兰花挖好了？二猫说：那个王后生我认得。带灯说：你肯定认得？二猫说：他每次到东岔沟村都路过我这儿讨滚水喝。带灯说：他是去找那些患肺病的人了？二猫说：这我就不知道了，真不知道。带灯说：我给你个任务，每天留神着，看王后生来了没……二猫说：那我低保？带灯说：我让村长也报上你，最终成不成，我一人定不了事。二猫说：主任，你能定事。带灯说：我定不了。二猫说：你能定的主任，你要定了，我每天坐门口留神王后生。樱桃熟了，我先摘一背篓给你！带灯说：他再出现就立即报告我。把头发理理，别拍出照片像个罪犯似的！二猫说：拍照片?！竹子说：让你拍照片，你说能干啥？二猫想了想，哇地蹦了个老高，转身从树后提了四丛兰花。

给元天亮的信

小鸟叫得好听，听者心中欢喜，自由的欢唱自在的翔飞，是行者求之梦寐，而我总觉得鸟儿在说：家，家，家。家在哪儿？鸟儿不认树是它的家，虽然它把鸟高高举起。小溪湍急地往前走，寻找家的滋味，它听说大海就是它的家，实际是在骗它哩。自由的生灵没有家，运行是它的心地；飘逸的生命没有家，它的归途是灵魂的如莲愉悦。

抽空又来荒山野地拽菜了，只因心比腿活动得快才跑得这么远。再过五天应该是你的生日吧，我有些坐卧不宁。我想当年王宝钏爱去野地也不一定纯粹是挖野菜。人常说血脉相通，泪腺也是相通，我现在觉得人的眼睛除了看清这个世界外，它也为着流泪，为情而流泪。这些日子心底泛起的真情挚意融化了我那条干枯泪腺里的石头瓦块，今天的眼泪才这么汹涌。曾有昭君拜月和王宝钏跪拜鸿雁，我也在这寂静的山地朝着你的方向跪拜祝寿，祝你福寿绵长，龙入青云。我也像王宝钏一样在人生的路上把许多的背影看作心头至爱。她不屑浮华，寒窑十八载，用怪石硬木顶门挡外界，为自己守一方思念心上人的纯净空间。但当薛平贵登基后她才活十八天。我想这是真的。都说王宝钏薄气，我认为这正是她的深厚之处，是她的心愿，否则薛平贵心头沉重不好驾驶。是的，有时消失是最好的爱。我知道浩瀚是纤纤清泉汇聚而成，天的苍茫是我们每人一口一口气儿聚合而成，所以我要做一滴增海的雨做一粒添山的尘。但还是想凭天边的白云向你遥遥致心。

拽了半篮子兔兔花。我爱极了兔兔花，紫紫的像桐花开在春初季节，我都怀疑我是兔兔花托生的。绒绒的花瓣高高竖起成花墙，如花之庙把花心藏起。即便长成一片也是谁不看谁，而它们自信自强也令人起敬。为什么叫兔兔花，是花瓣像兔耳朵？想是不是兔子太慌张了太心急了拜这种来仔细看看这个世界？或是兔子太灵动了太多情了老天爷惩罚它变成春寒枯草中的一株寂寞花？

兰花栽在了元天亮的祖坟

清明节在坟地上栽花植树，或在花上树上挂着剪出的白纸带儿，这如同大年三十晚上在门楼上点灯笼一样，彰显着这户人家还旺着，并没死绝。正清明的这个早晨，镇街四周的山坡上，这儿那儿就响起了鞭炮，已经有着许多人，都举着扎了白纸带儿的竹竿，挑着担子，担子里是凉面条，凉面条上浇了香油，还要放一棵洗干净的带红根的菠菜。坟墓分散在各处，每个坟墓前竖着一面碑子。祭坟人永远都能寻到属于自家的那面碑子，跪下来，供献，焚香，分挂纸带儿。这种祭奠是没有悲伤的，所以不哭，孩子们自然也带了他们的风筝在坟前放起来。麦苗刚刚起身，踩着了也不妨碍，但做娘做婆的却尖声在喊：让露水湿裤腿呀？！

露水打湿着裤腿有什么不好呢？湿软的地里土即便沾在鞋上一个大坨，一边走着一边踢着也是蛮有意思的么。带灯和竹子不可能擀了凉面条带上，她们提了四窝兰花，又在镇街买了鞭炮。买鞭炮的时候，竹子原本要买一挂百十头的小鞭炮，有个响声就是了，带灯却买了八百头的一大盘。买时还问店主：这鞭炮没受潮吧？店主说：没。带灯又问：怎么证明没受潮呢？店主说：你点着一试就证明了。带灯这才意识到自己问得可笑，连竹子也说：姐也有幼稚的时候！带灯就脸脖赤红，不好了意思。竹子说：带上相机，照下照片了让领导寄给元天亮。带灯说：用心祭了，元天亮就会有感觉。竹子说：你今日是咋了，这可能吗？带灯说：你骂那个疯子吧，疯子肯定要打喷嚏的。

山坡下的路上是走着那个疯子。疯子他没有祭坟，拿了个桃木条儿前后左右地抽打，一会儿扑起来一会儿又倒下去，似乎和什么打架。

竹子就说:如果有鬼,今日满坡上都是鬼,这疯子打得过来吗?话刚毕,疯子阿嚏阿嚏连打了三个喷嚏,带灯和竹子就都笑了。

栽好了兰花,竹子放鞭炮,带灯说我到樱林里躺会儿,就走进坟后那一片樱树林子里去。带灯喜欢在山坡上睡觉,影响到竹子也喜欢在山坡上睡觉,为这事,镇政府大院的人都笑话综治办的都是树呀草呀转进的。竹子也常想,如果带灯是山上的树呀草呀,那她是树和草之间跑动的什么小兽。现在她没有也到樱树林子里去,鞭炮特别响,她感觉自己是一枚小炮仗蹿上空中,粉身碎骨地快乐了。

太阳在天上狠劲照射到樱树林子里,如雨滴入大海,带灯像坐在水中一样清凉着。从缝隙看到太阳被气晕的样子,感到好笑,喜鹊也落在地上鸡似地闲走闲啄,随时在矮枝上跳跃。带灯和它们都吃着樱花瓣互不干涉,就想她也是棵樱树吗,变异的樱树。曾经在红堡子村看到毛竹变异的品种,叫做龟竹的,竹竿上歪歪斜斜的嘴节,有的还凸鼓着。她觉得毛竹是大地灵气的外蹿,而樱花是人把自己意念刻意强行地嫁接于树,树只给人芳艳几天然后久久地沉默。那么,天然的樱树应是骨香自放,满身的疤的眉眼是自己想要看的一个方向,而花只是樱的脂粉吧。带灯又在胡思乱想,她为自己的胡思乱想而嘎嘎嘎地笑了。

这笑和着鞭炮声,竹子并没有听到。

元黑眼和马连翘

从北坡塬刚回到镇街东头,碰着了马连翘,马连翘笑嘻嘻地给带灯打招呼。数年前,马连翘的儿子和人打架,打断了对方腿,经过处理,白仁宝和带灯强行去罚缴了一万元,马连翘从此记恨带灯,见了面待理不理的。突然笑嘻嘻地招呼带灯,带灯有些不习惯,以为这女人笑话她头发凌乱了,沾了花瓣草屑了,或是鞋上沾了泥。她拢了拢头发,跺了一下脚,说:没事吧?

马连翘说:我又不上访,又不要你的低保,我能有啥事?

带灯不高兴了,脸就沉下来,说:哦,还是不让你公公见婆婆?

马连翘是妯娌俩,对公公婆婆都不孝顺,两家先还是一家管待一个老人,后因矛盾激化,互不往来,两个老人也不得见面。带灯偏要哪壶不开揭哪壶,戳马连翘的心窝子。

马连翘说:不是我不让公公见婆婆,是老二家不让婆婆见公公。其实有啥见的!带灯说:你婆婆可是来镇政府哭过几次了,说她有老汉却受活寡。马连翘说:她受活寡?八十多岁人了见着了还能干那事?!带灯说:这是你晚辈说的话?马连翘说:这话咋啦?我当儿媳几十年了,我不如你会说话?带灯说:马连翘,我可告诉你,你孝敬了你父母,不是别人的父母,但别人会敬重你。你苛刻了你父母,苛刻的又不是别人的父母,但别人就会轻视你!

马连翘瓷在那里,走也不是,不走也不是,正尴尬着,街对面的肉铺子里,元黑眼把半扇猪肉往门前的木架上挂,说:翘,翘,一副心肺你要呀不要?马连翘说:要哩。马连翘赶紧钻进肉铺,提了一副心肺走了。

竹子呸地在地上唾了一口。带灯看着竹子笑。竹子说:你听说过那事没有?带灯说:听过。竹子说:看来是真的。

镇街上早有话说,说马连翘为筹一万元罚款,给元黑眼上美人计,在巷道里对元黑眼说:喂,支书,你也该对群众联系联系么,几时有空,到我家给你说句话。她是一回家就把衣服脱了,平躺在炕上。元黑眼来了敲门,她说:把门带上,不让猫溜进来。元黑眼一进去,庭堂里没人,说:人呢?她说:卧屋里坐。到了卧屋,元黑眼就扑过去乱亲乱揣。她用单子把身子一缠,说:你有个瘿瓜瓜婆娘哩。元黑眼说:我给你钱。她说:多少?元黑眼说:一百。她说:寻你婆娘去!元黑眼说:一千。她说:你打发要饭的?元黑眼说:只要你对我好,五千!她哗地把单子揭了。事后,元黑眼给了五十张一百元,她说以后要来就带货,要硬货,否则没门。

元黑眼重新挂好了猪肉，回头问带灯到哪儿去了，带灯说：上坟了，元黑眼你大方呀！元黑眼说：你娘家婆家都不在镇街上什么坟？带灯说：镇政府替元天亮上坟么。元黑眼说：哟，官做大了，政府也就孝子贤孙了?！带灯不理他，掉头就走。元黑眼却又说：书记是到省城去了？带灯说：是去了，要签合同哩。元黑眼说：为啥不叫上我？引进大工厂了靠我本家兄弟哩，有好事了却没他本家的人?！

正说着，一辆大货车轰轰隆隆开过来，车上装着什么机械，副驾驶室里坐着元斜眼。货车一停，元黑眼跑过去，兄弟俩叽咕了一阵，货车顺着街旁的一条斜道往河滩开去了。斜道上有一只鸡，躲不及，差点被碾，嘎嘎地飞起来，落一地鸡毛。有人在喊：碾死鸡呀，碾死鸡呀?！元斜眼头从驾驶室伸出来，啪地吐一口痰，骂道：碾死了给你赔，喊叫啥?！那人再没吭声。元黑眼又返回来，给带灯说：我天亮兄弟给樱镇引进个大工厂，我和老二老三老四老五也给樱镇办个小工厂。带灯说：咦，什么小工厂？元黑眼说：沙厂呀！以前咱这儿淘沙都挖个坑儿用网子筛，现在这一套家伙就是洗沙机，连筛带洗，一天顶以前七天的量！带灯说：河堤下那推土机也是你们弄的？元黑眼说：租用的。带灯说：大工厂还没正式启动哩，你就想垄断河里沙了?！办沙厂那可是有法规手续的。元黑眼说：镇长已答应给我们办的。马连翘把一副心肺提回家后，又站在肉铺门口了，说：猪血呢，我给咱做顿毛血旺！元黑眼对带灯说：毛血旺香哩，你们也留下吃吧。带灯说：给你省下。元黑眼进了肉铺，在说：你咋没个够数，啥下水都要哩？

带灯还立在那里，马连翘又对着她嘻嘻地笑。竹子低声说：你元黑眼就是个下水！见带灯还发愣，说：姐，姐！带灯说：哎。竹子说：咱站在这里让那婆娘笑话呀？拉了带灯走。带灯说：镇长怎么就答应给他办手续？手续还没办就动工呀?！竹子说：这人脑瓜子也太精明么，真是樱镇保住了风水，元家就尽出人。带灯说：出好人也出恶人！

当归

王随风从县医院领回后，南河村的村长每天给带灯打电话汇报情况，一切还都安然，带灯就让村长领取了两袋面粉送去，事情就可以暂时撂过手了。元天亮春天里容易上虚火，其实带灯也是如此，她给自己买了一服中药熬着喝了，感觉不错，也便以这个方子又加了几味，让伙房刘婶去中药铺抓药，自个在房间里用酒泡起当归。

自从爱好起了中医，带灯就特别喜欢了当归，不仅是当归为妇科中的人参，十个方子里九个方子都会用到，而且这个名字也好。她曾琢磨，这么好的词怎么就用在一种药材上呢？查《药学辞典》，上边说：能使气血各有所归。《本草纲目》上说：女人要药，有思夫之意。而有一本书上还有这样的故事，说三国时姜维跟随诸葛亮后，与母分离，其母思儿心切，去信就写了两个字：当归。现在，带灯开了五服中药，她提前把备有的当归分五份用酒泡了，单独包起来，以免中药抓回来了当归上的酒水湿了其他药。

泡好了当归，想想，又写了两个药方，要一并也寄给元天亮的，一个是清肺方，一个是肝脾肾血虚方。

清肺方是：当归 20 克，白附子 20 克，生地黄 30 克，大贝母 23 克，知母 20 克，白茯苓 18 克，天花粉 30 克，桔梗 10 克，麦冬 25 克，甘草 15 克。

肝脾肾血虚方是：当归 25 克，熟地 30 克，白附子 20 克，川芎 30 克，人参白 20 克，白茯苓 20 克，白术 30 克，半夏 10 克，甘草蜂蜜炙 15 克，等等。

一切忙毕了，坐在门口痴眼看那蜘蛛网，人面黑蜘蛛又在那里，带灯就无声地笑了一下，心里说：你就是能感觉我要给你寄东西就感觉吧,但我再不提前告诉你!这时候刘婶却回来了,说中药铺不给抓药,认为药方中的白附子和半夏药性是反的。带灯用白附子8克是来提人参黄芪的那个劲的,这一点陈大夫以前提说过,自己的那一服药喝过了也没有什么不好的反应呀,但带灯毕竟心里不踏实,就去找陈大夫。

张膏药

带灯拿了药方去找陈大夫,却在镇街一家食摊上看见了竹子在吃神仙粉。神仙粉是用一种叫软枣的叶子做成的凉粉。带灯说:吃独食呀!竹子说:饿得走不到镇政府院子了。

竹子连续几天都去了东岔沟村,她没有摩托,骑自行车进沟一路都是慢坡,太费事,就搭乘从镇街到东岔沟村的三轮蹦蹦车。三轮蹦蹦车上人多得像插萝卜,车速极慢。她又不愿在村里吃饭,回到镇街人饿得都快虚脱了。

竹子嚷嚷着给带灯也来一碗神仙粉,带灯不吃。问起东岔沟的情况,竹子说她之所以在这里胡乱吃些东西,是那些患病的人提供老街上还有一个同他们一块打过工的毛林,听说毛林也患有病,她想过会儿去毛林家看看。带灯说:换布的妹夫?竹子说:换布的妹夫不是那个乔虎吗,怎么毛林也是个妹夫?带灯说:毛林是大妹夫,乔虎是小妹夫。毛林没本事,日子不好,换布拉布就见不得,尤其毛林后来在镇街上拾破烂,嫌给他们丢人,就越发不往来了。我只知道毛林长年害病,却不知他也是在大矿区患的肺病。

斜对面是一家镶牙馆,馆里有人大声嚷着什么,张膏药就立在门口了,瞅了半天,说:我眼神不好,那是不是带灯主任?旁边人说:是带灯主任。张膏药吸溜着清涕过来,一扑沓坐在食摊前的地上,叫道:带灯主任!说话口松,嘴里没了牙。

带灯看着张膏药的额颅上贴着一张膏药，说：你自己的额颅也烧伤啦?！张膏药说：我贴的里边没药，在做广告。带灯就笑，说：那又给谁送膏药了？张膏药说：给谁送呀，这么大个樱镇不发生火灾么！竹子说：啥啥，你盼着有火灾?！张膏药说：那你让我饿死呀？带灯就给竹子说：你不是还要去老街吗，快吃，吃了咱走。

张膏药就是不让她们走，当然还是要给带灯和竹子说他的那个儿媳的不是，要求把分给儿媳的一部分钱重新归他。然后是满嘴角的白沫，信口开河，胡搅蛮缠。带灯一直不吭声，卖神仙粉的插了嘴，说你儿媳是不是要改嫁呀？张膏药说：我担心就是她改嫁，她要改嫁咱拦不了，但得把钱退回来！卖神仙粉的说：你嘴咋啦，牙呢？张膏药说：我倒八辈子霉了，没人来买膏药倒啥事都赔钱，才装了一口假牙，昨日过桥去河那边，刚到桥上打了个喷嚏，把牙套喷出去让水吹了。那是一百六十元新做的，早不打晚不打……大家就哄哄笑起来。带灯说：先去再装牙吧，没牙说话漏气，我听不清你说的话。站起来和竹子走，这回张膏药没拉住。

带灯原不想和竹子一块去老街，但为了避开张膏药纠缠，只得陪了竹子。她问张膏药儿媳是不是要改嫁呀，竹子说那儿媳寻了我几次，有那么个意思。带灯说改嫁不改嫁那是她的权益，钱是一分也不能给张膏药，咱还要帮那儿媳住回老屋去。竹子说我也这么想，张膏药却放了狠话，说他绝不给儿媳一根椽的。带灯说这由了他啦？你几时把她叫到镇政府来，咱帮她出主意。

竹子突然说：它咋来了？

带灯回头一看，是白毛狗在跟着，不远不近，拿眼睛瞅她们。带灯说：它最近老要跟我。就招了一下手，狗四蹄翻腾地跑过来。

让毛林做个线人

对于毛林拾破烂,好多人都瞧不起。他提个麻袋从店铺门口过,曹老八的媳妇就说:你等等。她给孙子擦屁股,擦过了把脏纸用脚踢出来,让毛林拾了去。综治办给毛林发放过救济款,理由就是他害着病,丧失了劳动力,但是什么病,一直没搞清,毛林也只是说肚子里没一样好东西了,就抱住个树喘气,满脸虚汗。其实毛林知道他是患了肺病,这肺病是在大矿区患的。因为从大矿区回来的人有的已盖了新房,有的家里还买了自行车、架子车和电视,而他却带回来了病,觉得丢人,一直不给人说真相,自买了药三天两头在家里偷偷挂吊瓶。

带灯和竹子突然地进了毛林家,毛林回避不及,就说:感冒了,卫生院来人给挂瓶药。家里还坐着换布,换布说:你呀你,一辈子拽不展,啥病就是啥病么! 毛林赶紧岔话,喊他媳妇给镇政府同志烧滚水,他媳妇不在,又喊他女儿。女儿在猪圈里给猪剁糠,一直没进来。带灯就问换布:来照顾妹夫了? 换布说:你倒会说落好的话! 带灯说:你和拉布是咱镇上的富户了,能不照顾你妹夫? 毛林,你日子过不前去,你两个哥每月能给你多少钱? 毛林说:都要过日子么,嘿嘿。换布把他的墨镜卸下来放在炕沿上,揉搓眼,毛林拿起来看,说:你迟早都戴个镜,太阳都落了还戴着能看清啥? 换布说:脏手! 把墨镜又拿过来戴了,对带灯说:我是来看看老街,想把我那四间倒坍的房子再撑起来,看能不能把别人家的废房子也掏些钱买了重盖。带灯说:又要住回老街呀? 换布说:把这些旧房新盖了,可以办农家乐呀。镇上大工厂一建成,来人就多了,办农家乐坐在家里都挣钱哩。带灯说:你行! 樱镇上真是出了你们薛家和元家! 换布说:我见不得提元家! 带灯说:一山难容二虎么。元黑眼兄弟五个要办沙厂,你换布拉布要改造老街,这脑瓜子怎么就能想得出来！换布说：元黑眼要办沙厂?！这是真的？带灯说：是真的。换布说：这狗日的！办沙厂倒比农家乐钱来得快。毛林说：你钱恁多的，还嫌不够呀？换布说：你不爱钱钱哪儿能爱你?！毛林就不吭声了。换布说：他办沙厂就让他去办吧，我发展这老街，非要把老街弄出个名堂来，人家华阳坪就是有一条街吃喝玩乐一条龙，繁华得……毛林又插了一句：甭提华阳坪！带灯说：大矿区那儿富是富了，可没咱樱镇美么，空气是甜的，河里水任何时候掏起来都能喝。换布说：咱的水好是好，人活着总不能是树只喝水呀！毛林恼得拧了脖子，又喊女儿，并且骂道：七声八声喊不动你？烧滚水呀，给镇政府同志烧滚水呀！换布起身就走了。

换布一走，带灯和竹子就问起毛林的病情，毛林还在掩饰说感冒了，带灯就挑明你患的是肺病，准确地说是矽肺病，矽肺病就矽肺病么，有啥丢人不愿说？毛林说：你们咋知道?！突然呜呜地哭。他一哭，就止不住，鼻涕眼泪稀里哗啦全下来。带灯和竹子一时束手无措。毛林哭着哭着，一扭头，看见鸡上了柜盖，在筛子里吃麦，说：失！把鸡撵走了，竹子才趁机讲了东岔沟村那十三户人家的事，说他们都患了矽肺病，不是已经死了就是瘫在炕上，说按《劳动合同法》上的条文来看，如果在劳动生产中致残和患了职业病，是可以提出赔偿的。毛林说：还有这事？你该不是安慰我吧？带灯说：是有这法规条文。也怪我们工作不踏实，了解情况少，才使你们长期经受身体上精神上的折磨。现在以镇政府的名义，我们就是要为你们争取赔偿呀，所以就来寻你。毛林就挪身子，俯过来要握带灯的手，却又不敢握，竟将胳膊上的针头拉脱了。竹子忙扶住药瓶子，但她和带灯都不会扎针。毛林说：不扎了，这瓶药也快完啦。腾身坐到炕沿上，双脚在地上寻鞋。竹子又按住他，说东岔沟村那些人如今记不清了当年打工时的矿主名，问毛林是否还记得？毛林想了半天，说也记不清了。因为当年都是包工头招的他们。而他们只认得包工头。每天从工棚坐三轮蹦蹦车到矿井。在矿井里戴着像是象鼻子一样的防尘罩干活，而戴那防尘罩干活太憋气，后来就什么也不戴了。他们出力，包工头付他们工钱。和矿主没来往。而且，他们那几年里在七八个矿井干活。每一个矿井都是一个矿主。毛林气不够，说一句，停一句，却说了一大堆。竹子眉头就皱起来，问包工头是谁？毛林说曾经有三个包工头。时间最长的一个，叫李福祥，本县龙口镇人。前年他去县医院看病，在街上碰见了李福祥。李福祥已不在矿井干活了，也不做包工头，在一家公司当门卫。人也衰老得看不成了。带灯说：首先要找到李福祥，得让他出证明，证明你们确实在大矿区干过活，然后找疾控中心职业病鉴定了，才能进行赔偿申报。

毛林说：哎呀，镇政府还真能为我们争取赔偿呀?！带灯说：上次给你救济款时，你闭口不提矽肺病么，早提说可能早也解决了。毛林说：都是我听了王后生的话呀，他给我出主意，说先不要提矽肺病，如果提了矽肺病是在大矿区患的，镇政府肯定认为牵涉的事情多，什么救济的东西都不给你了。带灯说：王后生给你出的主意?！毛林说：他名声是不好，但也是为我好，他说得了救济后再上访病的事。

毛林无意间一句话，一下子把带灯和竹子说得目瞪口呆。竹子就骂王后生，说王后生这阵若在跟前，她扑上去得扇几耳光。带灯说：你能得很，你咋扇呀?！就问毛林：王后生为上访的事找你啦？毛林说：找了三次，说要替我上访。但他要我给他五千元代理费。我哪儿有五千元？就没应承。带灯说：那你听我说，王后生是凭他有些文化能写状子挣钱哩，哪是为了给你争权益？千万别让他粘上你。他是啥人你也清楚。毛林说：这我知道，所以老躲着他。你这么一说，我倒给你提供些情况。镇政府待我这么好，我应该给你们提供些情况。带灯说：啥情况？毛林说：我去过他家厕所拾过破烂。发现厕所里有几张烂纸。其中一张上写着某某领导你好，我是樱镇的王后生。我给你反映什么什么的。后边的字被屎尿浸了看不清。他是不是又在写上访书？带灯说：哦，这样吧，你没事了每天就去他家转转。毛林说：我现在觉悟了，我才不去他那儿！带灯说：这你得去，他要和谁商量上访的事，或者在家写什么状子，你就及时来给我和竹子说。综治办一月给你一百元。毛林说：还给一百元呀？带灯说：给一百元。毛林说：王后生有个姐姐，要不要我也去监视着？带灯说：这倒不必。毛林说：那如果我去王后生家发现有情况了，是不抓他也不打他？带灯说：你还能打人?！毛林说：他也病得重么。带灯说：你只管提供情况。毛林说：这事你不要给外人说。带灯说：是你不要给外人说！

离开毛林家，毛林突然说：主任，你托的事好不好？带灯说：咋啦？毛林说：你是不是让我当特务？带灯说：什么特务不特务呀，我是看你生活困难，想个法儿给你补贴几个钱。说着就掏了一百元先付了他。毛林把钱攥在了手里，吆起一直还卧在门口的白毛狗。白毛狗后腿往起一立，吓得他气又喘不上来。

镇政府大门上贴了对联

就在这天下午，不逢年不过节的，镇政府大门上却贴上了对联。

对联是马副镇长让白仁宝写的，先写的是：今年工作不努力，明年努力做工作。马副镇长又改成：今年工作不努力，明年努力找工作。

在广仁堂

广仁堂的门关着。

如果人不在，门是要上锁的。带灯就敲门，还是没开，竹子就跑到后门外喊陈大夫哎陈大夫。陈大夫果然就把前门打开了，满头的汗。带灯生气地说：大白天的关门干啥，又哄谁家的婆娘啦?！陈大夫说：我还有那本事？在里屋配些药。带灯说：配治癫痫的药丸？没人偷看你的配方！陈大夫是不好意思地笑。

陈大夫把什么病的方子都给带灯说，就是治癫痫的方子绝口不提。他配的药丸绿豆颗大，凡是来病人，一千元一小袋，至少三个疗程，就是三千元。镇上人都眼红着说几十颗药丸子顶多值十几元钱，怎么就上千元？他说：嫌贵可以不吃么。患癫痫的人越来越多，如果家里出一个这样的病人，全家老少就甭想安宁，不吃他的药又怎么行呢？大家便笑着说什么时候把陈大夫灌醉，让他交出药方，或派人就藏在他家，偷看他怎么配药丸。陈大夫从此不喝酒，家里也不曾留人过夜，每次配药丸就先在桌前床后查看了，再关上店门。

带灯从口袋取出药方来，说是她开的，治虚火，让陈大夫把把关。陈大夫说：好着呀。带灯说：去东头药铺抓药，他们说白附子和半夏是反的。陈大夫说：要提人参黄芪的劲只能用白附子，没了半夏你咳嗽去！在我这儿抓药吗？带灯说：还是去东头药铺吧，那是县药材公司办的。陈大夫说：那不一定比我的好。

竹子急急从后门外绕过房子进来，给带灯耳语。竹子说：我看谁都不敢相信。带灯说：咋说这话？竹子说：咱一心帮毛林哩，毛林其实也是是非人。陈大夫和你熟成了这样，他也哄你，王后生刚才从后门出去走了。带灯就拿眼睛瞪陈大夫，厉声说：刚才是王后生在你这儿你不开门？陈大夫说：这有啥哩？带灯说：你清楚不清楚他是什么人，你和他在混?！陈大夫说：他是我的病人呀，糖尿病重得脚都烂了，我不能不给他治呀。带灯说：那你关什么门，为什么又让他从后门走了？陈大夫说：我怕别人看见误会么。带灯说：啊你还知道影响呀！陈大夫倒不生气，说他有新做的豆腐乳，给你们装一罐子去。带灯拉了竹子就走，头都没回。

给元天亮的信

春咕咕咕……叫得好听,像去年被丢失的鸟声,有古铜色的味道,如椿树上遗留的伤感的椿花角串串的响动。不觉的暖风掀着村沿儿的废塑料纸报着风向。破败的迹象遮不住春的撩人。现在我坐在坡上有整群的蝇蠓飞舞,望着山脚下一疙瘩一疙瘩的农舍和对面高低浓淡错落有致的山头,我就感觉到我是一辈子在这山里了。山禁锢我的人,也禁锢我的心,心却太能游走。刚才听啄木鸟声时左眼长时间地跳,掐个草叶儿贴上还是跳,我就想是不是这两天没给你发信?啄木鸟在远处的树上啄洞,把眼睛闭上去听,说这是月夜里的敲门呢还是马蹄从石径而来?后来就认定是敲木鱼最妥帖,那么,谁在敲呢,敲得这么耐心!我拨你的电话想让你听,但我想你毕竟是忙人而我又怕你不接了使我饱受打击,所以电话只响了两下赶紧关掉。我不知道我是否能为你做点啥,一手握自信,一手握自卑,两个手拍打着想念你。

昨晚上听办公室主任和竹子又在讨论着你的书,我静静地听着是一种享受,我喜欢有人经常谈及你。竹子说你的书里絮絮叨叨,我也觉得。我又觉得那尊佛也是一个表情的和各色人等絮叨,用心用腹,或者是听如蚁众生的絮叨而用眼用耳。絮叨什么呢?我们常见有些病人自言自语倾出心中的恐惧、道理和幻想,因为人生实在是太难了。上天给了人归宿却又给了迷途,多少人能有定力不惑心智有尊严地走来?所以人的心智需要清理培育坚固引导的过程。你该是人间的大佛吧。我不大喜欢对一本书做太僵硬的分析,或拿固有的框式去套而定优劣,比如你手持尺子怎么能称出它的重量呢!他们和作者就像砍柴人和做饭人的关系,做饭需要软柴和硬柴,而老婆婆去拾一箩筐苞谷茬子都能做饭。我总想我是个很智慧的老婆婆多好,脑勺挽个发髻穿着干净布衣拾柴担水，人多了不嫌多，人少了不寂寞，经营家园拂尘扫地。院里落几只枯叶，屋里放一杯茶水，正午了你推门进来，咱们相视如太阳展眉。傍晚你依火坐在小屋，吊罐里的蘑菇汤咕咕嘟嘟讲述着这一天的故事，而你从指间和唇间飘出的香烟是我长夜的食味。

看有人在山梁上砍伐树木，斧子已经落下去了，响声才啪地跳起来。人砍伐树木而猛兽又吃人，谁得到长久的永生了呢？反倒是我坐着的石头踩着的蒲草得到再生。不是说蒲草韧如丝磐石无转移吗？但我不想啊亲爱的我不想啊。我坚信这深山内的狐狸、羚羊、麝鹿等等精灵的消失不全是因为猎人，是因为它们知道人世欲望泛滥人心褪色令它们觉得不值得坚守苦寒、寂寥等候，然后抽身而去。我又是似人似马地混入人间寻觅命中的你。

竹子的日记

晚饭前，带灯亲自把药方送药铺了，竹子开始写日记。竹子是坚持写日记的，今天除了记录了东岔沟村了解的情况外，又记下对一些上访人的印象。

王后生，六十一二岁，白发白脸白纸一样。糖尿病人。嘴唇总粘个纸烟过滤嘴，不影响说话，能粘一天。其实他没有钱买纸烟吸，总拿个材料边走边看。见谁都客气卖好，人却都避着他。据说打麻将他一输手就抖，满头出汗。别人说你没吃饭呀，他说吃了一碗熬南瓜豆角，就晕过去了。晕过去就得喂一颗糖，他口袋里长年装几颗糖。

张正民，七十岁。红光声朗，经常穿有“民政”字样的大衣，到处高八度说理，嘴角总有两疙瘩白沫。

马彩存，又胖又矮，跑起来像鸭子。但凡见到我们镇政府的人异常惊喜，又是拉手又是拍肩，好像亲得是娃她姨。但她的问题就是解决不完,屁大的事都寻政府,政府好像是为她办的。谁若烦她,她却见谁就下跪。

郭云三十出头。她丈夫来反映问题是一说二骂,躁得吃了炸药,她却给我们不笑不打招呼。有一口白牙,她不刷牙却牙白,这不可思议,笑起来迷人。我们不给她笑脸。她脸好看但身材恶劣,腿短,感觉走路脚后跟能碰着屁股。

陈双峰总是说几句就有泪。陈水泉是陈双峰的堂弟,来替他仗义,说认识县上、市上某某大官,大官给他发过纸烟,我们知道他在胡吹,不怕他去搬人压我们,所以不理他。他就当我们面要给大官打电话,说:你们信不信?但电话没打通,他说:领导正开会哩。李海鱼总要吃米皮,好像米皮是世上最好的食品,曾跑进书记办公室闹,我拉她出来,她说她脚碰伤了,要揉揉,揉脚时却兔子一样又往镇长办公室跑,我再去拉,拉住了,她说:不跑就不跑了,你得给我五元钱。给了她五元钱,她才到镇街吃米皮。男同志拉她,她说摸她……

王富萍做姑娘时当过几年民办教师,来上访还满口名词。豹峪村老村长过世,我们去吊唁,王富萍是老村长的外侄女,也跪在灵堂哭。她哭:我坚强勇敢勤劳忠诚的舅啊……抑扬顿挫,如唱戏一般。突然看见了我们,立即说:带灯主任,政府,政府!拉住我们又诉她的冤枉。

刘贵田,光棍,五十四岁,冬夏穿袄都不系扣子,襟一掖,拴根草绳,他说一根草绳抵住一件袄哩。他没有完整的裤子,不是裆烂着就是裤腿开了缝,以为他来上访故意这样,我还说:你应该在脸上抹些锅底灰,就更可怜了!后得知确实贫穷,他家为责任田转包的事也真的受了委屈,我们帮他解决了问题,又救济了两件上衣,一条裤子。裤子是西裤,前边有开口,他怕一边穿容易烂,前后换了穿。但把开口穿到后面,来镇政府不坐下也不蹲,靠住墙,说:政府里还有好人。

给药铺人发火

马副镇长的老婆每年有几次要来镇政府大院住几天，她很会伺候马副镇长，和大院里的职工也熟了。这回带了小孙女，还带了自己在乡下炒好的蚕蛹，就喊着带灯和竹子去吃。竹子爱吃蚕蛹，吃得嘴角往下流油。带灯却嫌太油，不吃蚕蛹了却要咬那小孙女的胖胳膊，舌齿是轻轻地含着肉，浑身却夸张地在用力，恨不得真要吃进肚里。马副镇长老婆就说：带灯主任你的娃娃多大啦？带灯说：我没娃娃。马副镇长老婆说：你没有娃娃？年纪不小了，咋能不要个娃娃?！你是怀不上吗？婶给你个偏方，灵验得很，我这孙女就是三年没怀上，吃了几服药就一下子有了！带灯说：我还想要几年了再说。马副镇长老婆说：还再要几年？人是在啥时候就得干啥事的，不敢再耽搁了。你婆婆她也不急?！马副镇长就说：你给娃娃梳头去！把小孙女塞给了老婆，带灯有些不自在，却还说：娃娃这拳头多软和，握着了像握棉花蛋，越握越小。马副镇长老婆就给孙女梳头，一边往头发上唾唾沫一边梳，就发现了头发里有了虱虮子，取了药粉抹，孙女不情愿，杀猪般地叫。马副镇长老婆说：你不抹，虱子把你咬死去！马副镇长说：要抹到里屋去抹。竹子悄声给带灯说：头发里也有虱子吗?！也不再吃蚕蛹。门外有人喊：带灯主任，带灯主任！带灯说：哦，送药的来了。趁势出来，竹子也跟着出来。

药铺的经理送来了药，收了款，还说了一阵带灯长得好看的话，又关心地问竹子的婚姻，说她已打听过了竹子还没结婚，她就谋划着怎样能嫁到樱镇来。竹子说：嫁到樱镇让虱咬呀?！经理说：咱物色个富裕家，衣服多，常换洗，哪有多少虱子！竹子说：那你物色个啥样的？经理说：东街村元家老五不错，带灯主任有摩托，人家元老五也骑摩托。带灯说：去去去，你再寻不下人啦，寻个半截子?！

经理一走，两个人咯咯咯笑了半天。带灯说：元家兄弟，四个人高马大的，老五咋就那么矮？竹子说：矮是矮，那家伙手脚利索，凶起来像狗一样，眼睛都是红的。她怎么能想到把他物色给我，我就恁差吗？自个拿了镜子照，说：长得蛮不错么，如果再白一点，就是个小带灯么！带灯却突然骂了一声：这他妈的！

带灯骂了粗话，倒把竹子吓了一跳。原来带灯解开了药包，发现药中没有人参，顿时生气。带灯说：我常到药铺去的，见面看得眼珠子都花，她竟然欺诈我?!

当即和竹子去了中药铺，那经理还在结账，噼里啪啦拨算盘，见带灯进来神情异样，说：哎呀，带灯主任你咋啦？带灯把药包往柜台一摊，说：你看看，是我不认识红人参还是你压根儿就没给抓?! 经理看了药，说：对着哩呀！带灯说：对个屁，红人参呢，参呢?! 经理说：带灯主任，现在的季节红人参以切成片好。从柜台下取来红人参让带灯看，再把药包里的红人参片剔出来让带灯看。带灯不言语了，停了半会儿，说：这就好，我也不想失去你这个人。

把药重新包好，直接还去邮局寄了。回来的路上，竹子说：呀，你刚才凶得很！带灯说：是急躁了。我凶起来样子可怕？竹子说：可怕。带灯说：那你没见过我温柔。竹子说：对我姐夫温柔？带灯说：不让你提他，你偏提他！竹子说：那对谁，莫非还有人？带灯却狠狠地盯着竹子。竹子其实最害怕带灯这样盯她，赶紧说：姐，啊姐。带灯说：叫主任！

李存存的婆婆喝了剩下的那服中药

杨二猫来给带灯汇报：他是每天坐在门口往河对岸的路上看的，但他没有看到王后生去东岔沟。没有看到王后生去东岔沟村，他害怕没完成任务，还到镇街的老街去问王后生，王后生说他最近病了。王后生病了没有去东岔沟村，因此这不是他的错。杨二猫汇报完了，就交给了带灯一张照片。带灯说：不是你的错。却看着照片说：这怎么用，像个逃犯似的。杨二猫说：照相的说我底版不好。要再照就得掏两次钱。带灯就领了杨二猫去找马四。

马四是镇中街村马平川的儿子，马平川当年去市里拾荒，投奔的市南郊的本县帮。拾荒了三个月，挣了四千多元，却被一块儿拾荒的牛传魁偷了个精光，讨饭回来后不久就病死了。马平川死时担心就是马四，这马四比他还老实，人又柔弱，细胳膊细腿的，谁要欺负，都会捏小鸡似地能捏死。但马四人灵醒，喜欢照相，就在镇街上开了个照相馆。说是照相馆，实际上就是在米线店门口摆了个桌子，为人照张相，收个小零钱罢了。带灯和二猫再去找，那桌子却收了，米线店的人说马四的老姨病了，被李存存喊去背老姨上卫生院了。带灯和李存存是老伙计，带灯还是第一次听说马四把李存存的婆婆叫老姨儿，带灯说：哦，这镇街上的人拐弯抹角的咋都沾亲带故？

李存存的婆婆今年是七十多岁的人，前不久带灯在镇街上碰着，老婆婆拉住她，让她到她的姐姐家去主持个公道。带灯问：你还有个姐姐？老婆婆说：就是马连翘的婆婆。马连翘的婆婆跟着她的大儿子过活，生了病，大儿子两口却不给治疗。带灯去了，发现马连翘的婆婆是后脖上长了个东西，人高烧着已经几天不吃不喝了。带灯责问为什么不给老人看医生，那大儿媳说：这不用去花钱了。带灯说：不给看医生这不是等着让人死吗？大儿媳说：谁到最后不是有个病才死的，都不得病，那人咋死呀?! 带灯非常生气，硬逼着大儿媳去卫生院叫医生，医生来检查了说是疖子化脓了，打几天消炎针就能好的。果然打了五天针人好了。而现在，李存存婆婆的姐姐病好了，李存存的婆婆却病倒了，带灯顺脚就去卫生院要看看她。

带灯刚到卫生院，李存存瞧见了就先迎出来。带灯问老人啥病？李存存把带灯拉到一旁，说：咱说低点，她耳朵灵哩，甭让听到。原来给马连翘的婆婆治好病后，李存存回来自己就病了，头疼恶心，去广仁堂抓了三服中药，熬的喝了两服，病基本好了，就没再喝第三服。她婆婆看到还剩了一服，扔了可惜，自己就把中药熬着喝了，没想上吐下泻，气又堵得出不来，差点送了命。带灯听了，又气又笑，说：她以为这是剩饭剩菜呀?! 李存存又说：说低点。老人一辈子细法惯了，见不得什么东西糟蹋么。你进去，啥话都不提，问候问候就是。带灯就进了病房，说：阿姨，生病啦？老婆婆说：着凉啦，后跑哩。带灯说：吃些药歇几天就没事了。老婆婆说：不吃药，药有三分毒哩，吃些面糊糊就好了。带灯说：对，吃些面糊糊。便把马四叫去了给杨二猫重新照相。

昆虫才是最凶残的

竹子把综治办电视机拿去镇街修好后，回来没见到带灯，也没见到白毛狗，就坐在门口，看那几棵指甲花苗。看着看着，人有些迷糊，便感觉那花在开了，米粒一般的小骨朵，哗啦就爆绽了，先还像小孩子噘起了胖乎乎的嘴唇，后来就完全是蝴蝶翩翩在枝头。这时候，她听到了细碎的嗡嗡声，以为院外巷头的谁家又在纺线，一只虫子却掠着自己的鬓发飞过院墙，往隔壁派出所的院子去了。这虫子长得像蜂，但比蜂的身子长，也比蜂的爪子多，而且飞起来可以端直直地往上飞。竹子就想到了直升机，说：你能得很！过了一会儿，细碎的嗡嗡声又响了，那只蜂又飞了来，不久再飞了去，忙忙碌碌。竹子就不愿再理会它，她要换一个姿势，靠着门框打盹呀。可就在刚刚挪了一下身子，墙根下，一只瓢虫进入了她的视线，瓢虫不是七星瓢虫，没有红色的和黑色的小圆点，但十分美丽。小瓢虫是在用露水洗脸吧，似乎很兴奋地张着小翅，却没有起飞。而一只长身多足的虫子就悄声地爬过来了。竹子是讨厌着也害怕着长着多足或多毛的爬虫的。可这只虫子已经爬到了瓢虫的身后，瓢虫竟然浑然不知。竹子还在作想,多足的虫子一定要给小瓢虫一个惊吓的,她也常如此给带灯恶作剧的。但竹子在眨眼瞬间,那多足虫子一下子扑过去把瓢虫抱住了,于是她看到多足虫子并不是向瓢虫亲热,瓢虫在剧烈地反抗,多足虫越抱越紧,同时发出嗞嗞的声音。它们就在地上翻滚,像一颗小球球,瓢虫的一扇小翅就脱落了,还有长足虫的两条足。后来瓢虫翻出了腹部,翻出了腹部再难以翻过去,腹部是粉红色的软肉,而多足虫突然伸出了一根针一样的管子,还没分清这管子是多足虫的嘴巴在拉长了,还是在它的尾部本来就长着这东西,管子便插进了瓢虫的腹部,瓢虫不动了。管子静静地插着并不急抽走,好像在吸吮,这如同人用塑料管儿吸瓶子里的酸梅汤,常常就吸噎住了,多足虫抖动了几下,然后要离去的时候,并没有把瓢虫翻过身去,瓢虫仍仰面朝上,四肢僵硬奓着,死相难看。竹子以前看到过在院墙根有着死去的瓢虫,也曾捡过,捡起来都是空壳子,手一拈就成粉末了,原来它们就是被多足虫吸食空了的。正要拿树棍儿去戳那长足虫,又有了细碎的嗡嗡声,那只蜂再次从院墙头飞来,钻进一棵指甲花苗下去了。钻到指甲花苗下干什么,竹子低头一看,这才发现那里躺着了一条小青虫,小青虫颜色还青翠鲜嫩,却仅个身子。竹子以为那是条死青虫了,没想蜂一趴在了它的身上,它又扭动了,还活着。便见那蜂在小青虫身上来回移动,恐怖的是它不是在抚摸,而用前边举起的长爪如刀锯一样在割肉,很快就割下了一点,叼着端直直地起飞,到了院墙头上,一拐,飘然而去了隔壁院子不见了。小青虫又扭曲了一下,彻底不动了,半个身子往外淌血,小青虫的血是青色的。竹子一直在看着,看得心里发紧,额头上都沁出了汗,想:它们并不是狮子老虎呀,小小的昆虫竟然这么凶残?!却又觉得这不可能吧,太不真实呀,蚰蜒怎么有针一样管子就吸食了瓢虫呢,蜂怎么前爪如刀锯一样能切割呢,自己又怎么会目睹着而没去及时制止呢?竹子恍惚里觉得她是在做梦了,甚至觉得她还在梦里指责自己:这是梦,不做这样的梦了!最后,她就靠在综治办的门框上,真的睡着了。

一院子的上访者

早晨,马副镇长开会,非常严肃地让大家看大门口的对联。他说他之所以写这副对联,一是接到了镇长的电话,要他汇报这一段镇政府的工作,镇长就说了同样意思的话。二是大家闲散好多天了,应该收心,尽快进入工作状态。马副镇长就布置任务,要求各部门人员都去各村寨普查村办公室的电话,没电话的立即督促安装电话,有电话的一定派人负责接听电话,因为镇长说他给一些村寨打电话根本打不通,更重要的是县上对樱镇的工作已经有了偏见,很可能县有关领导和部门会给一些村寨打电话搞突然检查。

会议正开着,院子里吵吵闹闹,马副镇长隔窗一看,说:门房咋搞的,让这么多人进来,镇政府大院里逢集过会啦?许老汉变脸失色进来,说来的都是要上访,他把大门开了个缝,他们就全挤进来了,还抬起脚让马副镇长看,脚上的鞋被踩扯了。侯干事赶紧拉了许老汉出去把院子里的人往出撵,双方就吵起来。马副镇长眉头上像挽了一堆绳,对带灯说:都是你的人,你去处理。

带灯端着水杯出来看了,多是些老访户。那个张正民,七十二岁的人了,九十年代初入赘到岳家沟村,九七年离婚后买本村半坡上一孔窑。买窑时九十元,卖主为了显派,说窑顶上那棵柏树长大了能值几十元,就搭送了。但不久邻居岳中胜把那棵柏树砍了,从此引起纠纷。带灯去丈量,柏树确实不在张正民的宅基内,但他说尺子是十一米算了十米,树属于他。他重新找了尺子量,也量不到,却仍上访要求严惩岳中胜。经县镇两级终结都不行。没办法,镇上把那里的地方都给他。还有一家姓严的,为核桃树而来。当年分坡林时小核桃树和大核桃树相近就没算产，现在小核桃树大了，坡地主家说当时没算产的树应归他，两家就起了争端。带灯一年处理了几次，是谁闹得狠了给谁，也曾说一家打一年核桃，也曾说一年两家打下核桃了平分，都不行。姓严的有些神经病，去县上闹，扬言要杀人，坡地主家也不敢争了，但镇政府为给姓严的去市里鉴定神经病就花费了五千元。还有一个叫李志云的，二○○七年全县发生特大洪灾，他家倒了个堆积杂物的小房，因不是主体房，根据县上文件规定不在补贴之列，他就一直上告。综治办曾去拍照片，找群众证言，光回质材料打印就不下五百元。他有个儿子在省城打工，不时去省信访局登记。带灯给他们过面粉和被褥，还办了低保，该享用的享用了，该告还告。

除了张正民、严当初、李志云外，还有四五个新访户，而且老访户新访户来的都不是一个人，有父子的有夫妇的，镇街上一些闲散人也跑来看热闹。带灯一下子头大了，站在台阶上喝杯子里的茶水，茶水还烫，她吹一下茶沫喝一口，吹一下茶沫再喝一口，慢慢稳了情绪，突然将茶杯在窗台上一蹾，厉声吓唬着谁也不许吵嚷，凡是来真上访的每户只准一人到综治办门口的台阶上去坐，别的家属和起哄看热闹的就赶紧离开镇政府大院，否则就让派出所的人来处理。白毛狗一直没有叫，这阵从人群里钻出来就站在了带灯身边，吼了三声汪汪汪，又吼了三声汪汪汪。侯干事、竹子还有许老汉把人往院门外推，推不动的，侯干事喊白仁宝，白仁宝拿了个照相机拍照。好多人害怕被拍照，就出了院子，院门哐啷关了，许老汉加了一道横杠。那些上访的代表坐到综治办门外台阶上，说：你照吧，就这张脸，县公安局桌子上早都有了这张脸。

带灯坐在了综治办的房子里了，开始叫上访者的名字叫到谁，谁进来。她首先没叫张正民，叫的是姓严的。姓严的来了夫妇俩，丈夫口笨，被撵出了大院，媳妇一脸土色，叫到她，她把头发故意弄乱。张正民说：我排在前面，怎么先叫她？带灯没理。严家的媳妇就进来，带灯说：把你头发束起来！那女人说：我头发就没束过。带灯说：你到我这儿了就得束头发！那女人就束头发，头发挽了一堆盘在头顶。竹子从门口的扫帚上折个棍儿，那女人就插在发卷里，说：我这是去吃宴席呀?！带灯说：你就是上杀场你也是女人！就问：你啥事？那女人说：还是核桃树的事。带灯说：坡主家都不争了，你还来闹什么？那女人说：本来就归我家的他争什么？他现在不争了，秋里结了核桃他还争不争？今年不争了明年还争不争？他死了他儿子还争不争？镇政府得给我出个文件，得镇长和你按个指印，盖上个红椭椭公章。带灯说：你不简单么，考虑得这么长远?！那女人说：我男人脑子有病，我得撑家。带灯说：你以为你真能撑了家？我们已经研究了，这树核桃价三百元，由镇政府来出，两家谁要了树就不得拿钱，谁拿了钱就不得要树。你要树行呀，镇政府可以出个文件，镇长在外开会，回来了就给你办。顺你心愿了吧？那女人说：三百元，镇政府出?！他为什么就得三百元？带灯说：那你得三百元，树归人家？那女人说：凭什么把树归他？树是我家的！带灯说：树现在就归你么。那女人说：那三百元呢？带灯说：三百元与你没关系。那女人说：咋能与我没关系？没有树就牵涉不出三百元，三百元怎么与我没关系？没有妈哪有娃，娃是石头缝里蹦出来的?！我让我男人来！当初，当初，你让人家欺负我啊！严当初在院外使劲敲门，但他进不来。带灯说：你不是能撑家吗？那女人说：我就能撑家！带灯说：就这样了，你回去吧。那女人说：我口渴。带灯让竹子领人去门房喝水去，并喊：张正民！

张正民进来，挖了一把鼻涕，瞅着桌子腿和墙楞角，带灯说：甭胡抹呀！张正民把鼻涕抹在鞋底下，脚就在地上蹭。带灯说：你是不是上访有了瘾，问题都终结了还来干什么？张正民说：让我抽锅烟。带灯说：是纸烟了你抽；是烟锅了我嫌呛，不能抽。张正民说：我哪儿有钱买纸烟？把掏出的烟锅又装到口袋，说：地方是归我了，我来要办个土地证。带灯说：行呀，给你办土地证。张正民说：你真的给办土地证？带灯说：我代表的是镇政府，我哄你？张正民说：我要给你放一串鞭炮。带灯说:你省着吧,还能在镇街上下一次馆子!张正民说:那几时办?带灯说:半个月后来拿证。张正民却拍自己脸,说:这不是做梦吧,政府今日这干脆的?!带灯说:羊都给你了还在乎缰绳?

张正民的问题三榧两梆子就处理了,张正民感到意外,台阶上坐的李志云也感到意外,拉着出来的张正民问情况,用力过大,竟把张正民从台阶上拉得跌了下来,半天才爬起身。竹子说:老胳膊老腿折了你李志云负责呀!竹子进了办公室,低声给带灯说:你答应给办土地证啦?带灯说:那么大岁数了,又孤鳏一人的,反正死后土地是国家的。竹子说:我只巴望他快死!带灯说:甭胡说。李志云已经进了办公室。

李志云说:你们骂我死?带灯说:谁骂你死?倒是你快把我们烦死了!李志云说:你给我把事一办,不就不烦了!带灯说:我还没去找你哩,你倒先来找我了!李志云说:你找我?是不是我儿子成功呀?我估计我儿子会成功,就等着你们来给我解决事,但等不及你们么,我只好来了。带灯说:给你发了面粉和被褥,又按深山独居户移民搬迁给了你低保补贴,你还让你儿子去省信访局告?!我告诉你,省信访局把材料已转到镇上,处理还得镇上处理,树梢子摇得再欢,树根不动弹,摇也是白摇。李志云说:不会白摇,我知道你们不怕我们老百姓就怕管你们的领导。带灯一下子被噎住了,伸手去拿茶杯,才记得茶杯还在会议室的外窗台上。她说:李志云你上访上得蛮有了经验么,你说得对,拿了拳头往我们软肋上戳。李志云说:我儿子在外边见过世面,他认为处理得还不公平,他要告村干部领救灾款时什么房子都算,给受灾户发救济款了却为啥把我家的房子不算数?村干部连我那样的房子都没有,他又为啥给他补了三间的房钱?带灯说:这话我给你说过一百遍了,你的房子不符合文件规定,所以不能算,村干部胡作非为我们不是已经处分过了吗?李志云说:村干部为什么敢胡作非为?镇政府为什么要让这样的人当村干部?别的村有没有类似情况?我和我儿子如果不上访,你们会不会就不处分村干部?村干部的黑后台是谁?带灯说:你"文革"

中参加过造反派？李志云说：参加过，没当头儿，不是被清理过的三种人。带灯说：你应该当头儿，口才好啊！李志云说：不是口才好，是我和我儿子占住了理！带灯说：你们父子能行，能行得很，可一切都要有证据！今天来人多，我没时间和你在这里辩论。李志云说：你辩不过我。带灯说：是辩不过你。我给你说的是，镇书记已交代了我们，让你把你儿子叫回来，镇政府要好好和他谈谈。李志云说：我就是来给你们说这事的，我儿子捎回话了，镇政府再不解决他就网上发布消息呀。我不晓得啥是网，我儿子知道，他说一上网，樱镇政府就臭了，有人会丢乌纱帽呀！他说镇政府要和他谈话，这可以，但先付五千元。带灯说：你们是不是觉得政府是唐僧肉？李志云说：这话我没说。带灯说：好话说尽了你不听，那我就给你句痛快话，想要五千元，没门！如果把上访当作发财的途径，那你们就上访吧，上访到中央都行！李志云说：你是个小兵蛋子，你不怕撸你的官，镇书记镇长却怕丢了位子！带灯说：那你寻书记镇长去！站起来，不接待了。

李志云哐地摔了门，冲到院子里大喊大叫：书记呢，镇长呢，叫个小兵蛋子来支应我？你们躲啥哩，为啥就不出来！

侯干事拦住李志云，说：你吼啥？书记到省上去了，镇长在县上开会，你吼是吃多啦？李志云说：我两天都没吃饭哩！书记镇长不在，副镇长呢？马副镇长！马副镇长！就梗着头往马副镇长办公室来。侯干事踢过来一脚，骂道：你给我滚出去！李志云就倒地上装死。

李志云一装死，镇政府的职工都不去拉，也都不理，各自回到办公室去关了门，或把办公室门锁了要去下乡。竹子碎步到了综治办，带灯还在办公室，已不再接待别的上访者，让明日再来，自己倒拿了指甲刀剪指甲。竹子说：姐呀不生气。带灯说：要气多少年前早气死了。还在剪指甲。竹子说：马副镇长让你去他办公室。带灯说：他是领导不出面，还叫我干啥？但还是去了马副镇长办公室。

马副镇长的老婆紧张得脸色煞白，给带灯说：你想办法把他支走么。带灯说:他要找马副镇长,马副镇长不出面他恐怕不会走。马副镇长说:副职能担了正职的责任?!你把我办公室门锁了,就说我已经出去了。

带灯把马副镇长办公室的门锁了,过来,李志云还装死在地上。带灯说:你还是活过来好。李志云睁开眼,说:他姓马的不见我,我就不活。带灯说:马副镇长已下乡去了,你就慢慢躺在这里死吧。李志云爬起来去马副镇长办公室,这回侯干事没拦他,竹子也没拦他。他看到了马副镇长办公室门上挂着锁,抬脚踹上了个脚印子。待到侯干事一声吼,才猴一般向大门外跑去了。

抱住树哭泣

接下来的两天,带灯和竹子又接待了几个上访者后就去了北沟几个村寨检查村办公室电话的事。北沟几个村寨的办公室都装有电话,只是公章由村支书或村长平日揣在身上,办公室的门常锁着,有电话了也没人接。带灯一再强调要有人接电话,如果村干部太忙,把电话可以移到某个有老人的家里,一旦来电话,就让老人及时去喊。但好几个村长都是直接把电话安装在了他们家里,带灯也没多说什么。事情落实完后,带灯和竹子并没有立即返回镇政府,而是到了山坡顶上,想看看坡顶上的古堡。北沟一带的山坡顶上,有着许多清末民初逃兵荒和土匪的堡子,这些堡子现在都颓败不堪,房舍彻底是没有了,墙垣倒坍,到处的乱石和蒿草,乱石上苔藓发白发黑,蒿草在风里摇曳,发着铜的颤响。而一些小黄花却开了,这儿一朵那儿一簇,特别刺眼。带灯一边走着,一边摘小黄花,先还是插到自己头上也插在竹子头上,后来突然情绪低落,一句话也懒得说了。这种情况以前是没有的,她一上山坡总是风风火火地走,洒一路的欢歌与得意。而且,在花都盛开的时候,她天黑赶回去,总怀抱各种各样的花,感觉是把春天带回了家。第二天早上起来就遭到丈夫的埋怨,嫌她带了花,她说谁知道呀,丈夫说掉一路的花瓣到门口。但现在她一点冲动都没有了,闷闷不乐地走到三棵树下,她说:这累的,得歇歇。就坐下来歇了。三棵树都是有年纪的树,又黑又硬,像是长出来的石头,还没长出叶子,而芽子已经暴得累累皆是。带灯抱着树,树身上的一枚硬刺刺到了手,也刺到了她心中最软柔的东西了,竟然轻轻哭泣起来。竹子莫明其妙,说:姐,啊姐,你是身上来了吗?竹子知道带灯每每在经期的时候,肚子要疼,脾气也变了,但带灯说:我想给树哭泣。竹子说:给树哭泣?带灯说:冬天不是树叶不发,是天不由得;夏天不是树叶要绿,是身不由已。竹子说:多好的句子!是哪个诗书上的还是你自己的?带灯却起身往古堡后边走,好像是若无其事地闲转,再没有回答竹子,意识里却觉得自己要到古堡后边的石梁上晒太阳,晒太阳了就把暗影洒给山,在山褶里躺下了,为了避风。

突然的电话

从山坡顶上下来,突然接到了马副镇长的电话。

马副镇长是极少给带灯电话的,突然来了电话,而且早晨还和马副镇长在大院里说过一阵话,肯定会有什么紧急事了。果然,马副镇长在电话里说:带灯主任,带灯主任!带灯说:什么主任呀?!我是带灯,有啥指示吗?马副镇长说:说话方便不?带灯说:方便,你说。马副镇长首先说有一件极其重要的通知,但他只是个传话筒,因为镇长给了他电话,让他一定通知到带灯,所以他才打这个电话。带灯在第一时间里有些不高兴:镇长为什么不直接给她电话,是故意要显示事情的重要而让坐镇的马副镇长知道,还是原本镇长交付给马副镇长的事,他马副镇长又借镇长的名来转嫁于她?

马副镇长说:你听明白了吗?带灯说:我在北沟呀。马副镇长说:在哪儿无所谓。带灯说:恁神秘的?!马副镇长说:你知道莫转莲吗,莫转莲的事你应该知道。

莫转莲是石门村的妇女,带灯总觉得她是个糊涂蛋。七年前,石门村修自来水时,她说她家不掏钱不出工也不吃自来水。四年后,她看见别人家吃用水特别方便,就又想接,村里人当然不让接,说要接就得交四百元。她家私自接上水管,又被村人割断了,她就开始到镇政府告状。那时带灯还不在综治办,马副镇长和白仁宝带着她去石门村说合,全村人一哇声反对。莫转莲天天去村长家闹,露明坐在村长家门口,村长媳妇说:你这么早来倒尿盆子呀?!莫转莲竟然就把村长的尿盆子端去厕所倒了。扰得村长没办法,村长气得踹了一脚,她说把她下身踹了,时常出血,就四处上访。上一任镇书记因急着要上调,就到石门村压村委会让接水。但是,莫转莲也尝到上访甜头,大小事都到镇政府上访。带灯接手综治办后,莫转莲的儿子打了村里一老汉,没想那老汉更是难缠鬼,经赔偿后这老汉已照常在家干活,而一遇到村里有红白事和来了镇政府的人,总用很大的红带子攀了胳膊诉骂。莫转莲受不了,说她儿子二十六了急着找媳妇,被这样坏名声,又来上访,问:咋办?带灯说:我有啥办法?她说:我儿子找不下媳妇我就寻政府!

带灯问马副镇长:莫转莲是不是又为她儿子名声的事?马副镇长说:那不算事,屁事!你知道她到县委门口上访吗?带灯说:王随风是我从医院领回来的,没听说莫转莲也去了县上。马副镇长说:不是最近,是过去。带灯说:过去上访的多了。马副镇长说:你们综治办预判性不强,致使王随风在县上开会期间喝药,影响了樱镇的形象……带灯说:王随风是遗留问题,怎么就全是综治办责任?综治办总不能给每个上访人身上装个窃听器,就知道其动向了?!马副镇长说:好,好,不说这些了,镇长在县上竭力挽回不良影响,他专门汇报了你们综治办结案率息诉率最高,特别提说了莫转莲。最近县上两三天之内搞信访暗查,镇长就交代,如有人打电话给你,你要说你是莫转莲。带灯说:什么,让我说我是莫转莲?马副镇长说:镇长给上边提供了莫转莲的电话是你的电话,你就是莫转莲。带灯生气了,说:我是带灯!

带灯一发火,马副镇长不说话了,但支吾了一会儿,又说:你不替了莫转莲,谁还能替莫转莲呢?为了樱镇啊带灯,你说呢?竹子一直在听着他们打电话,见带灯火气上来,忙给带灯又打手势,又递眼色,带灯吁了一口气,说:要我是莫转莲,那我这个莫转莲说什么?马副镇长说:带灯到底是主任,觉悟高!你就说你反映的吃水问题和退耕还林款的问题都给解决了。开春时镇政府还给送了一万元。带灯说:一万元?为啥给一万元?马副镇长说:这我不知道,镇长交代你只说开春后给了一万元。带灯说:……马副镇长说:切记!带灯说:记了。马副镇长说:你再说一遍。带灯说:我连这几句话都记不住吗?!马副镇长说:千万不敢穿帮!带灯咔地把手机关了。

观　蚁

带灯关了手机,竟然两天再没开,在台阶上坐的时候,就看台阶根的蚂蚁窝,台阶根的石头缝里有几个蚂蚁窝,蚂蚁总是匆匆忙忙出来,出来都运着土,进去都叼着米粒、馍屑、草籽或高高地举着一些草叶。蚂蚁和人一样为了生计在劳作着,但带灯不明白的是这些蚂蚁窝前常常就一层死去的蚂蚁,是这个蚂蚁窝的蚂蚁抵抗了另一个蚂蚁窝来的入侵者吗,还是同一个蚂蚁窝里的蚁窝内讧了,争斗得你死我活?

马副镇长说:带灯,你干啥哩?带灯说:看蚂蚁哩。马副镇长说:看蚂蚁?看蚂蚁能看一个上午?!带灯说:嗯,看了一上午。马副镇长说:别把你也看成了蚂蚁!没来电话吗?带灯说:没有。马副镇长说:上边的领导真是要命,要暗查就赶快暗查么,这么熬着咱?!

陈大夫买了张膏药儿媳的全部菠菜

这两天里是清静了，却有消息说元黑眼已经用推土机在河滩里推便道，那些被刨出来一片一片的地就都种不成了。这事元黑眼做得强横，但刨出来的地也是在河滩里白刨出来的，被毁了法律上也无法保护，那些刨地的人虽然骂元黑眼，而推土机过来了，元黑眼说沙厂是为大工厂筹建的，他们也就忍气吞声了，相互安慰：这全当是找了个女人没领结婚证么，女人要走就走吧。

带灯要去河堤上看看，那树下的长白石上是否还能安静读书，刚一到老街外的土路上，陈大夫却背了一大篓的菠菜过来。问陈大夫怎么背这么多的菠菜？陈大夫说张膏药儿媳有三块地，一块栽的茄子苗和西红柿苗全拔掉扔了，而两块种的菠菜他买的。带灯先还称赞陈大夫心肠好，为张膏药儿媳能赚几个钱，后觉得不对，河滩里种菜的那么多，陈大夫偏买张膏药儿媳的，他一个人能吃多少菜呢？带灯就看着陈大夫笑，陈大夫就不自然了，甚至脸还红，说：你还理我呀？带灯说：为啥不理你，你是坏人啦？陈大夫说：你那天凶得很。带灯说：哈，我早忘了，你还记着？陈大夫说：那你换手机了也不告诉我。带灯说：没呀。陈大夫说：那为啥打不通？带灯说：我关机着。就掏出手机，当着陈大夫的面打开。

没想刚一开机，有电话就打进来，显示着镇长的电话号码，带灯嘘了一下，说：镇长的。

镇长在问带灯的手机怎么打不通，带灯说通着呀，你不是打着吗？镇长说昨晚就没打通，带灯说那在充电了，说着还给陈大夫挤挤眼，显得很得意。镇长就问真的是马副镇长说的没接到上访暗查电话吗？带灯说：没接到，这下你放心了吧？镇长说：没接到这事情就坏了，为了扳正樱镇的形象,我好说歹说地让人家暗访的。带灯说:暗访就暗访吧,亏你这馊主意,让我顶包?镇长说:咱俩关系近么。带灯说:关系近为什么不直接给我打电话,偏让马副镇长通知?镇长说:这你还醒不开?直接给你说了,干了工作谁知道?!带灯说:弱智!镇长说:马副镇长弱智?!他怎么给你通知的?带灯说:你弱智!为了镇政府工作为了你,我可以给你采购行贿的土特产,也可以代过受罚,但我怎么能替镇政府替你说谎呢?你就这样让我做人呀?你不顾及我了,而你就不怕这种办法穿帮了也会影响到你的严重后果吗?!

给镇长打完了电话,带灯一抬头,陈大夫一直站着在听他们的电话,她说:你咋还没走?陈大夫说:我只说你对我凶,对领导也凶么!带灯说:我管是谁,我只想让我接触到的人不变得那么坏。陈大夫说:你能吗?带灯愣了一下,说:我在做。陈大夫就笑,笑得有些坏。带灯就说:买这么多的菠菜,你是牛吗?别牛把菠菜吃了连人也都吃了。陈大夫说:这,这是啥意思?带灯说:张膏药儿媳现在日子艰难,你要再给她门前惹是非,你就是坏人!陈大夫的跛腿闪了一下,险些跌倒。

但是,带灯没去了河堤,陈大夫竟然背着背篓一直跟她到了镇政府,把菠菜全部给了伙房。

带灯和王后生的对话

在镇西街村的石桥上,他们迎面碰上了。

带灯说:你怎么变得这么坏呢,让人恨你!

王后生说:我一生下来就是坏人吗?瞧你多凶!

带灯说:我凶也不是像你这样的人逼成这样?!

王后生说:哦,那咱们是同类人么。我低血糖犯了,快给我一颗糖。

带灯说:给你屎!

带灯还是给他了一块糖。

早晨又恢复了跳舞

想睡个懒觉，院子里起了音乐，镇政府的所有职工又开始了跳舞，带灯就没再睡，眼圈有些黑，涂上些粉，出来也跟着跳。

樱镇政府职工们跳舞，完全是学习县城里的干部。县城里的干部，能升迁的，都一步步到市里省里去了，能下海做生意的，也都办公司去发展，留下来的仕途上没了指望，又没做买卖的能耐，就心平气和了，开始要享受悠闲的日子。他们是每个早晨都提个篮子去市场上买菜，买了菜就到广场上跳舞，跳上一通了，把菜篮子提了去上班。然后下班回家，做饭，午休，午休起来了再去上班。到了傍晚，他们却不那么急着回家了，而在单位的锅炉房里打一盆热水泡脚，或者在铝盆里洗衣服。县城干部们的生活让樱镇政府的人羡慕，白仁宝就给书记镇长建议咱也可以跳舞么，书记镇长觉得跳舞既能锻炼身体又能活跃政府大院的气氛，就同意了。但那时白仁宝会跳交谊舞，大院里四分之一的人能跳，四分之三的人只能看，镇街上的人便议论：镇政府关了门男男女女搂着磨肚子哩！话说得难听，只跳过十多天就不跳了。现在把各村寨的电话安装、接听的任务都完成了，又要给书记镇长回来后能看到一种朝气，白仁宝又组织大家跳舞。这次跳的不再是交谊舞，白仁宝从小学请了个老师教扭秧歌。扭秧歌简单，对腰好，对有宿便呀什么的也好，扭了几天，都反映能多上厕所，身子舒畅。后来教走十字步，画个十字，上北下南左西右东，左脚上北，右脚上东，左腿退西，右腿退南，踩上乐点走三回，第三回了右脚步子右转，转个九十度，然后双臂高举摇四下，屁股甩四下。扭秧歌大家基本会了，走十字步却只有竹子学得最快，连老师也吃惊说你上过舞蹈学校？

带灯跳了一会儿，去上厕所，路过会计室，会计刘秀珍在那里伤心流泪。带灯说：又想儿子啦？刘秀珍竟然抱住带灯哭出了声。

刘秀珍会过日子，因为她不下乡，也就不在伙房里吃饭，自己盘了个小灶自己做。她蒸馍要在白面里掺上些白苞谷面，烫辣子时要加些酱油，凡是集体去饭馆聚餐，最后她结账，总要店主给她拿上一两把擀好的生面条，或者三个蒸馍四个油条的。她还心小，多年与白仁宝别扭，白仁宝组织跳舞，她就不跳。人都说元黑眼有性病，她一见到元黑眼就说：元黑眼，你这人不够意思，得瞎瞎病不是你们这些人的专利呀，你也让我们的领导得得么！但刘秀珍骄傲的是有一个好儿子。在大院里，所有的子女里，只有她的儿子去年考上了大学，她就最爱在人面前说孩子的教育，没人肯和她说了，就想儿子，想得伤心流泪。带灯问起：又想儿子啦？她就说儿子小时候总抱着她说你是风儿我是沙，潇潇洒洒走天涯，后来又说我是风儿你是沙，然而儿子远行了，她觉得她心中为儿子深蓄的长河猝不及防地就从眼中倾泻了。她说儿子是她河边慢慢长大的树，身心在她的水中，水里有树的影子。她说儿子是天上的太阳照射着河水，河水呼应着却怎么是又清又凉的水流？带灯很受感动，对刘秀珍有了好感，却也惊奇这女人平常并不会花言巧语，一思念儿子竟想象丰富，语句也优美了！刘秀珍在念叨着儿子是她的生命是她的寄托和希望，带灯也就想到了元天亮，觉得元天亮更是自己河岸边的大山，是依靠和方位。这么想过了就又想，我这是在真实和虚幻中兴奋吗，迷茫吗？于是自己也哭了，拍着刘秀珍说：你真好，你的想念多贵气豪华啊！

给元天亮的信

从北沟回来路过七里湾右侧处，有个连山石被泉水百年冲蚀成椭圆的水窝，夏天里，除了去河堤下的深潭，最喜欢的还是来躺在这里洗澡。这是谁给我早已准备的地方吗？两边的山狭窄得伸手可及，山的顶上是一片晴天，清爽的水有情有义地流过我，一朵蒲公英悄然飞来，而鱼儿游过了青蛙产下的那一摊卵后又钻进了野芹的水草丛中。但是，当我今天路过了这里，我想到了你在遥远的都市里，傍晚时分，灵性的心，会逸出来和我坐在一起，看蓝天白云绿草清风，看夕阳在远处的山林拂去了一层橘色后而踽踽西行。

走着你曾经走过的路，突然见你的脚窝子里，蜂起间嗡声骤响，由目入耳。我听说人的灵魂起程时要到去过的地方拾上自己的脚印，你的脚印是书，我给你抱着。

昨晚里就是读着你的书久久不能入眠，拉开窗户看群星闪烁，不知怎么想和你下盘跳棋，颗颗星子多像是弹子啊！咱不要楚河也不要汉界，朝着彼此的方向出发寻找掉到对方心窝的感觉。我不走常规路不和你碰头，平走一棋子让我后边的棋子突围。我抄小道长驱直入又怕一个棋子过去被困死。我想自己给自己搭路集体行动，那又肯定是集体挡道你过不来我也过不去。谁先让道必输无疑。弯路自己走不让你借道那么集体偏离方向彻底没戏。我下棋的经验还是不想那么多了，无意中给对方修了路了自己也就过去了，有意给对方修路了然后自己没有路的棋子反而柳暗花明，如一骑出潼关，前途突然豁朗。

樱镇上的人都在说我的美丽，我是美丽吗？美丽的人应该是聪明的，这如同一个房子盖得高大平整了必然就朝阳通风而又结实耐用，但我好像把聪明没用在地方，因为我的人生这么被动。当一块砖铺在厕所里了它被脏水浸泡臭脚踩踏，而被贴上灶台了，却就经主妇擦拭得光洁锃亮。砖的使用由得了砖吗？

我趴在窗户上还是仰望着夜，天是模糊的，但仿佛有光。我的身子在黑暗里发白。星星出来了，星空浩渺如海。我突然觉得我就是一只没有鳞甲的鱼了，鱼在拉着一辆车，车上坐着谁呢，我又不知道，凌波疾游，游过了东海和西海，又去了北海和南海。

镇长开了两次会

县上会议结束了五天后，镇长才回到樱镇。

镇长是夜里回到樱镇的。如果是早晨回来，镇政府大门口的对联就能看到，上班前的跳十字步也能看到，他就不至于脾气糟糕了。他偏偏是夜里回来，又乏又饿，敲了一阵大门敲不开，便吼许老汉瞌睡多，干脆就不要干了，回你家睡去！北排西头的那间房子还亮着灯，刚才还稀里哗啦有响声，戛然而止，接着灯也灭了。镇长知道又有人在搓麻将了，就大声喊：白仁宝！白仁宝！白仁宝还没应声，经发办陆主任却从房间提了酒瓶出来，说：镇长回来了！这么晚的，喝一口解解乏。镇长没有理，还在喊白仁宝。白仁宝趿着鞋，披了衣服，衣服也披反了，站在了他的房间门口，说：哎呀你也不提前通知一下我去接?！镇长说：支了几桌麻将和酒摊子？白仁宝说：这，这，晚上都没事么。镇长说：工作搞成啥样了还没事？我在县上坐萝卜，你们就打麻将喝酒，喝的屄酒！吓得白仁宝和陆主任不敢回嘴，连忙喊刘婶快起来，给镇长做碗面条，要浆水的，葱花炝好。镇长说：不吃，通知开会！

镇长的脾气从来没有这么坏过，坏起来一次大家就有些紧张。但夜里突然开会，大院里的职工人数就不齐整，只到了三分之二。镇长让白仁宝登记到会名单，宣布每人给发二十元，当下叫刘秀珍从镇政府的小金库里取了现金发散到手。

这次会其实内容很简单，时间也短，镇长传达了县会议精神，并通报了各乡镇第一季度工作的考核评比情况。原本樱镇是得到优秀等级的，优秀等级将获得一笔丰厚的奖金，但维稳是全面考评中的一项重要指标，樱镇因在会议期间发生了赴县上访并喝药自杀事件，被取消了优秀,定为良好,又从良好降至一般。一般就是没有奖金的。镇长说:这样的结果伤心不伤心?! 大家当然伤心,辛辛苦苦了几个月,原指望的奖金说没有就没有了。但大家心里更明白,最伤心的莫过于镇长了,书记因引进大工厂,舆论在全县都摇了铃,如果大功告成,肯定要上调到县上工作,而书记一走,镇长会顺势当书记的,现在具体抓樱镇工作的镇长考评只是一般,他还能顺势当上书记,事情就难说了。

开会中,刘婶在会议室门口给竹子招手,竹子出来,刘婶提了一壶滚水,说:镇长说不吃饭,我给烧了些水。又说:给你们都发钱啦? 竹子说:二十元。刘婶说:你们公家人真好! 竹子说:好个屁,发了二十元却把千把元没了。突然觉得院大门开了一道缝儿,有什么人闪了一下,问:谁出去了? 刘婶说:是镇中街卖服装的翠娥。竹子说:她是来寻白主任的? 刘婶说:这我不知道,是不是来打麻将的? 竹子说:打麻将是侯干事和会计他们,哪儿会约了她?! 提了水壶进来,给镇长倒了一杯,再把水壶放到窗台上,说句:谁想喝了自己倒。她想给带灯说翠娥的事,想想没意思,就不说了。

第二天上午,镇长又召开全体职工会。他的脸面还浮肿着,眼睛布满了血丝,但可能是隐忍了,或者心平气和,再没吼着发脾气,部署起了新的工作。他照例在强调着为加快社会管理创新步伐,争取平安建设先进镇奠定坚实稳定的治安基础,就得充分发挥公安部门主力军作用,广泛动员社会各界力量,依法打击非正常上访、缠访、闹访和以上访为名勒索诈取钱财的违法犯罪。对不听劝阻的缠访、闹访、非正常上访扰乱党政机关正常办公秩序行为要严加防范,及时掌握动向,分析可能发展的趋势,一旦发生,尽快收集证据,采取必要措施,严肃处理。镇长在讲这些话时,带灯有点困,出来到水池上洗把脸,马副镇长的老婆领着小孙子也在水池洗一笼萝卜。

小孙子要吃萝卜,给吃了又嚷嚷萝卜辣嘴。带灯说:我给你掰,吃有青头的不辣。小孙子说:萝卜为什么一头青一头白? 带灯说:青的在地上头，太阳晒的。太阳没晒到的是白的。小孙子说：不对，太阳也晒我奶的头，我奶的头咋是白头发？

带灯咯咯地笑，白仁宝也从会议室出来了，低声说：带灯主任，镇长正讲政治哩，你在这儿干啥哩？带灯说：我听小孩童言哩。白仁宝说：听童言哩?！带灯说：领导一部署工作，总要前面说那么多开场白，说了多少回了，听得耳朵都出茧子了。白仁宝说：这些话就是要年年讲，天天讲，不厌其烦地讲，啰啰嗦嗦地讲，反复地讲，讲反复，才能把它变成咱们的自觉意识么！

带灯重新回到会议室，镇长还是讲了几分钟的政治词语，开始工作部署：除了进一步加大综治办工作强度力度外，全镇所有职工，包括会计和出纳，都要分片包干村寨，已经上访的要做好上访者的控制和处理，还没上访的要敏锐地捕捉什么人可能上访，什么事可能上访，提前预防，将一切都消灭在萌芽状态。

一听说要求分片包干村寨，会场就骚动了，经发办陆主任说，上访怎么就根治不了呢，为啥越治理反倒越多？不寻找原因，不从根子上治，头疼医头脚疼医脚，咱是要拔萝卜呀还是就这么割韭菜，割到啥时候?！陆主任敢说话，但他一说，白仁宝就反唇相讥，说：萝卜你能拔吗？你怎么个拔？拔出萝卜带出泥?！哪一级说哪一级话，萝卜不是咱能拔的，咱只能割韭菜，割韭菜了也就有了咱的工作，有了咱的吃喝。他们两个从来都爱掐，已经掐习惯了，大家让他们掐去，就开始七嘴八舌说自己的，有的说过去村寨里还有着庙哩，有祠堂哩，有德高望重的老者哩，人和人一有了矛盾纠纷，不出村寨就化了，现在讲究要法制，但又不全是法制，谁都可以说话了，但谁说话都又自以为是，所以放个屁都想刮一阵风，闹出事了就来找镇政府，猪屙的狗屙的全得镇政府擦屁股，哪能擦得完吗？有的就抱怨村干部不行，素质太差，能力太弱，是咱把人没选好，选出的不是家族势力大的就是没脾气的老好人。有的抱怨还是咱樱镇穷呀，人穷了心思多，眼窝浅，做事使强用狠，人就刁钻好讼。有的倒就抱怨上级领导和有关部门有问题,他们为了在任职期间安稳,凡有上访要么就让下边层层堵截,要么就乱批条子,要让拿钱拿物息事宁人,抽刀能断了水吗,用酒能消了愁吗?!牢骚和抱怨发得多了,马副镇长说:咱说这些顶什么用?镇长部署的是分片包干,咱就说分片包干。马副镇长的话不但没压住意见,反倒惹得大家说:咱是驴呀马呀戴着暗眼在磨道转哩,可驴呀马呀的总得喂饱了才能拽吧?一直说涨工资呀涨工资呀,眼里都盼出血了,工资不涨,活儿倒越来越多!让分片包干,咋去包干,饿肚子去?步行去?!话题扯到了福利上,别的啥话就都不说,全是各自的生活困难。带灯就拿眼看镇长,镇长却一直在大家七嘴八舌的时候倒不吭声了,手在怀里挠,怀里好像有着无数的虱子,而那皮肤就又好像是木头或铁板,咋样挠都行。带灯点燃了一根纸烟,也给镇长递了一根,说:吃纸烟。镇长把纸烟也点燃了。马副镇长说:镇长,你得说话。镇长说:大家既然都爱说话,那就让说么!镇长这么一开口,大家倒安静了,说:啊,这是在开部署工作会哩,镇长说镇长说!镇长就把纸烟在桌子上蹭了,说:我话没说完,就轮不到我说了,如果书记在这儿部署工作,大家也这样?!大家突然觉得自己是有些过分了,侯干事说:镇长你民主么。大家说:是民主。马副镇长说:民主集中制,民主了还得集中!大家就端坐了身子,表示着要洗耳恭听。镇长说:上访问题当然是整个社会问题,是体制问题,是改革时期必然出现的问题,也是中国特色的问题吧,这一点大家明白,我何尝不明白?可是,社会是有分工的,神归其位,各尽其责,镇政府就是这么大个庙,庙里住的不是玉皇大帝,是些山神和土地,或者只是个马王爷和灶王爷。这是我说的第一层意思。第二呢,分片包干是我的主意,我想了几天,昨晚又想了一夜,我觉得樱镇目前只能采取这办法,也是最可能取得效果的办法。如果村干部在下面不作为,咱们又浮在上面,那问题肯定越来越多,这次有个王随风,下次谁保证没刘随风、马随风?!第三,当然,分片包干要辛苦大家,原本县上考评有奖金发给大家的,可现在没了,我决定要给大家发补贴，凡是分片包干的每人每月三百元。马副镇长说：这钱从哪里来？镇长说：把小金库腾空，你那儿计生罚款还有多少？马副镇长说：没结账，可能没多少。镇长问带灯：综治办的救急款还有多少？带灯说：那不敢动吧？镇长说：能动的咱就动，不能动的想个法儿动，反正得给大家发补贴呀。大家说：发补贴，要发补贴！镇长说：这我来负责。大家说：给大家发补贴了，法不治众，你不会犯错的。镇长说：如果不分片包干，维稳工作出了问题，将来政府要花的就不是今天补贴的钱数了，那是十倍、二十倍啊！会议室便起了掌声。

当然让大家自报想要包干的村寨，结果一半人报了，都是挑近躲远，就轻避重，甚至你想包干了某村寨，我也想包干了某村寨，相互争执不已。刘秀珍又在嚷嚷有人以权谋私，排除异己了，她指的当然是白仁宝，窝一眼瞪一眼地吐唾沫。最后，在马副镇长的建议下，就不自我选择了，将各村寨的名字写在纸条上，揉成纸蛋儿，抓阄，谁抓到哪个村寨就是哪个村寨。抓开了阄，镇长让带灯先抓，带灯说大家抓剩下的都是我和竹子的，说罢，坐在一旁喝茶吃纸烟。竹子也就坐到了带灯身边来，说：你吃纸烟的样子让我想到一句话。带灯说：啥话？竹子说：给佛上香，是不是佛也吃纸烟？带灯说：焚香是敬佛哩，我吃纸烟是自敬哩。竹子就发现了带灯头上有了一根白头发，失声惊叫，硬是给拔了。抓阄的人都是抓前双手合掌，口里念念有词，抓到了不想去的村寨脸拉得老长，抓到满意的了就蹦起来，说：我从厕所出来是洗了手的！最后剩下的自然是带灯和竹子的，竟就是距镇政府最远的南胜沟村和距镇政府最近的镇东街村、镇西街村、镇中街村，而这三村事情最多，人最复杂。马副镇长说：哈，这真是怪了，鸡骨头马头只有综治办能煮，果然鸡骨头马头就归综治办了！

分片包干的工作部署完了，白仁宝问镇长：今日是不是还每人发二十元？镇长说：来了多少人？白仁宝说：昨天发了钱，今天人到得齐，只少四个。社会事务办的杨洋上县医院了，她妈今日做胃癌手术，农业服务办的老戚还感冒厉害，计生办小吴前天回老家了，王出纳偏头疼又犯了。镇长说：哦，没来的每人扣二十元吧。

梅李园里

河堤上不安宁了，带灯就到梅李园去。但带灯这次来梅李园不是要读书，大家越是紧紧张张地准备着去各自包干的村寨，她偏静下来，不管了燕赵楚秦，让贪玩去。

梅李园原是樱镇一片苗圃地，后来被电管站一位姓卞的承包了，他铲除了以往的那些杨树和槐树，栽植了大量的梅李，人们就开始叫着梅李园。

梅李园里有干活的妇女，是挖出了十几棵大的梅李要运往县城出卖，又在新栽着更多的梅李幼苗。她们议论了一阵镇政府的干部多么会享清福呀，见带灯并没有接话，就又议论起这些梅李在县城会卖出什么价钱，而园子的主人怎么早早就承包了苗圃地，又能想到栽种梅李！有的就说：人家有后门么，上一任书记是姓卞的舅爷么。有的说：现在河滩里又办沙厂了，元黑眼和现在的书记是啥关系？有的说：现在书记靠元天亮哩，元黑眼又把元天亮叫本家哥哩。于是几个人就说：唉，人咋都恁能的！那个驼背的女人说：能吧，能吧，再能他把秦岭也归了他，能把秦岭上的云放到他家去?!

带灯抬头看那说话的驼背，觉得她说得好，但那驼背却扛着一棵梅李走出了园子，脚下趔趔趄趄，似乎就要跌倒了，却终于没跌倒。

带灯闭上了眼让太阳从梅李枝条里照下来。太阳很暖和，倒后悔没有把被褥拿出来晒晒，晒了，夜晚就该有了太阳的味道。

但是，带灯没有想到，镇长也走进了梅李园。

煞　气

镇长说:你怎么在这儿?带灯说:老鼠在哪儿猫还不是都能寻着么。镇长说:你心目中我是猫呀?!带灯说:综治办这次工作没做好,拖累了樱镇也拖累了你,我来这儿冷静冷静,准备着接受处分,也准备着被取消三百元的补贴么。镇长说:我就知道你们有这种情绪!路过这里听运树的妇女说你在里边,就进来见见。综治办重点工作是处理上访,但上访是全镇的事,所以我在会上并没有单独批评你们么。带灯说:你惩罚了我们。镇长说:怎么惩罚了?带灯说:你揉的纸蛋儿,你故意把镇街三村和南胜沟村留在最后给我们的。镇长就笑了,说:你真灵得像狐子,我做手脚谁都没发现,偏偏逃不出你的眼睛。你想想,如果镇街三村和南胜沟村分给别人,别人能完成任务吗?

镇长信任着带灯,事事还依靠着带灯,带灯是心明肚知的。镇长在询问他这次部署的工作怎样,带灯说是用了脑子也费了心。镇长在向带灯诉苦,这次危机总算解除了,但樱镇的工作要再上新台阶,他的压力非常大。书记全身心抓大工厂的事,别的担子都压给了他,而镇政府这一干人,心不齐,干活疲沓,平时闲着关键时又顶不上去,他才决定分片包干抓落实,以每人每月三百元补贴来调动大家的积极性。但带灯并不认同这种办法,她认为每人每月三百元买了干工作,是可以激活积极性,但始而惭焉久而安焉,终究还得用智慧。她说你或许还要在樱镇干几年,就是将来你顺势当上书记,那也得再干满两届,你就得在镇干部身上伤筋动骨,靠哄不行,领导有威力和感召力,可不是仅仅交心,现在人是难喂熟的。镇长就问怎么个伤筋动骨?带灯说有奖有惩有对比度才有力度,这次综治办工作没做好,就得惩罚才是,可以取消每人每月的三百元补贴。镇长说这怎么可能呀,不能说为亲朋好友谋私利,但也不能损害了你们的利益呀。带灯就说那一次性罚五百元吧,一定得罚,杀鸡给猴看才能提升你的权威么。镇长作难了半会儿,说那我就得罚啦,过后我想办法再补你们吧。

末了,镇长发感慨:我老想不通,咱书记身上怎么就有一股煞气,谁都怯他?带灯说:我也把你俩做过比较,虽然说性格不一样,可你确实有你的不足。比如吧,听书记讲话,要听的就是他开头说什么,而听你讲话,倒是听最后说什么。讲话一开头就把自己的意图说出来他就有强势,而前边绕了那么多最后才说意图的显得不自信,反而还给人一种有阴谋的感觉。镇长说:我也是学着书记哩,可就是学不会么,在镇上干了这几年,能体会到解放初期为啥国民党的高官反倒没事,枪毙的尽是些乡镇干部,啥朝代里,直接和老百姓打交道的就是乡镇干部,乡镇干部也必定会罪大恶极。带灯说:看把你说得可怜的,那你就不要干这个镇长了么。镇长说:干到这一步了也只能往前干的,我真的佩服有些领导,他们也都是从村干部、乡镇干部干上来的,他们那是怎么就干上去了?!带灯说:要一步步能干上去的,那你就得学毒些学狠些了,咱县委卢书记和市马副市长都是咱本县人,他们哪一个不是这样的?!可我真心给你说,我是盼着你往上上的,上得越高越好,而一旦你上去了,我就不会再来往了。镇长说:我把我也知量了,我也不得上去,能当个镇长就满足了,只要能在我的任上樱镇上平平安安就烧了高香了。带灯说:那我给你反映三件事,你要引起注意,免得又以后出乱子。

反映的三件事

带灯反映的三件事。

一、元斜眼一伙专门寻找从大矿区打工回来的人赌博。茨店村王采采的儿子就是输光了打工的钱又还不起所欠的账,元斜眼就逼人家再去大矿区打工,而让包工头直接把工钱交给他。

二、元黑眼五兄弟现在河滩办沙厂,换布拉布和乔虎也动手购买老街上的旧屋,这些人脑瓜活腾,全是在大工厂进来之前就开始占有资源了,你是不是同意了他们。

三、王随风领回来后还比较安定,朱召财最近也没异常,张正民依旧嚣张,但他的问题还好办,目前头痛的仍是王后生。王后生鼓动过毛林以矽肺病的事上访,毛林没同意,他又跑到东岔沟村找了十三户人家要上访。这十三户人家的男人都曾在大矿区打过工,患了矽肺病,有的已经死了,有的丧失了劳动力,家庭生活都极度困难。

社会是陈年蜘蛛网,动哪儿都落灰尘

镇长听了,眉心就挽了绳,说:这社会是咋啦,这么多的事!带灯说:陈年蜘蛛网,动哪儿都落灰尘,可总得动啊!

镇长就和带灯商量着怎么处理这些问题。镇长的意见是元斜眼这人太坏,必须得管管,否则肯定要出事,他得让派出所去调查一下,如果事实确凿,必须给以严肃处治。至于元黑眼兄弟办沙厂,元黑眼是给他口头提说过,他当时也强调这要办相关手续,他们还没办手续就干开了?既然已经干开了,就让去干吧,我尽快帮他办手续,让其合法采沙吧。对于王后生找东岔沟村病人上访一事,镇长拿不定主意,要听听带灯的,带灯说:要一旦替那十三户上访,这就是群访,问题就大了,上访的问题是大矿区的事……镇长说:我生气也就在这里,信访制度是属地管理,他们告的是大矿区,却要算咱的访件。得控制王后生,把这件事压住。带灯说:不让王后生插手,但东岔沟村十三户人家连同毛林现在确实困难,不解决不仅是咱工作上失责,更让良心上过不去,我们综治办已经了解情况,整理材料。准备以镇政府名义为他们申报矽肺病赔偿。镇长说:你们已着手办了? 带灯说:估计不容易。镇长说:这样吧,可以先了解情况,收集整理材料,但不必太急,眼下上访的这么多,已经焦头烂额了,等屙下的屎都擦净了,再去干吧。带灯说:那些人家实在可怜,你有空了也去看看。镇长说:我是要看看的,但你记住,首先控制好王后生!

天上起了瓦碴云

从梅李园出来,天上起了瓦碴云。差不多是做午饭的时候,沿途的人家烟囱里都冒烟。有人掮着犁,牛在身后跟着,牛走着走着就拉长了身子要嚼地塄上的酸枣刺,可能是身子拉得太厉害了,前蹄没有撑住,从地塄上咕里嘛啦掉下去,吓得掮犁人就往塄下跑,牛却重新站起了,又拉长身子嚼那塄畔上的酸枣刺。掮犁人骂:那有啥吃的,那有啥吃的?! 镇长还笑着说:人吃辣子图辣么,牛吃枣刺图扎么。谁家的狗突然从院子的栅栏门里冲出来,发出一阵汪汪声,只不过叫一阵后,确实没了什么威胁,又趴不动了。而另一家门口有婆娘压着孩子剃头,孩子觉得那是一件痛苦的事,乱蹬乱蹭,叫唤不已。

经过那座石拱桥时,遇见了侯干事。侯干事提着一小捆烤烟,忙藏忙掖的,但还是夹在了胳膊下,说:啊领导散步哩。镇长说:你回了老家?! 侯干事是鸡公寨再往北的沟脑人,他说:没呀! 我舅来捎了话,说我妈上山挖蕨菜摔断腿,让我回去看看,咱刚分片包干,我这时候怎么能离开呢?! 我是去我包干的鸡公寨和村长沟通了些情况这才回来,把他妈的脚都磨泡了。他弯下腰脱了鞋,弹了弹鞋壳里的沙子,又穿上,说:我不回去。镇长说:辛苦你。侯干事说:领导更辛苦么! 镇长说:又向谁家要的烤烟? 侯十事说:这次不是,你批评过一次了,我还没记性吗? 是王拴娃要给我烤烟,我知道他是求我给他侄女报户口呀,要行贿我，我脑子清白，坚持付了钱！

带灯哼了一声，心里说：过河沟渠子都夹水的人，鬼信你的话哩！也不再等候镇长和侯干事说完话，就拐脚往李存存家去了。

李存存在锅里下了土豆和苞谷糁子，又放勺老碱，灶膛里火烧着，腾出手来在瓮里捞酸菜，还剥几瓣蒜，捣成泥了调在酸菜里，然后退了火捂了锅盖，拉了孩子去地里喊乔天牛回来吃饭。她不喊乔天牛喊的是孩子的名字。在地里的乔天牛栽完了辣椒苗，拄了拐杖走出了地，把装辣椒苗的笼子给了李存存，李存存突然尖锥锥地喊带灯：赶得巧，来吃饭呀吃饭，是你爱吃的煮了土豆的苞谷糁糊汤！

带灯就牵了孩子手，跟着他们去了。这当儿，天上红堂堂的，一疙瘩一疙瘩的瓦碴云像是铁匠炉里的火炭。

带灯在李存存家吃饭，乔天牛完全换了一个人，嚷嚷着给带灯再盛一碗，多勺些土豆。李存存说：你以为带灯是你一样大肚汉呀？带灯问起村里的事，故意还提到换布和拉布，乔天牛说：人家过人家的好日子，咱过咱的苦日子么。就不再说，只是给带灯夹酸菜。李存存给猪也添食时，带灯跟了出来，说：听说市里医院能修补他的腿的。李存存说：还修啥补啥呀，时间这么久了，这也好，两条腿都好的时候他是我的仇人，没了一条腿他才是我男人！

回到镇政府大院，红云散了，却起了风，树开始摆头，巷道的鸡乱着毛，顺了风跑，就又吹翻了在地上打滚。以为是要下雨了，带灯快速跑到综治办的屋檐下，喘着气么，拿眼看着刘秀珍在院子里收拾晾着的被褥，又扭头寻杨树和院墙间的那张蜘蛛网，网没破，而人面蜘蛛不见了，白毛狗就站在了跟前，一把揽到怀里，再想起该抽支纸烟了。

忽地有一股香气，很快又没了，刚吸吸鼻子，香气又过来，带灯说：伙房里今日煮排骨了？刘秀珍说：啥煮排骨？！就过来悄声说：马副镇长又蒸药哩。带灯知道她说的意思，偏问：蒸啥药这香的？刘秀珍说：你给我装糊涂！要走了，却又说：带灯你说，那能长寿吗？身上有了五个娃娃的命了，娃娃有魂呀，魂不索命吗？带灯起身去屋顶要把那几盆指甲花端回屋，刘秀珍说：你咋恁营心指甲花的，书记批评过竹子，说镇干部染什么指甲，别让他回来了又指责。带灯说：那是他儿子考试没考好，心情不好才指责的。刘秀珍说：就是就是，他当领导哩，儿子咋恁不成器！

带灯把花盆往下端着，心想，书记什么时候回来呢，如果回来会不会元天亮也能回来？

埙

但是，书记并没有回来。书记人没回来，给镇长打回了电话，告诉说签字仪式本来在三天前要举行的，因还有几项条件的意见难以统一，尤其是在土地征用价格上，元天亮一直从中协调，一亩地从三十万元往下降，估计到二十万元可以止住。如果二十万元能谈妥，签字仪式便毫无悬念地举行了。这消息让人振奋，镇长就鼓励大家干好分片包干的事，力争让书记回来看到镇上的工作也是上了一个新层面的，所以他每天清早像个叫明鸡，喊：下乡喽！下乡喽！

带灯和竹子一方面要坐办公室接待上访者，一方面还得去南胜村，然后是常常接待完了上访者又去镇街三村。一次去了镇中街村后，和村长一块处理完一宗家庭纠纷，又提到了建洗澡堂的旧事，村长说现在好像是虱子少多了，带灯问是不是你们给村民买了药料或硫磺皂，村长说这倒没有，现在好多村民洗衣服不再用皂角了，都用洗衣粉，洗衣粉可能会杀死虱子的。带灯觉得有道理，就让村长多鼓励村民用洗衣粉，也决定在综治办的救济物资中购进一部分洗衣粉。竹子倒说：洗衣粉是化学物质，它如果能杀死虱子，那以后大工厂建成，樱镇的虱子恐怕就彻底消灭了。带灯说：你还是说大工厂有污染？竹子说：这话我没说呀,我只是想,真要到没有虱子的时候了,樱镇人倒还怀念虱子的。带灯没有言语,她第一次面对着竹子的话她不知道了怎么个回答。

在镇中街村办完了事,竹子提议去小学那个教过舞的段老师处喝水,带灯的丈夫原来就是小学的老师,她不愿意去,但拗不过竹子,也就去了。教舞的老师十分热情,又拿糖果又拿瓜子,还派学生去镇街买了一串油饼。带灯偶尔发现竹子去热水瓶给茶杯续水时,段老师在竹子的腰里捏了一下,竹子只是打了一下手,并没反感,还低声说了句什么。等到段老师一出门,带灯说:竹子,啥事你瞒了姐?竹子说:没呀。带灯说:你们谈恋爱了?!竹子脸唰的红了,说:哄谁都哄不了姐!

竹子这才告诉带灯,教过舞后,段老师托另一个老师来给她提说这事,她先不愿意,那老师说可以接触么。接触了几次,倒觉得段老师人还不错。

带灯说:关系确定了?竹子说:八字还没一撇的,真要确定了能不给姐说?带灯说:是不要急。人在最不能决定大事的年龄时往往决定了一生最大的事,容易犯错,你要汲取我的经验教训哩。竹子说:姐还有教训?带灯说:人整个就糊涂蛋了。

以后,带灯倒几次主动提出和竹子到小学去,她发现了段老师多才多艺,不但舞跳得好,也能吹埙。带灯以前并不知道埙,见那么一个陶葫芦状的东西,吹出来的声音悠远苍凉,就特别感兴趣。她一感兴趣,就鼓动竹子和段老师确定恋爱关系,竹子说:你是说他好还是说埙好,我还冷静着,你倒不理智了!带灯落了个大红脸,说:恋爱是会让人犯糊涂,可太理智了又恋不了爱么。

带灯把那只埙带回来,常常是吃过晚饭了,就坐在综治办的房间吹。第一回吹,呜呜咽咽,镇政府大院里的人在各自的房间里听了,就跑出来。刘秀珍说:哪儿有鬼了,鬼叫哩?侯干事也说:是狼嚎,我老家前面山梁上夜里狼嚎就是这声。隔壁派出所的人听到了,以为是从审讯室传来的,而审讯室并没有人,就惊恐了,有人说把经血在审讯室墙上抹抹能镇邪的,让那个女警察去办,女警察不敢去,只是将卫生巾从窗子扔了进去。而竹子也发现,那个疯子谁也不搭理地在镇街上跑,跑过大院外的巷口了,听到埙声,突然站住,哇哇大哭。后来都知道了是带灯在吹一个陶葫芦,这陶葫芦是一种乐器,名字叫埙,就说:带灯,你吓死人呀?! 带灯说:没听过吧,这是土声,世上只有土地发出的声音能穿透墙,传到很远很远的地方。镇长说:这声音听了总觉得感伤和压抑,你细皮嫩肉的,吹埙不好。带灯说:有啥不好的,心里不舒服了可以排泄么。镇长说:马副镇长患过抑郁症,你又逗他病呀? 镇长还是劝带灯不要在镇政府大院里吹,尤其书记回来了更不要吹,实在想吹了,就到河滩或山坡上去吹。带灯接受了镇长的话,往后再出门,那件蓝花布兜里除了镜子、唇膏、梳子、手纸外,还带上埙。

市共青团给对口扶贫村送歌舞

十三号那日,樱镇政府突然接到县宣传部通知,说市共青团要来给对口扶贫村送歌舞。市上在几年前有五个部门和樱镇的五个村寨结成了对子,而市共青团对口的就是黑鹰窝村。别的部门下来是给他们对口的村寨送过衣物,办过图书室,春节时给群众送过对联,而共青团还从未来过。不来就不来,来了却来个歌舞小分队要演出,这确实是件大事。但镇长犯了难。早不来晚不来,分片包干了他们来了?! 他有些措手不及,赶紧调整工作,安排接待。先是通知黑鹰窝村长组织群众用砂石把村里的泥路垫一遍,再是收拾打麦场,在那里搭一个台子。然后抽带灯、竹子、会计刘秀珍、侯干事和小吴十四号晚上就到黑鹰窝村准备第二天的接待,他十五号一早也赶过去,因为来的不仅是些演员,还有带队的市宣传部领导。他给他们交代:去了一定要给群众讲明,不准拦道说事,不准递任何材料,来的是艺术家,不是大官,磕头抱腿没用的!

带灯和竹子不愿意头一天晚上就去黑鹰窝村，在那里过夜，担心惹上虱子。带灯就给镇长说演出队到了黑鹰窝村吃什么，如果派农家饭，一是山里饭菜差吃不惯，二是给农民也增加负担。镇长觉得有道理，但总不能不管人家的饭呀，也不能像镇政府的干部下乡一人发一包方便面和一瓶矿泉水吧？带灯提议从镇街买些元宵拿去，在那里煮元宵吃。镇长说好，你去买元宵。带灯和竹子去了趟镇街，回来说成品元宵只能从县城进货，最快晚上才能进到，干脆她和竹子留下，明天一搭早把元宵送到黑鹰窝村。

十五号早晨，带灯、竹子和镇长都去了黑鹰窝村，镇长坐的是小车，因为从镇政府还拉了五袋救济面粉，已经协商好了，作为演出队去专门看望五家贫困户的礼品，带灯和竹子只好骑摩托车，带上两大筐元宵。元宵是袋装的，有两种牌子。一到了村，镇长去检查垫好的村道和搭成的戏台子，带灯和竹子就在村长家负责煮元宵。

原以为煮元宵是件轻省活，谁知却成了难场事，演出队什么时候能到，没个准信，晚下了怕煮不熟，早下了又怕煮烂了，就一大环锅的水烧得咕嘟嘟响，等候着。竹子站在屋顶上不停地打电话询问已经走到哪儿了，屋顶上有手机信号，就朝屋里人喊：快到了，下吧。元宵下到锅了，竹子又喊：说才到桦树湾，桦树湾过来十里路，还早着哩。带灯就生气了，说：已经下锅了能捞出来吗，让你接个电话都说不清？竹子说：去接演出队的是红堡子村的，他口音黏糊不清么。烧火的一个妇女就说：张红利本身就舌头短，让我问。她跑上屋顶又问了一遍后，朝下说：是还早哩。好的是发现下到了锅里的元宵开裂了很多，再煮就成一锅糊糊了，就说：这个牌子不行得换另一个牌子的。又把开裂的元宵捞了出来。帮忙的几个村人，一个说：是不是河南的牌子，河南产的东西都是假的。一个说：那我嫂子给你生的两个孩子都是假的？大家就嘎嘎地笑。带灯听不懂，问咋回事，原来是说河南产的东西都是假的那人是个泥水匠，他娶的就是河南的媳妇，生的是双胞胎。然后，重新煮元宵，又开始在院子里安桌子板凳，摆上几十只碗。带灯嫌碗沿有一圈黑，要求再洗，洗过了还不干净，村长的老婆说碗旧了，再洗都是这样。带灯说不行，再去邻居家借新碗。

好不容易等到演出队来了，人家坐下来录了一阵像就去戏台了，竟没人吃一口。

演出队的人没吃元宵，镇长说：人家敬业，一定要先去演出。带灯说：那演出完了还吃吗？镇长说：这我还不知道。带灯说：这敬业倒把咱害了，如果演出完再说，总不能把这煮好的元宵放凉了再热一下吃吧？镇长说：看样子演出完得回镇街下馆子。带灯说：这不浪费大了？镇长说：该算政治账就不计较经济账了，你和竹子在这儿经管着，把这些元宵给各家端一碗，就说是镇政府慰问了。

带灯把煮好的元宵让村长一家老少和在院子里帮忙的村民全吃了，并没有到各家去分。来时，带灯特意把埙拿着，还想着演出时她也能登台吹奏一曲，这阵竹子问：咱看演出去？带灯没了兴致，自个从院门里出去了。竹子端了一碗元宵撵出来，问：你要去你后婆婆家吧，空着手？带灯说：刚才借新碗时我去看望过她了，我再想去看看老伙计。

上次来探望过范库荣后，范库荣是第三天傍晚咽了气，下葬时带灯没来。现在两人端了一碗元宵到了范库荣家，门开着，院子里却没人，那棵苦楝子树冷清地还长在院角，时不时掉下苦楝蛋儿在地上跳着响。带灯站在那里，感觉到到处都是范库荣的气息。去年范库荣第一次病倒她来看过，也是这样的天气，范库荣躺在竹床上晒太阳，她时时看着太阳的移动而抬挪着小床让范库荣多晒一会儿。她实在是没办法，拜求太阳多照着能驱阴气，还摸摸范库荣的额头又摸摸自己额头看是太阳的热度还是范库荣发烧。带灯要把元宵献到住屋去，但上房门锁着，从门缝里看了范库荣的照片，范库荣的照片也在看她，带灯忍不住悲泪长流，把元宵碗放在了门口。竹子说：姐，姐，你给你老伙计吹吹埙呀，你一吹埙她就知道你来看她了。带灯就吹起了埙。埙声深沉低缓。她们同时看见了一只大雁在蓝天上盘旋了一圈又一圈，然后往上去往远去。这时候村中的打麦场上敲锣打鼓，演出正热闹着。

刘秀珍说的是非

带灯和竹子没有去看歌舞，骑了摩托先回的镇政府，而到了晚上，却发现计生办的小吴在房间里哭。刘秀珍就悄悄来到综治办，说：知道小吴为啥哭哩吧？竹子说：我不愿意听是非。刘秀珍给带灯说：她这是屁话，啥是个是非，世上不就是个是与非吗，领导讲话不是在辩是非吗，开会讨论不是在辩是非吗？带灯说：你说，你说。刘秀珍就说你们没去黑鹰窝演出现场，不知道那里情况，镇长安排我们在村道上领了群众欢迎演出队，说好的要喊欢迎欢迎热烈欢迎，但小吴所在的路段说成了欢迎欢迎还欢迎，演出队的人发笑，镇长就罚了小吴一百元。竹子说：欢迎欢迎还欢迎，这没错呀！刘秀珍说：这还没错？这是小孩子的话还是镇干部的水平？一看就知道小吴没上过几年学，她是靠了啥后门到镇政府来的?！竹子说：在你眼里，镇政府的年轻人谁都没你儿子好么。刘秀珍说：这倒是真的，你知道学校选学生会干部，把我儿子选为了啥？带灯赶忙问：除了小吴还有啥差错？刘秀珍又说了两件事。一件是侯干事和村里一个人负责从车上抬面粉到贫困户门口时，本应就及时闪开，让领导上前录像的，但他们猪脑子不知道闪开，被镇长踢了一脚。踢了一脚你赶紧走开就是了，侯干事竟然讨好镇长，说领导你踢得对，是我没眼色。这话让人家录像录了去，后来镇长检查录像才让删了。一件是村里一老汉搭戏台时一根木头跌下来撞上腿，腿骨折了，镇长嫌挂的横幅不平整，他爬上杆去挂，挂完溜下来就是了，却溜了一半就往下蹦，把新皮鞋扯了。

给元天亮的信

去赶集总觉得市声鼎沸就升腾在镇街上空，而你就在人窝里笑。我最喜欢你扭乱的虎牙了。我说我身后你对面的坡上恢复了一个小庙，今年以来香火旺盛咱去看吧。于是我转身咱们去看。这个小庙恢复的时候书记镇长曾经想阻止，但后来没有采取行动，不了了之。为什么要阻止它的恢复修建呢，村民能去了庙里也就少来综治办了，庙可能是另一个综治办，这不是好事吗？方圆的苦命人都来磕头上香，有双轮磨村那个卖了几斤黑豆来镇街买上香纸的婆娘，和那骆家坝的跛子，背着的草鞋才卖掉了一半也在插烛，他老插不直，烛油流了一手。还有那南河村的胖子，心脏病患得嘴脸乌青，上庙前的台阶几乎是一步一歇。更多的是硬腿艰难跪下的老太婆，她们按地扶桌起来后还不忘去边上的龙王像前再上香烧纸，然后把放在香案上的纸片儿小心地弹啊弹的弹到纸角，把小纸角用手利索地掐掉，在手心捋好，长吁一口气脸上有如意的笑容。说是龙王爷显灵给的药，而我分明见那是烧纸飘落的烟灰。我似乎听见旁边的另一个老太婆嘴里念念有词，竟说着：儿呀你跑得远远的，不要管我，能跑到天涯海角就天涯海角，不让人家抓着你。我想这一定是个逃犯的母亲，我扭头看了她一眼，她立即噤了口，匆匆离去，我也再没理会她。那个是结巴的守庙人不让年轻女人进去看龙王像，用棍子交叉挡着。我恨恨地说咱不进去，到繁华世界去。你让我上支香吧，我说镇干部呀他们都看我哩，走吧。我们从庙后坡道往下走，满坡的刺玫花都开了。花的鲜艳花的脆弱花的无知和无畏，有天的护佑花儿什么也不怕的，花儿尽情地开了尽心地开了。枝头的灿烂，终身的优雅。然而开后的花果谁不想结个果呀，但品种是上天早就定好的呀，我有什么办法？于是我们又出现在集市上。一街两行的摊铺，摩肩接踵的人流，我很快买下了小核桃、米花糕还有一只木梳子，看见炒凉粉的喊你吃，但回头看不到你。我知道你在上街头的那些卖柴禾的架子车旁等我，你买了米，灌了油，提着一把葱，咱们得回家动烟火。啊回家，家在哪儿呢？

小时候正月里被妈逼着走亲戚，提个荆条编的长形篮子，我也不看放的什么礼物只知道送到既定的人家了事。走那么远的路后还要上坡看到那个小竹园就算到了姨家。我一个人在桦树林间的小路上走，觉得走得好远了回头一看才走出一小段儿，不清楚这路是否真能到那个西三塬村，生气地坐在那里哭，骂我妈老妖婆，想如果这时有什么鬼怪精灵甚至狼外婆，我都会跟它们去，让我妈找不到我了气死她。而我现在长大了也长老了反而觉得永远也走不到那户人家，一直在路上。我是有主见的人但感情路我怎么不能收住脚步回头往大路上走呢？我一次次摆动着头像拨开眼前枝叶，想往远处看，想走出大的天地啊！

当我坐在河边看蓝天白云远山近桥和桥上如蚁的行人，刚才的空中分明有着呼之欲出的你，却什么都没有了，而我已多时地在清寂独坐，草从脚下往上长，露水湿了鞋袜。柳树上一只小鸟叼着小树枝在筑窝，我想呵我该叼着什么才能飞到你所藏身的而我想念的地方？

吃　饭

镇政府大院平常时苍蝇还不是很多，中午一吃开饭，苍蝇就来了，爱站在碗沿上闪翅或者洗脸。马副镇长每顿都要吃蒜，还不停地把蒜扔给你一瓣扔给他一瓣，然后他能用筷子在空中夹住苍蝇。带灯觉得恶心，农林办的翟干事说这是饭苍蝇，饭苍蝇干净。明明是从厕所里飞来的东西怎么是饭苍蝇？带灯一直用石灰在厕所里撒地，但她撒了女厕所撒不了男厕所，后来干脆也不顾及了，隔上三四天就去男厕所里撒,站在厕所门口说:有人没?里边的人还在勒裤带,她就把石灰撒得满地都是。

这回开饭前带灯又去撒石灰,出来见男人们都蹴在会议室的台阶沿上吃饭,他们吃饭都要蹴在台阶沿上,似乎随时要掉下去,但从没掉过。

他们边吃着饭边说着乱七八糟的话,而且主题常常就换了,换得自自然然,不知怎么便说到了烦恼。问带灯:你烦恼了咋办?带灯说:我坐河滩把一个个石头上写了你们的名字捣着骂!他们说:喜欢谁了是写上名字把石头抱在怀里?带灯说:是呀!他们说:那喜欢上我们其中的谁呢?带灯说:你们谁口里长象牙吗?!

他们都能说清这一个礼拜里带灯穿过什么颜色和形样的衣服,甚至鞋在地上踏出的不同的鞋印,但他们都也搞不懂带灯,他们要来带灯的房间,带灯的房间也是隔着前后间,前边办公,后边住宿,带灯不让进后间。气得他们说:肯定是不叠被子!带灯说:知音啊,千载难逢!

带灯知道他们是要看她在住屋里挂没挂着丈夫的照片,她偏不让看。

天真的要大旱了

从去年八月以来,天一直旱着,只说清明节能下雨,雨却仅仅湿了一层地皮,就没有了。带灯以前看电视要看天气预报,现在大家都要看天气预报,即便正忙着别的,双手在盆子里搓衣服,或后跑着蹲厕所,天气预报一播,就全停下来跑去看,没赶上看的,也着急问:还是没雨?

大院里清早仍旧跳十字步,八点吃毕饭,职工们就戴着草帽提个包儿到各自包干的村寨去。前一向,晚上回来了这个提了半口袋核桃,那个拿了一罐子土蜂蜜,甚或还有碱制的雪里蕻,豇豆干,炸了的蚕蛹,半吊子腊肉，让刘婶烙个锅盔了大家打平伙吃，说的全是各村寨难缠事、龌龊事、异事和怪事。而现在就说天气。

刘秀珍说：人家北京雨大得很，咱这雨咋恁金贵！刘秀珍的儿子自去了北京上学，她也像带灯一样每晚要看天气预报，但她看的是北京的。

连刘秀珍这样的人都操心起旱情，镇长就觉得问题的严重了，分片包干工作正干得有声有色的，极可能要创造出全县的一个先进经验来的，恐怕因此而受耽搁，何况天旱天涝，一有灾害，镇政府干部的苦情就来了，那就得没黑没明地在受灾现场。镇长焦虑不安着，却不说出来，便问带灯：你关注天气预报时间久了，有没有总结出什么规律，这旱像是很快缓解呢还是要继续下去？带灯说：我多大的本事呀能总结规律？只是咱这儿情况我留心记着，七年前气候不错，整个夏季天一热就下雨，而且往往是晚上下白天晴。到了前六年的正月二十五没下雨，却刮了风。谚语说正月二十五滴一点，去到州城买大碗，正月二十五刮一股，倒冷四十五。那年果然倒寒了四五十天，雨水减少。但麦熟八十三场雨，八月十月和来年三月还是下了雨，庄稼也没受大损。大前年到五月才下了场雨，前年是七月下的，去年是七月底下的。这一年一年雨来得晚，又下得不多，今年这样子干瞪着眼，会不会八九月里才能有雨呢？带灯这么一说，白仁宝说：这不就是规律吗？士别三日刮目相看啊！带灯说：我不是士，也没别三日，你尽快能给综治办修电视的钱报销就好。白仁宝当时嘴里像含了核桃，呜哇不清，说：你们那数目太大了么。竹子说：别人的电视机能由小换大，我们的三百元就大数目啦？镇政府里只有马副镇长的电视机换了大的。马副镇长就说：那你们也换么！竹子说：我们不是领导呀。马副镇长就说：那你还说什么?！竹子哼了一声，就喊白毛狗：过来！你聋了吗？叫你哩，过来！镇长便拍了一下竹子的头，说：瞧你这脾气，老马不说他是副镇长，年龄也是你的长辈哩！是三百元？竹子说：是三百元，白主任卡着不报销么。白仁宝说：规定报销二百元,多报我没这个权力。镇长说:现在啥都涨价了,原来的规定是有些少了,这样吧,以后哪个部门的电视机坏了,只要有发票,花了多少就报多少,再穷还能穷了同志们看电视?! 白仁宝说:带灯主任,明日就给你报! 还笑了说:记着拿一包纸烟呀! 带灯却说:我只报三百元! 拾起身回综治办去了。侯干事说:白主任热脸撞了个冷屁股。白仁宝说:我没啥。小资么,要允许有小个性! 镇长就瞪侯干事,说:去去去,就你淡话多!

带灯一走,气氛有些冷,但镇长没离开,别的人也不好离开,镇长偏让竹子去给大家沏一壶茶去。茶沏了来,大家就又是担心去年麦秋二季收成不好,烟叶收购也没完成任务,那今年又得什么都减产,虽说农民都还积粮,少收一料还过得去,可连续这么下去,一旦没了吃的,问题就大了。他们开始了骂天,说秦岭里历来咱们樱镇四季分明,雨量充沛,草木茂盛,这些年天是给咱来点小脾气呢还是要灭咱?! 镇长让大家说说各村寨受旱情况,有的说北沟天竺梁上的一片栎树枯死了。有的说往年这时候两岔口河里的水是满的,都架木桥,现在只有列石。有的说红堡子村的山泉涸了几眼。有的说接官亭村的那个泉是半山上流出来的,全村上百口人和牲口就凭在那里吃哩用哩,去年旱是旱还胳膊粗的水,这一月比娃娃尿还细。有的说去年十月,县上就用炮往天上打,落了一阵人工雨,咋怎么就不再打了? 有的说打是打了,我也听到过西边有打炮声,但没打下雨。现在河里水少,别说天旱,就是天不旱,沿河上下都在拦水,水也就少了,而不下雨听说各地都在打炮,就是有一朵载雨的云,还没到咱县的上空,就被打散了。镇长就说:我估摸县上很快就要布置抗旱工作了,大家有个思想准备,分片包干的事要加大力度,抓紧进度,否则一抓起抗旱又顾不上别的事了。又对白仁宝说:这几天开个会,汇总一下分片包干的情况。白仁宝说:汇总是要汇总,但你别抱希望太大。镇长说:你这啥意思? 白仁宝说:就这一段时间,能解决多少事? 咱政府哪一年是把一件事做彻底过? 上边安排事,各部门都说他们安排的事重要，可最后这个顶了那个，那个又替了另一个，猴子掰苞谷，掰一个扔一个！经发办陆主任说：咋是掰一个扔一个，有你写材料呀，你不是每一年材料上都写着各项任务都取得了圆满完成吗？镇长说：这话不对！要善于工作也要善于总结么！陆主任说：我的意思是感谢白主任呀，不是白主任一支笔，咱一年补贴要少拿多少？！我们担心，如果再旱下去，肯定县上又要抗旱是第一要务，维稳又得放下。镇长说：维稳是任何时候都要压倒一切的，就是抗旱开始了，分片包干的事不能了了，不说包干到死，三年五年里谁包干的还得包干。大家不言语了，马副镇长在叹气，说：这天难道要不成咱的事了？樱镇一切工作才摆顺，形势一派大好，天一捣乱，就显得咱又没政绩了。马副镇长其实在替镇长惋惜的，白仁宝就看镇长，说：咱镇长国字脸，高鼻梁，是个贵人相，天不会影响他前途的。刘秀珍一直在织围脖，这已经是给儿子过冬织的第二条围脖了，她说：旱不了的，能旱到哪儿去，樱镇是风水宝地，地灵人杰么。竹子说：千万不要说樱镇的好风水了，我来樱镇时，好多人总夸樱镇是县上的后花园，是秦岭里的小西藏，我心里还沾沾自喜，谁知几次去县上开会，樱镇的代表永远在最后一排坐，我就感受了被外面歧视，就像一个家庭歧视弄不成事的孩子一样。所以长时间里听别人说樱镇空气好、水质好、风光好，就感觉像对穷家说你干净一样，像对不漂亮的人说你身体好一样。因为穷，咱樱镇上访的多，再这么旱一年两年，你再看上访的多吧！侯干事说：多了咱下乡么，下乡还领三百元哩。竹子说：上访的再要多，社会就乱了，社会一乱你还下什么乡？！镇长说：扯远啦，这不扯乱啦？会说话了就说，不会说话了就少说！院子里就安静下来，只有白毛狗打了个喷嚏。马副镇长又喊竹子：续茶呀，续茶呀！把他的，这没吃啥油水重的东西么咋这渴的！竹子提了壶，壶里没了水，就到伙房去。又烧了滚水出来，院子里人都散了，白毛狗在啃根骨头。

讲 故 事

买了些药去送给毛林，路上竹子给带灯说了个故事。故事是一个人追一只土拨鼠，土拨鼠上到树上又掉下来，惊跑了树下一只兔子，那人就去追兔子。

带灯给竹子却说了个真实事。她丈夫开始学画时，学画老虎，画出来像个狗，把狗再画着画着画成了猪，猪还不大像，干脆就全涂了墨画成夜。这夜如瞎子一样黑，没月亮也没星星。

会议室安装视频

过了三天，镇街上的樱桃还在卖着，南北二山已经有人挑着担子开始卖杏了，白仁宝买回了一脸盆杏，招呼县上来的工人。

工人在镇政府会议室里安装视频。

县上去年已经在城关和平川道的乡镇里安装了视频，而樱镇迟迟没有，突然间来了人给会议室里安装，大家都跑去看。马副镇长吃了三个杏，还把杏核砸着吃了仁，说：县上终于重视咱偏远乡镇了，以后晚上就不寂寞了，想看啥都能看啥。镇长说：这是便于传达县上指示和查岗用的。马副镇长说：是传达指示和查岗的？以前县上领导到乡镇来，都是骑自行车的，因为路途远，必须得住几天，至少也过一夜。后来有了小卧车，当天来当天回。现在安装了这玩意儿，这就是说连小卧车都用不着来了？！侯干事就说：咱们县委书记上任两年了我还没见过活的哩。马副镇长说：啥？！侯干事说：啊，活人，活生生的人没见过。马副镇长说：你见书记干啥？你只认镇长，给镇长负责！侯干事说：我给你负责,你给镇长负责。

果然当天的下午,县防灾指挥部就召开了视频会议。防灾指挥部是新成立的,县长兼着主任。会议之前,镇长讲了视频的作用,并要求一旦接到县上有关部门要召开视频会议通知,需要参加的人员必须到场,按规定至少三人,包含一名副职以上的乡镇领导。还讲了视频不同于看电视,参加会议的人能看到县上做指示的领导,县上做指示的领导也同时能看到参加会议的人。县西的双柳镇曾经发生过因视频时办公室两个干部在沙发上亲嘴事件,镇书记和镇长双双被处分。镇长这么一说,大家倒紧张了。马副镇长说:这是监控了么！咱都带上笔和本子,认真听,认真做记录,不要交头接耳,不要打瞌睡,不要窝倦在椅子上。带灯说:也别手在怀里乱挠！带灯在说戏谑话,但大家倒没人发笑,马副镇长还说:虱子再咬,都不准捉!

防灾指挥部通报旱灾状况:面积非常大,波及了全省十二个县,现南部的三台县、双流县麦子全部干枯,西北边的合洛县发生大火,烧毁了一千三百多亩山林,西边的大矿区一带,因开矿遗弃的废洞多,干旱后水位极度下降,河水断流,水库没水,田地无法灌溉,连人畜吃水都相当困难。而本县旱情目前相比于别的县还能好些,但天气预报近期仍没有下雨的迹象,需要及早查泉井、涝池、河道、水库蓄水情况,以防再继续干旱下去人畜用水断绝。另外,各乡镇要有山林防火员,建立观察站,筹备好人力物力,一旦发生火灾及时扑灭。并要求能灌溉的加紧灌溉,如无法灌溉的只要能下种,春苞谷尽快下种。

会议开了两个小时,为了防止离开会场上厕所,谁也没有喝茶水,会议刚一完,翟干事邢干事就跑到水池的水龙头下喝了一气,说:真是抗旱哩,喉咙都冒烟了。

给元天亮的信

闻着柏树和药草的气味，沿那贴在山腰五里多直直的山道，风送来阳光，合起我能晕晕乎乎踩着思恋你的旋律往前走。我是来检查旱情的，却总想你回来了我要带你到这里走走，只要不怕牛虻，不怕蛇，肯把野花野草编成了圈儿戴在头上，如果你累了，我背你走。这条直路到大药树下分岔处就落下去沟脑洼地，两边的桔梗差不多长到我的腿弯。往年雨水好，桔梗就能长到我的肩头，开花像张开的五指，浅紫的萎瓣显得简朴而大气，那沧桑的山蔓从根到梢挂满小灯笼花，像是走了几千里夜路到我眼前，一簇簇血参的老叶，花成小脚形，甜甜的味儿，有着矜持和神秘。还有，一年才发一个头的黄芪成把成把地生长，花繁星点点有些琐碎和唠叨。这些山中珍品，我曾让十指挖出血，对药的尊重是缘于我对重病不医早已过世的父亲的回忆和忏悔，所以我跟陈大夫学中医，想用山中的奇苦之草来疗救那些山里人的苦痛。现在，天旱得这些药草都萎靡不振地侧卧了。我看见了苦李子树，也听到了有人在唱那关于苦李子树的歌。我在你的书上最初读到这首歌词，我以为是你杜撰的，没想到这么深的大山里竟真的有人在唱，唱声在崖壁上撞来撞去，最后在沟谷里幽然消失。可我并没有激动，看着苦李子树又听到了苦李子树歌我就像被艰难摇上井的辘轳，咯噔咯噔绞出心头的悲伤。山里人实在太苦了，甚至那些纠缠不清的令你烦透了的上访者，可当你听着他们哭诉的事情是那些小利小益，为着微不足道而铤而走险，再看看他们粗糙的双手和脚上的草鞋，你的骨髓里都是哀伤和无奈。

今天把你以朋友、老师、亲爱的人的感觉说说话，我觉得女人在处世也是以心灵的满足踏实为最终目的。我曾以去镇政府工作轻闲霸道而得意过，以丈夫有一技之长能挣钱而得意过，更以我认识了你如同天门中开我进入了另一个辉煌的世界,觉得我在世上完成了自己的宿命。然而命运还想把我再转些年所以我还要想想我能干些啥?看你的书,你对文学和社会的关怀关爱让我心慌眼花,我是个啥人,不耐心读书,不定睛社会,无怪乎养殖业少见养鸟,我是个鸟吧,虽然有自然的羽毛有细致的丝肉但没有多大用处,活该在这山野怪石上跳跃自生自灭。

啊,我瞧见了就在小路边长着了三根麦子,所有的麦子还没有扬花吐蕊,这三根麦子却早早成熟了,结着穗子。三根麦子长在了小路边,一定是山民去播种麦子时将三颗种子遗漏在这里,使它们有了辛苦成长成熟而无人收获归仓的窘迫。

你是知道的,农民的一生最大的事情就是盖房子,男人们盖了房子就要娶妻生子,标志着成家立业的成就和光荣。而女人们一生则完全像是整个盖房筑家的过程,一直是过程,一直在建造,建造了房子做什么呢?等人。

南胜沟村旱得没水吃

南胜沟村其实并不在镇街南边,偏西南,顺一条沟一直到沟脑。南胜沟村原来人家居住就分散,每户门前或者屋后也都有泉的,但泉水细弱,仅够做饭、洗衣、喂牛养猪。天旱得久了,泉就干了,吃水得挑了桶翻过山梁到背面沟底去担。山梁的背面就是东岔沟村。南胜沟村不同于东岔沟村,东岔沟村女人多,因为男人大多患了矽肺病,需要在家伺候,而南胜沟村的女人少,一打问,没有一个不是为情所累的,有的是姑娘,有的是已经有了孩子,都出外打工去了。带灯说:唉,背上贴了邮票走四方。

和村长交谈,村长说倒还有一处水源,就在西边的峡谷里,峡谷太深太陡,人是没办法汲用的。带灯说:能不能用抽水机?村长说:能是能,哪儿有抽水机?带灯说:村委会有多少钱?村长说:有屁哩,前年退耕还林款我没有发,就是想留下来以备村里有了紧急事,十八户联名上访告我,你知道这钱就全发了。带灯当然知道那次上访,说:是你想留下给村里的?!村长支吾了一阵不吭声了。带灯提议让各家各户集资买一台抽水机,可和村长跑了十二户,都不愿意出钱,不是说人穷得都快要炒屁吃呀,哪儿有钱,就是说买抽水机能抽上水吗,抽过这旱天了,这抽水机又咋处置呀?带灯说:那也是村里的一份财产么。他们说:村委会里还有啥财产?!那十二页新做水磨坊的核桃木板呢?那拉电时剩下的电线、梯子和灯泡呢?说要修东涧子的路,存了上百袋水泥,水泥又在哪?连村里那一套闹社火的锣鼓,鼓破了还在,锣都卖了铜!村长说:你说这些干啥?他们说:集资了好过私人呀?!没水喝了也好,都渴着,这也是公平!这一家不肯出钱,自然影响到另一家,也不肯出钱,气得带灯发脾气,但发了脾气还是收不来钱。

从东边梁畔上的那十几户人家下来,带灯就渴得要命,她不忍心去谁家讨水喝,路边的几棵樱桃树还红着,村长说:这是我家的树。抱着树摇,摇下一层樱桃,两人捡着吃。斜旁里有一处房子,一半苫着瓦,一半却盖着石板,住着三口人。一个是老汉子,一个是老婆子,还有一个是傻子,傻子是老汉子的亲弟弟,一生未娶,跟着哥嫂过活,到背面沟底去担水了。老婆子在门口看了半天带灯,问:是城里人吗?带灯说:你不认得我了?我是镇政府的。老婆子说:哦,政府的,在我家吃饭吧?糁子糊汤面。带灯说:不吃了。老婆子说:我新磨的糁子。带灯说:不吃了。村长说:你光要嘴!去舀一碗浆水来给政府人败火。老婆子说:要得要得。转身要进屋舀浆水,后山梁就有人担了水过来,踉踉跄跄,摇摇晃晃,她喊:你往脚下看着!那人回应:噢。村长说:那就是她家的傻兄弟。话未落,傻子便跌了一跤,一个水桶就滚下来,人在山梁上叽吱哇呜叫:石头咬脚哩!老婆子赶紧去拾桶,拾回来了个桶底,哭腔着说:啥造孽的日子吗,吃不到好的,连水都喝不上呀?!

带灯再没等老婆子去舀浆水，顺着慢坡往下走，漫坡路干燥，又有料浆碎石和干羊屎蛋，鞋打滑得走不下来，常常是往下跑几步就要抱住一棵树。村长不好去搀扶她，喊下边的另一簇屋舍里的人：牛二牛二，拿条草绳来！有个光头拿了草绳跑上来，村长让带灯把草绳缠在鞋上，这样就不滑了。牛二却给村长说：根全不行了。带灯也见过那个叫根全的人，豁镰嘴，能把拳头吞进去，爱评说女人，却始终没结婚。带灯说：根全咋不行了？村长说：他高血压，他说他以前的房子后边有个泉，水旺得很，后来坡垮下来壅了房子和泉，他就和人去挖那泉，旧泉没挖出来人却犯了病，晕倒了，再没立起身。带灯说：他年纪并不大呀患高血压？跟着村长就下了慢坡，到了根全家来。

根全是不行了，好几个人就围在炕边落泪。带灯和村长一去，他却又睁开了眼，还说：哟，政府来了，政府有水！带灯说：各家出些钱买个抽水机，咱南胜沟不愁没水的。根全说：不愁，不愁，我要喝。有人赶紧去取桶，桶底还有一碗水，端来了，他突然说：牛二牛二。牛二说：我在哩。他说：我喝口水可能要走呀，你快到东岔沟找我那相好来。说完眼睛一瞪，眼里全是白，没了黑珠子，人就把气咽了。

带灯看着那碗水被人泼到门口，说：一路走好！

向鱼问水

竹子说她做了个梦，梦见路过石桥后村，蹚土很深，脚踩下去，一股子尘土就嚯地蹿上来灌了鞋壳。她远远看见张膏药了，怎么喊张膏药都喊不应，一条小鱼却立在她面前。鱼是河里常见的红花鱼，身上有一道一道粉红色的条纹，她还想：这鱼怎么在这路上？鱼却在对她说：请问哪儿有水呢？她说：我才要问你的你倒问我？！这时她就醒了。

被拦道告状

再一次从南胜沟村回来，抽水机的问题还是没能解决，带灯和竹子的情绪很差，偏偏在南河村口被一伙挡住了要告状。市里县里的领导偶尔下乡视察，会有人当道拦堵，诉说冤情，而带灯十多年了，还从未被人这么纠缠的。竹子当然要起到保镖的作用，叫喊着谁也不许拉扯，带灯主任是女的，光天化日下要耍流氓吗？拦道的人就后退一步，说：我们不动手！却仍然围成一圈，就是不让带灯走。竹子说有啥事到镇政府去谈。他们说：镇政府的门难进，逮住你们了就不让你们走！竹子说：你们村长呢，叫你们村长来！他们说：村长解决不了，是他看到你们了，让我们拦道的。竹子就骂道：这啥王八村长！竹子这么一骂，他们就全骂开了，骂村长就是个王八，谋自己事时跑得比狗都快，村里人被外人欺负了，他就缩头！骂着骂着又骂镇政府，这是啥政府，替老百姓说话哩还是为有钱有势的撑腰的？骂得凶了，唾沫星子乱溅，使劲地拍打自己屁股。拍屁股把屁股上的土拍起来，迷了带灯的眼，带灯转过身去揉眼睛，立即几只手又拽住了带灯，说：不能走！走不了！竹子就急了，喊：谁拽，谁再敢拽！陈艾娃就从村里跑了来，说：要挡就挡当官的，挡着带灯干啥？一个老汉就冲着陈艾娃说：带灯是你啥哩，你向着她说话？陈艾娃说：她是我老伙计！那老汉说：哟，攀上老伙计了，是不是元黑眼给了你一股？陈艾娃听岔了，听到的是元黑眼给了你一腿，就说：你胡说八道，怪不得三个儿没一个养你！陈艾娃这么说是揭老汉的短，老汉是去年因三个儿都不养活他而闹过法庭。老汉一时脸上挂不住，就骂陈艾娃，你还没男人哩，你要不是个扫帚星你男人能死得那么早?!乱成一锅粥了，带灯就坐到一块石头上，说：拦住我告状就告吧，选个代表说，谁说？

一个人就开始说，说的却并不是什么大事。原来这几户南河村人翻修房子，去河滩里筛沙，世世代代以来谁家用沙都是在河滩里筛的，可他们去筛沙时元黑眼兄弟却说河滩是沙厂了，不能再筛，只能来买，两斗箱的沙算一方，一方五元钱。

带灯说：就这事？他们说：就这事。带灯说：就这事闹腾这长时间？他们说：不闹腾你不听么。带灯说：岂有此理！他们说：啊，我们没理？带灯说：不是说你们说元黑眼。他们说：他们就是无理！带灯说：这样吧，这事我给你们办，明天就让你们筛上沙。他们却说：我们咋信你？带灯说：不信我拦我的什么道?！他们说：信的信的。拿手打自己嘴，又给带灯笑。陈艾娃说：看到了吧，带灯这么好的人，你们还恶心她？他们有些不好意思，说不恶心她事情办不成么。那老汉也说：艾娃艾娃，叔给你说，刚才骂你不是骂你，人急了口里就有了毒么。带灯说：好了，都回去吧。他们就散了，那老汉却又给带灯说：明天筛上沙了，我到庙里去给你烧香，筛不上沙了，我们全村人就到镇政府静坐呀！

大柳树

陈艾娃和另外两个人最后是把带灯和竹子送到了河边。她们一走，带灯却说：竹子你带卫生巾了吗？竹子说：来了？带灯说：提前了。竹子说：都是气得来！这都是些啥人么，让你受委屈。带灯说：你不觉得咱也很享受吗？陈艾娃送咱她是老伙计了，那两个人吵过了也不是送咱们吗？竹子说：我看全是那老汉起事的，做事没个底线，他逢着是咱俩，要是翟干事侯干事，须动手教训他不可！带灯说：翟干事侯干事就有底线啦？就又说：农村么，当有矛盾冲突时，是少有人出来公正的，也少有人明白地说谁是谁非，但你相信，在以后的日常生活中像风吹着田地一样，人气却还是一股梢地向着正经一边的。

河边的一堆石头窝里，独独长着一棵大柳树，带灯拿了卫生巾就树后去，竹子站在一边看着来往的人。竹子说：你背向着树。带灯说：为啥？竹子说：这树这么大，我怕它成了精哩！带灯说：它还怕我身上有红哩！就笑得嘤嘤地，蹲了下去。

带灯蹲着，从远处还能看见头，竹子说：我搬几个石头给你挡着。搬开了一块石头，石头下有了一窝小河蟹，一时乱钻，赶紧抓了，用草缠绑，提起了一串。

她说：真还有送慰问品的？晚上咱蒸了吃！

和元黑眼拌嘴

樱镇前的河滩是拐着一个弯的，弯上的河滩，河北对着镇西街村，河南就对着南河村。河滩里机器轰鸣，一辆推土机把沙石往一边堆，堆成小山似的。两辆翻斗卡车又把沙运到洗沙机前，洗沙机的输送带就哗哗地颤抖，出沙口的沙泻出来像一道瀑布。除了开推土机，翻斗卡车和洗沙机的五六个人外，元家兄弟只有元黑眼在旁边的三棵柳树下泡了茶喝。带灯和竹子一直往近走，元黑眼站了起来，说：带灯主任来视察了，喝茶呀不？带灯却再没走了，坐在了她往日读书的长白石上。

长白石周围已经开了苦菜花，往年里苦菜花开了她隔三差五来了也不捋，她也在太阳下对长白石说：你已经过了一夜的风寒你也晒晒吧，你热了才能热我。但现在河堤下的那些席片似的畦地全都没有了，满河滩的积水坑和沙石堆，像是乱葬坟一般。带灯在长白石上坐了下来，心里说：沉住气。气就沉下来，如以前一样，在地上铺一张纸，鞋脱了放上脚。

竹子先过去给元黑眼说：主任让你过去！元黑眼说：我这里有茶，来喝茶呀！竹子说：主任让你过去！元黑眼说：她带灯势大！竹子说：

她代表政府！元黑眼说:哈巴狗站到粪堆上了！竹子说:谁是粪堆？元黑眼说:好好好,政府厉害！但他又喝了一口茶才往带灯这边来。带灯仍赤着脚,趾头还在动着,她没有起来。元黑眼说:带灯主任好像生了气,谁惹的,我给你出头去,就是他马副镇长,我也让镇长收拾他！带灯说:知道你和镇长熟,可镇长是樱镇的镇长,不是元家的顶门杠子,你为什么自己在河滩淘沙却不让南河村人筛沙？元黑眼说:哟,替南河村那些土匪说话来的？竹子说:你才是土匪！元黑眼说:他们在我的沙厂里筛沙,当然我不愿意,我去他们地里收庄稼行吗？带灯说:这河滩是你的？元黑眼说:我办了沙厂,河滩就是沙厂的。带灯说:你抬头往天上看,这太阳就是你的？你呼吸着空气,空气就是你的？元黑眼说:都说带灯主任是镇政府的知识分子能说会道,果然我说不过你。我哪里就霸占了河滩？他们要筛沙,我让到河湾下边去筛,他们偏要在我沙厂里筛,当然我不允许,要筛就得出钱。带灯说:你的沙厂从哪儿到哪儿？元黑眼说:上至两棵树那儿,下至河湾。带灯说:谁给你划这么大的地盘？元黑眼说:镇长呀！带灯说:你把批件给我看看。元黑眼说:镇长大还是你主任大？要看你去镇长那儿看去！元黑眼拧身就走,带灯说:元黑眼,我告诉你,你可以给镇长说一句你要办沙厂呀你就在河滩跑马圈地了,但是,办厂取沙并不是镇长一句话,这得经县河道管委会批准才能领到合法开采证,而办理这一套手续是综治办起草报告的！元黑眼站住了,回过头来看带灯。这回却是带灯掉头走了,她提了鞋,光着脚地走。

借到了抽水机

竹子撵上了带灯,说:姐,咱就这样走啦？带灯说:我肚子饥了。竹子说:唉。带灯说:唉啥哩？竹子说:不舒服。带灯说:你也那个了？竹子说:我心里不舒服。带灯说:你要舒服就一事无成！竹子说:噢？带灯说:这话我是在元天亮书上看的,说哈佛大学的教务长询问一个学生怎么没完成功课,学生说自己有些不舒服,他说,我想,世界上的许多事都是那些感觉不舒服的人完成的。竹子不吭气了,跟着走。走到镇街扯面店里。扯面店的老板都熟悉,两人各吃了一碗,又让店里把河蟹蒸了,带灯说:晚上我要去派出所说说张正民的事,你就在综治办候着收礼。竹子说:谁给咱送礼？带灯说:元黑眼呗。

竹子觉得带灯好幻想的秉性又来了,这怎么可能呢？带灯平日待她亲,但她们也有意见不和的时候,曾经把她骂哭过,门房许老汉都说过带灯:竹子在马副镇长手下的时候经常哭,你再惹她哭,她也记你仇的。带灯说:没事,过一会儿她就笑着和我说话了。果然是她竹子哭过了又去和带灯亲近。可是,她是竹子,而元黑眼并不是竹子,元黑眼会低头认错还送礼吗？

竹子没有把她的疑惑说出来,她感叹着樱镇这么贫困的地方竟有元黑眼那么富有的人家,即便镇政府能把元黑眼压制住,让别的人去淘沙,谁又能一下子弄来推土机、翻斗车和洗沙机？光给洗沙机用水的抽水机就要两台！带灯却问:你看清是两台抽水机？竹子说:是两台,哦,你在打元黑眼的主意?!

到了晚上,竹子就老实地待在综治办,段老师拿来了炒好的花生,两人吃着说话,元黑眼果然就敲门进来了。元黑眼提着一个大提兜,一脸和气,问带灯主任呢？竹子呀地叫了一下,段老师说:你咋啦？竹子说:神得很！就对元黑眼说:你等着,我叫主任去。和段老师出了综治办,经过派出所门,喊了带灯,耳语一番。

竹子是鸡叫过头遍才回到大院,大院里的人差不多都睡了,带灯的门还开着,门口叠着三角形一片光,她蹑手蹑脚想从三角形光的边缘走过去,屋里的带灯却叫了她。竹子只好进去,说:好几个老师喝酒,要我陪着……带灯说:这事我不管。明日一早,你找几个人到河滩去抬抽水机,我先到南河村通知那几户人去筛沙,然后咱在村口会合,再一块去南胜沟村。别睡死觉呀！竹子说:阴谋得逞啦?！带灯说:只是借用,借用了再想刘备借荆州吧。竹子简直喜出望外,问元黑眼来送了什么礼,带灯拿出四小桶土蜂蜜。还打开了一桶,两人就用勺子挖着吃,拿柿饼蘸了吃。

原来元黑眼听了带灯的警告后,提礼先找到镇长,希望镇长能给他办理采沙许可证。镇长告诉他是肯定来帮这个忙的,但办证必须先得镇政府同意,由综治办和工商税务派出所相关部门交换意见备案后再上报县河道管委会,这就要找带灯办。元黑眼叫苦不迭,说他和带灯有矛盾,不好沟通。镇长说有矛盾更要沟通,就让他把带来的两条香烟和四瓶酒留下,而四小桶土蜂蜜给带灯。元黑眼这才找带灯,给带灯赔了不是,说了一堆恭维话。带灯当然知道元黑眼背后有镇长,镇长是默认他后才大张旗鼓地办起沙厂,要完全阻止已不可能,就说:我把镇长叫来,咱一块说说这事。镇长叫来后,商量的结果是樱镇政府同意元黑眼在办理了许可证后办沙厂,而现在生米做了熟饭是元黑眼的不是,提出严肃的批评,以后绝不允许任何人先斩后奏。元黑眼欢天喜地了,带灯就势提到南河村人修屋垒墙筛沙的事,镇长听了也生气,训斥元黑眼,当场指示:在许可证没拿到手之前,元黑眼不能霸占河滩,村民修屋垒墙用沙,愿意在哪儿筛就在哪儿筛。许可证拿到手后,划出沙厂界线,那才归沙厂经营范围。元黑眼是同意了。

元黑眼说:我服你了,带灯主任,能干！镇长说:带灯就是镇政府最能干的干部么,要么能当综治办主任?！带灯说:镇长你别夸我,我们包干的南胜沟村现在旱情非常严重,群众吃水都成了问题,我们和村人寻水源,是寻到了一个峡洞,洞里有水却没抽水机,得找你特批资金给他们买一台。镇长说:南胜沟村旱成那样了这我得去看看,买抽水机是应该买,可镇政府哪儿有这笔开支,现在各村寨都嚷嚷着要钱,要淘井呀,修渠呀,配备防火器材呀,镇政府不会印钞票啊！带灯说:你可以解决,你一句话就解决了。镇长说:我要一句话能解决,我一天说一万句话!带灯说:元黑眼在河滩有好几台抽水机,你说话了他能不捐出一台?元黑眼说:嗯?!立即装着没听见,说:你们谈工作了,那我先回去呀。带灯说:看看看,这阵装糊涂呀!元黑眼说:啥事呀?镇长说:你那儿有抽水机?元黑眼说:有。镇长说:有几台?元黑眼说:也没几台,抽沙坑水要用,洗沙机上要用,是有些紧张。镇长说:拿出一台给南胜沟村。元黑眼说:哎呀镇长,这你让我做难哩,这……镇长说:别给我叫苦,抗旱是大事!元黑眼说:这让我想想。坐下来挠脑袋。带灯就对镇长说:河管会的阎主任你熟不熟?镇长说:我不熟。带灯说:那是我同学的一个叔,但听说难说话得很!元黑眼啪的在腿面上拍了一掌,说:毬!为了支持镇长和带灯主任工作么,我拿出一台来。可我有话在先,这不是捐,是借。带灯说:好,咱直话直说,我抓紧给你办证,你明日就让人把抽水机抬走,还有抽水管,不要你捐,几时旱情解除了就还你。

事情就是这么办妥了的。

起作用的东西其实都不用

看完了电视里的新闻联播,带灯问竹子:在这个世上啥能起作用?竹子说:权呀!带灯说:咱是不是有权?竹子说:有呀,到了村寨办事咱不是都说我们是镇政府的!带灯就笑了。竹子说:我说得不对?带灯说:咱把镇政府挂在嘴上,把咱能累死,又能解决多少事,上访者还不是越来越多?起作用的东西应该是看着并没用场的才是吧。竹子说:没用场?带灯说:世上有那么多原子弹谁用了?!竹子说:你啥意思?带灯说:突然想着说说,我也不知道啥意思。

王香菊和郭槐花

半夜里，白毛狗使劲地咬，镇长在院子里大声喊人，说是松云寺坡湾后的鸡公寨来了电话，那里起了火，所有人员赶快去救火。

救火救了三小时，所幸是火没有引燃山林，只是烧了三十亩麦子，又烧伤了村中妇女王香菊。

王香菊是个寡妇，村支书老惦记她。她在门道里纺线，支书一晃一晃披着袄过来了，靠在门框上给她面前扔了颗杏儿，她拾了杏儿扔了回去。支书又扔个金戒指，她又把金戒指扔了回去。支书就恶了王香菊。麦地遭旱后，支书管着水渠的水，给别人家的麦地都浇灌了，就不给王香菊的地里浇灌，王香菊的地里麦子就枯成了柴禾。王香菊把麦子全拔了，堆在那里又想烧成肥料，烧时怕烤了旁边的核桃树，抱着一搂已点着的麦草往地边移，没想那里一个深坑，把她掉了进去，抱着的麦草在慌乱中抖开，一部分引燃了别的地里的麦子，一部分也掉进深坑烧着了她。王香菊把头发眉毛都烧得没有了，脸成了个包公，最后从深坑里拉出来送去了镇卫生院。

而镇政府的人回到大院，天刚亮不久，镇中街村的郭槐花就到综治办来了。她迟不来早不来，带灯和竹子要出门时她来，她来讨要二百元钱。带灯就给了她二百元钱。原因是她又去县上了一趟，还是说她在县招待所当临时服务员时一件鸭绒袄被盗，告公安不作为，破不了案，县上就批下文让樱镇综治办给二百元算了。带灯故意没给，因为郭槐花太多事，可能是她没结婚时被怀疑怀孕而被村长拉去孕检过，气得有了些毛病，后来从招待所被辞退后回来，她感冒买药没治好，告卫生院，要退她交的十元钱，在镇政府告状时翟干事把她推出了大门跌了一跤，她说她回去肚子疼，怀上的娃娃流产了，又来告，她丈夫打了她也告。

反正她啥都告，都是不上秤的事，县上和镇上也不登记，也不当回事。

带灯给了二百元，郭槐花走了，走的时候头上的发卡掉下来，带灯拾起来给她别上，说：你走好，不要崴了脚又来告。郭槐花说：你把狗拦住，别让它咬我。

六斤也死了

带灯赶到南河村，通知了那几户人家去河滩筛沙，那些人不相信，反复证实了这是真的，就往家里拉着说给做饭吃。带灯不去，说她已经吃过早饭了，那个光头就从他家把一头奶羊拉来，说他妈瘫在床上了，他专门买了这羊每天给他妈挤一碗奶喝的，今日不给他妈喝了，给带灯喝，就当场挤羊奶。这时候竹子和沙厂的四个人抬了抽水机来到村口，挤下的羊奶她也没喝，就一块往南胜沟去了。

到了南胜沟村，已过了中午饭时，村里人都来看稀罕，念叨着带灯和竹子好。带灯说：这是政府配的。他们说：啊，政府好！还要给政府放一串鞭炮，但没有鞭炮，就拿了牛鞭子连甩了几十个响。

村长当然要请带灯他们吃饭，饭是用煮熟的土豆在石臼里砸出的糍粑，酒是自己酿的苞谷酒。糍粑并不好吃，需要多调些辣酱和醋提味，舌头搅动两下就得赶紧咽下去，但那辣酱也太辣了，带灯吃着还可以，竹子就不行，伸着舌头，还直拿手往嘴里扇风。酒入口有些苦，而且略有炒焦的红薯片子味，而喝过三口，反觉得越喝越香，带灯喝了五盅，竹子竟喝了八盅，脸红得像猴屁股。正吃喝得王朝马汉，一个人在院墙豁口处给村长说：拿进来不？村长说：拿来拿来！那人拿进一卷红纸，村长说：你们镇干部是要有政绩的，我让写了感谢信给你们，你们带回去贴到镇政府大院里让他们看看你们的功劳！红纸展开了，上边并没有一个字，全是酒盅按上去用竹签蘸墨画出的小圆圈。村长说：村里没人能写字的，能写字的小孩子字又写得狗渣渣草一样，画圆圈也是字么，我们春节贴对联也就这么画。竹子嘎嘎嘎地笑，笑得所有人先都莫明其妙，后就觉得有些难为情起来，村长便又说：啊，喝酒，喝酒，没啥能感激你们，我把我喝醉来表达个心情！拿了碗让倒满。带灯说：别人醉你不能醉，下午你们去安装抽水机，早早抽上水是正事，我和竹子就不再管了。

带灯和竹子是吃了饭翻过山梁，去背面的东岔沟村要去看看那十三个妇女。但带灯和竹子没有想到东岔沟村出了大事，六斤在大前天死了。

六斤死于旋空犁。因为天旱要尽早犁地种春苞谷，东岔沟村人都使用旋空犁。旋空犁是前面有一米直铁杠子，杠子上很多铁刺旋转刨地，稍后是一张犁铧，耕出沟道下种。用老式的牛拉犁得耕两遍，旋空犁一过就行，一小时就可以耕半亩。但旋空犁怕挂倒挡，油门大了后退快，稍不留神挂人裤腿。六斤在犁地时千小心万小心，偏偏是犁到土塄边，就把裤腿挂住了，而旋空犁还在往前冲，连人一起翻下土塄，还是人先落地，旋空犁砸在人身上。六斤的屁股上被挖去了一块，头更被砸扁，当时就死了。

带灯和竹子赶到六斤家，六斤半小时前刚刚入土下葬，埋在自家屋后的崖根。为她下葬的村人还在院子里吃饭，那十三个妇女也都在。她们给带灯和竹子盛饭，带灯和竹子不吃，要去坟上看看。跪在坟前了，带灯说：老伙计……哭起来，十三个妇女也全哭了。

黄昏的时候，带灯和竹子才要回镇街，十三个妇女相送，她们都回家又拿了土鸡蛋，带灯说她不收鸡蛋了，她们说：这鸡蛋不要钱，送你的，你老伙计死了，你就认我们也是老伙计。带灯受感动，也就说了关于申报赔偿的事，可能还得你们的男人选出代表去找包工头出示个在大矿区打工的证明。十三个妇女听了，却发愁让哪个男人能和带灯竹子去找包工头呀，因为都卧炕不起。带灯说：那我联系一下老街道的毛林,如果毛林肯去,你们的男人就不用跑动了。十三个妇女又是一阵天呀地呀菩萨呀叫,再是仰着脸给带灯和竹子笑。笑了一阵有的就咳嗽,有的捂着个额颅,带灯说:有病着? 她们说:是人咋能没个病的,没事。竹子说:我们主任会看一些小病的,让主任看看。带灯一一为她们号脉,盘问病情,比如吃饭怎样,大便稀稠,睡觉可好,月经来得准不准,就开药方,叮咛先抓三至五服中药吃吃。她们说虽然这儿不舒服那儿难受的,可还能吃能走的,就不吃中药了,抓中药要花钱,何况还得去镇街,也走不开。带灯摇了一阵头,只好教她们一些按摩的办法。

竹子也觉得稀奇,她还不清楚带灯会这么多的按摩,也就用心记下来。

如果夜里睡不着,睡着又多梦,在耳垂画个井字,靠脸的最下点空位按摩。如果心跳得厉害,发潮发慌,手中中指自然弯曲所定的点叫劳宫穴,在劳宫穴按摩。如果胃疼了按摩十个指头蛋,尤其在中指尖的指甲下用力掐。后脑疼在后腰子那儿按摩,前额颅疼在胃部那儿按摩。头两边都疼,是那种一跳一跳地疼,是左肝右肺滞气所致,轻轻按摩肝肺外部。落了枕,脖子是歪的,拿擀面杖在脖颈上来回碾。腰椎疼,趴着躺下,让人在大腿根抓一条筋,抓到了,猛地一提,不要怕疼,只疼一下腰就可以直起来了。眼睛上火出了肉疙瘩,拿老铁门环或锁子轻轻摩擦,脊背僵着疼,就提整个后背的皮,或者拿木梳子背来回刮,能刮出一片红疹子出来,立马就轻省了。

再见二猫

回来的路上,闻到了苦艾的气息,抬头往路北边的土峁上看去,果然那里长着一片子艾。带灯说:天旱艾倒长得快,我去采些,回去插到咱综治办。

杨二猫却黑水汗流地从土峁左侧的小路上爬了上来。带灯说:咦,你这逛山,到哪儿要钱了现在才回家呀?二猫说:我是想要哩,腰里没钱么。带灯说:你知道六斤是我老伙计,她死了你也不去帮着葬埋?二猫说:听说是六斤死了,她还算是我妈娘家的一个侄媳妇哩,可我在莽山那儿看林防火呀,没时间么。这不,赶回来取被褥还得连夜再去。带灯说:编,你给我编着说谎!两岔沟的人到莽山去看林防火?!二猫说:这是真的,谁哄你是猪,阉了的猪!带灯说:谁叫你去的?杨二猫说:这我不能告诉你。带灯有些生气,说:给了你钱,又办了低保,我给你的任务呢?杨二猫说:我给你完成着哩。他王后生是来过,他一来我就跟着,还跟着去东岔沟村,他嫌我跟他,骂我,我也骂他,嚷嚷着他是靠上访挣钱哩,村里人就都避他。他骂我是跟屁虫,是搅屎棍。带灯说:他才是搅屎棍!杨二猫说:他是搅屎棍!可人要有良心的,他对你和别人是个祸害,对我却带福。带灯说:你个没原则的,还给你带福?杨二猫说:没有他,你能肯和我说话吗,能给我低保和钱吗?带灯说:谁困难镇政府都管哩,你别他给你吃一根纸烟了,你就把我交代的事黄了。杨二猫说:一根纸烟把我打发呀?他寻到我让我去看林防火……带灯说:你说啥,你说啥?杨二猫说:啊啊,我说漏嘴了。低头就要走,竹子抓住了他后肩,他一挣脱,竹子只拿了他的破褂子。杨二猫又舍不得他的破褂子,又回身来说:那我干脆都给你说了吧。他说镇长让他去莽山西坡那儿看林防火,每月给四百元,他又雇我替他去,每月给我二百元。带灯说:有这事?杨二猫说:我不哄你。带灯愣了半会儿回不了神,说:让我吃根纸烟。坐下来吃纸烟,杨二猫跑过峁梁子不见了。

麦子熟了

天旱得麦子只结蝇子头一样的穗,但时令到了,它不熟也得死去。

镇街周围的平川里，各处的路上都走着胳膊下夹着镰刀的人，一边走一边打着招呼，叫苦去年就没收成好，今年又比去年少收两成了。而进了南北二山，分散在这沟那岔的人家，要么在那一片麦地里弯腰割麦，整晌地不吭不哈，孤独得像一只拱食的野猪，要么在各自家门前场地上扬打着连枷，连枷已经抬起来了，才传来落下时的一声啪。不时地传来让人嘲笑的消息，说某村的谁谁谁的媳妇，提了瓦罐去地里给男人送饭，自己却跌了一跤，瓦罐碎了，饭倒了一地，让男人压在地头捶了一顿。有某某村的谁谁躺在地里的麦捆上睡觉，蛇从口里往进钻，他抓住蛇后半身往出拽，越拽越进，多亏路过一个老汉，老汉把旱烟袋上的烟屎在蛇尾上涂了涂，蛇才退出来跑了。

好几个村寨的老伙计都给带灯打电话或者捎口信，说让你来吃樱桃你没来，现在新麦下来了，你来吃捞面，我给你再烙个囫囵子。

囫囵子就是锅盔饼，只是中间是空的，可以让孩子从头上套下去戴。麦收之后，樱镇的人就要走动亲戚，走亲戚就是送这囫囵子。

带灯一一回话着有空就来了，她经过一户人家门前，主人在扬麦，麦糠落了她一身，痒痒的，咋抖没有抖下来。

给元天亮的信

不愿意给你说土焦麦黄农人脊背朝天地在田里忙活，也不愿意说对人说人话对鬼说鬼话的与上访者纠缠的泼烦，啊，一年里又开始有山果了。山果是山的脊梁渗出的汗珠，苦中有酸，酸中带甜，以中药的面目在城镇里存身吧。最早的山果应该是樱桃，它的根终生都在分蘖幼苗，而幼苗移栽见土就活。小小的果实一定是刻意让阳光凝结了给它，而它又是那样的鲜嫩，只有亲手摘下放入口中感觉最好，否则转手就会黯然淡去，它是绝色的仙味，却有些害羞。桃刚刚褪去淡白色的绒毛，开始染红,但它还未成熟,一如十二三岁的少女。而黄脸皮的杏却一捏就分开两瓣了。从杏树经过,喜鹊在树上跳跃,树枝的颤抖就会把杏落下来,或许就打着头,上百上千的杏偏偏有一枚打着了头,好像是闺楼上抛下的绣球。还有棠棣,还有枇杷,还有梅李,但我爱吃的还是杏,在一家山墙后的杏树上吃过了一肚子,吃多了,牙酸得要倒,肚子里起了火地发烧,就坐在他家的门口与那媳妇们说艾。艾的全名叫苦艾,是苦字头和爱的谐音字尾组成的,是苦不用尝就是爱吗,是爱必然就苦吗?艾被揉成蛋儿或搓绳儿点着了烟气,可品味,能入骨,是驱寒逐风的高手,特别对于女人,我知道艾要经过农历五月初五清晨的露水浸泡才有奇效,我总静静地看着天上,想那佛的妙手在云雾中播撒拯救生灵的圣水,却还是没有一丝雨的迹象,红云流动,似乎其中有你的身影。

我应该敬仰你如整齐的田畴,但总是冷不丁地蹦出几只野兔,我知道你能给我你的心而不能给我你的手,却还是稳不住跳跃的脚步,听到身后鸟鸣想是你顽皮的口哨,看眼前温馨的夕阳,就想到你朝阳升起的时候。想得多了,我的纸烟也勤多了,由过去每天的三根到现在两天就得一盒,我想我的生活怎么过才能有意义,才能快乐,想来想去还是无可奈何。我觉得我是口渴着看着水的清冽而无从去喝,又觉得像那蝌蚪有大大的头颅狂妄地思索,而终不知道自己是青蛙还是蛤蟆的结果。可怜呵,既然做不到烧羽去鳞蚀骨浴火,那就忍受生活的煎熬吧,但愿能承载你,更能旋转肩上的一切负荷,用扁担,也用撑扁担的搭柱。

大矿区又运回了尸体

口里有些寡,打发竹子到镇街卤锅店去买几只猪蹄,带灯就烧水在综治办门口洗头。她的头发好,洗起来就费事,得三大盆水,洗发膏揉搓一遍了,用清水再冲涮两遍。院子里站着三五个人,陆主任说:帮你挽一下后领？带灯说：那后领起鸡皮疙瘩哩。大家就呵呵笑。陆主任说：资源就这么浪费着！总能闻闻香气吧？带灯一洗头，满院里都是一股野菊味，带灯却端了水盆进了房间里。

洗毕了头，头发晾干还得一会儿，想着今天一定得和镇长单独谈谈，这两天情绪不好，害怕事情谈不拢伤了和气。但今天什么时候和镇长谈呢，又怎样谈呢？竹子就跑回来了，她没有买猪蹄，空着手，气喘吁吁。

竹子说她去买猪蹄，街上人都在议论大矿区又死了樱镇的人了，尸体是昨晚拉回镇中街村马家的，小伙的父母从栎树坪赶来分赔偿费，镇长调解了一夜还没个着落。带灯问是不是王三黄？竹子说是王三黄，却奇怪带灯怎么一下子就问对了。

带灯认识王三黄的时候，王三黄还小，她那时还干着计生工作，去栎树坪村的路上遇见个中年人挑了两筐萝卜和包菜，说让她去他家吃樱桃，他是天不明挑着一担樱桃到镇街走十五里然后坐蹦蹦车到县城卖完，除坐车吃饭后换两半箩筐萝卜包菜。带灯跟他去了栎树坪村，那中年人的儿子就是王三黄，王三黄在山上放牛。带灯也帮王三黄放牛，王三黄却殷勤地保护她，不停地叫喊着注意脚下。王三黄说：放过三年牛给个县官都不当。然后说你咋恁爱看天？带灯没回答他，瞧着他脚上一双草鞋都烂了，掏给他了十元钱让他爹再进县城了买一双布鞋穿。王三黄还说：那我要胶底的。过了几年，带灯在镇街上碰见了王三黄，王三黄说他入赘到镇中街村的马家了，但他还不到年龄，领不来结婚证，求带灯帮他。带灯帮了他，他就结婚了。带灯记得那是一个午后，阳光灿烂，王三黄和他爹特意到镇政府，给带灯了一包水果糖，说是喜糖，送了喜糖他明天就去大矿区打工走呀。

带灯心里难受，还要给竹子说王三黄的事，镇长就进了大院，眼睛红着，不停地眨，像鸡屁眼。问起事情调解情况，镇长说：小伙子还没个娃娃哩就死了。赔了五万元，他媳妇全拿了，三黄的父母说如果有个娃娃,他们一分都不要的,让媳妇把娃娃拉扯大,可媳妇没个娃娃,自己又没了儿,这钱应该分给他们一半。但那媳妇就是不给,村长把我叫去,我说和了一夜又说和了一早晨,给三黄的父母一万元。带灯说:只给了一万元?这不公道么!镇长说:三黄父母只是个哭,马家却能说会道,这一万元还是我硬吃硬压让拿出来的。带灯说:你肯定也觉得深山人老实才能抹过去就抹过去。镇长说:到房间里说,院子尽是人。带灯说:我就要说,你是镇长你这样处理问题,别人议论起来,我脸上都发烧。镇长说:王三黄父母不会上访的。带灯说:不上访就亏人家?他父母不上访,我也要让他们上访。镇长说:你咋啦,这样说话?带灯说:我对你有意见!镇长说:有意见好么。带灯说:你再这样下去,樱镇就不想有好日子过了。镇长生了气,说:我咋啦,贪污了,渎职了?!带灯也就说:是你让王后生去看林防火啦?你知道王后生是上访大户,你不压他制他还给他挣钱的好差事?!镇长说:你的火气原来在这儿呀!让王后生去看林防火,我还没来得及给你说呢,那可是我的得意之作。王后生家贫又不安生,靠上访过活,咱防治了他多年也没防治住,给他每月四百元,又把他固定在了山上,何况他感激涕零,给我拍腔子说不再上访了,咱用智慧利用了他,这不是好事吗?带灯说:你知道不知道,他并没有去看林防火,而雇了两岔沟村的二猫替他,给二猫每月二百元,他白拿二百元钱。镇长也吃了一惊,说:不可能吧?带灯说:你可以去了解么!多少年了,王后生用各种手段达到自己利益最大化而往往又以和政府对抗,放屁打踩脚后腿收尾,你怎么就认不清,是因为骄性还是图一时平静还是要显示自己方法的灵活?!镇长却脸色不好,一甩手,拧身走了。

镇长从此不再叫带灯姐

镇长后来是把王后生喊来痛骂了一顿,取消了看林防火员的资格,并收回所付的工资。当天夜里,元老四到老街王后生家的厕所小便,厕所里蹲着王后生,半天没出来,元老四进去就把尿浇到王后生头上。两人打起架,元老四把王后生打得鼻青脸肿。王后生又到镇政府来闹,说元老四是故意要打他的,背后肯定有人指使和默许的,他一身的粪便不擦,在地上打滚。侯干事把王后生轰出大院,门也关了,王后生就把粪便抹在门环上。

这事带灯听说了,没有去问镇长,镇长也没给带灯提说。见了带灯,虽然还说话,但说话是平静着脸,有啥事说啥事,再不到综治办来叫带灯姐。

鉴　定

总算腾出了手,可以带毛林去县城寻当年的包工头。来的时候心热热的,毛林的老婆还给带了六个蒸馍,十二个煮熟的鸡蛋,但满县城跑了一个上午,一无所获,带灯、竹子和毛林都没心绪吃喝。街上有头发蓬乱的妇女拉着架子车卖艾草,吆喝:卖——艾!卖——艾!带灯瞅了一眼,说:爱是能卖吗?竹子说:活该她受苦!

终于打听到了包工头,完全出乎带灯意外的,包工头竟然是一个秃头豁牙的老汉,一件廉价的西服皱皱巴巴,脚上一双皮鞋前翘后拐,像狗嚼过一般。老头在一个建筑工地当看护,见了带灯他们,疑惑地说:寻我?你们是谁?毛林说:你认不得我了?老头说:认不得。毛林说:

你再认认。老头说:认不得。毛林说:你怎么会认不得呢,我是毛林,樱镇的,当年在大矿区给你打工。老头说:哦,樱镇的? 哦,毛林,你是一顿吃过六个蒸馍的毛林?! 毛林扑过去,要扑到老头怀里,老头没有迎接,还在说:你不是年轻小伙吗,咋老成这样了?! 毛林呜呜呜哭起来。

带灯就介绍了她和竹子的身份,又说了樱镇老街的毛林,东岔沟村的杨栓牢、巩忠文、巩志武、王高义、刘双林、刘社会、韩黑成、高志强、高转社、高魁、阮互助、薛千印、陈碌礡,当年跟了你在大矿区打工,回去后都患上矽肺病,巩忠文、王高义、陈碌礡已去世,剩下的十一位全丧失了劳动力,生活极度困难。现樱镇政府出面,要为他们争取免费治疗和职业病补贴,但做这样的申报,必须有人证明他们是在大矿区打过工,是打工中患上病的,所以才来找到你。带灯给老头递上一根纸烟,老头说:你也吃纸烟? 却闷了半天,说:这得找大矿区呀,我不在那里已经四五年了,虽做过矿长,那都是承包,他们到我手里是干了两年。带灯说:我们知道他们打工只和矿长打交道,而且也是在四个矿井打过工,但四个矿长听说一个已去世,另两个是南方人,也离开了大矿区不知去向,只记得你,也只有来寻你出证明。老头说:我是矿长,打工的挖多少矿,我付多少钱,我没亏过任何打工的,得了病我可负责不了呀。带灯说:得病与你毫无关系,来找你也不是要你负责,只是让你证明他们确实在大矿区打过工。老头说:那行,这证明咋写? 竹子说:你会写字不? 老头说:写得不好。竹子说:我说你写。给老头一张纸一支笔,老头把纸贴在墙上,竹子说一句,他写一句。写到最后签名,老头说:写我名呀? 带灯说:写你名,写大点。老头笔压得重,连戳了三个窟窿。

取到了极其重要的证明书,带灯、竹子高兴,毛林更高兴,说:我请你们吃饭! 竹子说:有蒸馍鸡蛋的,真要感谢就请我们去宾馆洗澡。毛林说:洗澡? 那怎么行呢,得请吃饭么! 我请你们吃烩饼。带灯说:现在不能吃,先去县疾控中心作职业病鉴定,鉴定完了我请吃。

去县疾控中心,毛林就累得上气不接下气,在路沿上坐下歇了三次。竹子说:主任,你要请吃,吃啥呀?带灯说:米饭炒菜,来一盘宫保鸡丁,一盘菌炒鳝丝,一盘回锅肉,一盘老豆腐,再来盘青菜,是蒜茸的还是清炒的?竹子说:能不能来个高档的?带灯说:那好,来条鱼,红烧胡子鱼。毛林一直没吭声。

竹子惊喜地发现她一个同学就是中心里的职工,两人一见,大呼小叫,就拉她到办公室去说个不停。说:听说你分配到樱镇了,当了什么官了吗?走行政好呀,将来有前途么,你没入党吧,这也好,现在配班子都要有一定比例是女同志和非党人士。竹子说她啥都不是,只是个小干事,在镇上干几年了就想法调到县上寻个轻松的单位。同学说镇上工作累是累可以挣钱呀,挣够钱了再调回来。竹子说挣什么钱,樱镇是穷镇。同学说樱镇要建大工厂呀,将来富得要流油了,你以为我不知道,全县人民都知道!竹子说是建大工厂,可正谈判着,还没动工哩。同学却说那真的是个电池厂吗,听说曾选了几个地方都嫌污染,最后樱镇接手了。竹子说这我不清楚,不会是别的地方不肯接收才到樱镇的,是他们没争取到嫉妒吧。同学说是呀是呀,现在人害红眼,各级政府也害红眼。同学还要继续说下去,竹子就急了,说不能再闲扯了,她得办正事,就也到中心办公室去。

但带灯和毛林却已出了中心办公室,毛林坐在楼梯口,满头是水,大口喘气,带灯也立在那里,脸色难看。竹子问咋回事,带灯说他们不给做职业病鉴定,竹子以为做鉴定必须所有病人到场,但他们来时也防备了这一手,由村委会镇委会专门写了十三个病人除了死亡三人外,别的都卧炕不起,不能前来,带来的是医生诊断书。带灯说不是为这原因,如果必须病人到场,咱可以把病人抬来,可人家说做鉴定前要有同施工单位定的劳动合同和当时身体检查证明,没有这些无法确定是在大矿区打工患上的病。但这些证明无法取得,因为当时毛林他们根本就没签过劳动合同,也没在进矿区前做什么身体检查。竹子说:事实就是在大矿区患的病呀,这不是故意刁难吗?带灯说:人家按职业病鉴定法规来执行的，难以通融。竹子也蔫了。

出了疾控中心，毛林说：我眼前咋飞蚊子呢？带灯说：没蚊子。你别急，镇政府再想法儿，一定要争取到免费治疗和赔偿补贴。但谁再没提吃饭的事，连蒸馍鸡蛋也没吃，拦了一辆蹦蹦车返回了樱镇。

做了一夜的酱豆

天麻碴子黑，带灯说我出去转转。竹子说你要转我陪你。就先转到镇东街村，又从镇东街村往镇西街转，白毛狗一直跟着。

街面上的铺面都还开张，摆在门外的货摊子却开始收拾，一家已经收拾完了，用笤帚扫地，另一家正收拾着灰尘飞过来，就吵开了架。元老三和他媳妇每人掮了一麻袋土豆经过，元老三吼了一声：打的事么，吵屄哩？！周围人就哈哈笑，也说：打么，打么！带灯挡住了元老三，说：你煽惑？你还嫌矛盾不多吗？！元老三说：我这一煽惑，他们都不吵了么！果然两家人各在地上呸了一口，返回屋去。继续往前转着，有人担着白菜土豆，有人背篓里装满了笤帚扫把，有人赶着猪，猪总不好好走，在屁股上踢一脚了，尾巴一乍却拉下屎来。马连翘的婆婆立在街边死眼盯着一个人喝矿泉水，说：你喝完了把瓶子给我。那人说：你老也拾破烂呀？！近来身子骨还行？老婆子说：不行，浑身都疼哩。那人说：噢，中午吃的啥？老婆子说：没吃啥，啥都不想吃。马连翘在豆腐店里买了一块豆腐，用手端着过来说：你咋恁猴呀，中午没吃啥？你吃了两碗米儿面打了一串饱嗝儿你没吃啥？！带灯想过去训马连翘，竹子扯了她，两人转到一家小饭馆，小饭馆门并没开，台阶上坐着一个人，几个孩子和他相互掷打着土疙瘩。带灯说：那是不是条子沟村的张水娃？竹子说：是他，长得像《水浒》里的人。带灯就喝住扔土疙瘩的孩子，过去问：哎，你咋在这？孩子们七嘴八舌地说张水娃中午就来镇街了，掮了一根椽卖了，就在饭馆买了一碗面和一瓶酒，喝醉了睡了一下午。竹子就踢张水娃，张水娃站起来还摇晃，说：这酒不如苞谷酒，苞谷酒斤半我没事的。带灯说：给了你救济你就这样海吃海喝?！张水娃说：主任，我还要寻你呀，你那点救济不顶用么，你给别人都办低保，也给我办个。带灯说：你想得美！张水娃说：那你给我个老婆。竹子说：给你个老婆？张水娃说：我老婆跟牛三跑了么。竹子说牛三是谁，咋就跟牛三跑了？带灯说：好啦好啦，你现在给我往回去，不要到镇街来，我就给你把老婆找回来！

带灯还没回镇政府大院的意思，竹子问这又去哪儿转，带灯说哪儿没人到哪儿转，顺着脚就到了老街。

老街上没有多少人，却有几处旧屋前都堆了砖瓦沙灰和木料，是准备翻修的样子。靠东头的毛林家不必再去了，街中间柳树下是王后生家，也懒得看到他。经过了张膏药儿媳临时的住屋，朝门里一瞅，竟然就踏进去了。张膏药儿媳正蹲在一个筐篮边忙活，猛地见带灯和竹子进来，吓得啊了一下，赶紧说：天呀，你们咋来了！搬凳子让坐，还用袖子把凳面擦了一遍。带灯说：忙啥的？她说：捂些酱豆。带灯说：你教教我咋样捂酱豆。

在镇街上转，带灯的脸一直都阴着，不想说的话见了谁都不说，想要说话了又都是训斥和责骂。竹子还没见过带灯心情这么不好的，就陪着她也言语顺着她，而带灯却有了兴致要学着捂酱豆，竹子说：对呀，对呀，你教我们捂酱豆！

樱镇人喜欢吃酱豆，不论穷家富家，每年都要捂几罐。张膏药的儿媳告诉着捂酱豆要把大豆煮熟了，趁热在干面粉里滚圆后放到盆里，铺一层香椿叶子撒一层面豆，再铺一层香椿叶子撒一层面豆，如此层层铺呀撒呀到盆子满了，用被子严严实实盖上捂。要捂七天，面豆发了黄毛，再收到一个瓷罐里，熬花椒大茴盐水搅和，晒干，过一天拌些砸碎的樱桃，再晒一天，再拌些砸碎的樱桃，反复四天五天，反复得有些烦了，收起存好,到初秋就可以开封食用。

带灯和竹子直待了一夜,天明了回到镇政府,身上满是酱豆味,而且带灯发现,她手上的戒指没见了,那戒指本来戴着松,可能是在帮着铺香椿叶子时掉到了罐里。

说 幸 福

带灯感觉到严重内火了,便秘腹胀,腿上就是把皮剥了也懒得动,就赶紧自己抓了一服中药整了喝。竹子却连续去了小学校几次,去了半天半天不回来,回来就要和带灯说幸福。

竹子说:嫁个好丈夫了就幸福么。

带灯说:爱情好像都不振作。

竹子说:什么才算是好丈夫呢?

带灯说:我的好丈夫标准是觉得没有丈夫。

镇长发了凶

早上,竹子端了洗脸水浇指甲花,叫喊着有了花骨朵了,带灯刚出来看,镇长就走过来,黑着脸。竹子说:镇长,你脸黑了不好看。镇长却大声责问:前天又开视频会就缺你两个,咋回事?综治办是不是特殊部门,想开门了就办公,不想办公了门一锁就跑个没踪没影?!劈头盖脸地训斥人,而且当着一院子职工,镇长这是第一回,更是带灯和竹子挨训的第一回。竹子先还笑着解释她们是领着毛林去县城寻找矿长和去疾控中心做鉴定,还说没有鉴定成需要镇政府再想些办法,但镇长根本不听,依然以连珠炮的节奏厉声呵斥:什么影响么?!如果不想在综治办干了就吭一声,如果不想在镇政府工作了就收拾铺盖走人!觉得樱镇鸡窝小,是凤是凰你飞么,是丫鬟的命了就别说小姐的身子!竹子没再笑,又把她们在县城的遭遇说了一遍,说着说着眼泪就下来。带灯说:你哭啥呀!咱一没去闲逛,二没去营私,你哭着怕把你冤枉啦?竹子说:就是冤枉,比窦娥还冤枉!镇长说:谁让你们去鉴定了?现在任务一宗压着一宗,宗宗紧天火炮的,油锅溢了你去劈柴禾?视频会议纪律才宣布了几天,你们就缺席不到,上边给樱镇扣分,那是你们的事吗,那是镇政府全体职工的利益!说罢回到他办公室去,还撂下一句:吃毕早饭,你们拿上检讨来找我!

竹子跑回综治办房间里还哭,带灯端了盆水,让竹子洗,说:妆花得像个猫啦!竹子说:啥领导呀,更年期啦,还讲究是你同学哩!带灯说:都怪我顶碰了他。竹子说:哼,他现在是以压制对他有好处的人来显示他的权威哩!带灯说:只要能显示他的权威就让他凶么。竹子说:屁,他那镇长是咋当的……带灯忙制止了,让竹子去写检讨。竹子坚决不写,带灯便自己动手来写。

吃毕早饭,葛条寨有人来反映情况,说是寨子里硬化路面,支书用水泥铺了他家院子,村民气愤不过,和支书论理,支书说铺个院子能有多少水泥,这硬化路面的水泥还是他向镇政府申请的。那人说:他这是屁话,他是以葛条寨的名义申请的还是要给他家铺院子呀申请的?带灯耐着心让他把话说完,并详细做了记录,应允综治办尽快去葛条寨了解情况,会给村民有个满意的答复的。那人一走,已到了半中午,带灯和竹子拿了检讨去了镇长办公室。

镇长的脸已经没有早晨那么黑了,只是眼睛还有点红。竹子说:镇长你没有吃胎儿肉吧?镇长没听懂,说:啥胎儿肉?竹子说:马副镇长的眼睛老是红的,你也红红的。带灯说:去把我的茶杯拿来!竹子出去取茶杯了,镇长把检讨翻了一页,却放下了,说:你觉得写得怎么样?带灯说:好着的。镇长说:怎么个好?带灯说:我排比句用得多。镇长笑了一下。竹子取了茶杯进来看见了镇长笑，说：镇长脸上一活泛，人就显得白了。镇长没理她，给带灯说视频会议是县工会召开的，要求全县各乡镇十人以上企业建工会，而樱镇企业不多，也就那些邮局呀粮站呀卫生院呀的，这些都派人去抓了，本来是把镇街上的各类门市部联合起来建一个工会的，任务分给你们，你们竟然没一个人在。竹子说：镇街上就门市部这一块最乱，把乱摊子分给我们呀？带灯说：就这事？镇长说：就这事。带灯说：就这点事你给我们发那么大的凶？！镇长说：我不发凶工作还咋干？视频会议你们不在，分派工作你们也不在，所有人都拿眼睛盯着我的，何况你也提醒我身上得有煞气么。带灯说：我这是请君入瓮了。那么，我问你，凶发完了啦？镇长说：完了。带灯说：别的人抓的工会抓到什么程度了？镇长说：才都摸情况，县上要求十天里完成，我要求一星期内必须成立。带灯说：我三天给你搞定。

曹老八

镇街上各类门市、店铺和摊点多，平日相互倾轧，钩心斗角，要联合成立工会谈何容易，仅登记一项就需几天，再把他们聚在一起选工会主席，那更不知吵吵闹闹到何时。带灯直接到镇中街曹记杂货店去找曹老八。

曹老八的店铺小，生意也做得一般，但曹老八仍是镇街上的一个名人。他好排场，爱显摆，店门扇上一年四季都贴着对联，没事了不是拿着手机立在门口打电话，总埋怨信号弱，站起蹲下或转着圈圈，再就是端着个茶壶，口对着壶嘴儿吸，给人说：这是宜兴壶！听的人说：泥腥？这壶是土烧的，肯定泥腥味。他说：宜兴！给你说了白说！

带灯在曹记杂货店给曹老八说接到县上命令，樱镇的各门市部、店铺、摊位，凡是做生意的要联合成立工会呀，你看谁当主席合适？曹老八不假思索就说他合适。带灯问咋个合适？曹老八说你从东往西从西往东一家一家看么，还有什么人？没么！带灯就笑了，说：好，那你就是主席！

曹老八被任命了工会主席，曹老八兴奋得很，换了一身新衣，积极地跑去登记所有的门市部、店铺和摊位去了，去了就问樱镇要成立咱们这一行的工会你肯不肯加入，那些人说：加入了怎样，不加入了怎样？他说：你想么，猫呀狗呀有个家了就有吃，没个家了你流浪去！那些人说：加入。他说：算你脑子清白，以后有什么事，就只管来给我说！那些人说：你是啥？他说：我是工会主席。那些人说：你咋就成了主席？他说：我有任命书，县上发的，上面盖着红印。用时一天一夜，曹老八就把名单交了上来，再制作了两个牌子全挂在他的杂货店门口，一个牌子是樱镇商业联合会，一个牌子是樱镇商业联合会工会。

第三天带灯给镇长汇报工作，镇长说：这么快的！大家咋就选了曹老八？带灯说：曹老八积极性高。镇长说：他是个卖嘴的，怕干不了实事吧。带灯说：工会能干实事？镇长说：咱不敢糊弄上边。带灯说：镇政府哪一月不被上边压活；咱就是三头六臂也忙不过来，这是逼着咱糊弄么！反正上边要求成立咱就成立，要求挂牌子咱就挂牌子，事情一过谁还追究呀，何况给曹老八个主席，他以为他就是毛主席的那个主席啦?！镇长说：好，我要在会上表扬你！带灯说：你悄悄的，你一表扬就坏了。镇长拉开抽屉，给了带灯一包纸烟。

给元天亮的信

安然地看书中故事或看初生的树叶在风中，就反复地想象自己的心事。有太阳我就有了依附，有绿叶我就没有了奢求。这几天心绪是有些低落，今天又想高兴了。烦恼是日子的内容，有光明就有黑暗，太阳底下什么东西没有影子呢？收获麦子就得收获麦草。生活中我没有敌人，烦恼就是我的敌人，敌人强大了我才能强大，需要敌人，也需要不停地寻找敌人。秋天里欢笑的只是镰刀。日子在整齐而来无序而去，我现在知道了有多少人做事没底线，也知道了我毕竟是好人。我有时说话直了对方是泼皮无赖让我无法忍受，但我总看到他家人或亲人有闪光人性之处让我心有退让。我有时不知我怎么处世，我的做派是强者因为我光明，而外表上人家看我是弱者因此常吃亏。在桃花峪村为了村里账目公开的事被那个歪嘴男人骂过之后，老伙计和他吵骂，还抱了他让我打，我没有那个习惯，而且我也不会。

人生就是个出家的过程也是回家的过程，一个村寨一个村寨地走啊，走，恍惚里走过了饱含亲情的村寨而又到了下一个有亲戚的村寨。

记得初到樱镇的那个冬天，随着书记去药铺山村、锦布峪村和豹峪寨检查工作，返回时天就黑了，黑得一塌糊涂，看不见天也看不见山，车灯前只是白花花的路，像布带子在拉着我们和车，心里就恐怖起来。走着走着看见了红点，先还是一点两点，再就是四点五点，末了又是一点两点。以为是星星，星星没有这红颜色呀，在一个山脚处才看到山户的屋舍门上挂着灯笼，才明白那红点全是灯笼，一个灯笼一户人家，人家分散在或高或低的山上。

从此，对灯笼就有了奇妙的感觉，以为总有一盏灯笼在召唤。

哦，快到端午了，心又像葡萄藤萝在静默的夜悠悠伸向你的触觉。用艳美的花线绑了你的手脚，再用雄黄酒把耳鼻滴抹，抗拒蛀虫危害和邪气肆虐，再把五谷香囊挂在胸前第三颗纽扣，再把艾枝插在窗棂，再把金银花、车前子晾晒在院落，最珍贵的是清晨里那一颗颗露珠，百草在露水中有了灵性，平凡的草儿成了珍惜的良药。

你是我在城里的神，我是你在山里的庙。

普查维稳和抗旱工作

镇长戴着草帽，背包里揣了一条纸烟和三瓶矿泉水，一个人单独在全镇检查维稳和抗旱工作。第一天走北沟一带，上午到二道河村，石门沟村，碾子坪寨。下午从碾子坪寨后边的栲树梁翻过，到荆子洼村。在荆子洼村和支书交谈，得知五里外的过风楼村从来是姓郑的和姓孙的两大家族不和，而抗旱修水渠中得到和解，他就又连夜赶到过风楼村。因为高兴，在村长家喝苞谷酒，把姓郑姓孙的老者喊来一块喝，全都喝醉。

第二天一早沿着一条大沟往南，这沟河是往南后又往西拐，就到了桃花峪村和青枫寨。这沿途的地里收了麦，苞谷种下没有出苗，大片竹林枯黄，沟河见底，肮脏的乱石下死着鱼、蝌蚪和蛤蟆。村民给他没说上几句话就哭，他也哭。答应镇政府很快要送来第二批救济款。

中午饭没在青枫寨吃，赶往白桦岭村，爬那条砭道时脚上一只鞋断了后帮子，就在路的歇脚处寻草鞋。这一带还保留着古风，谁在路上鞋坏了要换新的，就将坏了的鞋放在歇脚处，以备另外人鞋也坏了就可以从那堆坏鞋里再挑选还能将就穿的鞋。但他坏的是一只布鞋，歇脚处的坏鞋都是草鞋，而且没一双草鞋还能穿的。只好扯葛条从鞋底到脚面缠了几道。缠葛条时，有三个人结伴而行，都背着破麻袋，问去哪儿，说到莽山东一带逃荒去。他说：咋能去逃荒？那人说：天旱得要灭绝爷哩么！他没敢说他是镇长，把剩下的一瓶矿泉水给了他们。赶到白桦岭村在村长家吃熬南瓜豆角，召集村干部会，说起路上见到的逃荒人，大家都说白桦岭村没这三个人。他要求清查村中有没有外出逃荒的，如果有，坚决去找回来，家中实在困难的，可以立即申报救济，逃荒现象必须杜绝。

夜里到茨店，和村民座谈后睡在村委会办公室，办公室其中是原先的一间牛棚，门是走扇门，关不严，成夜吱咀响。天微明到白土坡村，从白土坡村再到荆河岩村。荆河岩前三天为在泉里争水上梁组和下梁组打了群架，伤了七个人，而支书一个月前去了八十里外女儿家，村长又患了直肠癌，大便失禁，提不住裤子。立马指定副支书接替支书，并兼村长，稳定了村里工作。

下午到老君河村，头突然疼，村长老满用针挑眉心放血，又吃了一碗稀拌汤，发了些汗才觉得身轻眼亮了。却发现了王后生，王后生一见他也就闪了。问村长王后生怎么在这儿？村长说王后生的姑家在老君河村，老君河蛇多，先前总有市里人来收蛇，每斤蛇一元钱，后来村人得知这些收去的蛇卖给市里的饭店是每斤十元钱，就自己提了卖，又听说王后生会玩蛇，请来教捉蛇技术的，让教七天，一天付五十元。他听了没有再说话。

在老君河村吃了饭到骆家坝村，骆家坝村的各项工作相对都好，村长请吃细鳞鲑，还送给了一条纸烟，说到冬天县上开人民代表大会的代表的事，他暗示可以考虑给一个名额，但话没有挑明。因为又喝多了酒，安排到一户卫生条件好的人家去睡，那家儿子才结婚三月，小两口睡到别处去了，腾出新炕新铺盖。半夜里有羚牛从山村里下来钻进一家猪圈里抵死了一头猪，和村民举火把赶羚牛，天亮时离开。

镇政府终于好事连连

镇政府终于好事连连。

一、引进大工厂的一系列合同已经签订，书记回到了樱镇，同时来了厂建筹委会一行二十人。镇街上先挂出了两条大横幅，一条写着：热烈庆祝大工厂落户樱镇。一条写着：樱镇迈进新时代。后来又挂出了一条横幅，写着：书记辛苦了！前两条横幅是镇政府办公室挂的，后一条是谁挂的不知道。竹子说：也是白仁宝挂的？带灯说：镇政府不能说这样的话。竹子说：那是谁，谁还能这样巴结领导的？不会是书记暗示的吧？！中午时分有人在放鞭炮，鞭炮声一响，门房许老汉就去看热闹，回来说镇西街村元家兄弟放了十万头的鞭炮，镇东街村换布拉布放了十万头的鞭炮，镇中街村曹老八也放了，放的是钻天雷子，虽然只十颗，颗颗却响声大，像炸药包子。整个镇街鞭炮响成一锅粥，鞭炮皮又都是大红的那种，街道上就如同铺了红地毯。孩子们成群在烟雾中捡拾未响的零散炮，然后站在台阶点燃一枚扔出去，再点燃一枚扔出去，半皮店老板的孙子点燃着一枚扔出去了不响，又跑去点燃时却响了，烟火把半个脸烧伤，让张膏药贴了膏药。

二、就在镇政府全体职工去松云寺坡弯后的饭馆里以给书记接风会餐的当晚，接到通知，从下月起涨工资，公务员涨二百元，事业人员涨一百五十元，又从三月份算起，每人每月均涨津贴三百元。接下来的几天，职工们互发手机信息：听说工资又涨了，心里感觉爱党了，见到孩子有赏了，见到老婆敢嚷了，闲时能逛商场了，遇着美女心痒了。短信也发给了带灯，带灯在信息后却加了两句：就怕物价也涨了，□□□□□□了！转发给竹子。竹子问：后一句怎么是框框？带灯说：谁想怎么填就怎么填么。竹子又转发给了别的职工。

大工厂建在梅李园那儿

厂址定在了梅李园那儿，占地三百亩，几乎囊括了从松云寺坡根到镇西街村外的河转弯处所有地方。原来从莽山下来的公路经过石拱桥直达镇街，现在大工厂还要造一座大桥，经过石拱桥那儿了拐过镇西街村口，再跨河到南河村后的坡下，那里也被圈定了，盖大工厂的生活区。

大量的车队轰轰隆隆从莽山的公路上开进来，推土机、挖掘机、钻探机、运载机、打桩机、水泥搅拌机，庞大的钢铁疙瘩，头部长得是老虎豹子的模样，所经之地，路面就破裂了，烟尘滚滚。沙厂里的那些机械简直是小鬼遇上阎王了，这边一轰鸣，河滩里再听到声响，洗沙机就像是哑巴。元黑眼以前从河滩回村里，一路唱唱歌的，现在常站在石拱桥上往梅李园那儿张望，头上的草帽掉了都没理会拾。镇西街村口蹚土很深了，踩着如踩在水里。李存存给带灯说，她鼻孔里老是黑的，家里把门窗关严了，还挂上帘布，到下午柜盖上还是土厚得能写字。

令带灯难受的是夜里睡不好觉。以前的夜很寂静，每个季节都有每个季节的鸟叫声，比如黄翠，斑点儿，布谷，叫天子和黑背，它们常常在镇街南边的崖上一叫，镇街北的坡林上就有回应，甚至听见老鸹往过飞时翅膀划动空气的声音就紧擦着屋顶。在那样的夜是最能幻想的，古人的那些诗句都在枕巾上印出图画：清风徐来，水波不兴，花一瓣一瓣往下落，有人在啷啷地敲门。后来眼前就要显出一条起光的河流映着皎白的月亮，拉拉扯扯不知道是水要把月亮推出去还是要把月亮拉回来。是醒还睡，似睡却醒，她用双手搂起月亮亲一下，再一口吞进肚里，月亮就从心里绽一朵花到唇间，甜蜜蜜地招一只蜜蜂过来，哎呀呀是一只蚊子，她完全醒了，翻身坐起，一边拍打着一边哧哧笑。如今再也不能在夜里静静地想心事了，机器的轰鸣如同石头丢进了玻璃般的水面，玻璃全是锐角的碎片。把身子埋在被子里心跑出去逛一圈吧，逛了回来更是失眠。

镇街店铺的台阶上，大白天的常有人坐在那里打盹，口里吊着涎水或者还轻轻吹着气泡。看见的人推一把：夜里做贼啦？回答是：是贼偷了瞌睡。曹老八的媳妇说：习惯了就好了，先前曹老八打呼噜，我一夜一夜合不上眼，现在他要是不在家了，我倒睡不着觉。

那个疯子仍是衣不蔽体地在镇街上四处窜，后来又有了一个，再有了一个，一块窜着说有鬼，他们在撵鬼。

发现了驿站旧址

毁掉了梅李园,连着梅李园外一直到北坡根的那些杨树林子,柳树林子,樱树林子也一块毁掉了。推土机平整出了地面,北坡根就开始挖墓坑筑高大围院,竟挖出了许多石门梁,柱顶石,还有拴马桩和石狮子。很显然,这里曾经有过很豪华的屋舍,是寺庙呢还是大户人家的庄院谁也不知道。于是,石狮子被元黑眼用架子车拉回去放置在他家院门口,一边四个,全用红漆涂了眼,威风凛凛。据镇西街村人讲,这些狮子夜里曾被人用麻袋片一一盖过,觉得那眼睛害怕,结果元家的大小妯娌第二天整体在村道上骂盖麻袋的人,骂得烟腾雾罩的。十三个柱顶石也被换布抬走,说他家明年要翻修房子了,每个柱子下就用这老东西,庄宅就可以养灵性,蓄福寿。换布还要抬拴马桩,曹老八说你家有汽车,汽车能拴吗?曹老八把四个拴马桩在杂货店门口左边栽两个,右边栽两个,自称自己没汽车,却有马,四匹马。没有抢到那些石件的,在土里寻老砖头,老砖头比现在的砖头大一倍,虽然旧了,仍四棱饱满,十分结实。工地上什么都被搜腾完了,没想又挖出来了个井台圈来,井台圈是汉白玉的,上边有鱼虫花鸟的图案。许多人都在抢,抢得打了架,正好书记也去了工地,就发火了,说:给镇政府留个作念!运回大院了,却给带灯说:你们不是爱栽指甲花吗,这井台圈就放到综治办门口,花栽在里边多雅!带灯很惊奇,说:书记不反对染指甲啦?!书记说:邓小平说搞经济不是资本主义的专属,镇干部为什么就不能漂亮?刘秀珍眼睛一眨一眨的,说:书记你从省城回来变了!书记说:变了?刘秀珍说:变洋了!带灯和竹子就把井台圈放置在综治办门口了,移栽上指甲花。

清洗着井台圈,欣赏汉白玉的细腻和汉白玉上图案的精美,带灯感叹着这样的汉白玉现在难以见到了,而井台圈都做得如此讲究,那工地上曾是多么奢华的建筑呀！带灯和竹子也就去了一趟工地，工地上除了些破碎的砖瓦外，再没一件入眼的东西，而挖出的蛇被镢头砸死了，爬满蚂蚁，苍蝇乱飞，有老鹰从松云寺的古松上飞来一次次要接近死蛇，三四只游狗就扑过去仰空狂咬，老鹰又飞走了，拉下一股像白灰一样的稀屎。就在她们要离开的时候，有人到挖出的一个坑里小便，尿冲在坡崖壁上，出现了一行字，就喊：这儿还有字哩！带灯近去看看，果然是字，而且是十四个字：樱阳驿里玉井莲，花开十丈藕如船。兴奋得大呼小叫，手舞足蹈。她就对施工的说：知道吗，秦岭里有两个古镇，一个就是华阳，现在是大矿区，一个就是樱阳，樱阳是后来慢慢被叫做樱镇了，老县志上说樱阳是驿站，这十四个字就完全证实了这一点。这可是文物啊，千万不敢动了！又把那崖壁石摸过来摸过去，说：你怎么这时候才出来？你怎么这时候才出来?！施工的人疑惑地问竹子：这是谁？竹子说：镇政府的带灯主任。施工的人说：她有病哩么！竹子吼了一句：你才有病！那人吓了一跳，从坑沿上跌下去，磕掉了一颗门牙。

石刻却被炸了

带灯和竹子有了个大胆的设想，既然樱镇号称是县上的后花园，节假日带游人来游山玩水的，把驿站遗址保护和恢复起来，不就是个好的旅游点么！两人想着想着，有些轻狂，在回镇政府大院要给领导汇报时，明明跨不过的一个渠坑，硬往过跨，带灯的一只鞋就歪断了后跟，一路上见了的人都问：一脚高一脚低的，腿跛了吗？

但是，到了大院，书记不在，镇长也不在，白仁宝说书记镇长一块坐车去县城了。领导都不在，那就先把石刻拓下来吧，带灯是见过拓片却不知怎么个拓，竹子便给段老师打电话。段老师说他拓得不好，手里也没有宣纸和墨汁。竹子便吼了：没宣纸和墨汁你不会去县城买吗？段老师问什么时候拓,竹子说:明天拓。段老师说现在半下午了,我去县城?竹子又吼起来,说:那我不管,反正明天我要拓片!挂了电话,竹子嘿嘿地给带灯笑着说:指挥不了别人还指挥不了他?!

第二天一早,职工们都蹴在各自办公室门口刷牙,白仁宝支派着侯干事去石桥后村送个文件,侯干事又说他病了,白仁宝说:领导不在你就生病,啥病?侯干事说:你瞧么,嘴里吐白沫。带灯说:是不是刚才上厕所也是看见啥不想吃啥?大家哈哈笑,却咚咚了几下,地面上都觉得在忽闪。竹子说:哪儿爆炸啦?马副镇长说:闭嘴!爆炸那还了得?爆炸就是有阶级敌人在破坏,现在炸药雷管管理得那么严,谁拿屁爆炸呀?!竹子说:我哪儿说是阶级敌人破坏啦?侯干事说:你应该说咦,哪儿爆破哩,不应该说是爆炸。气得竹子唾了他一口。

吃毕早饭,段老师来了,拿着宣纸和墨汁,还拿了一个用布条缠就的榔头,说做拓片必须要用这种榔头敲打,他是早上五点就起床做的。三人赶到了工地,但那石刻没了,连崖壁也没了,早上是工地上放炮,把崖壁刚刚炸平。

美人一恼比丑人恼了还要丑

带灯气得放不下,坐在综治办门口吃纸烟,陆主任来给她说话,说:要冷静,一定要冷静!他分析着石刻被炸,或许是大工厂基建处故意要炸的,或许是基建处通报了咱们书记,得到书记同意了吧,因为厂址选在那里又已经开工了,如果要保护驿站遗迹,从基建处角度看,大工厂就得移址,移到哪儿,移的费用谁又来出?从书记的角度讲,引进大工厂是他抓的大事,他也不愿意在建厂过程中出现任何干扰。那么,炸就是必然的了,一炸什么麻烦就都没有了么。

带灯还是把纸烟吃得扑里扑哄地,陆主任就陪着她吃,两人把半盒纸烟都吃了。

后来,陆主任的办公室来了电话,陆主任要去接电话了,站起来说:你怎么还有这么大的脾气呀,笑一笑吧,美人一恼那可是比丑人恼了还要丑啊!

红堡子村的李志云这回傻了

陆主任接完了电话,自己的脸倒恼得难看了,他没有再来陪带灯吃纸烟,而慌慌张张就去了红堡子村,红堡子村出了事,而红堡子村正是他包干的村。

还是在头一天的中午,红堡子村的李志云端了碗在他家屋檐下吃饭,隔壁的一家媳妇要去沟里担水,把孩子放在小推车里让他照看一会儿。这时天上闪电打雷,李志云吃了第一碗饭,又吃第二碗时,孩子在小推车里尖锥锥地哭。他摇了一下小推车,小推车往前滑了一下,他就把坐着的凳子也往前挪了一下。孩子还在哭,他再摇一下,小推车又滑前了一下,他再挪一下凳子,说:你这小狗日的让我撵你呀?!话刚落,咚的一下,一个东西从天而降,穿过屋檐,就贴着他的后身砸在地上,地上出现一个深洞,看不清砸进去的是啥东西,人就吓昏了,等担水的媳妇回来,咋叫也没叫醒。

村里出了怪事,村长就给陆主任打电话,陆主任去后,李志云还是昏迷不醒。村人都说李志云为人太奸,做了害理事,这是龙来抓他了,亏得邻居的孩子救了他,命是保住了,人却就傻了。陆主任当然不信龙抓人,从地洞里掏出一枚炮弹,炮弹上有碘化银的字样,知道这是人工增雨的臭弹。天旱以来,县上时不时往天上打增雨弹,但增雨弹竟然没有爆炸而落下来,确实稀罕。陆主任当下给县气象站打电话,证实这天是发射了二十三枚碘化银炮弹的,而臭弹几率那是非常非常小的,这四五年里仅发生过一次。陆主任就问:这臭弹了就臭弹了?气象站人说:严格讲我们没有责任。发生过的那一次出于人道主义,我们给补偿了受害人家属两万元。你那儿砸死人了吗?陆主任说:人没伤着,吓傻了。气象站人说:哎呀那就难以补偿了。陆主任说:要是不落臭弹人能傻吗?!气象站人说:那你们拍个照,出份证明,到县上咱们研究研究,看是我们发射单位的事呢还是生产碘化银弹厂家的责任。陆主任听了,觉得这太麻烦了,何况是李志云傻了也就不上访了,便不再言语,事情撂下回镇政府了。

竹子给陆主任买了一堆粽子

陆主任回到镇政府后,带灯和竹子拿着一大串小香囊见人就散,也给了陆主任一个,陆主任还要吃粽子。带灯说对不起,我不会行贿。陆主任就讲了红堡子村李志云的事,说:给你综治办少了一个难缠的上访者!带灯和竹子都吃了一惊,竹子还是给陆主任去镇街上买了一堆粽子。带灯却在第二天要和竹子去看望李志云,竹子不去,说:我烦见这号人!带灯说:就最后见他一次了,以后想叫他烦也烦不了了。她们去带了四百元钱。

人浑身都是筛子眼儿

天越来越热,人浑身都是筛子眼儿,一动弹就出水。镇街上的男人早已光膀子晃荡了,又有老婆子也穿不住了褂子,一边把干瘪了的布袋奶搭上肩,让背着的小孙子去吮,一边问门面房门口的人:你家浆水酸不酸,给我娃败败火?疯子就和狗往过跑,疯子也知道太热,在跳着高儿去摘一棵核桃树上的叶子,摘一片要别在裤腰里,再摘时跳着高落下地,踩上了狗腿,狗一跑,他趴在地上不起来,曹老八的婆娘以为把他摔死了,要过去察看,却见他头开始动,就站起来了又坐下,说:活了,活了!天一黑,打麦场上就被席子占着地方了,在那里睡觉凉快,又没蚊子,整夜可以吃纸烟,吃旱烟,看着场边的麦垛子,叹息收获的麦少了,收获的麦草也少,各家的麦垛子也小得像坟堆。也看着有流星从头顶上划向了东北方向的黑暗去,惊慌起谁家的老人熬不过夏了,怕是要走呀。半夜里,嘁嘁咻咻的话语本来渐渐安息了,突然起了骂声,原来有人偷偷去了河滩,而河滩里是妇女洗澡的地方,马立本的媳妇洗了澡出来,发现有人在树后偷看就嚷起来,结果马立本就打了偷看者,而大家都耻笑了马立本的媳妇胖成那样了有啥看的?!这时候,打麦场外的路上脚步嗒嗒,人声纷乱,耻笑的人还担怕是马立本嫌他们多嘴要来闹事呀,忙把枕着的砖头提在手里,却发现跑动的不是马立本,是镇政府的翟干事、侯干事、吴干事,还有马副镇长和白仁宝。

樱镇又出了事,是可怕的事。

还是书记处理问题水平高

五点三十二分,镇长接到大工厂基建处报告,工地仓库丢失了十根雷管。五点三十七分,镇长到派出所。五点四十六分,镇长、派出所长和全体民警赶到大工厂工地。经查实,确实十根雷管被盗,仓库保管员三人,其中一名叫宋飞的因和仓库主任为补贴争吵,后不知去向,被认定为嫌疑人。六点二十开始搜寻宋飞。在镇街周围各村未发现宋飞踪影,得知宋飞是北边清临县徐家屹崂村人,就布置按镇各村寨派人在路口留神行人外,派出四名民警赶往徐家屹崂村,并决定:如见到宋飞,立即抓捕,收缴雷管,绝不允许危险品流入社会。如宋飞反抗拒捕,在劝说警告不听的情况下可当场击毙。从樱镇往北边清临县要钻一条沟，沿沟村寨逐一清查，九点到石瓮村，没见宋飞，但得到群众举报是有一男子背着个麻袋顺沟而进的。十点十五分民警到了鸡洼寨，村民讲有一背麻袋的人敲寨子里小卖铺门，买了一包方便面后就走了。民警继续往沟脑走，但天太黑，山路不熟，到了一个叫葛字崖底的村子就在一个废弃的茅房里休息，准备待到天亮后翻过山梁赶往徐家屹崂村。没想刚进了茅房，却听到喀啷一声石头滚动响，喝问：谁？却再没了动静。以为是夜里寻食的小兽，才坐下来要脱鞋歇脚，又是唰啦啦树枝响，有黑影向左边坡上窜去。民警一边喊一边把茅房上的茅草扎了火把点着去追，追到一家猪圈里，猪圈里蹴着一个人。喊着不许动，敢动就开枪打死你！火光中那人不动了，把麻袋放在猪圈墙上。问是不是宋飞，回答是宋飞，问雷管呢，回答在麻袋里，民警扑上去就把他按住了。时间是第二天的三点二十分。民警给宋飞上了手铐，又身上拴了两道麻绳，拉着往回走。七点五十分到樱镇，押到派出所。

施工生产用的雷管、炸药，国家有严格的管理法规，如果发生被盗被抢，那就是重大治安事故，除了追捕收缴罪犯嫌疑人和危险品外，当事单位有关人以及主管部门负责人肯定要承担责任，给以严肃处分。书记还在县上，镇长就非常紧张，在布置了抓捕宋飞的方案后，他拿不准的是该不该给县上报告。他征询马副镇长意见，马副镇长说你是镇长这你定夺。他征询白仁宝意见，白仁宝说你说咋干我跟着你干。镇长半个晚上头发就白了鬓角，只好给带灯说：姐呀，你得帮我拿个主意。带灯说：又叫姐了？你喝喝水，我泡些菊花水你喝。镇长不喝。带灯说：最近是咋回事，樱镇就像上了年纪的人，一个病接一个病的?！镇长说：报吧，我和工地负责人逃不了干系，书记也肯定受牵连了，他忙了近一年才有了政绩。不报吧，你说这事能包住吗？带灯说：纸能包了火?！镇长说：是呀，不报那我将来又得承担不报的责任。带灯说：先喝水，咱都想一想。镇长就喊伙房刘婶舀一碗浆水来。刘婶把浆水舀来，带灯说：我觉得先不要给县上报，现在正抓宋飞，如果抓到了，又能把雷管收缴回来，就是没及时上报，处理时也不会出大事。但不管宋飞抓着抓不着，你得告诉书记，虽然他不在镇上，而他是书记，天塌下来他个子比你高。镇长听了带灯的话，没有给县上报告，便给书记打电话。书记立即指示：一、镇政府干部和派出所民警谁也不许缺漏，全力以赴搜捕宋飞；二、向群众严密封锁消息；三、他马上就赶回来。

七点五十分宋飞被拘留到了派出所，书记还没有到。镇长虽松了一口气，但毕竟消息已无法向群众封锁，这么大的事故最后还得向县上汇报，受处分是免不了的，他就召集全体职工会，先酝酿着书记回来后如何给书记汇报，又如何形成给县上汇报的初步意见。会刚开了一阵，书记就回来了。书记一进大院，镇长就迎上去，告诉了宋飞已抓到，雷管如数收缴了。书记没进会议室就直接去了派出所，见了宋飞，一脚就踹在宋飞的腿杆子上，宋飞就扑沓在地。二返身，书记回到会议室，听详细汇报事情的经过。镇长就说：书记你回来了就有主心骨了，这件事来得太突然也太重大，虽然罪犯是抓住了，雷管也一根不少地收缴了，但实在是工地负责人和我自己工作没有做好，不应该在这时候出这样的事。书记说：直接说事。镇长就说：昨天下午，工地仓库主任在盘点库存时，发现雷管少了十枚，就给我说了，怀疑是保管员宋飞拿走的，宋飞是三个保管员之一。书记说：宋飞本人就是保管员，他拿走雷管干啥？镇长说：仓库主任说他和宋飞为补贴吵了一架，是不是赌气要……书记说：赌气要干啥去？要炸鱼去?！书记突然说宋飞是不是赌气拿了雷管要去炸鱼，参加会的人全愣了，一下子静下来，镇长立即说：啊是呀是呀，是要去炸鱼，他和主任吵了架赌气不干了要回老家，他是清临县人，那里我曾经去过，水塘多得很，水塘里都有鱼，就是想拿回去到塘里炸鱼呀！书记说：什么炸不了鱼拿雷管炸鱼，雷管是用来炸鱼的吗？现在的年轻人真他妈的做事没规矩，猪脑子！人是抓到了，那就加紧审讯。工地上和镇政府要形成个材料呈报县上有关部门，一方面要表彰抓宋飞的民警,一方面咱们要吸取教训,今天就把这事处理完。书记三下两下把事情化小了,大家都轻松起来,镇长脸上肌肉活泛了,一边喊刘婶给书记做饭,一边掏出纸烟,撕开盒子给大家散。散到带灯面前,带灯说:我这会不想吃。镇长说:这纸烟要吃的。马副镇长在旁边说:咱的思维咋就老在固定的圈圈里转哩?还是书记处理问题的水平高!镇长说:是水平高,让我又学习了许多。

送走宋飞

宋飞在派出所关了五天放出来,大工厂基建处当然就把他开除了。镇长考虑到必须有人押送他回清临县,害怕留在樱镇,让民警或翟干事、吴干事去押送吧,又担心一路上会恶言相语,棍棒相加,激化矛盾,宋飞再可能返回樱镇寻事上访,就让带灯和竹子去。马副镇长叮咛带灯和竹子,宋飞是罪犯,是阶级敌人了,一路上要小心点,身上带把刀子以防不测,也可以把白毛狗带上。带灯说不至于吧,没有带刀子,但把狗带上了。见了宋飞,宋飞又瘦又小,衣衫破烂,浑身是血,就拿了一身救济衣裤让他换了,又给吃方便面,又给喝矿泉水,说:你乖乖给走,别害我们。宋飞说:我不跑,不害你们。走到镇街北沟口,宋飞却说:我想见见王桂花。带灯说:谁是王桂花?宋飞说:工地上做饭的王桂花。竹子说:呀,你还谈恋爱呢?!带灯说:行么,给你把王桂花叫来见见面。就给竹子丢眼色,竹子就去找王桂花。带灯还从路边采了一把野花,说王桂花来了你把花给她,就和宋飞在沟口石头上坐了,问:你咋就偷了雷管,你不知道偷雷管是犯罪吗?宋飞说:知道。带灯说:那你还偷?宋飞说:我偷了就是要给主任栽赃,要让他犯罪。带灯叹了一口气,又问:你是清临县人咋就能到工地基建处?宋飞说:我原来就在大工厂打工,大工厂要来樱镇基建,樱镇离我老家近,我就要求来的,但我没遇上好领导，仓库主任老克我的补贴。竹子回来了，竹子没有带王桂花，说她寻着王桂花了，王桂花压根儿不承认和宋飞相好，王桂花还说他宋飞长得恁寒碜我能看上他？所以才不愿意来见宋飞的。宋飞就哭呀哭呀的，哭完了，站起来往沟里走了。带灯悄声说竹子：你说王桂花不来就是了，说长得寒碜伤他干啥？竹子说：不那样说他回来不是又要找王桂花吗？三个人和白毛狗到了葛家崖底村后，又翻上后边的山梁，山梁那边就是清临县地界了。带灯说：回去吧，回去了再不要来樱镇。宋飞说：我恨樱镇哩，我过后只来看望你俩。带灯说：咹?！宋飞说：你们待我好。带灯说：不好。你要再来，我们也会拘留你的！宋飞还要说什么，往带灯跟前来，白毛狗就扑起来咬，他不敢到跟前来了，眼睛还看着带灯。带灯说：走吧，我再告诉你，走了就一辈子不要再到樱镇来，如果发现来了，那拘留你就不是五天半月的！

看着宋飞从山路上一步一步走下去，带灯又扔给了他一包方便面和一瓶矿泉水。

借口永远是失败的原因

宋飞一走，竹子说：这就是罪犯阶级敌人呀？整个可怜蛋么！带灯说：可怜人却有可恨处。两人口渴起来，但最后一瓶矿泉水扔给了宋飞，竹子倒感慨带灯心太好，带灯说不是心好，咱干综治办的活儿是凭责任也是凭良心么，于是问竹子最近王后生有什么异常处没有，让去朱召财家和王随风家看看，去了没有？竹子说事情太多，又跑南胜村抗旱哩，又写东岔沟村关于鉴定的申请报告哩，还没顾得上这些老上访户。带灯又问那申请报告写好了？竹子说原本五天前就能写好，段老师过生日让我去了一次，还有咱拓石刻事也耽搁下来，只说晚上加班写，不是再碰上抓宋飞吗？带灯就不再问了，吆喝着白毛狗不要乱跑，顺着路端端走。竹子就不好意思了,说:你对我有意见啦?带灯说:你要是啥事有白仁宝营心一半就好了。竹子说:他白仁宝是谋着往上爬哩!带灯说:那你也得学学他的劲么。竹子说:你说他还能爬多高?带灯说:他能爬多高?!那是品种决定了的。竹子说:既然是品种决定了,你还让我学他?带灯说:你说你在镇政府只是个过渡,也没见你去县上寻门路疏通关系,你说你就在镇政府干了,要走仕途,也没见你多接触书记镇长,干完一件事了就写份材料让领导也知道了你都干了什么。你啥都不上心么。竹子说:我想调走没背景没关系能调走吗?走仕途我又是当官的料吗?带灯说:你总有借口。竹子说:是有借口,我承认我以借口解脱自己。带灯说:借口永远是失败的原因。竹子说:那你是成功了还是失败?带灯不说话了,看着竹子。竹子说:我做个带灯第二,不是挺好吗?带灯又气又笑,却板了脸说:你今晚再乏再累,必须把鉴定申请写好,各类材料附全,明日咱交给书记,让书记在县上去疏通。三天里你必须去一趟南胜村,检查抽水机使用情况。再去找找毛林问问王后生的动态,再给两岔沟村打电话问杨二猫是在村里还是看林防火?再是给书记镇长汇报一下你近期的工作,以后每半个月汇报一次。竹子说:你呀,你是硬把筷子要当旗杆用呀?!

给元天亮的信

我一天总想啊想,想给自己个出路,实在无奈了,想狠狠地流泪,把心中的惦记推出,还想能坐在夕阳的山头,让心中的爱随燥热慢慢逸走。但是我见到了山坡上肆意大片的刺玫花,竟高兴了,说:你在这儿!我总想在松柏间打柴能邂逅你,然后和你一笑而归。现在也一样看见天上疙疙瘩瘩的花梢云,就是云的底部是瓦黑厚重,顶部是亮丽活泼,心里便激动我是那云,一定要尽心让自己光亮成晴天,可不敢让乌黑占了上风。我要在好的心境下像太阳下的万物一样经营自己对天空的爱情。

早上陈大夫给了我一缸子辣酱,他说用了十斤鲜椒洗净晾了半天,然后在绞肉机上打糊,用一斤油炸过花椒大茴后再放半斤盐,还有半斤白糖半斤白酒一斤豆酱,搅匀了封起来的,可以放半年吃着不坏。你以前肯定吃过,而现在肯定在省城再多的钱也难以买到。但我不寄给你了。我把辣酱分一瓶放在了山上招鸟,鸟翅上驮着你的灵魂来吃。

你是懂得鸟的,所以鸟儿给你飞舞云下草上,给你唱歌人前树后,对你相思宿月眠星,对你牵挂微风细雨。你太辛苦了,像个耕者不停地开垦播种,小鸟多想让你坐下来歇歇,在你的脚边和你努努嘴脸,眨眼逗一逗,然后站在你肩上和你说悄悄话。

给你说个故事吧。一位老和尚有许多虔诚徒弟,一天老和尚说每个人去南山去砍柴,弟子们每每出发,然而距南山不远的河里洪水滔天,根本无法渡河打柴。弟子们沮丧没完成任务,只有一个小和尚从怀里掏给师傅一个苹果,说是河边树上长的。这个故事是说世上有些事是无法完成的,但是回头时努力完成身边能够完成的事。我想说一句:亲爱的,让我也送你一颗挂着露珠的苹果!

现在我就在小阳沟道里,沟脑处是三个小村,填写贫困人口住房情况调查表还要附上照片,分配下去已经多日了就是交不上来。村干部不和,各自填报自己人,互相挤对不合作。去年冬就在这里进行矛盾排查,我是吃过亏的,牛在水中老虎不敢贸然是不知水深浅,牛站起来就可怕了,所以我还是尽量藏起自己些。都知道,我盛气不凌人,宽展不铺张,才有了远而亲之近而恭之。我给他们分头做工作,软硬兼施,恩威共使。村长给他老娘过生日,先是不请支书来,我说这不行,必须请。请了支书,支书又不想去,我还说这不行,必须去。支书那天就去了,他在村长肩上拍了两下,说:好,这就好!村长也笑了笑,连声说:吃,吃好!两人一和好,坐下来商量,真正的需要救济的贫困户名单就报上来了。来了这道沟仍知道了年年都有被土钻子蜂蜇死的人,前年一家婆婆被儿媳骂,不想听,提了篮子从后门上坡采柏铃子,柏铃子一斤可以卖五角钱,她采柏铃子让蜇死。五天前一五十多岁妇女捋连翘叶,见一片旺势叶子就钻进去,被蜇后就昏在那里,天黑了家人寻不到,后来寻到了她死硬在连翘叶蔓中,头有斗大。农村真正可怜,但如果有来生我还想在农村,因为在农村能活出人性味,像我捂酱豆很有味道但具体每个豆子并不好。

没有和你说话就觉得天老不爽朗,空气都不流动,好像是鱼儿没有游到好地方似的。说了话了,感觉是像婴儿的睡眠只负责出气就是了,像赶路的山人吃到树上一只甜柿子只去回味就是了。但是今日给你说得乱了,东拉被子西扯毡。我有些后悔给你发信,总是不停发信,却怨恨了食指中指,我说哪个再按发送键就毁掉,却还是用小指发。我终是不舍得剁。

村民都疯了似的栽树

梅李园外的树林子是镇政府公益性的绿化带,毁掉了大工厂并不赔偿,但梅李园是被人承包了的,占用园地当然要保障私人利益。消息就传开来,梅李园里的每一棵树,尤其是梅李,不论大小粗细,数个儿却给承包人付了款。到底款额多少,大工厂没有公布,梅李园的承包人也噤口不语。但那个平日弓着腰慢慢腾腾走路的承包人开始脸面发光,原来还只骑个摩托现在有了一辆小车,车从镇街上过时喇叭响着像打嗝儿。连他那个两眼长得开开的,嘴有些窝的傻婆娘,也穿上了皮鞋,皮鞋虽然磨脚,走路腿伸不直,毕竟是皮鞋呀。于是,有人就说:大矿区低头走路能拾金子疙瘩,大工厂那儿飘过来树叶子了,要看看是不是票子。

厂区在挖坑夯桩后，开始修通往镇西街村的道路，每隔一段栽下一个小石柱，用红漆标上号，标了号的小石柱与小石柱之间用石灰撒出了白线。这条道路当然是要直的，一些人家的房子就包括其中，也有坟墓，还有许多责任田。大工厂基建处贴了告示，道路所经之处，搬迁一间房子付二百元，迁移一座坟墓付一百五十元，移一棵树付二十元。镇西街村的人就发疯似的栽起了树，在要搬迁的房前屋后栽，在要迁移的坟左墓右栽，要还在责任田的埂堰上栽，树距紧密，甚至栽下的树就没有根，从大树上砍下一枝股了，直接插在土里。

元家兄弟协助搬迁工作

道路施建的搬迁赔偿当然难以进行，施工队要搬房移坟必须先付房前房后和坟左墓右的树钱，付了那些大树的钱还得付小树的钱：小树不是树吗，娃子就不是一口人吗，你是娘一生就生个大人还是从小长大的？他们满口白沫，强词夺理，而且不赔那些小树就抱住那些大树不松手，说：要锯就把我拦腰锯！

大工厂的人寻到镇政府，他们拿着三棵新栽的没根的树，还有两根磨棍，扔在大院里，说：这是树吗，这是树吗？！抱怨投资环境差，山水风光如此美的地方人咋就这样刁呢？书记给来人沏茶递烟，说：樱镇广大群众善良厚道，要刁的只是极少数么。大工厂的人说：就这极少数影响着工程进度啊！书记说：你放心，我让镇政府人帮着你们搞搬迁就是了。

书记并没有让镇政府人帮着搬迁，他推荐的却是元家兄弟。元家兄弟既开肉铺子，又办沙厂，但仍乐意去协助大工厂搞搬迁，他们并不是五个兄弟都去，而每天轮流着，保证一人在现场。其实，道路规划区内也有元家老三的责任田，老三也是在责任田地堰上栽了三十棵树，三十棵树首先赔付了，而且大工厂每天付来协助的一百元。元家兄弟果真强势，他们觉得某棵树可以算棵树就算棵树，不论大的小的，粗的细的，他们认为某棵树不能算棵树就不算棵树。那些被搬迁的人家哭闹为什么，元家兄弟抱住树就摇就拔，把树拔起来了，树根被刀斧砍断过，说：你说为什么?！哄不了元家兄弟，也拗不了元家兄弟，于是给元家兄弟套近乎，请吃饭，送纸烟，还往口袋里塞几十元，叫：大侄子！大侄子！元家兄弟已经很骄傲了，先前仍用长杆子烟锅吸烟，现在嘴上戳根纸烟，还是玛瑙烟嘴的。他们凭着亲疏关系行事，有的就多算了，有的该算的又坚决不算。巴结不上的，还要纠缠，死狗一样抱住房门或趴在坟前，元家兄弟就躁了：起来！还是不起来，耳光子就扇过去。搬迁赔偿工作顺利了许多。

但是，偏偏碰到张膏药，事情麻烦了。

张膏药儿子的坟也在迁移之列，坟前有六棵树，才栽下一年，五棵活着，一棵已干枯了。元家兄弟把六棵树都算了数，付款时张膏药要把钱全部给他，儿媳说应该归她，因为坟里埋的是她丈夫，迁移还得她自己干，两人又闹得不可开交。这儿媳与马连翘关系亲近，马连翘替她给元黑眼说话，元黑眼竟然把钱全部给了儿媳。张膏药就说：元黑眼，你丢你先人哩，你叔当年领着人不让高速路过樱镇，你现在倒给大工厂当孙子?！元黑眼说：我不打你，你挨不住我打，可我说话你听着，我叔不让修高速路是为了樱镇风水，我协助大工厂是为了樱镇繁荣富强！张膏药说：呸，富谁呀？我要告大工厂，也要告你！元黑眼说：告呀，我就是镇党委书记派来协助的！张膏药愣了半天，哭丧着说：这不是让我死吗，那我就在这树上给你挂肉帘子！元黑眼说：有绳没有，我给你根绳！把裤带抽出来，扔到张膏药面前。张膏药泄了气，半天嘴哆嗦，后来说：你让我死，我偏不死！拍着屁股上的土走了。

张膏药儿子的坟当天下午迁移走了，张膏药没有来。第二天，张膏药也没闪面。元黑眼说：我还没见过樱镇有煮不烂的牛头哩！但话说过一小时,张膏药出现了,他没再提和儿媳分树钱的事,却说坟后八棵柏树归他。坟后是有八棵柏树,村人都说这八棵柏树属于集体的,而张膏药说那是紧贴着坟后的应该是他的。元黑眼不理了他,说这是张膏药和村民的纠纷,不关搬迁的事。张膏药就说:元黑眼,你偏向我那儿媳,我知道我那儿媳和马连翘好,你×了马连翘,是不是还×了我那儿媳?这八棵树与任何女人无关,你也不向着我,嫌我没×让你×?!元黑眼一拳头把张膏药打趴在地上。

热脸撞上冷屁股

镇街的门市部、商铺、摊位第一个成立了工会,镇长在全镇工作会上表彰了综治办。竹子捂着嘴笑,说镇长明明知道曹老八是怎样当上主席的,他还表彰咱?带灯说他这是要给书记表他的功哩。竹子却说书记也确实高兴,会不会还给咱们奖什么?带灯就让竹子把写好的鉴定申请拿来,既然书记心情好,那就趁热打铁给他汇报。

书记是在他的办公室,还有一个人,是大工厂的,拿了件西服让试穿。书记见带灯进来,说:啊带灯你给我参谋!带灯说:合适着,但衬衣颜色不配了,你有白衬衣吗?书记就到里屋里换衬衣,白衬衣套上西服了,他在镜前照,说:镇长没西服,我也没西服,可现在县上开会,通知上都要求着正装,这正装咋就是西服?带灯说:西服是官服么。你以后就穿上,上县开会了穿,不上县开会了也穿。书记就哈哈地笑,说:那我就穿上啦?!带灯说:就穿上!但问题是穿上西服了就得配西裤,西服西裤了就得皮鞋、皮带、衬衣、领带,这一整套呀!大工厂的人就说:就是就是,全部行头我包啦!

送走了大工厂的人,书记没脱西服,带灯就喊竹子拿把剪刀来,说袖头上的商标得剪掉,要不县城人看见了笑话哩。然后便把鉴定申请给了书记，汇报了老街的毛林和东岔沟村十三人患矽肺病做鉴定的前后经过，希望书记能给县委或有关部门反映一下，力争以特殊情况给予鉴定。一谈工作，书记就严肃了，说：你喝水不？带灯说：我不喝，我给你倒。带灯就去拿保温瓶要给书记茶杯里倒水，书记却自己倒，一边倒一边说：我不在镇上这段日子，你们综治办做了不少工作嘛，镇长表彰了你们，我也要在别的会上表彰你们的，领导在和领导不在都能这么好的干工作，咱樱镇的干部是值得信赖的么！这个申请我就不看了，大工厂的建设紧锣密鼓，我得连轴转地抓大事啊，你给镇长反映去，这一时期他负责镇上的日常事务，好吧？带灯没想到书记竟然拒绝了，一时反应不过来，说：书记，这事重要呀！书记说：能重要过大工厂吗？带灯说：我是说如果让镇长去疏通关系，他在县上毕竟不如你说话顶用么。书记说：带灯同志，这话你就不应该说了，镇长在县上的门路多得很么，他怎么能办不了?！便不容带灯再说，就给镇长拨电话。镇长那会儿头有些疼，侧在床上睡一会儿，接到电话，一边勾着鞋一边来了。书记说：综治办给东岔沟村矽肺病人鉴定的事你知道不？镇长说：知道呀！书记说：这事你负责处理一下。带灯知道事情要坏了，就掉头先退出了书记办公室。

院子里，白毛狗在叫，而大门口许老汉正拿一根棍打一只黑狗，骂着：滚，滚，镇政府的狗是你找的吗?！带灯抓起窗台上谁洗的一只鞋就向白毛狗砸去，白毛狗先还是看着带灯，等到鞋砸到脑门上了，吱溜一声跑到院墙角去。镇长从书记办公室出来，撵上带灯说：我已经应承慢慢想办法，你去给书记反映是啥意思，是我对群众没感情还是我工作无所作为？带灯也生气了，说：我是告你黑状吗，是挑拨你和书记矛盾吗？不管别人怎么说我，你该清楚我是什么人吧，我哪一件事不是维护你的权威，不是支持着你的工作？镇长口气就软了，说：可你没个大局观，做事也缺少哪件事急哪件事缓的意识。带灯说：你说慢慢想办法，慢慢到啥时候，我也好给病人回个话，让他们有个盼头。镇长说：我知道我是啥时生的,我哪里知道我啥时死?!

带灯回到综治办,竹子趴在桌子上写什么,以为又记日记了,却是白仁宝让她抄写一份材料,就说:办公室的事你帮着抄什么?放下放下,咱转沟去!竹子当然高兴去转沟,又不好回绝白仁宝,带灯便拿了材料出来,对着在院子里的白仁宝说:办公室的活以后甭找竹子!把材料放在了地上。

雾气腾腾没看见牛

转沟转到镇街西北的那条沟里,傍晚时分,太阳像燃烧的火炭跟着带灯和竹子从沟道咕噜咕噜往坡上去。坡上站着放牛的人,夹着棍子,孤零零立在那解怀捉虱。带灯问牛呢?那人说在坡上。坡上起了雾,雾气腾腾没看见牛。

有个鬼名字叫日弄

吃过晚饭,元黑眼提了酒来请书记镇长喝,开了两瓶喝到一瓶半,元黑眼正夸说他协助搬迁的功劳哩,书记接了个电话,当下脸黑下来,问元黑眼怎么处理张膏药儿子坟上树的?元黑眼汇报了处理过程,说:我把他摆平了!书记骂道:你摆平了个屁,让你去擦屁股,你倒是自己的稀屎屙一河滩?!元黑眼傻了眼,说:书记,你喝得高了些。书记说:不喝了,喝屄哩!把元黑眼轰了出去。

元黑眼一走,镇长说:有啥事啦?书记说:你认不认得张膏药?镇长说:烧成灰也认得。书记说:这人会不会上访?镇长说:他是为他儿子的赔偿费和儿媳整天闹,倒没上访的毛病。书记说:他要上访了呢?

镇长说:他上访啦?他鬼迷心窍啦?!书记说:这鬼名字叫日弄!

书记告诉镇长,刚才是王后生给他打的电话,王后生说他和张膏药现在已到县城,樱镇党政领导在建大工厂过程中重用恶人,强行搬迁,鱼肉百姓,中饱私囊,将张膏药儿子坟上的树全部毁掉,不付一分钱,还打伤张膏药,是可忍,孰不可忍,他们要连夜到县委县政府上访呀。镇长听着,一下子头皮都麻了,破口大骂王后生就是只苍蝇,哪儿鸡蛋有缝他就在哪儿叮!又骂张膏药脑子进水了,和谁不能待,偏要和王后生混一起?!书记说:坐下坐下,别声音那么大!你静一静,越是来了大事越要静。镇长就坐下了,说:我静一静。呼哧呼哧出气。却又说:这事我来处理,你放心去睡吧,还能让狗日的得逞那没世事啦?!就拉闭了书记房间门,出来喊带灯,喊了带灯又喊竹子。而带灯和竹子都没在。

寻找张膏药

带灯和竹子回来得很晚,一进镇政府大院,镇长就把带灯拉住,说:咋才回来?带灯说:去玩了。镇长说:油锅都溢成啥了还去玩?带灯说:油锅溢了有领导么。镇长说:我这人可不记仇呀。你俩得赶紧去办一件事情。带灯说:赶啥紧呀,咱慢慢来么。镇长说:白天的事我都忘了,你咋还记着?带灯说:现在是下班时间了,如果是公事,你不要给我布置工作;如果是私事,我没空给你干。镇长说:你不干了我求着你干。带灯说:求着我也不干哩。镇长说:再求着你干。带灯说:哪儿有你这种领导?!

镇长把事情原委说给了带灯竹子,这事当然属于综治办的事,带灯和竹子也就没了再推脱的理由,说:咋霉成这样了?睡觉也睡不成!便去发动摩托。镇长却喊司机,让带灯竹子坐小车去,小车快。但司机却要上厕所,半天不出来,镇长又骂:你屙井绳呀?!司机出来说:便秘半个月了，得用开塞露么。

车一路呼啸着往县城开，已经开出十五里路上，带灯突然问竹子：你说张膏药真的就上访啦？竹子说：王后生煽火他么。带灯说：他多刁的人，能听王后生煽火？竹子说：他也是利用王后生么。带灯说：他一有事就来寻咱们的，这回就直接上了县？竹子说：王后生打电话说他们就在县城呀。带灯说：王后生啥时上县给咱打过电话，这次偏打电话？我感觉不对，他们可能只是威胁，压根儿就没去县上，或许还在张膏药家。于是，说：回，回。司机掉了车头，又返回樱镇。

镇长是不停地来电话，问找到没有，带灯说：还没到县城哩。镇长说：咋还没到？过了一会儿又来电话，问找到没有？带灯说没有。镇长说到车站内外找，到县委大门口找，到县政府大门口找，到人大、政协、信访办找，还有歌舞厅，小饭馆，小旅店。带灯说知道知道。镇长说你还躁呀?！带灯说：就一双腿，跑那么多地方能不躁？镇长说这一次比上次王随风的问题还严重，王随风是老问题了，这次是关乎大工厂的事，找不到人，你们也就不要在综治办干了。带灯说：我们不干了，你也别当镇长了！镇长又软下来，说：姐，好姐哩！带灯气得把手机关了。

到了石桥后村，停下车，三人就去张膏药家，张膏药家的窗子是黑的。带灯心里紧了一下，以为自己判断错了，便伸手去拽门口墙上的木牌子。木牌子写着祖传膏药，专治烧伤，没被拽下来。竹子就趴在门缝往里瞅，突然说：你看你看！带灯看了，里边似乎有点光亮，就拿脚踢门，里边的光亮却没了，这就证明人在屋里，越发踢，喊：张膏药，膏药！带灯说：就说是来买膏药的。竹子再喊：膏药叔，叔哪，油锅烫了人啦，要买药！果然过了一会儿，张膏药来开门，才问：买药？五元钱一张啊！带灯一下子撞门进去，倒把张膏药撞倒在地。带灯说：电灯绳儿呢，拉灯！张膏药说：我没安电灯。带灯说：点煤油灯！自己把打火机点着。张膏药说：啥事三更半夜私闯民宅！带灯说；啥事你明白。王后生，王后生你出来！里屋一阵响，王后生没出来，掌灯进去了，王后生就坐在炕上，炕上放着一张炕桌，桌上一盏煤油灯。带灯把煤油灯一点着，司机先冲了过去按住王后生就打。再打王后生不下炕，头发扯下来了一撮仍是不下来，杀了猪似的喊：政府灭绝人呀，啊救命！张膏药家是独庄子，但夜里叫喊声瘆人，司机用手捂嘴，王后生咬住司机的手指，司机又一拳打得王后生仰八叉倒在了地上。

带灯点着一根纸烟靠着里屋门吃，竟然吐出个烟圈晃晃悠悠在空里飘，她平日想吐个烟圈从来没有吐成过。她说：不打啦，他不去镇政府也行，反正离天明还早，他们在这儿，咱也在这儿。并对竹子说：你去镇街敲谁家的铺面买些酒，我想喝酒啦，如果有烧鸡，再买上烧鸡，公家给咱报销哩。竹子竟真的去买酒买烧鸡了，好长时间才买来，带灯、竹子和司机就当着王后生张膏药的面吃喝起来。

王后生和张膏药先还是不理不睬，闭上眼睛在那儿坐，后来张膏药就偷眼看，说：带灯主任，咱能不能谈判？带灯说：竹子你喜欢吃鸡腿还是鸡翅？竹子说：我爱吃鸡冠。带灯说：鸡冠味重，你说什么，谈判？竹子，他说要谈判？竹子说：他有啥资格和政府谈判？你尝尝这鸡爪吧。带灯和竹子又吃鸡爪子，吃得双手都是油。张膏药说：我是说我给你们谈谈。带灯说：噢，行么，你想谈啥，你谈吧。张膏药说：这，这……带灯说：这什么呀，舌头不好使唤？吃啥补啥，给你个鸡舌头？把鸡头掰开，抽出舌头给了张膏药。张膏药一下子就咽了，说：你们嫌鸡头没肉了，不要扔，给我。带灯说：给你。却只给了半个鸡头。张膏药说：不让我去上访也行，但得给我说……王后生就抢了话头，说：那八棵柏树不该属于村集体而归于张膏药。带灯说：我没问你，你上访你的我不管，我只问张膏药。王后生说：我是陪张膏药上访的。张膏药说：他是陪我，是我的代表，他说什么就是我说什么。带灯说：行么，八棵柏树不该给你张膏药的就违犯个原则给了你张膏药吧。王后生说：一棵树三十元，八棵树二百四十元。带灯说：给二百四十元。王后生说：坟上二十棵树要归张膏药十棵，一棵三十元，十棵三百元。带灯说：三百元。王后生说:我们虽然还在樱镇,但我们已准备要上县的,迟早都要上县的,那去县上坐车每人十元,两人二十元,回来也二十元。带灯说:你不说在县上,我也要说是在县上找到你们的,去县上给二十元,但被我们寻回来了就坐着我们的车子,车钱我们也不收了。王后生说:在县城当然得吃饭,吃了二十元包子。带灯说:哼哼,还有啥?王后生说:还买了一包纸烟,好纸烟,十八元。带灯说:张膏药不吃纸烟。王后生说:我吃的。带灯说:你吃我不管。王后生说:你不管也行,张膏药给我买的纸烟。张膏药说:这要算哩,十八元。王后生说:总共多少钱了?带灯说:五百八十八元,算六百元。王后生说:元黑眼打伤了张膏药,药费最少也二百元。司机二话不说就打我们,张膏药额颅青了,我后脑勺疼,是皮肉疼,这医药费咋算?司机却啪地在张膏药额颅上打了一拳,说:刚才我没打张膏药,现在补了。带灯制止了司机,说:一人十元,行了吧。王后生说:精神损失费呢?受污辱费呢?带灯说:是不是你得了糖尿病也给钱?张膏药这头上没毛了也给钱?你再胡搅蛮缠,我就叫派出所人来,一分钱也甭想要了!张膏药说:那好,那好,我没啥要求了。带灯说:你要挟成功了么。张膏药说:我不是要挟,我是靠政府么。带灯说:我现在就给钱,你们立马写再不上访的保证书。王后生就从身上掏了笔纸趴在炕桌上写,带灯翻遍口袋,只有五百元,竹子和司机也在身上翻,凑够了一千元。一手交钱一手交保证书。一切办妥了,张膏药说他去厕所,王后生说他也去,厕所在房后边,司机就跟着。

过了一会儿,张膏药出来,王后生也出来,两人好像才吵过,却嘴噘脸吊着。张膏药小步跑到带灯面前,低声说:王后生向我要钱哩,说给他分一半。带灯说:该他的给他,咋能给他一半钱?张膏药说:要不是他,你们不会给我这些钱的,他说给他一半,至少也要三分之一。带灯说:你给了?张膏药说:我给了他一百五十元,他不行,还是要,我答应给他十张膏药。他要再缠我,你要帮我说话。

六点半带灯和竹子一到镇政府,镇长竟然也没睡,还等着。听汇报说:没等王后生张膏药上访就从县城找回来处理了,镇长喉咙里嘎啷响了一声,说:我就知道你们能办事,也办得了事!

鞭炮在屋檐上响

第二天中午,张膏药来到镇政府大院要找书记和镇长,书记和镇长在办公室研究事,白仁宝赶紧跑出来,说:钱已经给了你,你也写了再不上访的保证书,你还要干什么?! 张膏药说:我来谢呀,给政府放一串鞭炮!

张膏药果然在院子里放鞭炮,还大声说:政府好,政府好,我的问题解决了!他提着鞭炮转着圈儿放,放着放着炮仗皮崩了手,就忽地一扔,鞭炮扔在了屋檐上,烟雾和炮仗皮罩了屋檐下刘秀珍的房间门窗,刘秀珍呀呀地叫。书记和镇长也从办公室出来了,站在台阶上笑。镇长说:带灯呢,竹子呢,喊她们出来!

带灯和竹子在房间里还睡着,睡得太沉,院子里再响动都没醒。

给元天亮的信

像树一样吧,无论内心怎样的生机和活力,表面总是暗淡和低沉。树中的水分在心中循环反复不停地轮回,那是别人看不见的而我能看到的生命线。树根在地下贪婪地寻找和汲取水流于体内急切而幸福地运行,然后变成气变成云,天上就有白云彩霞又成为树的追求和向往。现在树心发成千般叶子,叶子全蔫得耷拉了,只为迎接雨的到来。

正是近晚,我突然喜欢了近晚的山风,哪个季节哪个早晨或午后的风也没有它持续和耐烦,能抚慰畅想。晚风有太多的话语说给叶子,太多的交代留给树木,太多的无奈留给夜晚。

几天没有给你说话了而觉得竟然没法张嘴。想说说昨天在坡上滑了个屁股蹲儿把裤子绊个口子,想说吃了架嫩五味子把嘴吃烂了,想说山鸡中的小母鸡其实很精神很风采,想说其实我总是想着你没有忘。我想说也许我不发信扰你是最好的对你。我想说我现在觉得整天在山上跑在地上跑像头兽我有点自卑。

想要什么就是缺少什么吧,这十多天怎么睡前醒后就想几遍猪蹄儿鸡翅和炸臭豆腐片儿。但不能吃,我有些胖了。就像人的思想意念里很想要什么常常又要不得,只能疲疲地空想象。人实在是一株有思想的芦苇,但我想当野芦苇,野芦苇心是实的而且芦花更经风。

风把一枚羽毛吹拂到了我的头顶,谁的羽毛呢,是黄鹂的是白眉子的还是鹳的,在斜阳的余晖里灵光闪动。我突然觉得你能画画吗,你应该会画画,那你就画一幅画吧:远处的山头一只小鸟在欢快啄着草籽,边上写个归;山地上坐一村妇,在微笑着相思,身边的青葱开着百合,边上写个爱。

读了一本杂志,上面说到佛不问三句话:不问自己在哪里,不问什么时间,无关乎生死。我的心突然觉得我是进了你庙里的尼姑。有这个想法我很是高兴和安然,同时也释然自己把自己从庸俗中解脱出来终于到达永恒的路口。我给自己有了定点和起点的,同时我也掉下几颗泪。像天空艰难刮落浮虚的酷霜让天空走向肃穆和冷静。让我在你的庙中静心地修行,边修边行。

领陈大夫去给王随风的男人看病

镇西街村的李存存和南河村的陈艾娃都给带灯捎话,让去吃蒸卤面:豆角熟了,土豆和豆角拌的蒸卤面特别好吃。带灯没去,倒到王随风家来看望王随风的男人。王随风上访上得成了神经质,根本不听劝说,但王随风的男人老实,听说病了,带灯就可怜他,买了一纸箱的方便面,还有一包火腿肠。王随风没在家,男人在炕上呻吟,没有打针,也没有吃药,脚都肿了。带灯想给那男人开药方,再抓些药的,但他脚指头按下去就一个坑儿,担心自己治不好,便出了门去找陈大夫。

陈大夫说:他腿肿了,你瞧我这腿。把跛着的那条腿提起来,放在凳子上,像放了一节死长虫。他不肯出诊,出诊就要出诊费。带灯说:你积些德,也不至于走路路不平。陈大夫说:就你咒我。带灯说:我请不动你,让工会曹老八请你。陈大夫说:曹老八我不怕。你咋不说年底个体医生要换行医证呀?带灯说:你还知道呀,我偏不说!

陈大夫在王随风家给王随风的男人号脉,说患的是脑血管硬化病。带灯说:怪不得他病得重,你开药方,我也学学。陈大夫有些得意,就讲用药的道理:黄芪生温收汗固表脱疮生肌,气虚者莫少。人参大补元气止渴生津调脾益胃。甘草温调诸药。苍术除湿。柴胡味苦能泻肝火,寒热往来。当归生血补心。黄柏降火滋阴骨益温热下血堪任。升麻性寒清胃解毒,升提下陷。细辛性温少阴,头痛利窍通关。陈皮甘温顺气宽膈留白和胃消痰。药方:黄芪蜜炒 15 克,人参 15 克,甘草炙 15 克,苍术米泔浸炒 15 克,川芎 15 克,升麻 12 克,柴胡 15 克,陈皮 12 克,黄柏酒炒 12 克,蔓荆子 12 克,当归 20 克,细辛 15 克。喝五服。带灯说:好,你回去了就在你药堂里抓好,明天我取了送过来。陈大夫说:那药钱。带灯说:恁俗气?没药钱!

出了王随风家,陈大大说他走不动。带灯后悔来时把摩托让竹子和段老师去县城买衣服,他们就站在路边等顺车。等来的竟然是镇政府的小车,带灯正拢头发,发卡还在嘴里咬着,腿一乍,把小车挡住。陈大夫说:你神!

小车上连同司机四个人,都是镇政府大院的小干事,他们奉了书记的指示,到一些村寨采购了土蜂蜜、木耳、黄花菜,还有土鸡蛋和腊肉。

书记每季度都让采购些土特产要给县上一些领导和部门送，他送礼公开，说：这不是行贿，是联络感情，一份土特产值不了几百元钱，却给樱镇换回的是几万元几十万元。以后凡是对樱镇有利的，都可以送礼，经我同意了账就报。带灯上了车，要车上人再挤挤让陈大夫坐了，说：把陈大人捎回广仁堂，将来你们谁病了，陈大夫会好好给治的。

这些小干事都是镇政府的长牙鬼，刁蛮成性，拉帮组伙，带灯平时不和他们多话。他们采购了土特产后在村寨里吃了饭喝多了酒，对带灯大加奉承，然后大夸他们自己的本事大，该逛的都逛了，该拿的补贴照拿。再然后又说镇长这次没给妇联主任的助手发一百元补助，他们要喝酒后嚼十分钟茶叶了就去镇长那儿去闹，不把事说成是龟孙子。翟干事能吹，还吹他来镇政府工作四年了，经历了一场大水，目睹了镇中街村的一场大火，见了大美女带灯和竹子。他们像狗屎一样烦人，带灯就不说话，拿手捂鼻子。

把陈大夫送回广仁堂，竹子和段老师在一家小饭店里吃石锅炒粉，见了带灯，拉进去就一块吃，不吃不行。吃了一会儿，对面桌前的凳子上蹴着一个人，也是吃了炒粉，用茶水咕噜咕噜涮嘴，只说涮了嘴该吐呀，却一仰脖子咽了。带灯不吃了，扭头往店外看，元黑眼的老婆就迈着八字步走过来，这胖女人穿着一身的黑，袖口却镶着浅花白边儿，头梳得光光的，站住了，仍然是八字步，双手勾在腹下，说：他婶呀，吃了没有，老人身子还好，娃还乖？带灯每每见着这女人了，就爱看这女人的神气，那叫做婶的回答着问候，却低声告诉了元黑眼又和谁谁勾搭了，这女人倒说：让他折腾去，他折腾倒给我省了事！带灯要笑没有笑，却远远瞧见了两个人，白色的西服，白色的西裤，连皮鞋都是白色的，拐往去镇政府的那条巷去，心想，来镇政府办事的，穿成这么怪异?！蓦然觉得是自己的丈夫，定睛看时，果然就是。

丈夫回来了就吵架

丈夫的头发留得很长，油乎乎的，和丈夫一块来的那个人也留着长头发，但他头发稀了顶，在脑后束个马尾巴，也是油乎乎的。丈夫介绍说那人姓毕，是山水画家，了不得啊，一张画能顶山里人卖三头牛哩，他这次回来，就是陪毕画家采风的。带灯当然热情而客气，说画山水就应该到樱镇来，秦岭里最美的地方就是樱镇啊！但带灯看不惯他们油乎乎的头发，觉得脏。她把丈夫叫到一边，说：你咋打扮成这样？丈夫说：有派儿吧？带灯说：那一年元天亮回来，就一身黑衣裳，小车到樱镇街口就停了，步行着进来的。你才出去了几天，穿一身白，留这么长的头发，怪物呀？丈夫说：艺术家么。带灯说：屁艺术家！是小公园了才讲究这儿栽棵树在那儿植一片花的设计哩，秦岭上的草木都是随意长的！丈夫说：你不吃这一套，有人吃这一套嘛，我这次回来之所以打扮了，又带了毕画家，还不是要给你长脸的?！带灯说：恶心！

带灯要丈夫把长头发剪了，丈夫不剪。带灯说不剪就不剪吧，你们也把头发洗干净，丈夫也不洗。带灯去打扫镇街上他们曾租用的那间房子，还拿出了一套新被褥，丈夫却一定要在旅馆里包房间，一间是毕画家的，一间是他的，让带灯也住过去。带灯说：我有宿舍，我笨狗扎的什么狼狗势?！

夜深了，带灯在宿舍里等候丈夫，镇长进来了，说：你丈夫回来了？带灯说：嗯。镇长说：刘秀珍说你丈夫带了个女的，我说不可能吧，后来才知道不是女的。带灯说：你是不是说我丈夫也男不男女不女的？镇长说：画家么，就是要人认得是画家嘛！我能不能请他们吃顿饭？带灯说：是想要画呀？人家的画你买不起，一张上万哩。镇长说：杀人啊!!带灯说：在樱镇没有人肯信的，我也不信，可这是真的。镇长说：那你丈夫的画呢？带灯说：他的不值钱，在城里卖几千元吧。镇长说：哇，那你钱也多得能砸死人么，我该傍富婆了！带灯说：我们家他是他，我是我，我工资也够我花了，我不稀罕他那钱。如果镇上要办事用画，那就得买，我可以让他便宜。如果你办事用，我偷他一张两张。镇长说：那我请你吃饭。带灯说：你也甭请我，你不请我权当我请了你。

这晚上丈夫并没有回大院来住。事后曹老八给人说，他陪两个画家喝酒，那个姓毕的能喝，酒盅子不沾唇，直接就倒进嘴了。

第二天，丈夫陪毕画家到山里去写生，没有回来，第三天下午返回樱镇，在饭馆买了几个菜，被端上旅馆去吃。饭后，丈夫到镇政府大院来住，带灯却是中午就下乡了，夜里九点才回来。两人没亲热多久，就又吵开架，吵了一夜，天明，丈夫和毕画家离开了樱镇。

镇长来问带灯：他又走了？带灯说：鸿鹄高飞，不集浅池么。镇长说：媳妇这漂亮的，他咋舍得走?！带灯说：他现在是省城人么。

竹子在一旁侍弄着指甲花，没吭声，后来悄悄给南胜沟村的王盼银打电话，王盼银也已经是她们的老伙计了，让王盼银请带灯去吃糍粑。王盼银果然就给带灯打了电话，带灯先不去吃，王盼银说：现在有水了，你不来看看吗，我还要盖间烘烟房的，你给我从镇街捎一把锯呀！带灯和竹子就买了一把锯捎上，去了南胜沟村。

挣扎或许会减少疼的

从南胜沟村返回的时候，还想着去去东岔沟村，却又想鉴定的事仍落不实，去了无法面对那十三个妇女，带灯和竹子就直接回了镇街。

路上，竹子抱怨这么忙碌着，无穷的艰辛，却总是绝望了还是绝望，乡镇工作实在是没意思。带灯当然批评她。两人有一段对话。

竹子说：那你说，咱这样做能如愿吗？带灯说：不会。竹子说：既然不会咱还一宗宗认了真的去干，这不是折磨咱吗？带灯说：折磨着好。竹子说：折磨着好？带灯说：你见过被掐断的虫子吗，它在挣扎。因为它疼，它才挣扎，挣扎或许会减少疼的。

又打架了

从梅李园到镇西街村口的筑路搬迁赔偿总算结束，而从村口再建一座桥到河对岸，桥址选定了，也风平浪静。但从桥址到南河村的大工厂生活区还要筑一条路，已经与村上签约了合同，却引起了村民的议论。村民们觉得每亩地十八万元太低了，据说华阳坪大矿区那儿现在每亩地三十万了，即便是当初也二十万，会不会是支书、村长得了回扣而出卖村民利益，便宜卖给了大工厂？这种议论很快蔓延，越议论越邪乎，后来就义愤填膺，怒不可遏。于是，大工厂在用白灰画线栽界石时，第一个与施工队发生口角的是田双仓。田双仓以前以村干部多占庄宅地而上访过，虽没王随风有名，但王随风只为自己的事上访，田双仓却总是以维护村民利益的名义给村干部挑刺，好多人都拥护他。田双仓看到铲车在画出的道路线中铲豆禾苗推土，对施工的头目说：豆禾苗这么高了，铲掉太可惜。头目说：钱已经出过了，这地就是大工厂的，地里长着啥与你们无关系。田双仓说：是没关系，可这是庄稼啊，等村民收过豆禾了，再筑路也误不了你们建厂么。施工队当然不在乎田双仓，豆禾苗就铲了一半。田双仓没别的能耐，就是死狗劲，就在村里喊：大工厂铲咱们的豆禾了，卡着咱的喉咙夺食了！村人全跑出来，由要护豆禾苗到提出地价太低，这里边贪污和腐败，而把施工队围住。

施工队立马派人去找书记，书记问镇长：田双仓是干啥的？镇长说：是个刺儿头。书记说：他是不是觉得他是元老海第二呀？镇长说：那他没有元老海的威信。书记说：元老海可以成功，但绝不允许田双仓坏了咱们的大事！书记就让镇长带上镇政府所有人都去南河村，一定要把事态控制住。镇长说：我先去控制，但你得去，你说话顶用。书记说：当然我得去。你先去解决，解决不了了我再去收拾。镇长带人去了，书记坐下来砸核桃吃，慢慢砸，慢慢掏仁，说：要有静气！然后穿上了那件西服，把派出所长和五个民警叫来，一块往南河村去。

镇长二十多人一到南河村前的地里，镇长就喊村民散开，村民不散，一边继续围着施工队，一边叫骂着卖地有黑幕。镇长驱不散村民，让支书村长出来指天发咒，说签合同时他们没收一分黑钱，如果收了黑钱，让他们上山滚坡，下河溺水，出门让车撞死！村民却仍不依不饶，田双仓说：收了黑钱必遭报应，没收黑钱那就是软弱无能，每亩地怎么就十八万呢，大工厂要道路，道路必须经过咱这里，你要它一亩四十万五十万它能不给吗?！气得支书和村长说：我们无能，你田双仓能，镇长在这儿，你向镇长要四十万五十万去！村民就又围住镇长，镇长说：支书村长已经给大家发了咒，他们是不会有猫腻也不敢有猫腻，为了让大家放心，镇政府也要调查这件事，如果真有问题，那就处理他们！现在的樱镇不是十年前的樱镇，你田双仓也不是元老海，元老海阻止修高速，可樱镇成了全县最贫困的镇。樱镇引进大工厂是大事，事大如天啊，引进来了很快富强繁荣，光每年税收就几千万！亏一点是必然的，不下饵咋钓鱼，舍不得娃打不住狼，要有大局观，不要受坏人煽惑。田双仓说：谁是坏人，为群众争应得的权益就是坏人吗，南河村人都是坏人吗？引进大工厂或许多收税金，那是给了南河村吗，全镇人富裕为什么偏叫南河村受损？镇长就火了，说：你田双仓是好人吗，你上访了几年，现在又煽风点火，蛊惑群众！就喊道：把田双仓给我抓起来！马副镇长和侯干事过来就要抓走田双仓，村民却向着田双仓，不让抓。马副镇长身体弱，在推搡中跌了一跤。镇政府的干部全拥过去，扭住田双仓。田双仓反抗着，一时胳膊还扭不住，侯干事说：还制不了你?！从怀里掏出个小瓶子就往田双仓脸上撒。小瓶子里装着胡椒粉，侯干事在抓那些孕妇时常使用胡椒粉。侯干事这么一撒，田双仓手去揉眼，肚子上被顶了一膝盖，歪在地上，两条胳膊顺势被扭到后背了。

田双仓一被扭住，村民们全愤怒了，有人用脚踢白灰线，白灰线就没了，又拔界石，拔出来推到河岸下，有人就坐在地上不让施工队过去，抱住铲车。镇政府干部分散开来，去拉去拽，做工作，讲道理，要各个击破，但在拉拽中，劝解中，就吵起来，推推搡搡，骂骂咧咧，碰了胳膊青了腿。带灯原本站着没动，看到几个人在推扯着镇长，就过去夺了一农民的锄，又把爬到铲车上的一个妇女往下拉。那妇女说：你不要拉我，我怀上了。带灯说：你怀上了还上那么高？一伸手把她抱了下来。竹子和几个小伙在那里吵，吵着吵着小伙手上到脸上来，竹子把手打开了，凶得像一只掐仗的鸡，一抬头，看到带灯把一个妇女抱下铲车，没想自己一脚踩在个土坑，鞋的后跟掉了。爬起来往带灯这边来，一脚高一脚低，脱了那只好鞋就拿石头砸后跟，一个老汉竟又冲着她吵。老汉说：你吃粮食哪来的？竹子说：买的。老汉说：不是老百姓种你吃啥？竹子说：反正不吃你种的！老汉唾了竹子一口。忽然有人喊：书记来了！书记来了！竹子擦脸上的浓痰，眉毛上的痰擦不净，看见果然是书记来了。

书记是穿着西服走了过来，他的身后是派出所长和五个民警，但书记的手向着他们往下按了按，所长和民警站住不动了，书记单独走过来，他走得不着急。现场所有的人瞬间里安静了。书记说：干啥哩，干啥哩，怎么回事？好像他什么都不知道，是路过这里了才来问的。村民一下子声浪又起，拥过来七嘴八舌给书记说事，白仁宝横在书记和村民之间，大声说：要打书记吗，看谁敢动一指头！书记说：白主任，不要拦，要相信群众，群众有什么问题就给我说。慢慢说，一个一个说。就有三个人出来给书记说，第一个话说不清楚，第二个又说，又说得结结巴巴，第三个就说：我来说！书记说：你是不是叫田双仓？田双仓被马副镇长和两个干事扼在不远的一棵树下，田双仓听见了书记说他的名，就叫道:我是田双仓!书记这才看清了蹲着的田双仓,田双仓是个麻脸。书记说:站起来说!田双仓说:站起来裤子就溜了!书记说:你说!田双仓就说了他如何制止铲豆禾苗,但制止不了,村里人才起了吼声,而镇长他们如何打骂群众,竟然给他撒胡椒面,扭他胳膊,还抽了他的裤带反绑了他的双手。书记说:有这事?田双仓就站起来,双手果然绑在背后,裤子便溜下来,里面没穿裤衩,他又蹲下了。书记说:怎么把人家绑了?解开,解开!侯干事去解,田双仓却说:让镇长解,他下令绑我,他解!镇长脸色不好看。书记说:侯干事解!侯干事重新解,田双仓说:有本事你绑呀,你解啥哩?!侯干事在解的时候故意把裤带又勒紧了一下,田双仓又在喊:书记,书记!书记已经不再现了,在给村民喊话:政府是人民的政府,政府就要为人民群众谋利益,这里边有全局利益和局部利益,少不了会有这样那样的不同意见。但是,群众的各种意见我们都要认真听取,符合全局利益的我们要坚持,得给群众讲明道理,不符合全局利益的我们要反对,得给群众消除误解。今天这事让我碰上,我可以做主,也就决定两条给大家宣布:一、这地还得占,这路还得修,原则大事上不允许谁阻拦和破坏,否则就依法惩处,绝不含糊和手软,在这一点上没有丝毫的通融和改变,也不可能通融和改变!二、鉴于豆禾苗长这么高了,毁了也可惜,我可以给大工厂那边谈,先建桥,等豆禾成熟收割了再筑路。书记宣布完了,问:大家还有什么意见?村民们都没吭声。书记说:没什么意见了,那施工队就撤,大家就散。施工队就把铲车掉头开走了,村民有的散了,但田双仓还坐在地上,说他胳膊疼。书记就高声给远处的派出所长喊:田双仓胳膊疼,你们把他扶送回去揉揉。说完转身先离开,西服扣子解开了,张着风,像是两扇翅膀。而田双仓忽地站起来,说:我胳膊想断呀,让所长揉?!离开地走了。

这个中午,镇政府伙房特意做了一大锅烩菜,里边有肉片子,有烙豆腐,还有排骨和丸子。镇长的脸一直苦愁着,书记便拍拍他的肩说:你给大家讲,这顿饭全部免费,慰劳大家!给镇长碗里多夹了三片肉。

竹子端了碗不动筷子，带灯问：咋不吃？竹子说：唾我一脸，我想着就恶心了。带灯忍不住笑，翟干事偏要说那老汉的痰稠得很，唾竹子的额颅，从眉毛上往下吊线儿。说得竹子放下碗，他倒把碗里肉片子夹走了，又给带灯说：美女你今天很勇敢！带灯说：他们围攻镇长，你们都不动么。翟干事低声说：如果惹下事了，领导说你千万得扛住，说是你个人行为一时冲动，就把咱牺牲了。带灯说：我不怕么，我和群众关系好，不会把我怎样。你们当然不敢上去了，平日里都害怕着挨砖哩！

镇党政办发出通知

又到了每年党建工作检查时间，镇党政办发出通知。

各村寨干部，各包干干部：党建村寨检查组于本月十二日到樱镇，为了迎接这次检查，各村寨务必做好以下几点。一、村寨支部整洁活动室，挂好党员活动室牌子。没有活动室的或活动室做它用的，立即新建和恢复，蓝漆门窗，白石灰刷墙，屋顶上插党旗。二、中堂上必须贴上党徽，不能有灰尘絮子和蜘蛛网。会桌上摆放整理好的档案资料，硬皮装订，写清名称，贴上编号。也可以置一大茶壶，若干茶碗，以示经常有学习活动。三、各村寨包干干部和村支书不得外出，座机有人守，手机不能关，保持通信畅通。四、各村寨提前组织党员进行检查教育，对随时随地被检查时做好可能问及的问题的准备。一旦发现检查组入村，及时向镇党政办报告。五、活动室内和村寨显眼的墙上要有党建标语。新的标语是：加强党的自身建设，巩固党的执政地位，强化争先意识，提高服务效能，推行村务公开，扩大基层民主，全面提高党员综合素质，切实发挥党员表率作用。

给元天亮的信

这几天总是厌烦，自己想把自己的皮囊像土坷垃一样被摔碎在石上。我的心像狡黠的狐一样，无可奈何地蹲在山头贪婪地吮吸朝阳曙光霞红，然而太阳起来就慌张逃遁。狐狸的皮毛让生活人群中的庸陋者在阳光下炫富耀贵，而狐狸是那样地无存身之地，异类杀之而后快再取它的皮毛，是自己害的自己吗？

我总爱和你说话说呀说呀把我都掉球了。你不会烦镇干部吧，我也自觉凉气。但现实又是咱们交流的重要部分啊。我午后再收一包材料，包括镇党政办的各种工作文件邮给你。

我是不想让某种生活方式成为生存惯性的，因为我要能随时地跳出来。但是我对你想念情感总如岩下的泉一样，滴滴点点很快汪出一潭，舀去又来，无有止境。每次我都依依惜别地觉得为自己觅到了出路，谁知道每次还是恍恍惚惚如困兽八面突围。我昨天早上想象咱们在山后有个石屋草房，然后在梁峁上搭火取暖，烤柿子红薯吃。住处越简陋拥有的越繁华吗，心放下越多和天才能越亲近吗，树木贪婪的叶子罩住私心的果子，树就进不了云天，而你是我的云天。曾经梦见你和我走在梯田畔沿上，我拿个印章，印章没有刻，还是个章坯子，你手里边给我写行小字。至今想我从来没有过印章的概念和用途呀，然而这梦里的事实让我知道了我还有印章是你给我造就的。我的命运像有一顶黄络伞行运也许别人看不见。

梦和现实总是天壤之别，像我和你的情感越来越亲近而脚步应该越来越背离。我是万万不能也不会走进你的生活，而冥冥之中也许狐在山的深处龙在水的深处，我们都在云的深处就云蒸霞蔚亦苦亦乐地思念。

觉得我想画画了,也应该画画了,因为总想和你说话是说不完的话,也就是写不完的话,但如果像你一样我也刁空去写作,那我难以胜任。写作要有伤感,要忧郁,有苦味,而我好像没有,我总是像蜜蜂一样见花就是甜蜜,虽然有时也感慨也苦恼也无奈,一头的雾水,可还是像啃甘蔗一样嚼嚼仍是甜的。所以我想画画而且自信能画得好。我没有丁点画技,画并不完全在于笔墨而在于宣泄和想象,我的画肯定是理想缥缈柔软好看愉心悦意的,实际上不是浪漫是你我的现实表达。我总是心里有好多话给你说又说不尽,如同哑巴手语不完全表达我的心,我的画画你不会笑话吧。

行　贿

带灯去毛林家一趟,担心着毛林家苞谷地里施了肥没有,苞谷根上壅了土没有。幸好毛林的媳妇和女儿勤快,又雇了杨二猫,责任田里的庄稼还都可以。毛林脸色寡白,跪在地头拔草,招呼二猫把水罐子提来给带灯喝。二猫在地的那头锄地壅土,地沿上放着一个旧收音机开大音量,播的是秦腔戏,听见喊声跑了来,眯眼睛给带灯笑。带灯说:还听戏呀,会享受!二猫说:听着干活不累么。他光着膀子,胳膊上被苞谷叶子划出一道道红印,又汗津津的,带灯说:疼不疼?二猫说:疼倒可以,火辣辣地烧。带灯说:你咋又在这?二猫说:我山里就那点地,两下就干完了,没事在镇街晃,毛林让帮他,我就帮了。又加了一句:王后生也忙他地里活,没异样。带灯也不指望他监视王后生了,因为王后生煽火张膏药上访的事,事后二猫丁点儿都不知道,连毛林也不知道。带灯说:他一天给你多少钱?二猫说:没钱。带灯说:没钱你能干活?二猫说:我饭量大,每顿多吃两个馍就不亏了。带灯悄声说:不是吧,是看中人家女儿啦?二猫脸彤红,偷看毛林的女儿一眼,没想毛林女儿正抬了头往这边看，二猫立即掉过脸，说：天咋这热的，你喝水啊！

带灯并没有帮毛林干活，看见了二猫想起了东岔沟村的十三个妇女，不知她们的病吃了药好些没，秋庄稼又怎么样？就转身去广仁堂见陈大夫，谋算着又要去东岔沟村的时候，再带些什么中药。

带灯从毛林家地里往西走了一里，在河岸的转弯处，竟然就看见了陈大夫，陈大夫在帮张膏药儿媳锄地哩。但是，陈大夫明明也看见了她，却把草帽往下拉拉，提着锄往弯地那头去。带灯问张膏药儿媳：请陈大夫锄地了？张膏药儿媳说：他肯帮人。带灯说：他要真肯帮你，应该让你去广仁堂当个下手。张膏药儿媳说：那使不得，人家挣钱不容易，我去分人家钱？给了带灯一小把子芫荽，是她在苞谷行里套种的，芫荽没切碎，味道就重得呛鼻子。带灯收了芫荽，高声喊：陈大夫！陈大夫始终在耳朵聋，没回应也没过来。带灯笑了笑，回到镇政府。

竹子见带灯拿回来了芫荽，喜欢地说：你咋知道今天我突然想吃芫荽?！带灯说：送领导的。竹子说：也学会巴结了？带灯说：该巴结还得巴结么。就拿了芫荽去了书记办公室，镇长也在。

书记说：哦，带灯给我送芫荽了?！镇长说：你小气呀带灯，你给书记要拿就拿张画么，拿一把子芫荽！书记说：这就好，礼轻人意重，何况这是带灯送的！带灯说：还不是我送的，是东岔沟村那十三个妇女拿给我，要我一定送书记炒了夹馍吃。书记说：有群众牵挂这多好。带灯说：她们给我说，矽肺病鉴定的事有没有着落，我说不急么，总会解决的。书记说：那事还没解决？镇长说：我给有关部门打了招呼，都口头应承得好，就是没结果，这一段日子事情忙乱，也没再催问。带灯说：再迟迟没结果，王后生又去煽风点火，我担心她们集体上访。书记说：一定要防止集体上访，尤其在党建工作检查期间。就对镇长说：大工厂的基建总算摆顺了，下来还得抓抓这事，你以樱镇党政名义起草个报告给县委，我也签上名，你再到县上专门跑跑。

过后，镇长给带灯说：你行，拿一把子烂芫荽就把事办了！带灯说：

我可不是故意将你呀，把事情说严重些，书记才重视。镇长说：可你这在牺牲我么。带灯说：这不是在牺牲，在利用。利用别人和让别人利用着，这事才能办成也各自才有价值么。这次又得劳苦你往县上跑了。镇长说：反正擦屁股的事都是我。带灯说：我给一张画，分文不取，你到县上了还可以跑跑你个人的事么。

带灯真的把一张重彩牡丹图给了镇长。

六月十八日这天

但是，镇长去了一趟县城，带回来的消息是疾控中心答应给做鉴定，却因该中心近期中层干部调整，需要往后缓，让樱镇等候通知。带灯发牢骚这是什么单位呀，干部调整就可以耽误工作，那一天三餐他们能少吃一顿吗？情绪不高，所以当书记通知她参加县年度妇女工作会议，她开口就说她不去。书记说：一定得去，还得给你个任务把个人先进和镇先进给我弄回来！带灯只好去了，去的时候听马副镇长主意，拿了十五斤上等红薯粉条，樱镇老君河村的红薯粉条在全县有名。

带灯以前参加过妇女工作会，办会的负责人也认识，就把十五斤红薯粉条给了人家。六月十八日开会，会期一天，上午听领导报告，下午领奖，果然就弄到了两块奖状。会一完，带灯没打算回樱镇，刚在宾馆开了房间要住上一夜洗个澡的，白仁宝给她打电话，说贾有富失控了，可能在县上上访，要她在县城寻找，一旦找到立即通知他，他派人派车往回接。带灯一下子生气了，咔地关了手机，还把手机扔到了床上去。但扔过了，又拾起来开了机，电话再响起来，白仁宝说：镇政府之所以给大家配了手机，就是保障二十四小时联系畅通，你为什么关机？带灯说：我是来开会的，也安宁不了！白仁宝说：就是因为你在县上，才让你寻找的。带灯说：我不找！白仁宝说：我指挥不动你吗，这是书记让我给你打电话的！带灯说:贾有富不可能上访,就是上访他也不可能到县上去,咱要么疲沓得像老牛皮,要么就见风就是雨,别自己吓自己了！白仁宝说:中午书记因别的事给县法院一个熟人打电话,那熟人说了贾有富去了法院,法院认为当初村镇处理意见没盖章无效,贾有富回去盖了章,法院又认为在调解期不应当加章,贾有富就在法院又哭又闹,被法院人拉出了门。书记听了以后感到事情严重,贾有富可能要上访,才让你在县城寻找的。带灯说:贾有富去了法院那就属于法院管的事了,与上访无关,不存在失控不失控,即便他失控了,就一定是要上访吗？白仁宝说:万一上访了呢？书记说了,谁都可以失控,镇东街村的上访者不能失控,因为镇东街村是市组织部对口扶贫村。万一贾有富去上访了,书记怎么给县组织部交代,县组织部又怎么给市组织部交代？带灯说:好吧,寻找就寻找。

带灯并没有寻找贾有富,她在宾馆里洗完澡,就在床上睡去了。

贾有富是镇东街村人,多年来为门前的一块通道和邻居闹别扭,村里调解不通,带灯去处理,认定那块通道归贾有富,但邻居偏还在通道上堆放木料和柴草,贾有富再闹,带灯再去处理,勒令邻居清除了通道。而上个月,邻居又在通道上要盖房,贾有富拦不住,又一次要带灯严惩邻居,带灯说你干脆去法院告状吧,调解不了,让法去治他。贾有富也就把邻居告到了法院。

一觉醒来,带灯给白仁宝打电话,什么也不说,只说派个车来,然后她去饭馆里吃饭,吃了饭,车来了,坐车直接到了镇东街村贾有富家。

果然如带灯所料,贾有富在家,问他几时回来的？说是刚回来吃了饭,问今天去县法院了？说是去了。问上午去的县法院怎么才回来？说他到孩子舅家去了,孩子舅是老师,能给他请主意。说完就又给带灯哭诉他的冤情。带灯当下让贾有富上车,又去敲邻居王成祖家门,王成祖已经睡了,叫起来也让上车,就一并拉到镇政府,叫喊着书记和镇长当面锣对面鼓地解决纠纷。

直到天亮，达成了协议：一、通道归属贾有富。二、给王成祖补三百元，拆除新建的房基。鉴于王成祖家房子小，批准给一份宅基地，另建新房。

协议三方都签了字，贾有富和王成祖走后，书记要看带灯带回来的奖状，一边看一边说：六月十八日，啊今天是个好日子！带灯说：十八日过了，现在是十九日。

大摊饼

栎峪寨的牛花花是个见面熟，才认识了带灯和竹子三天，就张罗去她家吃煎饼。牛花花身子不周正，胯大，腿有些罗圈，但搬凳子呀冲蜂蜜水呀又从墙上摘了相框让瞧她年轻时还是养猪模范哩，像兔子一样，忽地跑过来，忽地跑过去。竹子问你有几个孩子，她说先后生了六个，成了一个女儿一个儿。她把儿念作如。笑着说：总得要有个如呀，到第六个，还想个如哩，来的是女的，夜里做梦四个女娃咬我腿，就没敢再把她煮到尿桶去！她家有五间房，五檩四椽，一明两暗，在全寨子里算是最好的家，竹子就感叹墙都是石头墙，砌得多平整呀！她搭梯子去门楼的小窗口里摸核桃，却一把摸出条蛇来，吓得带灯竹子都叫了一声，她顺手把蛇扔出了院墙外，没事似的下来，说：这石头都是我和他爹从沟里背上来的！

她在院子里支了灶，灶上安的不是锅，是一面光油油的大石板，然后在面盆里搅面糊糊，搅了十遍八遍，放进椒叶末了，再搅十遍八遍，面糊糊就倒在石板上用刮板子摊匀。一面煎黄了，又煎另一面，翻饼子就像摔衣裳。带灯和竹子吃过煎饼，但没吃过这么大的煎饼，也没见过这样的煎法。她说：吃呀吃呀，麦收毕了要补大地的，讲究的就是吃这大圆饼，早就该让你们吃了，可那时还不认识么！

书记和镇长的小车

原本樱镇备了一辆小车，是书记使用的，大工厂基建后，大工厂给了书记一辆日本进口车，旧车就退下来让了镇长。镇政府大院里从此有了两辆小车，常一左一右停在那两层办公楼的正门口，摆得很正，很威风。

一天，竹子悄悄给带灯说：你注意了没？以前书记车停在左边，镇长车停在右边，现在有好多次了，我发现镇长车来得早停在左边了，书记车就正门口停下堵了门口路。带灯说：你咋注意这些，看着领导有车，小心眼不服气啦？竹子说：我觉得这里边还复杂哩。带灯点了一根纸烟，却说：这话你埋在肚里！

竹子指责自己

施工队南方人多，樱镇开始流传那些人啥都吃的，没有啥不能吃的，于是王后生就卖给过他们蛇，二猫和王采采的儿子卖给过他们锦鸡，果子狸，甚至竹老鼠和麻雀。河滩里淘沙，形成了一个一个大的水坑，水坑里也有了鱼，元家兄弟捉了鲤鱼、胡子鱼、红斑鱼，也拿去大工厂施工队卖。竹子知道了，就去了河滩拿鱼，她拿鱼就是不给钱，还让把鱼用柳条儿拴好能使她拿手提着。元黑眼说：镇政府人么，爱吃就来拿，吃了鱼气色好，我们眼睛看了能受活也好呀！

竹子提回来的是一尺长的胡子鱼和两寸宽的小鲫鱼，和带灯到镇街烧烤摊上付钱加工。竹子几乎天天去弄一条两条，带灯就刮鳞剖肚，而带灯实在是拾掇烦了也吃腻了，却不能说。竹子也开始不吃了，就图个耍。

竹子突然对带灯说:我有五个弱点要克服哩。带灯说:弄了些鱼,认识到自己爱占便宜啦?竹子说:偏去弄他元黑眼的鱼,就是要针对性地克服弱点的。带灯问啥弱点,竹子说一是心胸狭窄心眼小,二是脾气大又窝在肚里,三是自控能力差,四是慌慌坐不住,五是最主要的,是本质柔软不狠。她说:我得是不缺人性善良,缺狠?带灯说:是不是还记恨那老汉唾了你一脸?你也唾他一脸就不柔软啦?!你咋狠呀,披张镇政府的皮,张口就骂,动手打人,是人见人怕的马王爷,无常鬼,老虎的屁股还是蝎子尾?!竹子没想到带灯会劈头盖脸训了一通,说:我说了一句,你就说了十句,我就没有你这狠劲么。带灯自己也笑了,说:我在你眼里是不是狠?竹子说:我不说了。带灯说:瞧瞧,你还说要克服你的柔软性,问你一句话又都不说了?!竹子说:我也是矛盾么。带灯说:我明白你的意思。但我给你一句话,这话是元天亮在书上说的,他说改变自己不能适应的,适应自己不能改变的。咱在镇上,干的又是综治办的工作,咱们无法躲避邪恶,但咱们还是要善,善对那些可怜的农民,善对那些可恶的上访者,善或许得不到回报,但可以找到安慰。又说:今天怎么给我说这话,和段老师闹别扭了,情绪不好?竹子说:这倒没有。你的话我记着,可我总觉得咱们是不是在欺骗自己,咱们的工作目的,咱们的理想就以大局呀以党的利益呀以政府的影响呀为名义来满足自己的自负心理?

竹子一说完,带灯怔了一下,拿眼睛直直地看起了竹子。竹子说:你看我?带灯说:是吗?竹子说:我觉得是。带灯说:哦,或许也是吧。

给元天亮的信

巷子对面的老阚家给孩子过满月,请了大院许多人去吃酒了,我一个人在屋里安静，胡乱地翻开你一本书，双脚搭床边吃包山楂片儿，思想从窗子飘出去了，突然见杨树的一枝随风扑搭来惊觉是你来了。这几天心有些乱，乱得像长了草。在县上开会时买了一本杂志，看到一篇生了气，什么家庭里冷暴力热暴力的，让我想着自己的悲哀。但我又想起农民在挑豆子时常会把一粒豆子放到好的一边也行放到不好的一边也行。这如同我的婚姻。为什么我还把自己放到好的一边呢？这样一想我就不大生气了。在这个世上人人都不容易，为什么都不想对方特别是男人安身立命的艰苦辛劳和本身的光芒？常说一个巴掌拍不响，那么能拍响的也许是两个三个多个巴掌，而让一个人承担过错和罪责是不公平的。所以就过着吧。我有爱的能力而没有打扫卫生的力量和设计吗？千万把自己从垃圾里拯救出来，只需要站起来的力量么。本想多过几天再给你写个啥，像泉水聚几日了澄澈深度，谁知我的思想不停游荡。偶尔闪过念头，觉得死是美好的字眼儿么，就是彻底解脱和永恒得到的两个概念，我当然是后者，而我先活着就想到了树。树是最默然又最喧然，树能在春夏秋冬阳光雨露寒冷温热生芽发绿，开花结果，其各色各香各味各形的花花果果，枝枝叶叶是树对日月山水感应的显现。树木的好形象在等谁呢，自己心里知道，而我的心对着蓝天丽日清风明月高山流水以美好的感觉想念心仪的人，却不能显现只有默默忍受。我向树去学习呀，把内心美丽情愫长成叶开成花结成果，像树一样存活，一年一年，一季一季，一天一天，去生轮圈。平静的人华丽的心。

我昨下午靠在镇西石桥栏上看望溜溜风里雪亮的夕阳吃力地不想落下，我在想去抱它入怀成就一个永恒。我看着树上瑟瑟发抖又不愿落下的绿叶，我看见镜样的天边飘忽而至的精巧的云书，我应该识别字样，昨晚梦中温暖的一夜，梦中和你走来走去，镇政府在熬大锅草药说谁想干什么行当看你挑哪种草药，我让你给我挑选，你给我捞了金银花。我给你吃黄米馍，一夜的酒乐高兴。我很想念你但我一定要稳好自己。如果我此生一定要忍受刻骨的相思，那一定是我前世欠你的。

让我的思念澎湃山地的沟沟凹凹，弥补我们欠缺的山地真气。

在甜井寨

甜井寨的老伙计叫赵心，给带灯打电话，说她是借了进山来收树皮人的手机给带灯打电话，手机在山梁上才有信号。她说在坡上兴高采烈地见到了一架五味子，现在正摘着，让带灯去吃去拿。带灯很高兴，回答当天去，还叮咛：有许瓜吗，如果发现了许瓜，摘一些，尽量捡熟透了的摘。

竹子不知道什么是许瓜，想象着是西瓜或甜瓜的样子吧，带灯说你来山里这些年了没吃过许瓜？许瓜不大，像小孩拳头，往往一蓬藤蔓上只结三四个。许瓜要熟了就会裂开，像蒸馍时馍炸开，没裂开的许瓜不能吃。炸裂开的许瓜里肉是白的，籽是黑的，水分少却酸甜有味。竹子见带灯心情很好，就故意要带灯给她说赵心的事，带灯却说起了赵心的爹，说：那老汉有意思，我喜欢有意思的人！

赵心的爹在寨上办了个代销店，寨上人就叫他赵代销。赵代销爱唱戏，自拉自唱，走路荷锄拍屁股唱，下地回来后向孩子弹舌都有节奏。他爱鸟，也对鸟弹舌。他年轻时曾经睡着了把一个半岁的男孩用脚压死了，他说他今生没有男孩不亏，再不要了，谁给也不要，让自己遭报应。他对赵心从小娇惯，赵心想吃代销店的糖，他就自编些谜语让赵心猜，猜对了给一颗，猜对了半个用牙把糖咬一半。他总嫌赵心妈说话太冲，赵心妈却偏和他反着干，他给赵心梳头发，不把唾沫唾上去梳，把梳子齿抹上油，说：你妈给你梳头像在按犯人。赵心嫌她妈啰嗦，还打她，说她妈是妖怪，他说：不是妖怪，是树精，是崖畔上那棵皂角树变的，浑身都是硬刺，但能结皂角。那时候赵心家卖皂角比卖鸡蛋赚的钱多。

赵代销去世时赵心还小，那个晚上，赵心还睡在赵代销的脚头，睡时他还让赵心写字，说把字写好，将来到瓦房寨当个老师。那时候赵心并不知道村长不让她家办代销了，要给寨里一位在瓦房寨教书的人的老婆办，她爹气得肚子像鼓，敲着嘭嘭响。赵心当然还要糖，他给了一颗，然后拍拍手说没了，鸡叫狗咬的啥都没有了。这一夜，赵心醒了叫爹点灯，谁知一喊一摸爹不行了，去下屋喊她妈，她妈上来，忙到七里路外的村里叫医生，医生来按按赵代销的肚子，长叹一声说：老哥，想吃啥吃啥。赵代销就给赵心说：我给我娃留啥呀？当天下午，他拄了一根棍偷偷到了山下的大路上，看着一辆蹦蹦车来了，又看着蹦蹦车过去，再看着一辆手扶拖拉机来了，又看着手扶拖拉机过去，而一辆汽车来了，他从路这边往路那边走，走到路中间跌了一跤，汽车把他撞死了。事后，给赵心家赔偿了三万元。

带灯说着老伙计家的故事，竹子先还听得蛮兴趣，后来心里就沉起来，她不再逼着问，带灯也不说了，两人默默走了一段山路。到了甜井寨，赵心已经把那一架五味子摘了回来，立在门前迎接了她们。别的地方五味子早都没了，甜井寨高山上五味子一直要到秋后都收不退的，赵心摘的时候是连着枝股一节一节折下来，五味子红得像珊瑚珠。带灯喜欢吃，竹子则嫌酸，赵心说：你再吃吃，后味甜呢。竹子又吃了一把还是酸，把三个许瓜吃了两个。

带灯说：好吃吧？竹子说：好吃。带灯说：来一趟值得吧？竹子说：为吃几口山果跑了半天腿。带灯说：这贵族呀！竹子说：还贵族呀?!带灯说：为一口鲜谁能跑这么远，能跑这么远谁能有这闲功夫，有闲功夫谁又能有这兴致？笑得竹子说：是贵族，樱镇上最大的贵族。带灯也笑了，说：你以为我是欠吃那一口吗，老伙计就是这样才慢慢交上的。就对赵心说：吃了你的山果，总得给你干些活吧。赵心说：我想也是，那就跟我摘花椒去！

屋后的黄沙梁上有花椒树。三人一转到屋后，带灯就吆喝屋后坡上的青棡桦栎树皮都剥削了难看不难看?!剥削树皮是因为外地常有人来收购树皮，收购去了加工车轮胎，下脚料还可以再加工木地板，一斤八毛钱的。镇政府每年都宣传禁止剥削树皮，但从来是说说，或者在各村寨的墙上贴一张告示，再也没人追究。赵心说：我就担心你来了要说我，你果然说我，你眼睛像锥子！带灯说：树皮剥削成这样了，我又没眼瞎。咋不把人皮剥了？！赵心说：下场雨又能长好的。带灯说：下雨啦？啥时才下雨？赵心说：村长也都剥削哩。

黄沙梁上，花椒树像干瘪的小老头，结满了花椒不见叶子，带灯和竹子避着刺小心地摘着，斜眼见麻雀啄一花椒然后张口吐出。花椒味呛得她们直打喷嚏，嘴唇发麻，一不留神指头摸眼上而泪流不止。赵心说：咱到梁那边的泉里去洗手。翻过黄沙梁，梁那边一个坎儿，坎下有两间瓦房，而瓦房不远处，一丛竹子前汪着一窝水。赵心说天不旱时泉水胳膊粗，一直要流到沟下去。洗了手，看顺沟下去的七零八落的屋舍，刚说这儿风光好么，便有一户人家里有了吵骂，而且院子里有个穿着整齐的人。竹子说：咦，那是不是镇政府的人？

带灯看了，果然是镇政府那几个长牙鬼，其中就有侯干事，便说咱离开这儿，别让他们看见。三人钻进竹林边的瓦房来。

这家男人过生日

赵心认识这家人。这家人夫妇两个，还有六个孩子，六个孩子靠着搭在屋西间土楼边的梯子，顺梯子层儿从下往上站了，拿眼睛盯着屋东间的灶台。灶台下坐着男人烧火，灶台下女人在往锅里煮鸡蛋。带灯说：这么多孩子？赵心说：他们只有两个，那四个是他哥和姐的，哥姐都打工去了，让他们带着。夫妇俩见突然来了人，有些慌乱，但立即就热情了招呼，孩子们很快也围上来往带灯和竹子的脸上瞅，说这样说那样，像喜鹊窝戳一扁担。男人说：出去，都出去！从灶膛取一个烤熟的土豆扔给一个孩子，再从灶膛里取一个烤熟的土豆扔给一个孩子，扔了六个，孩子们一窝蜂出去了。媳妇却从锅里往碗里捞荷包蛋，捞了四颗。女人说：不知道你们来。意思是抱歉着客人来了没给客人煮鸡蛋，但也暗示了这碗鸡蛋就不给客人吃了。带灯说：我们随便来转转，你们吃。女人就把鸡蛋碗给了丈夫，丈夫又从灶膛里取了一个馍馍，说：那我就吃啦！有些不好意思，端到卧屋里去吃。竹子说：啊，孩子吃土豆，大人吃荷包蛋烤馍？女人说：他今天生日。

罚　款

其实，侯干事已经看见了带灯和竹子进了竹丛旁的人家，使劲地喊，要她们下去。带灯不愿下去，镇政府各部门向来各干各的事，除了统一部署外，这一部门不高兴另一部门干涉插手，另一部门也不想这一部门蝗虫吃过界。但侯干事却跑上来说：你们架子大，我叫不动，现在是马副镇长让我叫你们下去哩！竹子说：吓谁呀？狐假虎威！侯干事说：不下去也行，我给马副镇长回话你这个镇长是副的谁招理呀?！带灯和竹子就让赵心回家去，顺着坡路下来。

果然马副镇长就在这户人家里。这人家三间上房，一间厨房，马副镇长就坐在上房里的炕上，见了带灯竹子问你们怎么也进山了，带灯没提来吃鲜五味子的事，却说黄沙梁那边的甜井寨有人上访，反映村长带头剥削树皮卖钱，她们来处理。马副镇长说：这边村里也是剥削树皮严重，咱镇上多年来对这事都是动口不动手，领导再不切实抓怕以后要出大问题的。带灯说：你就是领导。马副镇长说：谁把我当领导了，喊你们半天就是喊不动么。带灯说：哪里呀，一说你在，我们连滚带爬就来了！啥事，你身体不好也进山了？马副镇长说：碰着你好得很，你干过计生工作，会和群众拉扯关系，这沟里的人吃软不吃硬……带灯说：不在其位不谋其事啊，领导！马副镇长说：计生办也包干村寨抓维稳么。你来炕上坐，让他们把情况给你说说。

带灯靠着炕沿，没有脱鞋盘脚坐上去。炕很大，炕角窝着一条烂被子，她把被子掀开，里边却是一个瓦盆，瓦盆里正发酵着面，又捂盖上了，让竹子也来坐。竹子还站在门口，她害怕炕上有虱子。

侯干事讲了，镇东的湾铺村一个计划外生育的妇女自怀孕后就一直东藏西躲，无法把她带到镇卫生院做人流，而昨晚得到消息，这妇女跑回了苗子沟村的娘家，他们就开了镇长的小车来抓人，小车在沟口停着，步行到这沟脑，那妇女并没在娘家，可能是在他们到来前藏到山上什么地方去了。找不到孕妇就一定要罚这娘家的钱，而娘家只有老两口，就是不肯出水。

带灯说：没抓到人，或许那妇女就没回娘家来么，即便她回来，罚人家娘家人什么钱？马副镇长说：给我报消息的人说是千真万确在苗子沟见到那妇女了，娘家人窝藏怎么不罚款？带灯说：甜井寨和苗子沟村都是穷地方，瞧这屋里空荡荡的，怕是连老鼠都不来，能罚出什么款？马副镇长说：咱总不能白跑一趟，就是罚上二百元，下山给车还加个油，让大家也吃一碗面么。带灯说：咱就欠那一碗面呀？！马副镇长说：我有个副字是不是？带灯一看马副镇长生了气，就笑了起来说：呀呀，用这办法逼我！那我去见见老两口，人在哪？马副镇长说：在厨房里。带灯出了上房门往厨房去，那几个干事说：嗯，还能进步！竹子竹子，来炕上坐呀！

竹子跟着带灯也去了厨房，一个老头坐在灶火口的木墩子上，老婆子拿个抹布擦灶台，一边擦一边嘟囔，她好像已经擦过无数遍了，灶台起明发亮。老头粗声说：嘟嘟囔囔着死呀？！老婆子就把抹布甩在老头子头上，说：我就是死呀！死了脚腿一蹬我倒轻省了！带灯一进去，吵声停了，老头又抱头坐在木墩上，老婆子说：把抹布给我，给我！老头子把脚下的抹布又扔了过来，老婆子再是擦灶台。带灯说：见了我也嘴嘛脸吊的?

带灯想起来了,她是见过这老两口的,前年的腊月,因有人反映村干部在收购烟叶时私留钱款,她来过这里一次。经过这家门口,老婆子问吃了没,她说没吃哩,老婆子就取了个萝卜,她说她不吃萝卜,想吃炒鸡蛋,老婆子说鸡罩了几天的窝了,要不杀了鸡去,她说杀么,杀呀,老婆子就咯咯笑,说你这个镇政府的人能说笑,她说我啥都不吃,你放心,只要见了我还笑笑地跟我招呼我就高兴得很!现在,老婆子没有笑,说:你也来啦?带灯说:我和他们不是一伙的,咋回事,他们坐在炕上不走?老婆子说:他们说不罚下款就不走,让他们坐么,把灶坐坍去!带灯说:罚多少款?老婆子说:他们说最少二百。带灯说:你有多少钱?老婆子说:只有一百,还是前日卖树皮的钱。然后对老头子说:你把钱给这同志,这同志面善,说话还中听。老头子站起来,却背了身,开始解裤带,在裤子里的什么地方往出掏。带灯说:不掏了。你跟我出去,就说到村里借钱去,你们出去了就先不回来。老婆子说:爷呀,我咋想不到这些,让人堵在屋里!

四人出了厨房,老婆子给马副镇长说她家实在没钱,他们到村里借去。马副镇长说:要借一个人去借,都走了不回来,让我们给看门呀?!老婆子看带灯,带灯说:领导说的对,让你老汉去,你也给我们烧碗滚水么。

老婆子就在院里抱柴禾,抱了一捆豆秆,又抱了一捆麦草,然后提了桶去泉里舀水。马副镇长让竹子跟了她。在家里,竹子说:喝啥滚水哩,要喝到泉里喝!老婆子说:你是谁,也是镇政府的?竹子说:是镇政府的。老婆子说:这么好个姑娘咋是镇政府的?竹子说:这话说错了,哪儿都有好人坏人。帮着提回了水,老婆子叫喊着没火,问谁带火,竹子知道老婆子故意磨蹭,到上房里要了侯干事的打火机,去灶膛把火点了,也不再和老婆子说话,回坐在上房门口看门前的樱树。樱树在摘樱桃时可能连小枝小叶一块摘的,现在只光秃着硬枝股,落着一只鸟在啄翅,掉下来三片羽毛。

马副镇长和三个干事似乎没理会厨房里传来的风箱声,他们热衷谈着镇政府内部最近的新情况新变化,说大工厂一建起来书记就上调了,已经有风声说去县政协当副主席呀。立即有人说副主席恐怕不行吧,可能到县交通局去,如果真去交通局当了局长,那可是能吃肉的地方,几年里就发了。马副镇长却说书记一走,这下咱镇长就当书记了,镇长命好,年轻轻的就当书记,以这种态势发展下去,前途不可限量。一个说,走一个对谁都好,镇长当了书记,你就是镇长了。马副镇长说:那说不定,我上边没人,我也没钱送土鸡蛋么。竹子听了,扭头看带灯,带灯却装着什么都没听见,她在上房木梁吊下来的笼子里翻看着,突然嘎嘎笑,说:这老婆子,把馍藏在这里不给大家吃。炕上的三个长牙鬼忽地扑下来抢馍,但馍只有一个,带灯拿给了马副镇长。说:你们口口声声说拥护马副镇长当镇长呀,有了吃的就把领导忘啦?马副镇长笑着,也不客气,就把馍一掰两半,一半给了带灯。可是马副镇长在他的馍里发现了一个黑点,说:这是不是虱子?侯干事拿馍在门口光亮处看,又把黑点儿挖下来放在手掌上看,说:是虱子。带灯和竹子浑身就痒起来。

马副镇长把老婆子喊来,老婆子说:唉,这馍我放在吊笼里你们也能寻着?侯干事说:馍里咋有虱子?!老婆子说:虱子?侯干事说:是虱子!老婆子说:酵面在炕上用被子捂着发的,被子里的虱子可能跑进去了。侯干事说:你真不会说话,你说是灰是芝麻不就得了,偏说是虱子跑到酵面里?!马副镇长倒骂侯干事:你会说话?你先说是虱子你会说话?!竹子哇地捂了嘴,恶心地到院子里吐。

这时候老头子从房侧的猪圈那儿过来,转身又去了厨房,马副镇长催带灯去问钱借到没有,带灯二返身进了厨房,小声说:让你出去不要回来,咋又回来了?老头子说:我出去没地方待么,再说我不回来,他们也不会走的。带灯说:那你借到了?老头说:到哪儿借,借谁去?带灯说:看来不罚是不行了。老婆子说:你给说说,就罚一百吧。老头又解裤带,从裤裆里掏出一百元给带灯。带灯把一百元收了,从自己口袋掏出两个五十元,一张给了老婆子,说:罚五十。就拿了另一个五十走了出来。

马副镇长说:钱借到了?带灯说:借了五十元。马副镇长说:打发要饭的呀?带灯说:也只有这五十元,不要就没了。侯干事说:再多十元也行呀,给车不加油了,咱可以每人在山下寻个饭馆吃碗面么。带灯说:我和竹子不吃,剩十元钱你还能喝几瓶啤酒。

一路的知了都在叫着

马副镇长他们离开了苗子沟,带灯和竹子又翻过黄沙梁去了赵心家,直到傍晚才往回走。

从甜井寨到镇街是十二里路,一路的知了都在叫。知了应该是自呼其名的,但知了一多,叫声繁复,就成了嗡嘤嗡嘤嗡嘤,像纺棉花。

给元天亮的信

山洼地里竟然有一棵茁壮苞谷,迎风招展,风流悲戚,它知道自己或许是鸟是风的抛弃,或许是从王母娘娘手里,从天落下,在世间繁衍生息。苞谷是女人的化身,是怀孕女人的,曾经结三结四,如今只剩一穗。苞谷的生育昭示着社会:苞谷什么时候都能吃,这是过日子女人的习气,不结穗了吃甜秆,所以女人没有剩余的。好女人当然知道自己心爱的是谁。这棵苞谷凝结心力,从山坡出发,跋山涉水,浸花叶果实之芬芳,融日月星辰之精华,被风雨之纠缠,受枝条之离析,心系一处了,想给爱人做顿饭食，想给爱人送来原味，自己能化成各种状态。一片云在你头顶漂泊栖息，深情注视你生叶拔节，化风化烟化虹都不成，我愿化作雨滴，默默浸泽你身下泥土，嘭嘭滋升你的元气。

这是我进山的路上要给你发的信，却没有发。现在我给你说说今日的见闻吧，但我不想把龌龊的事说给你，说了又能怨恨谁呢，怨恨镇领导，好像他们并没做错，怨恨那几个长牙鬼，好像错也不在他们，怨恨那山里的老头子老婆子吗，还是怨恨我和竹子？谁都怨恨不成，可龌龊就这样酝酿了，产生了。我不知道这到底是为什么，为什么会是这样?!给你还是说那家贫苦的女人给丈夫过生日的事吧。丈夫的生日，是山里女人盛大的事情，土屋农舍里，也要烤一个馍馍，煲一碗荷包蛋，表一表对丈夫的心爱和珍重。耐心的荷包蛋，蕴藏着女人神秘的秉性，拍拍馍上的灶灰，拍去过往岁月的附庸，让丈夫丢弃俗世的繁琐，灶膛里烧着谷秆麦秸，烧去岁月的陈旧，争取新生的光荣。

你在干啥呀？我现在突然觉得你是行走在我生命中辉煌强大的房子抵挡我日子里的雹冰蚀雨，我很安然宁静地行走着。我在事务中想着你处世的认知和坦然心境，去渗透过滤校正克服制约感染融化我在生存中遇到的寒流块垒。

啊，我坐在了镇街西边的七里沟口的大石上，目送着西天的晚霞轻轻褪去。转过身去觅水，水在沟道里细得拎不起，一扭头，惊见身后红火的月亮像是在我转身之际和我要捉迷藏一样到了东边。太阳的热情想是没有散尽而再借月亮来收尾的吧。大树殷勤如蒲扇为月亮摇晃，月亮也躲进云里稳了稳，然后一步一步往前走。我听见它的叹息，薄雾的泪光慢慢把太阳的浮躁消失。

得赶紧回去，看新闻联播和天气预报了。

有人退老街房子

会议室开会。这次会议布置的工作既多又杂:公示发放救济面粉的名单。拟报各村寨一事一议搞一项公益项目。普查参加低保的,凡六十岁以上者没有死亡却迁出的,上报退钱。做好市计生检查的准备。职工交医疗金四十元。建立刑释解教人员档案。

会议要求大家做记录,做着做着,带灯扭头从窗子里看见白毛狗在综治办门前一跃一跃的,担心是不是也发现了那个人面蜘蛛,会扑毁网的。镇长就走了过来把窗子关上了。竹子轻轻笑了一下,带灯也笑了一下。书记继续在布置工作,最后通报了茨店村。茨店村在党建工作检查中,并未落实镇党政办公室通知,已经发现检查组人员进了村,不及时向镇上报告也未采取紧急措施,以至于使党员活动室还堆着几麻袋土豆,门前拴着牛,室里有桌子没凳子,那开会都站着开呀,房顶为什么不插党旗,说还没寻到旗杆,旗杆是要金的银的没寻到? 满坡的竹子都不去砍一根?! 鉴于村支书和包干人员的失职,经研究给予党内处分,并扣除村支书当月津贴和包干人员的补助费三百元。

这时候院子里有了吆喝,声音很大,镇长又走过来打开窗子,又立即关上了,去给书记耳语。带灯立即明白院子里发生什么事了,就见书记在拿眼睛看她,她就站起来,走出了会议室。院子里是五六个人还在骂:政府还是不是人民政府,端着油篓往外泼哩,却到苍蝇屁股上拧蹭油,你不嫌寒碜?! 带灯忙制住,把人往综治办领。

来的都不是那些老上访户,竟然是镇东街村镇中街村的人,都认识,平日见了也点头微笑的,现在却都黑着脸,好像陌生了八辈子,捶胸顿足。带灯就给每个人让座,还倒了茶水,说:我没纸烟了,你们带了你们抽,我不嫌呛。先喝喝茶,茶有些烫,慢慢喝。来的人一坐下,一喝茶,茶确实烫,要先吹着才能喝上一口,气势就软了许多。偏有一个光脑袋叫王丰收的,就是不坐也不喝,高声喊道:这是啥世道,有钱有势的就可以上天入地,把可怜人想捏死就捏死呀?!带灯说:你声不要高,领导正开会哩。王丰收说:我就声高了,让领导听哩!还拍了一下桌子,桌子上一个茶杯跳起来,掉在了地上,水倒了杯子还没碎。带灯说:你给我拾起来!王丰收说:不拾!带灯说:拾起来!!旁边人见带灯发了火,赶紧拾起杯子放好,说:这丰收有气死病,一犯就倒地翻白眼啦。带灯说:让他犯吧,我还想看看气死病犯了是啥样子!几个人把王丰收按在椅子上,说:你甭说,你甭说。带灯说:你们都不是老上访户,我才让你们到这里坐,来了就好好说。他们说:这倒是,这倒是。带灯说:那就说吧。

他们说的是老街房子的事。换布翻修了自己在老街的旧房,又以每间三百元的价格收购了五六家的烂屋。这些被收购烂屋的人家原以为占了便宜,没想大工厂进来筹建,换布还要再收购一些旧房烂屋的,房价已经升值,那些出售户开口每间四千元,而且风传着老街将建成一条樱镇的商业街,要办宾馆,办商场,办歌舞厅,办酒店,吃住玩一条龙,那房价就要升至每间一万多。这样,已出售了烂屋的人家就寻到换布要求退款返屋,换布当然不愿意,声称他这是合理合法买卖,而且是镇政府同意和支持的。双方吵闹了几场,他们横不过换布拉布,还有乔虎妈袖子挽裤腿的想要打人,所以就来寻镇政府,要问这天上的天脚下的地还是不是共产党的,镇政府还是不是为民做主的?!

听了他们的诉说,带灯明确告诉老街旧房烂屋的交易是买方和卖方的事,镇政府不晓得也不过问,更是没有同意过和支持过任何人。你们还是和换布协商吧,如果协商不了,可以让司法部门解决。他们说这不行,即使镇政府没有同意和支持换布去收购老街的房屋,但谁都知道换布是镇政府的红人,他为什么收购房子,就是你们镇政府事先把老街要规划成商业街的内情告诉了他,他才早早收购,这算不算官商勾结,欺诈群众,从中牟利？那换布又塞给了领导多少黑食？带灯说:咱有啥说啥,不要胡联想。他们说:这是秃子头上的虱子明摆的事么！带灯说:那这样吧,我能解决的我会立即解决,你们既然这么说,我只能给领导反映了,但领导现在开重要会,不可能把会停下来接待你们,事情都得有个程序,我们也得有个调查核对事实的过程。我说的是不是有道理？他们说:嗯,嗯。带灯说:有道理了你们都回去,我保证今天给领导汇报,我也保证三天里催督着领导处理这事。行了吧？那些人要走,王丰收又喊叫起来:政府是泥瓦刀就会抹光面子墙,不出人命就不管！我告诉你,他换布不退屋,我们肯定少不了打架,不是他把我们打死,就是我们把他打死！带灯说:你威胁我吗,我在综治办能当主任我是怕威胁吗,你比朱召财王随风厉害,还是比王后生厉害?！旁边人就制止王丰收,说:丰收话冲是冲,但他不是王后生那号人。带灯说:如果是王后生,他就是有理也闹得没理了,他的事你们可能也知道,他的任何上访,镇政府不但不会解决还要打压！那些人拉着王丰收走了,王丰收还要说什么,他们不让说,王丰收撂了一句:男不跟女斗,我不跟她说。

和换布达成协议

带灯把老街要求退款返屋的事汇报给了书记、镇长,这事牵涉到大工厂,书记便十分重视,当天晚上就把换布叫来,连训带骂你狗日太精明了么,我还在省城和人家谈判哩你就购买老街了？换布说你给樱镇人民煮肉哩,我只接了一勺腥油汤么。将来把老街改造成商业一条街,还不是为大工厂锦上添花？书记说,你这一勺子不是接了腥油汤,是在锅里捞肉哩！换布嘿嘿笑,说你喜欢你领导的樱镇人都是些三锥子扎不出血的瓷货?！书记说可你屙下了让我擦,知道不知道卖出房屋的人家要退款返屋？换布说你也知道这事了？这不会给你添麻烦,我会摆平的。书记说摆平个屁！人家都告到我这儿了。换布说狗日的欠打！书记说你打谁呀?！我正在建大工厂，谁敢给我惹乱我就收拾谁！换布一下子蔫了，说书记呀，我可是你培养出来的，就是一头牛，辛辛苦苦给你曳磨子，镇东街村这些年也是平平安安过来了，你可要保护村干部的利益哩。书记说你给我曳磨子，我给谁曳磨子?！你一共收购了几户旧房烂屋？换布说属于镇东街村的有五户，属于镇中街村的有两户。书记说七户有什么呀，人家既然不愿卖了，就把房屋退回去。换布说买卖自古就是有愿意卖的愿意买的，屙出去的屎能吃回来吗，女人嫁给人了要离婚还能一定要处女吗？再说这一退事情就多了，我再收购价钱就上去了，萝卜成了肉价，我还怎样改造老街？书记说老街改造这不是你个人事，改造老街早就在我的设想中，这得镇上统一规划。换布说：书记书记，这话你千万不要说，你肯定是看到我在改造老街呀你才受启发想到镇政府来改造。书记说就是受启发又怎么着？这是共产党的樱镇，社会主义樱镇！你喝水呀不？换布说我不喝。书记说你好好想想，我去喝喝水。站起来进他的房间去了。

换布坐在那里脸苦愁着，白仁宝过来给了他一根纸烟，他说白主任，书记不是和我开玩笑吧？白仁宝说书记啥时候和人开玩笑？换布说要是老街由镇政府来改造，那我鸡飞蛋打一场空，损失就大了！白主任你得帮我说说话哩。白仁宝说：我可以说话，但拿事是人家书记么。换布说：你说我改造老街这事就黄啦？白仁宝说：我看危险。换布说：这不行，他书记不能这样！就喊着书记书记往书记的房间里来。

书记回到房间并没喝水，而是倒在床上睡了。换布进去又喊书记，哭腔都拉了下来，书记从床上起来，说昨天晚上就没睡好，今晚上眼皮子早早就打架了，我以为你换布都回去了，你没有走？换布说我咋能走？书记，书记，老街改造我是已经花了血本了，镇政府还是要统一改造吗？书记说这是肯定的。换布说那镇东街村就没个村干部了，樱镇上就多一户要饭的了！竟然呜呜地哭。书记说瞧你个熊样！当初选你当村干部看中的是你还硬气,原来就这样个稀包松?! 老街一定是镇政府来改造,由镇政府改造了就能从全镇角度出发,统一规划,并能统一房价,这不但能多快好省,还可以消除一切可能产生的矛盾。但是,由镇政府来改造,还可以私人承包么。换布哦,哦,就不哭了。书记说:你同意不同意我的意见,你觉得以镇政府名义改造好还是由私人名义改造好?换布说书记水平高,以镇政府名义好,可一定是我来承包吗?书记说谁承包这要看谁有这个能力,这得排排镇上有这个能力的人。换布说那只有我!书记说你这么有自信的你还慌什么?换布看着书记,就笑了,说我不慌,我不慌了,等我承包了改造工程,我还要经营哩。书记说经营好呀,那地方发展的前景大得很,只要给镇政府缴笔管理费,给职工们解决一点生活补贴,你怎么发财那就看你的本事了。

当晚,书记、镇长和换布就形成了一份协议:镇政府改造老街。所有的旧房烂屋如果个人出售,统一价格为每间一千元,任何人再不能哄抬房价。七户人家的房屋既然已卖出,不可能再收回,但以规定的价格每间返补五百元,三天内必须返补完。老街改造由换布承包并原则上同意改造后管理经营,具体管理经营事项到时和镇政府再商定。

又开视频会

周一又开视频会,通报上半年全县的上访量。会议开始前三十分钟,镇政府大院里所有职工准时到了办公室,而且还有派出所、工商所、电管站、电信所、粮站、卫生院、学校等部门一二把手。因为人多,会议室摆了主席台,领导们全坐在上边。

带灯坐在下边的中间,左是竹子、小吴和会计刘秀珍,右是农业服务中心冉经天,经济发展办的阮坐山,计生办侯金声。正开着会,冉经天低声给带灯说:你说主席台上哪个是贪官?带灯说:这话不敢乱说,小心被人听到。冉经天说:是他们问我哩。带灯就看到阮坐山给她眨眼,而且阮坐山前边的办公室张干事也回头给她笑,笑得很诡秘,带灯就端坐了身子听报告。冉经天又歪过头来说:咱不说贪官了,就说谁最有钱? 你写个条子,看和我写的一样不一样。带灯没有理睬,过一会儿,冉经天手里有了四张纸条,让带灯看,带灯看了都写着书记。

带灯把纸条揉了,又专心致志听报告,她关心的是全县的上访量,又特别留意对樱镇的统计,一一记录在笔记本上。

一、全县集体上访(五人以上是集体访)五十四起一百五十七人。樱镇一起五人。个访一百九十三起二百二十五人(包括重访),樱镇九起十三人。进市个访四十起六十一人。进市集体访九起五十人。进省个访十起十七人,集体访五起三十人。到省信件六十六件,樱镇一件。到北京个访五起七人,集体访一起五人,信件三十二件。

二、到市以上部门上访三次,要责任倒查。到北京上访者十二小时内接走。到省上访者五小时内接走。到市上访者三小时内接走。到县上访者四十分钟内接走。

三、实行项目风险评估主要看所引起的信访量。得不偿失的项目要坚决取消。

四、规定每月最后一天为信访接待日。乡镇主要领导必须保证一个值班。

五、每个乡镇要选一两个重点村建立信访接待室。

喝透了啤酒

当天晚上,元黑眼提了三箱子啤酒到镇政府来,他说他听说了,这次县上通报上半年上访量,樱镇虽不是做得最好,但也不是最差,能名次排在中间这就得好好庆贺一下了,而平日咱都喝烧酒,这回喝啤酒,喝啤酒开始觉得像马尿,但越喝越觉得香哩。书记和镇长说:好,好,喝啤酒!还把马副镇长和几个主任也叫去喝。喝到后半夜,人人都喝透了,满身出水,不停地跑厕所。

重新布置镇东街村接待室

换布把收购的旧房烂屋退还了两户,又给五户补了差价,镇东街村和镇中街村再没有了人来上访。书记很满意,再在和镇长研究村寨干部人选时,就以换布做例子。

书记问镇长应该选什么人?镇长说这得讲政治。书记又问什么是政治?镇长说要能深入学习邓小平理论,要能深刻理解“三个代表”的思想,要能贯彻“科学发展观”,要能自身清正,要能带领群众走向共同富裕,还要……书记打断了他的话,说你说得太复杂了,选干部就是把和咱们一心的人提上来,把和咱们不一心的人撸下去,再具体地说吧,要能听招呼,就像换布,换布听招呼!

换布在建立信访接待室问题上就表现得非常积极。原本镇东街村就设有个信访接待室,但长年却闲置着,里边堆放着村委会的一些乱七八糟的东西。要重新重视村信访接待室,当然镇东街村是重点之一,接到通知,换布立马派人清理了原接待室里的杂物,扫了顶棚上的蜘蛛网和灰串子,还刷了墙,补装了窗子上三块玻璃,并主动到镇政府来,要求综治办去布置布置。带灯就让竹子去挂牌和张贴一些关于接待上访的标语。这些标语内容竹子都清楚,就去书写了“三请”,写了工作人员“四要九点”。

“三请”是:累了请你歇歇脚,渴了请你喝喝水,有话请你慢慢说。“四要”是:工作艰苦要实干,遇到问题要冷静,待人接物要热情,工作效率要快捷。“九点”是:讲话轻一点,微笑多一点,脾气小一点,做事勤一点，行动快一点，效率高一点，嘴巴甜一点，待人暖一点，服务优一点。

镇长去电管所检查工作

天还在旱，实在是旱大了，各村寨没有了水的继续在没水，分片包干的干部三天两头往下边跑，他们的死任务是想尽办法带领村干部寻水源，要保证村民吃水，实在找不到水源的，就分散群众到有水的村寨去投亲靠友，先渡过难关。镇街三六九日集市人明显稀少，因为许多人嫌到镇街丢人，他们的头发成了毡片，衣服发臭，几个月都没洗脸了。靠近河的，河里还有着水，有井的村寨，井也没完全干枯，就日夜用抽水机抽汲，但却常常就停电了。而镇街上那些公家单位里，一旦空调开不了，电扇不转了，就怨声四起，骂爹骂娘。镇长满嘴又起了火泡，到电管所去检查工作。

街巷里碰着了元斜眼，元斜眼全身只穿了件短裤，还是件花布短裤，趿着一双破拖鞋。镇长说：你凉快！元斜眼侧了头，把那只好眼对着镇长，说：人身成了筛子了，喝些水就全漏了！镇长说：最近忙活啥哩？元斜眼说：这热的天，能干啥？等哩！镇长说：等下雨呀？元斜眼说：等着你当书记啊！镇长忙朝周围看了一下，低声说：不敢说这话！元斜眼还是高声：群众都这么议论么！镇长说：声低些，低些，那都是瞎猜哩。哎，都咋议论着？元斜眼声低下来，说：议论书记肯定要走啦，你肯定瓮里捉鳖十拿九稳是书记啦！你是书记了樱镇工作就肯定上新台阶啦，因为你是有学历的人，是知识分子，作风扎实，不像现在的书记没文化。镇长说：书记有文化，他是秘书出身。元斜眼说：他没学历呀！就凭个胆大，喜欢把事情煽起弄圆，煽起弄圆了就屄管了。镇长说：这话不要信，千万不要再传。赶紧走开，走开几步了，回头还双手往下按了按，说：不要传啊！却掏出纸烟，给元斜眼扔去一根。

曹老八和他的媳妇

镇政府的职工吃饭，也像村寨里人一样，都端了碗蹴在院里的树底下边吃边说话。说话最多的是刘秀珍。刘秀珍原来不吃辣子不吃蒜，现在也是端一碗捞面捏一疙瘩蒜，或者一手拿了蒸馍一手拿根青红辣椒蘸了盐，一口馍一口辣椒，口舌就辣得吸溜着但话不停。她的话除了说自己有出息的儿子，再就是有关镇街上的奇闻异事。大家都是从她的嘴里知道了米粉店的老板娘其实是二婚。知道了乔虎虽然整天跟着妻兄换布拉布，热火得不行，但乔虎和中药铺的那个大胸脯营业员有一腿，营业员除了一对奶，长得没他媳妇好看，这就像有人放着正肉不吃要吃杂碎。后来，她又说到了曹老八的媳妇邋遢，不收拾自己也不收拾屋子，那屋里乱得下不了脚，这一顿吃过饭的锅碗下一顿再做饭时才洗，案板上啥都有，竟然有臭袜子。还有，是这媳妇爱打麻将，稍一有空就和另外几个妇女们转几圈。曹老八拿她没办法，讲究着是个工会主席哩，回家来经常媳妇不在，冰锅冷灶，就泡方便面，还说世界上最好吃的是方便面。大家爱听着刘秀珍说，听过了又都说刘秀珍是个是非人，而如果哪一顿吃饭刘秀珍不在，大家就觉得没吃好，像是饭里少盐缺了醋。

书记当然也听到过刘秀珍的这些说辞，一天到工地去，他穿上了西服也穿上了西裤和皮鞋，经过曹老八的杂货店，店门锁着，斜对面的巷子口却坐着曹老八的媳妇。曹老八的杂货店开在街北面，其实他家住在巷子口。已经是午饭后两个小时了，曹老八媳妇端饭在巷口吃了还没起身，碗筷放在面前，落着一片树叶，也趴了一只苍蝇。书记走过去说：还没吃毕呀？曹老八媳妇说：我吃得迟。书记说：是不是打麻将耽搁做饭了？听说你麻将打得好，十个指头都能摸清牌。曹老八媳妇说：哎呀书记谁给你嚼我的不是了？我心烦么，生个儿那是给亲家母生了，老八整天弄他的工会哩，我不打个麻将我就憋死呀！我们打得小，五角一元的。书记说：多少带点彩，这我不管，只是老八要忙工会了你得多在地里店里经顾着。曹老八媳妇说：咋没经顾？经顾着哩。书记说：瞧这碗底的糁子花花都干了，你还坐着？！曹老八媳妇说：别看我在这儿坐着，我人缘好，人都帮我的，我家的牛就是在巷子里惊了，我吆喝一声，就有人给我把牛拦住了。曹老八骑着自行车由东往西过，他骑得猛，已经过了巷口，突然看见了书记，自行车一时停不住，后来停住了，赶紧返折回来，说：书记，到店里坐，我给你泡菊花茶！书记说：我和你媳妇拉几句话。曹老八说：和她有啥拉的？拉了书记到杂货店，就给书记口袋里塞一包纸烟，书记不要。曹老八说：一包纸烟不算行贿吧，我不求你办事。你这身行头好啊，我先以为是县上、市上哪个大领导来了，一定眼，才看到是你！这热的天是不是又到大工厂的工地去？书记说：得天天去么，一天不去看一下，这饭吃不香觉也睡不稳。曹老八说：书记，不是我当面给你说，我走到哪儿都给人说，我在樱镇经历过十个书记了，只有你这个书记给樱镇办了大事！书记说：是党的改革开放政策好，谁在这种形势下都会干成些事哩。曹老八说：你是谦虚，但群众眼睛是雪亮的，如果没有你，凭咱镇长，就是大工厂寻到门上，他也不敢接哩。书记说：镇长也是能干人么。曹老八说：他太软！在乡镇当领导么，光凭学历那毬不顶，就得要工农出身的领导来插杆举旗！书记嘎嘎嘎地笑，拍着曹老八的肩，说：你这个曹老八！大嘴曹老八！

离开了杂货店，书记沿街往过走，他一个肩高一个肩低，尤其穿了西服就特别明显，但他走得刚致刚致的，反倒觉得精神百倍，力量充沛。街上人见他过来，有的赶紧避开，有的却要撵上来招呼，他就大声地和人说话，亲切地骂。

带灯和竹子又从河里拿了两条鱼在饭馆里让油锅炸，瞧见书记过来,忙移坐到墙角,还听见书记在和人说话:——啊书记,听说大工厂建起了镇街上每户人家都要有一人当工人?——是呀是呀。——那人家肯接收吗?——只要肉到了咱的案上,咱怎么切就怎么切!——那咱真的就富裕啦?——当然富裕么,现在人均年收入一千三百元,将来是六千元!一万二千元!——爷呀,那钱多得怎么花?!——慢慢花,慢慢花。

又说天气

晚上,竹子从学校回来,看到带灯坐在综治办里发呆,窗纱外爬满了各种各样的蚊虫,蛾子,飞来的都往上爬,爬一会儿就掉下来,窗台上就聚了一大堆。竹子说:姐,你咋啦?带灯说:心里有些谋乱。竹子说:那你该出去转转么。带灯说:你去学校也不叫我么。竹子就不好意思了,说:我本来是去向他借本书的,他留着让看电视就看了一会儿。姐你没看电视?带灯说:天气预报还要旱的。竹子说:是还要旱的,而且南方比咱这儿旱得更严重,你看新闻了吗,国家几个领导人都到重灾区去视察慰问了。带灯说:是吗?竹子知道带灯并没有看到国家领导人到重灾区视察慰问的事,她就告诉带灯,某某领导是到了云南,某某领导是到了贵州,某某领导是到了四川,她只说也会有领导人到秦岭里来的,但没有。末了问带灯:你说天气就是天意,那么天这么干瞪眼地旱,是什么意思,它想干什么?古时候有大旱大涝和地震,皇帝就得祭天,你说现在国家领导人视察慰问,算不算也是祭天?带灯说:领导人再不去,天怨了人也会怒的。竹子说:是呀,人怒了上访的就多,又该咱遭罪了。话刚落点,院门被人用脚咚咚地踢着,两人都不说话,拿耳朵逮着动静。

过了一会儿,白仁宝进来,竹子问:外边有啥事?白仁宝说:还能有什么事？天这么晚了闹什么闹！就告诉带灯和竹子，他是一个房间一个房间传话的，不管外边怎么闹腾，今晚上的大院就是不开，谁也不要出声搭理。竹子说：领导说不搭理咱就不搭理，睡吧睡吧，我也瞌睡得不行了。

大门外的闹腾直到后半夜，竹子在起来上厕所时，响动才结束了。第二天一早，大门口挂着的樱镇党委和樱镇政府的牌子被摘下来扔在巷道里，但牌子并没有遭踩断。

给元天亮的信

这几日不知怎么就是想上山，也就上了山。鹁鸽岘、双轮磨和骆家坝三个村子都在高山顶上，它们还较好，石缝里水没全枯，插上一片树叶子能导流出香头子粗的水。常说山高水也高，水是有根的，从山底下长上来？鹁鸽岘里并没鹁鸽，村后石洞里的顶壁上全吊着蝙蝠，成千上万地拥挤着，翅膀扇动，就感觉微风中的一塘荷叶在摇曳。姓叶的那个老伙计是个话痨，问吃腊肉呀还是蚕蛹还是绿豆土豆南瓜豆角西葫芦笋瓜熬在一起的大锅烩？她把这饭叫懒饭。我说吃糊汤吧。她说你咋也是农民胃?！于是灶膛生火，苞谷糁子下锅，煮了回回豆和扁豆，又煮了红薯片子和蔓菁干，放了老碱了捂上锅盖，说糊汤要闷哩，然后一边捞酸菜，剥蒜捣泥，一边给我说话，话就更稠了。她说王大狗外出打工二年了，王二狗和嫂子在家里，嫂子害了一场病，眼珠子突出脖子粗，王二狗帮着种地、砍柴、推磨子，还三番五次下山买碱盐，两个人出双入对地过起他们的日子了。她说高山上也有了贼，昨天夜里把她家林坡上的三十棵树剥削了皮，而且三天前王改改家的鸡丢了五只。王改改家在路边，这条路能通到汤河镇去，她只说过路人口渴，她舍不得水，把水桶提进了卧屋，谁知贼不为着喝水，要吃鸡，把鸡偷了。老伙计在给我说这话时，有杜鹃叫，杜鹃就藏在半坡上的那个坟墓的树上。

我实在不想听了村里那些也让心烦的事，我是来让风吹的，看树怎么长看云怎么飘的，所以在了双轮磨村，我谁也不找了，只是转。双轮磨村有一口塘，双轮磨村的人很骄傲，因为以往的春上泡满了椴木皮，泡好了晾个整日头，用碌碡碾了做草鞋的料子用。双轮磨村的草鞋在镇街有名，一双能卖到三元至四元。现在的塘露了底，尽是烂树枝败叶、塑料纸和死了的黑头鱼。曾在一家看那个老婆子剜扣眼儿，缝小领子，手真是巧，但她老说儿媳的不是。我扭了头看场院几个孩子在玩耍，他们单腿儿斗鸡，斗恼了，打起来，各家的大人出来就一边提了自己孩子耳朵往家走，一边骂，骂的是自家孩子，对方听了都知道骂的谁，脸色难看。而我一直在笑，笑着欣赏。村东边的石狮子坏了一只眼。村北头老楸树上的老鸦窝掉下来了。村中间有一个磨子，上磨扇已经磨损得只有三指厚了，磨盘上放了大石头压分量。有媳妇在磨荞麦，笸篮里箩面，手指上的顶针打得箩帮子咣当咣当响。问这磨子多少年载了。她说她不清楚多少年载了，就嘤地一叫，磨道里慢下来的牛就加快步子，牛戴着暗眼。

从双磨村到骆家坎要过一座岭，岭上长年都有云，两个村的人亲戚多，往来就称之为过云。这叫法好听，我也是过云到了骆家坝。走过一片梢树林子，梢树林子里尽是野荆棘和枯蒿，蒿籽发黑，壳子如针，蹚过去就粘满裤腿，像是乱箭要把你射死。还有蚂蚱在脚面上溅，有蛇忽地爬过，还有什么鸟的兽的怪叫，总觉得鬼就在石头上站着，那石槽里卧着的云里住了妖魔。一拐进了村头听见了青蛙叫，心里才踏实了。有老鼠就有人家，有青蛙就有村子，青蛙声能给人壮胆。我当然知道山里人的农具，但我在骆家坝村见到了更多我不知道的农具：栲木扁担，两通叉，桐木蒸米桶，竹笊篱，青枫木搭柱，吹火筒，火钳，木戳瓢，五升斗，饸饹床子，牙子镢，糍粑石臼，尿勺罐子，拧绳拐子，窝醋木瓮。这些你可能忘了吧，我一提说你应该还记得。有四堵石头垒起的墙，里边是一个庙,庙全坍了,草丛中只有几块石板,石板上的香炉里还插着香。一个老汉告诉说村里昨天在那里祈雨,香还要点三天,点香的三天里讨饭的乞丐和坐月子的妇女不让去,会污了神灵。石墙边长着一棵软枣树,叶子被捋去捣糊做了凉粉了,光秃秃的,一只猫在树身上磨爪子,树发出难听的声。我在一家里喝水,儿子和媳妇都不在,只有个老婆子和她的小孙女。小孙女不愿意到她跟前去,她一拉就哭。我问她多大了。她说九十二啦。我说身子还硬朗呀!她说不行了,土壅到脖子了。我说这话不要说她说你看看么,娃娃都拉不到怀里了,娃娃不喜欢到怀里来那就是快死的人了么。我赶紧把小孙女抱到她怀里,就离开了。在村口,一只狗把我咬了,从院门里跑出来的妇女说:快看看衣服破了没?我的裤子破了,她说:那肉就没事的。狗咬人,衣服破了说明肉没事,真的咬到肉,衣服倒是好的。

我给你说这些,我都觉得我琐碎而泼烦。以前看见过一句古话,说:神不在,如偷窃。我现在对日子在偷在窃吗?

山坡上有一簇土坟

带灯和竹子去锦布峪村,走到半路的一处沟岔里,看见坡上有一簇坟堆,坟堆小小的,但整个坡上没有树,就显得刺眼。正是中午,太阳白花花的,没发现有蜂,蜂声却嗡嗡响,沟岔里很静。

带灯说:瞧见那些坟堆了吗,那肯定是一个家族的,人说生有时死有地,他们埋在这里,应该说坟地就是幽灵出没的穴位。他们先后从这里冒出来成形为人,做了一场人后,又一个接一个归之于此。

竹子说:那不一定吧,埋在樱镇的都是樱镇的幽灵,那也有外地人嫁过来死了埋在这里的,也有樱镇人离开了樱镇在市里省里工作,那死了不一定就埋回来。

带灯说:能埋在这里的外地人那是从这里出去的幽灵么,生在这里而不埋在这里,就是远方的幽灵跑了来的。

竹子说:那元天亮呢,他肯定将来在城里火化的,他能不是樱镇的?

带灯说:元天亮肯定是这里的幽灵,他就是火化了,骨灰肯定要埋回来的,我有这预感。

竹子说:那咱们呢,咱如果死了埋在这里。

带灯说:你说不来,我可能就在乡政府干到死了,死了还能埋到哪儿去?我恐怕本来就是这里的幽灵,只是还不知道是从哪个穴位里冒出来的一股地气。

和马连翘打架

遇见了在镇街卖杂货的刘慧芹,带灯问最近没回红堡子村?刘慧芹说她没回去,她一回去儿子在镇街学校里就偷懒,但她过几天了还是要回去打核桃的。还问带灯有时间的话,跟她一块去,装一袋子核桃。

带灯以前去红堡子村,也正是打核桃的季节,山沟里流着洗核桃的黑水,水中到处是水边树上落下的核桃,家家院子晒着核桃,人人和你说话都是口里说着手上不误退核桃青皮。红堡子村是樱镇产核桃最多的地方,那里木耳香菇不多,石碴地也不宜种烟叶,卖核桃是主要的经济收入。但红堡子村人口兴旺,村落零乱,独家独院的常有四世同堂,又是生活再困难,永远的义举是全心全意地供养最小一辈出人头地,而不惜贡献家产和老命。所以红堡子村的孩子在镇街学校寄读的多,刘慧芹的儿子早上起不来,起来了迷糊着眼去学校慢得能踏死蚂蚁,刘慧芹总要拿个扫炕笤帚在后边撵。

刘慧芹说:主任,我几时把我儿领到你那儿去,你和竹子给他教育教育,学好了将来也能当个镇干部么。竹子说:当啥都不要当镇干部!

刘慧芹说:镇干部贵气呀！竹子说:咋个贵气？刘慧芹说:我就要看看你和主任的样子。竹子说:啥样子？刘慧芹说:这我又说不清,瞧你们穿的多好看。带灯就不吭气,嘿嘿地笑。

三个人正说话,街上就过来了朱志茂老两口。老两口并排走,共同提着一个笼筐,一摇一晃,摇摇晃晃。笼筐里是几十颗带青皮的核桃。竹子悄声说:咦,老两口在一搭过日子了？老两口一个在说:你慢点。另一个在说:你也慢点。带灯觉得老人举止感人,说:再不让老两口在一搭,那就造孽了。

但是,话还没说毕,斜对面卖寿衣纸扎店里冲出来了马连翘,她对着她婆婆尖锐地说:哎,哎！老婆子抬头见是儿媳,说句:碰上了！手一松,笼筐倾斜,把老汉子拖得打了个趔趄,七八颗青皮核桃在地上滚。马连翘说:叫你哩！老婆子说:噢。马连翘说:你又去老二家了？谁让你去他家,你就恁缺不了老汉?！老婆子说:不是我去老二家,是你爹想吃核桃,给我捎话,我领他去后坡里摘了咱些核桃。马连翘说:那是老二家的核桃吗,他跟着老二过活凭啥吃我家的核桃？老婆子说:分家的时候核桃树分给你了么。马连翘说:你给他摘核桃,还把家里什么给他了？老汉子说:我不吃,不吃了！把核桃笼筐放下,颤颤巍巍就走。马连翘就过来拿了笼筐。

带灯便过去说:马连翘你太过分了,把核桃放下！马连翘说:我爹跟着老二,我娘给他吃什么核桃？带灯说:你还知道把他们叫爹叫娘呀?！核桃是我让他们去摘的！马连翘说:你让摘的,你镇政府人能管了催粮催款刮宫流产,还管到我家的树呀？带灯说:我就管了！上前夺核桃笼筐。马连翘抱住笼筐不放,两人就推推搡搡。带灯没马连翘力气大,但带灯手快,后来是马连翘打她一下,她把马连翘打两下,马连翘抓了她的脖子脸,她手伸到马连翘怀里拧,恨得得地拧了一把。竹子赶忙跑去拉架,她抱住了马连翘,把两个胳膊和身子全抱住,带灯趁机在马连翘胳肢窝里连戳了两拳,将核桃笼筐夺了下来。马连翘骂竹子:你这是拉架吗,你把我抱住让她打?！竹子说:你这没良心的,我拉架你还怨我,不拉了,让打去！马连翘踢过来一脚,没想脚被带灯捉住,往前一拥,马连翘倒在地上。马连翘倒在地上不起来,喊:打人了！镇政府人打人了！带灯说:我就打了,打你这个不孝顺的！还往前扑。马连翘翻身就跑,跑进了不远处的肉铺里。

竹子说:她去搬元黑眼了！

旁边来了许多看热闹的人,他们嘁嘁咻咻着马连翘还能有人惹得下,带灯看起来那么文静漂亮的人还会打架,出手竟那么麻利！这阵都拿眼睛往肉铺子里瞅,说:搬元黑眼了？还真搬元黑眼了?！

竹子立即从地上捡了半块砖提在手里,又觉得不了,把砖扔了,给旁边刘慧芹叽咕着让去把元黑眼的婆娘喊来,然后就拍着手上的土,大声说:行么,搬谁都行,让他元黑眼出来！

但元黑眼没有出来,肉铺的后院里一阵一阵猪被杀的嘶叫声。

思想工作

第二天,镇政府给职工发当月补贴,还没等带灯、竹子去领,刘秀珍跑来说:怎么停发你两个的补贴？竹子当下火了,问为什么停发我们的补贴,带灯制止了她,问刘秀珍怎么回事,刘秀珍说是你们身为政府工作人员,当街竟然和群众打架,有损了镇政府的形象。带灯噢了一下,她没有去领补贴,也没有去寻领导,让竹子去采些指甲花束,在蒜窝子里捣呀捣呀,捣成了泥,两人就把花泥敷在指甲上。

肯定是有领导要来的,果然镇长就来了,镇长说他是来做思想工作的。

镇长说:你俩好像不服气？带灯说:把我们卖了还要我们帮着数钱是不是？镇长说:但你们是打了架了呀！带灯说:是打了架,这是我到樱镇以来打的第二架。第一架是为修路占地，别人围攻你，我去和一些人推搡过，竹子也是被人唾了一脸。镇长说：不说上次事。带灯说：这次马连翘不行孝道，欺负老人，该不该教训她？何况她先动手，你瞧我这脖子！镇长说：谁都知道马连翘不是好货，可你是什么身份，你一百个理一出手就没一个理了，人家元黑眼来找书记……带灯说：他元黑眼还有脸寻书记？书记怎不问问他元黑眼凭什么来给马连翘说话？镇长说：好姐哩，别再惹事，悄悄的。书记发了火，要给你们处分，还是我从中通融了，才取消了你们的补贴。这一月没补贴了，我会想办法以后在别的方面给你们再补回来。带灯说：我稀罕你补？你走吧，我不要你来做思想工作，这一月没补贴我饿不下，就是把工资全扣了我也活得下去！镇长说：你原先不是这脾气么，现在咋成了这样？竹子说：啥环境么，还不允许人有脾气？镇长说：你少插嘴，要不是你也搅和，事情能闹到这一步？竹子不吭气了，带灯还在敷她的指甲花泥。镇长说：你去给书记做个检讨，这事就妥妥过去了，他讲究有人给他说软话。带灯说：我是孩子呀，被大人打了还要给大人说打我是为了我好，是不是？我不去！她不顾手上的花泥倒在床上，一拉被单盖了头。竹子说：你睡呀？哦，那我把窗帘拉上。镇长瞪了一眼竹子就退出了门。

去买衣服

带灯和竹子被取消了当月的补贴，大院里的人突然看她们时眼光怪怪的，只要她们也看过去一眼，这些人又立即客气地给她们笑。带灯知道这并不是在同情她和竹子，而是在嘲笑。竹子偏气嘟嘟地走过去，白仁宝说：你瞪我？竹子说：谁瞪你？白仁宝说：你眼睁那么大没瞪我？竹子说：我眼大！

清早起来，竹子穿了件黑衫子，带灯说：那件红衫子多好看的，洗了？竹子说:黑衫子能配合心情么,我还要摘朵白花别在胸前。带灯说:穿红衫子！还有啥鲜亮的衫子就换着穿！竹子说:没啥鲜亮的。带灯说:那咱到县城买衣服去,有罚的钱还没咱买几件好衣服的钱?!

带灯当即发动了摩托和竹子出大院,白毛狗汪汪着也要跟着去,带灯没让去,马副镇长说:带灯去哪儿呀,上午全体职工政治学习哩。竹子说:石门村有了上访,那不去了？马副镇长说:去吧去吧。

带灯在樱镇是最讲究穿衣的,但毕竟也是在樱镇待得久了,到了县城商场,才觉得自己还是有些土气,也才知道学着县城人穿戴时尚是要费功夫的。两人在商场转了大半天,挑来挑去要么觉得一件都不行,要么觉得几件都好。后来,不厌其烦地从这个商场跑到那个商场,试穿了一件脱下来又试穿一件,还是不称心,再跑,再试,末了能决定下来的还是最初看中的,就反复地照镜子,照得都认不得镜子里的人了,接着讨价还价,已经过了吃饭时间也不去吃饭,有了头晕恶心到厕所里吐,吐得几乎把肚子吐出来。终于把身上所有钱都花得一分不剩了,竹子买的是一件二百元的碎花粉红衫,一件一百六十元的牛仔裤,一件黄衫,一个发卡,一支唇膏,还有一个手镯,手镯是玻璃做的,注了绿色,竹子说:别人问,你就说是翡翠！带灯买得更多:三件上衣,两条裤子,一双高跟鞋,四双袜子,花了两千元。当下两人都换上了新衣服。

带灯说:为啥不给自己穿呢?！竹子说:穿！带灯说:新衣服穿上了自己都觉得精神！竹子说:就是！

回到樱镇石桥后村的路口,两人停下摩托拢头发,要以整洁的面目进镇街,不远处的一户人家吱扭开院门,她们挺了身子准备着让第一个见到的人感到惊艳,但院门里先露出的不是人头,是黄牛。两人就哧哧笑。忽然觉得脑后一股凉气,竹子说有风了？带灯就看烟囱,烟囱里的烟歪了,是有了风,却仍不是要下雨的风。

沙厂的生意十分红火

带灯和竹子始终没有给书记检讨，甚至一连几天也未到书记办公室去。马副镇长甚至把一个锡燎壶让带灯拿给书记，还交代书记好喝酒，喜欢他这只燎壶，就说是在石门村下乡时从村里买来的送给书记。带灯没接受锡燎壶。其实，书记下令取消带灯和竹子补贴后，并没要求再写检讨，而大工厂的基建进度非常快，工地上一天一个样，巨大的兴奋使他几乎把带灯和竹子的事都忘了。

基建之所以顺利，原因是多方面的，但有一条却是施工用的沙料供应很充足。这沙车源源不断地把沙运到工地，收沙员几乎是运多少收多少，装方计量，现场付款，元家五兄弟由元老三管钱做账，他每天数票子数到指头蛋子疼。他们没有想到沙厂的生意这么红火，又雇了几十个打工的，日日夜夜连轴转在河滩里干活，机械轰鸣，喇叭呜咽，整个沙滩狼藉一片，通往厂区工地的便道上被倾轧得到处是坑，最大的坑竟有笸篮大。打工者三班倒换，换下来的有的就到河堤里的地里摘了人家的辣椒，坐在沙滩上夹在馍里吃，吃饱了卧地便睡，有的则肩头搭了衣服，三五一伙去镇街喝酒。当然，他们是坐不到酒馆子里的，因为酒馆子里坐了大工厂工地的人，人家大都说着南方的蛮语，着统一工装，有饭有菜，他们就蹴在酒馆子外边的石桌前干喝，划了拳，声如狼嚎。镇街人都在议论：狗日的沙厂发得扑腾了，那不是在淘沙，是挖金窖！有人就看着他们喝酒，等喝毕了去捡酒瓶子，但他们却把空瓶子收了。

换布拉布还有乔虎，眼红得出了血，恨当初没有先去办沙厂然后再改造老街，谁一提说元家兄弟，就觉得是对自己的羞辱，斥责：你住嘴！当换布在凉粉摊上吃凉粉，马连翘走过来屁股抡欢了，说：呀换布你蹴着吃凉粉？快拿个凳子让换布坐么，咋能让换布蹴着?！换布先觉得这女人好意，说：你也吃呀？马连翘说：我就是有口福也没个清闲空么，得去沙厂呀！换布立马不舒服了，说：你也敢去沙厂？马连翘说：沙厂人手不够，我能干了男人活。换布把凉粉碗往地上一蹾，恨恨地说：你能干了男人！

换布就谋算着也要办沙厂，去找书记，书记说已经有沙厂了，一个镇上咋能再办第二个，何况现在从松云寺下河湾处到下河湾的青石砭都是沙厂的范围，你把新沙厂办在哪儿？换布说镇街前的河滩那是全镇街人民的，他元黑眼的沙厂咋能把整个河滩都成了他的？书记说：那你起来迟了，当然拾不到粪了。换布说这不公平！书记说：你改造老街就公平啦?！换布其实是来试探书记口气的，而书记一口回绝，使他回来和拉布乔虎喝了几瓶闷酒，差不多都喝醉了。

换布的媳妇见不得换布喝酒，一喝就醉，醉了就打鸡踢狗还骂她，所以见换布又喝高了，叫喊着去炒鸡蛋呀，腊肉呢，咋不切一盘腊肉来?！她去了厨房，把鸡蛋、腊肉全藏起来，自个去了广仁堂。她长年害心口病，觉得有些气堵，找陈大夫开点药。

广仁堂里有好多人，不是热感冒了就是嘴角生燎泡，更多的犯了心慌，血压增高。大家都在说旱情，有人就说天上开始过厚云了，也听说县城那边用炮往天上打了几次，虽然人工降雨还没成功，估计也快能打下雨了。也有人说，天只要不灭绝人，它总是要下雨的，这和人一样前半世受苦了后半世就享福，前半世享福了后半世要受苦，雨是有定数的，不下就不下，一旦下开了那就成倍地下哩。连陈大夫也说他的跛腿从大前日就有些疼，往年天一变就疼的。换布的媳妇没有和那些人喷口，买了药就回来，拉布和乔虎已经走了，换布没脱衣服在炕上睡着，可能是醉了上厕所，踩了屎，又直接到炕上睡，被子褥子上肮脏一片。她骂换布，换布眼一瞪，倒骂让你炒鸡蛋哩你死到哪儿去了？换布媳妇就不骂了，收拾被褥，又给换布喝散酒的浆水，却也说了在广仁堂听到的话，换布扑出来看天上的云，突然大声吼：快下雨吧，快涨水吧，把河滩里的沙都给我冲了去！

元家兄弟也听到县城那边又往天上打炮的话，担心着旱得久了必然有雨，就越发加紧淘沙，再雇了一批人，包括在镇街晃荡的二猫，从大矿区打工回来的王家华、李存仓、邢连锁，还有张膏药的儿媳。雇的人不管吃不管住，每天给二十元。

元黑眼穿了个黑绵绸褂子，肚子大，也不系扣子，寻到带灯问借出的抽水机是不是该还了，因为沙厂生产量大了，现有的抽水机已经忙不过来。带灯说：你挣那么多钱，还在乎一个抽水机？元黑眼说：当时说好是借的呀！我挣得再多那是我用劳动换来的，抽水机再不值钱，那是我肉呀！说得带灯只好回话近日她到南胜沟村要抽水机去。

吻过了无数的青蛙才能吻到青蛙王子

夜里，看完了新闻联播和天气预报，竹子在她的房间里读一本杂志，杂志上有一句外国谚语，她用笔把它勾起来。谚语说：吻过了无数的青蛙才能吻到青蛙王子。

故乡也叫血地

夜里，看完了新闻联播和天气预报，带灯也在她的房间里读元天亮的书，书上说：你生那里其实你的一半就死在那里，所以故乡也叫血地。

东南胜沟村带灯不提抽水机的事

隔了一天，带灯和竹子去南胜沟村。南胜沟村的情况很好，水从峡涧里抽出来，满足着人和畜的饮用，再没人翻过山梁去东岔沟村担水了。实际上，东岔沟村的泉水也彻底干涸了，他们吃水反倒又翻山梁过来担。带灯自然不提抽水机的事。

给元天亮的信

我的心像六月天一样有时没有预感的落雨，疼痛如胸腔有了雕刻刀在运行而阵阵作响。我的心要被雕成什么图形呢？昨天我突发奇想觉得我在爱情中我应该感谢我自己，是我的好让你喜爱我，又往下想，是你喜欢我而让我好起来。我这是小鸟临水自娱吗？水让小鸟润泽，小鸟看到水中美丽的自己，鸟的笑也是水的笑。然后鸟儿自信地飞向蓝天，却在它歌唱时扭头看见水草边不动的蛤蟆这是另一个丑陋的自己。我有时会跳到岸边得意地蹦跳，但我的家在水里，只有浴在水里才是我真正的安逸，才是真实的自己。我该和水是一体的。我为水而生，水为我而生。我又想到鸟的飞翔是神奇，蛤蟆的跳跃是神秘，拥有美妙的双翅儿和强劲的四腿儿会是什么精灵呢？应该是我心中的图腾，是什么神吧你想吧。

刚才是我上山时给你写的，竹子总问我发什么信息，我不给她看。现在我们到了山梁，她累得躺在那里打盹了，我继续给你写。

前几天，竹子不知从哪里采来了玫瑰就插在瓶子里，是三十朵，十五朵红玫瑰，十五朵白玫瑰，红白相间，红的像血，白的如雪。三日后的早晨，白玫瑰掉下了一瓣，黄昏，又掉下一瓣，一瓣在案上，一瓣在案下的条凳上。又过一夜，红白又掉下来三瓣。没有听到它们呻吟，掉下的和还在枝上的都依然安静。

早上便去街上拔牙了，一颗牙已经裂了根呀，无法再保留。牙是骨，伤筋动骨，或脱胎换骨，一个新的生命周期开始了吗？

学校的那个老师送给了竹子一个翡翠挂件，可能是为了堵我口也送了我一块青玉，质量一般，而我已经喜欢了。我这里没有关于玉的书，有本《山海经》上面讲，玉五色发作，以和柔刚，天地鬼神，是食是飨，君子佩之，以御不祥。啊人们都说玉能通神，原来神是吃玉和用的。但是，我仍是失望，时不时泛上心头的失望像悠悠的雾弥漫了我的心智，我也在这红尘中眯着眼滚滚向前。走累了再回到山里静静地坐，定定地看山。从被涤荡清净了就继续往前走。当我凝望对面大山时看到了心中那双像月亮一样能把我看成太阳的眼睛，我欣喜若云飘飘然忘乎凡尘。

鸟儿无法不飞向蓝天，虽然天上没有它栖身之处。蜻蜓不能不伏向河水，虽然河水没有它立足之地。

花仙子呀在山坡上多么庄严地有秩序地布撒着花朵！一缕香气袭来，花仙子坐卧不宁四下观望，惊喜地望见自己的师傅莅临在远方，花仙子放下活计连飞带滚到师傅跟前，激动地手舞足蹈，啊，心爱的师傅终于牵上你的手了，心中热情万丈。只是可恨的风，强势地坐在花仙子的位子刮风。花仙子无暇理睬它，和师傅到烟火村寨，推开凡人的心房让心出来和师傅说话，到可怜的是非人群吹去凡人心的掩饰，让师傅体察。哦，我和你一起的，只是你看不见我。这是天的安排。你要走了，我放一朵心花在你手上你是知道的，我的一个魂交给了你。我赶快到山上推下风，火烧火燎地开花。开了一遍后静静地双手托腮望着远方想念你，心中苦成甜，花儿也长出了蜜。花有心有蜜就能有蜂来的一天。

又来东岔沟村

离东岔沟村还有二里的山路上，有了三个一群五个一伙行走的人，全都提着一瓶酒，还有的像是一家人吧，老的拄着棍子，女的携了孩子，携累了，把孩子架在男人的脖子上，拿手帕使劲摔打她的身上。她的身上并没土，米汤浆过的上衣硬硬楞楞，衣襟还翘着。竹子不知道这是干啥去呀，带灯说：莫是谁家订婚？！确实是一家人在为儿子订婚了，带灯和竹子便跟着这些去吃宴席的人走。

走进村子，给儿子订婚的竟然是十三个妇女中那个叫生莲的。席安了五桌，饭菜很简单，除了有一道腊肉外，别的都是萝卜土豆南瓜豆角，但他们做菜极其讲究，萝卜要切一样大的滚刀干疙瘩，土豆丝粗细均匀，南瓜熬出来要搅成泥了一定要放上花椒、生姜和韭花，做豆腐的更是在点浆水时嚷嚷你这浆水不行到二毛家去舀老浆水。生莲见了带灯和竹子，高兴得嘴张了半天说不出话，搂着带灯摇。带灯说：摇散架了！生莲说：我咋有这么大福哟，镇政府的人都来吃宴席了！你们怎么知道的，来了这多给我长脸呀！带灯和竹子当然上了礼，又去给生莲的儿子和那个领口和袖口都扣得严严实实热得满脸通红的未来小媳妇祝贺。但她们不打算吃宴席，因为路还远，得尽早能回镇街。生莲哪里肯放走，为了挽留，还把另外十二个妇女都叫来，七嘴八舌，好说苦劝。带灯说镇政府的事情多，在这里待得久了，回去不好给领导交代。她们说群众的事就是镇政府要做的事呀，东岔沟村人的日子艰难是不是事，生莲的儿子好不容易找了对象将不再做光棍了是不是事？带灯说：我们当然也想待，待十天八天的都行，可我们并没有给你们解决问题，这心里觉得愧么。她们说问题你们不是在想着法儿解决吗，有人肯给我们想着解决就让我们感激得很了，解决了当然好，实在解决不了，我们还能怪你们吗？心愧的应该是我们。你们不吃一顿饭，不住一夜，这不是在折磨我们吗？带灯说：这吃呀住呀的啥都不方便。她们就生气了，说：以前在你老伙计家也吃过待过，你老伙计去世了，我们不就是你的新伙计吗，是不肯认我们是新伙计吗，瞧不起我们吗？带灯实在是招架不了，看看天色已晚，就对竹子说：你说咋办？竹子说：我听你的。带灯说：那就吃了住下？十二个妇女齐声叫好。

吃过了宴席，女方家的人就回去了，亲戚朋友和村里人都散伙，十二个妇女仍不离开，在帮着收拾睡铺。她们让生莲的儿子睡到隔壁人家去，把烂被子臭鞋都拿走，打扫土炕，展开还干净的被褥，又寻一块没用过的光面石头裹上毛巾当枕头，又提早把尿桶拿进来放好，交代夜里有任何响动都不用怕，那是猫头鹰在后梁上叫哩，是老鼠啃箱子磨牙哩。如果谁在抓门，那不是人，是狐狸进村来想拉鸡的，鸡已经在棚里关严了。要尿了就在尿桶里，要屙了去厕所，厕所就在院墙角，去的时候拄个棍儿，小心厕所前的草窝里有蛇，还要拿个蒲扇，蹲下了煽屁股，厕所里蚊子多。一切都好像安排停当了，她们仍还不走，东家长西家短地拉话，竹子就直打哈欠。生莲说：你困了？竹子说：眼皮子打架。生莲说：我给你支个篾儿。掐了两个草茎儿，把竹子的眼皮子撑开来。

待到鸡叫了两遍，她们终于散去，竹子说：我的神呀，她们咋恁能熬夜的！身子一仰就倒在炕上，呼儿呼儿响鼾声。带灯说：起来，起来。竹子说：我困得很。带灯说：你就那样睡呀?！竹子猛地翻身起来，说：哦，哦，千万不要惹上虱子！

带灯之所以要返回镇街，说了许多理由还有一个理由没说出口，那就是在东岔沟村过夜怎么睡呢，会不会惹上虱子呢？还后悔着来时没有给她们带些洗衣粉和硫磺皂，如果这些东西用得多了能灭虱子，那以后一定要多带些。现在真的住在东岔沟村了，两个人困得要命，就是不敢上炕去。带灯说：以后下乡就带上被单，万不得已在外过夜裹了被单睡。她们关了门，把两条长凳子拿来，一人睡一条。长凳子上不能翻身，而且没有枕的，竹子把外套脱下来叠个枕头，带灯不让叠，说山里后半夜冷，别感冒了。山里人枕砖头石头，她们嫌太硬，枕不了，山里人也有把鞋当枕头的，她们更接受不了，那么平躺了一会儿就躺不住了，起来靠着墙坐。竹子说：咱还是坐着说话吧。两人就说话。带灯说：那女的有没有二十岁？竹子说：二十四五吧。带灯说：她是有些老气。竹子说：你觉得她怎样？带灯说：你说呢？竹子说：身体好。说着说着都没话了，头垂在了前胸。

天才露明，带灯就开门出来，外边有悠悠风，空气新鲜，头脑也清爽了许多。要喊竹子，竹子却睡得正香，再没喊，自个坐在门前石头上，看东院墙根的那几架青豆角全塌拉在地上，三只松鼠在那里洗脸。生莲也起得早，开了她睡的下屋房门，要趁客人还睡着就抱柴禾要在锅里煮醪糟鸡蛋，却发现带灯已在院子里，吃了一惊，说：你咋起的这早?！带灯赶紧阻止生莲煮醪糟鸡蛋，说昨天吃得多了，肚子还沉腾腾的。生莲说：那行？带灯说：行呀！生莲说其实山里人也都是一天两顿饭，早起都出去干活，太阳一竿子高了回来吃一顿，到太阳压山时再吃一顿。带灯问上午干啥活呀，生莲说还有些五味子没晒，树上还有些核桃。带灯就和她把下屋房里的五味子在院里铺席晒了，拿了长竿子到屋后半坡上打核桃。

后来，十二个妇女分别也都来了，她们只说带灯和竹子要睡懒觉的，就各自先忙自己的活，有的去打毛栗子，有的剥削桦栎树皮，还有的是把推起来的青皮核桃扒开，青皮自动裂开，然后把核桃收进筐里，没想带灯早起来了，就觉得不好意思。带灯询问今年花椒的价钱，五味子的价钱，她没有指责剥削桦栎树皮，还问了树皮是啥价钱，她们告诉她：今年花椒不好，没有卖，想压到腊月了去镇街上弄好价钱，那时一斤能卖到十五元哩。五味子晒干了，要挑出好的，一斤卖一元五角。桦栎树皮还是八毛钱。毛栗子少，爱生虫，三五天就出虫了，拿不到镇街去，留下给娃娃们吃。摘柏铃子还可以，但费事，晒干还得压出籽，一斤卖一元的，如果能摘上千斤，收入就不错了。她们给带灯说着，说得很兴奋，山里的秋天是全靠这些山果子赚全年的花销钱哩。就在她们有些得意的说话时，带灯突然萌生了一个想法，因为她们还说东岔沟村往北的清阳县大荆乡是核桃产区，每年这一带人都是帮人家打核桃，不管吃住，打一天核桃可以挣五十元，而出了沟，顺着沟外朝东的路上走一百三十里就是双平县的永乐镇了，永乐镇的苹果有名，在那里摘苹果一天四十元。虽然打核桃比摘苹果挣得多，但打核桃要上树，她们上不了树，树又多在塄畔崖头上，去年武成带了妻弟去过，妻弟从树上掉下来摔死了，连赔偿都没有。摘苹果是容易些，还管吃管住，每天的四十元就全落下了。于是，带灯说：那就去摘苹果呀！她们说：前几年男人还可以干些活，领着我们去的，现在男人睡倒了，我们不敢去么。带灯说：我和竹子领你们去！她们说：你说天话哩吧？带灯说：去啊！她们都睁圆了眼，突然拍手说：呀，呀，遇上活菩萨啦！

带灯说完却后悔了

最让带灯享受的十三个妇女的眼光，但当十三个妇女一哇声叫好，她却有些后悔了。竹子悄悄说：咱能去吗，那么远的地方带这么多人，出个事怎么办？带灯说：不可能出什么事吧。竹子说：就是去了回来都平平安安，咱是镇政府的，能不打招呼一走几天？带灯闷了半会，说：你给镇长打个电话，就说咱在东岔沟村，王后生又多次来煽动患病人员上访呀，咱在做调解工作哩。镇长他不可能到这里查证，再说他也害怕集体上访，盼不得咱们多待几天能调解好。竹子说：我编谎不行。带灯说：我编谎就行？你就按我的话说，他要同意了他会表扬你，他要不同意，我再给他打电话，有个缓冲么。竹子说：那你再教我一遍。带灯又说了一遍，末了说：谈过恋爱的人还能不会说个谎，去，一字一板给他说，别支支吾吾的。

竹子就到屋后去，回来说她打过电话了，镇长同意。其实她是给镇长发去了一条短信，发完了倒遗憾有两个词没用好，如果在强调十三个妇女要上访时的情况是群情激奋，即将失控这八个字就好了。

摘苹果

带灯先做了两件事，一是从去过永乐镇的人那儿得到一家果园的电话，经过联系，落实了摘苹果的价钱和吃住问题，人家还应允说可以在两县交界处的天门洞镇用车来接。二是让十三个妇女和家人商量好，并安排好家事，如果下了决心去，就带上换洗衣服到生莲家来集合。

而最后集合的只有九个妇女。

带灯和竹子领了九个妇女下山，然后走了十里山路，在傍晚时分到了天门洞镇。一辆破三轮停在路边，过去一问，就是果园的，带灯说：不是说来车接吗？开三轮的蓬头垢面，才吃过烤红薯，手指头在牙缝里抠，说：三轮不是车吗？带灯有些失望，就要再确认：摘一天苹果多少钱？答：三十五元。问：怎么成三十五元了，不是说好四十五元吗？答：你瞧瞧来的劳力么，都是面黄肌瘦的妇女，妇女三十五元。问：骗我们呀？不去了！答：不去就不去，又不是再没了人去！那人竟然又去烧烤摊上买烤红薯了。

带灯生了气说不去了，九个妇女也都说不去了，只说她们这么一吓唬那人就妥协了，没想人家牛烘烘的，她们倒软了下来，这个问那个：这咋弄？那个问这个：这咋弄呀？带灯就又跑到烧烤摊上和那人交涉，价钱加到了四十元。四十元和往年的价钱一样的，她们就坐上了破三轮，开动了往永乐镇去。路本来是沙石路，坑坑洼洼不平，再加上是破三轮，她们坐上去昏天黑地地摇呀，摇得像摇床上的石子，十一个人很快就呕吐。

到了永乐镇,已经天黑多时,果园人拿来了蒸馍,一人两个,吃了就睡在间屋里。屋里是大通铺,九个妇女脱了衣裳立即呼呼入梦,带灯和竹子互相看着,还是不脱衣服,也不敢躺下,就在通铺的边头,靠了墙坐。坐了一会儿,竹子就熬不住了,头垂下打鼾。带灯把竹子放平,让头枕在自己腿上,而有意与睡着的那些妇女空隔出一指宽的地方,防着有虱子爬过来。那些妇女几乎是睡了一觉,有一个起来要上厕所,睁开眼见带灯和竹子还没睡下,也没盖着被子,就说:呀呀,咋能让你们受这罪?! 一诈唬,别的妇女全醒了,都怨恨自己怎么倒头就睡了,太不够人了么! 便把带灯和竹子往通铺中间拉。带灯和竹子不去,说睡在靠边头的地方好,她们不行,硬拉硬拽,竹子急了说:睡在铺中间有虱子哩! 带灯阻止没阻止住,她们就怔住了,但立即笑,说:有虱子怕啥呀,虱子还能把人吃了! 带灯也说你们睡吧,我们睡在边头真的很好,她们只好九个人盖了两床被子,余出一床不由分说就盖在了带灯和竹子的身上。

这么一折腾,重新睡下,似乎并没睡下多少时间,那个开破三轮的就来喊叫上工,起来上工呀! 带灯和竹子习惯了早上刷牙,在东岔沟村的那个早上就没刷牙,仅用盐漱了口,而现在水是被端来一盆洗脸的水,也没盐,漱嘴都不行了。九个妇女让带灯和竹子先洗脸,带灯和竹子也没客气,洗了,然后她们再一个一个洗。轮到后面两个人,水就没有了,只好用湿手巾擦了擦眼,说:昨夜的蒸馍没有了吧? 开破三轮的说:睁开眼能吃下东西? 十点钟会送饭来的。破三轮再次发动,拉着她们上盘山路,盘了半小时,到了果园,果园几乎就是一条沟,深得看不到头。给了一人一个木头架子,架子支在苹果树下就摘苹果,摘一筐了提下来倒在地边,有人就再装了麻袋运走。带灯和竹子摘了一会儿,头仰得晕,又恶心,手脚就不听使唤。十点多送来从饭馆里买下的小白馍吧,原地吃了,喝些水,再干活。到了中午两点,回去后要把苹果分等级放在地窖里了才让吃饭,肠子饿得都转筋儿了,竹子就反倒不想吃。

生莲说:不能吃咋干活呀!我找的那个儿媳,第一天儿子领了到我家,人丑丑的,一顿饭吃了三个蒸馍一碗米汤,还有一个烤土豆,我说行,找媳妇就要这样能吃的,能吃了就能干活。竹子说:这么说我是嫁不出去了?生莲说:你要是在山里是嫁不出去的,你腿那么长,腰那么细,真的没人要的。能干活能生娃娃的都是头小腰粗屁股像筛箩的。竹子说:谁嫁给山里呀?!竹子有些不高兴,带灯使眼色不让生莲说,生莲也就不说了,给竹子倒了一碗水。竹子却问带灯:咱来这里干啥呀?带灯说:摘苹果呀。竹子说:咱是领人来的,领来了任务就完成了,咱还也要干吗?带灯说:无论如何咱干一天吧,明早起来走。竹子说:还得再坐一夜我受不了,晚上走!

何尝竹子受不了,带灯也受不了,晚上走就晚上走。带灯通过开破三轮的人见到了果园老板,说明了她和竹子的身份,老板说:我就说么,怎么来摘苹果的还有这么洋气的人,我还担心是哪个电视台的来暗访的。带灯说:是不是心虚,有什么见不得人的事?老板说:我可是从不拖欠工钱,也不雇用童工。昨日一个算命先生说,现在能当县长那样的官都是人家祖上有救过或帮助过一百人以上的积德,我这辈子是不行了,可我想让我儿子孙子当县长么。竹子就对带灯说:那你当主任是祖上救过几个人?带灯没接话,给老板正经交代:我们是以镇政府名义组织了这些人来摘苹果的,因公事在身我两个得早回去,这九个人就交给你,你得保证她们每天在摘苹果时多吃上几个蒸馍,喝上热水,天一黑就收工,晚上多做些热面条呀。工钱不能亏她们,更不得欠。她们几时想走就派车送她们走,还得注意安全。老板说:这没问题。带灯说:如果有了问题,我就来找你了,一旦来找你,那就是另一回事了。又说:你说我俩像电视台的,我俩不是,但我哥是市电视台的。老板嘴上说好呀好呀,但脸上不活泛了起来,说:你俩这一走,按规矩这是不能付钱呀,可那些个头小的颜色差的苹果你们尽量拿。带灯说:我们啥也不要,你得给找个摩托送我们回樱镇。

九个妇女舍不得带灯和竹子走，带灯就特别叮咛生莲，什么事都和老板说妥了，如果还有了什么事，就设法给她打电话，把手机号写了纸条，装在生莲的口袋里。她们含泪送带灯和竹子，说她们把账也算了，干够十天是四百元，二十天是八百元，再干上五天每人挣到一千元了，她们就回东岔沟村了。

身上都生了虱子

回到樱镇，镇街上的豆浆店刚刚开门，带灯和竹子喝上了第一碗豆浆，香得竹子叭叭地咂嘴，突然觉得腿脖子痒，顺手抓了一下没在意，又喝了两口，觉得还痒，撩起裤角，掀开袜筒，哇的一声就叫起来。带灯不明白怎么啦，还说：发啥神经？竹子再不喝豆浆，出了店门就跑。带灯也跟着撵出来，一直撵到镇政府大院，竹子竟钻进她的房间把门关了。

带灯说：咋啦，咋啦吗？！竹子说：你不要进来！我生虱子啦！

带灯也吓了一跳。竹子身上有了虱子，保不准自己身上也有了虱子，顿时觉得浑身都痒，忙到自己房间也把门关了，脱衣服，胡乱地翻了翻，虽没见到虱子，但衬衣的褶上有了两个虮子，恶心地就把衬衣扔在地上，又觉得扔在地上不妥，从床下拉出一个洗脚盆，放在盆里，然后就一件一件脱，脱了胸罩，脱了裤头，脱得一丝不挂了，还恨不得把皮脱下来。所有的衣服鞋袜全在盆里，拿了镜子在身上照，身上没有虱子爬着，有两个黑点，抠了抠，是痣，就提了保温水瓶咕咕嘟嘟将开水全倒到盆里，里边又放上洗衣粉，洗头膏，硫磺肥皂，花露水，还把一罐喷苍蝇的灭害灵倒进去，把一瓶风油精倒进去。

等端了脏衣盆子放在门外，竹子也换了一身新衣，竹子说：真恶心，咱咋就生了虱子？！带灯说：肯定睡通铺时惹上的。竹子说：咱不干净了，这咋办呀？带灯说：甭叫喊，别人知道了会高兴得笑哩。你去买些药粉抹上，把衣服用开水烫。竹子说：那能烫死吗，这衣服我不要了，不要了！

烧了水，两人都洗了澡。

给元天亮的信

由内心投射出来的形象是神，这个偶像就会给人力量，因此人心是空虚的又是恐惧的。这是竹子坐在破三轮上了，突然给我说的话，我吓了一跳，以为她知道了我的秘密，说：你说什么？她看着我，继续在说：如果一件的因已经开始，它不可避免得制造出一个果被特定的文化或文明的局限及牵引的整个过程，就可以称之为命运。从竹子的神情里我终于看出她对我们的事一无所知，虽然她也是女人，是狐狸精灵的人，但她在热恋中，热恋中的人都是瞎子，看不清周遭的风生草长。而我不相信这样的话是她的话，问：在哪儿读到的？她说：书上。问：谁的书呢？她故意急我，偏是不说，我想这或许是你的话或许也不是你的话，我只是沉默了，反复在心里琢磨起我的命运就是这样行进的吗？

不知怎么，一时的幽怨塞在心里，像摘不尽的一地棉花，急迫又如割不完的麦田。我想我真的是一只鸟了，整天落在地上觅食跳跃，实际心思总在天上。多数鸟都归天堂了，因为少见鸟的终老地上，它单纯，自然随天。

破三轮依然地颠簸着，竹子终于瞌睡了，她的头在车帮上一会儿磕得咚地响一下，一会儿磕得咚地响一下，就是不再醒。我瞌睡后心却跑到外面，一会儿在树梢，一会儿在山头，一会儿在城市的上空，一会儿在山村的院落，瘦骨伶仃的七星勺下，总在和你说话。

说什么呢，说：熊猫只吃竹子，蚕只吃桑叶。这些物种都是不可思议地要走向完美，可是结果呢，或许因与环境无法融合而死亡，或许被发现了成了珍宝。

天明到了镇前的河岸，破三轮开走了，我们坐在水边的大石头上，沙厂还没开工，难得一片安静，有点阴的天空哗然亮色盈地，河滩更是别样的暖黄。

正在长长地吁一口气时仰脸见太阳赫然山头，我便知道是你了，就对你笑，心中泛淡淡的感觉。又抬头你躲进山头那棵树叶后，我知道你提示我该回家了，便站起来，你也骤然掉头亲我一口，我舒坦地往回走。

镇长的车翻了

书记是矮胖子，书记的司机金铭也是个矮胖子。书记说过，和老婆是荣辱关系，和司机是生死关系，金铭在樱镇除了书记，谁都不服，尤其瞧不起镇长的司机龚全。龚全是个小殷勤，爱帮忙，谁的忙都帮，镇长不用车的时候，他拉着翟干事、侯干事去买木耳蜂蜜和土鸡蛋，送马副镇长的老婆回老家，刘秀珍要给儿子寄包裹，牙长一段路，他也让刘秀珍坐上车去邮局。金铭说：你没事了，不会宁宁坐着?！他就拿水管子冲洗车，一边冲洗一边吹口哨，和凡人不搭话。

一次两位领导到接官亭村检查烤烟种植面积落实情况，原本金铭开车在前头，走到半路，书记要寻解手的地方，正把车往路边靠，龚全忽地超了车，金铭骂道：狂呀?！老子开快了你连土都吃不上！书记解手回来，见镇长的车没停，就让金铭把车掉了头又回镇街去。结果镇长先到了接官亭村，咋等都等不来书记，也返回来，书记在办公室喝茶哩。镇长知道书记生气了，从此告诫龚全：一定要跟在书记车后边，这是规矩！

这一天是星期六下午，镇长要龚全开车去接在县上开计生工作会的马副镇长，龚全回来的路上看见了书记的车，他以为书记每个星期六都回县城的,一定是金铭才送过书记,就偏和金铭飙车。没想书记偏偏就在车上,金铭就是不让路,龚全强行从拐弯处超车,路沿虚土一软,车就侧翻了。

书记在会上严肃地讲了安全和接待问题

龚全出了事故,一条腿断了骨,还躺在镇卫生院,书记就召开了全镇职工会,通报了大工厂的基建进度情况,讲了目前的旱情和抗旱工作,讲了维稳工作,讲了创造先进镇的工作。最后,他放下白仁宝为他写的讲稿,说:我再讲讲安全问题和接待问题。

他讲的安全问题是:安全问题是小事,小事却干扰大事,它不是重点,但它影响重点。安全问题说到底,是态度问题,是思想问题,是作风问题,要经常讲,不厌其烦地讲,反复讲,讲反复,不能是割韭菜割了一茬又长一茬,要像拔萝卜,连根拔,拔出个坑带出个泥!我可以负责任地讲,你工作得再好,你不出安全问题你或许不能被重用和提升,但安全出了问题,那就绝对重用和提升不了!

他讲的接待问题是:随着樱镇的改革发展上了新台阶,来视察的、观光的、检查的、学习的人会越来越多,我们要适应接待,学会接待,善于接待。尤其,对于各级领导,对于对口扶贫单位,对于检查各项工作的部门,对于报社电台电视台的记者,一定要万无一失地接待好。接待好了,我们的成绩就能获得重视,我们的努力就能得到肯定,就能有优惠政策,就能有大量的拨款,我们的不足就能获得理解和原谅,大事化小,小事化了。应该说,接待就是政治,是宣传,是战斗力和生产力!

灵　验

书记讲了安全问题后，镇长的司机换成了马昆，马昆是金铭推荐来的。带灯曾坐过一次马昆的车去县城，车速一直是六十码，带灯摇下车窗要吸吸新鲜空气，马昆说：你把窗子摇上去。带灯说：你不嫌热？马昆说：我车慢，后边过来车，常对我吼，把痰吐进来。

书记讲了接待问题后，不久，县上紧急通知：市委黄书记要来樱镇，一是到大工厂工地视察，二是去几个村寨调研。马副镇长问书记：你知道黄书记要来才讲接待问题吗？书记说：不知道。马副镇长说：那这不先知先觉啦？！

县委县政府办公室指示

县委县政府办公室指示：市委黄书记是第一次要到樱镇，是上级领导对樱镇这几年工作的极大肯定和对樱镇广大干部群众的亲切关怀。县委县政府高度重视，已专门开会为黄书记的行程以及接待作了具体部署，现需要樱镇党委镇政府要落实的是：

一、黄书记一行的车辆从县城出发后就通知樱镇，樱镇书记、镇长和大工厂基建负责人就到樱镇边界上恭候迎接。

二、到了樱镇，稍作休息，镇书记镇长和大工厂基建负责人要做工作汇报。汇报材料一定要认真准备。

三、安排好午饭，丰盛而要有地方特点。黄书记喜欢吃甲鱼，一定要保障。如果有条件，午餐期间有民间歌手献歌或农民诗人咏诗。一定要收拾布置好黄书记饭后休息的房间。

四、休息起来，去大工厂工地视察。注意选择路线，注意沿线的安全和卫生。大工厂工地要选好点，精心布置。

五、视察完后，直接到一个村子做调研，调研包括村道、屋舍、文化站、医疗站、上访接待室。村子一定要选好，选准。组织一些村民与黄书记交谈，保证有各个阶层的人，必须有抱儿童的。然后在一块田里劳动。再然后去另一村子的一户人家访贫问苦。这人家既要生活贫一些又要干净卫生，要会说话。黄书记要当场送一床新被子和三百元慰问金，镇政府提前准备好。

六、返回镇政府大院，黄书记接见干部职工，讲话，照相留念。讲话稿不用镇上准备，但多准备几个照相机，注意照相时多正面照，仰照，严禁俯拍，因为黄书记谢顶。

七、黄书记身体不好，每两个小时要上一次厕所，必须安排好视察、调研、劳动、讲话和行进过程中所去的厕所。

八、特别强调，黄书记在樱镇期间，避免有哭丧下葬，避免有爆破声、吵架声和别的尖锐怪声。严格控制好上访人员，绝不能发生有人突然拦道告状的。

樱镇在行动

书记和镇长既兴奋又紧张，立即召开全体职工会议，研究落实接待工作，最后形成的决议：一、书记镇长全程陪同。书记与大工厂基建负责人分工抓视察活动，镇长分工抓两个村子的调研活动。二、由书记向黄书记汇报樱镇党委镇政府工作，汇报材料由白仁宝起草。三、镇长抓安全保卫、控制上访人员工作。四、从今日起所有人员不得请假，不得关手机，坚守岗位，随时领取任务。

全体职工会议一结束，镇长还再开政府办公会议，确定下黄书记一行要去的村子是镇中街村和松云寺坡湾后的大石磴村。在镇中街村调研时,因镇中街村和镇东街村本是一个大自然村,所以两村提前清理垃圾,填平道路,打扫门庭。可以将已布置好镇东街村的党员活动室变为镇中街村的党员活动室,而突击布置出一间文化站来,至于医疗站不可能在短时间里建成,汇报时就说因为在镇街上,村民有病都去的是镇卫生院。在大石磴村访贫问苦,安排到王长计老汉家,王长计老汉会说话,又留有白胡子,和黄书记照相好看。给王长计老汉的新被子和三百元由综治办办理。在王长计责任田里劳动事宜,具体由马副镇长负责。照相一事由侯干事办,曹老八爱玩相机,让他也拍照,必须给他讲清遵守拍照纪律。镇长说完,问还有他没有考虑到的地方大家也都说说,集思广益。马副镇长就说:黄书记两小时上一次厕所,这就得把王长计老汉家的厕所收拾干净,三天之内所有人不得再去使用,而视察调研沿途也选择三个厕所收拾干净,并将所有能看到的尿窖子全棚盖上苞谷秆和豆秆。还有黄书记要劳动,那就让黄书记拿锨扎地,大石磴村的田地多石渣,如果黄书记一锨没扎下去多尴尬,这就得提前把那块地翻一遍,疏软才是。随便用一把旧锨不雅观,起码得安个新锨把,但新锨把容易磨手,这就要王长计老汉安一个新锨把了,用瓷片刮光,用手磨蹭发亮才是。镇长说:到底是老同志,考虑得细致,就这样办。突然,他拍着脑袋说:差点就忘了!咱总得给黄书记送礼品吧,总不能还是核桃木耳蜂蜜土鸡蛋吧?带灯一直没说话,这阵说:当然送樱阳玉井莲刻字拓片最好,但驿址崖刻被炸了么。镇长说:不要说那些事。带灯也就不说了。白仁宝说:我有个主意,不知当讲不?镇长说:讲么。白仁宝说:让带灯贡献出一张画么。镇长就看带灯,带灯说:甭看我,我又不是画家。镇长说:镇政府可以出钱买么。带灯说:再出钱那没画呀!镇长说:那就不送了?县委县政府办公室还指示,能献歌献诗的最好,樱镇又没民间歌手也没农民诗人,咱没这条件就取消了吧。侯干事说:带灯主任文采好,让带灯主任做一首诗么。竹子训道:你少胡出主意,上边说是农民诗人,带灯主任就是能做诗她是农民吗,样子像农民吗?别到时你欺骗黄书记而让黄书记给你个吃不了兜着走?!镇长说:献诗的事就不说了。大家看还有什么事遗漏了?白仁宝说:安排吃饭问题,当然就安排在松云寺下的那个饭店了,那里有野味。要提醒的是那家老娘常年瘫在炕上,蓬头垢面的,若被黄书记他们看见影响不好,应在头一天接到邻居家去住。镇长说:对。还有,黄书记一行饭后休息怎么安排?马副镇长说:让饭店收拾出一间屋子,提前拆洗一床被褥。带灯忍不住说:再拆洗也不能用他们的被褥,给黄书记惹上虱子了咋办?镇长说:这倒提醒了我,如果吃了饭就在饭店休息不妥,即便不用老炕,重新支床,备上新被褥、单子、枕头什么的,那环境就是那样,能保证不惹上虱子?还是吃了饭后回镇政府大院休息。白仁宝说:咱们把自己的床腾出来,也不敢说就没虱子呀!镇长说:这实在是个教训,看来镇政府将来得有几间房的招待所了。你说咱们的床不敢说就没虱子,那黄书记怎么休息?白仁宝说:下午活动那么多,会不会黄书记就不休息?镇长说:县上特意叮咛了,黄书记有午休习惯,必须得休息。就又拿眼睛看带灯。带灯说:你看我干啥?安排黄书记在你或书记的房间休息了,他或许同情了基层干部的生存状况,能拨款给樱镇修些澡堂子,从此就没虱子了。马副镇长说:这个时候带灯你不要贫嘴。镇长却笑着说:带灯这么呛我,是她明白了我的意思。带灯说:我不明白。镇长说:只能是你和竹子腾出房间了。白仁宝说:啊就是,就是,让睡她们的床么,同行的可能都不会休息,那黄书记睡带灯,县委书记睡竹子。带灯说:把舌头放顺了说!白仁宝才意识到自己话说得不周全,忙更正:带灯和竹子的床上没虱子,腾出来让两个书记休息。带灯还要说什么,镇长说:你不要说,就这样定啦!大家再想想,还有什么没考虑到的?大家想了又想,再想不出,就说:没了。镇长说:如果没了,大家分头去干活,带灯和竹子留下,咱还要把控制上访者的事议议。竹子说:呀呀,多亏来的是个市委书记,若北京城里来了国家领导人,那咱们该怎么接待呀!镇长说:国家领导人来？你做梦去吧！黄书记也不是你想让他来他就能来的！

镇长和带灯竹子把全镇老上访户扳着指头过了一遍，分析谁可能闹事。分析来分析去，重点的还是王后生，王随风，朱召财老婆，常起祥，还有石井村的刘红旗，梨树湾的丁双白。如何控制这些人，分片包干的职工仍必须各负其责，当然综治办得抓整体，掌握动向，有权调派人员，各分片包干的职工通风报信，相互协作，及时处理。带灯就让竹子以镇长的名义再次把石井村、梨树湾村的包干职工叫来，共同研究控制方案，达成最后的措施是：黄书记来的头一天晚上，有人要守在刘红旗和丁双白的家，可以强行限制自由，也可以带上酒去喝，不管用啥办法，反正不让他们出门就是。常起祥那是软硬不吃的人，就得赔着车票，陪他去外县。至于王后生和王随风、朱召财老婆，属于重点中重点，还是带灯和竹子来控制。

给元天亮的信

我想当个好女人咋老当不好呢？曾看过一个电视画面，两个可爱的小侏儒夫妻手拉着手走出来唱：萤火虫，萤火虫，你慢慢飞。他们竟然在唱着我的小名，真是甜蜜，笑靥如花。我很受感动，心里怦怦地跳，觉得人生有这境界就是仙境。我当然是想自己的情感世界是这般情景就好了，谁知情感这东西看着是个蚂蚁就成鸟儿蜜蜂成大鹏了，看着是个幼芽就成小草禾苗粗树了，见沙想石见高山，见土想田见原野。反之，则十指像弹钢琴一样不得安宁，情绪像一粒尘土片刻低入泥土掩面卑微，片刻又升空云彩显耀呈明。好在你是接天坐地的大佛能包容我的猴气，我永远在你的五指山内。往后真应宁心静气地唱一首“萤火虫萤火虫慢慢飞”的歌曲了，迎接上天给我安排的不太健全的天使般的情感生活。

今午睡就是一会儿一梦一会儿一梦，梦中真真实实的，醒来赶快想否则就忘了，反正总是有个奇珍异宝什么的，甚至是个特别的女人什么的，在我方圆几里的岭上或凹里，总是不让见，心里也认为太热又太险不能去，但最终总觉得是你在那里一样，无论如何都要去看看，心很急迫。几个个都是这样的梦，我曾做梦而且生活中的事差不多梦过，今天咋总梦你呢？

醒来翻看你的书，希望梦的答案能写在书上，至少，在你书的字与字之间，句与句之间，段落与段落之间的空隙里能读出一点征兆或暗示。这如我喜欢看云，云在山巅或崖凹，别人都说那是云，而我看作是地在冒气，是地气。读呀读呀，当然还没有读出所以然来，而读的过程却让我喜悦了，就死眼儿看书页左上角你的图像，看着是个小娃娃似的，心中放诞了一下把你吞进肚里。谁知眼里浮现你是领导是老师是……噢哟，无限地高大起来。我的心啊紧缩绞痛起来，像是贝壳肉中裹进了石子。一页又一页地翻读，让你书中的琴声笛韵，花色月迹，山光水影，和那些有着温暖和香味的人，都来帮我把心中精怪打磨成一口钟吧，让钟声响在空中。

镇长的一个亲戚新当选了县科协主席，别人向他要喜糖，我也去要，我与他总是像水泥修固的小渠水涨满得克制，如毛泽东时代的红旗渠吧，毁坏了是不得了的事。而你是悠悠缓缓的大江河苍茫远涉。我要很费劲地跨过他的水泥渠，却仙子的凌波微步在你的水上歌舞升平。你是我心的归宿情的家园，虽然我的那人永远在路上，那是烟尘而已。我像山外受风化内受水蚀而存在着和天空的你高兴了皓月对笑朗日畅谈，苦恼了云涌而淋。你现在是工作着还是在写书呢？我想成就天地间一场刻骨铭心的爱情你再写本《红楼梦》吧。谁说情爱是休息着的上帝？你若在写书你就写吧，我和竹子去玩了我胡说一气。

新发型

书记和镇长虽然反复强调着对外一定要封锁黄书记要来樱镇的消息，但镇中街村、东街村要打扫卫生，要建立文化站，尤其马副镇长在大石磙村让王长计老汉翻松了一块土地，又用手磨光着锨把，消息还是传了出来。黄书记能来樱镇，这是樱镇的光荣和骄傲呀，好多人都激动了，涨红着脸奔走相告。那个疯子依然昼夜在镇街上乱窜，嘟囔着他在撵鬼，张膏药见了骂道：撵你妈的×哩，黄书记要来了鬼还敢在樱镇?!疯子从来不和人说话的，这回说了：黄书记是多大的领导？张膏药说：多大的领导给你说了你也不知道，就是州官！

既然消息已经泄露，镇政府的人都很紧张，控制上访者的工作不敢丝毫懈怠。带灯和竹子先去了毛林家，再次强调监视着王后生的动向，稍有异常，立即报告。毛林行走已经有些困难，拄上了拐杖，带灯塞给了他一百元钱，毛林头点得像啄米鸡，说他会坐到王后生家的对面树下，眼睛睁大给瞅着。带灯和竹子又到了王随风家，王随风去地里干活了，她男人在挖地窖，就给下话：这几天一定要看管住你婆娘，不能让她乱跑！王随风的男人说：这我管不住呀！带灯也知道他管不住，就去镇街找到二猫。二猫在一家饸饹店里帮着压饸饹，带灯说：压一天饸饹挣多少钱？二猫说：七元。带灯说：我给你一天十元，你去王随风家帮她男人挖地窖，就住到他家，给我看管着王随风。王随风男人见二猫有力气，肯来帮挖地窖，虽然吃得多，但说好不要工钱，就让二猫白天干活，晚上睡在他家柴草棚里。带灯和竹子还去了朱召财家，朱召财是病了，病得还很厉害，屎尿拉了一炕，朱召财老婆在给擦洗。竹子悄声说：这下好了，他们出不了事的。带灯掏了二百元，也让竹子掏出一百元，将三百元放在炕席上，又说了一堆安慰话，两人才回到镇政府大院。

带灯自以为一切都安排妥了，对竹子说：你看着人，让我伸伸腰。她双臂伸直，张大了嘴，仰天发出一声啊，啊声沉缓悠长，如是呻吟，似乎浑身关关节节里的疲乏都随着啊声带了出来。竹子说：这像驴打滚，样子不好看哩。带灯就笑了，舒服地咂咂嘴，却提议剪头发去。市里县里的领导都要来，作为镇政府的女干部，是得收拾干干净净漂漂亮亮才是，竹子当然欢呼不已。到了镇街理发铺，曹老八也在那儿剃头刮脸，头已经剃了，刮脸却脸上松皮多，为了刮得净，理发员拉着脸皮，几乎整个脸都被拉到一边了。带灯说：脸要刮恁净的？曹老八说：黄书记要来呀么！带灯怕他话痨，再没搭茬，就给剪发的人说给她也剪剪。剪发的人说：头发好着哩呀？带灯说：把马尾巴变成齐耳短发。剪成了齐耳短发，竹子说：咦，像戏里的江姐！带灯说：让我上刑场呀？！竹子说：还精神，换个发型像换了个人么！但竹子舍不得剪她的披肩长发，却要求漂染出一撮黄发，就要像市里县里的女孩子一样时尚洋气。两人收拾头发花掉了三个小时，回来的路上一边走一边相互欣赏，不觉就扑扑地笑，说：咱这才叫臭美！

到了晚上，书记和镇长又召开全体职工会，听取各人关于落实接待工作的汇报。汇报完，大家就拿带灯和竹子的发型说事，有说好看的，有说不好看的，说好看的说咱樱镇的女人不差它城里的女人么，说不好看的说干啥的就是干啥的，这不像是镇政府的干部呀，连镇长也说：竹子，你染那一撮黄头发干啥？明日再把它染回来。书记却说：也好也好，黄书记只知道樱镇风水好，让他也知道一下樱镇还出美女哩！就对带灯和竹子说：黄书记来了后，你俩就专门陪着，端茶打伞。

王随风又出现在县城

在第二天，县委办公室通知樱镇，黄书记一行已经到了县城，下榻县城天龙宾馆,具体什么时候去樱镇,临出发前再行通知。同时通报一个情况,据县人大办公室反映,樱镇的王随风又到县人大来收报纸,县人大办公室让县信访办来带人时,王随风就不知了去向。可能是王随风已经得知黄书记要去樱镇,担心在樱镇见不到黄书记,便提前在县城来打听消息,要向黄书记告状的。书记镇长听了这话,脸都煞白了,立刻叫了带灯和竹子,训斥怎么搞的,王随风就知道了黄书记要来?带灯说:她哪里能知道?而且我们已做了安排,不但警告了她男人管住她,还专门安插了一个人就住在她家,她不可能知道,不可能!书记说:怎么不可能,黄书记已到了县城,王随风也到了县城!带灯脑子轰的一下,说:啊,这王随风长了狗鼻子啦?她现在县城什么地方?书记说:人肯定在县城,你们现在就去,必须把她找着!带灯说:我和竹子这就去。书记说:我告诉你两个,事情到了紧急关头,我手下的人一定要招之能来,来之能战,战之能胜,如果让她寻找黄书记,我有话在先,那你两个就不要回来了!

带灯和竹子顾不上换衣服,就往镇街上搭去县城的班车。竹子说:书记是不是吓唬咱?带灯说:完不成任务了,你年轻重找工作容易,我就成社会闲散人了。竹子说:我唱国歌啊!去县城的班车是三个小时一趟,还比较方便,为了尽快能找到王随风,又特意把二猫也叫上。一路上,带灯骂二猫没尽责,二猫觉得委屈,说他在王随风家压根儿就没见到王随风,王随风可能是他去前就到了县城了。

带灯就给书记电话汇报,根据二猫提供的情况看,王随风是不知道黄书记要来的消息,她是提前到县城去的。书记说:她在樱镇不知道,去了县城能保证就不知道黄书记要来吗?带灯说:这起码不是我们控制的错。书记说:她如果要见到黄书记,或者去黄书记下榻的宾馆门口闹事,那就是你们的错,大错特错!我不要过程,我要结果!训得带灯泛不上话来。书记那边夸地关了电话,气得带灯把自己手机扔到地上,手机盖就开了,电池也掉了出来。竹子把手机捡起来重新装好,不敢看带灯脸。带灯说:我背鼓寻槌哩?!二猫说:手机是不是摔坏了?竹子一把推了他,二猫的头碰在座位背上,碰出了个疙瘩。

三人到了县城,雇了一辆出租车,先到天龙宾馆寻,没有,再到县五大班子的大楼前寻,没有。竹子大骂:上辈子欠了王随风什么了,一次又一次来县城寻人?既然她每次跑都费这么大的劲,为什么要让她跑么,把她的问题解决了不就是了?!带灯说:你问谁呢,你是综治办的你问谁?竹子说:综治办算什么呀,上边已多少年了不解决,就只有折磨咱,干脆咱也不寻了,让她真找到黄书记,说不定问题还能解决哩!带灯说:那你还真让我是社会闲散人员呀,还让咱的书记镇长活呀不?说过了,低声说:不说这些了,让二猫听了影响不好。二猫却说:我没听到。

终于在一条背巷里碰见了王随风,三人先蹴在墙后观察,远远看见王随风拄了个棍儿,背着一个大编织袋,没人了就在一个垃圾桶里捡烂纸,见有人来就大喊大叫她的冤枉。带灯就让二猫把衣服顶在头上,沿巷往前走,碰着王随风不要看,也不要说话,一直走到巷那一头了就堵着。她和竹子于是叫喊王随风你站住,跑过去撵。王随风没注意到二猫,看见了带灯和竹子,拔脚就跑。二猫在巷那头一下子把她抱住,扼在了地上就打,打得王随风在地上滚蛋子。带灯和竹子赶到,扭住了王随风胳膊往巷外走,王随风不走。带灯说:你甭惹我生气,这次比不得上次,这次你敢耍赖,肯定是把你关起来了!王随风说:我来捡破烂咋啦,你们不管我死活,我捡破烂还不行?带灯说:不行!王随风说:这是啥政府?!带灯说:就是这政府!王随风指着二猫说:你不是政府人,你打我?二猫说:就打了你,没卸你的腿就算饶了你!王随风说:我腰疼,走不动。带灯说:竹子你去巷口外叫辆出租车,让她直接上车。王随风说:我一天没吃哩。带灯说:没吃给你买饭。给了二猫钱,让二猫买饭去。二猫跑去一家饭馆,自己买了两大碗拉面先吃了,给王随风买了两个蒸馍。给王随风时,呸地在蒸馍上唾了一口,说:不要脸吃去!出租车来了,王随风吃了蒸馍,又说:我要喝水。带灯说:给你喝。让二猫再去买瓶矿泉水。王随风却说:我要喝有红茶的那种。带灯说:行吧行吧,二猫你去买。二猫说:爷呀,你是做皇帝啦?!带灯说:少说话,买了就来。二猫骂骂咧咧去了。王随风说:带灯主任,我本来拾破烂还能挣五元钱的,你却把我要拉回去。带灯说:你还想要钱那没门。你给我乖乖回去,保证三五天内不出屋,我可以给你一袋面粉。王随风说:为啥三五天内不出屋?带灯说:不为啥,就是不准你出屋!王随风说:那你不能哄我,我要两袋面粉。二猫一下子买了四瓶红茶,先给了带灯一瓶,竹子一瓶,一瓶他喝了一口,才把最后一瓶给了王随风。

让陈大夫吓住王后生

吸取了王随风的教训,书记就问王后生会不会也出问题?带灯说已经指定人专门看管了,为了万无一失,她连夜再想些办法。书记说:王后生狡猾,指定的人能不能看管住?实在不行,这几天你和竹子就坐到他家门口。

带灯把书记的话说给竹子,竹子就躁了,说:让咱在王后生门口?那咋不派人把王后生捆在柱子上或者给吃些安眠药?!带灯说:这话倒提醒了我,咱到陈大夫那儿去。竹子说:还真买安眠药呀?带灯说:老鼠药!

去广仁堂路上,带灯在商店买了两包纸烟。竹子觉得奇怪,也没多问。见到陈大夫,带灯把两包纸烟给了他,陈大夫说:日头咋从西边出来了?肯定又要我办事呀!带灯说:不要你办事我肯拿我工资给你买纸烟?!陈大夫说:啥事,我只会看病呀。带灯说:你以为你还能干别的?就把市委黄书记要来樱镇,镇政府得控制住老上访户,以防这些人扰乱,而王后生是控制中的重点的情况说了一遍。陈大夫说:这与我没关系么，要控制他，我是说过他还是能跑过他？！带灯说：你是不是给他看病？陈大夫说：是给他看病。最早那次是他喝多了，要死呀，他爹来我这儿下跪，说只一个儿子让死马当活马治，是我抓了几服药吃了活了。后来他的糖尿病是我在看。带灯说：他的糖尿病怎样？陈大夫说：病得不轻。带灯说：你晚上就去王后生家，假装路过他那儿顺便问问病，然后号脉，一定要说病情怎么这样重呀，这三五天里千万别外出走动，就是坐车，也不敢坐三四十里路程的车。陈大夫说：我明白了，你说不能让他在樱镇走动，也不能去县城，樱镇到县城就三十里路。带灯说：你得吓唬他，说千万要听你的话，最好能卧床休息，否则生命就有危险。陈大夫说：这不符合医生道德。竹子说：这是政治你明白不？！带灯阻止了竹子，说：你放心，陈大夫明白得很，他知道轻重。又对陈大夫说：你见了他不能泄露黄书记要来的事，如果泄露了，出了事就成了你的事！陈大夫说：你就会揉搓我。带灯说：陈大夫是好人么。陈大夫说：我不好你能跟我打交道？带灯说：我打交道的可没几个是好人呀！陈大夫说：和不好的人打交道，那你也好不到什么地方去！三个人就笑了一回。

眉毛识姑娘

回来，带灯问：累不累？竹子说：累得很。带灯说：那你去学校玩去。竹子说：我不敢脱岗。带灯说：让你去你就去，只是把自己把持好。竹子说：我守身如玉。带灯说：让我看看你眉毛。竹子把脸扬过去，说：看吧，眉毛上写什么字啦？带灯说：眉毛识姑娘，姑娘的眉毛是抹了胶一样紧密的，紧密得眉毛中间有一条线的，瞧你散开了么。竹子顿时脸色彤红，说：不是的，不是的。带灯说：去吧去吧，晚上不能住那儿。

坟上的草是亡人智慧的绿焰

竹子一走,带灯骑了摩托去了黑鹰窝村。

大前天的午饭后,黑鹰窝村的村长来给带灯送低保材料,带灯随便问起后房婆婆的近况,村长说啥都好,就是那姓杨的老汉做事老欠妥,害得村人对你后房婆婆也说三道四。原来黑鹰窝村的风俗,人过了六十就给自己拱墓的,杨老汉六十六了,他把自己的墓没拱在早年死去的媳妇墓旁,而重选了地方,还拱了个双合墓,村人就议论是杨老汉想将来了和相好的埋在一起。带灯听了,心里也怨怪杨老汉,却说:人死了埋哪儿还不是一样?村长说:可他和你后房婆婆并不是夫妻么。带灯说:或许他不是那个意思吧。村长说:人嘴里有毒哇!你有空了回去多转转,也能给她顶一片天。带灯说:这我哪里有空呀?!

带灯嘴上说去不了,心里毕竟纠结,竹子一走,也就去了黑鹰窝村。

后房婆婆在家,杨老汉也在,两人做豆腐。先是磨了豆瓣儿,让豆浆流进木桶,再是烧开水,支了豆腐包布把豆浆倒进去过滤,每每后房婆婆添一勺豆浆在包布里了,杨老汉就赶紧把豆腐架子摇几下。两人配合得天衣无缝。待到全部豆浆滤进开水锅,杨老汉说:你歇下。后房婆婆给杨老汉擦额上汗。杨老汉就开始在锅里点卤汁。他点得非常仔细,点一下,吹吹腾上来的雾气,看看锅里的变化,直点到豆浆全变成云状的豆腐脑儿了,舀一碗就给了带灯,说:趁热吃。带灯接过了碗,后房婆婆又把辣子水浇了,还递过来一个小勺子。

带灯偏要端了碗到院门外去吃,吃得吸吸溜溜,满嘴红油。当然站在院门外就能看到屋后坡上公公的坟,坟上蒿草半人深。带灯看了一眼就没再看,心里说:坟上的草是亡人智慧的绿焰吧。村人看见了带灯,说:啊带灯回来了?带灯说:吃豆腐脑呀不?村人说:做豆腐了?你后房婆婆做的？带灯说：还有杨伯。村人说：噢，杨伯，还有你杨伯？！带灯说：他做的豆腐好。村人说：好好，他手艺好，他好。

带灯吃完了一碗豆腐脑，回到屋里，杨老汉已把锅里的豆腐脑装进铺了包布的竹筐里，压成豆腐块。带灯要返镇街了，后房婆婆要她带些豆腐，她不带，却把摩托骑着在村道里转了两个来回，让村里更多的人都看到了，才驶出了村口。

沙是渴死的水

傍晚是天最沤热的时候，而且聚蚊成雪，竹子还没有回来，带灯点了蚊香，歪在床上看书。看着看着看到了一句诗，是个年轻的诗人写的：沙是渴死的水。

带灯觉得这句诗好，这么好的诗句自己怎么就没想到呢？这当儿曹老八就敲综治办的门。

曹老八是人已经进来了，又退出去才敲的门，敲得很轻。

没事的地方偏就出了事

曹老八来找带灯，密告了镇西街村尚建安在家里开小会，说黄书记一来，天可能就下雨呀！带灯说：这话啥意思？曹老八说：他们说电视里报道过国家领导人去过南方的灾区，一去那里不久就下了雨，黄书记是全市的总头儿，他估计也是学国家领导人的做法来樱镇的，如果樱镇也下了雨，他也算是天上的什么神转世的。带灯哼了一下，却说：你刚才说啥，尚建安开小会？开小会就说这些淡话？曹老八说：是开小会，我是偶尔去他家，他家坐了四个村组长，见了我就这样说的。但我警惕性高,也不相信他们开小会怎么只说这些淡话呢?我假装离开了,却在窗外偷听,他们说黄书记来了要拦道递状子。带灯立即说:你再说一遍?曹老八又说了一遍。带灯说:你没听错?曹老八说:我牙不好,咬不动硬东西,可我耳朵灵呀!带灯送走曹老八,直脚就去给书记镇长汇报。

尚建安是镇政府的退休干部,还在职的时候就不是安分人,要和谁对脾气了谁要借他袄他就可以把裤子脱了也给,但和谁对头起来,那就鳖嘴咬住个铁锨,把铁锨咬透也不松口。他为了寻找当时镇党委书记的错,凡是书记的任何讲话,他都有详细记录,常把笔记本翻开,说:你×年×月×日怎么讲的,你能不承认吗?他曾经在夏夜里蹲在厕所里两个小时,让臭气熏着,蚊子叮着,就是要观察某某女人是几点几分进了书记的房间,几点几分房间灯灭了,又几点几分灯亮了出来的。他每天发布小道新闻,但大家既要听个新奇又都清楚他这人可怕,不敢和他深交。他是镇街上人,家和镇卫生院相邻,卫生院是在镇机械厂的场地新建的,他退休后说那地方是属于镇中街村四个组的,和四个组长去市里省里上访,给镇政府两年里的工作都挂了黄牌。现在的镇长那时还是副镇长,开了多少次会来处理他们的问题,发生过他们坐三轮车去镇里去市里,镇政府的人撵到县城一举擒得,又将五人分开押住不让串通信息,那四个人诈唬一下就放了,把他放在一家旅社,他头撞墙不吃喝,在房间里放上馍和水了,动员他儿子去看他,又派三个镇政府干部轮流给他做工作,也就是制止他反抗,他一反抗就扭他胳膊腿,扭过了装着叫叔,拨拉他胸口不让生气。后来,镇政府强压住卫生院划给了他一份宅基地,又给了他五千元,他写了保证书停访息诉,这事就算了结了。

尚建安死灰复燃,又纠结四个组长要拦道递状,书记镇长感到了问题的严重,因为黄书记明天一早就到,得赶快控制住。不容分说,就给带灯下任务,要求不论以什么代价,只要黄书记在樱镇期间不让尚建安一伙出门就算大功告成。并明确表态,事后要给综治办大奖励的。

竹子是在带灯给书记镇长汇报时才回来，也一起领受了新的任务，竹子还说：黄书记来了，那我们还陪同接待吗？书记说：控制住尚建安事大如天。竹子说：那我们白收拾头发了！书记说：以后有机会带你们去市里拜会黄书记。下一月我可能还去省上见元天亮的，到时，你们两个我都带上。

带灯和竹子找曹老八商量控制尚建安的办法，路上竹子说：黄书记把咱害得这么苦，不见他也罢，书记真能领咱们去见元天亮那就好了。带灯说：甭听他说。竹子说：他对咱蛮客气的呀。带灯说：是哄着咱们好好干活哩。竹子说：那就见不上元天亮了！带灯说：你想见他？竹子说：在樱镇工作了一场，连元天亮都没见过，给别人说了，别人还不笑话？带灯说：你真想见，什么时候我领你去。竹子说：你带我去，是不是太夸张了？带灯说：还有更夸张的事哩！却住了口，不愿再说。

和曹老八商量，曹老八说他的杂货店就在尚建安家的前边，可以让他媳妇从店的后窗盯看尚建安。带灯说：从今晚到明天天黑前，我和竹子就住到你店里，一旦观察到他们有动静，就前后门堵住。曹老八说：行，为了稳住他，我明一早就约四个组长都在他家打麻将。带灯说：能把四个组长叫去打麻将是个办法，但你能保证四个组长去吗？曹老八说：他们既然要闹事，肯定四个组长都去的。带灯说：就是打麻将，打上一阵了他们要出去，那就五个人，前后门咱能堵住？曹老八说：那你说咋办？带灯说：先这么定，我和竹子去吃饭，我再想想。

带灯和竹子早饿得直不了腰，在街上一人吃了一砂锅米线，又多加了两元钱的鹌鹑蛋，说要吃结实，晚上得熬夜哩。竹子却发愁晚上住杂货店，会不会又要惹虱子，就又买了万金油，准备晚上浑身上下抹一遍。

带灯想到四个组长在以前都是一吓唬就吓唬住了，现在不妨再做做他们工作，如果能瓦解他们，尚建安就告不成了状，即便他自己执意要告，那他一个人也好控制。就决定把救济面粉给每个组长家送一份。当把四袋面粉一起拿到了第一组长家，第一组长很吃惊，说：你是让我给另外三个组长送的吧。带灯说:你咋知道?第一组长说:肯定来封我们口的。带灯说:封你们什么口?第一组长说:不让我们拦道递状呀!带灯说:我是来看看你们的,你们要拦道递状,递什么状?第一组长说:卫生院占地那事。带灯说:那不是早已结案了吗,不是给尚建安划分了一份宅基还给了五千元吗?第一组长说:那是四个组的地,只给尚建安划了宅基给了钱,四个组的群众利益在哪里?带灯说:我告诉你,尚建安老在利用你们,你们别再被他煽惑,如果敢在黄书记面前拦道递状,后果就严重了。现在有了政策,要严厉打击反复上访,打击以上访要挟政府、谋取利益的犯罪行为。第一组长说:这是你们害怕了么,尚建安说了,镇政府害怕,我们怕什么。带灯说:你执迷不悟,我好心来看你,你倒说这话!第一组长说:黄书记啥时候能来一次,这机会千载难逢哩。气得带灯说:那你就闹吧,镇政府要叫你们要挟住了那还叫什么镇政府?!把四袋面粉又收回了,准备明日多请几个人守前门后门,面粉就分给守门人。

再和曹老八商量,曹老八有些得意,说还只有我约他们去打麻将是个办法!那四个组长都爱打麻将,镇政府是不准赌博的,如果我煽动着带五十元的彩头打,他们赌得起了性,或许打一夜一天,倒没心思出去告状了。只是你们不能干涉我们带彩头,也得保证派出所的人不来干涉。带灯突然说:这我们倒有办法了!你就把彩头往大里煽,我让派出所来人以抓赌为由,抓到派出所不就省事了?!曹老八说:那我呢,也抓我?带灯说:不抓你。曹老八说:不抓我就暴露了,他们会说我是你们线人,那以后他们肯定要报复。带灯说:那把你也一块抓走,过后不处理你,还给你奖励。曹老八说:我一被抓进派出所,风声传出去我赌博,我又不能对人说内幕,那我这工会主席就坏了声誉,再没权威了。带灯说:这你只能受点委屈。至于别人怎么说,不必管,我不撤换你的工会主席,你就可以一直当下去。曹老八勉强同意下来。

这个晚上,曹老八果然约了四个组长到尚建安家打麻将,带灯和竹子就派人守了前门后门，她们住在杂货店。一夜平安无事。到了第二天上午，镇街上响了锣鼓，黄书记一行到了镇上。尚建安家里却安静下来，带灯不知出了什么情况，派曹老八的媳妇以去尚建安家借筛子为名看看动静。原来打了一夜麻将，有输有赢，赢了的还想大赢，输了的又想捞本，都红了眼，天亮后也不说吃些东西，还在打着，等到镇街上锣鼓响起，尚建安说：不打了，还有正经事哩。曹老八知道尚建安要领人出去闹事呀，就说：我输了那么多，你说不打就不打了？继续打！尚建安说：今有事，不服了明日再打。曹老八说：有啥屁事比赚钱重要？四个组长说：麻将桌上能赚几个钱？！尚建安说：这不仅仅赚大钱，还关乎广大村民的利益哩。曹老八拦不住，见媳妇进来要借筛子，就骂媳妇你借啥筛子，都是你来了我才输的。媳妇说：你输了多少钱？曹老八说：买十个筛子的钱都有了。媳妇一听就急了，说：让你来打麻将，你就这么输呀？！曹老八动手便扇媳妇耳光。那媳妇哪里受得曹老八施暴，也就扑上去又是抓曹老八的脸又是扯曹老八头发，曹老八便拔腿跑出了院子。

杂货店里，带灯和竹子隔窗见曹老八跑了，就恨曹老八这是故意和媳妇吵闹而要离开尚建安家，以免派出所人来抓赌。他这么一跑，自己是脱身了，可不能使派出所的人来抓赌抓现场。竹子说：这曹老八靠不住事！带灯说：过后跟他算账。事情既然发展到这一步，你快去叫派出所人，无论如何先抓了尚建安和四个组长。带灯送竹子出了店，就同另外两人守在了尚建安前门口。

竹子迟迟没把派出所人带来，带灯正张望着，街上又是锣鼓响，过来的不是黄书记一行，却是元黑眼兄弟五人。元黑眼双手端了个木盘子，木盘上放着一个猪头，猪鼻子里还插了两根大葱。元黑眼见了带灯，说：啊主任在这里！没去陪同黄书记呀？带灯说：陪同黄书记是镇领导的事，轮不到我这毛毛兵。元黑眼说：世上的事真怪，好瓷片铺了脚地，烂砖头贴在灶台，这么漂亮的人整天干综治办的脏活，陪领导荣光的事却没了你，那你在镇政府有啥干头，干脆到沙厂来，工资给你高一倍！带灯说：沙厂发财了，口气大呀？！这是要往哪儿去，到松云寺敬神呀？元黑眼说：共产党才是神么！黄书记来了，我兄弟几个代表群众也欢迎欢迎呀，听说黄书记要到大工厂工地去，我们就在桥头候着。带灯说：你还有这份心！元黑眼说：也是给镇政府脸上搽搽粉么。带灯说：要搽粉也该杀一头整猪去，拿个猪头？哈，到舍得插这么粗的葱！元黑眼嘿嘿笑着就过去了。

竹子终于和派出所的人赶来，带灯嫌竹子动作太慢，竹子说刚才黄书记一行还在镇政府，如果把尚建安他们抓着去派出所，派出所又在镇政府隔壁，万一碰上了多难看的，所以等黄书记一行去了大工厂工地，我们才赶过来。

派出所的人立马就进了尚建安的家，尚建安正和四个组长商议着如何拦道递状子，让第一组长先往前冲，肯定有人就拦住了，那么第四组长和第二组长就再冲上去，肯定又有人分头来拦，就在他们分头来拦了第四组长和第二组长，他就再冲进去直接跪在黄书记面前，而第三组长力气大，可以在他后边保护他。如果能保护他跪在了黄书记面前，黄书记就不可能让人把他拉走，而要询问了，那他们就成功了。一阵哐哩嘎啦响，派出所人进来，当下扭了五个人的胳膊要带回派出所，尚建安脾气很大，说凭什么抓人？派出所人说你们聚众赌博不该抓吗？五个人就矢口否认，派出所人便指着麻将桌说摊子还没收拾哩就抵赖？尚建安强辩打麻将就一定在赌博吗，我家里有菜刀是不是就杀人呀，我还有生殖器在身上带着就是强奸犯呀？！派出所人先问四个组长身上装了多少钱？结果搜了四个组长身上的钱都和他们说的不对数，不是多了少了二十元三十元的，而是一错就两三千。派出所人说：这咋解释？！再搜尚建安：你装了多少钱？尚建安说：我说不清。派出所人说：你是大款呀钱说不清？尚建安说：三千多元吧。搜出的却是近五千元，还搜出一卷纸，一看是上访材料，当下就撕。尚建安说：这你不能撕！派出所人说:多出的两千元我还想撕哩！尚建安说:这比钱重要！派出所人偏撕了个粉碎,朝尚建安脸上甩去。尚建安大哭大闹,四个组长也哭闹,派出所人吼道:再哭闹就上铐子!

五个人被带走时没有上铐子,也没有用绳绑,把街道上空挂着的一条横幅取下来,派出所的人一人跟着一个,让他们拉着横额经过了街道。

对　话

带灯和竹子是最后离开了尚建安的家。

竹子说:咱做的是不是太过分了？带灯说:是有些过分。竹子说:派出所更过分么,以后咱干事不能再叫他们了。带灯说:我看过一本书,书上说做车子的人盼别人富贵,做刀子的人盼别人伤害,这不是爱憎问题,是枝本身的要求。竹子说:哦。

黄书记终于在天黑前离开了樱镇

黄书记一行是在天黑前离开了樱镇,老上访户便解除了控制,尚建安五人也离开了派出所,但被收没了所有赌资。镇政府的职工精疲力竭地从各自岗位回到了镇政府大院,书记招呼大家去松云寺坡湾下的饭馆吃饭,要慰劳慰劳。带灯和竹子不去,说想睡觉。镇长说:不去也好,让她们好好睡一觉,美女都是睡出来的。看把咱竹子都累成黄脸婆了！竹子说:把活儿给你干完了你就作践我?！镇长低声说:听不来话！书记要慰劳大家,你们不去就是不给他面子,我给你们打圆场么。竹子说:我以为卸磨杀驴呀!

最后离开大院去饭馆的是刘秀珍，问带灯：你们真的不去吃啦？带灯说：是人家吃剩的饭菜吧？刘秀珍说：哪里，新做的，黄书记一行吃什么咱们吃什么，还有娃娃鱼哩！带灯说：这回大方啦?！刘秀珍说：这你不知道，刚才侯干事来报招待黄书记一行的伙食费，数目大着哩。猪肉五十斤，菜油二十斤，萝卜一百斤，葱三十斤，羊肉二十斤，牛肉二十斤，鸡蛋三十斤，豆腐三十五斤，土豆六十斤，盐二十斤，花椒十斤，蒜十二斤，面粉八十斤，大米六十斤，木耳二十斤，黄花菜蕨菜干笋豆角南瓜片都是几十斤，各类鱼八十斤，鳖十八个，还有野猪肉、锦鸡肉、果子狸、黄羊，还有酒，酒是白酒四箱，红酒八箱，啤酒十箱，饮料十箱，纸烟三十条……带灯说：黄书记一行就是群牛也吃不了这么多！刘秀珍说：也好，趁机会咱镇政府伙房就好过了么。

放了一星期假

镇政府放了一星期假。

书记叮咛镇长值班，他回了县城。马副镇长和白仁宝都是本镇人，也分别回了老家，竹子去了学校，连白毛狗也跑得没影了，带灯就坐在综治办门前的杨树下看书。树的阴影在移动着，带灯也跟着阴影的移动在移动，她发现了那个人面蜘蛛又在了网上，心就长了翅膀，扑腾扑腾要往外飞。

去了一个上午，竹子又跑回来给带灯说老街上有了歌屋，已经有大工厂工地上的人去唱歌，段老师邀请也去玩玩。带灯说：这阵才记起还有我啦?！但还是拿了埙，和竹子去了老街。

老街上果然已经整修出了三分之一房舍，开办着农家乐小饭馆、旅馆和歌屋。樱镇上还从来没有过歌屋，只是松云寺坡湾后的饭店里有个麦克风，镇政府的人吃毕饭了偶尔清唱一阵。带灯也曾在那儿唱过，她的嗓音没有竹子清亮，唱时还要求关暗灯光了低头闭眼唱，能全神贯注地唱出自己的体会。这一个下午，她原本是想好好吹吹埙的。但大家都在热乎着卡拉OK，带灯埙也没吹成。大家分别都唱过几首了，带灯一直坐着听，后来段老师一定要带灯唱，带灯才站起来，说：那我唱个越剧《红楼梦》唱段吧。竹子和学校的几个老师都十分惊奇，他们没有想到带灯会越剧，而且唱的不是林妹妹是宝哥哥。

带灯唱：林妹妹呀，自从你居住了大观园，几年来你是新愁旧结解不开，落花满地伤春老冷雨敲窗不成眠。你怕那人世上风刀和霜剑，到如今它果然逼你丧九泉。那鹦鹉也知情和义，世上的人儿不如它，九州里生铁铸大错，一根赤绳把终身误。天缺一块有女娲，心缺一块难再补。你已是无瑕白玉遭泥陷，我岂能一股清流随俗波。从今后你长恨孤眠在地下，我怨种愁根永不拔。人间难栽连理枝，我与你世外去结并蒂花！

带灯以为唱戏能很兴骚的生活，没想越唱越悲，泪至咽喉，嘴一张就从眼里滚出。她说：我唱不成戏。

以段老师的安排，唱到天黑了就去吃农家乐，吃完农家乐了再来唱，一直玩他个不知今夕是何年，但带灯却离开了。竹子跑出来说：你真不唱了？带灯说：我堵得慌，怕是心脏有问题了吧。竹子说：你为什么要唱《红楼梦》呢，我陪你唱个欢乐的，情绪就兴奋了。带灯说：太悲伤太兴奋对心脏是一回事，我还是静静着好，去我老伙计那里弄红柿子呀。

给元天亮的信

我又恢复了从前的平静一个人兜风读书思想，我现在才知道农民是那么的庞杂混乱肆虐无信，只有现实的生存和后代依靠这两方面对他们有制约作用。人和人之间赤裸地看待。在老伙计吃红柿子的时候，院子里站了那么多人，有个媳妇拿来夹竿帮忙，这媳妇不会生育，遭他们讥讽。有个媳妇给邻居建房人做饭，要求一天五十元，另一个媳妇说你的手值五十元其他都不值。人们笑贫恨富。我总把自己封存在大石头里，现在石头被一天天打碎，我真有些适应不了怕热怕冷无处躲避，一口口叹出体内的浊气。我想到修炼。听说那得道的高僧坐化焚后体内有舍利子，舍利子是他尘世的情结吗？道行越深舍利子越多，那情愫凝结心中多么难啊！总之，没有深切的追求和功业的依托人生都是空洞的盲人瞎马的作乐。我从小被庇护，长大后又有了镇政府干部的外衣，我到底是没有真正走进佛界的熔炉染缸，没有完成心的转化，蛹没有成蝶，籽没有成树。我还像鸟一样靠羽毛维护。一天天的荒废光阴是不能安然的，我觉得人生也是消业障的过程，而美丽的功业就像海上的舟船载人到极乐世界，可我……

夜里做梦在坡顶走时地下有声音，和我说话，声音磁性很明朗。当时听很清，现在忘了，只记得一句说：你还没和佛讲和。不知是啥意思，也许说我修养不够？我也见你了在我们这里，你在山上看见了一棵树就跪下来，影子过来，我跪一边，影子过去，重叠着你。我问你爱情是不是有颜色？你说好的爱情应该是绿色的。我看着那棵树，竟然不情愿地想绿色是大自然的血液，绿叶是树木的血之余，立即心悸。

镇街上有三块宣传栏，邮局对面的那块永远挂着你的大幅照片。你是名片和招牌，你是每天都要升起的太阳，看着街市，也看着每日在街市上来回多少次的我。今天和竹子又经过那里，我要竹子站在你的照片前给她用手机拍照，其实我是为了让她也给你我拍照，虽然你薄成一张纸。拍完后我们翻看，正看着你我的那张，一只黑底白点蝴蝶翩翩飞来就灵巧落在手机上，然后飞走。我好诧异，竹子说：哎哎。诡秘地笑看我，我没说话。我觉得我们真是不一般？我不迷信，但我有时实在疑惑，街市上怎么会有蝴蝶呢？

你是我的白日梦。

我很想念你。有时像花香飘然而至,有时像香烟迎面而来,有时像古庙钟声猛然惊起。我不止一次地给自己说可以想但不要沉湎或泛滥如决堤山洪,否则我在山上把你埋掉。然而我无力去克制自己不能泥陷相思境地,给自己找出路,每次拟词拟到结尾却像荒秧子庄稼一样枉费功夫,相思仍像疏漏的一颗种子在田畔的草芥中茁壮独立,管他谁来收成。所以我就随意生活,浓冽地想,心如香椿自香,臭椿自臭,各享其味,该上树就上树,该下河就下河,本身的气息味道改变不了,像饥饿闻见饭香,积尿听见水响。

终于下雨了

雨是来自天上,只要天上有雨它迟早都要下来,就看它要把你旱死呢还是旱个半死。

连续了两个礼拜的三十八度高温,每个人都如被火魔王拎起来同海绵一样拧水。带灯和竹子把竹席冲洗后在傍晚晾干,到了夜里,刚睡着,电话就响,是镇长在紧急催督到会议室,市抗旱防汛指挥中心又开视频会,通知州河上游连续暴雨,大水以每秒一千二百个流量四小时后到县境,要求沿河村镇严阵以待观察汛情。

视频会一结束,镇长立即安排,所有职工分成三组分别给所有村寨打电话,下着死命令:沿河村寨的干部必须提上锣查堤查坝,一旦有事一方面向镇政府报告,一方面敲锣组织村民转移和抗洪。而没有沿河的村寨,也必须提高警觉,因为州河上游下雨发水,必然在不久樱镇地面上也将要下雨。翟干事吴干事和侯干事就开始骂了,骂整天整夜地盼着下雨哩,盼到要下雨了,咱们的罪孽又来了!咱镇干部这是啥命嘛?!带灯说:是门轴命,开门关门轴都转哩!镇长布置完工作,对带灯说:镇街三个村子和南河村应该是防洪的重点村,你跟着我,咱到这四个村去。带灯脑子里第一个反应就是:如果洪水下来,肯定就毁坏沙厂,但她不愿意去镇西街村,甚至还有了那么一点幸灾乐祸。她说镇长你到镇街三村,我和竹子到南河村。镇长同意了,倒还关心地叮咛:去了给村长说些硬话,那村长是马大哈,扎锥子都放不出血的。再是南河村靠山,那里的山体多是石灰岩,要他们防着山体滑坡。再是大水四小时后到县境,经过樱镇可能六个小时后,你们看着时间,六小时前务必返回,以免河里发了水就被隔在那里了。竹子说:隔在那里就隔在那里,或许山体滑坡把我们也埋了,那就追认个党员,做个烈士吧。镇长说:快朝空里呸,呸呸呸!朝空呸唾沫是避邪祛晦的,镇长呸了,带灯和竹子都往空中呸了几口。竹子说:镇长还这么珍贵我们呀?!镇长说:南河村不能出事,你们也必须给我毛发无损地回来!

带灯和竹子其实在三个小时后就从南河村返回了,因为天开始下雨。第一滴雨下来前带灯在训斥南河村的村长,村长睡了,叫了好久的门,村长的老婆回答说村长不在,但她的声音发颤,而且断断续续。竹子说村长老婆咋是这声?带灯明白那是村长和老婆正做那事,也不说破,继续敲门。村长终于起来开了门,听了带灯的通知,却说没事没事,五年前樱镇的那场洪水,所有沿河村寨有垮了堤的,冲了地的,死了人的,南河村就啥事都没有。带灯说:上次没事不等于这次没事,如果你还这样麻痹,我现在就重新任命个新村长!村长说:我是群众选出来的。带灯说:咋选出来的你明白我也明白,我可以让你上台也可以让你下台!村长不吭声了,把手里的锣敲得咣咣地响。就在这时候,啪的一下,什么东西砸下来,地上的浮土蹿上一股子白烟。村长说:谁扔软蛋柿?接着又是三下砸声,才发现是雨颗子。雨颗子有铜钱大,一颗就砸在竹子的肩头上,溅出一朵水花。往天上看,天上原来已经有了乌云,乌云并没有翻滚,而缓慢地由西朝东飘移,就像开春时河里融化冰层。已经是太久太久没有看到这样沉重飘移的乌云了,云白着红着实在是简单枯燥,云乌着才显得这么丰富和壮观。带灯说:哎呀,真是下雨了!随之雨就稀里哗啦下起来,先是一层白雾,再是白雾散去,一片黝黑,再是黝黑也退去,突然光亮非常,而地上嗞嗞嗞地响过之后就开始起了水潭,水潭越积越深,潭面上有了无数的钉子在跳。

村长的锣能敲烂,把村民敲出了门。雨颗子在炒爆豆似地砸磕着房上的瓦已经使村民醒来,出门见天色已亮,瓢泼的大雨,以为是村长敲锣庆贺着下雨,也都拿了脸盆、簸箕、搪瓷碗猛烈敲打,欢呼跳跃:啊下雨了!下雨了啊!在院门口的场子上跑,村道里跑,跑着跑着跌倒在地上,也不爬起,而手脚分开平躺了,这个问那个:是天可怜了咱老百姓吗?那个问这个:是黄书记一来天感动了?!人似乎就是一棵树,一丛草,让雨淋吧,让水泡吧,那一身的皮肤都绿了,头上的头发也生出了叶子。村长开始大声地叫骂:躺到地上死吗?起来,快起来!一组二组的人都去村后查看山坡,三组四组五组的人跟我到河堤去啊!噢,噢噢哟,防滑坡啊!防决堤啊!躺在地上的人才哦地起来,一部分人往村后跑,一部分人往村前跑,鸡鸣狗叫,雨声哗哗,脚步嘈杂。有人在问:才下起雨就防洪呀?村长说:快跑,快跑,啥时候能不防旱防洪防综治办呀?!带灯说:你说啥?你给我说啥?!村长停了一下,拿手捎自己嘴,说:说错了,防上访,防旱防洪防上访啊!

带灯和竹子跟随着村民先到村后查看了山体,又赶到河岸查看了河堤,然后就要赶回河北岸的镇街。经过河滩,看见了沙厂里有上百号人像是一堆没头苍蝇在搬移洗沙机,在搬运洗出的沙,在搬动那些乱七八糟的木头、篷布、铁网子、锨、镢、抽水机、架子车、水管子。元家五兄弟不停地吼粗声:快,快,快呀!那是让你×自己老婆吗,你慢腾腾的?!元老四手里还握着一根柳条子,抽打着那些手脚不利索的打工者。

雨连续下了四天四夜

四天四夜里雨大得像是拿盆子倒，镇街上的人家先还拿了锨把后檐流水往尿窖子里引，尿窖子里都干着，引了流水就用不着去河里挑了，可尿窖子很快就灌满了，赶紧拦水道，拦不及，尿窖子里的粪便就溢出来和水道的水一块往村道里流，村道里的水也流不及，倒灌着进了街面。一个夏天都没见到蚯蚓了，路面上突然有了那么多蚯蚓，都拉长了身子，竟然长到半尺一尺的。老鼠在跑，蛇也在跑，老鼠和蛇搅在一块跑，老鼠跑着跑着就被水冲得没影了，而蛇从水面掠过去，爬上了树，树上满是蛇，还有一疙瘩一疙瘩的苍蝇。把猪把鸡把猫把狗都往牛棚里赶，老年人开始烧灶做饭，要烙些煎饼以备急用，但柴禾全湿了，死活烧不着，只冒烟，烟从烟囱里又出不去，呛得满屋里都是咳嗽。小孩在屋阶上尿，他感觉老是尿不完，看见了院子水潭上有明灭不定的水泡儿，跑去用手掬，雨一下子打得跌倒在水里了，大人惊呼着赶忙抱回来，又撕棉花给塞了耳孔，因为天上滚起了雷。雷不停地在天上滚，似乎就滚到屋顶上，还是从这家屋顶经过那家屋顶一直从东往西滚了过去。后来那不歇气的雷声就在河里，那已不是雷了，是河里起了吼声，水满河满沿地往上涨，漂一层柴草树枝和白沫，接着就是整棵的树，麦草垛，椽和檩，也有箱子柜子桌椅板凳簸篮门窗，死猪死猫死鸟死獾死黄羊，也有了死人，死人都是被水脱了衣服，一丝不挂，头脸朝下。

灾情很严重

四天四夜里，书记镇长是没合过一下眼，脸上的肉像是一层一层掉了，腮帮塌陷，颧骨高凸，满下巴的胡茬子，嘴臭得能飞出苍蝇。所有的干部虽然没有书记镇长的压力和操心大，可以叼空和衣蹲在什么地方或靠住墙打个盹，但他们在那些远远近近的村寨里跑动，两个人就发高烧，四个人石头碰伤了腿或翻山时崴了脚，五个人轻重不一的拉肚子。更是吴干事在查看河水时，脚下的土塄垮了，被冲走了半里地，虽然被救了上来，但已昏迷，还是把他如口袋一样搭在牛背上，拉牛走了一小时，他吐出半盆脏水才醒了。

四天四夜后，雨是住了，河里水不再往上涨，灾情从各寨报上来：沙厂已不复存在，被冲走了三个洗出的大沙堆，卷走了一半的棚布、沙网、架子车和镢镐锨筐，还有一辆三轮蹦蹦车，蹦蹦车是在往出跑时没跑过浪头，司机跳下来爬上了树，在树上困了半天才被救下来。桦栎村发生泥石流，人算跑出来上了对面山梁上，却眼睁睁看着村后一面坡溜下来，三户人家的七间房子一下子没有了。损失约三万元。井子寨村道完全冲垮，损失约五万元。石桥后村河堤冲毁，泥沙覆盖了三十八亩农田，十三棵老树连根倒了。不幸中有幸的是河湾的芦苇滩上有三头死猪，被村民拉回去杀了肉，还有一头牛，牛还活着。南胜沟村山洪和泥石流毁耕地二十亩和一片山林。北沟二村刘英安是下半夜听见大水声，把门一开就被水拉走了再没找到。西栗子村汪文镇在家盖房，为了多占庄基，在屋后挖崖，挖出个陡直的土塄，结果土塄经雨淋泡塌下来，把正盖着的新房壅倒，压死了他老婆和孙女，还有一只怀孕的母猪。药铺山坍了一座崖，崖石堵塞了沟道，聚水成湖。茨店村一年才硬化的村前五里路，不复存在。唐有根被雷击，一米八的个头缩成小孩一样，浑身黑得像炭。石门村垮了十条梯田石堰。崛头坪倒了五间房，一人触电身亡，三人失踪。骆家坝村山裂，五十亩山林被毁，倒坍三间房，丢失牛羊十头，损失十万元。双轮磨村前道路塌方五处，十八亩耕地被冲走，只剩下石板皮。

竹子翻阅过去的水灾材料

竹子是跑村时山上一块石头滚下来，带灯喊往右跑，往右跑，竹子急了竟分不来左右，迟疑了一下，石头就滚下来擦着了她，所幸没有砸着，而那么擦了一下，左胳膊就抬不起来了。她用绷带把左胳膊吊在胸前，不能再往村寨里跑了，镇长就让她在镇政府写灾情汇总。竹子不甚懂写这类文件的格式，就翻阅镇政府保存的过去水灾的汇总材料。其中一份材料是上一届班子写的，却写着上上一届班子时的情况。

那材料是这样写的：现在干部任用"七上八下"，就是年龄到了五十七可以提拔，五十八则作罢，而樱镇防洪是"七下八上"，就是发大水常在公历七月下旬和八月上旬，比如二〇〇五年的七月二十九日，二〇〇七年的七月二十四日，二〇〇八年的八月十三日。二〇〇八年的八月十三日，樱镇街道成了河，家家进水，半夜里群众在街上集体大骂镇政府把水给改道街上了。当时的镇书记赶紧叫镇上干部天不明就去摸查长舌户，进行安抚。镇书记苦求下去的干部，对群众要好言好语，面带微笑，群众再骂，不急不躁，千千万万不敢发生动乱。后来传说东边的香积镇死了百十人，一条沟的人家连窝端了，还有祥峪乡泥石流死了八户人家，潘家坪也死了三人，樱镇人就庆幸：咱还没死人么！就不闹了，还有救济和慰问而以受灾得意了。之所以水能进街，是原来要修个护街坝的，坝设计离街二百米前往下左拐四十五度了直下从街后走，也就是说应从街前的拐弯处修下来，但镇书记在修时说这条坝是能代表樱镇形象的，修到石拱桥处好看，也便于上级领导来检查。因此发大水从上面一百米处直下扫荡了街道。这条总长八十米的坝曾被县市有关部门来人检查了多次，那里的标志牌也被换了多次，比如是以工代赈项目工程，是市团委扶贫项目工程，是革命老区转移支付项目工程，是爱民救助项目工程。

带灯到青山坪了解情况

带灯在青山坪村了解灾情，一老人热情地让她到屋里坐。带灯说这大水让你们受难了。因为水进了村后，正是夜里，村长敲着脸盆挨家挨户叫醒人转移到了有山神庙的那块高地上，虽然水冲毁了七间房子，冲走了四头猪两头牛，但人没伤亡。老头说你来我这儿问我，我心里高兴呀，在古时你就是朝廷命官呀！这回多亏了政府在解放初筑了一堵浆贴的护村坝，要不整个村子就完了。这些年也是年年打坝咋都不结实呢，不知是水泥不好还是咋的，一涨水它就塌了。带灯一脸羞愧。老头给带灯拿了核桃砸仁吃，还喊叫老婆子给带灯打滚水荷包蛋。老婆子说没蛋了，老头说：鸡不是在窝里吗？老婆子去鸡窝，果然一只黄母鸡卧在那里，老婆子提起鸡见鸡并未下蛋，指头在鸡屁股眼里探了探，骂鸡：你没蛋你给我做样子？！滚！把鸡扔出了院墙外。带灯听到了滚字，也听到了蛋的，忙说：我不喝，不吃。赶紧离开。

上报灾情

带灯从青山坪村回来后，也把自己了解的灾情给了竹子。竹子已经汇总了两次，但还不断有新的情况报上来，一次次地更正补充，直到形成第三份材料后，先让带灯看，带灯吓了一跳，没想到除了西栗子村汪文镇家盖房挖土垮了塄压死两人，茨店村被雷击死一人，石门村触电死亡一人，三人失踪外，东石碌村被水卷走一人，柏林坪寨泥石流埋没了一户人家，好的是这户人家仅是个鳏居老人，但崛头坪村也失踪了三个人，活不见人死未见尸。立即让竹子赶快呈报书记镇长。

镇长一看死亡和失踪的人数十二个，就失声痛哭。书记训他：你哭啥哩，嗯，你哭啥呀?！镇长说：咱没干啥伤天害理的事么，灾情这么重，这怎么给上边交代，又怎么收拾摊子？书记说：你哭事情就没了？领导干部么，泰山崩于后白刃交于前咱要挺住！人胜不了天，关键咱把咱的工作做好，灾情现场该去的咱去，该慰问的群众咱慰问，咱就对谁都可以交代！于是，紧急召开了一个中层班子会。会上，书记让竹子重新通报汇总的灾情，竹子将各村寨的田地、山林、道路、河桥、房屋、财物、家畜的损失，以及沙厂的损失一宗一宗说了。书记问：次生灾害没有统计吧？竹子说：报上来的就是这些。书记说：这是一发生水灾，同志们在第一时间奔赴受灾现场的统计数，但咱樱镇的山区有山区小气候，就是山沟里泄水不可预知，说不定哪个山沟的水流就狂涨，而且水浸泡后滑坡、垮塄、泥石流在第二天或四五天后才可发生发现，这种次生灾害一定要充分估计到。竹子说：那怎么估计？马副镇长说：你在镇政府这么多年了咋还是没脑子？怎么估计，你可以多写写损失么！竹子看带灯，带灯没言语，竹子说：白主任对深山里的情况更熟悉，能不能让白主任写？白仁宝说：那还不容易写吗？我还要往各村寨跑哩。书记说：白主任你就帮竹子把这一项写写，这很重要。白仁宝说：那好吧。书记又对竹子说：你继续汇报。竹子说：最为严重的是一共死了十二人。书记说：十二人？不是失踪六人吗？竹子说：是失踪了六人，但现在没有找到，肯定是死了。书记说：见尸体啦？竹子说：这倒没。书记说：没见尸体怎么能说是死亡呢？死亡是死亡，失踪是失踪。竹子说：那就死亡六人，这恐怕得很快向县上报告。书记说：你汇报你的。竹子说：东石碌村被水卷走一人，后来在五里外的沟道里发现，乱石砸撞得头和身子分离了，先以为是两个人，后把头和身子对接，能对接住，才认定是一个人。这人叫刘重，五十二岁。柏林坪寨泥石流把三间房埋得毫无痕迹，死了孤鳏老人康实义，七十三岁。石门村的电杆倒了，村民石进保去捡电线,没想电线上还有电,当场被电打死。茨店村的巩德才是发水时先从后门跑上了山,跑上山了又给老婆说他在墙缝里还塞有三百元钱忘了拿,就又跑去拿钱,水没冲着,却一个火雷疙瘩从天上落下来,竟然撵着他,就把他雷劈了。西栗子村一户人家盖房挖土塄,土塄经雨浸泡后塌垮,壅了正盖的新房,压死两人,一个叫马八锅,女的,五十六岁,还有个汪林林,是孙女,四岁。书记说:东石碌村听说沟里的路全冲毁了,倒了许多电线杆?竹子说:是把路全冲毁了,不但倒了十五根电线杆,沟口一面坡滑下来,把那片青㭎林埋了。书记说:那怎么知道死了人?竹子说:侯干事报上来的情况是这样。书记说:把侯干事叫来。侯干事来了,书记说:你到东石碌村了?你报的情况是咋回事?侯干事说:路不通,电话也不通,我是在沟口碰着一个村民说的。书记一摆手,侯干事走了,书记说:他只是听说,那怎么就能保证真实性呢?镇长说:如果不能确定死人没死人,就先不要上报吧。书记说:茨店村的雷击和石门村的触电问题,咱还得冷静地研究一下,樱镇村寨分散,气候恶劣,常有一些怪事发生,比如失足坠崖呀,被葫芦豹蜂蜇死呀,遇着熊熊把人咬伤呀等等。所以我想,茨店村的雷击和石门村的触电虽然是在水灾期间发生的,但又是不是独立的特殊事件呢,老马你说说你的意见?马副镇长说:这肯定与水灾无关吧,陆主任你认为呢?经发办陆主任说:如果再做详细调查,水灾期间病死的人肯定不少,这些病死的人不能说是水灾中死亡人数吧。书记说:说得有道理,既然大家都认为虽是非正常死亡但与水灾无关,那就不作统计了。柏林坪寨泥石流埋没一户人家的事,人没刨出来吗?竹子说:这是治安办报上来的,说泥石流面积大,把一个沟洼全壅实了,根本无法把人刨出来。马副镇长说:这也是不见尸呀。竹子说:可村里再没见了康实义呀。马副镇长说:是康实义的邻居证实的还是康实义的亲戚证实的?竹子说:康实义是孤鳏老人,又住在沟脑,村人发现没了三间房也没了康实义。马副镇长说:那也只能算失踪。书记说:人命是大事,为了慎重起见,还是报失踪为妥。西栗子村死了两人这事我知道了,严格讲是私人盖房出的事故,当然,土塄能塌下来,是水浸泡了土塄导致的。如果以私人盖房出的事故论处这也完全可以,但死去的马八锅是村妇女专干,一个不错的村干部,平日工作积极,受过镇党委镇政府多次表彰。她死后,他儿子来找过我,也闹腾得很凶。我考虑了,这次水灾中所有的村干部表现得都非常好,马八锅也是在雨最大的时候敲锣让大家夜里不要睡,她跑动了一夜,后来刚到新房里,被土塄塌下来压死的。我们处理这事,要为死去的人负责,应该表扬的村干部就该表扬,应该有典型的就树典型,这样也是一方面给广大人民群众鼓励,一方面也让死者九泉之下瞑目。镇长说:对,对,马八锅这个女同志工作卖力,镇政府每次下达的任务她都贯彻落实,只是年纪大,手脚笨了点,她肯定是让大家都避水防洪,累得头晕脑涨的,在新房里没留神屋的土塄变化而牺牲的。竹子说:这么说,马八锅是烈士呀?!马副镇长说:这么大的一场水灾,肯定有许多可歌可泣的感人事迹的。白仁宝说:马八锅就是抗洪英雄!带灯说:这有些那个了吧?马副镇长说:就算她不是英雄也是雷锋么。竹子说:雷锋?这和雷锋能扯上?!马副镇长说:你知道雷锋是怎么死的,他是别人倒车时撞倒了一根电杆,被电杆砸死的。如果严格讲他是事故中死的,可雷锋后来是无产阶级革命战士,几代人都学习的榜样啊!带灯站起来就出会议室门。书记说:你有事?带灯说:我上厕所去。书记说:快去快回,咱们要形成个决议给上面报,谁也不能缺。书记接着说:竹子你往下汇报。竹子说:没了,就死了这六个人。镇长说:你怎么还说是死了六个人?柏林坪寨的康实义不是算失踪吗,东石碌村的刘重消息不确定,雷击的触电的不在洪灾范围,要上报死人就只能上报死了马八锅和她孙女,咱们还要大张旗鼓地宣传马八锅同志。你就很快形成个材料,咱们连夜向县上电话汇报,并在明早把材料送到县上有关部门。镇长说完,问书记:你看这样行不行?书记说:大家意见一致那就这样上报吧。我再强调一点,专门为马八锅同志写个材料,争取在全县树个典型。带灯呢?白仁宝就到门口喊带灯，带灯没回应。镇长对竹子说：你去厕所看看。竹子出去了一会儿，回来说：带主任正在特殊期，又累又淋了几天雨，肚子疼得厉害，到房间喝药哩。书记说：哦，那让她好好休息，她这次也极其辛苦呀！以我的本意，也应该报几位镇干部的先进事迹，这其中就少不了带灯同志。可考虑到咱们镇干部是领导指挥抗灾的，还是先不宣传为好，但我会记着大家，口头上会给县上领导作汇报的，以后该提拔的首先考虑，该奖励的一定要重奖。竹子你年轻，再劳累劳累，连夜把上报材料写好，该写透的一定要写透，文字上请教你带灯主任，最后白主任把关，明白了吗？竹子说：明白了。会就散了。

汉白玉井圈里是红的绿的泥

带灯坐在综治办里吃纸烟，从门里往外看，杨树和院墙之间的那个蜘蛛网没有了，而汉白玉井圈里栽着指甲花也全被雨水打得稀烂，泥是红一疙瘩，绿一疙瘩。

竹子抱了一堆材料回来，她要带灯帮她，带灯说我写不了那样的文字，竹子就叫苦她倒霉把胳膊断了，要断就断右胳膊呀，偏断了左胳膊！

后来，镇长来找带灯时，带灯把汉白玉井圈里的红泥绿泥挖出来，捏成泥包儿在地上甩。这种游戏她小时候玩过。镇长说：你不该正开会就走了。带灯说：我肚子疼，我总不能疼死在会议室！镇长说：我知道你有想法，可你也是老乡镇干部了，你能不知道要向上边表功了，谁不是有什么就说什么没什么也要说出个什么，如果出事了那又不是大事说小，小事说了？带灯说：可这是人命大事，也敢隐瞒？镇长说：这不是隐瞒，是巧报罢了，因为能说得过去。死一个人你清楚意味着什么，我，更有书记，都是苦根上发芽不容易呀，十二个人突然没了，我和书记的日子不好过，咱镇干部每个人的日子也不好过，大家都要生存么。带灯说:那死了的人就死了,这些家庭连个补助连个说法都没有了?再是咱即便巧着上报,村里人难道就不说出来,不会有人将来上访?镇长说:康实义是孤鳏老人没人会追究,刘重是落不实,或许死者是外乡过路人,那死亡与咱就无关了,雷击的触电的咱那么处理谁也寻不出不对的地方。之所以报那么多失踪,失踪是不能定生死的,或者人出外打工了,或者走了远方亲戚,只要过了这一段时间,以后即便是人已经死了还会再有人过问吗?东石碌村刘重问题可能村人以后有反映,现在是消息不通可以不报,为了防止以后有反映,我和书记也商量了,镇上准备了八百元封口钱。把马八锅树为抗洪先进人物,对谁都好。书记处理这类事情真是经验丰富,又给我上了一课。带灯说:你好好上课。把手里的泥包又朝地上甩了一下,泥包啪的一声,破了个窟窿。镇长说:说实话书记还不错,你刚才不在,他还表扬了你。带灯说:你不是也来安抚我了吗?其实用不着表扬也用不着安抚,我算什么呀,你们压根儿不要把我当回事,何况我并没有说什么也没有妨碍了什么。镇长说:你呀你呀!就蹴下来也捏泥包,捏好了递给带灯,带灯又甩了三个泡儿,最后一次把泥包甩出了门,泥包在杨树上粘住,响声很大。而正好白毛狗跑过来,白毛狗浑身泥,不是白毛狗是泥狗。

给元天亮的信

昨天值了一会儿班,满院里都是来领救济面粉的群众,还有外面捐来的衣物发放。反正也是骂声不断,因为没有绝对的公平,骂村干部不变蝎子不蜇人。办公室的电话响赶快接听说你好,谁知那北京人南方人多次电话说你们某某村 4 号家人出事了或某某村 12 号打工者出事了赶快给家人联系。那些骗子的普通话令我恶心。樱镇哪里有门牌排号?想狠狠骂一通但自己提醒自己千万不敢,万一被改编了传上网镇政府就说不清了。一个老伙计也来上访，她丈夫是村长，去年村里一家姓王的承包了修村道，规定路面硬化必须超过五寸厚，而姓王的偷工减料只有三寸多，她丈夫发了一笔修路费还扣压了一笔，双方一直吵吵闹闹。这次洪水把村道全冲了，姓王的又来要钱，她丈夫还是不给，姓王的说我是没修到五寸，而即便修到一尺厚，水还不是冲了?！她丈夫说路冲了是冲了，和你没按规定修是两码事。姓王的就一天三晌来她家闹，老人休息不好，孩子做不成作业，这日子没办法过了。我说你丈夫把钱给姓王的算了，洪水后肯定要重建家园，上边还会拨款修村道的，到时候再不让姓王的干一分钱的活了。她说那不行，她男人是村长，如果治不住姓王的，村人都看样，村长就没权威了，要我们给她丈夫撑腰打气。但我也知道她男人在修村道款上有猫腻。现在村寨里不说硬理了，一有纠纷就去告呀，双方或一方钱花完了事。我厌烦世事厌烦工作，实际上厌烦了自己。人的动力是追求事业或挣钱或经营一家人生活，而我一点不沾，就很不正常了。我想老天是叫我干啥吧，感情方面像花开花落叶绿叶黄甚至果实苦甜，但树还是根本，茁壮的树才承载情绪的花叶。

我去松云寺，因为听说老松在风雨里折断了一枝，果然是折断了，许多人在那里哭。太阳快出来了啊，就在山头的云雾中，像被摸索的扑克牌经仔细的揣测，半早晨了被哗然翻开，那耀眼的风光还是光风使我后退了两步。雨后的草开始疯长，青桐桦栎树叶全支棱开来在风里拍手，翻动的叶背是白的，像是开了一层白花。远处的河水翻腾的浊浪如发过脾气的老头在太阳下开始丢盹儿，又如哭闹后婴儿想要安眠。

办公室又在频发信息，依然在强调防汛严峻，让我们守岗强责排查次生灾害隐患。水，水，水，将近多半年的时间，总是被水困扰，不是水太少了就是水太多了。我深深觉得女人是水做的，因为我想你时有淌不完的泪水。女人是清清浅浅的山泉，有时在悬崖上成瀑后变成了湍急河流，再加上外界暴雨的袭击成洪成祸。政府让我们抗洪就是抗天谁能护得了,哪个群众在洪水到来时是政府人背出来的,都是从建房时开的靠山的后门跑上山去,自求多福。天灾是上天和人激烈的对话,沟通和协商,那么,镇政府在其中应该做什么呢?我心中也洪水滔滔就不指望谁来抗洪,理顺自己的气韵,疏导生活的脉络,只要是进入我生命中的真情真爱,我都在心中尊敬,维护和经营。看日子整齐地过来,无序而去,我还要认真地活,就像蝉儿一样怎么过我也怎么过,唱着别人或许聒噪而我觉得快乐的歌。

这两天骑摩托要到几个村寨,看看那里群众的生活和生产,我很看轻自己不想要嘴,但群众在意,说是镇政府来人了给把什么都交代了,所以我明天先去东岔沟村、桦栎坪村、南河村转一圈儿。

镇街上人都躁着

洪水使沙厂的经济损失最大,元黑眼坐在当街的肉铺里骂人。他骂挂肉的木架子没有支好,你不拿石头压住底座,架子能稳吗,你会干不会干?妈的个×!铺子里的赵妈见元黑眼骂小马,忙把小马支使开,喊:德贵德贵!德贵还在后院烧杀猪水,柴禾全是湿的,冒烟不起焰,正趴下用嘴吹。赵妈又喊:德贵德贵你耳朵塞了驴毛啦?!德贵不吹了,跑过来,抱那个磨扇往木架的底座上压。烧杀猪水的柴禾又扑塌下去,浓烟罩了后院,又像乌龙一样钻进铺子来。元黑眼又骂:你连火都不会烧吗,你是在熏獾呀?!元老三新买来了两只猪,这两只猪都是有人从洪水里捞出来的死猪,有一只头被石头磕撞成了半个。赵妈说:这猪买回来啥价?元黑眼睁着眼,说:你问价钱干啥?!一脚踢在猫食盆上,他嫌猫吃食的样子难看,猫和猫食盆一起被踢出了铺门,跌落在台阶下。张膏药的儿媳又来向他提说工钱的事,张膏药的儿媳知道元黑眼心情差,已经在肉铺门口来了多时,还帮着德贵把木架子支稳,她才说:他叔,我那钱……元黑眼说:不就是那丁点钱吗?张膏药儿媳说:就是一丁点,你不在乎的。元黑眼说:我是不在乎!要是没这场水,哪一天我不是在河滩就发了工钱?可水把沙厂卷了,你每天来,这不是故意看我笑话吗?!张膏药儿媳说:你千万不敢说这话,他叔,你冤枉了我,我也想在老街那儿弄间农家乐的,实在是手头紧。元黑眼突然脸凶了,说:我现在没有!张膏药的儿媳立在那里眼泪哗哗。

马连翘从街上提了盆子跑过来,她进了肉铺门只说了一句:你吃过啦?没等元黑眼回话,就进了后院。元黑眼说:今日没猪血。马连翘说:咋能没猪血?元黑眼说:没猪血就是没猪血!马连翘说:那我提副肠子。元黑眼说:肠子不给你了,让九明家的提去。张膏药的儿子叫九明,马连翘这才看了张膏药儿媳一眼,说:她凭啥?元黑眼说:我说让她提去就提去!马连翘说:人家有陈跛子哩,用得着你操闲心?!张膏药儿媳说:马连翘,我没得罪你,你给我扣屎盆子?马连翘说:陈跛子整天往你那儿跑啥哩,他是给你吃药哩还是给你身上扎猛针哩?有个跛子你还不满足,又来勾搭谁呀?!张膏药儿媳说:我是寡妇,可我门前没是非,你以为别人都和你一样?马连翘就过来打张膏药儿媳,两人撕扯在一起。元黑眼又骂:给我住手,都滚远!马连翘冲元黑眼发疯:你让谁滚?把盆子摔在元黑眼面前。旁边早有了看热闹的人,有的说:马连翘脾气恁大的?有的说:把情人当老婆用哩,当然脾气就大了。元黑眼扑起来踢马连翘,踢在屁股上,因为用力过猛,身子往后踉跄了一下,正好赵妈端了一盆烫猪水要洗脚呀,撞得赵妈坐在地上,烫猪水泼在了元黑眼的左脚上。

当天的下午,元斜眼在米皮店突然看见了王采采的儿子。元斜眼被镇长训斥过,死不承认他摆麻将摊专门和从大矿区打工回来的人赌博,但也再不敢去大矿区包工头那儿领取王采采儿子的工钱了。元斜眼以为这是王采采儿子给镇政府密告的,窝了一肚子气,所以突然见到王采采儿子了,就嚷着欠钱还钱。王采采儿子放下碗就跑,元斜眼在后边撵,一直撵到老街上,王采采儿子钻进了歌屋。而换布立在门口,还戴着墨镜,笑嘻嘻地说:斜眼呀,来唱歌吗?你没叫上你大哥呀?!元斜眼面对着换布,但他看的是歌屋旁边的木桩,木桩上挂着红灯笼,说:他往你这儿钻?换布说:他在我这儿看场子呀!元斜眼说:狗么!换布说:是狗。元斜眼拾了块石头,大声喊:×你妈的你出来!换布说:打狗看主人啊斜眼!元斜眼哼的一声转身走了。

镇西街村的巩老栓已经躺在村里的三道岔巷口了半天,巩老栓的老婆放声地哭。因为巩老栓的两个儿子都出去打工了,家里就老两口,新盘了锅灶,把旧灶土堆在门前的路上,准备打碎了担到地里做肥料,元老五从河里看水回来,嫌灶土挡了路,拿起锨就把灶土铲着扔到路边的池塘去。巩老栓出来和元老五吵,吵不过,抱了元老五的腿,元老五说:我不打你,你挨不住我打。腿一甩,甩开了巩老栓就走了。巩老栓躺在巷口不起来,邻居来往起拉,说:没踢伤就行了,人家恶么,你在这里躺到天黑呀?才把老两口拉了回家。

张膏药被小马请了去给元黑眼烫伤的左脚贴膏药。张膏药出门时,带了膏药也带了个竹挠挠插在后脖领。张膏药身上总是痒,他把竹挠挠叫孝顺,还姓木,说:我没了老婆,儿子也死了,没人给我抓痒痒,咱买个木孝顺度晚年么。到了肉铺子里,赵妈把木孝顺取下来,张膏药以为要给他挠背呀,赵妈却在给自己挠,说:哎,狗皮膏药!张膏药说:我这不是狗皮做的。赵妈说:是不是你那儿媳要改嫁呀?张膏药说:你听到什么口风啦?赵妈说:听说陈跛子待她好。张膏药说:那她寻梦呀?赵妈说:陈跛子是好日子,咱吃饭哩管它是啥碗!张膏药说:那跛子恁有钱,她还把我儿子的命钱给人家?!气得给元黑眼贴膏药时手抖得贴不平展,揭下来重贴,元黑眼也骂他:你就这技术?我只给你一半钱!真的只给了二元五。

唐僧走来一路都有白骨精

广仁堂的门开着,陈大夫在里边坐着,没人来就诊。戴上老花镜了看药书,街面上不时有人吵架,聒得看不成,就对张膏药的儿媳说:你把筛子里的枸杞端出来晾着。张膏药的儿媳来给广仁堂打杂,陈大夫满意这女人的勤快,也满意这女人转身弯腰时的那一种姿态,但女人的一双鞋太旧了,他问:你穿多大号的鞋?张膏药的儿媳没回答他,瞧着那个疯子在撵一只狗。她认得那只狗是镇政府的白毛狗,狗被撵急了转过身咬疯子,疯子没躲得及被狗扑倒,疯子竟然也咬了狗一口。张膏药的儿媳说:今日天阴得实,不会有雨吧。陈大夫说:有雨着好,有雨天地阴阳就交汇了。

大工厂工地的负责人从街头过来,人都叫着唐主任。唐主任人长得白白净净的,迟早都不穿西服,穿白绸子对襟褂,脸上笑笑的。他走过来总有人碎步跑近去说话,又差不多是些女的,她们央求着工地能给些活计,比如挖一节水渠,砌那些围墙,要不要石方或去刻凿石条,厂区里搞绿化树吗,要栽牡丹、月季和蔷薇吗,要么每天固定去送豆腐、豆芽,就是专送蒜苗和芫荽也行呀。她们说:我心轻,主任,你遗一粒米就够我的了。唐主任一直在摆手,脚步不停。她们仍跟着,一会儿到人家身左,一会儿到人家身右,甚至跑到前面了,倒着走,反复地说。唐主任并不恼,依然微笑,说:我不具体管这些事。她们说:你管哩,你一句话的事。

陈大夫问张膏药的儿媳:他真的是姓唐吗?张膏药的儿媳说:姓唐。陈大夫说:哦,唐僧了么。唐僧走来一路都有白骨精么!

唾　痰

张膏药给元黑眼贴了膏药，回来的时候经过广仁堂，果然见儿媳在帮陈大夫收拾晒席上的枸杞，就呸地唾了一口。儿媳瞧见是张膏药，低头就进了药铺，那口痰却唾在了广仁堂门上，还往下吊线儿。陈大夫说：哎哎，你往哪儿唾哩？张膏药说：我愿意往哪儿唾就往哪儿唾！陈大夫说：你唾不成！拉住张膏药让擦痰。张膏药不擦，说：苍蝇还嫌不卫生?！陈大夫说：你擦不擦？张膏药说：不擦！陈大夫说：那我也给你唾！咳嗽一声，唾在张膏药脸上。两人就撕缠在一起。张膏药脚下利索，打陈大夫一拳，往后一退，再踢上一脚，又往后一退，陈大夫跑不快力气却大，往前一扑，抓住了张膏药就顶在广仁堂门板上，像是把张膏药钉在了那里，然后左右摇晃，张膏药的衣服就把痰蹭净了。

带灯在这个中午喝多了酒

陈大夫和张膏药在广仁堂门口撕缠不清，其实带灯是看到了，但带灯没去干预，她喝多了。

控制尚建安的行动中，曹老八的临阵逃脱，使带灯十分恼火。事后在镇街上见了曹老八，曹老八都是骑了自行车赶紧捏闸，翻身下车给带灯笑，带灯就是不理。在镇政府大院里还碰上一次，曹老八还是给带灯笑，带灯说：你几时把工会的印章和那个木牌子拿到我这儿来。曹老八说：主任，主任，你听我说么。跟着带灯。带灯说：我上厕所呀！曹老八说：我比你年龄大也不至于……带灯真去了厕所，曹老八掏出手纸扔进去，说：我找书记去！进了书记办公室。

这一天，书记突然来到综治办，竹子在收拾文件柜，看到那只埙有尘土，拿抹布擦拭，而带灯在读书，书记说：好久没听到吹埙了。竹子说：你们不是不让吹吗？书记说：不吹着好，那声音怪怪的，不利于给大家提劲。过来看带灯读的是元天亮的书，就又说：这就对了，有空多读读他的书。带灯说：书记也读他的书？书记说：是不是觉得我学历不够，就不读书啦？啥书我读上几页，闻都闻出这书的味道正不正的！说罢就哈哈地笑。带灯说：瞧书记今日心情好么，可惜没有什么要报销的条子让批。书记说：今日请你们吃喝去！带灯说：这不是做梦吧，请我们吃喝，是不是嫌我们没请过你?！书记说：你们是没请过，但我得请你们。带灯说：这不敢。书记说：又不给我面子？那好，东岔沟村鉴定的事就不给你们说了。带灯和竹子愣了一下，说：通知让鉴定啦?！书记点了一下头，两个人就抱住在地上双脚蹦，哇哇叫。书记说：你看你看，这哪儿像是个国家干部！我那双胞胎小外孙今年两岁了，我去看他们，让叫爷爷，就是瞪着眼不叫，我一拿出棒棒糖，就都喊爷爷，一个比一个喊得高！竹子就说：书记是好书记，我送你个吻！书记说：来呀来呀！把半个腮帮仰过去。竹子却给了个飞吻。

书记是把带灯和竹子领到镇街上王万年的饭店里，王万年的饭店很小，又在二层楼上，饭店的名字也直接就叫：吃喝。饭店只有三个包间，最好的一间临街，从窗口朝东能看到刘慧芹的杂货铺，朝西能看到广仁堂，广仁堂门口有两个石狮子，每个狮子头上都放着晒药筛子。

其实这顿吃喝是曹老八要请书记的，书记也就把带灯和竹子叫来。饭菜并不丰盛，但有从石门村弄到的溪鳞鲑。溪鳞鲑是鱼中珍品，全樱镇只有石门村后的深峡里有，一般谁也捉不到。发洪水后，冲出来了两条，被村人捉住拿来镇街卖，曹老八见了说：这是国家保护动物你们敢卖?！说他是镇政府的，是工会主席，就把溪鳞鲑收没了。收没了要宴请书记，并求书记给带灯说说他的工会主席的事，书记正好接到县上让去鉴定的通知，就接受了吃请，还把带灯竹子一并叫上。大家心情都好,带灯也就不提让交印章和牌子的事。书记让曹老八给带灯和竹子敬酒,说:别看她俩年轻,却是樱镇最能干的干部。江湖不分辈,老师不论岁,以后工会的工作你勤勤给她们汇报吧。曹老八就给带灯竹子敬酒,说:这溪鳞鲑味好吧,一条百十元哩。带灯说:我不感谢你,我感谢书记,是书记请我们来吃的。曹老八说:谢书记,谢书记!

两条鱼很快吃完了,酒喝了三瓶,差不多是书记一瓶,曹老八一瓶,带灯和竹子合喝一瓶。书记酒量大,喝了没事,带灯三盅下去脸色彤红,说:我没啥感谢书记的,我把我喝醉,让我难受着,来表达我的心意!就把半瓶酒咕嘟咕嘟喝了,喝了眼睛发瓷,头晕得不敢动弹。书记说:喝了酒脸色多好看的。曹老八说:我在樱镇大半辈子了,从来还没见过镇干部有带灯主任和竹子长得这么好的。我以前的观点,对于镇上的女干部,长得丑的要不敢轻视,长得好的要不敢相信,为啥呢,长得丑而能在镇政府工作的那一定有背景,长得好的就又都是花瓶子,没实际本事。但带灯主任和竹子让我长知识啦!说完就笑,书记也笑,叮里咣啷,两人又一阵碰杯。

这时候街道上有吵闹声,竹子扭头看,是张膏药和陈大夫在撕缠,说:他们还能打架呀?带灯也抬头看到了,却没有说话,也没有动。

后来,书记就去大工厂工地了,带灯仍腿软得走不动,竹子要背她,她嫌喝多了让人看见影响不好,就干脆在饭馆里说说过几天去东岔沟村的事,担心洪水会不会也冲毁了沟里的路,或者那十三个妇女家谁个又遭了损失还能不能去县城。竹子就说她明天先去一趟看看情况,如果路通,人都没事,她把要鉴定的人接到镇街,然后再和带灯一块去县城。带灯说好,你拿张纸来,我向陈大夫又问了些偏方,你带去给她们。竹子向王万年要了笔纸。带灯说:我手软写不成,我说你记。竹子说:你喝高了还能记清?带灯说:我脑子清白哩。曹老八送走了书记,二返身回来还要陪带灯和竹子,说:让我记。带灯说:这偏方秘不示人,你走吧,走吧。曹老八只得走了。

二十三条偏方

竹子记下来的偏方是:肚子痛,用小米一把,焙干研面,和水拌吃。脱肛,取蜘蛛烧烂,抹其上。刀伤出血,蚕蛾烧干研磨,贴。骨头疼,草鞋洗净烧灰而敷。鼠咬伤,用猫粪填伤口。蛇咬伤,独蒜切片敷之。自缢,扶下地躺平,皂角细率吹鼻内,须臾魂魄自还元。咳嗽不止,浮萍捣烂煎服,服三天,每天早晚一次。鼻出血,乱发烧灰,以竹管吹将鼻内。耳流脓,蛇兑研末搅冰片吹入耳,若还流,吹鸠屎末,立止。蝎子蜇,服小蒜汁。抹鼻涕,浇童尿。蛇入口,艾炙蛇尾即出。卒死无脉,牵扯牛让牛舔鼻,牛不肯舔,以盐汁涂面上既肯舔。鬼魇不悟,小男儿尿其面上。小儿尿血尿床,烧鹊巢灰,以井水服之。秃疮,用苦楝皮烧灰,以猪油调后敷。不生发,楸叶捣汁涂抹半月。小儿脐不合,烧蜂房灰敷。小儿中风口噤,雀屎加麻籽,做成粉口服,每次三小勺。子死腹中,牛屎涂母腹立出。产后腹胀痛,煮黍粘根为饮。难产,吞槐籽二十七颗。浴新生儿,以猪胆一个,汁入汤中,令儿无疮疥。

张膏药被烧死在他家屋里

张膏药回到家里,天已经黑了,气得也不吃饭,就坐到炕上吃旱烟。吃了半晚上的旱烟还睡不下,村里张发魁的女儿烧火时烧伤了胳膊,张发魁抱着女儿来找他,他懒得下炕开门,从窗子里递出来一张膏药,收回了膏药钱。张发魁要走时,张膏药还说:你这是多少钱?张发魁说:不是一张膏药五元吗,我给的是零票子,五元呀。张膏药说:是四元五角么,再掏五角。张发魁说:五角你还要?张膏药说:是你欠我的,咋不要？张发魁说：身上没有了，明日给你拿来。张膏药说：明日你记着！

但是，张发魁第二天去还钱，张膏药却被烧死了。

张膏药给了张发魁的膏药后，还是坐在炕上吃旱烟，人也乏了，虽然不想睡，脑子却糊起来，再加上吃旱烟吃得满屋子烟雾沉沉，他叼着烟锅子身子就摇晃着，将烟锅里的火星子掉到被褥上。火星子掉到被褥上是往被褥里钻，钻进被褥里冒出的烟更呛人，张膏药先未发觉，等到满屋烟雾罩得睁不开眼，又呛得清醒过来，才看到被褥着了火，忙双手去按，到处已是火窟窿，咋按也按不住，明火就起来，烧着了还挂着的蚊帐。蚊帐挡了一夏蚊子，到天逐渐凉了，蚊帐仍没卸，因为屋顶老往下掉土渣，没蚊帐挡着，睡觉土渣常要落到嘴里。蚊帐一着火，张膏药身上的衣服也着火了，火焰苗子往上蹿，烧着了墙上的架板，烧着了架板上的箱子和装了衣物的那个筐子。张膏药跳下炕去提水桶，水桶里没水，又去端尿盆子，尿盆子里只有一泡尿，浇不灭火，火就烧得他在地上打滚，肉嗞嗞响，后来人就昏过去。

半夜里，邻居的男人起来上厕所，看见西边一片火光，忙喊：着火了！张膏药家着火了！但他自己并没有先跑去救火，而把被子在尿窖子里浸湿，搭梯子往自家屋檐角上苫，担心火过来烧着了。等村人醒了跑来救火，张膏药家的三间房已经烧得塌了顶，人已无法近去。到了天亮，火熄了，人们跑进去找张膏药，张膏药烧成黑柴头。

村里人都说张膏药可怜，他半辈子卖烧伤烫伤的膏药，到头来自己却被烧死了。说完又说：张膏药是不是要自杀，故意放火烧的房？他是以前说过绝不给儿媳留一根椽的，他真就这样做了。

送　葬

张膏药的墓拱在石桥后村北边的塬根，而塬上也就是元天亮家的祖坟。从张膏药的墓上能看到元天亮家的祖坟，从元天亮家的祖坟上也能看到张膏药的墓。埋张膏药的那天，带灯和竹子以个人名义也去了墓上，但她们没想到来送葬的人非常多。竹子说：张膏药还有人缘？带灯说：人都爱看热闹么。

人确实是多，而且越来越多，从石桥后村到塬根的路上全站着人，他们并没有为张膏药抬棺，甚至也不去墓地，就在路上站着看。而站的人多了，有人踩了他人的脚，就吵了高声，而一吵了高声，更多的人又聚过去，接着吵架的就不是了两个人，好像又发生了一对，还有一对也在吵。

带灯和竹子准备要回去了，翟干事却一头汗的跑了来，一见带灯就低声说：你们早来了，情况怎样？带灯说：啥情况？！翟干事说：是不是有聚众闹事迹象？刚才书记通知我赶紧过来，他说曹老八提供情况为什么埋张膏药去的人多，他活着都没人理，死了倒来这么多人这不正常么。带灯心里咯噔了一下，说：是不是？就朝人群里看，人群里是有王后生，还有尚建安和那四个组长，但王后生在墓头看着人抬棺，尚建安却是和一个人蹴在路边说话，并没什么异常。带灯说：神经过敏了吧？没事。翟干事说：没事，是没事，我给书记回个话。就给书记打电话，说：带灯主任早来关注了，没事。带灯说：我不是来关注的。翟干事还在对着电话说：是不能麻痹，是的，许多事情看着没由头，但出大事常常是没由头的事引起的。噢，噢，一旦有苗头，我会通知派出所。带灯说：让派出所人来干啥，没事倒惹事呀？！

带灯毕竟心里也不踏实，她故意往墓地去，经过了尚建安的身后，要听听尚建安在和人说什么。

尚建安说：我也烦得很，想死哩，又不知道怎么死？那人说：你怕火烧，你喝老鼠药么。尚建安说：现在老鼠药质量不行，死不了人白受罪。那人说：我有质量好的，我给你一包，七元钱。

张膏药的儿媳披麻戴孝在墓前哭，哭得鼻涕眼泪全下来，却声是哑的。一伙人在帮忙封寝口，隆墓堆，说张膏药的儿媳是在哭自己恓惶。张发魁也在墓前站着，说：肯定张膏药不让儿媳妇哭，把声弄哑了。他从口袋掏纸烟要吃，一掏纸烟带出了一张五角票子，紧抓慢抓，一股风把钱吹到焚纸堆上，钱就化了。张发魁愣了愣，赶紧说：好了，这下咱清了，以后再别寻我！

带灯对翟干事说咱们回吧，镇干部几个人都在这里，别人觉得奇怪了就越发来要看热闹的。翟干事却说他要再待待，带灯和竹子就说：那你待。她们走了。

樱镇原是个蝎子

刘秀珍见竹子的左胳膊还用带子攀在胸前，就给竹子说，这是撞上邪气了，要到庙里去烧烧香。竹子笑，只说谢谢。刘秀珍见竹子不以为然，说：信不信由你，马副镇长说这次洪灾，凡是有庙的二十三个村寨都没出大事。

竹子把这话给带灯说了，带灯也是第一次听说樱镇有二十三个庙的。晚上看罢新闻联播和天气预报，又翻县志，其中庙观一栏里果然有一句：樱阳原是个海子，海子里有蝎子精，后海子枯山体隆，为了镇压蝎子精作乱，在其二十三个穴位上建庙。

带灯就在纸上画了一个海，海水里冒出无数山头，这些山头组成一个蝎子形，而在蝎子形的每一个关节处的山头上都有一个庙。

但现在带灯只知道有五个庙，一个在镇街北山上，一个是松云寺，一个是两岔河村的北坡上，还有两个在锦布峪村和老君坪寨，但那两处庙仅见遗址，没有香火。

召开烟叶收购动员会

到了收成烟叶的时候了,镇政府照例要开烟叶收购动员会。

会上镇长动员,他讲了形势,说在遭受干旱洪涝等自然灾害的影响下,今年的烟叶生产仍取得较好成绩,呈现了三个特点,即种植面积下滑态势初步得到遏制;科技兴烟快速发展,漂浮育苗,移栽面积占百分之九十,移栽盖膜占应盖面积百分之八十五;受灾之后,联系保险公司,实施有效赔保,组织烟农加强大田管理,使烟叶生产恢复到正常状态。他讲了目前主要任务:一是烟叶税收任务压力大,今年烟叶税任务一百九十八万元,占年度财政收入任务的百分之四十,这部分财政收入不能完成,全年财政收入将难以实现,烟叶税收是收一分钱是一分钱,而工商税收收入只有百分之三十左右为镇财政收入,如果财政拿不回来钱,年底大家的奖金、绩效工资没钱发放,手中垫付的办公经费不能报销,村级经费无法兑现。二是影响和制约烟叶生产发展的一些深层次问题没有从根本上得到解决,如烟叶面积持续萎缩,烟区的重茬连作等。三是受灾害影响,今年烟叶产量和质量下降,完成年初镇党委、政府确定的目标任务困难较大。他讲了要采取的工作措施:一、全镇二十二个产烟村,两个烟站,镇主要领导带队,驻站协调收购工作。各包村干部,和村寨支书、村长必须到岗,全力抓好烟叶交售。二、成立稽查组,由财税所、派出所、工商所负责堵烟叶外流工作,镇和各村寨在主要路口设立流动检查点,对跨区域贩烟的交通工具一律扣押,烟叶全部没收,所售烟款全部用于奖励举报和参与人员。三、在两个烟站成立等级争议仲裁组,妥善解决等级纠纷问题。四、派出所确定一名民警常驻烟站,对收购期间寻衅滋事,干扰收购秩序的要给予从重从快处理。他宣布了奖惩办法:一、以下达给多村寨的烟叶面积和产值任务为基数,完成的村奖励税收百分之二，超额完成的奖励超额税收的百分之五。对完不成任务的罚降低产值部分实现税收的百分之二。各村寨任务完成情况与全年办公经费和年底村寨干部绩效工资挂钩。二、经稽查组或群众举报有贩烟行为的村，经查属实，罚包村干部、支书、村长各五百元，对举报有功人员一次性奖励三百元。三、对完成任务的烟站奖励八千元，超过任务部分的另外按实现税收的百分之二奖励。他最后还是讲了一条土政策，要求这条土政策得执行，但不能上文件也不能作记录，就是镇所有干部除了抓自己所包村的收购工作外，本人都要悄悄去外乡镇挖烟叶卖到樱镇烟站，副科级以上干部是五百公斤，一般干部是二百公斤，完不成的罚款，一公斤罚一元。

狗在逮老鼠

所有的职工都分头去忙自己的任务了，镇政府大院在白天里就空荡起来。地上铺就的砖块上有了苔藓，有草也从砖缝里长出来。门房许老汉和伙房刘婶在台阶上打盹或者捉虱子，说：咱中午吃啥呀？而白毛狗就在逮老鼠，从墙角扑上了房顶，又从房顶扑了下来。

给元天亮的信

九月十五你还记得是什么日子吗，或许你忘了，但我却清楚你在这一天里曾经回到过樱镇，从此年年惦记，它的到来是我的盛典。早晨起来，还在刮风，所有的树冠呼来哗去，大片的灰云向西天横扫，可怜的树在整个夏天都在全身维护叶子，叶子也尽心捧着树干，而现在树叶用灵光而惊恐的眼睛看量深秋的一切。我真担心着这样的风一直要刮到夜晚，可到了夜晚满月依旧出现了！九月十五啊，夜是越来越黑，黑得像瞎了眼，月是越来越亮，光辉一片，我在静静地走哇走。月在天上，我是在沟里，我和月不可能合二为一，但我任何时候一举目它都在我的头上，我就是不举目，我也依然知道它在照着我。你是我大糁子锅里的几粒豌豆，让我直着眼睛贪婪，我是野地里遗掉的一只土豆，被你不由自主地弯腰捡拾。我爱慕你踽行在闹市区里的足底的情缘，你牵挂着我在山野的万丈尘烟。这就够了，我反复地劝说着自己，这已经够了！只是不免有些隐隐地害怕，害怕什么呢，狼不怕的，蛇不怕的，害怕月亮渐渐地要走向冬季，带走我仅存的温热。

我一天心里总是酸酸甜甜苦苦的像山上草药的味道。草药是老天给的本能滋味，而我是你给的性体味道。草是有了药性后被煎熬医病强身，我繁复的心也是倍受折磨。我想如果是个灵芝草在幽山险崖的有机会修行多好！我总想有个自我，做个完满的人，但我觉得要活好个人万不敢走火入魔，太敏感的人容易出问题。我多想像玉米豆类一样长自己的头还为别人结着籽，可我偏偏像小麦谷子一样籽粒就是头脑和生命。还像有的花朵一样。这可咋办呀？世界是在两个方面的矛盾中运动变化发展而存在的，我是没有自己的世界了。如果是这样还不如像兔狐一样早早躺到石洞死去。唉，我的心绪的藤藤蔓蔓在黑夜中敏锐地摸索成一架葡萄。

紧处加楔

早上红堡子村一个组的几名群众来找镇长说林山的事，镇长就给带灯打电话，问带灯在哪儿，带灯说去包干的村寨抓烟叶收购呀，镇长说你赶快去红堡子村解决那里的问题。镇长在电话里发泄着他对群众找他说事的不满，说：我训了他们，太小太小的事不给综治办说直接给我说,我这个镇长掌柜子当成伙计啦?! 同时命令带灯一定把问题在村里就处理掉。带灯一听,当然知道是怎么回事。去年腊月有个县城的人入伙同这个组的组长通过群众会把一条沟五百亩的公益林以二万六买去二十五年,现群众才知道国家一年一亩公益林地补贴十元,就幡然醒悟火速找镇政府要回不卖了。而带灯也知道那个提前知道国家政策来买公益林山的人有来头,所以镇长不会出面也不能出面。带灯发了句牢骚:真是紧处加楔! 但还是去了红堡子村,支持群众,就决定把那五百亩林山分了,并立即按户按人造补贴款表。分林山和造补贴款表原本那个组长具体办,组长却甩手不管,带灯让监委会和群众代表承头分林山的分林山,造表的造表,群众跑得风快,紧张地像是打仗一样。那个组长是跑去了县城找买主,给带灯不停打电话说人家把钱交了事就成了,怎么能撕毁合同? 带灯说:群众反映签的那个合同细节问题没写上,有欺诈行为。组长是个牛贩子,说:这就像我买牛一样总说买回来喂养呀但都不是杀了么。带灯说:道德和法律是不同的范畴。组长说:你真的要分呀? 带灯说:我得站在老百姓的立场吧。组长说:这我得叫各户群众签字承担责任,因为当时开会同意卖的,现人家不要钱,退不回去。带灯说:咱说不清了法庭上见! 当天把林山分了,把造表带回了镇政府。

带灯和竹子都没有被罚款

快刀斩乱麻地处理了红堡子村林山的事,带灯当然知道还会有后遗症的,但后事再说吧,就和竹子去了包干的村寨传达镇政府烟叶收购工作的政策和任务。村干部们叫苦连天,说瞧瞧这多半年吧,维稳还没抓妥,抗旱就布置下来,接着又是接待检查呀视察呀,又是洪灾,洪灾还没弄清哩又把收购烟叶压下来,怎么就一项接一项,每一项来了都是紧天火炮的重要！带灯不允许他们发牢骚，说你一天只吃一顿饭吗，吃了上顿不吃下顿，昨天吃了今天就不吃了吗？来了任务，任务就重要，重要的任务就必须完成！口气强硬，不容反驳。村干部忍气吞声，说：好吧，给你干。带灯倒生气了，说：不是给我干！我给谁干?!

传达布置了收购烟叶的工作，带灯和竹子就一连多天并没在这些村寨闪面，她们是自作主张把东岔沟村的那些病人和毛林领到县城去做矽肺病鉴定。

有了鉴定书，这些病人以为立马就可以免费治病了，就可以领到一笔数目不少的赔款了，他们在谋划着这些赔款的用途，比如买盖房的木料砖瓦，给儿子娶媳妇，添置个大板柜和架子车，最起码，买上一瓮盐和一缸菜油存着，旱呀涝呀遭什么年馑心都不慌了。他们突然想到应该感谢带灯和竹子的，就互相串通：你准备买个啥送她们？带灯和竹子知道了，告诉他们：我们啥都不要，你们也先别想入非非，赔款的事现在八字刚刚一撇，程序还复杂哩，要跑更多的部门批文，要看更多的眉高眼低，但请放心，我们会负责到底，不拿到赔款誓不罢休！病人的脸苦愁下来。带灯说：不急啊！他们说：噢，不急。带灯说：笑笑，都笑一笑。他们掀开嘴唇笑，笑得牙那么长。

把病人送回了村里，带灯和竹子又着急往包干的村寨去抓烟叶收购，路上自然提到村干部发牢骚的事，竹子说：天天咱都忙着，可一年到头到底忙了个啥，啥也没干成过，工作永远是压下这葫芦浮起那个瓢，没主动，没激情，没成效，有首歌唱青春的小鸟一去不回来，咱的鸟是飞不出去就在笼子里死掉了。带灯说：哈，那你飞么。竹子说：我咋个飞?!带灯说：是飞不了，咱到了镇政府就是一群鸡么，长着翅膀只能飞院墙，一天到黑都是爪子拨拉着寻食，头捣着吃食，尽吃些菜叶子草根还有石子，但还得下蛋呀，不让下蛋却不行，自己憋得慌呀！竹子听了带灯这么一说，倒笑着说：咱是漂亮的小母鸡了?!带灯说：快乐的小母鸡！竹子说：咱就这么自己哄自己吧！咋快乐呀，抓烟叶收购再苦再累都可以,我就受不了镇政府的土政策,镇长让每人从外乡镇挖二百公斤烟叶交到咱樱镇的烟站,这去偷呀抢呀?! 带灯说:那你就好好跟着我吧,罚不了你的款! 竹子说:这可是你说的呀! 虽然半信半疑,但仍对带灯鞍前马后地殷勤,甚至带灯上厕所,她也拿了手纸就在厕所门口等着,笑得带灯说:你得一直这样啊!

竹子弄不明白的是带灯并没有领她去任何一个外乡镇悄悄地收购人家的烟叶,而是去了烟站几次,事情就全搞定了。后来竹子才知道,各乡镇在收购烟叶时虽然都严防烟叶外流,但因地域离烟站的远近或烟站有烟农亲朋,烟农们卖烟叶就不那么按要求各乡镇的交售各乡镇,本乡镇的烟叶向外出卖挡不住,外乡镇的烟叶卖到本乡镇烟站也是必然。带灯是在樱镇西片的烟站上有个熟人,姓徐,姓徐的是镇西街村老伙计李存存的娘家哥,带灯就送给了姓徐的两瓶酒,姓徐的将外乡镇卖给的四百斤烟叶落在了带灯和竹子的名下。

半个月后,镇政府又召开烟叶收购工作进展汇报会,所有职工所定的从外乡镇挖烟叶任务竟然都完成了,而且都是二百公斤,一斤不多,一斤不少。镇长当然高兴但也心存疑惑,说:从大家完成的指标来看,今年应该大大地超额完成任务,要夺得全县第一名次,可截至昨天,烟站报上来的收购情况看,虽说只有一半时间,在这基础上再增加一倍,全年的收购量怎么还没去年多,是不是有的同志买通了烟站,让烟站守株待兔扣留外乡镇人来出售的烟叶顶替了任务? 于是,他要求每个职工站起来说自己是在哪儿弄的烟叶。连叫起三个人,这三个人都是张着嘴,支支吾吾说不清楚。镇长就发了火,让当场作检讨,重新责令去外乡镇挖二百公斤烟叶。前边的三个人吃了亏,后边的人就聪明了,开始编排,说得面不改色心不跳的平流水。轮到竹子,竹子也是在编排,但竹子毕竟对周围乡镇的情况不熟悉,她说了她是在西边留庆乡的黄桥村挖收了八十公斤,在西南的白茅乡的二郎庙村挖收了一百二十公斤。好多人一听,二郎庙村并不在白茅乡,而是东边的柏峁乡,就哧哧地笑。竹子不清楚大家笑什么,还说:二郎庙村今年的烟叶数量不大,但品质还好,我买了一家人的土蜂蜜,他就把烟叶卖给了我。带灯说:竹子,用樱镇的话讲,不要说你老家的土话,是柏峁乡还是白茅乡?竹子说:白茅乡。带灯在竹子屁股上拧了一下,说:把舌头放展,字咬准,是柏不是白,是峁不是茅!竹子这才醒悟了,赶忙说:是柏树的柏,是山峁的峁,柏峁乡,怎么啦?竹子就有惊无险地过了关。

按规定,竹子被奖励二百元。竹子一定要请带灯吃饭,去吃热豆腐。在街上碰上了镇长,带灯说:你吃了没?镇长说:没,你请呀?带灯说:竹子请我的,你要去,你落我个好。镇长说:竹子她应该请我!竹子说:我不想提拔,也就不请你了。镇长说:你以为我听不来你把柏峁乡说成白茅乡吗?我是故意成全你们综治办的。说得竹子脸一片红。这一顿饭,给镇长买了两碗热豆腐,还加了两颗变蛋。

河里的水落了

河里的水终于落了。河滩还是往日的河滩,但面目已经全非。那些靠堤根的,沙厂并没有吞并掉的一块一块席片地,再也没有,到处是石头,大石头小石头,或卧着或竖着,缠扯着树枝、草根,破布条子、塑料袋子和一窝窝的松塔子栗子包,还有腐烂了的死狗烂猫。二猫一经过,苍蝇就嗡嗡地飞。

二猫是在河滩里寻找着希望能寻找到的东西,比如钱包呀,装着什么贵重物的木匣子呀,褡裢子呀,但他只寻到了两只皮鞋,鞋还完整,是一顺顺,便嘟囔一声日地朝堤上甩去。堤上来了许多人,都是镇街上的,他们提着镢头,指点着在哪里可以再刨出一片地来种青菜或开春了栽些红薯苗。元黑眼却领了一伙人开始搬动大石,清理出一条路来,推土机挖掘机和洗沙机就往里开。他明确告诉堤上的人,谁也别谋着在河滩里刨地了,洪水替他们扫荡了一切,这里全部将是沙厂的范围了。元黑眼在喊叫着二猫,二猫问咋的,元黑眼说帮着搬那些大石头呀！二猫说我凭啥给你搬大石头？元黑眼骂你个狗日的不想在沙厂挣钱啦?!二猫说你红火时我都半途离开了,现在我还挣啥钱,挣屁钱！元黑眼就扑过来撵二猫,不允许他在河滩里野狗一样地转。两人在石头窝里兜圈子,后来二猫就被撵走了。

元家和薛家

重新恢复沙厂,元黑眼着人用竹竿系着绳把河滩圈起来,而且越圈越大,直圈到河滩拐弯下面。但是,在拐弯下面发现了同样的栽着竹竿,竹竿上系着绳子,竟也是将拐弯下面的那些河滩全圈了。

圈拐弯下面河滩的是换布。换布想在河滩插一杠子也办沙厂,经书记制止后,一直心存不甘。洪灾使他寻到了机会,于是再没去寻书记和镇长,直接到县上托人给县委书记的秘书,秘书给河道管委会打招呼,河道管委会答应只要樱镇有关部门往上申报,他们就可以批准。于是换布胆正起来,河水刚刚一落,还未跟镇政府沟通,便先在拐弯下的河滩圈地盘,风声放得很大:镇中街村东街村也办沙厂呀！

元家兄弟派的人发现拐弯下的河滩也被圈了,说:咦,这谁要干啥?动手把那些竹竿拔了,绳子也被撕断。拐弯下面的河滩里那天换布不在,拉布也不在,只有妹夫乔虎,乔虎扑上去就打。那些拔竿子撕绳子的头破血流回去报告元家兄弟,元老三提了一把镢头就去了拐弯下的河滩,而乔虎已经走了,便骂骂咧咧到镇政府来。

这天书记在大工厂工地,镇长在他的办公室,而镇长的耳朵痒得厉害,问白仁宝耳朵痒是咋回事,白仁宝说那是患了脚气病。镇长就骂耳朵得了脚气?!白仁宝说他以前耳朵也痒过,痒得整夜睡不着,去看医生,医生说耳朵里有细菌,这细菌和脚气细菌是一个细菌。镇长就又骂:这把他的!拿了手又搔耳朵,元老三黑着脸就站在了他的面前。

元老三说:这咋回事?!镇长说:你咋回事?!元老三说:我问你镇长哩!镇长也火了,说:我在问你!元老三没敢再蛮声,说有个急事要找镇领导的,镇长见元老三口气软下来,说:这里是镇政府,又不是在你家也不是在你村,有事你就好好说。元老三说:我们元家人是不是一直盼着你提拔的?镇长说:说事。元老三说:我们元家人对你好,你也得关照点我们呀,人心都是换的,两好合一好,对谁都好。镇长说:还是说事。元老三就说了河里落水后,他们正重新恢复沙厂,却有人竟然在拐弯下的河滩里也办沙厂,问这是怎么回事?镇长说他也不知道这事,也没听说过这事,是谁也办沙厂?元老三说:是换布,他妹夫乔虎还打伤了我们沙厂的人。镇长说:哦,有这事?是不是书记又批准啦,我得问问书记。元老三说:书记怎么能批准,一个樱镇办几个沙厂?我给你们反映了,你们就得管,如果不管,我丑话说在前边,他乔虎能打人,我元老三也是长胳膊腿的!镇长说:你又威胁啦?怎么个打法,是他乔虎再去打你还是你去再打乔虎?打的时候你告诉我,我带上派出所人去看看热闹!元老三就又蔫了,说:镇长,我是提醒你得重视这事哩。镇长说:当然重视,镇街上爬过一只蚂蚁镇政府都拿眼睛盯着,这事能不重视?你回去吧,回去告诉你哥你弟,什么动作都不能有,我汇报书记后,会调查这事,也会给你们个答复的。

晚上,镇长把这事汇报了书记,书记着人把换布叫了来。换布说:河滩是不是国家的?书记没吭声,看着他。换布说:我是不是国家人?书记还是没吭声,看着他。换布说:以前你说已经有沙厂了,不能再办了,可我现在到河滩去看了,没有看见有什么沙厂呀!书记说:换布,换布,你甭给我来这一套,你这样绕,我捂上半个嘴也绕得过你!你老老实实给我说话,你说你想干啥?换布说:我想办沙厂。书记说:樱镇前就这么一段河滩,不可能再批第二个沙厂。换布说:要是有人给你打电话呢？书记说:你不会说是县委书记打电话吧？换布说:是县委书记。书记嘎嘎地笑,说:换布换布,要不是我和你熟,你说这话,我扇你的嘴！你不要再说这事,要喝酒,我这儿有酒,咱喝一场,要不想喝你现在就走人,回去替我收拾乔虎,让他宁宁地待在家里别给我惹事。换布说:今黑儿我不喝酒,明日晚上我在家摆酒席等你！

换布一走,书记给白仁宝说:他摆酒席等我？他摆酒席我就去啦?!

但是,第二天晚上,书记竟真的去了换布家,喝得一塌糊涂,是乔虎最后背着送回镇政府大院的。

因为在第二天的下午,书记接到县河管会宋主任的电话,说他们研究过了,鉴于樱镇有大工厂的基建,用沙量大,可以突破一个乡镇只能办一个沙厂的指标。书记和河管会宋主任是平级,不免发牢骚,说你们定的政策随便更改,这让镇上的工作就很被动么,就那么一段河滩,姓元的和姓薛的都是镇上强人,一个槽里两个马嘴,这以后闹矛盾的事就多了。宋主任说:你是多精明的人这事就犯糊涂啦？没有特殊原因我能自己定的政策自己又推翻？书记说:老板给你打招呼啦？全县科级以上干部把县委书记习惯了背后称老板,但宋主任并没提说老板二字,说:我总得把话搁住呀！书记这才知道换布为啥这么胆正的,骂是把换布日娘捣老子地骂了一通,静下心来,还得夜里去换布家吃酒。酒桌上,他答应镇上协调有关部门给换布办沙厂证的手续,但也警告换布:元家在原有的范围内淘沙,薛家在河滩拐弯下淘沙,界线分明,各淘各的,互不牵涉,勿惹是生非。

换布的沙厂一边在办证着一边就在河滩里动了工,他虽然没有那些机械,用的还是人拿锨铲着沙在铁筛网上过滤,但他雇用的人多,而且在元家沙厂打工的人每天十元,他雇用的人每天十五元,中午还每人送一个半斤重的蒸馍,一下子在拐弯下面的河滩里就有了十三个淘沙点。乔虎觉得这样开销过大,会影响收益,换布骂他没脑子,就是这阵儿不赚一分钱,赔本也要先把元家压下去。三天后每个淘沙点上就堆起淘好的沙丘,沙丘大得像麦草垛子高,而与老街正对面的河堤外,已开辟出了一块平地作为屯沙场,场地四周栽了椽,从老街拉去电线,挂起了电灯和喇叭,喇叭里唱了歌,全镇街都听得见。

元家当然咬牙切齿,再找书记镇长,兄弟五人一个都没少,但兄弟五人即便是狮子老虎,书记以换布办沙厂也有合法证件为由,使他们毫无办法,蔫如病猫。于是,元黑眼采取措施,先从他们沙厂的下方处淘沙,要淘得狠,然后依次往上淘,这样沙就不可能大量再冲移到拐弯下的河滩。原本换布也想过先在拐弯处深挖坑,让上游的沙冲移下来,所以见元家淘沙从上方处转移到了下方处,就派人将当时划出的界线往上挪了半里地,理由是元家是镇西街村的,元家的沙厂应是镇西街村面前的河段,换布是镇东街村,乔虎是镇中街村的,他们的沙厂应是镇东街村镇中街村面前的河段。双方又闹起来,差一点打斗。书记镇长只好出来调解,这次调解就在河滩现场,经过一个下午说和,最后达成协议:元家的沙厂保持原来的河段,薛家的沙厂不能以镇东街村和镇中街村面前的河滩为由向上扩张,以河堤上的那棵歪脖子柳树为界,谁若不遵守,立即收回采沙证,取缔沙厂。

矛盾再次平息下去。但毕竟元家兄弟吃了亏。元黑眼害起头痛,成半月天气,额颅上都扎着布带子。

唐主任

元黑眼和大工厂基建处老唐打的交道多了,关系熟悉,元黑眼就塞了一些钱,要求工地收沙时只收元家沙厂的。换布先不清楚这猫腻,去卖沙时,收沙人总是刁难,弹嫌沙太粗,也没洗净,不是拒收就是压低价钱。后来知道了元家贿赂了姓唐的,就请姓唐的吃饭喝酒,也塞了钱,还邀去歌屋唱歌。歌屋里有个小莲,原是镇街卖服装的,生意不好,被换布雇去当服务员。小莲个头不高,但胸大,姓唐的喜欢,换布就专门让小莲服侍姓唐的,沙就收得比以前多而且顺利。元家再给姓唐的提成,一吨沙提出沙款的十分之一。换布也给姓唐的每吨沙提成沙款的十分之一。姓唐的乐得双方较劲,也故意压了这个价抬高那个价,再压了那个价抬高这个价。

姓唐的行为传到书记的耳里,书记就给姓唐的说:你那边千万不要搅和着姓元和姓薛的,那两个是一个山上的老虎,你一搅和他们矛盾,我日子就难过了。姓唐的说:你难过啥?他们两个矛盾了才都听你的,如果没矛盾你还得寻着让他们矛盾哩!书记想了想,拍了脑门,说:哈你还有政治意识么!姓唐的说:我是个管基建的。书记说:你行,在工地这不长时间里各项事情处理得得心应手么,佩服佩服,你应该见一个人,我相信你们会成为好朋友的。姓唐的说:谁?书记说:县委书记。听说他最近生病住院,这也是个能逮住他的机会,我引荐你去见见。姓唐的却乐着书记嘿嘿地笑。书记说:你笑啥的?姓唐的说:好好好,我跟着你去见他,你说装多重的红包?

带灯给竹子转发了一条段子

一只兔子在前边跑,后边有百人追逐,不是一只兔子可以分成百只,因名分未定。

给元天亮的信

这几天被热糊涂了净说风凉话,这不好,我得给你说点清凉话。我现在坐在树林子里应该是森凉,中午我卧在那个泉水池里叫渗凉,然后骑着摩托戴了墨镜像行在水中一样叫漂凉。

我的一个同学嫁到了外县回娘家来看病父，我捎带她去七里沟的水滩洗澡，她激动说这才有她回家乡贴切的感觉，千金难买的享受。我想人家都是请去宾馆洗桑拿的而我用这自然水也能招待人，我这是学古人呀，古人多致致邀明月喝酒，摘白云赠人，要送别了折一枝柳条。我的同学说她小时候也常在类似这样的水滩里洗澡，生命的记忆里是拔猪不吃的辣味水草大疙瘩根土去堵水滩，捞出滩里石头压在草上还要找一个大石头坎以备过人时躲藏，再还从大石下摸一串串鱼回去喂猫。她曾在洗澡后忘穿了自制的一双布条带儿的凉鞋，和小伙伴打水仗，钻入水中看谁憋气时间长。在水边吃过偷摘的一堆核桃后天就黑了，再去偷捋豆叶带回去喂猪，过后就被看地的老头找寻到家，她妈是会奚落老头一顿，因为老头没有抓紧她的手腕子而她跑脱的。但当她又一次洗过澡了再坐在玉米地中吃甜秆子，倒是让主家看见了她担怕几天后没事，这主家可能是敬她的父亲又怕她的母亲吧。整个下午我和我的同学都是在水滩里度过。我的夏天是水腥味鱼腥味蒿草的苦腥味。

骄阳落下，白云从四面山后尽兴涌起，像任性的花瓣，月亮是幽隐的花心。我想用风的飘带束起云儿成一捧艳花给你。太阳的余晖给花瓣染上鲜美的橘红色，你不要用手摸它染手的。

有谁家的小媳妇提了一篮子核桃经过时，问我吃呀不，还没等我回答，五六个核桃就扔给了我。我突然觉得核桃充满了智慧的神奇，把自己藏在硬壳里不甘心让别人轻易吞噬。又突然觉得我就是一颗遗漏的核桃，开始自以为是滚落的，后来感到是人去山上时踢蹬了土将它埋住，然后就在那里长出苗来。从小树到大树从被天裹到想要遮天，经历着凄苦，逍遥，冥顽和强大。它和风起舞，随雾旋转，绿叶生露，枝头果繁。它欣赏花儿的雅致美好，也羡慕花儿被人折下带回家去，而它旺根拔地的树状如塔的却不知自己来自哪里，以后又归于何处？没有花的福气却有树的硬气,让我在风雨中过活着自己。

最后这句话是写了好还是不写的好呢?我也在等我的心能安生下来。

我的心喜也罢苦也罢孤也罢累也罢,我知道你在。我心底的一脉清泉命定流向你。还是想再借别人一句话说:你安好,便是晴天!

两个短信相互发错了

竹子在房间精心把自己收拾了一番,才要去学校,手机上收到带灯发来的短信,短信里却是说着洗澡呀核桃树呀,而且言辞怪怪的,还以为是段老师发的,但却明明是带灯的手机号码,就吓了一跳:带灯把给别人的信错发给我了?那么,她是在给谁发的?发这样的短信一定不是一般的关系,而且也明显地不是才认识的,能这么长久地交往着一个非同一般关系的人,自己怎么就一点都不知道呢?竹子走出大门口的时候,带灯从镇街上回来,端着一个塑料盒儿,脸上笑盈盈的。竹子说:有啥好事?带灯说:刘慧芹炒了豆豉给我了一盒,咱夹馍吃!竹子说:不至于有豆豉就这么高兴吧?带灯说:啥意思?竹子说:你有好事!带灯说:烟叶收购任务完成了,这半个月没上访的。竹子说:你就哄我?你就继续哄我吧?!带灯说:咋啦咋啦,咋哄你了?竹子就开始背诵,只背诵了信的最后一段,说:知道了吧?!转身却走了。

带灯一下子怔在那里,接着眼睛发黏,脖脸烧烫,心扑咚扑咚跳,她意识到是把信息发错了,一定是把给竹子的信发给了元天亮而又把给元天亮的信发给了竹子!带灯从来没有过这样的尴尬,就喊:竹子,竹子,你……竹子已经跑到巷子中了,传来诡诡的笑声。

医不自治

竹子只说带灯会给她说出那个人的，也可能她还会听到一段浪漫传奇的故事吧，但是，带灯再没有提说这事。当竹子再一次要研究那短信，从中发现她所希望发现的东西，可手机里却没有了那短信。中午吃完饭她去洗碗，手机就在综治办桌子上放着，带灯就在那时偷偷删除的？既然带灯不再过问，又删除了短信，竹子也就装糊涂，从此守口如瓶。

以后的日子里，竹子留神到带灯常常不是低头在手机上发短信，就是突然地坐在那里发呆，而她一走过去，带灯又冲着她笑，笑她今天又去段老师那儿了？那就把头发梳整齐呀，领口系严，别露出脖子上那么大个红印子！竹子觉得她走不到带灯的深处，对带灯也有了埋怨。

但带灯又病了，而且这次病得不轻。带灯明显地觉得浑身无力，腹胀，手又老是凉的，老出汗，还体会到了马副镇长曾说过的话：世上最沉的是腿。

竹子问带灯得了什么病，带灯说：内分泌紊乱，脾又有毛病了。竹子说：脾在肚子哪儿？带灯说：你不知道着好，如果你知道了身体的某一部位，那这一部位就病了。

带灯明白自己一直内分泌不好，脾上又添了毛病，她是懂得中医的，但医不自治，竹子就陪着她去看陈大夫。陈大夫很精心，给她抓了三服药，一一包好，又应允这病治起来比较缓慢，他还得再给她配制些丸药。

药提回来，竹子每晚给带灯熬。三服服过，陈大夫又来上门号脉，更换药方，把配制好的药丸也拿来，陈大夫说：唉，我这么伺候你，你像个慈禧太后么！竹子就说：你给主任把病治好了，我们给你找个对象！

说得陈大夫满脸彤红,旁边的马副镇长说:你这碎女子,小鸡给老鸡踏蛋呀?!

当换布得知元家给姓唐的提成到十分之二时,晚上提了个熊掌来镇政府大院又要找书记,而书记镇长下午就都去了大工厂工地,是姓唐的招呼去吃饭了还没回来,换布就把熊掌提到综治办来。带灯在看电视,让他不把熊掌放在综治办,腥味熏人,要放就放到书记办公室门口去,换布就说:好好,我一会儿提走,和你说说话。带灯说:说沙厂的事我不听。换布说:不说沙厂,我给你说说现在人心多黑。就大骂姓唐的给啥吃啥,长虫的屁眼没底的洞,又骂元家凭沙厂规模大淘洗的沙多,有意在挤对他。带灯着急要看天气预报,换布却骂得没完没了,带灯就说:你看昨天的新闻联播了吗?上海有人跳河自杀,跳进河里了,污染的河水又把他呛得跑了出来。换布说:我没看昨天的新闻联播,你说这话是啥意思?带灯说:你不明白吧?换布说:不明白。带灯说:不明白就不明白吧。竹子就在院里把中药熬好,大声喊:喝药了,喝药了!换布只得起身,撸着鼻子,走出了综治办。

书记刚好回来,看见竹子给带灯熬中药,说:唉,咱这大院里,谁都享不了带灯的福!竹子说:书记,你要病了我也给你熬药!马副镇长训道:咋说话的,你盼书记病呀?!换布立即跑近去,说:书记书记,我等你多时了!竹子说:慢点,换布,把熊掌提上,小心白毛狗闻见了过来叼了去!

县上召开党代会

一个月后,县上召开党代会,书记要去参加,镇长也要去参加,镇上党政工作让马副镇长临时主持。

大家不再喊马副镇长,喊马镇长,喊得马副镇长说:是副的,是副的。却就吆喝着大家到老街歌屋去放松放松。带灯说:看来当官要当正的,即便正的是临时的,这人也就胸襟阔大,为部下着想了。马副镇长说:真要我是正镇长,我天天给你们发补贴!院子里站着七八个人,一起鼓掌,说:如果书记一高升,镇长成了书记,镇长候选人民主测评,我们都投你的票!马副镇长说:这可都是你们说的呀!狗日的都在说假话,可我把假话当真话听哩!来,吃纸烟,给你们吃纸烟。他掏出一盒烟给大家发,竹子不吃纸烟也给发了一根。

去歌屋,带灯和竹子去得最迟,因为她们要收拾打扮。换上了新衣新裤,换上高跟皮鞋,竹子除了在脸上涂脂抹粉外,还画眼圈,但竹子不会画眼圈,画得像个熊猫眼。带灯说画得不好,让洗了,竹子就不画眼圈了,唇膏把嘴唇涂得又厚又大,像是被扇肿了。拿镜子照了照,又洗去唇膏,带灯只好帮她打扮,竹子说:不是我不会化妆,是环境不行,要是县上市上,我这妆就不刺眼了。到了老街,王后生坐在他家门口洗挖来的蝉蛹,洗了要上油锅炸呀,一抬头看见了她们就拧身往屋去。竹子说:他不想见咱呀?带灯说:哪有老鼠给猫打招呼的?!竹子说:这一段日子他还算安分,是不是病重了?瞧咻脸,灰暗得像被土布袋摔打过一样。带灯说:听陈大夫说是病重了,腿上烂了一块,总是不好。两人经过王后生家门口,带灯偏喊:王后生,王后生!门里黑洞洞的,什么都看不清,王后生也不回声。带灯还是喊:王后生,你在屋里哩你不出来!王后生只得出来,说:哦,叫我呀?!我最近可是哪儿都没跑动的。带灯说:你跑动呀,再跑动那腿就断了!王后生说:腿断了也就给你们省事么。带灯说:能省事吗?你拿张纸来,我给你开个治糖尿病的方子,我翻了许多药书,寻到的这个偏方,又加了几味药,你喝着试试。王后生站着不动,迟疑地看着带灯。带灯说:你不信我?王后生说:咋不信?政府人不会给我下毒药的,只是我没钱。带灯说:陈大夫开方子收钱,我分毫不取。竹子说:你还真给他开方子?出了事他真要说你给他下毒哩。带灯说:没事,我这方子让陈大夫看过,他说这方子比他开得好。

王后生从屋里取了笔纸让带灯写，带灯接过纸一看，上面写了一行字：各位领导，我给你们反映的是樱镇西沟井村村干部和分三百亩公益林……带灯说：啊，你又在写上访信？王后生说：那是以前写的，废纸，废纸。带灯就在废纸的背面开方子，写了女贞子 30 克，干桑叶 3 克，说：墙角的筐子里装着蛇？王后生说：啥都逃不过你眼！是蛇。带灯说：你又抓蛇吓唬人呀？王后生说：是要卖给大工厂的，那姓唐的能吃蛇。带灯说：可你有了蛇就吓唬人，放了，放了去！王后生说：放了就放了。他懒得站起来，拿身后的撑窗竿子戳那筐子，筐子盖掉了，一条蛇爬了出来，顺着墙爬到屋梁上不见了。竹子吓得吱哇一声，跑出了门口，带灯继续写方子：玉米须 30 克，菊花 6 克，水葱 50 克。说：水葱必须是鲜水葱，你知道水葱吗？王后生说：知道，就是难找。带灯说：河滩里原先有，现在成沙厂，没有了，镇政府西院墙外的水沟里我发现有，还有七里湾沟口我也见过。

王后生有些感动，说：带灯主任你还真给我看病呀？我只说你们盼不得我早死！带灯说：你不能死，你死了我们干啥呀?!

二猫被元老三打了一顿

歌屋里，镇政府的职工唱流行歌，却唱得不好，不是公鸡嗓子就是跑调，把所有的经典歌全变成了自己吼叫，就盼着带灯和竹子快来。但是，带灯和竹子却兴趣在张膏药儿媳家做醋。

从王后生家出来后，带灯和竹子已经到了歌屋门口，张膏药的儿媳便热火火地喊她们。

张膏药死后，这女人还给张膏药戴着孝帽，但人的气色好多了，她是洗了些萝卜回来又忙着要封醋呀，看见带灯和竹子远远走了过来，眼神不好，还说：是带灯主任吗？确实是了带灯和竹子，便以为是要来她家的，就手在围裙上擦着，说：呀呀，你们来看我呀?！带灯和竹子也就走过去，带灯说：来看你呀！女人说：听陈大夫说你病了，我还没去看你的，你倒来看我了！病好些了吗？带灯说：没事的。竹子说：我也骨折了你也不说看看我。女人说：伤筋动骨一百天，到时候你那胳膊自动就好了么。竹子说：真是跟啥人学啥人，你现在也知道伤筋动骨一百天！女人脸红了，说：我不在他那儿干了，又去元黑眼的沙厂了。带灯说：元黑眼不给你发工钱，你还给他干？女人说：不给他干那以前的工钱也真就要不回来了。带灯说：那今日咋就没去？女人说：毛林家的猪老来我的萝卜窖偷吃，再不掏出来洗了切片子，就让猪给我糟蹋完了，再说醋也没封，这才没去沙厂。啊这醋好了你来拿。带灯和竹子倒对封醋有了兴趣，要帮着一块封。这女人就高兴了，说她原想办个农家乐小饭馆的，可资金不够，也没人手，不如多封些醋了卖。带灯说：卖醋这想法好！你做成了，我让镇政府灶上专买你的醋，还可以联系大工厂那儿的大灶。竹子说：有带灯主任给你推销哩，干脆办个醋坊！女人说：我还能办个醋坊？竹子你笑话我哩！带灯说：竹子不是笑话你，说不定真可以办醋坊的，资金不够，我入个股。竹子说：人家才有个想法，主任你就谋着分人家钱呀?！带灯也就笑了。女人说：热闹，和你们说话热闹！就讲起了如何封醋：大糁子用水泡上，泡七天了捞出来晾干。然后去柏树上折柏朵子，柏朵子放在箩筐了，中间弄个窝，把大糁子倒进去用柏朵子盖上。吊起来七天，等到大糁子生了绿毛，就翻出来拿簸箕簸。簸好后再用缸盛井水，一定要是井水而不是河水，把糁子放进去，又放大麦芽曲。放进缸了狠劲用香椿木棍子搅，搅三天。然后用白布封口，四十天醋就成了。女人已经在缸里搅了多半天，带灯就拿过香椿木棍子替女人在缸里继续搅，搅得身上出了水，门外却起了哭声。带灯说：这谁咋啦？女人侧耳听了，说：是二猫，二猫哭啥的？三人出来一看，哭的果真是二猫。

二猫先是在歌屋干活，他的话多，大工厂工地上人来娱乐，总是带有女的,女的有的是大工厂工地的,有的却不是,二猫在人家唱歌喝酒时要问那女的是哪里人,来陪着唱歌人家给了多少钱呢?问话一多,那些大工厂工地的人就不愿意了,骂他,不让他在跟前。换布也就把他派到河滩去淘沙。二猫舍得出力,到了沙厂也是一名骨干,他当然处处要向着换布拉布的,就领人把沙厂的淘沙点往上移,明显都超过了那棵歪脖子柳树。元老三便来砸淘沙点,说是侵犯了他们沙厂的领地。元老三的胳膊上有疙瘩子肉,他提起了筛沙的铁网子在石头上摔了几下,铁网子就歪曲一团,然后日的一声扔进河水里冲走了。二猫没有跑,和元老三撕打在一起。二猫人瘦小但小动作麻利,被元老三已经打倒在地上了,还伸出脚踢了一下元老三的交裆,元老三说:你还想害我儿?! 照着二猫鼻脸上就是一拳,当下把二猫门牙打掉了。二猫趴在地上寻牙,屁股上又被踢了三脚。二猫招架不住了,翻身就跑,原本他没哭,可从河滩一路跑到老街,能看到歌屋了,却把嘴上的血往脸上抹,抹成关公,放声号哭。

带灯说:二猫二猫,瞧你那熊样,大男人家的你哭?二猫说:元老三要灭绝我呀,他打断了我的腿。带灯说:腿断了你还能跑?二猫说:我要不跑他真的就把我腿打断了!看嘴,看嘴了吗,我嘴里没牙了,血流成河了!带灯说:进来洗个脸。二猫说:我不洗,我让换布看到是我替他挨了打哩!张膏药的儿媳说:换布拉布今中午去市里进钢材去了,你就不洗?! 二猫说:我就不洗,他们不回来我就留着证据!带灯生了气,说:不管他!

三人又回到屋里搅缸。没人理会了的二猫就死狼声地骂,骂元老三,后来骂:老山!元老山——!元老山是元老三的爹名,二猫觉得提名叫姓着元老三的爹了才算骂得狠。

视频会把人开成了木头

第二天早上,大家在镇政府大院里跳舞哩,接到通知,县委书记要在县党代会上作报告,要求各乡镇所有干部都得收看视频转播。马副镇长立即让停止跳舞,赶忙擦汗洗脸梳头换衣都到会议室去。大家说听书记报告看看电视转播就可以了么怎么也是视频呀?视频会把人开成木头了么!马副镇长换上了新衣服,还刮了胡子,在宣布听会纪律:都带上笔记本和钢笔,记录得越详细越好,即便笔头子生,记不住或者生字不会写,但一定要做出在做笔记状。不准交头接耳。不准看书看报。不准做活计,比如打毛衣,拿了挠挠在后领里搔痒,剪指甲,挖鼻孔,掏耳屎。大家面面相觑,悄声说:爷呀,他主持工作比书记镇长严么!马副镇长见大家注意力不集中,拿指头敲桌面,说:该放松时我给你们刀枪入库马放南山,该干正事了你们就得严肃紧张全神贯注!我在宣布纪律哩还有人说话?!大家就静下来,白仁宝说:谁还没到?其实他注意到刘秀珍没到,故意要给刘秀珍难堪的。刘秀珍把头梳得光溜溜的出了房间,见翟干事伸懒腰才往会议室走,刘秀珍说:你咋穿着拖鞋?翟干事说:视颇只看到头看不到脚。刘秀珍说:那你等着挨马副镇长训吧!翟干事说:他算个屎!这话会议室里的人听到了,马副镇长也听到了,马副镇长脸色陡然一变,盯着翟干事进了会议室,他说:我是屎,你是啥?!翟干事这才知道自己的话被听到了,一时慌乱,就说:啊,啊我是屎毛!大家嗤地一下就要笑了,但已经不是笑的事了,便都把头低下去。马副镇长再没理会翟干事,他继续宣布纪律,不准打盹。仰头时特别注意不能打哈欠,要面带微笑。不准乱走动和离开会议室。竹子就举了手,像个小学生,马副镇长说:你咋啦?竹子说:能不能带茶杯喝水?马副镇长说:喝水可以,主席台领导面前,也都放水杯的。竹子又说:那喝了水要上厕所能不能离开会议室?大家终于忍不住,哄然大笑。马副镇长啪地拍了桌子,说:都严肃些!这是什么会议你贫嘴?!不想开会的这就离开!不想再在镇政府干的,可以呀,立即办离职手续!训得竹子脸上不是了颜色。大家都看带灯,带灯却没有生气,站起来给竹子说:马镇长第一次主持视频会,你怎么不配合呢?来来来,你过来和马镇长坐在一起,你学着马镇长,马镇长干什么你干什么。竹子却说:他吃旱烟锅子,我受不了熏。坐到了带灯旁边。

竹子记录了县委书记讲话

全面贯彻落实……为建设创新开放富裕文明平安和谐生态的县而努力奋斗。……高举中国特色的社会主义……以邓小平理论和“三个代表”思想和“科学发展观”为指导,牢牢把握省、市制定的四个重点要领(略),三具二基一抓实要求(略),围绕打造秦岭经济区的重要支撑区域合作示范县……以加快转变经济方式为主线,以富民强县为中心任务。……统筹推进政治、经济、文化、社会四大建设。更加注重学习型社会建设。更加注重社会道德建设。更加……科教事业建设。更加……人才队伍……更加……立足基层促发展,完善机制促发展,以人为本促发展。四大一高。四大:大交通,大统筹,大商贸,大旅游。一高:……坚持、突出、深化民主政治,坚持、突出、深化监督体系……坚持、突出、深化法制城镇……我们要以高度的政治觉悟,自觉的责任意识,饱满的……在党中央、省委、市委的正确领导下,带领全县人民,齐心同德,奋进创新,为……

用碗接不住瀑布的

马副镇长有前列腺炎,他首先憋不住,出来去上厕所。带灯见马副镇长去上厕所了,她也出来要上厕所。在院子里碰上,马副镇长说:会议一完,咱简短座谈一下听完报告的心得体会,你带头讲讲。带灯说:这我讲不了。马副镇长说:咋能讲不了,你没用心听?带灯说:用心听着，但报告内容那么深刻那么丰富，就像高山上的瀑布，我拿个小碗，反倒接不住多少水。马副镇长说：……带灯说：这要慢慢吸收，慢慢领悟，会议一完马上就要讲心得体会，真的我说不了。马副镇长说：那好吧，过两天咱们再组织座谈会。

笔记本

继续听县委书记的报告，带灯在桌子下用膝盖撞了一下竹子，递过来她的笔记本。竹子把带灯的笔记本放在自己笔记本下，一点一点推开看了，笔记本上写了十条话。

一、孔子困于陈蔡，语子贡曰：吾道非耶？吾何为于此？子贡曰：夫子之道至大也，故天下莫能容夫子。

二、黄河禹门外，秋冬河床常要崩岸千余丈，流中沙峰卷起如毯，人谓之：揭底。水底声响，隆隆牛吼，传之数里，曰：地哭。

三、潜不解音声，而蓄素琴一张，无弦。每有酒适，辄抚弄以寄其意。

四、耶和华变乱人的口音，使他们言语彼此不通，各说各的，从此有了隔阂和纷争。

五、藐姑射之山，有神人居焉，肤肌若冰雪，绰约如处子。

六、迦陵为西域并头共命之鸟，其羽毛世不可得而见，其文采世不可得而知，人若多情，化生此类。

七、爱迪生故居墙上写着：当一切都在夜的黑暗中，神说：让爱迪生去发明电吧。于是，就有了光明。

八、纪渻子为王养斗鸡，历久而成，其鸡望若木鸡，盖德已全，它鸡无敢应者。

九、虚云和尚在鸡足山开坛，听者云集，他说：一辈子去做自己转化的人吧,把虫子转化成蝴蝶,把种子转化成大树。

十、王国维上北山,说:绝顶天云,昨宵有雨,我来此地闻天语。遂,白乌淹没,秋叶连天,涧溪中有鱼曰兹哇,夜夜发声,自呼其名。

在腿上打蚊子其实在打自己

视频会后,马副镇长没有召集学习座谈会,过了两天,也没召集学习座谈会。晚上,大家都坐在大院里乘凉,蚊子很多,每个人时不时就在腿上拍打,连接起来,打声不断。侯干事说:把它的,这世上和咱不离不弃的只有蚊子! 刘秀珍给马副镇长说:还有,不追求就能得到的是年龄。

院子里又是一片打腿声。

带灯给竹子说:在腿上打蚊子,其实在打自己。

朱召财死了

镇街上少了几处卤肉锅子,却多了几处蝉蛹炸锅子。白仁宝买了一盒炸蝉蛹回来让带灯和竹子吃,带灯和竹子不吃,白仁宝说:挨了马副镇长的训,不要生气哇,他实际上是烦翟干事的。带灯说:这事早忘了,你还记着?! 白仁宝说:有坏消息也有好消息的,我告诉你们一个好消息吧。带灯说:不指望你嘴里吐象牙。白仁宝说:朱召财死了。竹子叫道:啊朱召财死了? 白仁宝说:是好消息吧! 带灯坐着却一句话也没说,脸色难看。白仁宝说:你不高兴? 带灯说:他活着我恨不得掐死他,可他死了我不高兴。朱柱石肯定是冤枉的,而薛中保死无对口翻不了案,他上访十几年就这么没结果地死了?! 几时死的? 白仁宝说:大前天晚上就死了,卖炸锅子的杨四斗说他去朱家烧过纸了,家里穷得叮咣光,把个板柜锯了腿儿做的棺材。带灯就给竹子说:咱应该去看看。白仁宝说:你们去看看?带灯和竹子没再和白仁宝说话,就出了镇政府大门,白毛狗也跟在后面。白仁宝在后边说:噢,应该,应该带一串鞭炮去!

曹老八的新情报

带灯和竹子要去朱召财家,在镇街上的纸扎店里买烧纸,曹老八神经兮兮地跑过来,嘴凑近带灯耳朵边要说话。带灯说:你吃蒜啦?曹老八赶紧用手遮了嘴,下巴朝下压,眼珠往上翻,说:我给你个情报。带灯说:还情报呀?曹老八说:我自己一直把我认作是你们的线人么。就把带灯和竹子叫到他的杂货店,一边走还一边扭头看。到了店里,店门也关了,说:我是不想给你们说的,可我思来想去,不说不行呀,我是党员,是工会主席呀!我要不说,会憋出病的。带灯说:啥事?曹老八说:我说了你千万不要太急啊,有了大事需要静气,静下了气你就知道怎么个应付,也不至于把我也装了进去。带灯说:啥事快说,我还忙着的。曹老八说:还不是那狗日的王后生事!

一听到王后生,带灯和竹子就严肃了,问王后生又怎么啦?曹老八就说:这得从昨天晚上说起。昨天晚上,曹老八和媳妇怄气,媳妇又不给做饭了,曹老八气得从口袋掏了一沓钱,啪啪地在桌沿上摔打,说我有钱我啥吃不了,吃热豆腐去,买两碗,吃一碗,倒一碗!他真的就去了热豆腐店,一笼新豆腐还没出锅,在店门口等着,看到马连翘和米皮店的老板骂王后生。他没到跟前去,却奓长了耳朵听他们骂王后生的啥事,便听到马连翘骂王后生一辈子就是寻事胡折腾,又让人给自己写的上访材料上签名哩。米皮店老板问签的啥名,马连翘说她是听张正民老汉说的，王后生这次告的是樱镇大工厂高污染高消耗，别的地方都不要的工厂，樱镇把它稀罕地揽了来，樱镇的领导只图政绩不顾生态环境，将来河里不会有鱼了，庄稼不管是苞谷还是麦，长到腿弯子高就结穗了，穗只能是蝇子头。还有，就是人生不下娃，生下娃了不是脑瘫就是没了屁眼。那马连翘就骂王后生是屁话，来了大工厂有什么不好，没有大工厂樱镇能收税吗，镇街上吃喝能这么多吗，能有沙厂吗？狗日的王后生你告状有瘾哩，你还拉人签名，让别人给你垫碗子呀？！曹老八还在慢条斯理叙说，带灯说：他都找谁签名了？曹老八说：这马连翘没说，我就不知道了。带灯说：这事很重要。曹老八说：重要事我都会及时给你汇报的。带灯说：你给我再打听，看谁都签过名？一个小时后我给你电话。曹老八说：我现在就去打听？！带灯不再买烧纸了，拉了竹子就往镇政府走，回头一看，曹老八还在愣着，她说：你咋还不去？去呀，快去！

书记的七大原则

带灯和竹子把王后生搞签名的事反映给了马副镇长，马副镇长才蒸好了一个胎儿，也不吃了，立马给在县党代会上的书记电话汇报。这是下午三点四十三分。书记在电话里讲了七点。

这七点是：

一、我可以放权，但大工厂的事我必须来抓。

二、民主不是我能做到的，但我要必须稳定。

三、法治也不是我能做到的，但我可以尽力亲民。

四、清廉我不敢说怎样怎样，但我绝对强调效率。

五、公平我也不敢说怎样怎样，但我努力在改善。

六、经济实力弱，我就要发展硬实力，大工厂就是硬实力。经济实力强了，我当然就要发展软实力。

七、樱镇目前在全县的地位还比较低，我肯定要注重面子。樱镇在全县的地位一旦提高了，自然而然我注重里子。

书记讲得非常激动，几乎慷慨陈词，讲完了，说：老马，你听明白了吗？马副镇长说：明白了，我们大踏步地朝着目标和理想前进，路上有了绊脚石，就毫不留情地把它踢开！

折　磨

马副镇长派侯干事、吴干事、翟干事去叫王后生，三个人刚刚喝过酒，红脖子涨脸，当下从院子里的树上解下晾衣服的麻绳，又去拔墙角葫芦蔓中的木棍。马副镇长说：你们去叫他还用得着这些？带灯就叮咛：去了不打不骂，让把衣服穿整齐，回来走背巷。侯干事说：咱请他赴宴呀?!

王后生被叫来了，果然穿得体体面面，侯干事吴干事翟干事嘴上叼着纸烟，他嘴上也叼着纸烟，纸烟灭着就粘在嘴唇上，不影响说话也不掉。马副镇长和带灯、白仁宝在院子里商量如何审王后生，商量的结果是王后生和综治办交道打多了，软硬不吃，确实是个难煮的牛头，就得拿温水慢慢地泡。正说着，见王后生进来了，马副镇长说他后背痒，让侯干事来给他挠挠。侯干事手伸到马副镇长后背衣服里挠，说：你没换换衣服，用滚水烫烫。马副镇长说：不是虱子咬，是皮痒。侯干事说：几时给你买个木孝顺。马副镇长说：是得买一个。侯干事说：张膏药的木孝顺好得很，狗日的小气，带走了。王后生进来了竟没人理，把嘴唇上的纸烟取下来装在了口袋，说：马副镇长，你叫我吗？侯干事说：他现在是镇长！王后生说：现在？现在就是在县党代会期间吗？马副镇长说：是党代会期间的镇长，你不恭喜我吗？王后生说：恭喜恭喜，我盼党代会开一年,一直开下去!马副镇长说:凭这句话,请王后生到会议室坐呀,哎,给把水倒上啊!王后生被请到了会议室,马副镇长却把带灯叫到了他的房间去。

王后生进了会议室,会议室站着白仁宝,白仁宝是已端着一杯水,说:喝呀不?王后生说:喝呀。白仁宝却一下子把水泼在王后生的脸上,说:喝你妈的×!王后生哎哎地叫,眼睛睁不开,说:你们不是请我来给镇政府工作建言建策吗?侯干事吴干事翟干事已进来,二话不说,拳打脚踢,王后生还来不及叫喊就倒在地上,一只鞋掉了,要去拾鞋,侯干事把鞋拾了扇他的嘴,扇一下,说:建言啊!再扇一下,说:建策啊!王后生就喊:马镇长,马镇长,马,镇长!他的喊声随着扇打而断断续续。

这时候马副镇长进来了,他一进来,三个干事出去了,白仁宝也出去了。马副镇长端着茶杯喝茶水,茶沫浮在水面上,一边吹一边说:王后生,你怎么坐在地上?起来起来,办公室有的是凳子么!王后生说:他们打我,你看我嘴!马副镇长说:打你了?怎么就打你呢,打也不能打嘴呀,让你怎么吃饭?王后生说:我知道请我来建言建策是幌子,是没好事,可我没想到一来就打我!马副镇长说:是幌子,叫你来只是问你一些事哩。王后生说:这事肯定要被问的。马副镇长说:你聪明!那你就说事。王后生说:我写了上访材料,找人在材料上签名。马副镇长说:王后生还是条汉子么!你等等,你等等。就大声叫竹子,让竹子来做笔录。

于是,马副镇长审问王后生。

马副镇长问:你上告的材料是什么内容?王后生答:樱镇党政领导欺上瞒下,鱼肉百姓,只图政绩,不顾污染,引进的大工厂是祸害工程!马副镇长问:多少人在上告材料上签了名?王后生答:十三人。马副镇长问:十三人都是谁,姓什么叫什么,哪个村寨的?王后生答:这我不说。马副镇长问:上告材料呢,把材料交出来。王后生答:这我不交。

马副镇长问:由你啦?你必须说,必须交!王后生答:我现在起就不回答你的话了。王后生果真不再说话,眼睛还闭上了。马副镇长说:哦,困了?我也困了,午饭后不睡一会儿人就没精神么,咱都睡一会儿。

马副镇长走出会议室,竹子也跟着出来,带灯、白仁宝和三个干事还都在院里玩扑克,问情况怎么样,马副镇长说已承认了写上告材料和十三人在材料上签名,却再不肯交代。吴干事说:我撬他的牙口去!带灯说:你咋个撬?吴干事说:他能受得了多重的打,我就能下得了多重的拳!带灯说:你打死他呀?咱要的是材料!就给马副镇长建议:这里继续审他,另外派人得去他家搜,马副镇长就派去了白仁宝和竹子,并问手机有电没有,随时和这边联系。白仁宝说:竹子去还不行吗?带灯说:我和竹子去,你们就都留下吧,千万记住,王后生那是块抹布,慢慢拧着才出水哩。带灯和竹子一走,吴干事说:女同志弄这事不行,怪不得王后生嚣张了这么多年!马副镇长说:下来你们四个年轻人轮换着去审,一人两个小时,看在谁手里能把材料弄到了,我给谁奖二百元。吴干事说:你替我打牌,我赚这二百元去。

吴干事进了会议室,王后生闭着眼睛坐在那里。吴干事说:王后生,把眼睛睁开!王后生眼睛不睁,还响了鼾声。吴干事看见墙上挂着一排记事本,记事本都用铁夹子夹着,就卸下两个,快捷地把王后生的两个眼的眼皮子夹了。王后生一下子跳起来,拿手要取铁夹子,吴干事就用撑窗棍儿打他的手,说:你不是睡着了吗?王后生说:疼!疼!吴干事说:你还睁眼不?王后生说:你取了铁夹子我就睁眼。铁夹子取了,吴干事说:老实给我交代,材料在哪儿?签名的十三个人都是谁?王后生又闭口不说话了,任凭吴干事揪着他的衣领提起来又扔到地上,再是拿拳头在头盖上犁道儿,敲出了栗子包,仍是不说话。吴干事说:你以为你是渣滓洞里的共产党员吗?!用手使劲捏王后生的腮帮,把嘴捏开了,把痰唾进去。王后生看着吴干事,把痰竟然咽了。吴干事丢了手,说:你狗日的这么不怕脏!王后生说:你从嘴里出来的又不是从你屁眼屙出来的，有啥脏的？气得吴干事扑上去扇耳光，直扇得王后生趴在地上，把头脑窝在身下。吴干事把他往起拉，拉不起，拦腰抱，抱成一张弓了，手脚还不离地，两人就那么纠缠着移到了墙角，王后生更是借了力，身子撑得硬硬的。吴干事提了拳头砸王后生的头，拳头砸在了墙上，一块皮砸掉了。吴干事骂道：我日你妈！就掀屁股，屁股胡扯拧，裤子就崩开了缝，露出黑乎乎的屁眼来。吴干事一指头捅进屁股眼往上勾着掀，王后生身子塌下去。吴干事再是提了腿把王后生拉到会议室中间地上，猛一扭，整个身子翻过来，说：材料在哪儿？王后生说：在我家屋梁上吊的担笼里。吴干事拍拍手，走出了会议室。

院子里马副镇长他们还在打扑克，白仁宝心不在焉，一会儿朝会议室看，一会儿又朝大门口看。翟干事说：是不是等那个？白仁宝说：胡说啥哩，我操心吴干事的本事哩。马副镇长说：静气，每临大事要有静气，打牌打牌！便见吴干事出来了，问：怎么样？吴干事说：材料在他家屋梁吊着的担笼里。马副镇长说：每临大事能静气了，身边必然会出奇才的。给带灯打电话。这时候，刘婶从镇街买回几份凉调的饸饹，马副镇长说：让吴干事先吃！吴干事也不客气，吃了一口，芥末呛得眼泪长流。带灯的电话就来了，说把王后生家搜了两遍，屋梁上根本就没吊担笼。吴干事说：他耍我?！放下碗又进了会议室，说：王后生你狗日的耍我！屋梁吊的担笼在哪儿？王后生说：记错了，在鸡圈里。吴干事又出来，说：材料在鸡窝里。端了碗再吃饸饹。饸饹还没吃完，带灯又来电话：鸡圈里没有。吴干事端了碗再次进会议室，说：你耍了我两次?！王后生眼睛瞪着不吭声。吴干事说：你瞪着我是不是嘲笑我？把眼睛闭上！王后生还是瞪着眼。吴干事就把碗里的芥末汤泼过去，王后生这回是杀猪般地叫。

马副镇长在院里叫吴干事，吴干事出去，马副镇长说：你来打一会儿牌，让翟干事上。吴干事说：肉煮到八成了你不让我煮？马副镇长说：不急么，轮过一圈了你还可以上么。

翟干事进去,说:吴干事刚才打你了?王后生说:镇政府会议室是渣滓洞么,你看你看!他掰着自己嘴唇,又撅了屁股。翟干事说:那你不该哄他么。王后生说:他把我打得头晕脑涨,我记不清了么。翟干事说:我不打你,记不清材料放哪儿了,咱不说材料了,说十三个人都是谁?王后生说:你来唱红脸的。翟干事说:唱红脸总比唱白脸好吧。王后生说:我有我做人原则,唱啥脸的我都不说。翟干事说:不说也行。人肚子饥了就想吃饭哩,你几时想说了你再说。王后生却说:我要上厕所。翟干事说:行呀行呀。拉着出了会议室。白仁宝问:这干啥呀?翟干事说:要上厕所。白仁宝说:狗日的屎尿还多!翟干事拉着王后生走,王后生嫌走得快,说:我腿疼。翟干事说:哦。拿脚在他腿弯子一踢,王后生扑咚跪下去,说:你也踢我?!翟干事说:我试试是不是腿疼。王后生站起来刚走了两步,翟干事又在腿弯子一踢,王后生再次扑咚跪下去,翟干事说:还真的腿疼。王后生说:镇干部没一个好的!翟干事嘿嘿嘿地笑。到了厕所,王后生蹲在那里扑扑嗞嗞拉稀,翟干事就招呼了白毛狗过来,猛地在狗屁股上踹了一下,狗忽地扑进去,王后生一受惊,坐在了蹲坑上,弄得一身屎尿。王后生让快把狗赶开,翟干事不赶,王后生让快给他些纸擦屎尿,翟干事不给,说:你已经脏成这样了,就在这里交代吧,签名的都是谁?王后生干脆就坐着不起来说:你让我臭哩,你爬在厕所墙头也臭。翟干事说:签名的都是谁?王后生说:成全了你小伙吧,有镇东街的张三。翟干事就对打扑克的喊:快记,签名的有镇东街村的张三。吴干事说:狗日的他给你交代啦?翟干事回过头笑着说:他知道我是镇政府培养的后备干部么。吴干事骂道:势利鬼!于是,翟干事就不停地从那边高声传过来人名,马副镇长就拿笔记着。翟干事说:镇东街村张三——!马副镇长说:记啦。翟干事说:南河村王朝——!马副镇长说:南河村王朝。翟干事说:镇西街村李四——!马副镇长说:镇西街村李四。镇西街村有叫李四的?翟干事说:荆河岩村马汉,药铺山村的吴耀轩,镇街药铺马小安。马副镇长说:慢点,慢点。吴干事却说:药铺山村有和我同名同姓的?马副镇长觉得不对劲,说:张三李四王朝马汉,还有谁,马什么安?翟干事说:镇街药铺马小安。镇政府出纳就叫马小安,她一直在她的房间里洗衣服,刚端了脏水出来的,说:马小安?樱镇只我一个马小安,药铺里哪里还有马小安?!马副镇长立即骂道:狗日的王后生在戏弄咱哩!侯干事你去把狗日的给我拉出来!

侯干事去了厕所那儿,让翟干事走开,出纳却端了一盆脏水盖头向王后生泼去,骂道:我和你有啥仇有啥冤,你竟说我的名字?别人欺负我,连你这样的人也欺负我?!马副镇长说:好啦好啦,你别掺和,让侯干事把他拉到会议室里。但王后生浑身的屎尿,侯干事不愿意动手去拉,把狗赶走了,让王后生自己出来,王后生就往出走,侯干事又不让他出来了,说:你就那么脏的出来呀?把身上屎尿擦净!王后生却故意把手上的屎尿往厕所墙上抹,侯干事就从水池那儿把浇花木的皮管拉过来,说:马出纳,你把水龙头拧开,我给王后生洗一洗。出纳真的就拧开水龙头,侯干事就举着小管子往王后生身上冲。水冲得猛,王后生立时从头到脚浇透,他大声叫喊,水又冲进他的鼻里口里,就不叫喊了,在厕所墙角缩成一团。侯干事继续在冲,厕所里聚起水潭,水从厕所门口往出流,侯干事的鞋也被水泡了,他站在一块砖头上,砖头一打滑,皮管子没有拿好,水却朝空喷射,落下来把院子里的人淋湿了,刘秀珍在叫:你往哪儿冲哩?!侯干事见不得刘秀珍,把气又发泄到王后生身上,越发对着王后生冲,冲得王后生身后的厕所墙皮掉了,里边的土成了个深窝,侯干事还是在冲。王后生突然歇斯底里叫了一声。叫让他叫吧,院子里谁也没理会,侯干事还在冲。王后生又歇斯底里叫了一声。马副镇长在含糊的叫喊声中似乎听到是在墙窟窿四个字,说:他说墙窟窿?侯干事停了冲水,王后生又叫了一声在墙窟窿。侯干事说:你说在墙窟窿,材料在墙窟窿?王后生浑身抖着,吐字不清,说:在我家灶房东墙的墙窟窿里。侯干事说:话说清!王后生说:我舌头是硬的,在灶房东墙的墙窟窿里。侯干事立即给马副镇长说：招了，材料在他家灶房东墙的墙窟窿里。马副镇长说：别让他再耍弄咱！又让白仁宝给带灯打电话。侯干事又开始给王后生冲水，咵哒，厕所墙头子垮了，泥土落在王后生的头上，水再把泥土冲开。带灯的电话回过来了，材料寻到了，果然在灶房东墙的墙窟窿里。院子里一片叫好，侯干事不冲水了，说：你早说，墙头子就不垮了。

跌倒了不要立即爬起来

曹老八去见老唐，想给大工厂工地专门提供毛巾、牙刷和香皂肥皂的，刚到老唐的办公室门口，喊：唐主任！滑了一跤，仰八叉地倒在地上。老唐说：呀呀，来就来么，咋还磕头哩?！曹老八往起爬，一时没爬起来，说：你这门口倒了花椒油啦，这滑的！老唐说：先不要爬，跌倒了不要立即就爬起来，你看看地上有没有啥可以拾的。曹老八真的在地上看，他没有拾到东西。

朱柱石从监狱回来了

带灯和竹子寻到了上告材料就往镇政府赶，路过镇街的一个巷头，陈大夫一摇一晃地过来，问陈大夫你到哪儿出诊去了？陈大夫忙说没去，哪儿都没去。带灯说：哪儿没去你一头的水？肯定干啥坏事了！原本是开玩笑的，陈大夫却交代了他是去朱召财家了，是朱召财的儿子从监狱回来了，因为他和朱家还转弯抹角地沾一点亲，他只好去看看那朱柱石呀。带灯说：去朱召财家就去了呗，谁限制你不能去了？你说朱柱石回来了?！陈大夫松了一口气，说他是怕带灯说他觉悟不高的，但确实是亲戚,朱召财的老婆和我妈都是接官亭村的娘家,我妈年纪大,她把我妈叫表姐,我妈活着时候,她还来看望我妈的。带灯说:谁听你说这些!朱柱石是判了无期徒刑的,怎么能回来?陈大夫说不是释放回来的,是监狱实行人道主义,押着朱柱石回来给他爹奔丧哩。带灯就和竹子也要去朱家看看,把那份材料让陈大夫带给马副镇长。又害怕陈大夫偷看材料,带灯用手帕把材料包了,还在地上拾了根鸡毛别在上面。

两人到了朱召财家的村道里,没有听到哭声,也没有看见有什么人走动,竹子觉得奇怪,说朱召财是不是已经下葬了?

朱召财果然是已经下葬了。朱召财上访了十几年,村里人也多不与他往来,原本人一死就埋的,因没有事先拱好的墓也没棺材,再是朱召财临死时不停地叫着儿子名字,朱柱石的舅就跑去找县监狱,希望朱柱石能回来看他爹一眼。监狱同意了,同意押朱柱石回来一小时。朱柱石回来给他爹上了香,祭了酒,哭了一顿,就又回去了监狱。七八个村里人便把朱召财匆匆下葬,也没吃饭,就都各自散了。

朱召财老婆见了带灯和竹子,再没有破口大骂,反倒拉了她们就哭。老婆子七十的人了,头发雪白,枯瘦如柴,带灯扶着她去炕沿上坐,带灯只觉得像扶了一把扫帚。老婆子在给她们诉说,鼻涕眼泪一齐涌下,说朱召财在炕上躺了十多天,汤水不进,她知道他是不行了,可朱召财就是不咽气,一阵昏过去一阵又睁开眼,睁开眼了叫朱柱石。她哭着给朱召财说话,说要走你放心走吧,她继续上访,儿子的冤枉总会有明的一天。她这么说着,朱召财咽了一口气,可眼睛还睁着,她是一手按着他的下巴往上壅,一手使劲把眼皮往下抹,又壅又抹了一顿饭时,朱召财的眼睛才合了。老婆子说着,还做着动作,带灯就不忍心听她说下去,问:你儿子是回来啦?老婆子说:是回来了,只回来了一个小时呀。我儿都老成那样了,满脸的皮苦皱着,他抱着他爹哭,哭得眼泪流了他爹一脸,他就给监狱人说:我要给上边写信,你们也帮我说说,我不翻案了，我只要求很快判我死刑。我这么不死，害死了我爹，还得害死我娘。我死了，我娘就不牵挂我了，我娘也就不上访了！带灯和竹子一时无语，不知道该说些什么，带灯在身上掏，掏出了二百元，说：竹子你身上装钱了没？竹子也在身上掏，掏出了五十九元，带灯就把二百五十九元塞给了老婆子，老婆子并没推让，极快地收了，揭起黑布褂子襟，把钱装在里边的衬衣口兜，又拉展了黑布褂子襟。这一连串动作快捷得只有几秒，开口要说话时，带灯和竹子已经出门走了。

在路上，竹子说：瞧老婆子收钱利索劲，她命还长得很哩。带灯说：唉，命长苦重哩。

签名的人全来自首

王后生被叫到镇政府大院后，没有人承认自己签过名，而传出搜出了那份签过名的上告材料，并且发现是带灯和竹子把材料让陈大夫带去给马副镇长呀，立即有人在半路上拦住陈大夫，让陈大夫给他号脉，说头疼得要裂脑壳了。陈大夫还坐在路边石头上给那人号脉，签过名的人就提前来镇政府自首了。十三个签名中，有张正民，王随风，薛碌碡，孙家灶，尚建安，莫转存，大都是那些老上访户，也有一些别的人。这些老上访户给马副镇长说：又犯错误了，该怎么处治就处治吧。而别的人都在哭诉是王后生欺骗了他们，拿手打自己脸，口口声声说该打。马副镇长给这十三人开了半天会，让他们写了悔过书，还要罚每人三百元。带灯和竹子也从朱召财家回去了，给马副镇长建议：能来自首交代就不错了，要给他们台阶下，如再罚款又得把他们逼躁了，算了，不罚了。最后是没有罚三百元，还每人给了二十元。

红布带子

出色地粉碎了王后生对大工厂的联名上告，马副镇长心情好，头也不晕了，身轻气爽，这让他恢复了多少年前也曾经有过的自信，他觉得他的病完全可以康复，也并没有老，可以胜任一切工作，尤其在这非常时期完成了非常任务，命运是在向他预兆着在不久真能当上镇长吗？

马副镇长的老婆再一次从乡下老家赶来，她给马副镇长出主意：你有啥想法，给别人说不成，但你要给神说呀！松云寺的古松上挂了那么多红布带子，你怎么不去也挂一带呢？

古松上是常年都有人挂红布带子的，这原本是一种迷信，却已经成了樱镇人的风俗和习惯，甚至周围乡镇的人，县城的人，也都拿着三指宽二尺长的红布带子，把红布带子系于松枝上，祈求着风调雨顺，祈求着国泰民安，或者升官，发财，求子，祛病，出门平安，子孝妻贤。

马副镇长去了一趟松云寺，因为是露明去的，松云寺那儿并没有人，他跳起来抓松枝，跳了几次没抓住，后来是抓住了一枝，岔了气，拉住松枝歇了半天，才把红布带子系上，嘴里一阵念念有词，然后轻轻放开，静静地看着那红布带子，看着那天。

当马副镇长离开松云寺下坡的时候，他感觉到自己久病已愈，感觉到自己已经是镇长，就是了镇长。

一走近鸟儿，它们就都飞了

但是，马副镇长去松云寺挂红布带子的事，毕竟让白仁宝知道了，马副镇长说：我操心大啊，破获了王后生，我担心还会有张后生李后生出来破坏的,得给樱镇求个平安么！大家说:应该呀应该。也都去松云寺挂红布带子,但谁去都是各去各的,怎么给樱镇祈求的,回来谁也不说。

竹子问带灯:咱去呀不去？带灯说:你给樱镇求什么？竹子说:我求爱情！带灯说:还嫌段老师爱你不够？竹子说:也给你求呀。带灯说:好么,你去了就给我求能一个男人深深地爱着我,也让我深深地爱一个我爱的人。竹子说:呀呀,你吃着碗里看着锅里?!

带灯拿了一本书要到北塬那儿去读,她已经好久没有读书了,而且再也寻不到可以读书的地方,也只有元天亮祖坟的北塬那儿还僻静。竹子也没有去松云寺,说:神在心里,我自己求自己吧。她跟着带灯走。

出了镇街,过了石桥后村,沿小路往北塬去,路两旁的树丛里,荆棘中,石窝和草丛,到处都是鸟。樱镇的鸟先前都栖集在河堤的树上,而现在更多地却在了这里,但是,她们高兴地说着这么多鸟在这里啊！鸟却呼啦啦飞去。上了塬头,还未到元天亮家祖坟和坟后那片樱树林子,她们并没有大声叫嚣,也没有掷打石子,似乎刚刚冒头,坟前的兰花丛里,樱树林里,鸟也是轰然而起,一群一群斜着飞去,像无数的白的灰的黑的床单在空中飘动。

竹子说:它们怎么就都飞开了呢？带灯说:它们恐惧我们吧。竹子说:我们并不想撵打它们呀！带灯说:那就是我们在恐惧了。竹子说:我们恐惧？带灯说:如果咱们来了鸟儿都不飞,你不奇怪害怕吗？

竹子大声地学着鸟叫,并把口袋里的一些馍屑和一颗水果糖放在手里,后来又放在石头上,盼望鸟儿能来,但鸟儿一只也没飞来。

给元天亮的信

想起了一个小笑话,说有一个女人见到的男人都把妻子称红苹果呀，小黄瓜呀，宝贝亲亲呀，就让他也把她叫一下。那男人艰难地看看，想想，叫她：黄牙牙。虽然不太好听，却也实在。我不知道你该怎么叫我？

我的工作是我生存的需要，而情爱是我生命的本意，就像柿子树结柿子是存在的需要，而能镇天盖地地长成树自成世界才是柿子树的意思吧。

嘿嘿，你正吃饭吧，好饭真应该叫你吃，因为你给予了时间的含金量。而我这个逛蛋儿现在正在山脚下吃葡萄。我爱吃葡萄，高兴时甜的多，烦心时是酸味道，酸酸甜甜的世界，让我吞在肚里了。我喂你一颗。我愿是投进你嘴里的一颗葡萄，你能接纳我的甜我的酸，我的好我的坏。

前天读报纸，看到你又高升为省委常委了，真是可喜可贺，但我觉得你是那么的遥远了，有些不想跟你要了，我觉得你在我的小村我的身边需要我爱护关心的人，是我摘过金银花你背下山，你在树上打核桃我在屋里褪青皮，我晚上给你絮絮叨叨村里趣事旁敲侧击优化自家生活而当你干咳一声我就噤声闭眼快步赶去梦乡。而你成了天上的星星……我喜欢萤火虫。

早上看着太阳，觉得像稳势的空中的一个出路小洞，老天那忍受不住的热情往外泄漏。于是我想到了大地，大地到处都鼓起山包终究还是有火山要爆发的。天气里有风云雷电雨雪霜露也放鸟逐鹰，大山上有春夏秋冬黑白热冷也牧羊养兽，这就是世界。有千古事还有瞬间事，是瞬间成就了千古。所以我也就安然的像云一样随意行卧，能把日月的光芒拓展开去就行了，像易涨易驰的山涧水一样能保护住山的形象就可以了。我觉得老天造就女人流淌乳汁养人就成就了，我现在才知道我爱你是对你有种能说清的感觉，像是我走亲戚能寻找到门户前的那棵树那座石磨的感觉，那么，我于你来说，我想是你工作之余伏案写作时扬扬洒洒笔端的墨水，哦，当然不是墨水。你是自由自在如弥漫了满空的大雨,落地成潭成渊,沉淀了去成就万古的江河,像顽石被拿去补天,看似无形实有形看似无情实有情,像我们这营营小人物那是都有感情出口,头发指甲手足口眼和吃喝玩乐、不敬不恭、小恩小仇,自己整天给自己的浪荡和无为找下理由了。

镇政府的生活,综治办的工作,酝酿了更多的恨与爱,恨集聚如拳头使我焦头烂额,爱却像东风随春而归又使我深陷了枝头花开花又落的孤独。

哦,引进的大工厂真的是高污染高耗能吗,真的是饮鸩止渴的工程如华阳坪的大矿区吗?什么又是循环经济?樱镇上有人议论,说你的长辈为了樱镇的风水宁肯让贫困着,而他的后辈为了富裕却终会使山为残山水为剩水。但我不相信,这怎么可能呢?对于樱镇,不开发是不是最大的开发呢?我不知道。

最后的会餐

镇政府大院里人又都闲下来了,这如同卸了磨摘了暗眼的牛和驴,打过哈欠,伸过懒腰,洗衣服的洗衣服,说洗衣粉用得多了,虱子真的是少了,下棋的下棋,让观棋者不语,偏偏观棋者要语,皇帝不急太监急,口舌就起,邮局人送来了信件,会计又在大声地说她的儿子,翟干事给马副镇长嚷嚷几时再去唱歌呀,没事应该让大家学学跳交谊舞,交谊舞能增进同志们的亲近么。马副镇长说:唱么,跳么,你狗日的要带别人的婆娘唱呀跳呀,吴干事肯定也要带别人的婆娘唱呀跳呀!大家就哈哈笑,笑得马副镇长的老婆出来拿眼睛挖马副镇长,马副镇长不说了,老婆却从屋里取了猕猴桃给大家散发。猕猴桃很小,她说:这是野生的,甜得很!小孙子不让给别人,哭着说:这是我的,这是我的!竹子从伙房里取了个馍给小孙子,悄声说:你咋和你爷一样!马副镇长长声着喊出纳了，说：哎，小安呀，黄书记那次来能给咱多报了多少钱？出纳说：除了买的东西归伙房后，现金有三万二千吧。马副镇长说：那也要让大家享受到呀！出纳说：书记说了，让慢慢补到伙食上。马副镇长说：补到伙食上谁也不觉得，不如大家先会餐一次，剩下的补到伙食上去。出纳说：书记镇长不在，这行不行？马副镇长有些不高兴，却问大家：这行不行？大家同声说：行呀，你现在就是书记镇长，咋不行?！马副镇长说：那就会餐！

会餐当然还是去松云寺坡弯后的饭店里为好，白仁宝就积极着去订饭。马副镇长宣传：大家都要去，好事情不能遗下任何同志。带灯，你和竹子也一定去。带灯说：不去了吧，那里卖野味，我和竹子都吃不惯。马副镇长说：要去的，就是不吃也要去的，集体活动如果老不去，这样不好么！带灯说：好，好，前年县上破那个杀人案，主犯先拿刀子捅倒了人，然后让同案犯每人也去尸体上捅一刀。马副镇长睁大了眼睛，说：你咋说这话？带灯就笑了，说：说个幽默话呀。侯干事说：和领导说话用什么幽默?！竹子说：对牛弹琴。侯干事说：谁是牛？带灯说：都不说笑话了，去吃饭！又给竹子说：你把马副镇长的小孙子背上，吃饭去！

这一顿饭八个凉菜八个热菜，荤素杂陈，该有的都上了，尤其又加了一道黄羊肉蒸盆子和红烧野猪肉。马副镇长问：有没有娃娃鱼？回答这几天没货。马副镇长说：让同志们吃好，那就来个炖甲鱼吧，味道往重些。饭桌上了红酒，是给女同志的，上了白酒是给男同志的，结果红酒喝了三瓶，白酒竟喝了八瓶，男的差不多都喝醉了。喝醉了的人从不说自己醉了，又开了三瓶白酒喝，开始说马副镇长的好，什么奉承话都说出口。白仁宝在甲鱼里寻那根骨头，夹了给马副镇长的老婆，说：婶，这能剔牙哩，这你一定拿上！马副镇长听大家说他好，倒谦虚了，说他有什么好呀，要是好的话，十多年了还在樱镇不挪窝？他就讲他陪过五任镇书记、六任镇长了，甭说镇政府大院里的房呀树呀，就是樱镇的每一块石头他都认得。带灯和竹子喝红酒，酒喝得少话说得多，一只鸡从门外进来到桌上吃撒落的米饭粒，带灯说：你认识不认识马镇长？马副镇长没注意听，仍在说他的历史：第一任书记脾气好，第二任爱骂人，一开会就骂，骂得你睁不开眼，但他不骂你了你就倒霉了。第三任的镇长人仗义，就是和书记尿不到一个壶里，他当不了二把手，可他是镇长么，书记要决策，党主导一切么。第四任书记霸势。白仁宝说：是霸势，调走的那个王东民对他有意见，他当下就唾在王东民脸上，王东民后来硬要求调走的。马副镇长却又替第四任书记申辩了，说领导就是要有领导的权威，被领导的就要自觉地维护、培养领导的权威，那王东民不懂得这些他也只能调走了。马副镇长接着还讲了一个故事，他说你们知道唾沫不擦也会自干的故事吗？大家说不知道。马副镇长说你们咋啥都不知道?！大家说就听你给说哩。马副镇长说啊倒杯酒我喝了给你们说。喝了酒，说的是唐朝宰相娄师德的事。娄师德的弟要到某地作刺史，临行前娄师德觉得他是宰相的弟，又去做刺史，怕遭嫉恨，就说你去后千万别给我惹事。其弟说你放心，别人唾我脸上我擦了它。娄师德说别人唾你是恨你，把它擦了更恨你，唾沫不擦也会自干的，你就等它自己干吧。马副镇长说完环视大家，说：我说的意思你们明白了没？大家说：明白……没。有的就醉得趴在桌沿，有的溜下凳子躺在了地上。马副镇长看着带灯说：瞧，瞧这些没出息的，没出息，息！自己的舌头也硬起来。带灯突然脸上煞白，额上的汗就出来，竹子说：你也喝高了？带灯说：我心咋这慌的？竹子说：是不是病又犯了？带灯已靠墙蹴着，又是一层汗把刘海都溻湿在额颅上。竹子就急喊店老板，要老板把自行车给她，她得送带灯去看医生。店老板把醉了的人这个扶到炕上，那个抱上椅子，说：里屋还有个炕，你把她搀到炕上去。竹子说：她病了又不是喝醉了！自个推过自行车，让带灯坐在后座了，急驶着去了广仁堂。

出 事 了

到了广仁堂，陈大夫给带灯号了脉，说没事，我给你冲杯消烦散，过一会儿就好了。喝了药，果然就好多了，只是手脚没劲。竹子说：你可记住呵，今天是我救了你。我这胳膊还没好，刚才骑自行车，现在锥儿锥儿地疼哩！陈大夫还在问带灯：犯病的时候是怎么个心慌？带灯说：浑身关节像是里边有虫子蚀，心里急逼。陈大夫说：是肚子饥了想一碗饭就倒进去的急？带灯说：总觉得有啥事等我，又来不及去的急。竹子说：啥事等你？是等着坐我自行车哩！

门口走过张正民和王随风，张正民提了一瓶子油，王随风却拿的是一只升子，升里装着盐，两个人都是在镇街上买货了碰上。张正民说：大妹子，最近没出去呀？王随风说：天慢慢就冷啦，我得给老的少的把棉衣棉裤做了再出去。你干啥哩？张正民说：准备上访么。王随风说：你的问题不是解决了吗？张正民说：那是在解决问题吗，日弄得不让上访就是了。你要再出去，我给你提供个情况，他们又在饭店里海吃浪喝了。他们不贪污救灾款哪儿这么吃喝？咱老百姓吃的啥，拉的啥，屎见风就散了，你去镇政府厕所看看，屎黏得像胶，臭得像狗屙的！王随风说：这我不管，我只告我的事。张正民说：光告你的事谁理你？就告镇政府了他们才急哩！

带灯忽地冲出了门，说：张正民，你胡说啥的?！张正民见是带灯，掉头就走。竹子当然跑过去挡路，张正民站住了，说：我没胡说，你说镇政府人吃喝了没，你让陈大夫闻闻，你嘴里是不是有酒气？带灯说：就是吃了喝了，镇政府人会个餐就是挪用贪污了救灾款?！张正民说：我顺嘴说说么。带灯说：顺嘴说说？我说你是贼，昨夜把大工厂工地的钢筋偷了一架子车，你愿意不愿意?！张正民就打自己嘴，说：我这嘴不是嘴，是小娃的屁眼，行了吧。

带灯和竹子重新回到屋里，陈大夫沏了一壶茶，说咱喝茶吧，别的事眼不见心不烦！竟然也不再接诊卖药，把药铺门关了。竹子说：听说你最近动不动就把门关了？陈大夫说：那我不看病呀？不看病我喝西北风呀?！竹子说：咋没见张膏药的儿媳呢？陈大夫说：你这碎女子！啥意思？竹子说：没啥意思呀！陈大夫说：我知道你想说啥的，咱樱镇人舌头长，坏我的声誉，可我是靠手艺吃饭的，谁没找我看过病，看过病就是和我……带灯一直笑，说：陈大夫人缘好都知道，议论你和她也是出于好心，你要给我说实话，你真的有那个心思了，我可以给她把话往明里挑。陈大夫说：你这话让我心软了。我让她来干活，也是可怜她，她说她想在老街办个农家乐，我给她说，我可以帮你么。带灯说：我问你有没有心思？陈大夫嘿嘿嘿地笑，正要说什么，门被咚咚地敲。陈大夫说：正说事哩来人，来的肯定是坏人。三人都不吭声，等着那人敲过了没人就会走的，没想门又被哐哐地踢了两脚。陈大夫就火了，喊：土匪呀？人不在家！门外却是曹老八的声，曹老八在说：人不在家你是狗呀？带灯是不是在你这儿？陈大夫说：我这儿是镇政府吗?！带灯却把门拉开了。

曹老八一脸的汗水，说：我明明看见带灯和竹子在这里，你说不在？带灯说：你寻我和竹子？曹老八说：出事了！沙厂里打架把人往死里打哩！带灯说：哪个沙厂打架，谁和谁打架，你往清白说。曹老八说：我刚才要去南河村我孩子他姑家呀，才到了河堤上，拉布提了一根钢管往元家沙厂走，一脸的煞气，麻子一颗一颗都红着。我说：拉布拉布你吃了？拉布不理我。我心里还骂狗日的有钱了就不理我了，当年他穷的时候，我把一双烂鞋要扔，他说叔呀叔，你那鞋不穿了我穿。带灯说：你说话咋这啰嗦！是拉布打人？曹老八说：拉布不理我，一走到元家沙厂里就往一个沙壕里跑，只是抡了一阵钢管就把一个人撂倒了，撂倒的是谁我看不清楚，那叫声瘆人。我连紧要给镇政府报告，才进街口瞧见你和竹子在这门口说话，跑过来要给你们汇报呀，门却关了。带灯说：你现在还要去镇政府给马副镇长报告，让他们注意这事，我和竹子这就去沙厂看看情况。

去河滩的半路上，碰着了张膏药的儿媳提了一笼萝卜，张膏药的儿媳以为带灯和竹子要去下乡，让带几个萝卜吃，竹子就拿了一颗剥了皮啃，给张膏药的儿媳说起陈大夫有了心思的事，说得张膏药的儿媳耳脸赤红，带灯脚没停，走远了回头催督竹子：你咋掂不来轻重？回头再说！竹子说：打架么，哪天没人打架？这事才是大事哩！

元老三的眼珠子吊在脸上

元老三把二猫打得掉了三颗门牙，换布拉布还有乔虎从市里运回一批钢材后都气愤不过，当天晚上，三人就想去报复，走到元黑眼的肉铺门口了，听见里边乱哄哄的有喝酒声，知道人多，才没进去。但气一直在肚里憋着。第二天，把买回的钢材一部分拉到老街，一部分放在街面店铺的后院，然后摆了摊子玩麻将，其间拉布出来上厕所，看见二猫和隔壁人说话，那人说二猫你嘴是猪嘴！二猫说让元老三打的。那人说元老三打你，打狗看主人哩他元老三打你？拉布就把二猫叫过来，说：要不要给你出气？二猫说：出么。拉布让二猫这阵去河滩观察元家沙厂里都有谁在。二猫去了一趟，回来说元家沙厂的人都回家吃饭了，只剩下元老三和两个看管沙厂的人在。拉布就让二猫跟了他，他提了一根钢管向河滩走去。

到了河堤上，拉布给二猫说：鞋绑好了没？二猫的鞋是破鞋，又小，平时都是趿踏着，二猫就用草绳把鞋在脚上绑紧了，说：好了。拉布说：他打你那么狠，你就下势打，一次打得他们狗日的乖几年！二猫说：我没了三颗门牙，我也让他没三颗门牙！拉布就从河堤上冲了下去。二猫也跟着往下冲，心里却有了些害怕，他知道自己肯定打不过元老三，即便拉布能打，把元老三收拾了，可元家兄弟五个，反过来要打薛家，薛家也是兄弟两个还有乔虎，若元家人要打他，他就孤单一人被当软柿子捏了。二猫这么想着，从河堤上往下冲的时候腿就发软，一歪，骨骨碌碌滚了下去，就窝在了堤下的沙窝子里。

拉布并不知道二猫窝在了沙窝子里，他提了钢管跑进元家的沙厂，看管沙厂的两个人正在一个沙堆上吃烤熟的土豆，噎得梗直了脖子，猛地见拉布一钢管砸在那辆运沙车的车灯上，车灯哗啦就碎了。他们说：干啥？干啥？竟吓得不会逃跑，也不喊人，还瓷呆呆地立在那里，看着拉布举着钢管就向沙堆扑过来。已经扑到沙堆下了，其中一个才清醒了，烂声烂锣地喊：老三，老三！元老三闹肚子，饭时没有回去，正在前边一个沙壕里拉屎，提了裤子半站起身，说：土豆还占不了嘴，喊啥哩?!拉布这就看清了元老三的位置，不再向沙堆扑，转身跳进沙壕，一钢管抡下去，元老三就倒了。

元老三肩头上挨了一钢管，当下跌坐在自己屙出的屎上，他听见骨头在咔嚓嚓地响，左胳膊就抬不起来。但元老三毕竟也是狠人，右胳膊撑地就跳起来，裤腰还在大腿上，跳得并不高，一只脚先蹬了出去，挡住了又抡过来的钢管，再往起跳，裤腰和皮带全崩断了，一头撞向拉布。拉布往后打了个趔趄，把钢管再抡出去，这一次打在元老三的脑门上，钢管弹起来，而元老三窝在了那里。拉布又是一阵钢管乱抡。元老三再没有动。拉布拉起元老三的一只脚要把他倒提了往沙壕里蹾，元老三已是断了线的提偶，胳膊是胳膊，腿是腿，把它放成什么样就是什么样，两眼眶迸出了眼珠子。眼珠子像玻璃球，拉布只说玻璃球要掉下来了他就踩响个泡儿，眼珠子却还连着肉系儿，在脸上吊着。拉布转身提着钢管走了。

这一次打，时间也就是一二分钟，拉布没有说一句话，元老三也没说一句话。二猫从沙窝里爬起来才要走过去，拉布已返回了。二猫说：

收拾了？拉布说：不经打。只顾走。二猫说：你打掉他三颗牙了？拉布说：哦，这忘了。你去敲吧，他还不了手了！拉布上了河堤。二猫说：你等着我。跑去敲元老三牙，元老三没动弹，元老三的两颗门牙被敲了，敲第三颗，发现嘴角处有一颗包了金的牙，他把包金的牙敲下来拿走了。二猫撵上拉布的时候，听到沙滩上那两个看厂子的人变了声地呐喊：打死人了！拉布打死人了！

河滩里苍蝇聚了疙瘩

带灯到了河滩，并没见到拉布，而镇街到河滩的土路上，许多人在跑，跑去看场面，看见了元老三从沙壕里被抬出来，昏迷不醒，血肉模糊，吓得又赶紧跑开，跑开了还不想回，站在河堤上说三道四。

河滩里原本是没有苍蝇的，而元老三屙了屎，又浑身往外出血，苍蝇就一下子来了。竹子看不明白这些苍蝇都是从哪儿来的，爬在了沙壕里，爬在了元老三的身上，也爬在了哭叫着给元老三捏人中的人的胳膊腿上，而且还越来越多地飞来，像柳絮一样罩着人群，最后就在元老三的头上脸上聚了疙瘩。

元老五也跑来了，他叫着三哥，三哥！把元老三的眼珠子往眼眶里塞，苍蝇就哄地飞开了，眼珠子好不容易塞进眼眶，苍蝇又爬上去聚了疙瘩。元老五把元老三扶起要背回去，元老三的眼珠子又掉下来，苍蝇再次哄哄乱飞。带灯说：平抬，平着抬！掏出了手帕扔给元老五，让把元老三的脸盖住。

元老五冲着带灯喊：看见了吧，看见了吧，把人打成这样?！带灯说：往卫生院抬！元老五并没有抬他三哥，发了疯地却向村里跑去。

带灯指挥着把元老三用筛沙的铁网子抬着去卫生院了，就给竹子说：事情可能还没完，元家人肯定要去寻薛家闹事的，让曹老八去叫镇政府人，怎么这么久了没一个人来。竹子说：咱就不该来，民事打架么，别人看见了装着没看见，咱倒跑了来，现在让夹住手了！带灯说：你没看元老三成了什么样了，如果真出了人命，那还不是镇政府的事吗?!让竹子快去找马副镇长，找着了直接到卫生院。

马副镇长拿主意

镇政府的职工几乎全喝醉了，横七竖八地躺在饭店里。马副镇长没有倒，在厕所里用指头在喉咙抠，吐出了一摊，虽然看见人都是双影，但仍觉得都躺在饭店里不成体统，就骂着饭店老板把人送回镇政府。老板用架子车一次拉五个人，拉了两次，这些人一回到大院，就各自在自己房间里睡觉。

曹老八在大院里大声喊：出事了，出大事了！人呢，人呢，谁在呀?!没有回应。敲这个门，门不开，敲那个门，门不开。马副镇长的老婆说：喝高了，不上班了，有啥事明日来。曹老八说：上班时间不上班？出人命案了还不上班?!马副镇长的老婆一听，说：是不是？进屋推马副镇长，曹老八也跟进来，一声紧一声叫马副镇长，马副镇长睁开眼，说：叫魂哩?!曹老八就又说：出事啦，薛家把元家要打出人命啦！马副镇长一下子坐起来，脑子清醒了。才要问是怎么回事，竹子也上气不接下气地跑了来。

元老三被抬到卫生院门前的漫道上，抬的人说：换个手，换个手！但没有人替换的，铁网子和元老三就掉到了地上，赶紧又抬起来，马副镇长也赶到了。马副镇长揭了元老三脸上的手帕，说：还有气儿没？抬的人说：有气儿，一直没醒过来。马副镇长的身上也趴了苍蝇，说：把人能打成这样，谁打的？带灯说：拉布打的。马副镇长说：我早料到要出事的，一山容不得二虎么！拉布呢？带灯说：我和竹子知道了这事就去了河滩,河滩里没再见到拉布。现在先送卫生院救人,费用的事还得你给卫生院说句话,过后结算就是。马副镇长却说:你过来。把带灯叫到一边。

马副镇长说:早不出事晚不出事,书记镇长都不在了王后生上告哩拉布打人哩!王后生咱好不容易摆平了,这元老三被打成这样,你说咋办?带灯说:你主持工作哩,你拿主意。马副镇长说:我看是人不行了,如果送卫生院,肯定要死在卫生院,人一死元家能罢休?不是抬厂闹卫生院,就要把灵堂设到镇政府门口,那后边的麻烦就全来了。我的主意是咱把元老三不往卫生院送,也不往县医院送,直接送市里去。这样既显得咱重视伤者,要给伤者最好的治疗,他元家人怪不得镇政府,而重要的是元老三一旦死在市里医院了,立即就能在市里火化,元家要闹事,起码抬不了尸体闹事。带灯说:哦,你这想得长远。马副镇长说:抬磨子不能夹住咱的手么。带灯说:咋往市医院送人?小车领导都带了,只能还是你给老唐那儿要个车了。

马副镇长就喊:白主任,白主任!镇政府的干部跟着过来的有白仁宝、翟干事,还有会计出纳。白仁宝说:我在这。马副镇长说:救人要紧,啥事都可以出,千万不能出人命,镇卫生院没条件治人,往市里送!你去大工厂那儿找唐主任要辆车,你再陪着元家的谁就去市上,一个小时和我联系一次。白仁宝说:我可以去市上,会随时把情况给你汇报,但老唐那儿我要不来车,还得你出马。马副镇长说:啥事都得我出马?!

马副镇长一方面安排人去通知元家人来这儿等着,一方面让带灯和竹子去薛家把拉布带到镇政府调查事因,然后他和白仁宝去了大工厂工地。带灯却叫住了马副镇长,说:要不要给书记镇长汇报?马副镇长说:这事我早考虑了,应该汇报,事情再大不可怕,怕的是出了事不汇报,那就是咱的错。可我也想了,王后生的事咱汇报了,接着再汇报这打架的事,显得领导不在咱就压不住阵脚了。有许多事情往往是危机同时也是机遇,拐弯处能超车,王后生的事咱们已经处理得非常圆满,咱们也有能力把这打架事处理好。何况，元老三现在还没有死。带灯说：元老三要是死了呢？马副镇长说：所以我让尽快把人往市里医院送么。先压住，元老三只要不在樱镇地盘上死，就先不汇报。

带灯和竹子直接到薛家的钢材店里来。

大土场子

薛家的钢材店在镇东街村和镇中街村交界的老槐树下，那里是个大土场子。大土场子显然不属于薛家，但谁也没在大土场上碾麦扬谷堆禾垛子，甚至也没人去那里和泥拓坯，推碌碡轧过芦苇眉子，薛家就堆放着大量的长短粗细不一的钢筋，铁丝，小管子，模板和搭脚手架的钢管、包铁。大土场后就是院子，院子很大，有厅房和厢房，还有后院，院门是大铁门扇，吊着虎头大铜环，门头上写了钢材店三个字。大铁门十分沉重，开合时得使大力气，但似乎没合过，日夜敞开，没听说过有贼进去过。

带灯和竹子从未去过薛家，她们从卫生院门口往钢材店去，后边就跟随了一伙人。经过镇街的时候，镇街上几乎人人都知道拉布打了元老三，把元老三打坏了，镇政府带灯主任和干事竹子去要找薛家了。于是，他们觉得这会有热闹，就要看热闹。吃喝店的王万年给人讲，那棵老槐树是几万年的老槐树了，那大土场也是历来出怪事。比如，清末年间，镇上土匪周世娃那时势力最旺，他家人常在老槐树上系了秋千荡，有一次他三姨太荡秋千荡到最高时，一用力裤带断了，裤子掉下了，周世娃嫌丢人现眼，一枪就把三姨太从秋千上打了下来。比如，上个世纪四十年代，樱镇是红白势力拉锯地区，共产党的游击队来了，在老槐树上挂过国民党镇长的头，后来国民党的保安队也来了，在大土场上铡过游击队的政委。比如，"文化大革命"中在那里批斗过镇党委书记，镇党委书记在垒起的两张桌子上晕倒了栽下来，从此瘫在炕上。那是块水土硬的地方，所以一直没人在那里盖房，只有换布说：啥地方还有镇不住的?！他们兄弟俩筑起了院子。王万年给人讲着，有人就说薛家是能镇住这地方的，开了钢材店，生意红火么，而且元家几十年谁惹过，拉布就敢去打他元老三了。有人却也说镇政府能允许这样把人往死里打吗，薛家的水土硬能硬过镇政府?！说什么话的都有，谁的话又都不能肯定，他们就跟随着带灯和竹子，去看热闹。

王万年又说：肯定有热闹。当年老槐树上挂着伪镇长的头，看的人里三层外三层，那头挂着，嘴里还夹着他的生殖器。铡那个政委时，看的人也是里三层外三层的，那政委被按在铡刀下了，在喊：共产党万——铡刀按下去，头滚在一边了，还说出个岁字。

带灯和竹子到了大土场上，回头见跟随来的人那么多，就大声地说：跟着我们干啥？散去，都散去！人群当然停下来，看着带灯和竹子进了薛家院子，他们又涌过来，站满了大土场。

院子里开着各种各样的花

一进院子，院子里竟然到处是花。沿着院墙根都砌了花坛子，栽种着蔷薇、月季、芍药、鸡冠、美人蕉和蒿子梅，而就在厅房的台阶上，厢房的窗下，又是铁架子搭起三层，层层摆着小花盆，里边不是种着兰草、金菊，就是开着红的紫的黄的粉的颜色的各种各样小瓣子花。竹子一脸的惊讶，刚说出个“唧”，带灯咳嗽了一声，竹子挺直了身子，看见带灯的脸拉得长长的，她也就脸拉长了，张着鼻翼出粗气。

换布在，拉布在，乔虎也在。换布坐在厅房的桌边，桌上的麻将牌还没有收拾，他好像在发脾气，一边训斥着什么一边用手摸麻将牌上的条和饼，忽见带灯和竹子进了院，说：哦，是来了！就从桌上取了那副墨镜戴上，出来招呼。他说：啊主任来了！主任可是第一次来我这里检查工作呀，给主任沏茶呀！凳子呢，快把凳子拿来！带灯已经上了厅房的台阶，太阳从屋檐上落下来，就照着她半个身子。带灯说：你兄弟呢？拉布在厅房柜前的木墩上坐着，脚上有脚气，用手使劲在脚趾缝抠，说：在这儿！带灯往厅房里瞅，先是光线暗，没看清，然后就盯着拉布，说：你把人打成那样了，你还在这儿稳稳坐着？拉布说：坐着哩，我不跑。院门口开始有人往里进，进来了就交头接耳，院子里蜂飞来飞去嗡嗡，嘁嘁啾啾人声嘈杂。带灯说：没跑着好，你跟我到镇政府去！拉布说：我不去！带灯说：你必须去！屋子里一下子空气紧张了，院子的声响全都静止，换布就摘了墨镜，给带灯端来茶杯，说：主任，拉布是打了元老三，打人当然不对，可也要看打的是谁，元家兄弟横行乡里，拉布是在替群众出头哩，打了他是让他长个记性，知道天外还有天，人外还有人！竹子说：天是社会主义的天，人是共产党领导的人！换布见竹子插嘴，一挥手说：甭给我说这话，说这话我比你说得还好！又对带灯说：你看院里来了这么多人，没有不说元老三该挨打，兄弟五个十几年里太嚣张了么，得有人出来教训教训，你听听群众的呼声么。院子里就有了附和声：打得好，早该打了！带灯转过身，说：谁说打得好，站过来我瞧瞧。元老三现在昏迷不醒地要死了，谁给的权利让把人往死里打?！说话的又都闭了嘴，带灯看到谁，谁就往后退，带灯再说：出了这么大的事，没有说想办法平息，倒来这么多人起哄！尚建安你来这儿干啥，你怎么没领着那几个组长?！尚建安说：我是邻居，我不能串串门吗？带灯说：那你张正民也是邻居吗，你咋恁积极的，来煽风点火还嫌没死人吗?！张正民说：死人不死人与我屁事。说着往门外退。带灯说：闲人都出去，让开路来，拉布跟我走！突然，张正民在院门外大喊：又打了！又打起来了！

打的是马连翘

大土场上，张膏药的儿媳也在看热闹，她发现了人群里有半皮店的老板娘王香枝，理发店的刘青萍，就过去和她们说话。张膏药的儿媳问元老三到底被打成怎样了，刘青萍说把元老三往车上抬时她看了一眼，浑身的血把衣服都浆了，眼珠子吊着。张膏药的儿媳浑身一哆嗦，说：呀呀，咋下手恁狠的?! 要打往屁股上打么，就是打断一条腿还能接的，这眼睛瞎了今辈子不就完了？王香枝说：要说能打的，元老三比拉布能打，但听说元老三在屙屎哩没防顾。刘青萍说：淹死的都是会水的，元老三把人打惯了，没想最后被人打了，这就像你那公公，治烧伤的自己却被烧死了。张膏药的儿媳正要说话，瞧见马连翘也走了过来，马连翘是头上包了个帕帕仰着脸往薛家的院门口张望。张膏药的儿媳不愿见着马连翘，走到了刘青萍的左边来。王香枝就问马连翘：人送走前还没醒来？马连翘说：谁醒来没醒的？王香枝说：元老三呀。马连翘说：元老三的事我咋能知道?! 王香枝也不说了，拉了张膏药的儿媳和刘青萍走到一边去。马连翘便又和别人说话。这当儿有人在放鞭炮，一枚小炮仗溅过来，炮仗皮崩了马连翘的手背，马连翘说：你眼睛哩，往我身上放呀！那人说：咦，你也在这儿？马连翘说：你都在这儿我就不能来?! 那人说：你该来，来探探风声，现在带灯主任和换布拉布在院里说事哩，你不去听听？马连翘说：书记镇长不来派个带灯来？她带灯长得漂亮是来给换布拉布耀眼哩还是来敷衍了事做个样子？那人说：马连翘你咋这样说话？马连翘说：我就这样说话！张膏药的儿媳没忍住，嘟囔了一句：说话咋就像刀子。马连翘说：你说谁的？张膏药儿媳说：你嚼换布拉布你就嚼换布拉布，你别捎带着带灯主任。马连翘说：我就嚼她带灯了！你算个啥东西呀，干了人家的活拿了人家的钱，人家被打得烂柿子一样了你倒来这儿高兴地放鞭炮哩！张膏药的儿媳说：我哪儿放鞭炮了？马连翘说：你没放鞭炮你不在陈大夫那儿待着跑来干啥？张膏药的儿媳口笨，说不过马连翘，就朝地上唾了一口，转身要走。马连翘却跳近去说：你唾谁？呸地一口唾在张膏药的儿媳脸上，两人手脚并用打了起来。她们先在撕打，众人并不在乎，婆娘们打架能打出个什么呢，只是说：打啥哩打啥哩。并不阻拦。等马连翘采住了张膏药儿媳的头发，竟然采下来一把，还抓住衣领往下扯，扯开了一道口子，众人就看不下去了，把张膏药的儿媳拉开，围住马连翘指责。马连翘说：干啥呀，吃人呀？我知道这儿都是薛家的势力，可我能来，我谁都不怕！众人被激怒，说：知道你不怕，元家兄弟用×养着你，你能怕谁？无数的手指指着她，无数口的唾沫唾在她脸上，马连翘终于也怯了，就往外走。但她已经走不出去了，这边把她一推，推到那边，那边把她一推，推到这边，七推八推地，有人拿手在她脸上抹，立即无数的手都往她脸上抹，接着就是在身上抹呀，抓呀，拧呀，瞬间里衣服被扯成条条，两个奶露出来，奶头子也被拧掉了。

带灯和竹子听到院门外吵闹一片，又听说是马连翘被围着打骂，跑出来看时，大土场上的人呼呼散乱，有人开始跑，爬上了附近的猪圈顶上，有人在翻厕所墙，趴上去了又掉下来，然后又跑，再跑到大土场中，紧张得竟站着不动，而已经攀上老槐树上的人在喊：换布拉布，元黑眼来了！

元家兄弟又被撂倒了两个

大土场上一喊元黑眼来了，屋里坐着的拉布立即跳起来去拿那根钢管，钢管上还沾着血，拉布的媳妇用抹布在擦着，拉布拿钢管时把媳妇掀了个屁股蹲，就冲出了厅房门。换布也急了，寻镢头，镢头不在跟前，把靠在门后的顶门杠拿了，又觉得不趁手，从厨房里抄了一把菜刀，跟着冲出去。

院门外已经出现了元黑眼，光着头，只穿了件衬衣，衬衣襟是塞在裤腰里的但没系扣子，大肚皮白花花亮着。他举着一把杀猪刀，喊：拉布，我×你妈！就往院门里扑。拉布不等元黑眼刀砍来，钢管就先戳过去，元黑眼一躲闪，钢管又摸着过去，元黑眼就倒在地上，还在喊：拉布，我×你妈！乔虎一直在后院里收拾那些做窗子的钢筋和铝管，前边一动静，拿了一条磨棍出来，见元黑眼倒在院门口，又近去在元黑眼腰里抽了一棍。拉布说：快到院门外！乔虎跑到院门外，元斜眼元老四元老五刚刚到了大土场东北角的厕所粪池边，四人立即开打，刀棍交加，尘土飞扬。先是乔虎力气大，一磨棍打得元斜眼跌进粪池，屎呀尿呀沾了一身，要往出爬，乔虎又来用脚踩元斜眼扒在粪池沿上的手，踩了一下，手没松，再踩一下，手背上的肉没了，手还不松，而乔虎的屁股上挨了一刀。戳乔虎的是元老五，元老五年纪不大，打起来号叫不断，他嗨地一刀戳在乔虎屁股上，乔虎腿闪了一下，元斜眼就势双手扳住乔虎的脚，使劲一拉。本来是要将乔虎也拉倒在粪池里的，乔虎却倒在粪池沿，元老五元老四扑过来压住乔虎，乔虎块头大，双脚乱蹬，竟把元斜眼又蹬倒在粪池里，半会儿没有出头。元老五又嗨的一声刀砍在乔虎的腿肚上，说：挑懒筋，挑了懒筋！元老四拿的是弯嘴镰，就在乔虎脚后跟砍，砍得肉花子血水子乱溅，又一勾一扯，懒筋断了，乔虎惨声地叫。元斜眼从粪池出来，唾着嘴里的屎尿，说：你还知道疼?！拿脚狠踢乔虎嘴，踢得嘴成了猪宣头。元老四说：大哥在院里！先向院里跑，还在门槛外，就见元黑眼倒在地上，黑血流了一摊，叫：大哥！大哥！拉布的钢管就抡过来，两人隔着门框打，钢管和刀叮叮当当响，冒出了火星。带灯和竹子压根儿没想到又一场殴打来得这么快，打得这么恶，要去阻止，已不能近身，就大声呐喊：不要打！谁也不要打！带灯的呐喊谁也不理，或者是双方打红眼了压根儿就没听见。带灯跑到院门口，抱了个花盆就扔到门槛上，想着使拉布和元老四打不成，但花盆哗啦碎在那里，并没影响到他们斗打。带灯再去抱花盆，花盆下是个钢模板，就把钢模板扔了过去，拉布稍一迟疑，元老四已跨进门槛，拉布一弯腰拾了钢模板，挡住了元老四的刀，另一只手里的钢管又把元老四打得退出了门槛。如此三四个来回，元老四一个旋子把钢模板踢开了，自己肩头上已挨了一钢管，还是打进了院门。换布过来用菜刀砍了元老四右胳膊，门外的元斜眼元老五也同时冲进来了，五个人打成了一团，院子里的花一下子七零八落，花架子倒在地上，小花盆到处滚的都是。

元黑眼一被打倒，院子里的来人就都吓呆了，往厅房里厨房里柴草棚里乱钻，钻进去了还觉得不安全，想从院门口逃生，但院门口打得凶，逃不走，就又往后院跑。跑进后院的一些人却害怕打架又殃及到后院，竟然又把厅房后门从外边挂上了锁，厅房里的人就使劲摇门，喊：开门！开门！带灯和竹子不停地喊，没人听，拿着一个脸盆，把脸盆都敲烂了，也没人听，院子里一会儿是三个围着一个打，那一个被打倒了又跳起来打散了三个，一会儿是一个撵着一个，被撵着的人跳上厅房台阶了，抓着花盆砸过去，没砸住，却把墙根盛泔水的瓮砸上了，脏水肆流，将撵的人滑倒，被撵的人二返身过来就是一刀，血喷在墙上如是扇形。到处是花盆瓷片，花瓣漫空飞舞。带灯是急了，跳到了院子中间，再喊：姓元的姓薛的，你们还算是村干部哩，你们敢这样打?！我警告你们，我是政府，我就在这儿，谁要打就从我身上踏过去！话未落，换布忽地扑向元老四，元老四急忙躲闪，便撞倒了带灯，还一脚踩在了带灯的腰里。带灯就势抓住了元老四的后襟，喊：都快拉架！拉架啊！竹子这时在院门口，元老五把拉布打出了院外，竹子就要关院门，喊：拉布你跑！但院门沉重，没关上，拉布又打了进来。听见带灯在喊让拉架，竹子一时赶不到带灯身边，就对着站在墙根的人喊：拉架啊，拉架啊！墙根站着曹老八、牙所的曹九九，王采采的儿子，还有尚建安。曹老八也在喊：拉架啊！拉架啊！却就站着不动，还拿了个簸箕，凡是打架的人经过面前，就把簸箕盖了头。尚建安在说：主任你抱住元老四，我们抱换布！带灯也就说：都快抱人，把他们抱住！她松了抓元老四后襟的手，向前扑了一下，双臂搂住了元老四的一条腿，元老四一时动不了。但尚建安却没有去抱换布，换布见元老四动弹不得，一刀就砍在元老四头上。元老四头一偏，左耳朵就掉了下来，哇哇哇吼了几声，抓起了带灯就甩开去，带灯被甩到厨房台阶上，头上破了一个窟窿，血唰的就流下来。竹子去救带灯，她挡住了换布的路，换布把她往旁边踢，竹子手里没家伙，而且一条胳膊还没彻底好，去提花盆没提起，双手在地上抓，抓着一把花瓣就扔到换布脸上，换布抹眼的时候，她把换布后腰抱住了，冲着尚建安他们说：抱住他们呀，快抱啊！尚建安他们仍是没动。元老四又和拉布打，拉布的腿上被刀割破了裤子，大腿上一条血口子。换布又去帮拉布，后腰被竹子抱着，还在喊：不能再打，不能再打！换布扭身去捂竹子的嘴，竹子咬住了换布的指头，她使劲地咬，感觉到上下牙齿都咬到一起了，换布疼得猛一抽手，才抽脱了。元老四已经把拉布逼到了院墙角，自己却滑了一跤，四脚拉叉地倒在地上，拉布立刻跳过来踩元老四的裆，踩得元老四大声惨叫。元老五就扑了去又把拉布打开，元老五狼一样连声号叫，手里的弯嘴镰抡得呼呼响，拉布近不了身，撒腿往院门外跑。

带灯头撞在台阶上，人就晕了过去，竹子叫喊快去救主任，二猫刚到了院门口，便先跑了过去，还没把带灯扶起，元老五撵拉布，嫌二猫挡了路，说：滚开！二猫说：不敢打了，不敢打了！元老五说：你这条狗！给了二猫一镰，二猫就倒在地上。张膏药的儿媳和王香枝在这时候也跑进来抱起了带灯，拿手捂血窟窿，血从指头缝往外流，就拉长声喊陈大夫。快拿些棉套子！陈大夫一直在大土场上给乔虎包扎腿，看到张膏药的儿媳朝院门口跑，也跟着跑过来，但他跑不动，说：不能用棉套子，用头灰，头发灰能止血消炎！张膏药的儿媳说：哪有头发？尚建安也喊：谁有头发？谁有头发?！他是从窗台上拿来了一把剪刀。被打趴在地上的二猫往起爬，忽地爬起来，就夺了尚建安手里的剪刀，吓得尚建安说：你干啥，干啥？二猫却拿了剪刀到昏迷在地的元老四头上剪头发，剪了没剪够，见元老四裆被踩烂了，趁人不注意也踩了一脚，又到元黑眼头上剪，才发现元黑眼是光头。元黑眼腿断了，眼睛睁着，白花花地瞪二猫，突然伸了手来夺剪刀，二猫吓了一跳，把手上的头发都扔了，拿剪刀就戳元黑眼。带灯终于醒了过来，瞧见二猫在剪头发，说：你甭动！二猫已经把剪刀戳在元黑眼肚子上了，扭身就跑。元黑眼拔出了剪刀，骂道：我记着你！把剪刀朝二猫甩去，剪刀没扎住，却把尚建安的屁股扎了，尚建安抱了个花盆砸向了元黑眼。陈大夫急了，跑进厅房里四处瞅，瞅着箱盖上有一瓶酒，忙拿出来就往带灯头上浇。张膏药的儿媳说：哎，哎?！陈大夫说：酒消毒哩，消毒哩。

带灯在叫：曹老八，曹老八！曹老八搭了个梯子往院墙上爬，说：在哩，我在哩。带灯说：快去叫派出所人，快！曹老八从院墙头翻了下去。

换布从竹子嘴里抽出手后，竹子的嘴里就往外流血，一唾一摊红，她用手去摸嘴，才发现一颗门牙没了。她在地上找牙，爬到院墙头上的还有牙所的曹九九，曹九九说：牙让换布手指头带走了。竹子啊了一声晕了过去。墙头上就有人跳下来，给竹子掐人中。尚建安已站在梯子上也要去墙头，别人往下跳时撞了他一下，他也从梯子上掉下来，就和另外的人去把带灯抬到厅房里，帮着烧头发灰往带灯头上抹。有人不让尚建安插手，说：你闪远，你让主任抱元老四哩，你咋不抱换布？你故意害主任啊?！带灯挥了一下手，不让再怪尚建安，说：这也是报应。

换布撵出了院门口，突然觉得菜刀握不紧，使劲地抖动了一下，才发现手指上还嵌着竹子的门牙。往出拔牙，元老五的镰就挥了过来，换布用左胳膊去挡，左胳膊顿时血喷了出来。换布一猫腰，右手的刀就朝元老五腹部捅去。因为用力过大，刀捅进腹部就不再抽回来，撒腿便跑，跳上了邻居的猪圈墙上，又从猪圈墙跳到邻居家的房顶，手里抓了几页瓦，再从邻居家房顶跑到自家房顶。元老五腹部挨了一刀，踉踉跄跄几步,站住了把腹部的刀抽出来,那么号了一下,手中的刀却断了刀把,又去撵换布,但撵了五步就咻地趴在了地上。

拉布还在和元斜眼在院门外大土场上打着,你把我打倒了,我又把你打倒了,几个来回不分输赢。换布在房顶上要往下掷瓦片,又怕伤着拉布,换布喊:闪开闪开!拉布猛一闪身,一页瓦砸在元斜眼头上,元斜眼立在那里,晃了几晃,身子还没倒下去,血从头上流下来糊住了眼睛,他本来一只眼斜着看不清楚,又让血糊了,拉布趁势往前乱抡钢管,他伸着头就牛一样撞过去,把拉布撞在地上,再要扑过去,换布的瓦页就三片四片砸下来,元斜眼也抱了头跑了。

元斜眼一跑,拉布翻起身还在寻元家兄弟,但已经没了元家兄弟。换布说:拉布拉布,都收拾了!拉布说:让狗日的来么,看还有谁,让来打嘛!还要去追元斜眼。换布说:不追了,咱走!他从房顶又跳过邻居家房顶,拉布就提了钢管到厕所粪池边去看乔虎。换布也从房顶下来,两人喊乔虎,乔虎昏迷着,拉了起来,一松手,乔虎一摊泥似地扑沓在地上。两人不再管了乔虎,返回院子里进了厅房开柜子取钱,还在怀里揣了几个馍,出门便走。带灯靠着墙要起来,起不来,喊:不能让凶手跑了!堵住,堵住院门口!但院子里的人们是闪开一条路,换布拉布跑掉了。

派出所清查现场

马副镇长安排着把元老三送走之后,带着镇政府一伙职工赶来不久,白毛狗跑来了,派出所的人也来了。张膏药的儿媳哭着说:你们咋才来?你们咋才来?!马副镇长一看场面,浑身就稀软了,给吴干事说:快扶我坐下。坐下了,说:保护现场,保护现场。派出所的人当然先要追逃跑的人,跑到镇东街村镇中街村和镇西街村,再没发现换布拉布,也没元斜眼的踪影。返回来清查现场，薛家院里院外倒卧着八个人：马连翘被撕烂了全身衣服，胸部血流不止。乔虎被挑了脚懒筋。元黑眼断了双腿。元老四头上肩上胳膊上多处受伤，昏迷不醒。元老五肠子流了出来。二猫大腿拖着。竹子苏醒了，半个脸全肿了。带灯的整个头被包扎着，天旋地转站不起来，还靠坐在墙根。白毛狗就卧在她身边哀声地叫。

马副镇长指挥着镇政府的职工把所有伤者都往镇卫生院送，当然他们卸了薛家厅房门板要抬了带灯先去。带灯不躺门板，让门板抬那些伤重的，张膏药的儿媳就背了她。马副镇长哭丧着脸说：带灯，失塌了，这下天都失塌了！这得给书记镇长赶快汇报，你担当不起了，我也担当不起了！他在身上掏手机，才发现从镇政府出来时就忘了带手机，带灯让在她口袋里掏她的，马副镇长掏出来，手机上全都是血。

凶手们全抓到了

书记和镇长是限天黑前就双双赶回了樱镇。在卫生院里，书记见了元老四元老五和乔虎，见一个就先扇一个耳光。最后在一张病床上见到元黑眼，元黑眼说：书记，换布拉布要我们兄弟死哩。书记踢了他一脚，差点把他踢下床，骂道：你死么！一群狗东西要死就死么还坏我的事?!

第二天的上午，带灯和竹子出了院。竹子被段老师陪着去曹九九的牙所补牙。带灯头还晕，除了红伤外还有脑震荡，但带灯不愿待在卫生院，拿了药片回到综治办的房间里休息。

中午饭时，消息传来：抓住了元斜眼和换布拉布。元斜眼是事后先跑回他家，在他家不能待，戴了个草帽想过河往南山去，还没出村，村里就有了派出所的人在叫喊着抓凶手，他便钻进路边一个麦草垛里，一夜没敢出来。到了天麻麻亮，他只说这时候不会有人，就是有搜寻他的人也会疲劳困乏得去打盹了，刚爬出来再往村外跑，村口都还有人，返身回来经过马连翘家，心想谁也想不到他在马连翘家吧，就从后门的下水眼钻了进去。马连翘的紧邻姓汪，平日和马连翘致气不和，这晚上约了曹老八的媳妇在家打麻将，打了一夜，曹老八的媳妇出来上厕所，似乎看到有人从马连翘家的下水眼里钻了进去，回来说：有贼进了马连翘家。姓汪的说：让贼偷去！第二天上午，姓汪的觉得不对劲，又来问曹老八的媳妇是不是看到贼进了马连翘家，贼是什么样子吗？曹老八媳妇说样子没看清。姓汪的就报告了镇政府的人，马副镇长和三个民警到了马连翘家，元斜眼就被抓住了。换布和拉布原准备往镇街外的路上搭车去县城的，已经拦住了一辆蹦蹦车，又放弃了，掉头上了镇街北面的塬上。经过元天亮家的祖坟，见坟前的四丛兰草长得密密实实，说：没有元天亮，他元家兄弟也不至于恁恶霸！气出在元天亮身上了，就拿脚踩兰草。拉布手里还提着那根钢管，照着墓碑上的元字就砸，砸了三下，虎口都震裂了。两人商量着到大矿区去，大矿区是在外县，那里人多且杂，可以先待一段再看动静，就绕了后坡，拐进七里湾沟，在沟里的石崖下过了一夜。而两人的鞋在打架中全蹬踏烂了，已不能再穿，估摸着赤脚翻莽山已不可能，半早晨就在莽山下又拦住一辆卡车上了山。莽山上的路转十八道弯，过了第十六个弯道了，安然无事，拉布还说：这里没设岗哨？换布说：镇政府和派出所的那些人能干个屎！可车到了第十七道弯，弯道两边都是峭崖，岗哨就设在那里，卡车被拦住检查了。换布就说：人在这儿！伸出手让铐子铐了。

给元天亮的信

后天就白露了，黎明竟然被冷醒来。想着时令的变异，想着你禁不住苦痛一番。我像苇园中的泥塘壮壮地喘息。记得小时候家里请木匠做桌柜时我妈让做个线板儿,那木匠会雕花而在线板上刻了一面线长万丈,一面银针万根。当时我就觉得线长万丈的好。可是,线长万丈必然随着银针万根呵,我颤抖的心就有针刺的痛。那年月里,大人嚷我说:你不听话叫你到时候哭都寻不着地方!而我现在像是应口了。我犯忌了吧。从窗子看灰灰的天上一窝小鸟在胡乱地打旋翻飞;觉得小鸟根本不快乐有想不开的心事直想把羽毛抖散掉才解烦。

昨晚写一问题给你,我就昏昏沉沉睡去,醒来后翻手机来看没有答案,我倒绽开一个喜。今天本来是什么都不想干的,也不想说话,可一个人躺在床上了手却不自禁地在枕头下摸书,说摸出什么就读什么吧,摸出的竟然还是你的书。读着读着,心发痛喉咙发紧,在我合上书时闪见你是一张照片,就在那封面上气宇轩昂,我又恍然放松了。是的,你是学者是领导,而谁又说过圣贤庸行的话,所以我总觉得我和你在厮跟着,成了你的秘书、书童,或是你窗台上养着的一盆花草,或是卧在门后桌前的小狗小猫。山风吹动草木叹息,太阳西沉,浸淫在火云里如在炉里,白鹭成行,燕子列队,我的心惜花别绿地想你,像是有个电磁波招引,像是有多深的渊源像是曾被生生剥离被硬硬斩断的奇冤不甘而到了今生的相逢。但我真感到了我的无力和无聊,你会写文章的路数,猎人会捕兽的技巧,我有什么呀 ,有摘山果的办法和与村案老伙计们的肆意说笑?你在经天纬地盛大着你的事业,而我是鱼,我把我的坟墓建在人的腹中。很好,我知道你生活得很好,你知道我能生活得好,这就足了么!一朵云也是太阳的护士,一片绿叶也彰显树的生机,于是,我就对着照片的你说:咱们去山上玩啊,我是我的小鸟,该在枝头歌唱对你的感念和你给予的机遇与怜惜,我是你的肋骨,我去晒太阳多了你也不缺钙了。我骑摩托咱们到了日丽风惠的小山沟,仰头勾脑只见天蓝得沁人心肺,山坡干净得像刚当婆婆的半老女人的对襟袄一尘不沾。青翠的散柏,褪白的蘑菇,招摇的白苇,猛然跳过的松鼠。左边的山峦随手画个圆就把几户人家圈在里边。我走向那个石墙石瓦的小寨,也就那七户人家,寨子口有一座土地庙上写着金炉不断千年火,百姓常明万岁灯。我看见各家院里墙头上疙瘩成行成串挂着的柿饼,蔓菁,南瓜。我又走上那个一辈子都呻吟的碾滚碾盘上,看沟外的山一层一层,我知道我回的时候像下梯子一样一节一节就下去了,白云能看到我在沟底像块石头。啊就在沟底里,水畦里未被拔去辣椒秆上还有着辣椒,朝天蹶身,红若灯焰。残存于枝头的蛋柿是留给乌鸦的,乌鸦还没啄食,它一颗颗如鬼精的眼在瞪着。路边的山菊是一种紫颜色的,到现在还繁密无比,让风裹带了它的苦药味。我看见黄柏草的穗絮像眉目一样,问你那是草类的精灵吗?问你溪水里突然冒出的鱼头在吹泡那能不能说昂首向天鱼亦龙呀?!我说山弯那边有人给老人过寿给新生儿过满月咱去上礼吧。我踏实地捋着山菊真想做一个菊花枕头或菊花褥子给你,就停下来痴痴地想你也能这时记起我吗?一时觉得腿上有点肉动,嘿嘿,你心里正也有我,天在给我说。这时刘慧芹给我电话说你闷了就来我这儿吧,你拿上你的埙,我爱听你吹埙。我没有回应她,而嘴里不停地却哼二泉映月,哽咽如那崖下的一窝山泉。我看着天上的白云柔软飘过。我问我怎么给你说你不言声呢?我听见谁在说白云开口说话你的天空就下雨了。我说:噢。我低下头小心地想我自己,踏实地仍在捋菊,这时走来一人扎着头巾和裹腿,兴高采烈地说附近一定有只白眉子或獾的,我说你咋知道?他说柿子树下找到了蹄印儿。我莫名的心惊,但愿它们能跑远……

想听听鸟鸣,只是听见秋虫涌潮声忙忙忙,抬头看天空蓝阵簇拥着一架飞机。我看见你坐在金字塔顶上,你更加闪亮,你几时能回樱镇呢?闲暇时来野地看看向日葵,它拙朴的心里也藏有太阳。

下　部

幽　灵

县上来了调查组

县公安局的警车押走了换布拉布和元斜眼。元黑眼元老四元老五乔虎的伤势太重也从镇卫生院转去县医院,但他们都是有罪的,病房门口日夜有警察监守着。而元老三在市里迷昏了五天,死了,尸体并没有在那里火化,因为已用不着花钱在那里火化了,通知元家的妇女们拉回来埋葬,她们没有闹腾,甚至连任何要求都没提,一切都悄然无息。

也就在埋掉元老三的那个中午,县上又来了调查组,一共八人,专门为樱镇的特大恶性的打架事件做深入调查。调查了五天五夜,五天五夜里凡是被调查的人轮流被带到镇政府的会议室,镇街上的人被带进过四十三次,镇政府的职工人人都被谈过话,作了笔录,还在笔录上按指印。后来的三天,镇政府大院的门就关了,书记、镇长和调查组在会议室里不停地开会,终于形成了一份结论,调查组带着结论回到了县上。又过了三天,县上再次来了人,镇政府召开全体职工会,宣布了对樱镇有关干部的行政处理决定。

一、樱镇发生的群众斗殴事件死亡一人,致残五人,伤及三人,为十五年来全县特大恶性暴力事件,镇党委和镇政府主要负责人应认真反思。

二、因书记镇长出外开会期间，副镇长马水平主持工作，麻痹大意，疏于防范，事件发生后又没有在第一时间向上级报告，而处理不力，负有直接领导责任。但因能在后期积极对伤残者实施救治，缉拿罪犯，给予严肃批评，并责成做出深刻的书面检查。

三、带灯和竹子虽然在第一时间赶到现场，却在去薛家钢材店时太过张扬，导致圈观群众太多，而斗殴期间，缺乏有力措施，尤其拉偏架，使事态进一步恶化乃至完全失控。给予带灯行政降两级处分，并撤消综治办主任职务。给予竹子行政降一级处分。

二十四个老伙计合伙做揽饭

马副镇长把老婆和孙女送回老家后，他又早晚在办公室门口支了火盆熬药，药熬好了，备过汤水，药渣子提着倒在镇街的十字路口。他脸上松皮吊着，步伐蹒跚，遇上曹老八了，曹老八说：马镇长！他说：叫马副镇长！曹老八说：又病了？他说：一直都病着。曹老八唉地叹了一声。马副镇长说：叹啥的？曹老八说：这世事不公平么，难怪群众说三道四。马副镇长说：群众说啥来了？曹老八说：啥是个直接领导责任？这领导上面再有领导，领导上面又有领导，还有领导，层层都是领导，该不该负责任?！马副镇长说：总得有人挨板子么。曹老八就凑上来悄声说：听说调查组长和书记是党校的同学，这是要丢车保帅？马副镇长说：顾全大局么。曹老八又说：听说让带灯和竹子把啥事都担承了？马副镇长说：她们是好同志呀。

话说得不高，但镇西街村的李存存正好经过，全听到耳里。李存存还不知道带灯和竹子受处分的事，就跑去广仁堂里问陈大夫，张膏药的儿媳也在那里，陈大夫把他了解的情况说了，三个人唉声长叹了一番，就想着怎样去镇政府安慰一回带灯和竹子。但怎样去安慰，带什么东西，说什么话呢？似乎全都不妥。后来他们就商量：什么话都不用说的，把带灯和竹子的老伙计们集合起来，大家做一顿搅饭给她们吃吃。搅饭里把各种各样的米呀豆呀肉呀菜呀一锅焖的，营养丰富，又味道可口。于是，李存存就通知杂货店的李慧芹，李慧芹再通知南河村的陈艾娃，三个人又分头打电话、捎口信通知了各村寨二十四个老伙计，必须各带一样东西赶到广仁堂。刘慧芹回村拿了红豆，那里的红豆指头蛋大的。南河村产有名的绣花球米，陈艾娃特意碾了三升米。药铺山村的山药品质好，刘兰兰来带山药。白桦岭村木耳肉厚，又产黄花菜，马成蓉带木耳黄花菜。双轮磨村产狗头枣和芸豆，杨二娟带狗头枣和芸豆。锦布峪村小米油大，扁豆好，徐甲花带小米扁豆。老君河村的大麦香，屈翠环带新碾的麦仁。茨店村王贵带腊肉。上槽村陈美莲带白果。红堡子村马双凤带莲菜和枸杞。通知完了，张膏药儿媳说给东岔沟村的人说不说，虽然六斤死了，那十三户患病人家让来一个吧，那里蔓菁好，带些蔓菁，再带些蚕豆，茄子，豆角。但他们不知道东岔沟村那些人的电话，就去找二猫，二猫腿还一跛一跛的，他说他回去一下，通知东岔沟村的人，而且他们两岔沟村的萝卜是老萝卜，豆腐也瓷实，他来背上。

但二猫临走时，却把陈大夫叫到后院厕所里，拿出一颗金牙说：你看看这东西，你能出多大的价？陈大夫说：这哪儿来的？二猫说：这你甭问，给二百元吧。陈大夫说：虽然是金色的，看着恶心，给我我也不要。元家人爱包金牙，他们的男人都不在了，那些婆娘们或许给你几十元钱哩。二猫说：你啥都明白？陈大夫说：啥事我心里都明白。二猫说：你不买就不买，不许给人说呀！

第三天，果然人都到齐，陈大夫就关门歇业，专门在后院里支了个大环锅，下了米，麦仁，小米，苞谷糁，高粱颗子。煮了土豆，黄豆，绿豆，芸豆，蚕豆，扁豆，刀豆，豌豆。又把山药，木耳，豆腐，枣，蔓菁，豆角，莲菜丁儿，茄子丁儿，红白萝卜丁儿，烩进去，还有腊肉牛肉猪肉兔肉切成片儿炒了拌进去。再就配制调料，花椒一定是大红袍花椒，辣子一定是带籽砸出来的辣子，蒜寻紫皮独蒜，醋要柿子白醋，要小葱不要老葱，韭黄新鲜，芥末味呛，还要芫荽，韭花，生戚芽，地椒草，这些调味得陈艾娃做，陈艾娃手巧。一切都安顿停当了，陈大夫抓了几味药片放到了锅里。张膏药儿媳说：咋放药呢？陈大夫说：放些人参山萸和当归，有营养又提味。

饭做熟了，陈大夫去镇政府大院请带灯和竹子，带灯和竹子先不肯去，陈大夫偏不说有几十个老伙计在，也不说做了一大锅的搅饭，只说他有重要事要给她们说。带灯说：不会是要解决单身的事吧？陈大夫说：得你们去，去了就知道了。带灯和竹子还戏谑陈大夫给她们买什么鞋呀。去了，见了一大堆的老伙计，相互抱呀拍呀跳呀，一个个笑着笑着就哭起来。这一顿饭，竹子吃了两碗，带灯吃了两碗了，说：这嘴里还想要哩！歇了歇，又吃了一碗，就坐在那里身子不动脖子动。

回家时把烦恼挂在树上

李采采说了一件事。

她说：我隔壁姓王的，一家人都怪怪的。他老娘九十了，一辈子吃饭不弹嫌，每顿一大碗端上桌了，不管是米饭、捞面，还是苞谷糁子糊汤，都要往里调盐，调醋，调辣子，还放一盅酒，一勺糖，搅匀了，呼哩呼噜就吃。老王是每天从外面回来，不论白日黑夜，走到院门外的树前了，要做出把东西挂在树桠上的动作，说是把烦恼挂上去，外面的烦恼不能带回家。

从此带灯和竹子身上虱子不退

那个晚上,几十个老伙计都没回家,带灯和竹子也没有回镇政府大院去,她们在广仁堂里支了大通铺。从此,带灯和竹子身上生了虱子,无论将身上的衣服怎样用滚水烫,用药粉硫磺皂,即便换上新衣裤,几天之后就都会发现有虱子。先还疑惑:这咋回事,是咱身上的味儿变了吗?后来习惯了,也觉得不怎么恶心和发痒。带灯就笑了,说:有虱子总比有病着好。

夜 游 症

但很快带灯又有了病,这病比老病严重得多。

那是一个夜里,能听到鸡叫过了两遍,竹子突然发觉自己来了那个,却一时没有卫生巾,起来到带灯的房间去要一个。而带灯的房间门开着,没见带灯,以为是去厕所了,就拿了卫生巾回到自己房间睡了。睡了差不多一觉,听到门响,带灯是回来了,心想上厕所这么久,但也没在意,就又睡了。第二天夜里,她们一块洗脚后分头睡的,又是鸡叫两遍,门在响,带灯是出去了,出去了一两个小时才回来,回来又安然睡了。早晨起来后,带灯端了脸盆去水龙头接水,背影看着有些疲,竹子说:你后跑了?带灯说:肚子没毛病呀。竹子说:你瘦得有些厉害。带灯说:头有些晕。竹子说:让陈大夫给你看看。带灯说:吃着他配的丸药呀,咋突然关心你姐啦?竹子说:领导不关心了,上访者不关心了,我能不关心吗?带灯说:这话说低些。竹子偏大声说:我就高声说,谁来用绳子纳了嘴!

又一个晚上，竹子又发现半夜里带灯开了门出去，疑惑了，也起来悄悄尾随她，带灯竟然是穿得整整齐齐，甚至是梳了头，戴了项链，脸上抹了粉出了镇政府大门来到了镇街上，又从镇街的东头走到西头，然后从西头绕过镇街后一圈再到东关绕过镇街后一圈才返回来，回来又安然睡下。竹子就害怕，听人说过夜游症，难道带灯患了夜游症。但是，竹子不敢把这事告诉给书记镇长和别的职工，也不能当面给带灯说破，说破了担心带灯受不了。竹子就只给陈大夫说，求陈大夫也不能给带灯说，却一定要在再配丸药时，全换上治夜游症的方子。

陈大夫定期配了丸药送来，带灯依然还是夜游，竹子夜夜都尾随着，以防出事。白天里再去找陈大夫，骂陈大夫医术差，必须到县上市上医院去咨询更好的疗法，骂过了就嘤嘤地哭。

樱镇也有了皮虱飞舞

河滩里所有的淘沙都停止了，大工厂工地一时没有了沙料施工，就暂停下来，开始在南河村下边的大工厂生活规划区内拆迁旧屋。这些都是百年老屋，墙用木板夹土槌打而成，或是土坯砌垒，外边涂抹着带稻糠的泥皮。成片的老屋推倒后，尘土腾起。尘土团像蘑菇一样开在空中，久久不散，浓烈的呛味弥漫整个南河村，也从河面飘到镇街上。相当多的人开始咳嗽，咳嗽又都严重，有人差点就闭过气去。直等到尘土团慢慢散去，仍有着白色的粉末在飞，当这白色粉末落在了树上，草上，猪鸡猫狗身上，也落在人的头上肩上，才发现那已不是尘土也不是什么植物花粉，竟都是虱子。虱子干瘪得如同麦麸皮，发白发暗，仔细看了才能看出脑袋上的嘴，和嘴上的一根像针一样的小吸管。这些虱子吸吮了人畜血饱满起来，认出了这是樱镇的老虱子，不同于大矿区那边过来的黑虱子，也不同于大矿区过来的黑虱子和当地白虱交配后的不黑不白的虱子。

牙所曹九九的老爹九十多了，身上也有了一只白虱子，就呵呵地笑，突然才发觉很久以来，原来心里仍还有着一种怀念老虱子的感觉。

带灯与疯子

天开始凉了，人都穿得厚起来，镇政府的白毛狗白再不白，长毛下生出了一层灰绒。竹子晚上要尾随带灯，心里毕竟害怕，就把狗带上，她给狗说：千万不出声！狗似乎听得懂，果然不乱跑，也不咬。

下过了一场小雨，连续的几个晚上没有月亮，看着地上白亮处以为是路面，踏上去就踩了泥和水。真正的路面是黑的，竹子就在黑处走。竹子还担心带灯会不会就踩到泥水，没有，她每一步都走在黑处，而且时不时弯下腰了，把干路面上的砖头挪去，甚至一疙瘩牛粪猪屎也都踢开。但是，就在七拐子巷口，带灯和那个疯子相遇。

竹子不担心是夜里有兽，狼呀野猪呀甚或黄鼠狼子和狐狸，只会出没在接官、鹁鸽砚、石门那些高山村寨，它们不会来到镇街的。担心的是镇街上有人喝酒和打麻将而出来，突然碰上了带灯，不是他们被带灯的夜游惊吓就是他们要惊吓了带灯。再担心的就是遇上疯子，疯子是白日黑夜地在镇街上乱窜，遇上了会有什么举动呢，会说什么话呢？

竹子紧张地看见带灯和疯子相遇了，她使劲地用腿夹紧狗，准备着一旦有了什么意外她就要冲过去了。但她看到了令她目瞪口呆的一幕。

疯子是从七拐子巷里过来的，与其说是过来的，不如说是飘来的，他像片树叶，无声地贴在巷子的东墙上，再无声地贴到巷子的西墙上，贴来贴去，每次都斜一个三角，就又贴在了巷口的电线杆上，看着带灯。带灯也看见了疯子。他们没有相互看着，没有说话，却嗤嗤地笑，似乎约定好了在这里相见，各自对着对方的准时到来感到满意。后来，疯子突然看见了什么就扑向了街斜对面店铺门口，带灯也跟着扑向了店铺门口，疯子在四处寻找什么，带灯也在寻找什么，甚至有点生气，转身到了另一家店铺门口弯腰瞅下水道，疯子也跟过来。是什么都没有寻找到吧，都垂头丧气地甩着手。再后来，他们就向街的那头跑去，一边跑，一边手还在空中抓一下，或用脚在地上跺，要是穷追不舍什么东西，而一直跑得看不见了。

竹子在琢磨，先前看到疯子的时候，疯子总说他在捉鬼，镇街上是有鬼的，他一直在撵着鬼跑。那么，现在他们还是在捉鬼撵鬼吗？这世上真有鬼吗，人疯了可以看见鬼，人患了夜游症也可以看见鬼吗？竹子蹴下身看狗的眼，常说动物是能看到一切的，她说：你看到什么了吗？狗的眼光在夜里是蓝的，但狗眼里并没有一丝的惊恐。

竹子领着狗也从街上跑过去，跑得很快，又尽量不发出声响，可就是没有追上带灯和疯子。转了四条巷子，又绕到了北镇街后面和南镇街前，似乎有人在爬树，那么高的树都爬上去，到了跟前却什么都没有。又似乎看见了那排房屋上有人一前一后地跳过，再定睛看时，又都不见了。竹子不相信带灯能爬高上低，也不相信带灯身手能那么敏捷，但患了夜游症一切可能都会发生吗？！

竹子和狗到底没见到带灯，夜越来越黑了，她知道天快要亮了，即便带灯没踪没影，天一亮她就该清醒了，所以自己也往镇政府大院来。没想到的是刚刚从镇街拐进到镇政府的巷口，巷子里却走着带灯，她放慢了脚步，等着带灯进了大门。竹子最后回到房间，带灯已经安然睡下了，咝咝地发着鼾声，竹子就一直静静坐下，坐得全身都发凉。

提了一篮子的水

灶上吃饺子,大家都敲着碗去了,带灯却要给竹子说她刚才在杂志上读到一个小故事。故事是一个小姑娘去河里提水,她用竹篮子提的,提回来篮子里没有了一滴水,她母亲问:水呢?她说一路上水喂了花,喂了草。竹子说:这啥意思?带灯说:这过程多美妙的!

埙不见了

带灯明显地瘦,真的是削着地瘦,春天里的衣服穿上都宽松了许多。她在寻找前几年的衣服,却突然问:竹子,你拿了埙?竹子说:我没有。在哪儿放着?带灯说:记得先放在箱子里,后又放在书架子上。竹子说:咱院子里谁偷了?带灯说:都反感我吹埙的,谁偷呀,谁又敢?!两人就把箱子里的衣物全倒出来,又挪开了书架,头上都出汗了,还是寻不着埙。竹子说:会不会你出去拿着丢失了?带灯说:我出去拿着?这些天我到哪儿去了?没去呀!竹子赶紧掩饰,说:就是呀,它还能自己跑了不成?!带灯就不寻了,坐在那里喘气,说:那真的是它走了,不让我吹了。竹子看着她,心里一阵酸楚,眼泪要流下来,忙蹴下身,装着还在床下面瞅。带灯说:不让我吹了我就不吹了,听你吹吧。竹子说:我哪儿会吹埙,埙又没有了。带灯说:你吹笛子,你应该吹笛子。竹子说:我怎么应该吹笛子?带灯说:你叫竹子么,竹子烙出眼儿就是笛子么。竹子说:咦,我倒有个想法了,我也要改名了,改成笛子。

说　事

竹子改名笛子，镇政府大院里的人没一个认可，依然叫她竹子。

这一天，带灯要竹子和她去松云寺看古松，竹子想正好去那里挂红布带子为她祛病，也就怀里揣了个红布带子跟着去了。经过大工厂工地，带灯又提出去看那驿站旧址吧，或许那写着“秦岭樱驿玉井莲，花开十丈藕如船”的石刻被毁后，还有残片遗落在那里吧。旧址上肯定是没有捡到残片，那里已经有水泥房子建起来。仍往松云寺去，坡根的河湾处寂静无声，芦苇和蒲草一人多高，竟然密密麻麻从河湾后一直蔓延着弯前的河滩。河滩里不淘沙了，河边的芦苇和蒲草就长得这么迅速，长疯长野了。远远的地方，有人用树枝扎编了一个排子，好像是王采采的儿子，也好像是杨二猫，叫了一声，排子却被划进了芦苇里。带灯突然说：今早政府大院里热闹，因为又要调整村干部了，不同派别人员都来说话。说好的话说坏的话，当面说的，写了匿名信的，还有面对面揭发漫骂的，也有动手打架的。梅有粮又满口白沫地喊叫村支书十二年不公布账目了，要创世界纪录呀，还喊叫村支部把五百元的特殊党费自己花了，给八十多岁老年人代领的六百元补贴发下来是六百元假钱，把一残疾人死后倒房重建款两万元自己顶名领了。竹子听她说着，觉得诧异，说：今早上镇政府大院来了人？没有啊！带灯说：没有？咋能没有？我接待的他们咋能没有?!

过了一会儿，带灯又说起白仁宝侯干事和吴干事，那么多事，那么低级，如苍蝇一样，啥都见过啥都敢吃一口，吃不上了就瞎哄哄。说完了却问竹子：是不是为了玫瑰也要给刺浇水？

又过了一会儿，带灯却又给竹子说起她去了一趟白土坡村的所见所闻。

我在山脊儿上的甘草窝躺着晒太阳。山的阳坡一面对着我回去走的大路,一面坡下叫野猫沟,都是庄稼。村长的媳妇在扳苞谷,只听见哗啦声。这时对面坡滚下石块儿,她大声问谁在上头,那人说挖蝎子哩。她说把石头弄下了一块咋不把你滚下来?那人说我滚下去怕塌住你。她说塌死老娘!这女人四十七八,人胖腿短,牙长气虚,走路只是两只小腿在前后摆动,吵架时咬牙抽唇,声像哭腔蚊子。她曾兼村妇联专干,不会业务来镇政府开会交报表时总斜身挎个大包,里边拿竹笋拳芽给包村干部让代写。修水泥路时她垄断了拾水泥袋,听说卖后一月比镇干部挣钱少不了多少。路修到村里,村民以为水泥是公家的都想给自家门前多铲一锨,她到家家去吵骂,一早晨下来脸被抓破衣服被拽,烂鞋被踢进水里。村长不露头那是他承包了修路挣钱,不能惹村民因为要被选举。她现在扳了大堆苞谷棒子,村长骑摩托往回带,正装袋时一女人飞快走来。女人瘦干利索,村长媳妇抬头开骂你来撵他的咋不嫁他?!那女人说你咋不死么你今日死我明日就嫁他。村长媳妇说你想个美,我家四间房盖了,你还住那间半破屋,他不要我他是瓜屄啊?!村长指着他媳妇说你再说一句我抵命你!那女人说狠狠打死她!这时坡上挖蝎子的人放两个大石头下去,那女人往上看看逃出沟。一会儿沟脑上小跑着两人,抬了担架,挖蝎人问咋啦,说两家闹气了。问啥样?说王栓磨的头破了,刘治中的媳妇气死了。村长和挖蝎人说刘治中两口子挣死挣活地帮王栓磨把房盖了,想叫儿子去当上门女婿,谁知王栓磨叫两个孩子出去打工弄个生米做熟饭了能省些礼钱,谁知女儿让别的打工的把活给做了,刘治中的儿子被蹬了。刘治中不是省油的灯,两家的膏药都不好烤。他们说,唉,早晚得一架打!

带灯又说:大工厂又要修去生活区的那条路了,南河村肯定不得安宁了。可我知道不能出问题,出问题咱们辛苦了半天就白干了。支书和村长不配套互相挑事说辞对方,我也来个不受理,矛盾让他们自己消化。镇长是见他们一个责批一个,不给丝毫的幻想靠镇政府,尽交办于我,我就逼村干部解决。我是他们往镇政府的桥梁。我说我不结实了过不去你们。实际上村民自治化是化解矛盾的有效方式,上级往往把问题搞大搞虚搞复杂,像人有病多数是可以自愈的。支书有才能有震慑力就是他太要大,不谦虚。村长也是寻个老鼠咬布袋难受得很,我给他解释这就像人生之路走到泥泞这一段了只有走过来。我现在也知道多数人都是心里不愉快,事况重重是生活的常态,我心情舒畅的情境也是偶然现象。我这断定对不对,是我受污染了吧。

带灯又说起王随风了。

她说:昨天火烧火燎地开个会,加强信访,安度春节,内紧外松,重奖重惩。我从前一个人能控制全镇的,现在只有一个危险分子但是很严重,这就是王随风。如果综治办里我做过阎王,樱镇上是有我指挥的一些小鬼,对于上访者,我曾让闲逛鬼给看守,把上访者带去走亲戚,在河里差点被水刮走;让酒鬼给看守,一夜八瓶烧酒把胃都喝穿孔了;让麻将鬼去看守;让是非鬼去间离。而王随风整得我没辙,我想哄她认个干姊妹,给她买个袄儿能稳定好她,然后镇政府报钱,否则我就玩完了。

总有几天烦呀烦的,这两天总是烦自己像个刺猬一样,不像别人温顺适应。我随性而动很不一样的走着自己的路,这不对呀,活人不能像艺术品越特别越好。我知道我有担当能作为,而我向前走的时候必定踏草损枝践藤踩刺,虽度过了灾难踏上了道途却又有了小草枝条的呻吟,这呻吟融及我的心让我摇摇晃晃镇静不了自己。所以我也很孤独地存在着,被别人疑惑,也恐惧着也讪笑着也羡慕着也仇恨着也恭维着也参照着,看我好像很需要很离不开他们而又超然他们,谁都有机会实际上谁都没有机会。你说我这个能爱吗,能有人敢爱吗,能给爱人舒适的空间吗?我像块僵硬的石头,榆树疙瘩躲在劣质的地方永不入艺术家的法眼和雕刻刀的。冥顽不化死心塌地在心中画鬼描仙、涂妖绘神、吃斋不念佛怜人不惜人。我是个怪人不是坏人。

竹子一直没有插话,任着带灯往下说,带灯说的大都是她也知道的事,但这些事或是多年前的事,或是几家人的事被说成了一件。竹子的眼泪唰唰地流了下来。

带灯又说了惊天新闻

坡道上,带灯狠劲地捋菊花,把一朵最黄的插在头上,又连枝拔下一撮编成花环戴在脖子上,然后就把外套脱下来,包了那么一大包。竹子说:可以做枕头!带灯说:做枕头。可带灯捋的菊花太多了,她说:满坡的野菊囚在枕头里,给你给我。竹子说:给我?带灯说:不是你,是元天亮。竹子一下子愣住,说:你说谁?带灯说:元天亮啊!竹子说:你怎么能说这话?带灯说:这话我天天说,说过一年多了!竹子知道带灯又说胡话了,她不忍心去揭穿或劝慰,就嘿嘿地给带灯笑,带灯也嘿嘿嘿地给她笑,说:这都是真的!

下坡的时候,带灯还说了一句,竹子目瞪口呆。

带灯是说:尽管所有女人都可能是妻子,但只有极少幸运的妻子才能做真正的女人。

带灯大哭

早晨起来,带灯在房间里哭,竹子吓了一跳,去问时带灯是夜里做了一梦,想起梦里的事了就哭。带灯说,她在梦里看见元天亮回樱镇了,她不知道怎么他就出现在面前了,是从云里挣脱出来的呢,还是从海里超脱出来呢,反正是见面了。她说,我感应《红楼梦》可我并没认真看过,像路过大花园一样瞟几眼嗅几口而没有走进去受花粉的侵袭和花刺的扎痛。但我记着一句话如果没奇缘今生偏又遇上他,如果有奇缘为何心事终虚化。我曾经悲伤然而今晨我又醒悟虚化是最好的东西,虚化的云雾、花瓣,眼泪都是雨天雨花雨泪。我希望我的泪雨能是我生命之泉水不拒绝外面的影响,而我总是盼你如大块石堵在我的峡口让我给你聚成湖,或你把我喝一口让我在你心上长一株莲绽在你唇间眉梢。而你是位耐心的垂钓者,我浅薄的山泉急急奔流总也生不成能咬了你钓钩的鱼。她说,我是山顶的草木吧,像是被月亮印在心里,抱在怀里,又把月亮举上山头摔出无数的嬉笑的星星。但是,可能是她山野惯了,随意惯了,竟然做了许多不该做的事,说了许多不该说的话,就像月亮又在河水里,河水一次次急切地把月亮揽住又慌忙带走,也是一次次把月亮往出推。她现在是多么懊丧,她崇尚敬爱着元天亮的高风亮节,而觉得自己烟熏火燎的俗世生命是那样的龌龊,如被扣在瓮下的竹笋出不来淤泥的莲。元天亮是走了,他真是一位锦云君子啊,一疙瘩的云,沿山峦飘荡。她在心里说,我实际是很强健刚毅能量充沛,没有什么难倒我也没有谁能打倒我,我是木本植物。所以我不是情人料,不会温润柔软甜腻贪图。我心念中我和你是在一个洞里一个窝里一个房中,我给咱看家护院,操持家园,照料你维护你喂养你,用我纯朴的心指引你做你殷实的后盾。我虽不是时时黏你可我让你时时感受女人悠远的气息和自愿,你砍柴时有了耐心,你走路时有了闲心,只要有你回家的脚步声就是我爱情的花朵开出在内心绽放在眉心。我也许永远没有自己名词的界定,也许无界的定位是真正的位置。她啊啊地叫了几声,却又在心里说,亲爱的,你自在地去云游吧。草上承当的水珠也是草的造化,你是心存气魄的云,不可能像棉花把你穿在身上,更不能像馍一样吞在肚里,你有你波涛壮阔仪表万方的命运,我想啊我不能像别人能装进你心里却我能完全把你装在我心里,我今后不会再随意称谓你,你凝结在我心里像心中有金有火的大山。而我像鸟一样飞过千山万水落脚点还是你的枝头。你是容我在你的树上窝居,而枯枝编出的巢不是树的牵连,那么飞翔是我的本能,所以树永远是小鸟一个真实的梦。冬天将要到了，天要下雪，天可能不能容雪，而雪优雅地来到地上生花长草，精彩着自己的生命，调整自己心态，静候大地的全力推举和太阳的倾心提携，还能以云的姿态回到天堂吗？

或许或许，我突然想，我的命运就是佛桌边燃烧的红蜡，火焰向上，泪流向下。

上　访

竹子觉得带灯不但患了夜游症，而且脑子也有问题了。她再也不敢隐瞒，就去会议室告知了书记和镇长。镇长惊讶说：带灯病了，患这么怪的病?! 竹子说：你不要这么大的声，我不想让别人知道，可能是脑震荡的原因吧。镇长说：看着挺好的么，她头疼不？竹子说：有点晕，没听她说过疼。镇长说：呕吐吗？竹子说：没有。镇长说：那不是脑震荡的事。你怎么能认定她有夜游症呢？竹子就说了她的尾随所见。镇长说：或许她是失眠出去转转，我就半夜半夜睡不着，爬起来看电视哩。怎么还说她脑子也有问题？竹子说：她几次给我说些过去乱七八糟的事，但又说得非常完整和详细，还强调是近日发生的。书记就哈哈大笑，笑过了，眼睛盯住竹子，低声说：你该不会为处分的事而要挟我们吧?! 竹子一下子倒愣了，嘴卜卜地说不出话来。书记说：你和带灯都还年轻，以后的路还长哩，犯了错误，受到挫折，这都不可怕，吸取教训，振奋精神，哪儿跌下再从哪儿爬起来么，可怕的是要么一蹶不振要么歪戴帽子去偏路，那就只能是自毁前程！竹子说：书记，这不是对处分不满的事，不是要挟你们，我说的是真的，是真的呀！书记说：好了，你去吧，我和镇长还研究别的事哩。竹子只好离开了会议室，已经走到院中了，还听到书记在说：这小脑瓜子！

竹子回到她的房间，看窗外有鸟侧身飞过去，像一个刀片，在天空上破坏。

她哭了一场，让自己在泪里漂流。

这个晚上，带灯再去夜游的时候，竹子没有去尾随，她爬起来给县委写了一份上诉材料。她原本是反映着带灯的病情的，写好了觉得一个镇政府干部病情可能不会引起上边的关注，而书记质疑她是以受处分要挟的话，使她愤怒了。回想也正是因处分之后带灯才出现了这些病情，那么一不做二不休，干脆就将樱镇如何发生斗殴事件，带灯和她如何经历现场，最后又如何形成处分，一五一十全写了。第二天上午，竹子把这份上诉材料拿到邮局去寄，半路上却遇上了王后生。王后生还是嘴角叼着半截并没点燃的纸烟，和那个卖烧鸡的秃子就站在一根电线杆下，抬头看见了竹子，就向她走过来。往常，王后生见了带灯和竹子都是躲之不及，但现在竟然直直走过来，竹子有些不适应。竹子冷着脸说：干啥哩？王后生说：秃子问我怎么写上访材料哩，他笨得像个猪。竹子说：好呀，你当着我的面敢说写上访材料！王后生说：你不是不干综治办了吗？竹子受了呛，恨恨地说：不干综治办了我还是镇政府干部！拧身了。

走了又回过来，给王后生招手，王后生走近了，竹子说：你是在羞辱我？王后生说：这我不敢，你是瘦了。竹子说：你咋知道我不在综治办？王后生说：我是干啥的么？我只说我们当农民受委屈，镇干部也有委屈事呀！竹子说：委屈不委屈与你屁事！王后生说：咋能与我屁事，受委屈的心情都一样么。竹子不吭声了，低头闷了一会儿，说：哎，你还知道了什么？王后生说：听说带灯降级还撤销了主任。竹子说：还知道了什么？王后生说：不知道了。竹子说：想知道？王后生说：想。竹子从怀里掏出了那份上诉材料，说：你看看这个。王后生当下看了，看完了折起来往兜里装，竹子却夺过去，说：这不给你。王后生没生气，说：我记性好。反倒把手伸了过来要握。竹子说：嗯？王后生说：我明白你的意思。竹子边走边说：我有啥意思？我没意思。没往邮局走，走回镇政府大院去了。

萤火虫

不经意间，樱镇上说起了湾弯里有了萤火虫，当然，一只萤火虫并不稀罕，十只八只的萤火虫飞成一团也不稀罕，而就在松云寺坡下的河湾，说那里的河边浅潭里，芦苇和蒲草间，每到黄昏，就突然聚集了大量的萤火虫，简直是一个萤火虫阵呢。杨二猫和王采采的儿子在那里扎编了多张排子，来人只要肯掏三元四元，就可以坐着排子沿着岸边的芦苇和蒲草驶去，然后再深入其间，将看到一个奇妙的世界。

除了松云寺的古松，樱镇似乎又要多一个风水景点了。

带灯和竹子在理发店里剪发，又恢复了黄书记来樱镇之前的那种发型。理发店里有人说到了萤火虫阵，她们也就跑去观看了。

正是傍晚，莽山已经看不见了树林，苍黛色使山峦如铁如兽脊，但天的上空还灰白着。她们才一到河湾，二猫就知道了，撑了排子吱呀吱呀划过来，让她们坐好，悠悠向芦苇和蒲草深处荡了过去，而顿时成群成阵的萤火虫上下飞舞，明灭不已。看着这些萤火虫，一只一只并不那么光明，但成千的成万的十几万几十万的萤火虫在一起，场面十分壮观，甚至令人震撼。像是无数的铁匠铺里打铁淬出火花，但没火花刺眼，似雾似雪，似撒铂金片，模模糊糊，又灿灿烂烂，如是身在银河里。带灯说：这么多的萤火虫呀，哪儿就有了这么多的萤火虫?！哇哇叫唤。竹子好久的日子里都没有见过带灯这般快活了，她也大呼小叫，声音从芦苇蒲草里撞在莽山上，又从莽山上撞回来，掠过水面，镇街上的人都听见了。

带灯用双手去捉一只萤火虫，捉到了似乎萤火虫在掌心里整个手都亮透了，再一展手放去，夜里就有了一盏小小的灯忽高忽下地飞，飞过芦苇，飞过蒲草，往高空去了，光亮越来越小，像一颗遥远的微弱的星。竹子说：姐，姐！带灯说：叫什么姐！竹子顺口要叫主任，又噎住了，改口说：哦，我叫萤火虫哩！就在这时，那只萤火虫又飞来落在了带灯的头上，同时飞来的萤火虫越来越多，全落在带灯的头上，肩上，衣服上。竹子看着，带灯如佛一样，全身都放了晕光。

击鼓传花

镇政府又会餐了，但这次没有去松云寺后坡湾的饭店，而伙房里做了些凉菜，就在会议室里喝酒。带灯和竹子没在，别的人却差不多都到齐，书记说：赌博人和人越远，喝酒人和人越近，为了团结，今日这酒能喝的不能喝的都得喝啊！为了公平，也为了气氛热烈，白仁宝提议击鼓传花，让大家围着会议桌坐了，他去院里摘了一朵月季，又拿出了一个小鼓。小鼓咚咚咚地敲，花朵就从书记那儿开始，由东往南往西往北传递，鼓声一停，花朵在谁手里谁就喝一杯。如此热闹了半个小时后，人人都紧张万分，鼓点越来越快，花朵也传得越来越快，后来几乎是扔，唯恐落在自己手里。那酒已经不是酒了，是威胁，是惩罚。那花朵也不是花朵了，是刺猬，是火球，是炸弹。

镇政府还有着故事

夜已经很深了，可能是子时，带灯和竹子才从河湾里回来。竹子是不让带灯再夜游，故意多在河湾待得久，回来就嚷嚷着再看新闻联播和天气预报。但新闻联播和天气预报都结束了，会议室里的酒场子也散了。马副镇长埋怨带灯和竹子怎么才回来，大家喝酒哩就是找不着你们。竹子说:谁请客了?马副镇长说:为了团结么,自己请自己。带灯只是问:天气预报怎么说?马副镇长说:天气预报又要刮大风了,一番风一番凉,今年得多买些木炭了。带灯说:又要刮大风?马副镇长说:这天不是个正常的天了,带灯,这天不是天了!

会议室门口就站着了书记、镇长,还有白仁宝,他们在伸懒腰,打哈欠,相互问着头还晕不。书记却突然叫带灯。书记说:听说河湾里有了萤火虫阵?带灯说:是有了萤火虫阵,书记没有去看吗?书记说:啊,真有了萤火虫阵?!他扭过头对镇长说:甭熬煎,王后生再上访有什么害怕的呢?这不是突然有了萤火虫阵吗,樱镇可从来没听过有萤火虫阵的,这征兆好啊,预示着咱樱镇还吉祥么,不会因一场灾难而绝望么!

2011.11.2 草完第一稿

2012.4.6 完成第二稿

2012.8.11 完成第三稿

后　记

进入六十岁的时候，我就不愿意别人说今年得给你过个大寿了；很丢人的，怎么就到六十了呢？生日那天，家人和朋友们已经在饭店订了宴席，就是不去，一个人躲在书房里喘息。其实逃避时间正是衰老的表现，我都觉得可笑了。于是，在母亲的遗像前叩头，感念着母亲给我的生命，说我并不是害怕衰老，只是不耐烦宴席上长久吃喝和顺嘴而出的祝词，况且我现在还茁壮，六十年里并没有做成一两件事情，还是留着八十九十时再庆贺吧。我又在佛前焚香，佛总是在转化我，把一只蛹变成了彩蝶，把一颗籽变出了大树，今年头发又掉了许多，露骨的牙也坏了两颗，那就快赐给我力量吧，我母亲晚年时常梦见捡了一篮鸡蛋，我企望着让带灯活灵活现于纸上吧，补偿性地使我完成又一部作品。

整个夏天，我都在为带灯忙活。我是多么喜欢夏天啊，几十年来，我的每一部长篇作品几乎都是在冬天里酝酿，在夏天里完满，别人在脑子昏昏，脾气变坏，热的恨不得把皮剥下来凉快，我乐见草木旺盛，蚊虫飞舞，意气纵横地在写作中欢悦。这一点，我很骄傲，自诩这不是冬虫夏草吗，冬天里眠得像一条虫，夏天里却是绿草，要开出一朵花了。

这一本《带灯》仍是关于中国农村的，更是当下农村发生着的事。我这一生可能大部分作品都是要给农村写的，想想，或许这是我的命，土命，或许是农村选择了我，似乎听到了一种声音：那么大的地和地里长满了荒草，让贾家的儿子去耕犁吧。于是，不写作的时候我穿着人衣，写作时我披了牛皮。记得当年父亲告诉我，他十多岁在西安考学，考过还没张榜时流浪街头，一老人介绍他去一个地方可以有饭吃，到了那个地方，却是八路军驻西安办事处，要送他去延安当兵。我父亲的观念里当兵不好，而且国民党整天宣传延安是共产党的集聚地，共产党是土匪，他就没有去。我埋怨父亲，你要去了，你就是无产阶级革命家了，我也成高干子弟了。父亲还讲，他考上了学又毕业后，在西安教书，那时五袋洋面可以买一小院房的，他差不多要买了，西安开始解放，城里响了枪声，他就跑回了老家丹凤。我当然又埋怨：唉，你要不跑，我不就是城里人吗，又何苦让我挣扎了十九年后才做了城里人！当我在农村时，我的境遇糟透了，父亲有了历史问题，母亲害病，我又没力气，报名参军当兵呀，体检的人拿着玻璃棍儿把我身子所有部位都戳着看了，结果没有当成，第二年又招地质工人，去报了名，当天晚上村支书就在报名册上把我的名字划掉了，隔了一年又招养路工，就是拿着锨把在公路边的水渠里铲沙土垫路面的坑坑洼洼，人家还是不要我，后来想当民办教师也没选上，再后一个民办女教师要生孩子呀，需要个代理的，那次希望最大，我已经去修理了一支钢笔，却仍是让邻村的另一人掉了包。那段日子，几次大正午的在犁过的稻田里犯蒙，不辨了方向，转来转去寻不到田埂，村里人都说那里鬼迷糊了，让我顶着簸箕，拿桃木条子打着驱鬼。十几年后提起这些往事，有长者说：这一切都在为你当作家写农村创造条件呀，如赶羊，所有的岔道都堵了，就让羊顺着一条道儿往沟垴去么！我想也是。

在陕西作家协会的一次会上，我作过这样的发言：如果陕西还算中国文学的一个重镇吧，主要是出了一批写农村题材的作家，这些作家又大多数来自于农村，本身就是农民，后经提拔，户口转到了城里，由业余写作变为专业作家的。但是，现在的情况完全变了，农村也不是昔日的农村，如果再走像老一批作家那样的路子，已没条件了，应该多鼓励年轻的作家拓宽思路,写更广泛的题材。我这么说着,但我还得写农村,一茬作家有一茬作家的使命,我是被定型了的品种,已经是苜蓿,开着紫色花,无法让它开出玫瑰。

几十年的习惯了,只要没有重要的会,家事又走得开,我就会邀二三朋友去农村跑动,说不清的一种牵挂,是那里的人,还是那里的山水?在那里不需要穿正装,用不着应酬,路瘦得在一根绳索上,我愿意到哪儿脚就到哪儿,饭时了随便去个农户恳求给做一顿饭,天黑了见着旅馆就敲门。一年一年地去,农村里的年轻人越来越少,男的女的,聪明的和蠢笨的差不多都要进城去,他们很少有在城里真正讨上好日子,但只要还混得每日能吃两碗面条,他们就在城里漂呀,死也要做那里的鬼。而农村的四季,转换亦不那么冷暖分明了,牲口消失,农具减少,房舍破败,邻里陌生,一切颜色都褪了,山是残山水是剩水,只有狗的叫声如雷。我们是要往农村里跑,真的如蝴蝶是花的鬼魂总去土丘的草丛。就在前年,我去陕西南部,走了七八个县城和十几个村镇,又去关中平原北部一带,再去了一趟甘肃的定西。收获总是大的,当然这并不是指创作而言,如果纯粹为了创作而跑动那就显得小气而不自在,春天的到来哪里仅仅见麦苗拔节,地气涌动,万物复苏,土里有各种各样颜色呈现了草木花卉和庄稼。就在不久,我结识了山区一位乡镇干部,她是不知从哪儿获得了我的手机号,先是给我发短信,我以为她是一位业余作者,给她复了信,她却接二连三地又给我发信。要是平常,我简直要烦了,但她写的短信极好,这让我惊讶不已,我竟盼着她的信来,并决定山高路远地去看看她和生她养她的地方。我真的是去了,就在大山深处,她是个乡政府干部,具体在综治办工作。如果草木是大山灵性的外泄,她就该是崖头的一株灵芝,太聪慧了,她并不是文学青年,没有读更多的书,没有人能与她交流形成的文学环境,综治办的工作又繁忙泼烦,但她的文学感觉和文笔是那么好,令我相信了天才。在那深山的日子里,她是个滔滔不绝的倾诉者,我是个忠实的倾听人,使我了解了另一样的生活和工作。她又领着我走村串寨，去给那特困户办低保，也去堵截和训斥上访人，她能拽着牛尾巴上山，还要采到山花了，把一朵别在头上，买土蜂蜜，摘山果子，她跑累了，说你坐在这儿看风景吧，我去打个盹，她跑到一草窝里蜷身而卧就睡着了，我远远地看着她，她那衫子上的花的图案里花全活了，从身子上长上来在风中摇成鲜艳。从她那儿的深山里回来不久，我又回了一趟我的老家，老家正在修了一条铁路又修高速公路，还有一座大的工厂被引进落户，而也发生了一场为在河里淘沙惹起的特大恶性群殴事件，死亡和伤残了好多人，这些人我都认识，自然我会走动双方家族协助处理着遗留问题，在村口路旁与众人议论起来就感慨万千，唏嘘不已。事情远还没有结束，那个在大深山里的乡政府干部，我们已经是朋友了，每天都给我发信，每次信都是几百字或上千字，说她的工作和生活，说她的追求和向往，她似乎什么都不避讳，欢乐，悲伤，愤怒，苦闷，如我在老家的那个侄女，给你嘎嘎嘎地抖着身子笑得没死没活了，又破口大骂那走路偷吃路边禾苗的牛和那长着黄瓜嘴就是不肯吃食的猪。她竟然定期给我寄东西，比如五味子果，鲜茵陈，核桃，蜂蜜，还有一包又一包乡政府下发给村寨的文件，通知，报表，工作规划，上访材料，救灾名册，领导讲稿，有一次可能是疏忽了吧，文件里还夹了一份她因工作失误而所写的检查草稿。

当我在看电视里的西安天气预报时，不知不觉地也关心了那个深山地区的天气预报，就是从那时，我冲动了写《带灯》。

在写《带灯》过程中，也是我整理我自己的过程。不能说我对农村不熟悉，我认为已经太熟悉，即便在西安的街道看到两旁的树和一些小区门前的竖着的石头，我一眼便认得哪棵树是西安原生的哪棵树是从农村移栽的，哪块石头是关中河道里的，哪块石头来自陕南的沟峪。可我通过写《带灯》进一步了解了中国农村，尤其深入了乡镇政府，知道着那里的生存状态和生存者的精神状态。我的心情不好。可以说社会基层有太多的问题，就如书中的带灯所说，它像陈年的蜘蛛网，动哪儿都落灰尘。这些问题不是各级组织不知道，都知道，都在努力解决，可有些能解决了有些无法解决，有些无法解决了就学猫刨土掩屎，或者见怪不怪，熟视无睹，自己把自己眼睛闭上了什么都没有发生吧，结果一边解决着一边又大量积压，体制的问题，道德的问题，法制的问题，信仰的问题，政治生态问题和环境生态问题，一颗麻疹出来了去搔，逗得一片麻疹出来，搔破了全成了麻子。这种想法令一些朋友嘲笑，说你干啥的就是干啥的，自己卖着蒸馍却管别人盖楼。我说：不能女娲补天，也得杞人忧天么，或许我是共产党员吧。那年四川大地震后十多天里，我睡在床上总觉得床动，走在路上总觉得路面发软，害怕着地震，却又盼望余震快来，惶惶不可终日。

正因为社会基层的问题太多，你才尊重了在乡镇政府工作的人，上边的任何政策、条令、任务、指示全集中在他们那儿要完成，完不成就受责挨训被罚，各个系统的上级部门都说他们要抓的事情重要，文件、通知雪片似地飞来，他们只有两双手呀，两双手仅十个指头。而他们又能解决什么呢，手里只有风油精，头疼了抹一点，脚疼了也抹一点。他们面对的是农民，怨恨像污水一样泼向他们。这种工作职能决定了它与社会摩擦的危险性。在我接触过的乡镇干部中，你同情着他们地位低下，工资微薄，喝恶水，坐萝卜，受气挨骂，但他们也慢慢地扭曲了，弄虚作假，巴结上司，极力要跳出乡镇，由科级升迁副处，或到县城去寻个轻省岗位，而下乡到村寨了，却能喝酒，能吃鸡，张口骂人，脾气暴戾。所以，我才觉得带灯可敬可亲，她是高贵的，智慧的，环境的逼仄才使她的想象无涯啊！我们可恨着那些贪官污吏，但又想，房子是砖瓦土坯所建，必有大梁和柱子，这些人天生为天下而生，为天下而想，自然不会去为自己的私欲而积财盗名好色和轻薄敷衍，这些人就是江山社稷的脊梁，就是民族的精英。

地藏菩萨说：地狱不空，誓不为佛。现在地藏菩萨依然还在做菩萨，我从庙里请回来一尊，给它献花供水焚香。以前从来没有注意过土地神,印象里胡子那么长个头那么小一股烟一冒就从地里钻出来,而现在觉得它是神,了不起的神,最亲近的神,从文物市场上买回来一尊,不,也是请回来的,在它的香炉里放了五色粮食。

认识了带灯,了解了带灯,带灯给了我太多的兴奋和喜悦,也给了我太多的悲愤和忧伤,而我要写的《带灯》却一定是文学的,这就使我在动笔之前煎熬了很长一段时间的酝酿。我之前不大理会酝酿这个词,当我与一位八〇后的女青年闲谈时,问她昨天晚上怎么没参加一个聚会呢?她说:我睡眠不好,九点钟就要酝酿睡觉了。我问:酝酿睡觉?怎么个酝酿?!她说:我得洗澡,洗完澡听音乐,音乐听着去泡一杯咖啡,然后看书,一边喝咖啡一边看书,看着看着我就困了,闭上眼就轻轻走向床,躺在那里才睡着了。酝酿还要做那么多的程序,在写《带灯》时我就学着她的样,也做了许多工作。

我做的工作之一是摊开了关于带灯的那么多的材料,思索着书中的带灯应该生长个什么模样呢,她是怎样的品格和面目而区别于以前的《秦腔》《高兴》《古炉》,甚或更早的《废都》《浮躁》《高老庄》?好心的朋友知道我要写《带灯》了,说:写了那么多了,怎么还写?是呀,我是写了那么多还要写,是证明我还能写吗,是要进一步以丰富而满足虚荣吗?我在审问着自己的时候,另一种声音在呢喃着,我以为是我家的狗,后来看见窗子开了道缝,又以为是挤进来的风,似乎那声音在说:写了几十年了,你也年纪大了,如果还要写,你就要为了你,为了中国当代文学去突破和提升。我吓得一身的冷汗,我说:这怎么可能呢,这不是要夺掉我手中的笔吗?那个声音又响:那你还浪费什么纸张呢?去抱你家的外孙吧!我说:可我丢不下笔,笔已经是我的手了,我能把手剁了吗?那声音最后说了一句:突破那么一点点提高那么一点点也不行吗?那时我突然想到一位诗人的话:白云开口说话,你的天空就下雨了。我伏在书桌上痛哭。

这件事或许是一种幻觉,却真实地发生过,我的自信受到严重打击,关于带灯的一大堆材料又打包搁置起来。过了春节,接着又生病住院，半年过后，心总不甘，死灰复燃，再次打开关于带灯的一大堆材料，我说：不写东西我还能做什么呢，让我试试，我没能力做到我可以在心里向往啊。看见了那么个好东西，能偷到手的是贼，惦记着也是贼么。

于是，我又做了另一件工作。其实也是在琢磨。

我琢磨的是，已经好多年了，所到之处，看到和听到的一种现象：越来越多的人在写作，在纸质材料上写，在电脑网络上写，作品数量如海潮涌来，但社会的舆论中却越来越多的哀叹文学出现了困境，前所未有的困境。这到底是怎么回事呢？文学出现了前所未有的困境，其实是社会出现了困境，是人类出现了困境。这种困境早已出现，只是我们还在封闭的环境里仅仅为着生存挣扎时未能顾及到，而我们的文学也就自愉自慰自乐着。当改革开放国家开始强盛人民开始富裕后，才举头四顾知道了海阔天空，而社会发展又出现了瓶颈，改革急待于进一步深化，再看我们的文学是那样的尴尬和无奈。我们差不多学会了一句话：作品要有现代意识。那么，现代意识到底是什么呢，对于当下中国的作家又怎么在写作中体现和完成呢？现代意识也就是人类意识，而地球上大多数的人所思所想的是什么，我们应该顺着潮流去才是。美国是全球最强大的国家，他们的强大使他们自信，他们当然要保护他们的国家利益，但不能不承认他们仍在考虑着人类的出路，他们有这种意识，所以他们四处干涉和指点，到南极，到火星，于是他们的文学也多有未来的题材，多有地球毁灭和重找人类栖身地的题材。而我们呢，因为贫穷先关心着吃穿住行的生存问题，久久以来，导致着我们的文学都是现实问题的题材，或是增加自己的虚荣，去回忆祖先曾经的光荣与骄傲。我们的文学多是历史的现实的内容，这对不对呢？是对的，而且以后的很长时间里可能还得写这些。当一个人在饥饿的时候盼望的是得到面包，而不是盼望神从天而降，即便盼望神从天而降那也是盼望神拿着面包而来。但是，到了今日，我们的文学虽然还在关注着叙写着现实和历史，又怎样才具有现代意识，人类意识呢？我们的眼睛就得朝着人类最先进的方面注目，当然不是说我们同样去写地球面临的毁灭，人类寻找新家园的作品，这恐怕我们也写不好，却能做到的是清醒，正视和解决哪些问题是我们通往人类最先进方面的障碍？比如在民族的性情上，文化上，体制上，政治生态和自然生态环境上，行为习惯上，怎样不再卑怯和暴戾，怎样不再虚妄和阴暗，怎样才真正公平和富裕，怎样能活得尊严和自在。只有这样做了，这就是我们提供的中国经验，我们的生存和文学也将是远景大光明，对人类和世界文学的贡献也将是特殊的声响和色彩。

我从来身体不好，我的体育活动就是热情的观看电视转播的所有体育比赛。在终于开笔写起《带灯》，逢着了欧冠杯赛，当我一场又一场欣赏着巴塞罗那队的足球，突然有一天想：哈，他们的踢法是不是和我《秦腔》《古炉》的写法近似呢？啊，是近似。传统的踢法里，这得有后卫、中场、前锋，讲究的三条线如何保持距离，中场特别要腰硬，前锋得边跑传中，等等等等。巴塞罗那则是所有人都是防守者和进攻者，进攻时就不停地传球倒脚，繁琐、细密而眼花缭乱地华丽，一切都在耐烦着显得毫不经意了，突然球就踢入网中。这样的消解了传统的阵形和战术的踢法，不就是不倚重故事和情节的写作吗，那繁琐细密的传球倒脚不就是写作中靠细节推进吗？我是那样地惊喜和兴奋。和我一同看球的是一个搞批评的朋友，他总是不认可我《秦腔》《古炉》的写法，我说：你瞧呀，瞧呀，他们又进球了！他们不是总能进球吗?!

《秦腔》《古炉》是那一种写法，《带灯》我却不想再那样写了，《带灯》是不适那种写法，我也得变变，不能在一棵树上吊死。那怎么写呢？其实我总有一种感觉，就是你写得时间长了，又淫浸其中，你总能寻到一种适合于你要写的内容的写法，如冬天必然寻到是棉衣毛裤，夏天必然寻到短裤T恤，你的笔是握自己手里，却老觉得有什么力量在掌握了你的胳膊。几十年以来，我喜欢着明清以至三十年代的文学语言，它清新，灵动，疏淡，幽默，有韵致。我模仿着，借鉴着，后来似乎也有些像模像样了。而到了这般年纪,心性变了,却兴趣了中国西汉时期那种史的文章的风格,它没有那么多的灵动和蕴藉,委婉和华丽,但它沉而不糜,厚而简约,用意直白,下笔肯定,以真准震撼,以尖锐敲击。何况我是陕西南部人,生我养我的地方属秦头楚尾,我的品种里有柔的成分,有秀的基因,而我长期以来爱好着明清的文字,不免有些轻的佻的油的滑的一种玩的迹象出来,这会我真的警觉。我得有意地学学西汉品格了,使自己向海风山骨靠近。可这稍微地转身就何等地艰难,写《带灯》时力不从心,常常能听到转身时关关节节都在响动,只好转一点,停下来,再转一点,停下来,我感叹地说:哪里能买到文字上的大力丸呢?

就在《带灯》写到一半,天津的一个文友来到了西安,她见了我说:怎么还写呀?我说:鸡不下蛋它憋啊!她返回天津后在报上写了关于我的一篇文章,其中写到我名字里的凹字,倒对我有了启发。以前有人说这个凹字,说是谷是牝是盆是坑里砚是元宝,她却说是火山口。她这说得有趣,并不是她在夸我了我才说有趣,觉得可以从各个角度去理解火山口。社会是火山口,创作是火山口。火山口是曾经喷发过熔岩后留下的出口,它平日是静寂的,没有树,没有草,更没有花,飞鸟走兽也不临近,但它只要是活的,内心一直在汹涌,在奔突,随时又会发生新的喷发。我常常有些迷信,生活中总以什么暗示着而求得给予自己自信和力量,看到文友的文章后,我将一个巨大的多年前购置的自然凹石摆在了桌上,它几乎占满了整个桌面。当年我是以它像个凹字而购置的,现在我将它看作了火山口敬供,但愿我的写作能如此。

带灯说,天热得像是把人捡起来拧水,这个夏天里写完了《带灯》。稿子交给了别人去复印,又托付别人将它送去杂志社和出版社,我就再不理会这个文学的带灯长成什么样子,腿长不长,能否跑远,有没有翅,是鸡翅还是鹰翅,飞得高吗?我全不管了,抽身而去农村了。我希望这一段隐在农村,恢复我农民的本性,吃五谷,喝泉水,吸农村的地气,晒农村的太阳,等待新的写作欲望的冲动,让天使和魔鬼再一次敲门。

这是一个人到了既喜欢《离骚》，又必须读《山海经》的年纪了，我想要日月平顺，每晚如带灯一样关心着中央电视台的新闻联播和天气预报，咀嚼着天气就是天意的道理，看人间的万千变化。

王静安说：且自簪花，坐赏镜中人。

贾平凹

2012. 8. 14